Né en 1947 à Bruxelles, Patrick Roegiers mène d'abord une carrière d'homme de théâtre. Il s'établit à Paris en 1983. Critique photographique au journal *Le Monde* de 1985 à 1992, il est l'auteur d'une vingtaine d'ouvrages sur la photographie dont des essais sur Lewis Carroll, Diane Arbus, Bill Brandt, Jacques-Henri Lartigue et René Magritte. Et conçoit des expositions comme « Double vie, double vue » (Fondations Cartier pour l'Art contemporain), « Topor rit encore » (M.E.P.) ou « Magritte et la photographie », à l'occasion du 175e anniversaire de la Belgique. Il a publié huit romans aux éditions du Seuil, dans la collection Fiction & Cie, dont *Beau Regard* (1990), *L'Horloge universelle* (1992), *Hémisphère nord* (1995), *La Géométrie des sentiments* (1998), *L'Oculiste noyé* (2001), *Tripp* (2002) et *Le Cousin de Fragonard* (2006), prix Verdickt-Rijbans et prix du roman de la Société des gens de lettres 2006, ainsi que *Le Mal du Pays, autobiographie de la Belgique* (2003), chez Gallimard, *La Belgique, le roman d'un pays* (2005) et, tout récemment, *La Spectaculaire Histoire des rois des Belges*, aux éditions Perrin. Il termine un roman qui met en présence Joyce et Proust, dans la lignée de ses précédents livres qui ont souvent pour sujet la peinture, et pour personnages des créateurs.

Patrick Roegiers

LE MAL DU PAYS

Autobiographie de la Belgique

Éditions du Seuil

TEXTE INTÉGRAL

ISBN 978-2-02-078751-2
(ISBN 2-02-057435-5, 1ʳᵉ publication)

© Éditions du Seuil, février 2003

Le Code de la propriété intellectuelle interdit les copies ou reproductions destinées à une utilisation collective. Toute représentation ou reproduction intégrale ou partielle faite par quelque procédé que ce soit, sans le consentement de l'auteur ou de ses ayants cause, est illicite et constitue une contrefaçon sanctionnée par les articles L.335-2 et suivants du Code de la propriété intellectuelle.

*À mon père,
et à ceux qui l'ont accompagné
dans sa vie, unis dans la mémoire.*

Je m'exile pour que la nostalgie
de mon pays m'inspire mieux.

Émile VERHAEREN

La littérature, les Arts, sont la vraie gloire d'un pays.

Félicien ROPS

– Quel est votre plus grand regret ?
– Être Belge.

Jacques BREL

Et français ? Suis-je français ? – Non, vraiment pas.

Henri MICHAUX

Mon talent, celui d'être Belge.

Marcel BROODTHAERS

La Belgique, ça n'existe pas.
Elle n'est qu'un melting-pot, un croisement européen.

ARNO

Avant-propos

Mon père est mort le 17 avril 2001, vers 4 heures de l'après-midi, comme me l'a appris son frère Étienne par un coup de téléphone rapide. Dès le lendemain, nous quittâmes Paris pour Bruxelles et le voir une dernière fois, dans ce *home* pour vieilles gens, de la chaussée de Vleurgat, près de la place Flagey, non loin de là où ses parents avaient vécu et où son propre père était décédé. Cela faisait déjà au moins deux ans qu'il dépérissait là, dans une petite pièce assez peu confortable donnant sur la rue, avec un lit, un fauteuil neuf que nous lui avions offert, un crucifix, une tête d'ange en bois sculpté, arrachée de haute lutte à ma mère, seul rescapé du naufrage de leur couple, une bibliothèque bien rangée, sa chaîne hi-fi et des disques qu'il n'écoutait plus, les vieux 33-tours de jazz qu'il aimait tant restant en rade, et une télévision portative, allumée en permanence au début, qu'il regardait sans la voir.

Nous discutâmes entre frères, dans une salle attenante, des modalités à suivre et lui rendîmes une ultime visite. Il était étendu sur le lit, dans la chambre aux rideaux tirés, vêtu d'un costume classique, avec chemise blanche et cravate, mains jointes sur le ventre, et semblait dormir. On aurait dit une figure de cire. Il était très maigre, ne pesait guère plus de quarante kilos, et les ecchymoses et vilaines traces rouges avaient disparu de ses membres. Ses longs cheveux blancs, extrêmement fins et toujours bien peignés, avec la *ligne* sur le côté, impeccablement tracée, qui n'avaient pas varié de coupe en *septante* ans, paraissaient avoir retrouvé leur teinte d'antan et ses traits avaient l'air si détendus qu'il retrouvait le visage du jeune homme un peu mystérieux, aux lunettes cerclées d'Harold Lloyd, au sourire pudique et pincé, à la silhouette mince et élancée, cintrée dans des complets croisés de bonne coupe et aux pantalons trop larges, qui m'intriguait dans les albums de photos relatant les années d'avant ma naissance.

Natif de Bruxelles où il resta toute sa vie, mon père était un représentant type de la classe moyenne apparue vers la fin des années cinquante. Catholique, moral, honnête, libéral comme tout indépendant, c'était un homme réservé qui aimait les siens et profitait à plein de la prospérité croissante dont la Belgique jouissait alors. En bon père de famille, représentatif de la moyenne bourgeoisie, il se félicitait d'être un individu sans histoire, moyennement cultivé, peu engagé politiquement, belge sans fierté ni honte comme tout bon Belge et, puisque la langue belge proprement dite n'existe pas, parlait naturellement le français qu'il s'évertuait à estropier en prenant un malin plaisir à dire tranqui-e au lieu de tranquille avec deux *l*, sans les articuler, ce qui m'agaçait beaucoup car je lui en avais fait la remarque, mais il continuait de plus belle. Et il disait de même *septante* en appuyant le *p* alors qu'il doit être muet, *plouie* pour pluie, *moitché* au lieu de moitié, comme les Belges en général disent *l'amitché franco-belge*, prononcent *poreau* et non poireau, *in* au lieu de un, et donc *brin* à la place de brun.

Si je me souviens avec émoi de ses fautes bénignes, je n'ai curieusement pas gardé en mémoire le son de sa voix, et sans doute est-ce parce qu'il estimait que mieux vaut ne pas se raconter d'histoire que je n'ai pas une lettre de lui, ni de trace de son écriture. Le seul mot de toute son existence qu'il m'adressa le fut sur une carte de visite – signe d'identité – pour me féliciter dans la même phrase d'avoir décroché le prix Rossel et m'annoncer son divorce après cinquante-quatre ans de mariage. Profondément ébranlé, il ne s'en remit jamais.

Mon pauvre père se savait-il au soir de sa vie, et bientôt dans sa nuit, lorsque je venais le voir à l'improviste, au gré de mes raids dans la capitale, sans l'avertir par téléphone, la ligne étant coupée, puisqu'il n'y répondait plus ? Je le revois alors tressauter comme un enfant, l'œil bleu s'illuminant de joie, lorsque j'entrais dans la chambre, ayant choisi avec soin chez un traiteur de l'avenue Louise des mets délicieux, mousse, flan, éclair au chocolat, gâteau crémeux ou pâtisserie sans croûte pour ne pas éreinter ses gencives édentées, qu'il avalait gloutonnement, mordant mes doigts quand je lui donnais la becquée, le gavant de saumon d'Écosse, déchiré à mains nues, faute de couverts, mâchant même le papier tant il était affamé.

À chaque visite, pourtant, je le voyais dépérir. Terré dans un éloignement progressif, étranger au monde, se consumant sur place. Amoindri, anesthésié, biodégradé, dissous, sucé par le mal implacable qui avait détruit son cerveau, perdant la face comme Bruxelles maintenait droite ses façades creuses, étayées par le vide, ne voyant rien, n'entendant pas, n'écoutant plus, sanglé dans son fauteuil comme un naufragé sur une île, sans vivres, sans racines, sans horizon, sans espoir de survie. Combien de lustres resterait-il donc ainsi, seul et sans repères, sans attaches, sans amis, sans souvenirs, ayant perdu la tête et la langue, en m'écoutant sans mot dire, sans savoir qui j'étais ni même ce que je faisais là ?

Tandis que je tâchais en vain d'entretenir un embryon de conversation, il me dévisageait, hagard, de ses yeux délavés, d'une transparence limpide, en me prenant pour mon frère aîné, lâchant par surprise un lambeau de parole qui vrillait sa cervelle en gelée, incapable de penser plus avant, l'idée se dissipant avant de mûrir. D'autres fois, il me demandait subitement si j'habitais toujours à Gand – ce qui ne fut jamais le cas – ou si je débarquais tout droit de Hongkong. Mon visage devait en effet lui rappeler quelque chose et je le voyais fournir un effort désespéré pour tenter de savoir qui j'étais. Si bien qu'un jour, alors que mes visites se faisaient de plus en plus courtes, lors de ces longs tête-à-tête sans échange ni dialogue, testant son attention, je lui demandai tout à trac :

– Tu sais au moins comment je m'appelle ?

Et, après un long temps, comme un éclair de génie, en riant sous cape du bon tour qu'il allait me jouer, ravi de me piéger, mais aussi, sans oser se l'avouer, d'avoir su retomber sur ses pattes, il s'écria soudain dans un immense cri de joie :

– Patriiiiiiiiiiiiiick !

Et puis, plus rien.

À partir de quel degré l'indifférence totale est-elle atteinte ?, me demandais-je en le regardant éboulé dans son fauteuil, la tête appuyée sur une main, une miette de gâteau collant au coin de sa lèvre après qu'il l'eut englouti en moins de trois bouchées, l'engouffrant avec une voracité de vieillard affamé – la gourmandise, seul vice reliant à la vie –, avant de s'éteindre d'un coup, fermant les yeux, sombrant dans un coma subit, dans un trou d'ombre, noir, de mémoire, astronomique, sans fond, d'avant les origines, à moins que ce ne fût tout bonnement le trou du souffleur...

Et voilà d'un coup que sa voix me revient. Je m'en souviens comme si c'était hier. C'était la veille de Noël. En le guidant pour éviter de patauger dans les flaques, je l'avais emmené en promenade le long des étangs d'Ixelles. Il se cramponnait à mon bras, s'arrêtant tous les deux pas, me confiant que son père lui avait dit un jour qu'il était bon de pouvoir s'appuyer sur son fils comme il le faisait aujourd'hui sur moi. Toute une vie défilait durant ces quelques mètres sur le chemin boueux. Puis, soudain, levant la tête vers moi, sous sa casquette, l'œil goguenard, avec une pointe d'accent, il demanda :

– Tu as ta canne ?

Je me rendis compte alors combien le mal avait délabré son cerveau. Et, plus tard, je demandai à garder en souvenir, tel un totem ou un talisman, cette canne qui constitue le troisième élément de l'énigme que soumet le Sphinx à Œdipe.

Absent au monde, s'enfermant dans un lent déclin, coulant doucement, chaque jour étant pire, regardant sans rien voir, pensant sans pensée, sans projet, sans désir, mais est-ce si sûr ?, sans envie de parler, sans plus aucun souvenir, soûl de malheur et seul comme il ne l'avait jamais été, incontinent, langé comme un nourrisson, lui qui était toujours tiré à quatre épingles, irréprochablement sapé, en me dévisageant de ses yeux translucides, d'un bleu clair comme l'eau, mais vitreux, muré dans sa posture, englué dans le silence, ayant oublié son prénom, son nom propre, le mien même qu'il ne savait plus prononcer, et ne parlant plus la langue de personne, mon pauvre vieux père me faisait penser au pays de Belgique sombrant de manière inexorable dans un fond qu'il avait lui-même creusé.

Par acquit de conscience, croyant bien faire, soucieux de mettre en ordre ses affaires, car il avait toujours été très soigneux, il avait successivement jeté à la poubelle ou aux W.-C., en pensant à coup sûr les placer en sûreté, rangés posément dans une armoire, les indices garants de son identité. Ainsi disparurent l'un après l'autre ses lunettes, son dentier, ses papiers d'identité. « Ne les lui rendez pas ! » nous prévint le médecin. « Il s'en délivrera de même. » Veuf du présent, mais ayant gardé son alliance qui l'unissait au passé, mon brave père devint en moins de deux un vieillard sans âge, sans regard, sans visage et sans identité. Alors que le nom est tout, il évinça celui de Roegiers au *o* fendu en *e*, *i* déplié en *ie*, qu'en Belgique on dit *ou* et *ii*, en roulant les deux *r*, en butant sur le *g*, et en faisant siffler le *s* final. Mais qu'en France, on dit Rodgiers, en éludant les diphtongues typiques des patronymes flamands et belges.

*
* *

« Si tu ne peux changer ton pays, change ton nom », dit Joyce. Grand voisin tutélaire, la France n'était aux yeux de mon père qu'une contrée de traverse pour aller en Italie ou en Espagne, en faisant étape à Aix-en-Provence, oasis des grillons, où, faute de lit vacant, je passai la nuit dans une baignoire. Il n'avait rien trouvé à redire lorsque à 35 ans j'avais décidé de quitter la pseudo-patrie où j'avais grandi, mais qui m'avait flanqué dehors, réitérant à quinze ans d'écart le coupable délit du reniement paternel. Lui qui vivait dans ce pays comme on naît dans sa peau – choisit-on sa destinée ? – ne voyait aucune raison d'en changer. Et il ne percevait pas davantage l'écart imprécis entre ces deux pays voisins, si peu apparent qu'on feint de croire qu'il n'existe pas. Alors qu'en réalité tout est différent : les mœurs, le goût, la pensée, les têtes, les cauchemars, les rêves, l'accent, les mots, mais aussi le ciel, le vent, les nuages, la terre, la pluie, la mer, les canaux, la vue.

Mais je l'avais quitté, ralliant à mon tour, sans originalité, la cohorte des noms fameux de Michaux à Rops, Maeterlinck et Verhaeren, Simenon et Brel, Crommelynck et Baillon, Alechinsky, Bury et tant d'autres. Quelle hémorragie ! Ce qui n'exclut pas d'aimer Broodthaers, Wiertz, Magritte, Spilliaert, Hergé, Fabre, Delvoye, Panamarenko ou Ensor qui, eux, sont restés au pays.

Cela ne se pardonne pas.

Ah ! on me le faisait bien sentir et, de toute façon, je l'éprouvais bien assez moi-même lorsque je revenais à Bruxelles, pénétré d'un étrange malaise, avec le fâcheux sentiment de remettre mes pas dans un passé mort, de renouer avec une part défunte, à jamais tuée, de moi-même, en arpentant la cité de mon enfance, puis de mon adolescence et de ma vie adulte, débutée au théâtre, dont je connais par cœur chaque pouce de pavé, que n'a pas altérée ma mémoire où elle s'était moins estompée que je ne l'avais imaginé et qui pourtant ne ressemble plus à celle que j'ai connue.

Ubiquiste et schizophrène, coupé en deux – fêlure secrète –, moi qui suis plutôt entier et du signe de la Vierge comme mon père, incarnant malgré moi cette dualité propre à la Belgique qui se penche à la fois vers la France et la Hollande, fonde la synthèse contradictoire et stimulante de la culture du Nord et de celle du Sud, apatride par déni d'amour, orphelin par force, en quête ici et là de pères de raccroc, je m'asseyais face à moi-même sur la chaise en le regardant calé dans son fauteuil, croupissant dans ses flaques comme ce pays suinte sous soi, famille et patrie échouant sur la même butée.

Car le mal dont mon père était atteint était le même que celui dont souffrait le pays, aire d'amnésie, mal-née, mal-aimée de ses occupants, scindée en deux, indifférente aux siens, qui délaisse ses enfants, les renie, les occit, les boute, les pousse au départ. L'étroitesse de sa vie le menant à celle de sa fin, la petitesse d'esprit égalant à celle des frontières, la Belgique entière tenait dans sa chambre. Ayant enfermé le pays dans sa tête, accroché à rien, dépossédé de tout, sans opinion ni rêves, sans dents, sans épouse, sans parents, sans postérité et sans que mes enfants ne le voient, sans personne, sans rien, ayant intégré sa propre amnésie, mon père aimé veillait à l'effacement de soi. Récusant la pitié, affliction de l'esprit comme la piété l'est de l'âme, je l'embrassais avec tendresse sur les joues et le front lorsque je le quittais, en me demandant dans quel état je le reverrais la fois suivante s'il y en avait une, sachant que son cœur, intact mais brisé, mort à tout sentiment, tenait bon.

Ah, le cœur !

Le fameux cœur belge qu'épouse la forme de la capitale, qui caractérise chaque Belge qui a bon cœur et l'a, dit-on, sur la main car dessous bat son portefeuille, mais que

Céline raillait comme étant « le mot le plus puant, obscène, glaireux du dictionnaire ». Le plus cruel aussi puisque son frère Étienne, dit Piet, qui avait un cœur d'or, rongé par une sorte de foudroyant cancer, lâcha les pédales moins de trois mois après que mon père eut rendu son dernier souffle.

*
* *

C'est en regardant les albums de photos, l'après-midi des funérailles, en me voyant avec mes frères et ma sœur à côté de mes jeunes parents si fringants, harcelé par des fantômes familiers, que j'ai senti le besoin de plonger dans les limbes du souvenir et de quérir les racines du territoire où je suis né. Certes, ce qui est perdu ne se retrouve jamais. Et pas plus que le pays ne se rend à celui qui l'a quitté, le père disparu ne revient au fils qui est parti. C'est en ouvrant au contraire le robinet qu'évoquait mon père au retour des vacances – « Et maintenant, on ferme le robinet ! » – afin que coule à flots le flux de la mémoire, qu'il est parfois bon de rafraîchir, que naquit cette autobiographie d'un pays autant que récit de l'histoire et du roman familial. Tout allant de soi, il a suffi de réveiller ce qui sommeillait en moi pour tout remettre à jour et me délivrer enfin de la Belgique par ce livre bien évidemment écrit en belge, à la belge, langue aussi inepte qu'inexistante, mais à laquelle je suis filialement attaché car même expatrié, par toutes les fibres de mon être, et les élans de mon imaginaire, malgré tout ce qu'il m'en coûte, je sais à présent qu'il n'y a au fond pas plus belge que moi.

Saint-Maur, 21 juillet 2002

A

A-BELGE

Sentiment qu'a le Belge d'être par défaut, et donc de n'avoir pas de patrie, pas de pays, pas d'histoire, pas de mémoire, pas d'identité propres.

ABTS

Les deux premiers drapeaux belges furent cousus le 26 avril 1830 par une couturière au nom abstrait qui s'appelait ABTS.

ACCENT

Pondéreux, lourd et appliqué, l'ACCENT belge tant raillé outre-Quiévrain s'avère par la modulation chantée des phrases. Insistant sur les syllabes pour les compter, le Belge se repère par son phrasé à débit lent, à l'articulation palatale ou gutturale des vocables, ponctués d'accents toniques, souvent déplacés, par lesquels s'énonce le désir inassouvi non pas de s'exprimer clairement mais plutôt de se faire entendre. Le Belge affirme son désir de ne pas parler la langue commune, d'employer le français de Belgique, d'enraciner sa parole, de personnifier sa diction par l'accent, grave en Wallonie, aigu en Flandre, ou circonflexe à Bruxelles. Rural ou citadin, issu du Nord ou bien du Sud, il y a autant d'accents dans cette contrée que de régions, de provinces, de villes, de quartiers, de bourgs et de hameaux. Vive l'accent ostendais d'Ensor qui ne quitta quasi jamais sa cité natale, l'accent lessinois de Magritte qui roulait les *r* comme une sole dans la farine, l'accent liégeois de Simenon qui, bien qu'ayant fait le tour du monde, ne s'en départit point, l'accent verviétois de Blavier et l'accent flamand prononcé de Baillon, malgré dix ans de séjour à l'étranger, l'accent schaerbeekois de De Ghelderode qui ne dompta jamais les accents circonflexes puisqu'il écrit « sâge », « comêtes » ou « bâteaux », l'absence d'accent du Namurois Michaux qui dit dans sa « Lettre de Belgique » que le Belge a la phobie de la prétention des mots, dits ou écrits : « De là son accent, cette fameuse façon de parler le français. » Et enfin, l'accent bruxellois de Brel, après vingt ans d'exil en France, qu'il accuse sans cesse pour épauler le poids des mots :

« J'ai perdu l'accent bruxellois.
D'ailleurs plus personne n'a cet accent-là
Sauf Brel à la télévision… »

À LA FLAMANDE

C'est parce qu'il est jaloux des champignons de Paris, des escargots de Bourgogne, du crottin de Chavignol, de la fourme d'Ambert, du bleu d'Auvergne, de la tomme de Savoie, de la moutarde de Dijon, du saucisson d'Arles, des calissons d'Aix, du nougat de Montélimar, des melons de Cavaillon, des huîtres d'Oléron, du sel de Ré, des rougets de Lille, du piment d'Espelette, des tripes de Caen, des rillettes du Mans, des pastilles de Vichy, des bêtises de Cambrai, du miel du Gâtinais, du cannelé de Bordeaux, des galettes de Pont-Aven, de la saucisse de Morteau, de l'eau d'Évian, du quart Vittel, du rosé d'Anjou, du cognac de Cognac, du vin de Bourgogne, du pineau des Charentes, du champagne de Champagne, du foie gras des Landes, des truffes du Périgord, des pépins d'Orange, des pruneaux d'Agen, du jambon de Bayonne, du vinaigre d'Orléans, du cassoulet de Toulouse, du poulet de Bresse, de l'andouillette de Troyes, de la bouillabaisse de Marseille, du porc de Corse, mais aussi des soles normandes, du homard breton, de la salade niçoise, des tomates provençales, de la béarnaise, du bouchon lyonnais, du Beaujolais nouveau, de la quiche lorraine, que le Belge francophone, qui connaît l'hexagone comme sa poche, se délecte, sitôt venue la bonne saison, des asperges À LA FLAMANDE (œufs mollets broyés, persil, beurre blanc, patates en chemise).

À LA MER

Comme on va *à la cour*, à la côte, à la montagne, à la chasse, à la pêche, à la poste, à la cuisine, à la foire, à l'armée, au lit, à l'assaut, à l'aveuglette, à l'abattoir, à la guerre, à la Mecque, à la messe, à la morgue, à la mort, à la police, à la queue leu leu, le Belge, n'ayant pas le choix et sûr qu'elle est vraiment la sienne, éprouve un tel sentiment d'accord avec les vagues, les marées, les brise-lames, le sable, les dunes et la digue, qu'il se réjouit d'aller, le plus souvent en famille, À LA MER car en Belgique il n'y en a qu'une et non pas quatre comme en France.

ALEXANDRE

Né en 1942, opéré du cœur en 1957, à Boston, réputé pour ses frasques, flambeur et casseur de Porsche embouties aux petites heures et changées dans l'heure, qu'est donc devenu ALEXANDRE, prince de Belgique, fils du roi Léopold III et de la princesse de Réthy, mouton noir de la famille, qui contrastait par ses escapades avec l'image sage du frêle monarque qui n'était pas son cousin, et brûla par les deux bouts la chandelle avec une ivresse et une hardiesse inverses à la sévérité de la triste fonction officielle à laquelle il savait ne pas avoir accès ?

ALOST

Enfant, je croyais en toute innocence que le jambon à l'os était du jambon d'ALOST. Abusé par cette consonance trompeuse, j'apprenais la vie en sillonnant mon pays. Et j'en faisais le tour à mesure que j'en découvrais les atours, sachant qu'il y avait aussi les choux de Bruxelles, le sucre de Tirlemont, le fromage de Herve, la bière de Chimay, les beignets de Stavelot, les boules de l'Yser, le filet d'Anvers, le coucou de Malines, les yeux de Bouillon, les babelutes de Furnes, les couques de Dinant et celles de Rins que je croyais de Reims!, les fraises de Wépion, le raisin de Hoeilaart, les baisers de Flawinne, les truites de Namur, le waterzooi de Gand, le pavé de Bastogne, les jets de houblon de Poperingue, l'eau de Spa, les spéculoos de Saint-Nicolas, le pain d'épice de Verviers, la tarte au fromage de Chaumont-Gistoux, les spantôles de Thuin, les gaufres et le sirop de Liège. Mais comment dire la délectation gourmande rien qu'à énoncer la *tarte al' djote* de Nivelles?

ALSTABLIEF

J'ai toujours aimé l'étrange sonorité de ce mot dont la première syllabe *Alst* rappelle la ville d'Alost (Aalst), suivie du *a* central qu'on prononce *e*, tremplin aidant l'élan du *blief* final, ponctuant ce vocable qui veut dire en flamand « s'il vous plaît ».

AMNÉSIE

L'AMNÉSIE qui consiste à gommer, effacer, biffer, rayer, raturer, virer de sa mémoire toute trace de faits, de noms ou de souvenirs gênants, est une caractéristique détestable et récurrente de la Belgique. Ce n'est pas sans raison qu'un des pseudonymes de Georges Simenon à ses débuts était Gom Gutt.

ANCIENNE BELGIQUE

À l'ANCIENNE BELGIQUE, music-hall de la rue des Pierres, au cœur de Bruxelles, à deux pas de la Bourse, temple de la chanson française dirigé par Georges Mathonet, où le rideau se levait sur un orchestre au grand complet aligné derrière des pupitres, où s'illustraient dans des sketchs comiques les frères Émile et Paul Sullon, j'ai vu en famille grâce à un abonnement qui nous y ramenait tous les dimanches en matinée, assis dans la grande salle du bas ou niché au balcon, en sirotant un verre de menthe, **Eddie Constantine** que j'avais d'abord cru être une femme à cause de son prénom et sa fille (« Ne pleure pas, mon enfant... »), **Charles Aznavour**, en costume tabac, perché sur un tabouret (« Je m'voyais déjà... » « Tu t'laisses aller... »), **Roger Pierre et Jean-Marc Thibault**, en tenue bleu électrique, qui faisaient un numéro tordant avec un tuyau de caoutchouc, **Marino Marini** et son trio, **Jean Constantin** (« Où sont passées mes pantouf, touf, touf?... »), **Claude Léveillée** (« Je-me-fous-du-monde-entier quand Frédérique... »), **Georges Ulmer**, **Félix Marten**, **Philippe Clay**, qui étaient tous des vedettes, **les Compagnons de la Chanson**, en chemise blanche et pantalon souris, serrés comme des moineaux sur un fil, **Dario Moreno** et sa moustache dessinée comme un personnage de Tintin (« Si tu vas à Riôôôôôôô, n'oublie-pas de monter là-haut!... », « Brigitte Bardot, Bardôôôôt... Brigitte Béjôt, Béjôôôôt... »), **Ricet Barrier** et ses refrains caustiques, **Pierre Repp** le bafouilleur, **Gérard Séty** le transformiste, **Claude Véga** l'imitateur, et **Pierre Vassiliu** le fantaisiste, **Joséphine Baker** avec ses longues cannes brunes, son pagne et ses bananes, qui faisait un *come-back* pour sauver les Millandes et ses douze enfants adoptés, **les Peter Sisters**, **Line Renaud** (« Ma cabane au Canada... »), **Patachou**, **Mick Micheyl** et **Jacqueline François**, qui avaient toutes la même coiffure bombée des années cinquante. Et je me rappelle avoir aussi vu **Dick Rivers** et **les Chats Sauvages**, **Johnny Hallyday**, à ses tout débuts, sur un podium branlant, **Richard Anthony**, en complet gris avec une cravate rouge, **Jacques Brel**, qui attendait dans une 403 grise avec son pianiste, et qui triompha avec « Les Flamandes » et « La Valse à mille temps », **Claude Nougaro** (« Une petite fille en pleurs… »), **Tino Rossi**, sous chapiteau, que j'ai moi-même présenté, **Gilbert Bécaud** et sa cravate à pois, **Barbara** au piano, en robe fuseau noir, **Raymond Devos**, clown hilarant, **Léo Ferré**, clignant des yeux (« Pépééé… Pépééé… », « Les Poètes », « Avec le temps… on n'aime plus »), **Serge Gainsbourg**, au Cirque Royal, ainsi que **Coluche**, avec son nez rouge et sa salopette rayée, **Ella Fitzgerald**, à la Grand-Place, **Yves Montand** en récital, et, pour finir, **Frank Zappa**, à l'Ancienne Belgique, au plancher vidé, sans balcon, remplie d'ombres noires comme le trou de la mémoire où s'estompent les échos du music-hall de papa.

ANGLETERRE

Sans aller jusqu'à dire :

> « Londres n'est plus
> que le faubourg de Bruges
> perdu en mer… »,

comme le chante Jacques Brel, ni prétendre que la reine d'Angleterre est belge, il faut convenir que l'ANGLETERRE bénéficie d'égards, de respect, d'une sympathie innée en Belgique où s'imprime fortement son empreinte, ce qui n'est pas le cas en France, où la Grande-Bretagne comme l'Allemagne sont perçues comme des rivales séculaires qui lui disputent le leadership qu'elle préférerait garder pour elle. Il faut dire que la Belgique a été voulue par l'Angleterre, qui lui a imposé son premier roi. Cela se marque naturellement au bois de la Cambre, qui faisait partie autrefois de la forêt de Soignes, agencé à l'anglaise pour y faire du canotage, du cheval, de la marche, et à présent du jogging, sorte d'aire artificielle et romantique avec son île au centre baptisée Robinson. C'est aussi le cas du parc Josaphat et de celui qui ceint le palais royal de Laeken, qui compte un temple du soleil, une grotte, une galerie, un enclos zoologique, des étangs, une fausse cascade, des serres, une orangerie et une tour chinoise.

À l'image des jardins verdoyants, ce sont plus les mythes et les mythologies que le pays en soi qui ont marqué de leur durable influence mon pays d'origine. Ainsi en est-il des chemises de *lawn-tennis* Fred Perry, et non Lacoste, que j'arborais dans mon adolescence, du club Wellington où je m'escrimais au hockey, des villas de style victorien et des hôtels aux noms britanniques – Westminster, Windsor, Balmoral – de la côte belge, des scouts Baden-Powell, des chapeaux à poils de la gendarmerie à cheval, si proches de ceux des fameux House Guards de Buckingham Palace, auquel fait tant songer l'esplanade pavée du Palais royal de Bruxelles, de Stanley et Livingstone, Robin des Bois et Peter Pan, Dickens et la Guinness, Pickwick et le *pickles*, Bob Morane et Bill Balantine, Blake et Mortimer, des culottes de golf de Tintin, de la malle Ostende-Douvres, du plaid, des jupes plissées et des cravates écossaises, du costume prince-de-galles à lignes bleues de mon père, de la douche écossaise, de la sauce anglaise, de l'humour anglais et de la crème anglaise, et surtout du pudding, des cakes, du thé de ma grand-mère anglaise qui portait le doux nom de Nora, et de son porridge, bouillie de grains d'avoine, sorte de *pappe* exquise dont je me lèche encore les babines quarante ans après.

ANGUILLE AU VERT

L'ANGUILLE AU VERT est, comme le jet de houblon, en mars, et les asperges à la flamande, un mets typiquement belge. Elle est dépouillée vive et cuite vivante comme le homard. Et je n'ai jamais pu comprendre l'attrait qu'elle suscite sinon comme une métaphore du comportement du Belge qui s'ingère lui-même, ondule, serpente, fait le gros dos, se défile ou file entre les doigts et s'avère, au bout du compte, immangeable.

ANNEGARN, DICK

Grand flandrin néerlandais dégingandé à binocles et guitare, DICK ANNEGARN est celui qui de sa voix traînarde a le mieux chanté la nostalgie que peut susciter «*Bruxelles, ma belle*», sa lancinante quiétude, sa poésie du petit matin blême, et même le surréalisme désuet de la place de Brouckère.

ANNEXION

Lorsqu'un écrivain belge quitte son pays et est reconnu en France, il finit par l'être aussi en Belgique mais à condition d'avoir été d'abord annexé par la France. Exemple d'AN-NEXION : à propos du livre *Le Perce-oreille du Luxembourg* d'André Baillon, paru à Paris, un critique français se rengorge dans *Les Nouvelles littéraires* du 18 février 1928 : «C'est un grand romancier de plus que la Belgique a donné à la France.»

ANONYMAT

Je possède par chance un tirage de la photographie de René Magritte, titrée probablement par Louis Scutenaire «Le géant», datée de 1937, prise sur la côte belge, sans doute à Coxyde d'après mes recoupements. On y voit de face un personnage en imperméable, veston et pull-over clair qui pose devant la mer, avec une pipe – objet signifiant – dans la main gauche, la dextre brandissant devant le visage un échiquier. L'individu qui se prête à cette singulière facétie, pitrerie calculée, aussi mentale qu'énigmatique, est Paul Nougé, complice de Magritte qui le portraitura dans un double tableau, biochimiste de profession, friand de paradoxes, déconstructeur engagé, qui renonça très tôt à devenir écrivain, mordu d'échecs – jeu de stratégie et de combinaisons – au point qu'il rédigea un traité justement intitulé

Notes sur les échecs (1936), et auteur de *La Subversion des images*, série de dix-neuf photographies aussi géniales et stupéfiantes que celles de Jacques-André Boiffard. J'adore cette prise de vue aussi réfléchie qu'instantanée, faite à la volée, entre amis, pour le plaisir de rire, à laquelle, si j'étais né dix ans plus tôt, avec un brin de chance, j'aurais pu assister, ou du moins m'imaginer présent. Caché derrière l'échiquier – que fait-il sur la plage ? ce n'est pas sa place –, Paul Nougé, alors âgé de 42 ans, illustre à la lettre sa propre pensée : « Je montre ce que je cache. » Encadrée de sycomore, sertie d'un liseré noir qui borde la marie-louise, cette photo face à laquelle je me tiens debout dans une attitude familière, ou bien assis, étant alors de dos, dans une position triviale, trône dans mes W.-C. Comme s'il avait prévu la situation, Paul Nougé, qui prônait le culte de l'ANONYMAT, Dieu merci, ne me voit pas.

ANTIBELGE

> Que la vie serait belle sans les hommes ;
> et la Belgique sans les Belges…
>
> Michel de GHELDERODE

Méconnu et mal-aimé, *belgement rejeté*, et même persécuté dans cette contrée de déni et de mépris où on le raillait dans son emploi subalterne de *penneliker* (gratte-papier), Michel de Ghelderode couva très tôt une rancune personnelle tenace contre la Belgique officielle, qui l'ignorait, le négligeait, le rejetait systématiquement. Comme ce fut aussi le cas pour Ensor dont Ghelderode n'est guère éloigné dans l'ostracisme qui le frappe, la mésestime dont il souffre, qu'il dénonce par des rincées d'insultes, mais aussi en mendiant des bribes d'articles signalant son existence tout comme le « prince des peintres ostendais » suppliait les critiques locaux de citer ses tableaux au point de leur adresser des dithyrambes qu'il pondait lui-même afin que le musée de sa ville consentît à acquérir l'une ou l'autre de ses œuvres tant dénigrées.

Fustigeant les « politicules et journalistes puants de bassesse et luisants de crachats ! », alors qu'il est le plus grand dramaturge belge vivant, Ghelderode réplique par le dédain, le sarcasme et l'injure. Outre sa vie *si belgement belge* qu'il déplore, il égrène les brimades et les *belgeries* dont il est l'objet de la part de ses confrères des « pisseuses lettres belges » ainsi que des critiques – ramassis de ratés et de jaloux – qui « pissent leur encre avariée ! » qu'il englobe dans le vilain sac de sa verbosité blasphématoire, de sa verbomanie satanique. Nié par ses congénères, Ghelderode nie en retour qu'il « existât une Littérature Belge » et, loin de se morfondre dans le misérable état où le jeta sa « condition inhumaine d'écrivain excommunié en Belgique », il se lance dans des tirades antibelges dont les salves vibrantes s'apparentent aux chapelets d'injures d'Ensor. Ce qui tend à prouver qu'en peinture comme en littérature, à Bruxelles comme à Ostende, les vrais artistes pâtissent du dédain du public, de la jalousie mesquine des autres créateurs, et de l'indécrottable inculture des hautes autorités.

Plus véhément qu'Ensor, Ghelderode va jusqu'à proclamer qu'il n'est pas un écrivain belge et attaque avec furie « la Belgique des crétins », la Belgique où « l'art est dispensé gracieusement et où n'est toléré que l'écrivain de "nationalité" parisienne », alors que ce sont les Français, il ne faut pas l'oublier, qui révélèrent son œuvre « à la Belgique et au monde ». « Je ne suis pas belge ni de Belgique », clame-t-il dès 1936 et il ne trouve pas de mots assez durs pour tancer ce pays de bureaucrates et de commerçants, « pays bourgeois, de pipelets et d'épiciers », qu'il dit aussi être le « pays des espions », traitant la Belgique de « fausse-couche de la Diplomatie de 1815 », « sous-produit d'infinis concubinages de peuples », « pays stupide et nostalgique » qu'il compisse et taxe en sus d'être « purgatoire, vomitoire, défécatoire ». Violemment ANTIBELGE, l'auteur du « théâtre en érection », dégoûté du « bas-monde de lettres bruxellois », se pare d'accents baudelairiens dans un sonnet qui atteint des sommets, intitulé « Merdre, 1931 » :

> « O merdre politique, ô très sublime Étron
> sois reine en ce pays où règne le Cochon
> et que se joigne à toi ma fiente d'artiste !... »

Seul est « vraiment belge » (*echt-belgisch*) ce qui est flamand, pour ce francophone, embastillé dans le carcan de la langue, qui veut non seulement que la Flandre soit rendue à elle-même et devienne « une nation », mais qui confond son flamingantisme, et son vœu de séparatisme, avec la germanophilie, ferment spécieux de son attitude durant la guerre durant laquelle on l'accusa « d'avoir servi la propagande nazie en prêtant sa plume et sa voix à Radio-Bruxelles », ainsi que d'avoir adhéré au Parti rexiste et tenu des propos gravement antisémites. Si bien qu'il fut sanctionné pour incivisme et encourut une peine disciplinaire de trois mois de suspension sans salaire à la Libération.

Le refus du poste de conservateur du musée Wiertz qu'il sollicita en 1950 et le discrédit dont est depuis victime son œuvre théâtrale en sont bien entendu des conséquences qui enflèrent la rancœur – trait fondamental de son caractère – de celui qu'on n'aime pas ni « ne fête jamais dans ces Belgiques ». Ce qu'il récusa hautainement par cette arrogante foucade : « Le Flamand Ghelderode n'a pas besoin de ces choses belges », ce qu'atteste sans ambages, mais non sans nuances, preuves à l'appui, Roland Beyen dans son très remarquable mémoire consacré au dramaturge longtemps tenu pour injouable par les scènes francophones, si décrié dans son pays qu'il décida même d'abandonner le théâtre, qui poussa jusqu'à son extrémité « la disgrâce d'être Belge », traita ses compatriotes de « salauds » et usa d'imprécations bernhardiennes qu'on entend quand elles visent l'Autriche mais qu'il faut savoir écouter quand elles touchent à la Belgique. Sans que cela excuse pour autant l'ignominie célinienne où il sombra, Ghelderode se sentit au moins aussi brimé en Belgique qu'Ensor. Et on ne peut totalement lui donner tort lorsqu'il pointe du doigt les autorités qui dédaignent Georges Eekhoud, « le plus flamand des écrivains de langue française », qui « fut et reste la victime froide du Belge », et se pressent à l'enterrement de Charles De Coster, mort dans la misère, qu'elles qualifient de « littérateur distingué » puis érigent en mythe national, après l'avoir laissé crever de faim.

Les citations livrées ci-dessus proviennent de l'excellent ouvrage de Roland Beyen, *Michel de Ghelderode ou la Hantise du masque. Essai de biographie critique*, mémoire couronné par l'Académie royale de langue et de littérature françaises, 3ᵉ éd., Bruxelles, Palais des Académies, 1980.

ANTIPODE

« Si je pouvais choisir, je ne serais pas un artiste flamand, mais belge. Mes références ne peuvent remonter qu'à 1830. J'opte pour la nationalité belge parce que je ne veux pas perdre les repères que sont Magritte, Rops et Broodthaers », déclare le plasticien Wim Delvoye* dont le discours est à l'ANTIPODE de celui des politiciens de la communauté dont il est issu.

---

* Cité par Florent Bex, *L'Art en belgique depuis 1975*, Anvers, Fonds Mercator, 2001, p. 22.

ANTWERPEN

Le nom des villes a presque toujours une histoire. Celui de la ville d'ANTWERPEN est exemplaire si on accepte de croire qu'il ne découle pas de *aanwerpen* qui signifie « alluvions » comme on l'alléguait au IIIᵉ siècle. Mais bel et bien de la légende du Romain Silvius Brabo qui provoqua en duel le géant Druon Antigon, pilleur des bateaux qui descendaient l'Escaut, et devenu un de ces mannequins géants qu'on trimballe dans les kermesses de la ville, dont il coupa les mains avant de les lancer dans le fleuve comme le montre la statue ornant la fontaine néo-baroque de Jef Lambeaux, dressée sur la grand-place devant l'hôtel de ville, dont l'eau s'écoule directement sur le pavé. En d'autres mots, *hand werpen* ou « main jetée », mais aussi *Intwarpe* ou *Hantewareppe*, comme dit André Baillon. Comment narrer tout cela par sa transcription francophone : Anvers ?

Anvers

J'étais sur le point d'achever le chapitre intitulé « Félicité maritale » consacré à Rubens, dans *La Géométrie des sentiments*, lorsque je me retrouvai durant trois jours à Anvers à l'invitation de l'École des beaux-arts qui me convia à venir donner cours dans l'ancienne caserne qui tenait lieu de local, non loin d'un ensemble d'hôtels particuliers de style Art nouveau que j'allais admirer à l'heure du déjeuner en me délectant de sandwichs aux crevettes et d'une tarte au riz.

Marchant le soir après une journée bien remplie, quand tous les musées, hélas !, étaient fermés, je déambulais seul jusqu'à plus soif, jusqu'à me perdre, jusqu'à en avoir des *cloches*, à cause de chaussures neuves, dans les larges avenues bordées d'immeubles très riches du Meir où trône le Torengebouw, premier gratte-ciel de Belgique érigé avant la Seconde Guerre mondiale, et surtout dans le lacis ombreux des venelles, bondées de boutiques d'objets bizarres et de galeries d'art moderne, qui cernent la vaste place rectangulaire du Zuid, où se trouve le musée d'Art contemporain installé comme celui de la photographie dans un ancien entrepôt, ainsi que des restaurants huppés et des cafés ultra-branchés.

Flânant à plaisir dans cette métropole rupine qui connut son âge d'or au XVIe siècle, où fut construite la première Bourse, où se développa l'imprimerie incarnée par Plantin Moretus, où triomphèrent tant de peintres illustres, comme Rubens dont je vis mais ne pus visiter la maison, Van Dyck qui officia à ses côtés, Jordaens, ainsi que Snijders et Teniers, gendre de Bruegel de Velours, si bien que j'avais la sensation bien réelle de déambuler dans le sanctuaire de l'art flamand, ce que me confirmait la façade des maisons rococo, ainsi que la place Henri Conscience qui y naquit, et dont j'avais autrefois fait le tour à bord du *Flandria* qui part du Steen (château) et circule sur l'Escaut à qui cette ville doit tout, l'Escaut étant dû à Dieu, je me disais qu'Anvers, qui est l'un des principaux ports du monde, est aussi la ville de Panamarenko, qui y est né en 1940, de Jan Fabre. Et, bien sûr, de ces couturiers en vogue, issus de l'Académie royale des beaux-arts, aux ateliers nichés autour de Nationalestratt ou de Kammerstraat, dont on prise tant le talent en France, malgré, ou à cause?, de leurs noms imprononçables, qui s'appellent Ann Demeulemeester, Dries Van Noten, Walter Van Beirendonck ou Dirk Bikkembergs.

Et je songeais aussi que cette métropole humaniste, réputée jadis pour sa draperie raffinée comme aujourd'hui pour ses raffineries et ses diamantaires, qui rutilait d'opulence, d'éclat, de bien-être et d'élégantissimes boutiques comme au temps de sa splendeur, était aussi cette ville à majorité néerlandophone où sévit la peste brune, fléau ancestral de la Flandre rugissante, incarnée par le Vlaams Blok, parti néofasciste, équivalent du FPÖ de l'Autrichien Jörg Haider, qui s'immisce en sourdine dans le bel esprit bourgeois des hôtels de maître Modern Style et rafla 33 % de voix aux élections municipales, un dimanche noir d'octobre 2000.

Aussi patient que radieux, le séparatisme du nationalisme flamingant, qu'exhale sa devise fachoïde: «BELGIE, BARST!» («Belgique, crève!»), attend son heure comme l'indique dans la monumentale gare centrale, cathédrale néo-baroque coiffée d'une colossale coupole, bordée d'escaliers abyssaux, sise à côté du jardin zoologique, où un tableau lumineux décompte le nombre de jours, d'heures, de minutes, de secondes, qui restent avant le 700e anniversaire de la bataille des Éperons-d'Or qui vit, le 11 juillet 1302, les gueux flamands massacrer près de Courtrai les chevaliers commandés par Robert d'Artois.

Aphorisme

Le Belge est presque aussi fort en affairisme que brillant en APHORISME que Clément Pansaers définissait comme étant « un cataplasme de consolation ». En voici neuf, de type géographique, ce qui sied à un pays souvent décrit comme introuvable.

– La chaise est toujours assise.

Achille Chavée

– L'origine du monde est dans toutes les mémoires.

Marcel Mariën

– C'est voir petit que de voir grand.

Maurice Pirenne

– Atteindre les sommets, les use.

Louis Scutenaire

– La Laponie, c'est formidable ; il n'y a rien.

Christian Dotremont

– Poussez la porte, le soleil est à l'intérieur.

Paul Nougé

– Les aveugles ne sortent pas la nuit.

Louis Scutenaire

– On n'est vraiment bien que quand on tombe.

Henri Michaux

– Mourir à Venise ou mouiller à Bruxelles, faut choisir !

Jean-Pierre Verheggen

À QUOI BON

Faisant écho à l'indifférence absolue du public belge à l'égard de l'œuvre de Charles De Coster et au maigre public qui assista à ses funérailles officielles, Georges Eekhoud, qui fut l'un des premiers collaborateurs de *La Jeune Belgique* et que l'on surnomma « le plus flamand des écrivains de langue française », s'écria en 1879, avec impétuosité : « D'ailleurs, À QUOI BON écrire en Belgique ? Des écrivains à nous, il ne nous en faut pas ! L'art national, la littérature nationale ! Sornettes que tout cela. »

ARCHITECTE, ARCHITECK, ARCHITEK

Repris par les chauffeurs de taxi aux cochers de fiacre qui l'éructaient dès le début de la construction du Palais de Justice de Bruxelles, mastodonte mammouthien érigé par Joseph Poelaert, créateur du théâtre de la Monnaie et de la colonne du Congrès, mort fou et solitaire, qui, pour édifier le plus grand bâtiment civil d'Europe au XIXe siècle, lamina tout le quartier des Marolles, le mot ARCHITECTE, voire *schieven architect* (« architecte tordu »), équivaut désormais à une insulte pour les Bruxellois.

ARDENNES

Des ARDENNES, je ne connaissais lorsque j'étais enfant que le circuit de Francorchamps, aux grands prix de motos et de formule 1 duquel j'assistais dans la tribune de presse ou près des stands parce que mon père qui fut un temps journaliste sportif s'occupait activement de cycles et de cyclomoteurs. J'admirais le virage de la Source, la côte de Burnenville et le fameux raidillon de l'Eau-Rouge où les motos 250 cc et les 500 cc se lançaient, mais rien ne m'impressionnait autant que les side-cars si étonnants par cette façon brusque qu'avait le coéquipier, entièrement gainé de cuir noir tel un acrobate casqué ou un voleur agile, de basculer derrière le pilote et de racler quasiment le sol afin d'assurer l'adhérence. Mais il y avait aussi le célèbre jambon d'Ardennes, les cristalleries du Val-Saint-Lambert, les aciéries et la sidérurgie, le rocher de Marche-les-Dames, dans la vallée de la Meuse, où le « roi-chevalier », Albert Ier, alpiniste intrépide, trouva la mort le 17 février 1934, comme je l'avais appris à l'école, ainsi que les grottes de Han, stalactites en T tenant du haut, stalagmites en M montant du bas, dentelles d'eau gelée en forme de cierges ou de bougies glacées qui donnent l'impression d'entrer dans le ventre du monde, et, bien sûr, la citadelle de Namur ou celle de Huy que nous visitions en voyage scolaire, partant tôt matin en car et rentrant épuisés le soir, ivres de bonheur, après avoir bien chahuté et dévoré le pique-nique de sandwichs mous à l'omelette et de Coca-Cola chaud. Ces périples fort attendus, couronnement d'une année scolaire bien remplie et annonçant les beaux jours de l'été, alternaient diplomatiquement, une année sur deux, avec les excursions du côté flamand pour visiter le port et le zoo d'Anvers, admirer le retable de l'Agneau mystique à Gand ou les Primitifs flamands à Bruges, qui nous paraissaient un brin protocolaires. Car, dans les Ardennes, il y avait aussi les *gosettes*, qui sont des chaussons aux pommes ou aux abricots fourrés dans une pâte cirée qu'on appelle les *rombosses*, le Standard de Liège, rival d'Anderlecht, et le FC Liégeois, la course Liège-Bastogne-Liège, le sirop et les gaufres, truffées de fruits, succulentes aux cerises et aux prunes, gare aux noyaux!, si différentes de celles de Bruxelles, exquises, mais qui ne sont qu'au sucre, le rocher Bayard, aux portes de Dinant, d'où viennent les illustres *couques*, gare aux dents!, et le château de Bouillon qui devait être celui de Godefroi dont la statue trône place Royale devant l'église Saint-Jacques, où j'avais chanté pour le baptême du prince Philippe, futur héritier du royaume. Dans les Ardennes, il y avait de la neige en hiver et des traces de marcassins, de sangliers dont on fait de délicieux pâtés, aussi réputés que les noix de jambon fumé et les saucisses sèches dont j'étais déjà friand. Dans les Ardennes, il y avait aussi Malonne où je m'étais rendu en famille et dont je garde en mémoire, sans trop savoir pourquoi, l'image idyllique d'un verger croulant de pommes, et il y avait encore mon grand-père qui était commandant des chasseurs ardennais, ce qui se voyait à son béret vert souple pendant sur le côté. Et puis surtout, il y avait Grand-Halleux où nous menait en hiver ce fantasque et génial professeur qu'était Léon Jeunejean, le bien-nommé, cheveux gris en brosse, pif en pointe, lunettes cerclées, fin comme un pinceau, qui avait rempli sa classe (7ᵉ B) de meubles de famille peints dans tous les tons, bleu, jaune, rouge, si bien qu'on se croyait chez lui et qu'on pouvait même au besoin cuisiner. Il nous tirait en traîneaux, arrimés à la queue leu leu au pare-chocs de sa vieille Simca grise, et nous entrions dans les Ardennes à plat ventre, le nez dans les congères, humant l'air vivifiant, en calant des boulettes de neige dure. Il nous libérait par bonheur dans les descentes et chaque semaine avait lieu le tirage au sort pour savoir qui l'escorterait dans la folle escapade du week-end qui menait du côté de Vielsalm et de Trois-Ponts, de Stavelot et de Malmédy, à Grand-Halleux, ce petit bourg austère, fendu par la route en légère montée, irrigué par une source, où nous accueillaient les aboiements des chiens qui retentissaient au loin dans la campagne givrée. Nous couchions au chaud dans sa maison de pierres bleues, en moellons, où, resté seul durant deux jours, je me rappelle avoir veillé comme un fils sa vieille mère mourante. Il y avait surtout dans cette verte et riante contrée le camp d'été chez les pères salésiens qui durait un mois, où nous jeûnions à l'aube avec les moines, chantant à l'office, solfiant les offices matinaux, goûtant leur fromage et leurs légumes, pionçant à trente dans le dortoir où nous assaillaient les *macralles*, sorcières issues de Blanche-Neige, qui tirent leur nom effrayant d'un plateau de l'Amblève, affublées de masques hideux au nez crochu, d'une capuche noire et d'une tunique sombre, volant dans les airs perchées sur un balai. Elles surgissaient la nuit, brandissant des flambeaux étincelants, en poussant des cris d'orfraie, comme jaillies des forêts ensorcelées où se nichent les loups-garous et les *nutons*, ligotant l'un des nôtres à un arbre, dérobant nos effets pour se venger des moqueries dont elles avaient fait l'objet lors de leur virée au carnaval de Stavelot où nous avions eu le tort de railler les *blancs-moussis* juchés sur des échasses. Ainsi, les Ardennes déposaient-elles dans ma mémoire des souvenirs fantastiques et délicieux, éveillaient-elles notre innocence en s'amusant à faire surgir à la lueur des feux follets le merveilleux, l'irrationnel, le délire carnavalesque, associé aux farces rieuses et à la tendresse mutine d'un maître hors pair, attentif, généreux, étonnant, moderne et jamais barbant, qui savait nous divertir et nous instruire, ranimer les plus anciennes traditions, qui nous élevait et nous aimait comme ses enfants.

ARELERLAND

L'ARELERLAND n'est pas le pays des « are, are » mais la lointaine contrée du Sud-Luxembourg où subsiste une minorité oubliée de luxembourgeophones, seuls autochtones francophones à pratiquer l'idiome du pays voisin : le luxembourgeois.

ARNO

Fils d'une mère fan de Brel, Arnold Hintjens, dit ARNO, est né le 21 mai 1949 à Ostende, comme Ensor, Spilliaert ou Henri Storck. Alter ego « alcoolo » flandrien de l'écolo wallon Julos Beaucarne, cet ancien bègue, faussement éméché et roublard, se souvient qu'Ensor, son idole, ne parlait pas flamand mais français. Gavroche potache et pochard givré, Thyl ou titi, faux bourré, mais vrai bourru, Arno chante en français ce qu'il ressent et pense en son for intérieur en flamand. Il roule les *r* comme la mer du Nord, grisâtre ou de belle teinte verdâtre, charrie le flux et le reflux des vagues. Sa logorrhée éraillée, émaillée d'éructations railleuses, est une rude houle qui emporte et chavire à bon port. Ses refrains rageurs fleurent la moule et les crevettes humides, tintent des hoquets de bière blonde, vibrent du cri des mouettes blanches, et infusent l'air rogue et jubilant des limonaires, des flonflons de bal, des fanfares foireuses et des sarabandes en bandes sur les planches branlantes de l'estacade. Insufflant du lyrisme dans la mièvrerie d'Adamo, tanguant sous le balcon de Nougaro, vantant sa cité natale en hurlant « Comme à Ostende » de Jean-Roger Caussimon et Léo Ferré, Arno, aux yeux de chien battu, mais au cœur tendre, a réussi l'exploit d'être célèbre en France en imposant son phrasé pâteux, son allure titubante, sa voix rauque de lendemain de cuite, cocktail finement dosé, parfaitement au point, du chantre incorrect, débraillé, malpoli, mal peigné, ripailleur, râleur et guindailleur, que n'incarne plus, depuis Serge Gainsbourg, aucun chanteur hexagonal, mais qui pourtant plaît tant aux Français.

Astérix

Comme il va chez les Bretons, affronte les Normands, participe aux jeux Olympiques, fait le tour de la Gaule, vogue en Hispanie, se rend en Corse, chez les Helvètes, Astérix, rebaptisé pour l'occasion Astérixeke, titillé par l'éloge lancé par César qui en fait « le peuple le plus brave de la Gaule », s'aventure chez les Belges afin de voir « ce qu'ils ont de tellement extraordinaire », hormis leur phrasé rigolo et leurs hilarants belgicismes. Ce que sanctionne sans rire cette altière et conquérante sentence d'Obélix : « Si nous parlions la même langue, nous pourrions vraiment nous croire chez nous. »

Aventures

Immortel et indépendant, loyal et vertueux, intrépide et débrouillard, d'une moralité à toute épreuve, toujours prêt, imberbe et célibataire, sans prénom ni domicile, sans famille et sans amis, sans âge et sans ego, mais aussi sans passeport, Tintin est un voyageur insatiable, un hardi globe-trotter, un explorateur hors pair, un rusé dénoueur d'intrigues, un astucieux déjoueur de pièges. Il quitte sans cesse son pays d'origine pour courir le monde qu'il traverse en pousse-pousse, en pirogue, en voiture, à pied, à cheval, à moto, en Jeep, en paquebot, en train, en camion, en avion, en locomotive folle, en fusée ou en bathyscaphe et, sans vieillir ni manquer son coup, et surtout sans s'en laisser conter, vit mille AVENTURES, mais pas d'aventure !, qui l'emmènent en Amérique, au Congo, en Égypte, au Tibet, en Écosse, au Népal, au Pérou, jusqu'en Syldavie. Flanqué de son brave Milou avec qui il forme un couple inséparable, il incarne partout «*l'image du Belge courageux et entreprenant*» et contribue par tous ses records, ses succès et malgré tous ses déguisements, du kilt au scaphandre, du pyjama à la peau de singe et à la tenue de cow-boy, à l'ouverture de ses compatriotes sur la richesse et la diversité du monde. Repartant aussitôt rentré, Tintin est reporter à Bruxelles mais il n'y accomplit aucun de ses exploits qui se déroulent sur près de quarante ans, narrés au long de vingt-deux albums, et qui, tous, connaissent d'heureux dénouements. À l'instar de Hergé lui-même qui ne voyage vraiment pour la première fois qu'en 1972, à l'âge de 65 ans, il est l'incarnation parfaite du Belge sédentaire, au caractère casanier, qui est d'abord bien chez lui, en famille, au coin du feu, dans ses pantoufles, mène une vie sans histoires, vit un bonheur simple et, par procuration, mille aventures, court deux mille dangers, affronte un gorille, des crocodiles, un léopard, un requin, un boa, un lion, le Yéti, des poissons-torpilles, reçoit sur la tête une grosse pomme qui l'assomme, défie des pirates, des gangsters, des conjurés, des terroristes, des voleurs, des pick-pockets, la foudre, des avalanches, des fantômes, la mort par asphyxie, décapitation, noyade, fusillade, attentat, poison, le vide sidéral et même la fin du monde, et, après avoir éprouvé tant d'émotions, sillonné la Terre entière, avoir été dans le désert, au fond des océans, sur la banquise et sur la Lune, revient comme si rien ne s'était passé à la case départ.

AUTEURE

Amélie Nothomb vend suffisamment de livres pour être qualifiée dans un quotidien français d'AUTEURE belge à succès.

AWEL

Eh bien !

B

B

La lettre B de Belgique est celle que les touristes belges retirent à côté de leur plaque d'immatriculation quand ils vont en vacances à l'étranger, par honte d'être belges, à cause de l'affaire Dutroux, des blagues et des ragots sur leur pays foutu.

Babeleer, babeleir ou babelaar

Patois 100 % bruxellois incompréhensible aux non-autochtones. Inspiré sans doute du fameux mythe que célébra Bruegel l'Ancien en peignant la tour de Babel où l'on trouve la consonance du verbe hébreux *balal* qui signifie « jeter le trouble », le BABELEER *broubèle* ou *broebèle* à lui seul un babil composé de mille langues.

Babelutte

Bonbon au beurre et au caramel, la BABELUTTE cristallise la lutte menée par les vrais Bruxellois pour imposer la langue de Babel.

Bachelard

Bachelard, en Belgique, n'est pas le nom du philosophe français à la barbe fleurie qui disserta sur *L'Air et les Songes*,

L'Eau et les Rêves, ou *La Flamme d'une chandelle*, mais celui de Fernand BACHELARD, né le 11 juillet 1922 à Templeuve, qui mesurait 1,90 m à 18 ans, puis 2,35 m, chaussait du 60 et pesait 240 kg, se cacha dans une armoire durant la guerre, visita 34 pays, éclusait 2 litres de bière en 11 secondes, dévorait 1,5 kg d'*américain* et 6 plats de frites en un repas, pédalait sur un cycle spécial de 35 kg, marqua à lui seul 48 paniers pour l'équipe de basket l'ayant appelé en renfort par crainte de la relégation, et plia bagage à Charleroi, le 3 janvier 1976, après avoir connu la gloire sous le nom du géant Atlas.

BAISE

Une BAISE n'est pas un baiser, mais une bise moite ou bien mouillée. Le terme dit assez ce qu'il veut dire. Il traduit ou trahit une attirance affective, un désir brûlant énoncé bruyamment.

BALEINE

Quand je vois *Walvis* (1967), la BALEINE de 80 × 150 × 11 cm, imaginée, sculptée et créée par Panamarenko, je pense aussitôt à Albrecht Dürer qui, poussé par son attrait pour les anatomies étranges et les créatures monstrueuses, crabe, homard, morse, se rua un matin sur la plage de Zierikzee pour voir une baleine échouée. Les cétacés me fascinent entre autres à cause de leur échouage collectif et j'ai accumulé sur eux depuis vingt ans des centaines de pages en vue d'un livre qui a changé maintes fois de nature et qui, bizarrement, alors qu'il s'agit du plus gros mammifère du monde, rétrécit à mesure que j'y songe.

BARDAF !

Confondu à tort avec « pardaf », soûl, BARDAF ! veut dire patatras !

Exemple :

> *Toute la smala partit pour la Costa Brava avec dix tonnes de bazar sur le porte-bagages lorsque, passant sous un pont trop bas,* BARDAF !, *tout le barda déboula sur l'autostrade…*

BARON

Théodore Baron, peintre paysagiste réaliste qui œuvrait en plein air dans les Ardennes et la Campine anversoise, n'avait nul besoin avec son patronyme d'être élevé au rang de BARON comme le furent le sculpteur Georges Minne (en 1931), les peintres Léon Frédéric, James Ensor (en 1929) et Eugène Laermans (en 1927). Et, plus récemment, le cinéaste André Delvaux, le chanteur Julos Beaucarne, l'harmoniciste Toots Thielemans, la chanteuse Annie Cordy et la danseuse-chorégraphe Anne Teresa De Keersmaeker. À l'instar de Constant Permeke, René Magritte déclina, non sans humour, cet excès d'honneur, arguant qu'il valait mieux que cela et que Maurice Maeterlinck, lui, au moins, était comte !

BAUDELAIRE, CHARLES

> La Belgique se croit toute pleine d'appas.
> Elle dort. Voyageur, ne la réveillez pas.
>
> Charles BAUDELAIRE, *Le Rêve belge*.

Comme elle est l'aire d'exil et la terre d'accueil des Français, la Belgique est aussi le pays où s'imprime et se publie de façon plus ou moins clandestine tout ce qui s'écrit CONTRE la France. En l'absence de législation sur les droits d'auteur et faute d'éditer leurs propres scripteurs, les éditeurs belges pillent sans vergogne et en toute impunité le patrimoine français. Si bien qu'à l'image de Bruxelles, capitale de la contrefaçon littéraire, la Belgique elle-même s'assimile à une nation de copieurs, à une patrie de pirates et de faussaires, qui se flatte d'avoir la bourgeoisie la plus bête d'Europe, le père de l'école belge de peinture ayant le bon goût – ô ironie ! – de s'appeler Navez.

L'adage qui dit que « L'imprimerie est l'artillerie de la pensée » n'a point cours dans cette contrée. Alors qu'il accuse Paris d'être le « centre et le rayonnement de la bêtise universelle », c'est pourtant auprès de ce peuple « qui est bien le plus bête de la terre » que CHARLES BAUDELAIRE, à l'âge de 43 ans, choisit de venir se fixer au printemps 1864, pour une durée qui va s'avérer beaucoup plus longue que prévu puisqu'il va y accomplir un séjour total de deux ans, deux mois et huit jours.

Arrivé à Bruxelles par le train le 24 avril 1864, il s'installe au Grand Hôtel du Grand-Miroir, le plus renommé de la capitale, 28 rue de la Montagne et, espérant grappiller quelques deniers, fuyant ses créanciers, compte faire des lectures dont trois sur les Paradis artificiels, imprimer ses essais critiques, publier ses œuvres complètes, collaborer à *L'Indépendance belge* tout en confiant des articles au *Figaro* qui traita pourtant *Les Fleurs du mal* de monstruosités. Mais à ses conférences rémunérées 200 F, bien moins payées que prévu, desservies par un débit aussi piteux qu'est piètre son crédit, le public clairsemé prend la poudre d'escampette et crie haro sur cet orgueilleux dandy, égal à Dieu, aède lunatique et sardonique, anxiomane provocant, enivré de Poésie, qu'émeut la bizarrerie du Beau. Au revers des conférences s'ajoute le refus des éditeurs, si bien que tout d'emblée va mal. Pis ! On le traite de pédéraste et de cannibale ayant bouffé tout cru son père, ainsi que de mouchard vendu à la police française, sinon d'espion que signalent les pullulants miroirs au front des maisons qui exhortent les indigènes à épier incognito les passants. Guignant tel un opossum ce mangeur d'opium, on taxe de fou et d'excentrique ce gandin atteint du délire mélancolique communément titré le mal *spleenique*. Son onction d'évêque laïque, peu sensible au sabir babélique, déchaîne l'ire et la colique ; la bave des crapauds et limaçons façonnés par la contrefaçon, industrie nationale, pleut sur le poète sans motivation. Nyctalope stuporeux, rôdant tel un fantôme d'un pas de somnambule, gants roses et cheveux verts, en redingote au col terni, quel est donc ce glabre fat au maintien chlorotique, qui trotte menu telle une souris en escarpins vernis ?

Mais Charles Baudelaire, qu'une crise cérébrale passagère en 1860 a déjà mis à terre, s'entête, se terre, s'enterre au lieu de s'en aller. Lui qui jadis taxait la bêtise d'irréparable vice et ne prise rien tant que la conversation, fasciné par ce qui le rebute, s'enlise, s'englue « dans un pays où l'on ne peut parler de rien ». Tout lui est odieux : les aboiements des chiens et leurs excréments, la laideur des gens et leur haine de la beauté, la maladresse générale, la lourdeur congénitale, la démarche pataude, les mœurs rustaudes, la cuisine, la gaucherie, la morneté, la conformité, l'excès de netteté, la tristesse, la familiarité, l'esprit grégaire, l'ivrognerie, la balourdise et la vulgarité, mais aussi les cancans, la calomnie, la sottise, premier mot des *Fleurs du mal*, la bêtise, la crédulité, et la bigoterie qui fait ouïr le mot « chrétien » au lieu de « crétin ! ». Il a beau fustiger l'à-coup des pavés, l'étroitesse des rues, l'absence de trottoirs, l'abondance des balcons, tout le heurte, l'atteint autant que les Belges eux-mêmes se cognent car ils vaquent en biglant derrière eux. « Un Belge ne marche pas, il dégringole. »

Bien que sentant le savon noir, Bruxelles est une ville truffée de bossus, de cyclopes, d'êtres bancals sortis d'une peinture de Téniers ou des Ostade. « Tous les Belges, sans exception, ont le crâne vide », constate-t-il. Et de même il pourfend la prétendue bonhomie et réfute le préjugé de l'hospitalité et de la sacro-sainte propreté du Belge, ignare et roué, à la face vineuse. Et surtout, suprême reproche :
– Je n'aime pas les Belges.
– Pourquoi ?
– Parce qu'ils ne savent pas le français.

Mais ne pas connaître correctement sa langue n'est qu'un demi-mal. Car le problème d'aspect s'avère à double fond : « On ne sait pas le français, personne ne le sait mais tout le monde affecte de ne pas savoir le flamand. » Déblatérant dans cette hostile cité où de plein gré il s'enferre, il projette d'écrire un pamphlet sur ce pays si laid. Mais la question est plus vaste et la Belgique est tenace qui le tient dans ses rets et lui brade ses attraits.

Dans ce bled d'illettrés, surtout le hérissent l'accent, la prononciation empâtée et la haine générale de la littérature. Il égrène les locutions indigènes : « Si j'aurais su ça... Ça est une fois drôle ! Venez-vous avec ?... » Réfutant le patois, buvant jusqu'à la lie le sabir bruxellois, il bute sur *Gott for dam* ou *Domn*, juron indescriptible. Rétif aux prosateurs, roteur et rouscailleur, pisseur et vomisseur, le Belge n'est pas un amuseur. « Ces gens-là ne pensent qu'en bloc. » Sa diarrhée âcre n'est pas figurée ; elle lui sort par le nez, gicle de sa plume bien trempée dans les missives à sa mère révérée, l'être unique qui l'adore. À l'instar du faro, teinte d'urine, « tiré de la grande latrine, la Senne », synonyme de celle de Paris, qui est ici « un excrément qui coule », l'air pestilent le contamine. Éblouissements, bourdonnements, maux d'intestins. C'est un fait. Pitoyable, diminué, larmoyant, peu soucieux de son état, exhalé par la haine qui le met hors d'haleine, dans cette ville de mastocs, Baudelaire débloque, se disloque, bat la breloque.

Implorant quelques sous, s'illusionnant beaucoup, misanthropique, pathétique, hydropique, épileptique en quarantaine, tenaillé par l'effet du dégoût, dégorgeant un flot d'anathèmes, subissant de la folie les ahans, le poète immense, rabaissé au rang du flétan, a pourtant de sidérants élans. Certes, il traite de « Rubens en suif » la laideur des grosses dames et note qu'en général « les Belges sont des ruminants qui ne digèrent rien », mais il vise juste quand il prétend que « le Wallon est la caricature du Français et non pas le Flamand ». Ses flèches font mouche quand il déclare : « La Belgique, Arlequin diplomatique. » Ou, visant les « différentes races » qui rapiècent le royaume : « Il n'y a pas de peuple belge. » Et il est tout aussi probant sur la monarchie : « Un roi constitutionnel est un automate en hôtel garni. » Et sur la brûlante question linguistique : « La Belgique est gardée par un équilibre de rivalités. » Il est aussi avisé lorsqu'il relève – déjà ! – l'Annexion comme « un thème de conversation belge ». Et s'avère un analyste éclairé quand il constate, malgré les multiples invasions dont il est l'objet : « Ce petit peuple est plus fort qu'il n'en a l'air. » Et singulièrement judicieux, lorsqu'il énonce, péremptoire : « ... un pays où il n'y a pas de patrie. »

En pénitence, confiné dans sa chambre, errant place des Martyrs ou dans le quartier de la Putterie, désargenté, dépité, décrépit, privé de toute rente, oublié, ignoré, mais pas tendre, Baudelaire tient des comptes d'apothicaire, à la virgule près, et besogne sur son « épouvantable fatras », amas de feuilles, de perles et de cacas. Lui qui est un fin critique d'art distingue « Breughel le Drôle » et « Breughel d'Enfer », qu'il range parmi les caricaturistes étrangers comme Hogarth, Cruikshank et... Goya, dont il salue « la grâce spéciale et satanique », se renie à présent et insulte les grands maîtres de la peinture locale : Van Dyck, « coiffeur pour dames » ; Rubens, « un goujat habillé de satin » ; Rops, son ami, qui ne le portraiture pas, échappe seul à sa vindicte. Il le dit « aussi haut que la pyramide de Chéops ». Et, bien sûr, il pourfend Wiertz, « un infâme puffiste », avec lequel, à son arrivée, deux Anglais le confondent ! Comme si ce n'était pas assez, il précise : « Sa bêtise est aussi grande que ses colonnes. » Non seulement il partage la sottise avec Doré et Hugo mais Baudelaire le traite de charlatan et s'enquiert du sort de son musée : « Mais qu'est-ce que Bruxelles fera de tout cela après sa mort ? » Éternisé par Nadar et Carjat en des portraits sublimes, Baudelaire consent à poser pour le photographe gantois Charles Neyt, établi à Bruxelles en 1861, qui le saisit cigare aux doigts.

> « Jusqu'au ciel ce Neyt
> Photographe net
> Se hausse. »

L'indigence des vers en dit long sur l'état de forme du poète. Ruiné, aigri, malade, miné, Baudelaire cherche à se changer les idées et s'égare dans les églises et en province, croyant fuir la bêtise nationale. En quête d'idéal baroque, de capharnaüm diabolique et drolatique, il se pâme devant l'art jésuitique, à la grâce spéciale et satanique. Le flamboyant rococo de l'église du béguinage à Bruxelles, de Saint-Pierre, à Malines, les vitraux de Sainte-Gudule, les confessionnaux pompeux, les chapelles théâtrales charment son intelligence par leurs diableries, leurs grimaces simiesques et leurs atterrantes absurdités. Lui qui taxait les coloristes de poètes épiques vénère l'orgiaque et le paroxystique. Il trouve même du charme à quelques villes provinciales, Malines, Anvers, Gand, Bruges, Namur, et, incorrigible catholique, s'extasie à Saint-Loup, « merveille sinistre et galante », catafalque baroque dont l'éblouit tant la puissante beauté que, d'un coup, il chavire…

Vertiges, névralgies, nausées. Le 15 mars 1866, alors qu'il visite cette église avec Félicien Rops, il est victime d'une attaque, d'un ictus hémiplégique. Emporté par la houle, tournoyant telle une girouette, effectuant mille pirouettes, le vent de la folie infuse à flots le sang dans sa tête. Crénom ! Le voilà qui s'abat sur les dalles de Saint-Loup. Frappé de stupeur, saisi de fureur, terrassé par la douleur, impuissant, misérable, impotent, il élucubre. Muet, à demi paralysé, pétri par le dépit, il finit par dire le contraire de ce qu'il pense. Et prie instamment qu'on ouvre la porte du compartiment du train alors qu'elle est déjà béante. Apoplectique, léthargique, et bientôt aphasique, gisant sur le dos, il confie écrire en piquant « la plume d'un autre », dans un « style écourté ». Lui qui disait : « J'ai plus de souvenirs que si j'avais mille ans », perd la mémoire des gestes nécessaires à l'écriture. Et il éprouve mille maux à ne pas tracer son nom de travers. Frappé en propre, lui, le génie clairvoyant, de « cécité verbale », il peste, jure, grogne, blasphème, grommelle. Et sanglote. Ne baragouine plus que de la glotte. Il le sent. La Belgique altère sa langue, sa bouche, son style, sa pensée, son monde, son génie même. Il geint, la tête emmaillotée d'un bourrelet, imbibé d'eau sédative. Voici à grands pas l'avancée du trépas qui s'active. Pauvre Baudelaire !

Réduite à l'état d'épave, aphasique et hâve, la lumineuse cervelle n'est plus que de l'eau de vaisselle. Sa langue, si subtilement ciselée, fond telle de la gelée. Lui qui se vanta d'avoir digéré le cerveau d'un bébé et qui confiait avoir boulotté son père, est frappé d'une méningite du côté gauche, le 30 mars 1866, et, comme si ce n'était pas assez, de ramollissement cérébral. On le transporte à la clinique Saint-Jean, 7 rue des Cendres, triste prémonition ! La Belgique qui démantèle le mue en dentelles. Puni de cécité mentale, syphilis cérébrale, il ne pige plus les missives qu'il reçoit et, atteint d'aphasie scripturale, sait à peine tracer son nom ! Bientôt il perd la mémoire. Confondant les termes pour exprimer les idées les plus simples, il n'articule plus du tout, la langue gourde, ayant désappris la mémoire du son comme le dit sa mère, il n'en profère qu'un, lâché par stricte et absurde intonation : CRÉNOM ! Son existence au service des mots s'y réduit : NON CRÉ NON ! DE NOM DE NOM ! qu'il rabâche et lâche sans relâche comme seule et ultime tâche. Ou encore, à grand peine : CRÉ-NOM !!! Vous entendez ? CRÉ NOM, QUIÉ, QUIÉ, CRÉ NON. Lambeaux de syllabes, bris d'échos, fracas de phrases. IL PARLE EN BELGE, MA PAROLE ! Privé de lexique, le poète sulfureux, en état soporeux, jadis qualifié d'odieux, d'aède venimeux, est devenu scrofuleux, vulveux. Il baragouine COMME EUX !!! CRÉ NON, NON ! PAS ! PAS ! SACRÉ NOM !

Plus de paroles ! Plus de vers ! Plus de poèmes ! En Belgique, s'abolit le génie. Mué en débris, perdu dans une atmosphère phosphorique, détruit par ses troubles psychopathologiques et les excès passés, opium, digitale, belladone, quinine, rendu inintelligent, acculé au grommellement, défait par ce peuple honni dont il dénonça l'insupportable imperfection, qui le traita comme le dernier des hommes, il crie à tue tête des **QUIÉ, QUIÉ** ! entrecoupés d'effrayants éclats de rire. Sa langue alanguie n'éructe par hoquets que des monosyllabes. Quasi muet, mortellement atteint, certain de ne plus pouvoir s'exprimer, le poète de la Douleur, à la mine livide, survit en état stuporeux. Dédain du dandy, déni du génie, peste soit de la poésie ! Triste état que celui de Baudelaire effiloché, à l'esprit aboli, laminé, atomisé, annihilé, anéanti. Inférieur à la horde qui le raille et exige à présent qu'il s'en aille, il ne lui reste plus qu'à quitter le pays. Hors d'ici ! Et plutôt que de rallier la France, Baudelaire, le géant, l'admirable, le génial, s'en va dans l'autre monde, après deux ans d'un long calvaire. Ramené à Paris par sa mère venue le chercher, il quitte le pays de Belgique, le 2 juillet 1866, meurt quatorze mois après, le 31 août 1867, à 11 heures du matin. On l'inhume le 2 septembre au cimetière du Montparnasse.

> CI-GÎT LE POÈTE MAL-AIMÉ
> LA BELGIQUE NE L'A CERTES PAS TUÉ
> MAIS MENÉ SANS TÉMÉRITÉ
> À LA DERNIÈRE EXTRÉMITÉ

Du séjour de Baudelaire en Belgique, j'ai tiré un spectacle intitulé *Pauvre B…!* qui a été joué 250 fois dans toute la Belgique et en France, et dont le texte a paru dans *L'Avant-Scène* n° 642, du 15 janvier 1979.

⇒ *Voir aussi* **Oscar Max**.

BAUDOUIN Ier

Quelle image incarne mieux la personnalité discrète et solitaire de ce roi au destin terne et contrarié que la sculpture en bronze qui le campe en imperméable, comme un civil, à taille humaine, souriant, désarmant, presque touchant, sur la digue d'Ostende, frissonnant face à la mer et au vent de l'Histoire ? Sculpté en l'an 2000 par cet artiste dont je n'ai pas plus noté le nom que je n'ai lu la légende rédigée en flamand, BAUDOUIN Ier relève son col d'une main et offre un émouvant contraste avec son illustre ancêtre Léopold II, triomphant et défiant l'horizon quelques centaines de mètres plus loin, dans ce monument équestre emphatique et récemment restauré du sculpteur Alfred Courtens, façonnier des bustes et médailles officiels.

BELGAVOX

Équivalent des célèbres actualités Pathé-Cinéma, BELGAVOX est le nom des « actualités dans le monde et en Belgique » projetées au cinéma dans les années soixante lorsque la télévision n'avait pas encore pris le relais des salles obscures. C'est aussi le titre de mon dernier spectacle créé en 1981 dans le cadre de « Europalia Belgique » qui mettait en scène, à travers l'édition spéciale du journal *Le Soir*, la journée extraordinaire du 21 juillet 1969, où Eddy Merckx remporta son premier Tour de France et où Neil Armstrong, compatriote homonyme de Lance Armstrong, posa le pied sur la Lune sous les yeux de Richard Nixon et lâcha sa phrase historique : « C'est un petit pas pour l'homme, mais un grand bond pour l'humanité ! » Par le prisme de la petite lucarne où ces deux événements majeurs furent retransmis, où le champion cycliste belge et l'astronaute américain fusionnèrent en une sorte de superhéros mythique, la Belgique, promue pour quelques heures pays le plus en vue et le plus comblé de la planète, atteignit son acmé, point de chute autant que point de non-retour à partir duquel elle ne pouvait plus que décliner, verser dans le doute, sombrer dans la crise, le deuil et les tragédies. Ce fut aussi mon ultime spectacle puisque les subventions de mon théâtre furent supprimées sans raison, si bien qu'à 33 ans j'abandonnai le métier auquel je n'avais jamais pensé renoncer et décidai de quitter la Belgique où je croyais vivre toujours.

BELGIANISME

Le BELGIANISME est le terme qu'utilise le *Robert* pour qualifier une « zwanze », mot bruxellois qui veut dire une plaisanterie, une facétie, une pitrerie, une raillerie typiquement belge.

BELGICAIN

Terme hergéen, peu usité, le BELGICAIN, incarné par Séraphin Lampion, évoque à tort celui, français, de « républicain ». Désignant le caractère débrouillard et parfois roublard du Belge, cet adjectif belgitudinien équivaut aussi à « belgouillard », qui est l'équivalent local du mot français « franchouillard ».

BELGICANISATION

Parent de la méthode Coué, la BELGICANISATION est le mécanisme bien au point grâce auquel le Belge moyen continue à croire envers et contre tout que « tout-va-bien » quand tout va mal.

BELGICANISME

Copié de l'américanisme, le BELGICANISME a engendré le *cannibale*, dit aussi *filet américain* ou steak tartare en France.

BELGICISER

BELGICISER ne revient pas seulement à créer des belgicismes à tour de bras mais à tenter ce que je fais dans ce livre en tâchant d'édifier une mythologie typiquement belge, basée sur des grands noms, manière d'adoucir le verdict de Clément Pansaer : « L'École du Mépris, la seule qui soit viable chez nous. »

BELGICISME

Mot bâtard fait dans le dos de la langue française lorsque celle-ci ne suffit plus au Belge pour exprimer ce qu'il veut dire.

Exemple de BELGICISMES :

> *En revenant de l'aubette, après avoir ramené les vidanges chez le légumier, la femme à journée a pendu la loque à reloqueter par sa lichette devant le feu ouvert et a failli tomber faible en prenant les poussières car elle attend famille ; puis, elle a fait blinquer les cuivres sans boire le café ni aller à la cour pour ne pas mettre ses crolles à plat tant il a draché tout l'avant-midi.*

BELGIQUE

Malgré toutes mes recherches, je n'ai réussi à trouver nulle part l'origine étymologique du mot BELGIQUE, ce qui est logique dans un pays où l'histoire est uniquement perçue comme une marotte d'antiquaire. En fouillant bien, j'ai repéré pourtant que le mot naît au milieu du Ier siècle et que, dès le IIIe siècle, cette contrée se scinde en Belgique Première et Belgique Seconde. Placée au point névralgique de l'Europe, propice aux incursions, champ de bataille rêvé pour les États voisins à l'appétit desquels elle offre une proie aisée, la Belgique prend ainsi tour à tour l'appellation de mérovingienne, carolingienne ou médiévale. La Gaule Belgique succède belgiquement à la Belgique belgo-romaine dont les occupants belgifiés ou belgicisés optent pour le label de néo-belges. La Belgique étant une nation qui n'existe pas, j'ai perdu sa trace jusqu'à ce qu'elle reparaisse à la fin du XVIIIe siècle, sous forme d'adjectif dans les États belgiques unis, ainsi cités par les révolutionnaires brabançons. La belgiosité, la belginité, voire la belgité ne sont point alors de mise pour citer cette région rikiki qui se pare belgicalement des couleurs de la province du Brabant : jaune, rouge et noir. Les provinces de la Belgique, dites les provinces belges, fécondent plus tard les Provinces belgiques qui se défont des Pays-Bas en 1830. Embelgiqués, embelgifiés, belgiés, les Belghes, comme dit Marc Rombaut, ou encore Belch! Belch!, comme crie Jean Muno dans *Histoire vénérable d'un héros brabançon* (1987), laissent libre cours à leur manie des mots incontrôlés. Des Belgiens de Brel (la la la) aux Belgae de Jean-Louis Lippert, Belgicains, Belgonais, Belgeoisistes, Belgeoisants, Belgeois, Belgoï, Belgitudineux, Belgiciâtres, Belgicophiles ou Belgiophages, tenants de la belgitudinologie, fondus de belgitonnie et de belgilinguie, babils belgicolisés pour libeller la belgisation, la belgopathie d'un lopin qui eût pu aussi s'élire Belgenland ou Belgiëland, puisque débelgicisée par les Belgicistes belligérants et Belgiseurs belliqueux, ralliant l'idiolecte latin d'où naquit l'adjectif belgic, on l'appelle au choix België, Belgien, Belgian, Belgium, Belgicae, Belgica, et plus belgiquement, Belgikè, Bellegique, Belgiqueque ou Belgiqueke.

BELGIQUE BINATIONALE

Le principe d'une BELGIQUE BINATIONALE est accepté et intégré par les Flamands, les Wallons, les Bruxellois et les citoyens de la région allemande qui ont fait leur deuil d'un État belge unitaire ou unifié et tolèrent de bon gré le fédéralisme grâce auquel les concitoyens de deux nations distinctes subsistent chacun de leur côté, en toute autonomie, sur leur territoire propre, et baragouinent dans la langue de leur choix, désunis pour le meilleur et pour le pire sous un seul et même drapeau.

BELGITUDE

Mouvement lancé dans les années *septante* par des clercs et des bas-bleus pour déballer leur malaise et leur bourdon à l'égard d'un pays qu'ils vénèrent, mais qui est hélas ! réputé mal défendre ses artistes, ses plumitifs en vue et ses esprits pointus. Kif-kif local de celtitude, bretonitude, corsitude, catalognitude, québecquitude, inuititude et, plus hardi, luxembourgitude, le terme BELGITUDE fit long feu et a été détrôné par le néo-néologisme identitaire de « fritude ».

BELGO-FLAMANDE

La Belgique BELGO-FLAMANDE est l'adjectif donné subrepticement par les extrémistes flamands à leur ancien pays qu'ils rêvent de rebaptiser familialement la Flandre flamando-flamingante.

BELGOPHILE

Le BELGOPHILE est le Belge bon teint qui rallie de bon cœur la *file*, la queue, des autres bons Belges qui ne veulent pas que s'éteigne à petit feu l'ancienne et si noble Belgique.

BELGOPHOBIE

La BELGOPHOBIE est la folie furieuse des Belges qui, par phobie de la belgophilie, préfèrent n'être personne plutôt que belges.

BENELUX

Acronyme moins poétique que celui de COBRA, le BeNeLux désigne l'alliance formée par la BElgique, le NEderland et le LUxembourg qui formaient un embryon d'Europe miniature, riante, insoucieuse, confiante et optimiste, confortée par la désignation de Bruxelles par les « Six » comme siège du jeune Marché commun, de préférence à Luxembourg et Strasbourg. En ce temps-là tintait surtout à mes oreilles la dernière syllabe du mot, « LUX », les deux premières se reliant au terme latin « BENE » que je n'allais pas tarder à piocher, sitôt franchi le plaisant palier des humanités. Tout baignait en effet dans le luxe, le bien-être et la félicité à l'orée des années soixante, où fut réellement appliqué ce traité datant de 1948, et je me souviens que si la Belgique était la quatrième puissance commerciale du monde en 1901, elle trônait désormais dans le peloton de tête du plus haut niveau de vie et du revenu le plus élevé par habitant avec la Suède et les États-Unis. Ce climat d'optimisme où l'avenir se liguait avec un progrès sans limite, où l'on désignait sous le nom de « Miracle belge » l'alliance des succès économiques avec l'allant des acquis sociaux et politiques, garants des lendemains qui chantent, trouvait un symbole magistral dans la fameuse Exposition universelle de 1958 que la Belgique s'était engagée à organiser dès 1947 et qui allait faire d'elle durant quelques mois mémorables le point de mire du monde entier. Bruxelles *brusselait* à la veille des *Golden Sixties* et, deux ans avant l'accès à l'indépendance du Congo, les premiers tunnels routiers se creusaient pour favoriser l'accès à l'esplanade du Heysel où étincelait l'Atomium, fier cousin de la tour Eiffel conçu par André Waterkeyn, haut de 102 m, représentant un atome de fer grandi 150 milliards de fois, multiplié par 9, c'est-à-dire le nombre de provinces du pays, aux sphères reliées par des ascenseurs et des escaliers roulants.

À l'image du sigle de l'Expo, parfaitement bilingue, seule l'année 58 étant univoque, tout roulait, courait et volait de fait, en télésiège, pousse-pousse ou train miniature, pour accueillir les 42 millions de visiteurs qui se pressaient au pavillon rond des USA, avec des écrans de TV en couleurs, l'extraordinaire cinéma circulaire appelé « Circama » et la fresque dessinée de Saül Steinberg, à celui, rectangulaire et hermétique, de l'URSS, où flamboyait un Spoutnik, symbole de l'âpre lutte des deux puissances hégémoniques pour le *leadership* de la conquête spatiale, fêtée par l'envoi dans la stratosphère quelques mois plus tard de la petite chienne Laïka. En cette année qui voyait de front la naissance du prince Albert de Monaco et le divorce du Shah d'Iran et de l'impératrice Soraya, où Nikita Khrouchtchev détrônait Boulganine à la tête du Soviet suprême, et où de Gaulle porté au pouvoir clamait à Alger son vibrant « Je vous ai compris ! », la Belgique, où il n'y avait encore que 200 000 récepteurs de TV, était bel et bien le nombril de l'Univers puisque le prix Nobel de la paix avait été attribué au père Pire et que le prix Goncourt 1958 était décerné à l'écrivain belge Francis Walder, redevenu depuis parfaitement inconnu. Mais qu'importe ! Alors qu'une boule jaune, dotée d'un feu clignotant réglé dans tous les sens, clignait à chaque carrefour non géré par un agent de la circulation ou par des signaux lumineux, la prospérité nationale en pleine croissance ne pouvait trouver plus fier symbole que la flèche en béton brut du pavillon du Génie civil coulée par le sculpteur Jacques Moeschal, exaltant la suprématie de l'invention créatrice, mise à bas en 1970, qui défiait les lois de la pesanteur, symbolisait l'envol vers le futur et, magiquement suspendue en équilibre comme par un fil invisible, surplombait une carte de Belgique en réduction sur laquelle figuraient les principaux ouvrages d'art et les sites emblématiques du pays.

À cet apogée d'une Belgique en état d'apesanteur, signe de la croyance dans les sciences, l'avenir radieux et la technique, répondait la très bruegelienne « Belgique Joyeuse », maquette de carton-pâte à l'échelle exacte dans laquelle on vaquait comme dans une sorte de *BelgoEuroDisneyFuturWorland* du passé où Thyl Ulenspiegel lampait de la Kriek en bâfrant des tartines du pain expo spécialement conçu pour la circonstance et vendu à bas prix dans les meilleures boulangeries du royaume qui était encore un empire colonial. Au milieu des fontaines, des jets d'eau et des feux d'artifice, la Belgique, englobant sur son aire festive 53 pays, mangeait en effet son pain blanc et connaissait une gloire planétaire que sacrait, le 15 décembre 1960, le mariage tant attendu de Baudouin Ier et de Fabiola, scellant l'unité nationale.

BERLAYMONSTRE

C'est le surnom donné à l'emblématique immeuble Berlaymont, propriété de l'État belge, symbole de l'Europe au cœur de Bruxelles, adjugé 552,9 millions d'euros, soit 31,9 millions d'euros par an durant 27 ans (avec une indexation de 2 % par an), à la Commission européenne qui quitta l'édifice en 1991 pour assurer le désamiantage du bâtiment débuté en 1995, nappé d'une bâche géante comme une sculpture de Christo, et rénové de fond en comble, des quatre sous-sols aux treize étages, qui devra être livré en trois étapes – 31 décembre 2003, 31 mars et 30 juin 2004 –, chaque mois de retard dans les délais coûtant la bagatelle de 221 000 euros, auxquels s'ajoutent les amendes cumulatives, en tenant compte des congés du bâtiment et des plans de correction au nombre moyen de dix par jour, certains travaux déjà effectués devant être démolis et refaits, aucun contrôle de qualité n'ayant encore été prévu pour l'hygiène, la luminosité, l'acoustique et les normes incendie.

⇒ *Voir aussi* **Marché commun** *et* **Musée Wiertz**.

BERLIN BELGE

C'est le nom donné par Jacques Darras, auteur d'un recueil intitulé *Moi, j'aime la Belgique*, à Bruxelles, seule ville vraiment bilingue du pays, qui fait « figure d'assiégée, un peu comme naguère le Berlin de l'Europe communiste, la seule différence étant que le BERLIN BELGE ne comporte pas de mur de partition entre les deux communautés*».

---

* Jacques Darras, *Qui parle européen?*, Bruxelles, Le Cri, 2001, p. 95.

BEULEMANS

Écrite en catastrophe pour pallier au désistement de la troupe française qui devait se produire à Bruxelles,

Le Mariage de mademoiselle Beulemans de Frantz Fonson et Fernand Wicheler est la pièce belge la plus populaire avec *Bossemans et Coppenolle*. Elle raconte l'histoire d'un brasseur bruxellois qui veut marier sa fille à un Français, parisien de surcroît. J'ai débuté ma « carrière » de comédien en y tenant un tout petit rôle. Après trois années d'études, j'avais droit à une réplique : « Qu'est-ce que vous buvez, Mossieur ? » – « Une demi-Gueuze », rétorquais-je. C'est en voyant qu'on pouvait littérairement faire chanter les accents au théâtre que Marcel Pagnol rédigea sa célèbre trilogie marseillaise. *Beulemans* a été tournée en film en 1927 par Julien Duvivier en... muet !

BIÈRE

C'est un euphémisme de dire que la BIÈRE est le vin des Belges. Elle est une vraie religion en ce pays comme l'attestent les bières d'abbaye (Floreffe, Leffe, Chimay, Orval, Rochefort), brassées par les bénédictins, les cisterciens ou les trappistes mais aussi les deux cents sortes, amère ou suave, ambrée, rougeâtre, épicée noire, aigre-douce, dorée, blanche, rousse ou cuivrée, foncée, acide, fermentée, fruitée, championisée, adoucie de sucre candi, de caramel, versée dans des ciboires en cristal, des pichets de grès ou de faïence, qui se nomment gueuze, faro, cervoise, Duvel, Hoegaarden, Rodenbach, Jupiler, kriek, lambic, ou Mort subite. Si elle s'appelle Amstel, Tuborg ou Diekirch, c'est de la « petite bière ». Car rien ne vaut une bonne Maes, une Pils ou une Stella, pas en boîte ou en canette, mais tirée au tonneau, servie à juste température (de 7 à 8°), avec une infinie douceur, un geste câlin de brasseur, avec son col de mousse aussi claire que de la neige, fraîche, légère, onctueuse, désaltérante et si radieuse qu'on voit aussi bien à travers le haut verre qu'elle remplit à ras bord que quand il était vide et sagement posé sur l'étagère.

BILINGUISME

Comme le triangle et ses trois côtés, le cercle et sa quadrature, Lavarède et ses cinq sous, Blanche-Neige et ses sept nains, la servante et ses huit jours, le parieur et sa preuve par neuf, l'ivrogne et son dix de der, l'hôtesse et ses treize convives, le midi qu'on cherche à quatorze heures, le rugby qu'on joue à XV, le Mans et ses 24 heures, l'alphabet et ses vingt-six lettres, Hitchcock et ses 39 marches, le Français et ses 35 heures, le bandit et ses trente-six chandelles, le marathonien et ses 42 kilomètres, Ali Baba et ses quarante voleurs, le cinquantenaire et sa crise, le tour du monde et ses 80 jours, Walt Disney et ses 101 dalmatiens, Truffaut et ses 400 coups, l'année et ses 365 jours, Charles le Téméraire et ses six cents Franchimontois, Indianapolis et ses 1 000 miles, le conteur arabe et ses mille et une nuits, Jules Verne et ses vingt mille lieues sous les mers, Jean-Paul Belmondo et ses 100 000 dollars au soleil, Michel Butor et ses 6 810 000 litres d'eau par seconde, Raymond Queneau et ses cent mille milliards de poèmes, le Belge a ses deux langues, facteurs de brouille et de discorde, alors qu'elles devraient en principe servir à mieux se comprendre, ce qui est la vocation du BILINGUISME.

BILLARD

Est-ce parce qu'il touche au but par la bande, joue bille en tête et avale sa canne, carambole, fait son trou, compte les coups, prise les parties libres, amuse le tapis, se corde, est en main et queute, que le Belge excelle tant au BILLARD – jeu de tir – puisque Raymond Ceulemans, le plus grand joueur de tous les temps, a été 34 fois champion du monde, 45 fois champion d'Europe et 58 fois champion de Belgique ?

BLAVIER, ANDRÉ

À force de se piquer d'écrits délirants, de mûrir son anthologie de l'aberration, glossaire de l'élucubration, catalogue de la névrose verbale, destiné aux glossomanes et logolâtres, polygraphes monomanes et scribomanes polyphèmes, lui-même étant un gros dévoreur de livres, guichetier d'abord de la bibliothèque où il pointa de 1942 à 1987, obsédé par la précision, la mise en ordre, en fiches, en rangs, des désordres de la raison, traduits par des écrits fous les plus hétéroclites, ANDRÉ BLAVIER, décédé le 9 juin 2001 à Verviers, à 78 ans, par ailleurs collecteur des écrits complets de René Magritte et exégète de l'œuvre de Raymond Queneau, et déclaré Belge par la presse hexagonale unanime qui l'accole ainsi à cette écriture des marges que renie la littérature française de haut vol qui s'aligne par le centre et se soumet au classicisme, avait fini par ressembler à la foule abstruse de ces auteurs sans visage, abracadabrants, bizarres, extravagants, exécrables, cinglés, paranoïaques, mystiques, savants, charlatans, ineptes, nonsensiques, illuminés, hallucinés, névrosés, siphonnés, psychosés, maniaques ou minables, comme le prouve l'admirable photographie de Pierre Houcmant où il pose chez lui, dans sa bibliothèque, tel un vieil Indien navajo avec ses cheveux gras pendant jusqu'aux épaules, tétant sa pipe, en long gilet et pantoufles, la senestre sur une tête de mort, cerné de portraits dont un au moins le représente.

⇒ *Voir aussi* **Originaux** *et* **Paradoxe**.

BLOUCH OU BLOECH

BLOUCH veut dire un coup, une beigne, une bigne, un choc, à son crâne, à son coude, à son vélo, à son auto qui est toute cabossée. Ce mot consonantique vient à la fois de *blood* (sang, en anglais) ou *Blut* (en allemand ; prononcez *blout*), mais aussi de *blush* (rougir, en anglais), voire de *blotch* (tache) et, pourquoi pas, de *Blech*, qui veut dire métal, tôle, fer-blanc, en allemand. Le plus simple étant encore de croire qu'il vient de *blue* (prononcez *blou*), qui veut dire « bleu » en anglais. D'où le recours au blush, cosmétique, fard, maquillage, qui grime la balafre, le bobo, la bosse, la bosselure, le coquard, le bleu.

BOENTJE, BOONTJE, BOUNTJE OU BOUNTCHE

Le BOENTJE désigne le béguin, le coup de cœur, la touche pour une alerte minette ou une coquette nymphette. Entre bouche et *blouch*, le diminutif « je » ne dit pas la personne mais la portée de l'élan. Un « boen » peut être le début d'un grand amour. Un « boentje » n'est encore que l'avant-goût d'un petit.

BOLS

Le BOLS est un genièvre hollandais que l'on achète dans des bouteilles de terre cuite de teinte brunâtre. Les ayant mal fixés sur le porte-bagages de mon vélo, j'en brisai deux flacons sur les pavés dansants de Sint-Anna ter Muiden en revenant de Sluis, après avoir traversé le Zwin par une piste cyclable qui mène tout droit en Hollande, où l'on sait et sent instantanément que l'on se trouve par l'alignement des maisons toutes semblables, les moulins à vent, les vaches, les prés, les routes, les gens, même les fleurs des champs, et, bien sûr, les canaux où ce jour-là, devant les Sluisois massés sur la berge, avait lieu un concours de nage. Je les imaginais gelés en hiver comme dans les bandes dessinées de Lambique et de Bob et Bobette, livrés aux épreuves de patinage sur glace, les coureurs en collants filant tête penchée, buste incliné, une main derrière le dos, glissant en zigzags hardis sur le ruban d'eau figé. De cet alcool blanc parfumé, que l'on boit glacé avec des *maatjes*, nous ne léchâmes, marris, que deux ou trois piteuses gouttes.

BORINAGE

Suite à une catastrophe minière qui survint près du BORINAGE, à Marchienne, un journaliste de l'organe communiste *Le Drapeau rouge*, paru le 13 février 1932, exprima son indignation devant le fait que le roi Albert Ier était venu avec son épouse Élisabeth sur les lieux du drame pour présenter ses condoléances aux survivants alors que les souverains étaient actionnaires de la société qui exploitait la sinistre mine.

BOTANIQUE

Il est bon de savoir que le chicon fut découvert à Saint-Josse, dans les caves du jardin BOTANIQUE, bâti sur les anciens remparts, entre la porte de Schaerbeek et la Maison des pestiférés, l'année de l'indépendance de la Belgique, en 1831.

BOUCHÉE À LA REINE

Sorte de vol-au-vent de volaille, fourrée de tous les déchets du poulet, croupion, rein, foie, abats, kystes, hachés menu, mêlés à des champignons et noyés dans une épaisse sauce blanche, coulés dans une tourelle de pâte feuilletée en général trop cuite, la BOUCHÉE À LA REINE belge est à la basse-cour ce que la croquette aux crevettes est à la haute mer.

BOUF

L'expression wallonne « faire bouf » désigne une partie qui s'achève sans gagnant ni perdant. Mais, dans la guerre sans merci que se livrent Flamands et Wallons, il est bien naïf de croire qu'un conflit si intense puisse bêtement faire BOUF.

BOULES

Alors que ce n'est pas bon pour la ligne et nocif pour les dents, je ne puis m'empêcher d'acheter des BOULES lorsque j'en vois au *bollewinkel* ou au *lekkerwinkel*, magasin de bonbons. Pour absoudre cette gourmandise impardonnable à mon âge, en leur tendant un sachet débordant de friandises, j'apporte à mes enfants une nuance délicate :

« Je ne croque pas les boules du présent.
Je suce les éboulis de mon enfance. »

BOUSTRING

Un BOUSTRING (boustringue, en français) n'est pas un string du bout, encore que! Formant « boustrincks » au pluriel, le boustring, qui s'écrit aussi *boestrinck*, *boustrinck* ou *boestring*, est tout bonnement le nom d'un hareng saur, nature, cru et nu. Ou comme disait Ensor en se gaussant de lui-même : un art-Ensor.

BRABANÇONNE

Équivalent du *God save the King* (ou *the Queen*) pour les Anglais, de *La Marseillaise* pour les Français, du *Deutschland über alles* pour les Allemands, *La BRABANÇONNE* est l'hymne national belge. Mais il est de plus en plus dur à comprendre depuis que les représentants des deux communautés rivales ne récitent qu'une parole sur trois, chaque vers étant traduit à tour de rôle en trois langues, les strophes libres étant réservées pour Bruxelles. Aussi pense-t-on sérieusement que cet hymne obsolète sera remplacé à brève échéance par la « Wallançonne », la « Flandrançonne » et la « Bruxellançonne ». Louis Scutenaire écrivait donc à raison dans *Mes inscriptions* :

« Le chant national belge est le champ de pommes de terre. »

BRABANÇONNE, JOUER LA

Tout était bien plus simple au début des années cinquante puisque les prostituées bruxelloises usaient de l'expression JOUER LA BRABANÇONNE pour « tailler une pipe ». Ainsi disaient-elles patriotiquement : « Il m'a demandé une brabançonne » ou, mieux : « J'ai fait au moins trois cents brabançonnes aujourd'hui. »

BREL, JACQUES

Comme tout le monde j'aime JACQUES BREL dont je connais certaines chansons par cœur et dont j'ai vu les films qu'il a tournés, comme *L'Emmerdeur*, *Mon oncle Benjamin*, *L'aventure, c'est l'aventure*, où il fait l'imbécile en draguant tel un flamant rose sur une plage, et même ceux qu'il a réalisés comme *Franz* avec Barbara et *Le Far West*, d'une niaiserie et d'un boy-scoutisme atterrants.

Je sais qu'il aurait dû succéder à son père et diriger la fabrique de carton ondulé familiale, qu'à ses débuts il avait pensé s'appeler Jacques Berel et qu'il était tellement cul béni et pétri de bons sentiments qu'on l'appelait « l'abbé Brel ».

Jacques Brel est surtout à l'aise dans le portrait-charge, la caricature grinçante et acide comme dans « Les bonbons », « Madeleine », « Les bigotes », et quand il fustige la bêtise, le conformisme, la connerie, la veulerie, l'hypocrisie. Comme tout le monde j'ai entendu ses déclarations à l'emporte-pièce sur à peu près n'importe quoi et j'ai toujours été agacé par son côté donneur de leçons que tempérait heureusement ses maladresses, son accent teinté d'une touchante sincérité et son panache indiscutable. Penseur à deux sous, grande gueule au cœur tendre, formidablement généreux sur scène et sans doute dans la vie, Brel était une sorte d'utopiste naïf, de Don Quichotte grotesque comme seul pouvait sans doute en enfanter « Le Plat Pays » qu'il a si bien chanté.

Jacques Brel n'était pas un penseur. Il ne prenait pas de précautions oratoires, ne tenait pas de raisonnements subtils, mais s'exprimait pulsionnellement, avec ses tripes, ce qui est évidemment très belge.

Il était tout à fait maître de son style et de son émotion et la sonorité des rimes, alliée à l'instrument mélodieux de sa voix, ne doit pas gommer l'immense artiste qu'il fut comme compositeur, parolier et interprète à la présence saisissante, gesticulante, inoubliable. Car il ne faisait pas semblant, se livrait à fond, avec avidité, jusqu'à saturation comme dans « La Valse à mille temps » qui ne s'enraye que parce qu'il n'en peut plus. « Chanter une chanson est un travail d'animal », disait-il. Et, de fait, sur scène comme sur disque, Jacques Brel braille, brame, aboie, feule, piaule, ulule, bêle, ronronne, tout comme il gesticule, sautille, en fait des tonnes, sue, brame, beugle, pleure, se déchaîne, se brise, repart, par vagues, par salves, comme une houle, une tempête, un ouragan.

Jacques Brel n'est véritablement devenu Jacques Brel que lorsqu'il a eu le courage, contrairement à Brassens, Guy Béart, Pierre Perret, Yves Duteil ou Maxime Leforestier, de lâcher sa guitare.

Comme dit Brassens : « Brel a besoin d'ouvrir les bras pour dire qu'il embrasse. » Au-delà de la personnalité propre, excessive et paradoxale, encombrante et attachante, insupportable et passionnante, de celui qui quitta la scène à 38 ans, le 16 mai 1967, à Roubaix, après sept années d'un succès foudroyant, et qui rendit les armes le 9 octobre 1978, à 4 h 30 du matin à Bobigny, qui fut enterré discrètement dans le petit cimetière d'Atuona, à deux pas de Gauguin, loin de sa terre natale, je me suis demandé en quoi et surtout pourquoi Jacques Brel, le « Belge amoureux de la langue française », qui était tellement belge, était au fond si belge. Eh bien, voici la réponse :

JACQUES BREL EST BELGE POUR LES 100 RAISONS QUE VOICI :

(**1**) Jacques Brel est belge parce qu'il est né le 8 avril 1929 à Schaerbeek. (**2**) Jacques Brel est belge parce que son nom contient presque BaBEL. (**3**) Jacques Brel est belge parce qu'il vient de BRuxELles. (**4**) Jacques Brel est belge parce que son nom a la même racine que BRuegEL, qui contient Brug(g)e ou Bruge(s). (**5**) Jacques Brel est belge parce que son nom est proche aussi de BoRdEL. (**6**) Jacques Brel est belge parce qu'il s'est fait un nom en France. (**7**) Jacques Brel est belge parce qu'à ses débuts les Français disaient : « Qui est ce Jacques Brail ? » (**8**) Jacques Brel est belge parce que son nom contient CaBREL. (**9**) Jacques Brel est belge parce qu'il est proche de BRuEL. (**10**) Jacques Brel est belge parce qu'il n'est pas latin, mais germain. (**11**) Jacques Brel est belge parce qu'il est très méridional. (**12**) Jacques Brel est belge parce qu'il a toujours voulu quitter Bruxelles.

(**13**) Jacques Brel est belge parce qu'il a dit, en Belgique, « la mer est flamande ». (**14**) Jacques Brel est belge parce qu'il prend la scène, et la Senne, comme on prend le large. (**15**) Jacques Brel est belge parce qu'il vomissait avant de chanter, ce que ne font ni Aznavour, ni Sardou, ni Salvador. (**16**) Jacques Brel est belge parce qu'il beugle, hoquette, cliquette, flageole, résonne, grelotte, cavale, trompette. (**17**) Jacques Brel est belge parce qu'il singe et surjoue. (**18**) Jacques Brel est belge parce qu'il trousse ses refrains comme on trousse un jupon. (**19**) Jacques Brel est belge parce qu'il crache les mots. (**20**) Jacques Brel est belge parce qu'il a du cœur au ventre, le ventre dans la tête, et du vent dans les idées. (**21**) Jacques Brel est belge parce qu'il a des dents de cheval hennissant. (**22**) Jacques Brel est belge parce qu'il lance des postillons comme des embruns. (**23**) Jacques Brel est belge parce qu'il agite ses mains comme des ailes de moulin. (**24**) Jacques Brel est belge parce que sa fille s'appelle France. (**25**) Jacques Brel est belge parce qu'il appelait sa fille « ma France ». (**26**) Jacques Brel est belge parce qu'il a fait du « Plat Pays » un hymne national. (**27**) Jacques Brel est belge parce qu'il a dit en se tenant les côtes : « Si vous voyez un Belge intelligent, c'est un Suisse. » (**28**) Jacques Brel est belge parce qu'il est excessif. (**29**) Jacques Brel est belge parce qu'il fait des grimaces. (**30**) Jacques Brel est belge parce qu'il fait le pitre. (**31**) Jacques Brel est belge parce qu'il a des oreilles battantes, des bras comme des battoirs et des tifs raides. (**32**) Jacques Brel est belge parce qu'il a chanté « Le Plat Pays » en flamand (« Mijn Vlakke Land »). (**33**) Jacques Brel est belge parce qu'il parle de « Jef », « Marieke », « Madeleine », « Mathilde ». (**34**) Jacques Brel est belge parce qu'il fait des « slourp !... ». (**35**) Jacques Brel est belge parce qu'il aime les frites de chez Eugène. (**36**) Jacques Brel est belge à cause de sa diction. (**37**) Jacques Brel est belge à cause de sa respiration, de son phrasé, de son tempo, de son fracas. (**38**) Jacques Brel est belge parce que la musique était pour lui l'outil de l'émotion. (**39**) Jacques Brel est belge parce qu'il a chanté Bruxelles, Ostende, Anvers,

Liège, Bruges, Knokke-le-Zoute et Amsterdam. (**40**) Jaques Brel est belge parce qu'il a employé les mots « pisse », « rote », « bite », « con », « cul », avant tout le monde ! (**41**) Jacques Brel est belge parce qu'il est sincère. (**42**) Jacques Brel est belge parce qu'il crie la langue française. (**43**) Jacques Brel est belge parce qu'à ses débuts un critique de *France-Soir* lui a rappelé qu'il existait « d'excellents trains pour Bruxelles ». (**44**) Jacques Brel est belge parce qu'à propos de son adaptation *L'Homme de la Mancha*, Jean Dutourd a écrit : « Monsieur Brel ne sait visiblement pas l'anglais, mais il ne sait pas non plus le français. » (**45**) Jacques Brel est belge parce qu'il n'a jamais pardonné à Jean Dutourd. (**46**) Jacques Brel est belge parce qu'il est sans rival en Belgique, en France, et dans l'au-delà. (**47**) Jacques Brel est belge parce qu'il a gardé son accent. (**48**) Jacques Brel est belge parce qu'il aimait rouler les *r*. (**49**) Jacques Brel est belge par son costume de fils de bonne famille, d'employé modèle ou de commis de Magritte. (**50**) Jacques Brel est belge à cause de ses gestes décousus de sémaphore. (**51**) Jacques Brel est belge parce qu'il hurle en public. (**52**) Jacques Brel est belge parce qu'il ne supportait pas la poésie d'Henri Michaux. (**53**) Jacques Brel est belge parce que son premier 78-tours ne s'est pas vendu à plus de 200 exemplaires. (**54**) Jacques Brel est belge parce qu'il est souvent passé au Casino de Knokke où il valait plus cher que Petula Clark mais moins que Sacha Distel. (**55**) Jacques Brel est belge parce qu'il est trop sentimental. (**56**) Jacques Brel est belge parce qu'il sait où est la place de Brouckère. (**57**) Jacques Brel est belge parce qu'il crée des néologismes à tour de bras. (**58**) Jacques Brel est belge parce qu'il s'est installé à Paris en 1953. (**59**) Jacques Brel est belge puisqu'il voulait devenir une vedette de la chanson française. (**60**) Jacques Brel est belge parce qu'il ne fréquentait pas les milieux littéraires belges. (**61**) Jacques Brel est belge car il avait des goûts plutôt conservateurs. (**62**) Jacques Brel est belge puisqu'il se méfiait de l'avant-garde, de la nouvelle vague, du nouveau roman et du mouvement COBRA. (**63**) Jacques Brel est belge parce qu'il tutoie dans ses chansons. (**64**) Jacques Brel est belge parce qu'il a le sens du sarcasme. (**65**) Jacques Brel est belge par son outrance, son exubérance, son goût de l'excès, du paroxysme et de la démesure. (**66**) Jacques Brel est belge par sa grandiloquence, si peu hexagonale. (**67**) Jacques Brel est belge puisqu'il a dit que pour lui la Belgique a toujours été un « faux pays ». (**68**) Jacques Brel est belge puisqu'il a été reconnu en France avant d'être acclamé en Belgique. (**69**) Jacques Brel est belge puisque, pour les Français, il est d'abord un chanteur français. (**70**) Jacques Brel est belge parce que dans « Les F... », il a écrit : « Nazis pendant les guerres, catholiques entre elles... » (**71**) Jacques Brel est belge parce qu'il fait le con. (**72**) Jacques Brel est belge parce que, pendant son tour de chant à Alger, un spectateur crie :

— Algérie française !
Et il répond :
— Vous savez, moi je m'en fous ! Je suis belge*.

(**73**) Jacques Brel est belge parce qu'il n'a jamais chanté Prévert, Apollinaire ou Aragon. (**74**) Jacques Brel est belge parce qu'il VIT ses chansons. (**75**) Jacques Brel est belge parce qu'il a déclaré : « Je me sens d'ailleurs plus flamand que Belge. » (**76**) Jacques Brel est belge parce qu'il était *excessivement* naïf. (**77**) Jacques Brel est belge parce qu'il était *exagérément* lucide. (**78**) Jacques Brel est belge parce qu'il était souvent de mauvaise foi. (**79**) Jacques Brel est belge parce qu'il a écrit : « Tiens, le dernier tram s'en va. » (**80**) Jacques Brel est belge parce qu'il n'était pas raisonnable. (**81**) Jacques Brel est belge parce que son inspiration n'était pas rationnelle. (**82**) Jacques Brel est belge parce qu'il sent de l'intérieur les paysages belges. (**83**) Jacques Brel est belge parce qu'il aimait boire un coup. (**84**) Jacques Brel est belge parce qu'il transpirait sur scène. (**85**) Jacques Brel est belge parce qu'il a chanté : « Il pleut. » (**86**) Jacques Brel est belge parce qu'il chante : « Il peut pleuvoir. » (**87**) Jacques Brel est belge parce qu'il épelle « Les Prénoms de Paris ». (**88**) Jacques Brel est belge parce qu'il s'est fait un prénom à Paris. (**89**) Jacques Brel est belge parce que certains l'appellent Jacques Brelge. (**90**) Jacques Brel est belge parce qu'il a été interdit de spectacle sur tout le littoral flamand par les flamingants après « Les F… ». (**91**) Jacques Brel est belge parce qu'il chantait à corps perdu. (**92**) Jacques Brel est belge parce qu'il disait : « Le tout, c'est de partir. » (**93**) Jacques Brel est belge parce qu'il est parti aux Marquises comme Dotremont fila en Laponie. (**94**) Jacques Brel est belge parce qu'il repose là-bas comme Vésale dans le Péloponnèse. (**95**) Jacques Brel est belge parce qu'il a emmené un petit bout de Schaerbeek partout avec lui. (**96**) Jacques Brel est belge parce qu'il a inventé un monde unique, 100 % « brelien ». (**97**) Jacques Brel est belge parce qu'il avait un incurable sentiment d'abandon. (**98**) Jacques Brel est belge par son humeur et sa gaieté. (**99**) Jacques Brel est belge parce qu'il n'était pas un bon Belge. (**100**) Jacques Brel est belge puisque, comme on l'a écrit : « Jacques Brel fait partie du patrimoine culturel français[*]. »

---

[*] Olivier Todd, *Jacques Brel, une vie*, Paris, 10/18, « Musiques & cie », 2001, p. 235 et 457.

BREL, PIERRE

De Jacques BREL, tout ou presque a été dit. Mais sait-on que son frère PIERRE a réalisé en 1954 l'exploit de relier Bruxelles à Léopoldville, aller-retour, en side-car ?

BRIQUE DANS LE VENTRE

Comme on a du plomb dans l'aile, l'estomac dans les talons, la tête dans les étoiles, le Belge a une BRIQUE DANS LE VENTRE. Mises les unes sur les autres, celles-ci protègent de l'extérieur, défendent contre l'adversité et asurent d'avoir un chez-soi. Crues ou cuites, les briques sont parfois comestibles (« manger des briques ») et peuvent être peintes sur une pelle comme dans *Chaise avec briques et pelle* de Marcel Broodthaers. C'est avec la pelle peinte en briques que l'on bâtit la maison qui repose sur des fondations et que bordent des murs. Ceux-ci, percés de fenêtres, ont des oreilles mais on peut aussi les raser, les sauter, se mettre à leur pied ou s'y taper la tête. Et, bien sûr, y pendre des tableaux. Ceux-ci montrent la maison ou ceux qui sont sur les murs et misent sur les deux tableaux. Tout cela ne serait-il qu'une image ? un mirage ? un trompe-l'œil ? Le Belge va de l'avant mais il assure d'abord ses arrières. « Derrière le tableau, il y a le mur », comme le montre Magritte dans *Le Cadre vide* (1934). Mais le mur, en quoi est-il ? En briques, évidemment. Conclusion : le Belge a bel et bien une brique dans le ventre mais aussi de la suite dans les idées.

BROL OU BROLL

Le BROL désigne des objets de piètre qualité qu'on appelle aussi du *vlek*, fer-blanc, ou bien du *bucht*, gnognote, sur la place du Jeu-de-Balle à Bruxelles, face à la caserne des pompiers, où se tient traditionnellement le Vieux-Marché. Je me suis souvent rendu le dimanche, en fin de matinée, sur cette vaste esplanade rectangulaire, rendez-vous des *echte brusseleirs*, vrais Bruxellois, où dans une ambiance folklorique et débonnaire de débrouillardise et de kermesse, les camelots déballent leur bazar, taillant une bavette avec les chineurs et autres récupérateurs – tout le monde est brocanteur disait Baudelaire –, disputant leurs trésors aux bibeloteurs, fouineurs et fondus d'insolite, piqués de cette foire aux puces, manne des caves et des greniers familiaux, qui collectent cartes postales, pièces de monnaies, tableaux étranges, poupées, automates, timbres rares ou livres anciens. Et je finissais souvent mon tour en sautant d'un bond des Marolles au marché huppé de la place du Sablon, aux échoppes pimpantes, ployantes de chandeliers, de verroteries, de pendulettes, de stylos, de poinçons, pistolets, boîtes à musique, cannes d'ivoire, écrins de bois vernis, œufs sculptés, et autres bibelots ou brimborions, mais où il me semblait que manquait la folie débridée et la générosité sans apprêt de ce vocable qui ne signifie rien et qui pourtant dit tout en deux mots : « Quel brol ! »

BROODTHAERS, MARCEL

Compte rendu dans *Libération* de la rétrospective aux Beaux-Arts de Marcel BROODTHAERS, « artiste bruxellois panthéonisé par les amateurs d'art à l'égal de l'autre Marcel [Duchamp], qui reste toujours inconnu aux yeux d'un public moins averti ». Et la raison ? Oui, la raison, quelle est-elle ? La voici : « Est-ce à cause de son nom imprononçable, la redondance des deux "o" suivi du "th" donnant un air anglais à un patronyme se terminant par l'"ers" belge ? » Édifiante leçon de sémantique ! Marcel Broodthaers tient sa place dans l'histoire de l'art mais son nom est indicible. Il ne dit rien puisqu'on ne peut le prononcer. L'ostracisme de son nom le frappe ainsi du sceau de l'exclusion. On salue l'artiste de renom international mais on récuse son origine. L'énoncé quasi toponymique désigne en soi l'indigne localisation : Broodthaers est belge. Mais chut !, cela ne peut se dire. On ne retiendra donc que le prénom de cet artiste renommé, mais innommable par son imprononçable nom.

⇒ *Voir aussi* ***Moules et frites*** *et* ***Œufs et Os***.

BRUEGEL, PIERRE

Tout ayant été dit sur l'inventeur de Bruegellande que Ghelderode assimilait à la Belgique, restent les variantes orthographiques des prénoms, Peter, Pieter, Peeter, Pietr, Pietro, ou Pierre, et surtout celles toutes « bruegeliennes » du nom, marqué par le déplacement des *u*, *e* et *h*, orthographié tout à tour Bruegel, jadis francisé en Breughel, Brueghel, Brugole, Bruegels, Brueghels, le *s* signant un patronyme en Flandre, voire Brugell ou bien Brogel, bourg dont il prit le nom.

⇒ *Voir aussi* ***Envers***.

Bruges

> Les songes sont des mensonges, dit-on.
>
> Fernand KHNOPFF

Plutôt que la « Venise du Nord », BRUGES m'est en fait toujours apparue comme une « ville-souvenir » ou, pis, une « ville-musée » qui charrie dans ses canaux, ses quais, ses ponts, ses arbres, sa grand-place, son béguinage, le lacis de ses ruelles bordées de maisons aux façades à redans et à pignons crénelés, où le temps à jamais semble arrêté, les miasmes de la mort. La cité connaît son âge d'or à l'époque où Van Eyck y réside et peint *Les Époux Arnolfini* (1434), puis cède le pas à Anvers, sa rivale, à cause de l'ensablement du Zwijn qui draine l'accès à la mer et ancre sa richesse. La ville dès lors se clôt sur soi pour devenir cette cité-relique, sanctuaire urbain pour touristes médusés, qui errent en canot ou en calèche dans ce décor de film restauré, vision figée, éternisée, du passé, écrin chagrin, embéguiné, d'une splendeur enfuie qu'exhalent le beffroi, les halles, mais où ne guette plus âme qui vive hormis les bigotes casanières postées derrière leur écran de dentelle.

Fils d'un aristocrate autrichien, Fernand Khnopff, qui a grandi dans ce site d'eau, de cygnes et de béguines, y mène la sèche existence d'un dandy anglophile, proche des peintres préraphaélites comme Dante Rossetti, Millais, Hunt, et surtout Burne-Jones dont il est l'ami, qui lui insufflent la vision de son idéal féminin, égérie éthérée, muse hiératique et glaçante, incarnée par sa sœur Marguerite à l'opulente crinière rousse, à la peau pâle, aux yeux pers, aux lèvres closes, plus parlantes que les prunelles d'après son frère qui la couve des yeux, mais la campe intouchable, gainée, gantée et corsetée dans un portrait en pied, songeuse, sévère et distante, devant une porte fermée à clé. Évoquant à la fois Ophélie et Alice, au charme mutin terni par la gravité de l'adulte, cet être androgyne, à la mâchoire carrée, d'une froideur mortelle, est la figuration symboliste du désir interdit dont le peintre s'évade en peignant *Des caresses* (1896) où le sphinx câlin, monstre-léopard, étreint un double masculin, éphèbe à demi nu, armé d'un sceptre de verre, qui n'est autre qu'elle-même.

Mais de toute les œuvres de Khnopff, celle qui me reste le plus en mémoire, parce qu'elle est la plus poétique et qu'elle se pare d'une aura fantomale prémonitoire, est *Une ville endormie* (1904), pastel au fusain et crayon noir sur papier chamois, d'un hypnotisme prenant, dans lequel il est loisible de voir le penchant d'un certain passéisme flamand autant que le symptôme du versant décadent, profondément mélancolique, dépressif ou cafardeux de l'âme belge. Et qui représente avec un réalisme quasi photographique la place du Mercredi, plus connue sous le nom de place Memling, où la statue escamotée, décapitée, émasculée, du peintre, mort à Bruges en 1494, trône sur le socle d'une stèle amputée, devant des logis gothiques aux croisées hermétiquement closes, sur l'esplanade déserte contaminée par l'eau, envahie, submergée par l'onde dormante, faussement stable, en apparence inanimée, qui mua trois siècles plus tôt l'active métropole en cité d'outre-tombe.

Réminiscence d'un songe révolu, figuration statique de l'entre-deux, mirage rêvé d'un deuil à venir, cette vision allégorique, projection imaginaire de l'ophélienne cité, gagnée par le miroitement narcissique de l'aire liquide, est à mettre en regard avec la « ville-tombeau » magiquement décrite par Georges Rodenbach, mort la nuit de Noël 1898, à 9 heures du soir, à 45 ans, dans son roman *Bruges-la-Morte*, paru en 1892 à Paris, aux Éditions Flammarion, avec 35 illustrations photographiques et un frontispice de Fernand Khnopff. Ce livre sonna non pas le réveil mais la redécouverte de la « ville endormie », qui était alors une vraie « ville morte », ignorée des visiteurs, en même temps qu'elle mua à jamais la cité mortuaire, qui naguère avait été portuaire, en « ville-musée », hantée par le spectre de son passé, gagnée par le sommeil éternel et anéantie par la nostalgie de l'abandon.

⇒ *Voir aussi* **Visible**.

BRUSSELAARS

BRUSSELAARS est le nom donné par les Flamands de Flandres aux Flamands de Bruxelles pour les discerner des « Bruxelleirs », nom donné par les Brusseliens aux Bruxellois de Bruxelles comme sont walloniens, wallonais ou wallonards les Wallons de Wallonie.

BRUXELLEIR, BRUSSELEER, BRUXELLAIRE, BRUSSELAIRE

Indigène de Bruxelles baragouinant un pittoresque et « inouïble » jargon qu'on appelle un *broubeleir, broebeleer* ou *broebeleir*.

BRUXELLES

Brugselle, à la française, Brussel, à la flamande, Brucelles, à la belge, le nom de BRUXELLES, jadis aussi écrit Bruessel, vient du hameau, devenu village, puis bourg, le pont (« Brug ») et les logis (« sele ») enjambant la rivière, et se prononçant « Brugsele ». Mais j'ai aussi entendu Bruxel, Bruksell, Brucselles, Bruqueselles, ou bien encore Brugcelles comme disait Colette, qui était un peu Belge par sa mère qui vécut à Gand et gîta dans la capitale.

BRUXELLIEN

Le BRUXELLIEN n'est pas un tiers patois, composé de marollien et de bruxellois, mais le nom du sable tertiaire, d'une épaisseur de 30 cm à l'est de la Senne, sur lequel repose une bonne partie de l'agglomération bruxelloise et que perpétuent par leur nom la place du Sablon, la rue des Sables et la Sablonnière.

BRUXELLISER

Atomiser, bousiller, démolir, massacrer, raser, ruiner, saccager, supprimer, néantiser une ville qui n'était déjà pas très belle au départ pour en faire une métropole internationale, livrée aux promoteurs immobiliers et aux fonctionnaires européens, sans respecter ni son histoire ni sa mémoire. Ni, bien sûr, son visage.

BRUXELLISER à tour de bras est le projet capital des hommes politiques bruxellois.

⇒ *Voir aussi* **Promoteurs** *et* **Urbanisme**.

BRUXELLITUDE

Sentiment de solitude et d'incompréhension que ressent le Bruxellois après que l'on a sans merci « bruxellisé » sa ville.

BRUXELLOMANIE

Variante locale de la bruxomanie, la BRUXELLOMANIE qualifie la manie des Bruxellois de grincer des dents quand ils pleurent et déplorent un peu tard la brutale bruxellisation de Bruxelles.

BRUXELLOSE

Maladie de ceux qui ont osé sans pitié bruxelliser Bruxelles.
– Mais qu'est-ce qui leur a pris ? Que faire ?
– Rien. On ne peut rien. Ils sont atteints de BRUXELLOSE.

BULLETIN

> *M. Dürer, un artiste peintre allemand, qui exposait au mois de mars 1926 au musée d'Ixelles, n'étant pas abonné à l'agence des coupures de journaux qui lui*

avait envoyé un BULLETIN d'abonnement, on chargea le bourgmestre de la commune de faire parvenir celui-ci à l'intéressé. Mais comme Albert Dürer était mort depuis déjà 398 ans, le bourgmestre retourna l'enveloppe vide à l'agence avec la mention : « Inconnu à Ixelles. »

C

CABERDOUCHE, KABERDOUCHE, KABBER-DOESJKE

Le CABERDOUCHE est un café qui ne paye pas de mine et qui paraît louche à première vue, mais qui s'avère agréable, accueillant et très confortable à celui qui, trempé comme une souche, est ravi de s'y réfugier quand dehors il douche.

CABILLAUD

Issu du flamand *kabeljauw*, le CABILLAUD est un poisson bien belge. Blanc dans l'assiette, avec du beurre fondu, des pommes de terre cuites à la vapeur, de la moutarde de Dijon, c'est un mets succulent, diététiquement parfait.

CABINET

Visitant le jardin zoologique en 1904, le roi Léopold II repère à l'écart un petit homme effacé qui ne paye pas de mine.

– Et vous, mon brave, quelle est votre fonction ?
– Je suis préposé aux W.-C. depuis quarante ans.

La gent alentour se précipite pour écarter le malotru du souverain qui les arrête d'un geste :

– Holà ! Ne voyez-vous pas que c'est un chef de CABINET ?

Café

Je ne suis pas un fondu des CAFÉS, caboulots, *cavitjes* et autres bistroquets où la bière pleut dans le gosier à jets drus et continus comme de la pomme d'une douche. Mais j'admets être tout à fait séduit par le nom de certains d'entre eux comme le Roi-d'Espagne, la Chaloupe-d'Or, la Brouette, où je passai mes nuits à refaire le monde, le Cirio, le Falstaff, la Mort-Subite, le défunt Chez Floriot ou le Petit-XL, repaire des joueurs d'échecs, la Casa Felipe, qui partit en fumée, et d'autres au nom tout à fait imprononçable, tels que l'Hulstkamp, dans les galeries Saint-Hubert, devenu la Taverne-du-Passage, le In t'spinnekopke, la petite araignée, équivalent de Chez Poeltje, rue Longue, à Ostende, ou le Spijtigen-Duivel, sans oublier, bien sûr, la légendaire Feuille-en-Papier-Doré, rendez-vous des surréalistes, l'Agneau-Moustique, la Vierge-Poupine, le Peintre-chez-Lui, la Fin-des-Haricots, l'Imaige-Nostre-Dame, fondés et animés par Gérard Van Bruaene, dit « Gerd » ou « Geert », mais aussi « Gérard le Brocanteur », maître du « commerce du petit *brol* », ou, mieux : « Gérard le Bistrot ». Figure haute en couleur, né à Courtrai en 1891, ventru, hilare et lunetté, acteur au théâtre flamand, galeriste à ses heures, esprit frondeur et mystificateur, ami remuant de la bande à Magritte et de Jean Dubuffet, cet artificier de la modestie, socratisant à tire-larigot et aspirant à l'effacement de soi, avait pour vaniteuse devise :

« Nous ne sommes pas assez rien du tout. »

Cannibale

Nappé en couche épaisse sur un toast tiède, le CANNIBALE*, aux petits oignons, garni d'un cornichon étrillé en lamelles, de câpres, touillé de sauce anglaise, d'une pointe de Tabasco, le tout lié de mayonnaise, s'avale en deux ou trois bouchées, de préférence avec une bière fraîche, clairement tirée. Il est loisible d'en redemander car, c'est connu, l'appétit vient en mangeant. Ce qu'atteste Marcel Mariën par sa pensée piquante :

« Les cannibales n'ont pas de cimetière. »

---

* En Belgique : « filet américain » ; en France : « steak tartare ».

CAPRICE DES DIEUX

Le CAPRICE DES DIEUX n'est pas qu'un fromage mais l'ironique surnom octroyé au nouvel hémicycle européen où se prennent les décisions capitales de la Communauté, situé à deux pas de la maison d'Antoine Wiertz, en contrebas de cette voie d'accès ultra-rapide à six bandes qu'est devenue la rue Belliard.

CARBONNADES FLAMANDES

⇒ *Voir* **Waterzooi**.

CARICOLE

Mollusque spongieux, chewing-gum gluant, sangsue glaireuse, ventouse visqueuse, escargot glutineux, coriace et peu ragoûtant, que l'on extirpe à la louche d'une bassine fumante, la CARICOLE, compagne des bigorneaux ou *bichkes*, petites bêtes, qui donnent la *keekebiche*, chair de poule en marollien, qu'on vend sur une carriole qui caracole, s'appelle en France le bulot.

CATASTROPHE

Réfractaire à l'agrégat grégaire des *Flammons* et des *Wallands*, cause du reniement de son état civil, Henri Michaux soupirait :
— Être né belge ? Quelle CATASTROPHE !

CATHOLIQUE

Tout n'est pas vraiment très CATHOLIQUE en Belgique. Dans les Fourons, les Français ne peuvent assister à la messe que grâce à un prêtre hollandais. Sur la côte, les estivants se cloîtrent dans un couvent pour prier en français. À Wezembeek, l'église étant fermée, les paroissiens francophones vont au café pour prier. À Bruxelles, le cardinal Godfried (littéralement : ami de Dieu) choisit un curé gantois comme pasteur de la minorité flamande de la capitale alors qu'il ne sacre pas de vicaire francophone pour les 80 % de Bruxellois parlant le français.

CÉLINE, LOUIS-FERDINAND

Je me suis récemment entretenu avec Pierre Descargues, au musée du Jeu de Paume, à l'occasion de la parution de son livre *L'art est vivant* et de son album *Vu, vus, vues* qui présente une centaine de portraits spontanés et touchants d'artistes et d'écrivains dont celui de LOUIS-FERDINAND CÉLINE en 1957, route des Gardes à Meudon, dans sa maison pleine de pinces à linge en bois avec un ressort en fil de fer qui tenaient les feuilles de ses manuscrits. De son bureau où il pose impassible, vêtu de chandails empilés, de vestes trouées, une longue écharpe autour du cou, le génial réprouvé avait une si belle vue sur Paris qu'il apercevait aussi bien la tour Eiffel que le Sacré-Cœur. Si bien qu'il déclara sur un ton célinien : « Ce panorama est un festival de véroles, un gala de cancers, une fête d'infections qui conduisent tout ce peuple vers la mort. Et ce bruit ? Insupportable : les hélicoptères qui joignent Paris à Bruxelles ; vous voulez que je vous dise ? C'est belge ! »

Pierre Descargues et Catherine Valogne, *Vu, vus, vues. Les années 60, figures de liberté*, Paris, Éd. du Cercle d'Art, 2001, p. 82.

Censure

Invité par la RTB pour la parution de la suite de *Mes inscriptions*, Louis Scutenaire essuya la CENSURE des caciques de la section littéraire de la télévision pour avoir dit que ce qu'il détestait par-dessus tout : « C'étaient le roi des Belges et l'Académie royale de langue et de littérature de Belgique. »

Cerveau

Poète en soutane, engoué de botanique, polyglotte parlant sept langues et champion du nationalisme flamand en un temps où le français était le seul idiome officiel, Guido Gezelle naît le 1er mai 1830, vers midi, à Bruges, dans une famille de neuf enfants dont dont cinq seulement vécurent, lui-même étant l'aîné. Exagérément timide, et très têtu, il était en proie à de continuelles migraines à cause d'un crâne anormalement développé, si bien que le médecin lui prescrivit de dormir tête nue « parce que son CERVEAU était trop grand ».

⇒ *Voir aussi **De zage zinge zangt**.*

Chaîne sans fin

Les artistes sont des individualistes à tout crin qui brillent comme des comètes isolées dans l'éther, mais une étoile n'est pas seule et ne scintille qu'à l'instar des autres. Ainsi **Magritte** et **Ensor** affirment-ils ne rien se devoir l'un à l'autre, mais **Magritte** rédige un hommage à **James Ensor** et **Ensor**, qui accuse **Khnopff** d'avoir plagié *La Musique russe* (1881) dans son tableau *En écoutant du Schumann* (1883), parodie **Rubens** dans *Ensor au chapeau fleuri* (1883-1887-1888) et le salue ironiquement dans *Ensor aux masques* ou *Ensor entouré de masques* (1899) en posant coiffé d'un couvre-chef à plumet rouge. De même, *La Voix du silence* (1938) de **Louis Buisseret** inspire indirectement

Le Rêve (1945) de **Magritte** qui admire **Wiertz**, **Rops**, **Xavier Mellery** et s'inspire de la femme-sphinx de **Khnopff** dans *Des caresses* (1896) dont il répand les taches léopard dans *Le Mouvement perpétuel* (1933) et dans les veinules du bois de *Le Palais d'une courtisane* (1928) ou de *Découverte* (1927), et il se souvient dans *L'Attentat* (1932) de *La Liseuse de roman* (1853) de **Wiertz**. De ce même **Antoine Wiertz** qui impressionne tant **Marcel Broodthaers** et **Paul Delvaux** qui peint la porte d'entrée de son musée dans une huile sur bois en 1922, **James Ensor** reprend le titre *La Révolte des Enfers contre le Ciel* ou *La Chute des anges rebelles* (1841), rebaptisé *Le Foudroiement des anges rebelles* ou *La Chute des anges rebelles* (1889), tout comme **René Magritte** pique au maître ostendais le titre *Le Domaine d'Arnheim* (1890) qu'**Ensor** peint en citant un conte d'**Edgar Poe** dont **Magritte** est fanatique. Et tout comme **Spilliaert** peint *Le Cavalier de Poe* (1936) après avoir lu « La chute de la maison Usher », ce même texte inspire **William Degouve de Nuncques** avec *La Maison rose* ou *La Maison nocturne* (1892), qui prévient le célèbre *L'Empire des lumières* (1961) de **René Magritte** qui en tire maintes versions dont une est acquise par **Hergé**, collectionneur d'art contemporain, dont le melon des deux Dupondt séduit peut-être le peintre de Lessines. S'étant fixé en 1908 avec **Gust De Smet** dans l'ancien atelier de **Léon Spilliaert**, rue du Quai à Ostende, **Permeke** exécute un portrait de **Spilliaert**, aujourd'hui perdu, et, en retour, **Spilliaert** peint **Permeke** peignant, en casquette et gilet, à Sint-Martens-Latem, en avril 1912, ainsi qu'un tableau titré *Permeke peignant dans les champs* que le modèle n'aime pas et piétine de ses sabots de bois. Et, de la même façon, *Marine nocturne* (1913) ainsi que la *Nocturne. Marine au clair de lune* (1924) de **Spilliaert** trouvent un écho dans *Marine sombre* (1927, 1928, 1935, 1945) de **Permeke** qui cite **Bruegel** dans ses scènes rustiques et ses paysages de neige. Ami des expressionnistes **Gustave de Smet** et **Constant Permeke** qui marquent **Paul Delvaux** dans *L'Homme-orchestre*, hélas détruit !, **Fritz Van Den Berghe** est portraituré par **Edgar Tytgat** et, de son côté, **Raoul Ubac**, ami de **Christian Dotremont** et de **Magritte**, fait le portrait de celui-ci en 1939, les Fagnes que peignait de mémoire **Ubac** attirant à la fin de sa vie **Spilliaert**, l'Ostendais, fasciné par les arbres des Ardennes. Pareillement, **Alechinsky**, dont une toile porte le même titre que celle de **Magritte**, *Le Monde perdu*, se sent lié à **Permeke** et à la tradition de la peinture belge, ainsi qu'à **Ensor** à l'égard duquel il admet sa dette et dont l'amuse de pointer les insultes dans ses lettres et conférences de 1884 à 1934. À l'instar d'**Asger Jorn**, dans *Ainsi on s'ensort* (1962), figurant un pendu affublé d'un masque ensorien, tout le mouvement COBRA est marqué par **Ensor** dont **Pierre Alechinsky**, nourri à la tradition expressionniste flamande, inclut maints motifs dans ses toiles. **Michaux** aborde dans *En rêvant à partir de peintures énigmatiques* (1972) l'œuvre de **Magritte**, dont **André Blavier** assemble les écrits, et qu'admire **Marcel Broodthaers** qui lui rend hommage avec son célèbre musée de l'Aigle et qui pose à ses côtés, coiffé du même chapeau melon. Tandis que **Jan Fabre** réalise *Un monument pour Marcel Broodthaers* (1981) et rend hommage à *L'Homme qui mesurait les nuages* de **Fritz Van Den Berghe** dans sa sculpture de bronze *L'Homme qui mesure les nuages* (1998), **Wim Delvoye** se réclame de **Magritte**, **Rops** et **Broodthaers**. Et **Patrick Corillon**, ironique héritier de **Broodthaers** comme **Jacques Charlier**, écrit un texte sur **Antoine Wiertz**. Ainsi, les toiles se lient-elles toutes dans un géant tableau-gigogne, sorte de CHAÎNE SANS FIN où la création passée et les chefs-d'œuvre à venir se marient et se conjuguent à l'infini, *La Chaîne sans fin* (1939), qui s'appela d'abord *Le Plagiat* étant d'ailleurs le titre d'un tableau de **Magritte** où un destrier qui se cabre porte en croupe un cavalier moderne, un cavalier de la fin du Moyen Âge, et un cavalier de l'Antiquité.

CHAMBRE

Au milieu de l'été, après un court séjour à la campagne où l'on m'avait remisé parce que j'étais infernal, je regagnai la ville et la maison familiale où mes parents avaient mis mon absence à profit pour me faire une surprise. La CHAMBRE que je partageais avec mon frère aîné avait été entièrement tapissée d'un papier peint parsemé par les innombrables personnages d'Hergé. Depuis, je me suis souvent demandé combien d'enfants de mon âge s'étaient endormis dans Bruxelles en emportant pour dernière image la silhouette de Tintin, des deux Dupondt, d'Haddock ou de la Castafiore. Pendant six années, sans discontinuer, chacun de mes rêves a été subconsciemment agrémenté par les inventions faramineuses de Tournesol, les propositions agaçantes de Séraphin Lampion, les espiègleries d'Abdallah. Lire leurs aventures durant la journée ne me suffisait pas, il fallait encore qu'enfin dans mon sommeil je devienne à mon tour un héros. Sur les traces de Tintin, sans bouger de mon lit, la tête plantée dans l'oreiller, je parcourais le monde. Le lotus bleu m'entraînait chaque nuit sur l'île noire au-dessus de laquelle brillait une étoile mystérieuse. Au beau milieu de mon rêve, le crabe aux pinces d'or m'ordonnait chevalier de la Licorne et deux conspirateurs moustachus, aux mines patibulaires de Moldaves, me confiaient en douce le sceptre d'Ottokar. En bondissant, je marchais sur la Lune et les sept boules de cristal m'ouvraient toutes grandes les portes du temple du Soleil. Mais, à l'instar de Nemo, il m'arrivait aussi de me réveiller en sursaut, haletant et couvert de sueur. Dressé sur mon séant, figé par l'impuissance, j'entendais se fermer avec un claquement sourd les portes du taxi sur la banquette arrière duquel je me trouvais ; des volets métalliques s'abaissaient ; on me jetait à l'eau, dans un sac, avec une corde au cou ; une trappe s'ouvrait à l'instant même où je touchais le fond ; un homme méchant qui retroussait ses manches m'annonçait qu'il se vengerait de ma personne et tandis que je revenais à moi sous la forme de chair à saucisse, Mitsuhirato surgissait d'une outre et donnait l'ordre à son fils fou de me trancher la tête.

Philippe de Champaigne ou Champagne*

Philippe de Champaigne naît à Bruxelles le 26 mai 1602. Ses parents sont de bonne compagnie mais de médiocre fortune. Ayant étudié avec un peintre nommé Jean Bouillon, il quitte à 19 ans sa cité natale à l'art plus traditionaliste et moins « baroque » que celui d'Anvers, incarné par Rubens qu'il admire autant qu'il étudie la technique des grands maîtres flamands. Naturalisé français en 1628, il devient le peintre « de Port-Royal », réputé pour ses compositions austères magnifiant de raides carmélites aux robes sans plis, écharpées par une croix aussi saignante qu'un stigmate comme c'est le cas de mère Angélique Arnauld (1654). Mais il brosse aussi des portraits officiels tels celui du célèbre « Corps de Ville parisien »; de Louis XIII, plus proche de Van Dyck, ou du cardinal de Richelieu, qu'il éternise sur son lit de mort. Peintre de cour et d'apparat, chantre des chartreux et des moniales cernées à leur insu, auteur d'une œuvre admirable d'exigence et de rigueur que transcende vers 1652 sa vision du *Christ mort couché sur son linceul* (au Louvre), qui évoque immanquablement celui d'Holbein du musée de Bâle, ce brillant maître de l'art sacré s'éteint le 12 août 1674, rue des Escouffes, dans le quartier du Marais. Alors qu'il figure à lui seul l'ascétisme du jansénisme et le faste du génie français, Philippe de Champaigne, au nom pétillant inadéquat, est l'un des rares artistes classiques que l'on s'accorde à qualifier en France de « peintre franco-flamand ».

---

* On disait à l'époque aussi bien Montagne que Montaigne.

CHAPEAU MELON

La Belgique, qui succéda à la Suède à la présidence de l'Union européenne en 2001, a tenu à préciser par la voix du secrétaire d'État aux Affaires étrangères, Annemie Neyts-Uyttebroeck, encore un nom imprononçable, que la « maison Belgique » serait pour sa part symbolisée par un... CHAPEAU MELON !

Attention ! Il ne s'agit pas d'un chapeau buse ou d'un gibus, d'un chapeau plat ou claque (Yves Montand), d'un chapeau de paille (Maurice Chevalier) ou de feutre (Charles Trenet), mais d'un chapeau melon, plus exactement dit en Belgique un chapeau « boule », comme sont rondes celles de l'Atomium, les fromages de Hollande, les boules de Berlin, les sept boules de cristal, les boules du *bollewinkel*, feues les cigarettes « Boules Nationales », les seins des boulottes Flamandes, le *pispot* autant que le *klachkop*, et l'expression « Mystère et boule de gomme ! ».

Façon de « tirer son chapeau au reste du monde » durant six mois, ledit couvre-chef est à coup sûr un clin d'œil à l'emblème des deux Dupondt, qui le portent tel un boulet coupé en deux, et à celui des personnages uniformes de René Magritte qui en sont habituellement coiffés dans ses toiles surréalistes.

Le chapeau *boule* rend-il maboul ? C'est bien pensable.

Sacrant la typologie interchangeable du Belge dès qu'il se pense en groupe, le chapeau boule est l'emblème de la neutralité nationale et figure par son apparent incognito l'absence d'identité que le Belge, aussi prompt à se dénigrer qu'à rire résolument de soi, ressent à l'égard de ce qu'il considère comme de grandes nations. En d'autres mots, le Belge, citoyen du monde et illustre inconnu, préfère se mettre en boule que de perdre la face en Europe en portant le chapeau !

Chaussures

Question : À quoi reconnaît-on un Belge dans un magasin de CHAUSSURES ?
Réponse : C'est celui qui essaye les boîtes.

Chauvins

Le Belge par nature n'est point cocardier, mais, dans l'édition spéciale du journal *Le Soir* fêtant la victoire d'Eddy Merckx dans le Tour de France 1969, on lisait dans un article dément, titré

« Quand Brueghel prend le train » :

> *Et deux heures plus tard, les énormes convois dégorgent sur les quais de la gare du Nord toute une Belgique bourrée d'optimisme, de gloire et aussi de calories. On crie : à Vincennes ! comme les Français criaient en 1914 : à Berlin ! Les Parisiens, jamais étonnés, contemplent les joyeux envahisseurs avec calme. À la terrasse du Terminus Nord, une vieille dame française hésite et s'informe. On lui explique : Eddy Merckx, victoire belge. Elle croit d'abord qu'il s'agit d'un chanteur, puis ramenée au Tour de France, elle se souvient, regarde, s'effare un peu du hurlement des tribus belges descendues en Gaule et se penche vers moi, confidentielle : Vous ne trouvez pas que ces Belges sont un peu CHAUVINS ?...*

Chevaux brabançons

Les CHEVAUX BRABANÇONS ont des croupes vastes comme l'océan.
Les chevaux brabançons sont chevelus, mafflus, poilus.
Les chevaux brabançons ont des poteaux en tours de guet.
Les chevaux brabançons ont des naseaux comme des évents.
Les chevaux brabançons ont des flancs tels des vaisseaux.

Les chevaux brabançons labourent et effondrent la terre.
Les chevaux brabançons étayent le paysage.
Les chevaux brabançons ont la teinte des toiles de Permeke.
Les chevaux brabançons sont des titans.
Les chevaux brabançons sont âgés de mille ans.

Qui a vu des chevaux brabançons sait contre quoi bute le vent.

CHICON

Rien n'est meilleur qu'un chicon. J'en aime l'amertume et me délecte de son suc brun foncé comme du café, de son jus âcre et sans égal, suprêmement goûteux. Variété de chicorée, ce légume compact, en forme d'obus, tire son nom de la *witloof*, qui signifie en flamand « feuilles blanches ». Ses préparations sont multiples : en soupe, en crème, en flan, en sorbet, mais d'abord au beurre, braisé ou caramélisé à feu doux dans la casserole, en salade avec une vinaigrette, affilé en lamelles, étuvé avec des crevettes grises, en mayonnaise, lardé de tranches de jambon et de fromage gratiné au four, avec de la purée. Et enfin lié au beurre et à la crème par une sauce « à la brabançonne ». C'est ainsi que cette sorte de chicorée ou de laitue, improprement dite endive en France, obtenue par le forçage de la chicorée de Bruxelles, devint définitivement pour tout Belge ou gastronome qui se respecte le CHICON.

CINÉMA

Lu dans *Une encyclopédie des cinémas de Belgique**, publiée à l'occasion de l'exposition « L'art en Belgique. Flandre et Wallonie au XXe siècle, un point de vue », à la rubrique lieux communs, traitant des poncifs, clichés, idées reçues, préjugés et *a priori*, qui débute par l'exergue : « Il n'y a pas de lieux communs du CINÉMA belge car il n'y a pas de cinéma belge », à la définition du mot « linguistique » : « Si les dialogues de votre film sont en belge, il faudra les faire sous-titrer en français. »

---

* Paris, Éd. du musée d'Art moderne de la ville de Paris / Yellow Now, 1990.

CIVILISATION

Il est curieux, ou plutôt révélateur, que les Belges soient si fiers d'une citation de Jules César dont ils ont soigneusement occulté la conclusion : « De tous les peuples de la Gaule, les Belges sont les plus braves car ils sont les plus éloignés de la CIVILISATION. »

CLAUS, HUGO

HUGO CLAUS est sans nul doute le plus grand écrivain flamand vivant. Je l'ai d'abord rencontré à Paris, à l'hôtel des Saints-Pères, à l'occasion de la parution chez Julliard de son roman *Le Chagrin des Belges*, et quelques semaines après à Gand, chez lui, dans l'immense appartement rempli de tableaux et de livres qu'il occupait dans un quartier résidentiel désert, ainsi que dans un restaurant typique du cœur de la ville, où il était visiblement heureux de festoyer et où de vieilles rombières qui l'avaient reconnu faisaient mine de l'applaudir après l'avoir écouté chez Bernard Pivot. Je n'ai jamais revu Hugo Claus dont je publie ici l'entretien paru en partie dans *Le Matin de Paris*.

Claus, le sale Hugo des Belges

À 56 ans, avec sa drôle de tête blême sortie tout droit d'un tableau de Bruegel, sa frange grise d'empereur romain sur le front et son savoureux phrasé qui fait rouler les *r*, Hugo Claus, poète, essayiste, dramaturge, cinéaste, peintre et romancier, n'a rien perdu de la verve et de la générosité qui l'ont fait considérer à ses débuts comme un enfant prodige.

Sorte de Falstaff d'outre-Quiévrain, satisfait de vivre et de prêcher dans le désert, ce scandaleux paria qui ne mâche pas ses mots est avant tout un maniériste du patois qui a su faire d'un dialecte une langue et qui, prenant son parti du malentendu, s'est résigné à coucher par écrit les seules règles qui lui paraissent être valables au monde : l'imagination, la révolte et l'amour fou.

— *Après avoir vécu en Hollande, vous êtes revenu vous installer voici quelques années à Gand. Savez-vous que c'est la ville de Belgique où réside le plus grand nombre de truands?*

— Cela ne m'étonne pas. C'est une ville carrefour située presque à égale distance de la France, de la Hollande, de l'Allemagne et de l'Angleterre. C'est pour cela que j'y habite. En Belgique, les grands truands sont mêlés à la politique et tout le monde les connaît.

— *Dans un texte intitulé* Politique et Art, *vous écrivez : « Les poètes, dit le ministre, sont des chicaneurs. Ils nous scient avec leur âme. » Êtes-vous incivique?*

— L'incivisme est un devoir pour un écrivain. Ma vie de chaque jour est faite de haut-le-cœur et de fureurs, mais je ne suis agressif qu'à des moments très précis. Par exemple, lorsque le pape débarque en Belgique, il faut absolument pour mon honneur personnel que je fasse quelque chose. J'écris donc des poèmes obscènes et très violents. Et lorsque je reçois un prix de littérature et qu'on me nomme chevalier de l'ordre de Léopold II, pour démériter de cet honneur, j'écris une pièce sur l'œuvre et la vie de Léopold II. Un écrivain qui accepte les règles d'une patrie ou d'une société se condamne. Son rôle, c'est d'être lucide et vigilant envers ce qui se passe en lui et autour de lui.

— *Vous entretenez avec votre pays des rapports d'amour-haine, de besoin et de refus, de répulsion et d'obsession. Pourquoi ne partez-vous pas?*

— J'ai toujours eu du mal à comprendre ce qu'est un pays. La Belgique se trouve dans une situation vraiment très particulière parce qu'elle est née d'un malentendu et n'a rien à voir avec une nation. Être belge, pour moi, cela ne veut strictement rien dire. Je n'ai donc pas de haine pour la Belgique puisqu'elle n'existe pas. Ce que je hais, c'est la médiocrité officielle.

— *Vous avez donc renoncé à tout espoir dans cette Flandre que vous aimez?*

— Vous savez, je ne me sens flamand que lorsque je suis à l'étranger. À Amsterdam, je me sens comme un petit marquis précieux, jésuite et hypocrite face aux calvinistes hollandais. À Paris, je me sens lourdaud et, comme Permeke, expressionniste. Mais je ne me sens pas flamand du tout par rapport à ce mélange de mysticisme et de sensualité qu'on me jette sans cesse à la figure et qui serait «l'âme flamande». Mon rapport à la Flandre ne m'intéresse pas. Je ne suis pas à la recherche de moi-même. Mais il se peut que j'arrive à traduire quelque chose de la Flandre en décrivant le genou gauche d'un cycliste. C'est comme en poésie. Je distingue à peine un hêtre d'un bouleau, mais j'écris des poèmes sur les hêtres et les bouleaux. Et de même, c'est en peignant simplement un verre ou un pain que l'on peut se dire qu'il y a peut-être une âme flamande. L'âme naît du concret tout comme c'est par le biais du maniérisme et de l'hermétisme que l'on parvient peut-être le mieux à la réalité.

— *Votre livre porte un très beau titre. Comment l'avez-vous trouvé?*

— C'est parti d'une locution de ma grand-mère qui me disait toujours: «Toi, tu es le chagrin de la Belgique.» Elle voulait dire par là: «Tu es ingouvernable, tu n'arriveras jamais à rien.» Elle tenait cela d'une expression qui avait cours pendant la Première Guerre mondiale où l'on disait en parlant des méfaits des Allemands qui coupaient les oreilles et égorgeaient les enfants: «*the sorrows of Belgium*». Pour moi, c'était un peu comme le *Titanic*, le souvenir d'une grande catastrophe qui s'est transmise par ma grand-mère dans ma sensibilité d'enfant. En flamand, le titre original est *Het Verdriet van Belgie*. Il y a deux *i* et deux *e*. C'est plus évocateur mais je suis très satisfait du titre français.

– *Ce qui frappe d'abord dans votre livre, c'est son extraordinaire drôlerie qui naît autant des personnages que des situations.*

– C'est indispensable. Un écrivain a peu d'armes à sa disposition. Le rire est une arme vitale et physique. Shakespeare et Beckett n'existeraient pas sans le rire. Il n'y a que la jubilation du rire qui puisse donner une dimension au malheur. Mais il ne s'agit pas de l'ironie qui implique de se sentir supérieur. Moi, j'écris au ras du sol, sans condescendance. Comme mon jeune protagoniste lorsqu'il assiste à l'opérette *Le Pays du sourire* et qu'un acteur grimé chante «toujours sourire, le cœur douloureux», j'affiche le masque du sourire, celui d'Ensor. Il n'y a qu'avec un masque que sont possibles les étincelles de l'imagination.

– *Le langage est aussi au cœur de votre livre et Alain Van Crugten, votre traducteur, a réalisé des prouesses pour restituer la saveur de cette langue qui n'existe pas. Au fond, c'est par ce que disent vos personnages que l'on comprend ce qu'ils sont.*

– Il y a très peu de gens qui s'assoient dans un fauteuil pour penser. On ne peut penser qu'en formulant ce qu'on pense et c'est parce que je n'arrivais pas à penser en peignant que j'ai choisi d'écrire. On peut peindre et être un imbécile, et il n'est pas concevable de penser que Rembrandt était un imbécile même s'il avait une intelligence de peintre prodigieuse. Même si j'essaye de capter aussi précisément que possible le langage des gens que je dépeins, j'écris en roue libre, en laissant libre cours à mon imagination, quitte à colorer tout d'une manière fausse. Alain Van Crugten a tout reconstruit dans son langage à lui, tout comme je l'avais fait à partir de la réalité.

— *Malgré la violence de vos attaques, il y a aussi une énorme tendresse pour ces gens qui sont un peu votre famille.*

— L'art n'existe pas sans la tendresse ou la pitié. On n'écrit pas 600 pages sur un tel sujet s'il n'y a pas au fond de soi un peu d'amour.

15 octobre 1985

CLOPE OU CLOPPE

Sans rapport avec la clope ou le mégot, le mot CLOPE OU CLOPPE veut dire la trouille : *J'ai la cloppe*. Il ne faut pas le confondre avec le verbe *cloper*, *clopper* ou *klopper*, qui veut dire « coller » : *Ça ne clope pas !* Autrement dit : « Ça ne colle pas ! » Bien que *klop* en flamand veuille dire « coup », celui qui reçoit une *klop* étant éclopé.

COCHON

> La peinture flamande n'a que des peintres cochons.
>
> Charles BAUDELAIRE

Mais quelle est donc la raison pour laquelle les Belges, à commencer par moi qui ai mis en couverture de *Tripp*

(2002) celui de Magritte, titré *La Bonne Fortune* (1945), tout comme Permeke peignit à Jabbeke *La Truie* (1929), énorme bête étroniforme, et Verhaeren décrivit les porcs et les pourceaux :

« Leurs yeux, leurs groins n'étaient que graisse lourde et
d'entre
Leurs fesses on eût dit qu'il coulait du saindoux »,

Michaux qui parle de « dix mille truies énormes allaitant des porcelets déjà grandelets », Simenon qu'on accuse d'écrire comme un cochon et qui répond : « Cochon, je le suis peut-être. Mais cochon involontaire, sincère, que je tiens à rester », Savitzkaya, qui titre *Cochon farci* (1996) un opus de poèmes comme Thomas Owen écrit *La Truie* (1972) et autres histoires secrètes, mais aussi le film scandaleux de Thierry Zéno *Vase de noces* (1974), qui raconte l'histoire d'amour entre un bipède et une truie, ceux que tatoue comme des motards le plasticien flamand Wim Delvoye, que filme en vidéo l'artiste Philip Huyghe à qui sa mère avoue : « Si je pouvais recommencer ma vie, je ne me marierais plus, et je prendrais des cochons au lieu d'enfants, ainsi je pourrais les manger à la fin… », sans oublier le suidé aveugle (1980), *Haut-le-Wastia*, de Marc Trivier, celui que tient en laisse dans *Pornokratès* (1878) l'érotique égérie de Rops qui déclare aimer, « Oui, les vrais porcs ronds, bien en lard, avec leurs dos roses et satinés, qui reflètent le nuage qui passe ! Les groins farfouillant dans le sillon brun… », ou les *Porcs* (1875) torchés par Ensor, à 15 ans, et encore les vessies porcines dont les *blancs-moussis* battent les badauds, le restaurant gantois trois étoiles « De 3 Biggetjes » (Les 3 Porcelets), les cochonnets roses en massepain de la Saint-Nicolas, et ceux que chante Jacques Brel : « Les bourgeois, c'est comme les cochons », oui, pour quelle obscure et infamante raison le Belge aime-t-il donc autant le COCHON ?

Cœur

Le Belge a bon cœur, Bruxelles a la forme d'un cœur et ceux qui aiment la Belgique sont des Belges de cœur. Wiertz était un Belge plus belge de cœur que n'importe quel Belge. À sa mort, il souhaita être inhumé dans son jardin et fit embaumer son cœur dans un coffret de plomb. Des années après, l'hôtel de ville de Dinant où avait été placé son cœur brûla, le coffret de plomb fondit et le cœur si belge de Wiertz partit en fumée.

Concours

Exploit gratuit, désir d'être reconnu le meilleur, le plus beau, le plus rapide ou le plus gourmand, recelant à l'envi la folie ou la bêtise, le concours est un renversant révélateur social. Sur plus d'un an et demi, opérant dans une ambiance de fanfares et de flonflons, les photographes Michel Vanden Eeckhoudt et Christian Carez, soucieux de regarder la Belgique au fond des yeux, sans juger ni critiquer, ont donc épinglé à tour de bras, à Bruxelles, en Flandre et en Wallonie, le concours du plus beau bébé, de la Miss mannequin, de la traversée du lac de Genval, des handicapés de Bruxelles, de cyclisme féminin, de coiffure aux Journées d'automne, des courses de *zinneke*, du championnat d'attelage à Hoeilaart, des majorettes à l'entraînement, du « trophée du Shaker d'Or » pour le meilleur barman, de Miss Belgique, des « 1000 plus beaux chats du monde », de lévriers, de hula-hop, de Frisbee, ou de patin à roulettes, de tango (catégorie amateurs seniors), de paso-doble, de danses latino-américaines, de Miss cheval, de body-building, du meilleur boudin de Liège, du bal du Rat-Mort, de natation interdistrict pour vétérans, de catch féminin, des chanteurs de variété, de tonte des moutons dans les Ardennes, d'accordéon, de photo d'après modèle vivant, qui prouvent que la Belgique est un petit pays doué pour les épreuves qui donne en bien des occasions l'impression d'être un immense asile.

Confédéralisme

Comme l'ont officiellement proclamé les constitutionnalistes : « le CONFÉDÉRALISME est un FÉDÉRALISME pour les CONS ! »

Congo belge

Je n'ai jamais été en Afrique noire et je n'ai du CONGO BELGE que les images toutes faites reçues de mon enfance. Celles que l'on trouvait dans Tintin qui plante son fusil dans la gueule d'un crocodile, des palmiers d'où choient des noix de coco, des singes qui parlent, des pistes dans la brousse ou la savane, relayées par les vignettes ou chromos de chocolat et les illustrations des livres de classe où pontifiaient des missionnaires barbus, avec soutane et crucifix, ainsi que de dévouées religieuses pour lesquelles on faisait des collectes en glissant son obole dans les tirelires frappées du sceau de la Croix-Rouge. Il y avait le père Damien, les « Oui, bwana, oui, bwana » et les « missié, missié » des boys végétant dans leur case, le tête-à-tête de Stanley et Livingstone qui nous rappelait que le Congo belge, vaste comme 78 fois le pays, était d'abord la propriété privée du roi Léopold II qui l'avait offerte à son peuple qui devait son bien-être aux mines d'or, de cuivre, de diamants, aux plantations de caoutchouc et aux ressources inépuisables de ce territoire géant dont la petite Belgique tirait alors sa richesse.

Mon père avait grandi avec toute sa famille au Congo et m'avait un jour raconté qu'il avait vu un Noir se baigner dans le fleuve et être avalé tout cru par un crocodile. Le parler petit nègre était aussi celui de l'affiche Banania et du groom aux yeux ronds comme des billes, aux cheveux crépus, crénelés comme une chaîne de vélo, aux dents blanches comme des touches de piano, qui saluait au début des réclames au cinéma. Il y avait aussi la lèpre, la vision atroce des corps en lambeaux, des mains sans doigts, mais qui collait malgré tout avec l'exotisme de cette contrée lointaine de sorciers, de « bamboula » un peu cannibales, affublés de peaux de bêtes et dansant des nuits entières en sacrifiant à des rites macabres au son du tam-tam. Je me souviens encore de mon défunt oncle Étienne, surnommé Piet, partant à Kinshasa pour le compte de l'Union minière du Katanga, et des messages échangés par bandes grâce aux premiers magnétophones portables. Il y avait aussi l'image triomphale du roi Baudouin en uniforme blanc immaculé, avec képi et sabre, saluant les populations indigènes de cette ancienne « colonie modèle » proclamée État indépendant en 1960.

J'avais alors 13 ans et mes oreilles résonnaient des noms rigolos des villes congolaises comme Boma, Matadi et même, je crois, Banana qui me faisait bêtement penser aux bananes. Et on découvrait les figures plus ou moins pittoresques de Kasavubu, le petit gros trapu, Moïse Tshombé, le sage confiant, Patrice Lumumba, l'intellectuel à lunettes, Mobutu, au rire carnassier. J'avais quelques amis dont les parents étaient d'anciens colons, amoureux du whisky, nostalgiques de l'époque bénie où ils s'en fourraient plein les poches. « À fric » rimait alors avec Afrique. Jusqu'au jour où les paras sautèrent sur Kolwezi, où les émeutes, la guerre civile et les massacres éclatèrent. Les coups de machette firent les manchettes des journaux. Je revois les réfugiés belges débarquant en ayant tout quitté à Zaventhem et la photo de ce père en pleurs, à Jadotville, suppliant qu'on l'abatte, après qu'on eut tué sous ses yeux sa femme et ses enfants. Je me rappelle aussi du nom de Dag Hammarskjöld, le négociateur de l'ONU, dont l'avion s'écrasa, de Sithu U. Thant, son successeur, et des tirs des casques bleus.

Depuis, la Belgique s'est « excusée » publiquement et, après la remise du rapport d'une commission d'enquête parlementaire, a admis quarante ans plus tard sa « responsabilité officielle » dans l'assassinat en 1961 de Patrice Lumumba, ex-Premier ministre du Congo indépendant. Il s'agit certes d'une histoire ancienne et, s'il y en a de plus belles, elle est malgré tout la mienne et reste ancrée au fond de ma mémoire, de mes souvenirs, de mon passé. On disait le Congo belge comme on disait alors l'Algérie française. Mais je sais que, si la France est aujourd'hui mon pays d'adoption, ma terre d'élection, son histoire, hélas !, ne sera jamais la mienne. Pas plus que la Révolution française, les guerres d'Indochine ou d'Algérie ne le seront autant que les images toutes faites et la sale histoire de l'ancien Congo belge.

⇒ *Voir aussi* **Zaïre**.

CONSCIENCE, HENDRIK

Il est frappant que celui dont on dit qu'il « apprit à lire à son peuple », fils d'un père français nommé CONSCIENCE et d'une mère flamande, auteur de *De Leeuw van Vlaanderen* (*Le Lion des Flandres*, 1838), ait hérité d'un nom aussi exemplaire.

CONTRADICTIONS

Par nature autant que par tempérament, le Belge est un royaliste/démocratique, un monarchiste/libertaire, un patriote/apatride, un unitariste/divisionniste, un régionaliste/patriotard, un autochtone/immigré, un indigène/allochtone, un nordiste/méridional, un croyant/incrédule, un excentrique/concentré, un raisonneur/déraisonnable, un conformiste/original, un impulsif/compulsif, un extraverti/introverti, un exhibitionniste/inhibé, un guindé/guindailleur, un paranoïaque/schizoïde, un altruiste/égotiste, un sexophile/ pudique, un taiseux /loquace, un boulimique/aphasique, un puriste/patoisant, un logorrhéique/stylé, un pralineux/cuberdonisant, un tintinophile/spiroutophobe, un magrittien/maigretteux, untomatauxcrevettophile/croquettauxcrevettophage, un excessif/mesuré* qui règle sans retard ses CONTRADICTIONS.

---

* Ce que Jean Paulhan aimait en Paul Nougé.

CONVENTIONS

Le Belge est mordu de CONVENTIONS, mais à condition de s'en moquer. C'est pour cela qu'il aime s'amuser au « couillon », jeu baptisé ainsi parce que ses règles se moquent d'elles-mêmes.

LA CÔTE BELGE

C'est à LA CÔTE BELGE qu'enfant je passais mes vacances.
C'est à la côte belge que j'ai pris mes plus beaux bains
de mer.
C'est à la côte belge que j'ai roulé à vélo le plus longtemps.
C'est à la côte belge que j'ai vu les plus beaux ciels.
C'est à la côte belge qu'il y a les fiers brise-lames.
C'est à la côte belge que la mer se retire le plus loin.
C'est à la côte belge que le vent est le plus tonique.
C'est à la côte belge que vrombissent les cerfs-volants.
C'est à la côte belge qu'il y a des cabines de bain blanches
que les chevaux tractaient jadis sur le sable.
C'est à la côte belge qu'il y a Marie Siska et avant Oskar
avec des balançoires, des rouleaux et un mini-palais des
glaces.
C'est à la côte belge qu'on mange des gaufres avec un
Cécémel.
C'est à la côte belge que j'ai participé aux courses en sac.
C'est à la côte belge qu'on fait du *cuistax*.
C'est à la côte belge que j'ai roulé en *go-kart*.
C'est à la côte belge qu'on dressait des châteaux forts.
C'est à la côte belge qu'on échangeait des coquillages et
des couteaux contre des fleurs en papier crépon de tous
les tons.
C'est à la côte belge qu'on prend les meilleurs bains de
soleil, en mai, quand les rayons du soleil sont le plus forts.

LA CÔTE BELGE

C'est à la côte belge qu'on vend les meilleures glaces.
C'est à la côte belge qu'on sent l'iode saler les doigts.
C'est à la côte belge qu'on déguste des langoustines.
C'est à la côte belge qu'on boit les meilleurs Pimm's.
C'est à la côte belge qu'on frime à « la place m'as-tu vu ? ».
C'est à la côte belge qu'il y a la librairie Corman.
C'est à la côte belge qu'existait dans les années soixante le festival du film expérimental qui était vraiment d'avant-garde.
C'est à la côte belge qu'il y a les plus vieux James Ensor, ainsi que des autoportraits géniaux de Spilliaert.
C'est à la côte belge que Félix Labisse achetait son journal.
C'est à la côte belge que Magritte fit exécuter son immense fresque, assez peu réussie, dans une salle du casino de Knokke.
C'est à la côte belge que les surréalistes belges ont pris leurs photos géniales, souvent estampillées « côte belge ».
C'est à la côte belge que j'ai tourné un film sur Reiser qui s'est baigné dans la mer glacée en riant comme un enfant.
C'est à la côte belge que se sont ouvertes les portes d'un ferry, en partance pour Douvres, faisant des dizaines de morts.
C'est à la côte belge, en voiture, que j'ai appris par la radio le décès de Romy Schneider.
C'est à la côte belge que je réalise que je ne suis pas riche.
C'est à la côte belge que j'ai pensé me réfugier quand j'ai décidé de quitter la Belgique et ne savais où aller.
C'est à la côte belge que parfois je marche, respire, réfléchis.
C'est à la côte belge que j'aime beaucoup moins me rendre car avec le temps je n'y connais plus personne.
C'est à la côte belge que je me rends compte que le passé passe.
C'est à la côte belge qu'un jour je cesserai d'aller parce que les Flamands ont, paraît-il, décidé qu'on ne dirait plus la côte belge mais la côte flamande : *de vlaamse kust*.

CRAMIQUE

Le CRAMIQUE est un pain aux raisins noirs de Corinthe aussi typique que le craquelin qui est serti de perles sucrées qui croquent sous la dent, l'archidure *couque* de Dinant, et le spéculoos, qui se disait auparavant *spiquelaus*, aussi prisé à la Saint-Nicolas qu'à Noël, et servi avec un chocolat pour boire le café. Mais ce qui me plaît dans le cramique, c'est son nom plutôt comique et assez sympathique, proche d'alambiqué, bernique!, crotte de bique, Lambique et Le Caillou-qui-Bique.

CRÈME FRAÎCHE

En Belgique, la CRÈME FRAÎCHE est à la tarte ce que la mayonnaise est à l'*américain*. Fondu d'onctueux, de moelleux, de mousseux, qui est l'opposé de son caractère rugueux, de son phrasé râpeux, de son climat bruineux, pluvieux, venteux, froidureux, brouillasseux, le Belge, friand de pâtisseries qui sont meilleures qu'en France, en épaissit et tapisse choux, cornets, crêpes, éclairs, gaufres ou tartelettes et autres délices sucrées, et il en jette à la tête de tous ceux qui se croient la crème de la crème et repartent l'air empâtés au temps du cinéma muet, risiblement entartés de crème blanche comme la neige, légère comme l'air, les nuages et la mousse à raser.

CREVETTE

La CREVETTE grise en Belgique se déguste de moult façons : en suprême (fumet de poisson, flambé au cognac) dont je n'ai jamais tâté, en cocktail (avec du Ketchup et un doigt de whisky), avec des avocats, en sauce avec une sole, en salade, ou sur un *pistolet*, le matin au réveil, de préférence à la mer, avec du café au lait. Mais les deux grandes spécialités locales sont, d'une part, la tomate aux crevettes mêlées à de la mayonnaise et du persil qui prend la place du corps du légume. Et, d'autre part, la croquette, sorte de beignet ou de fondu, farci d'une onctueuse béchamel, préparée avec le bouillon corsé, très iodé, des carcasses, qu'on fend de la pointe du couteau, le croquant de la chapelure laissant fluer en un nectar liquoreux la crème parfumée qu'on parsème de persil frit et baigne d'un filet piquant de citron. Par quel insondable mystère ces deux mets de choix, aussi célèbres en Belgique que le sont en France l'andouillette, les rillettes, le confit de canard, le coq au vin, la cervelle, le ris de veau, n'ont-ils jamais traversé la frontière ?

Crisette

Comme on fait risette ou grise mine, le Belge, las des crises à répétition, en rit à gorge déployée et, pensant que tout va mieux de mal en pis, sans s'aggraver ni s'alarmer, argue que l'État veille vaille que vaille et vaque de CRISETTE en CRISETTE.

Crolle

La CROLLE est une boucle de cheveux d'enfant naturellement ondulée, difficile à coiffer, gracieuse et, de préférence, blonde. Ce mot a donné le verbe *croller* qui veut dire boucler. Mais on ne dit pas « croller » sa ceinture, sa valise, ses comptes, son budget, sa porte à double tour, « la croller » au lieu de la boucler, ni, *a fortiori*, « croller la crolle » pour boucler la boucle.

Crollekop

Tête bouclée.
– Mon Dieu, comme Patrick ressemble à son grand-père !
– Oui. C'est un CROLLEKOP.
Autrement dit, il a une tête pleine de *crolles*. *Kop*, en effet, veut dire « tête » en flamand où l'on dit aussi *krol*, *krolle*, et *krolletje*.

Crom, krom ou krum

Cet adjectif monosyllabique veut dire de travers, de guingois. Il s'utilise à propos d'une ligne courbe, d'un clou coudé, d'un mur qui penche, d'un œil qui louche, d'un nez tordu, d'un pantalon boudiné ou de jambes arquées, qui ne sont donc pas droites.
– C'est crom !

Crotte

Émile Verhaeren, en tant que poète naturaliste, parle tant dans *Les Flamandes* de mamelles, de fesses, de seins, de croupes, de reins, d'urine et de sueur, de tétins, de purin, de groins, de graisse, de boue, de saindoux, que dans *Le Moniteur belge* du 25 février 1883 on le surnomma « le Raphaël de la crotte ».

Cru

Quand l'humidité du dehors rentre partout, et que l'heure est venue de mettre une petite laine, de pinter une Kriek, de croquer des *mastelles*, de fumer une pipe, on ne dit pas : il fait frais, il fait froid, il fait frisquet, il fait réfrigérant, mais plutôt :
– Il fait cru !

Cuberdon

Le cuberdon est un cône fourré de framboise, siroteux, sirupeux, savoureux, confituré, très finement glacé, réfrigéré d'aspect et sans liqueur. Il suffit que j'y songe, alors que je n'en raffole pas, pour que sa pâte compacte me colle illico au palais.

D

DALI ET LACAN

Salvador DALI, qui avait croisé Magritte à Paris dans les années trente, et Jacques LACAN, qui avait projeté un jour d'écrire un article sur le phallus ayant pour titre « Manneken-Pis ou le reflux du monde », qui ne s'étaient pas revus depuis près de quarante ans, tombèrent dans les bras l'un de l'autre à New York en 1973 et déjeunèrent avec leurs amis respectifs au restaurant « Bruxelles », mais nous n'en dirons pas plus, leurs retrouvailles n'ayant vraiment rien à voir avec la Belgique.

DARDENNE

Alors qu'ils témoignent sur une réalité honteuse, en ancrant leurs films au cœur d'un pays laminé, misérable, sordide et profondément dépressif, mis en lumière sous un jour cru, sans lendemains qui chantent, les frères Jean-Pierre et Luc DARDENNE sont devenus en Belgique un objet de fierté nationale au point d'avoir engendré le concept de « l'emploi Rosetta », labellisant la politique d'aide gouvernementale aux jeunes chômeurs. Mais en France, où leur nom est phonétiquement accolé à la riante et verte région des Ardennes, liés à l'idéologie rédemptrice que figure *La Promesse* ou à celle, plus expiatoire, que symbolise *Le Fils*, ils incarnent la physionomie couplée, l'union indissociable et parfaite d'un cinéma à deux têtes, dans une contrée voisine à deux langues, dont on préfère ignorer avec bienveillance la violence perfide des conflits internes.

DAVID, JACQUES-LOUIS

Grand maître des fastes et des cérémonies de la Révolution, après la chute de l'Empire, JACQUES-LOUIS DAVID choisit à 69 ans de s'exiler à Bruxelles où il arrive le 27 janvier 1816, bien qu'il ait d'abord pensé se rendre en Italie. Mais n'ayant plus rien à offrir à son pinceau, celui qui brossa en 1805 la fresque officielle du sacre de Napoléon verse dans l'académisme qu'exaltent des œuvres d'une majesté mortuaire comme *Mars désarmé par Vénus et les Grâces* (1824). Son atelier étant situé non loin de la rue de l'Évêque, il loge à l'angle des rues Willems et du Fossé-aux-Loups, près du théâtre de la Monnaie, qu'il fréquente avec assiduité et où il a une place d'orchestre réservée grâce à la fidèle amitié de Wolf, dit Bernard, acteur et directeur de l'Opéra dont il fait en 1820 un portrait sympathique et débraillé, une plume à la main. « C'est la place de David ! » ragote-t-on en saluant avec déférence l'exilé comblé d'honneurs et révéré comme le « Premier peintre de l'Empereur » alors qu'on l'abomine et le tourne presque en ridicule à Paris.

En sortant du théâtre où il se rend chaque soir, au point de réduire sa vie mondaine à cette seule activité, au début de l'année 1824, David est renversé par une voiture. L'accident à première vue paraît de peu de gravité mais, en fait, il se révèle fatal. Sa santé se dégrade. Il est paralysé des mains. Ne peut plus tenir son pinceau. Prend froid durant l'été. La mort le gagne. À 10 heures du matin, le 29 décembre 1825, David clôt les paupières et rend son dernier souffle, à 78 ans. Le gouvernement français s'opposant au rapatriement de son corps et veillant à ce que rien ne soit fait pour qu'on préserve son souvenir, au point d'interdire par voie diplomatique qu'on le gratifie d'un mausolée exécuté par David d'Angers, Jacques-Louis David, dont le cœur est ramené par son fils à Paris, est inhumé au cimetière de Saint-Josse-ten-Noode après avoir été transféré en grande pompe le 17 février à l'église Sainte-Gudule et avoir reçu des funérailles quasi nationales dans la capitale belge où il jouit d'une gloire que la plèbe inculte et ses dirigeants ignares n'accordent jamais à leurs propres artistes.

DÉCHET

C'est à Louis-Alexandre DÉCHET, dit Jenneval, acteur au théâtre de la Monnaie, que revint l'honneur de composer les vers de *La Brabançonne* dont François Van Campenhout, tantôt ténor, tantôt violon, composa la musique. Fier comme un pou de son opus, Déchet périt en 1830, à 29 ans, non pas dans la dèche, mais devant Lierre en combattant les troupes de Saxe-Weimar.

DE COSTER, CHARLES

> Pays de Belgique, l'avenir
> Te condamnera pour t'être
> Tout en armes, laissé piller.
>
> Charles DE COSTER

CHARLES THÉODORE HENRI DE COSTER n'a pas connu de son vivant la gloire légendaire du héros de son célèbre roman *Thyl Ulenspiegel*. Né à Munich, en Bavière, le 20 août 1827, d'un père yprois (d'Ypres) et d'une mère hutoise (de Huy), quitte l'Allemagne à 6 ans, passe son enfance à Bruxelles, entame chez les jésuites du collège Saint-Michel des études qu'il termine à 17 ans et entre à cet âge à la banque de la Société générale où il reste comme employé durant six ans, jusqu'en 1850. À 23 ans, il s'inscrit à la faculté des Lettres de l'université de Bruxelles car il envisage de se vouer au journalisme, à la littérature et au théâtre. Établi en 1851, au 144 chaussée d'Ixelles, puis au 78 rue de la Tulipe, il rencontre Élisa Spruyt, fille de greffier, de cinq ans sa cadette, qui sera le grand amour – contrarié – de sa vie, avec laquelle il entretient une copieuse correspondance qui permet de suivre quasi au jour le jour l'évolution de sa vie intellectuelle et de sa pensée.

Après des essais littéraires infructueux et plutôt pontifiants qu'il signe Decoster en un mot, de mièvres poèmes qu'a doctement répertoriés Joseph Hanse, et des exercices de style où il s'avère un prosateur poussif, piètrement doué, il aborde ce qui seront les prémisses de son grand œuvre, à savoir *Les Légendes flamandes* (1858), rédigées en français ancien, suivies bientôt par *Les Contes brabançons* (1861), écrits en français moderne. Ce ne sont encore que des essais, mais ils contiennent en germe l'essentiel de son projet. Bien qu'admirant les brillants auteurs classiques, dont Hugo qu'il vénère comme « un homme de génie », De Coster veut s'affranchir du joug de la littérature française. La nation belge n'a pas trente ans et comme nombre de ses compatriotes, il supporte mal l'esprit d'annexion et le complexe de supériorité de ce proche voisin dont l'hégémonique présence est loin d'être dénuée à l'époque de toute arrière-pensée politique. Passionné par les poètes allemands « parce qu'il est dans ma nature de les aimer », affirmant son refus farouche de « l'imitation française », il se tourne vers les parlers populaires et pittoresques du passé, mieux aptes à peindre les caractères trempés qui le captivent et à faire vibrer les accents d'une langue originale, distincte du français contemporain trop guindé.

Comme il manie habilement le français d'époque, on le croit historien, archéologue ou paléographe, et comme il a de pressants besoins d'argent, on lui confie vers 1860 une obscure tâche d'employé chargé de la publication des lois périmées et des ordonnances à la Commission royale, où, dans un bureau attenant aux Archives du Royaume, il pourra soulager son goût de l'histoire et des idiolectes du passé. Ami des peintres, De Coster fréquente Wiertz, son aîné de vingt et un ans, qui lui étale ses tableaux délirants dans l'atelier géant du quartier Léopold et dont il salue la « belle intelligence tant calomniée », et il se prend d'amitié pour Félicien Rops, son aîné de six ans, qui se qualifie lui-même de « mélancolique tintamaresque », membre comme lui de la Société des Joyeux, fondée en 1847, qui lance le journal *Uylenspiegel* dont il assure le dessin de couverture, qui se veut expression des Lettres belges et confirme la résolution énoncée par De Coster de se dérober à « la réverbération de l'esprit français ». En s'inspirant du titre du journal, celui-ci rédige alors son grand livre *La Légende et les Aventures héroïques, joyeuses et glorieuses d'Ulenspiegel et de Lamme Goedzak au pays de Flandre et ailleurs*, publié en 1867 à Paris, avec 15 eaux-fortes de Rops.

Conçu en « vieux français », qui se réfère à Montaigne et Rabelais, qui décrie et célèbre en même temps cette langue qu'il blâme et dont il subit l'influence, ce roman brossé à traits amples se réclame des hauts maîtres de l'art flamand (Bruegel, Jordaens, Rubens, Teniers, Bosch, Jan Steen), brasse mots précieux (angoisseux, gastralgique, opprobrieuses), désuets (coîment, huïant, finablement) et rares (bauffrer, patard, estrelin), argot (chichard) et patois (rommelpot, kaberdoesje), mêlés à des noms typiques (Jan Papzak, Josse Grypstuiver, Josse de Kwaebakker), et tente à coups de brisures syntaxiques, d'audaces stylistiques, de surcharges langagières, de néo-archaïsmes, de créer un langage poétique autant qu'imaginaire. Cette fausse langue ancienne, hardiment inventée, s'évertue avec brio à donner au lecteur l'illusion de remonter le temps et de combler le fossé creusé par l'éloignement de l'Histoire.

Mais, surtout, elle s'ancre dans un terroir. Soucieux de camper une fresque de portée universelle, en partant du particulier, De Coster adopte le bourg de Damme pour patrie. « Est-ce assez flamand ? » s'écrie-t-il, lui qui rédige paradoxalement tout son opus en français et précise : « Le vieux langage français est le SEUL qui traduise bien le flamand. » L'époque où son épopée se situe est contemporaine de celle de Dürer et de Vésale, de Charles Quint que l'auteur croque en goinfre stupide. Elle se passe en Flandre, « une patrie de choix au milieu de la grande patrie belge », mais aussi en Campine, en Hainaut, au Luxembourg, en Limbourg, dans le Brabant, en Wallonie, à Namur, Spa, Bouillon, et on y cite les *koekebacken* au beurre d'Anderlecht autant qu'on y loue la libre cité de Liège. Las! le souci de De Coster de forger une langue qui lui soit propre et aussi d'échapper – déjà! – à la maigreur du style de tant de ses compatriotes ne saute pas aux yeux du public qui accueille cette œuvre magistrale dans une indifférence absolue. On traite de logogriphes ses furies langagières, on taxe de « capharnaüm pantagruélique », voire « d'ingénieux rapiéçage d'anecdotes », cette fresque échevelée, truculente et haute en couleur, qui coûta dix ans de fiévreux labeur à son prodigue auteur, mis en boîte et promu « antiquaire minutieux ».

L'accueil est encore pire en France où cette « œuvre flamande » est présentée comme écrite « dans un charabia qui offre de loin quelque correspondance phonétique avec le français, sans avoir de vrais rapports avec cette langue ». Et, raillant ce « style flamingot du XVIe siècle », l'on prie instamment « de traduire CELA en français ». Au mieux reconnaît-on dans ce fringant héros « un Figaro avant la lettre », concède le... *Figaro*. Alors qu'en Belgique on connaît Baudelaire, Verlaine, Hugo à qui De Coster adresse son ouvrage dédicacé, le chef-d'œuvre reste inconnu en France et il est même « exclu de la littérature française », comme le constate lucidement Joseph Hanse dans son impeccable thèse datée de 1925. Le pauvre et timide De Coster, qui ressemble si peu à son héros car il est plutôt bel homme, au port aristocratique, doté d'une opulente chevelure et d'une altière moustache noire, ne se remit jamais de l'insuccès de son livre monumental dans lequel il avait fondé tant d'espoir. Mal reçu à Paris, incompris dans son propre pays, criblé de dettes, sans le sou, après l'échec de son ouvrage dont on dira plus tard qu'il était « l'*Iliade* et l'*Odyssée* d'une race », il brigue un poste de raccroc et on le nomme en 1870 professeur d'histoire générale et de littérature française à l'École de guerre, toute neuve. Et, comme si ce n'était pas assez, on l'intronise répétiteur du cours des belles lettres à l'École militaire. Voilà les nobles tâches assignées à celui qui prôna l'esprit rebelle et la désobéissance, gausseur et fieffé paillard, champion de la gaudisserie, de la grivoiserie et de l'espièglerie.

Harcelé par ses créanciers, ce qu'atteste la fréquence de ses déménagements, Charles De Coster meurt sans successeur ni héritier, dans la misère et dans la solitude, le désespoir et la même indifférence que celle qu'avait essuyée son ouvrage. Il s'éteint dans sa mansarde, le 7 mai 1879, 114 rue de l'Arbre-Bénit, où il s'est fixé en 1878, où s'installe un temps André Baillon, au mois d'août 1913, et où naît Michel de Ghelderode. Enterré au nouveau cimetière d'Ixelles, sans pompe ni cohue derrière son cercueil, méconnu, dénié, ignoré comme il l'avait été de son vivant, il est inhumé le 9 mai dans le sol patrial qu'il a tant vanté. Il est encensé par un général et un major qui ne l'avaient assurément pas lu et par Camille Lemonnier, son fervent admirateur, qui déclare sur sa tombe :

« Il a eu des lecteurs ;
il n'a pas eu de public. »

Puis, on liquide son lit de fer, sa paillasse, son canapé vermoulu, sa chaise, sa table où il a élaboré durant dix ans son chef-d'œuvre et on vend sa bibliothèque le 13 août 1880, un an après sa mort. Mais l'histoire, bien sûr, ne s'arrête pas là.

Gommant son existence obscure, désargentée et solitaire, on traite bientôt Charles De Coster de « littérateur distingué » et on le proclame *post mortem* « poète national ». On lègue son nom à une rue de la commune et on l'exhume dix ans plus tard pour le doter d'une sépulture décente. On lui dédie un monument au cimetière d'Ixelles, œuvre du sculpteur Edmond de Valériola, celui-là même qui sculptera la stèle d'Ensor, face au Kursaal, à Ostende. Et le bustier et médailleur Charles Samuel érige en 1894 un monument commémoratif le long des étangs où l'illustre écrivain aimait s'asseoir. L'engouement ne s'interrompt pas en aussi bonne voie. Poussé par le remords, on célèbre De Coster comme un des fondateurs des lettres nationales, on lui décerne le titre de « père des Lettres belges » ou de « père des Lettres belges contemporaines ». Son livre est sacré « Bible flamande », puis « Bible nationale »; on l'encense des termes ronflants de « grand poème national », de « testament d'une race », de « monographie de l'âme flamande ». Dans la foulée, on taxe même son auteur d'avoir préparé… le Benelux ! Et, à l'instar de Verhaeren, qui le décréta aussi renommé que Don Quichotte ou Pickwick, on fait de son héros un mythe pour le grand public qui ne l'a, bien entendu, pas lu et n'a en mémoire que l'interprétation séduisante qu'en offre Gérard Philipe dans le film *Till l'espiègle* qu'il joue et réalise lui-même en 1956.

En réalité, il faut attendre plus de 550 pages pour que paraisse, dans le livre cinquième, sous forme de nom ou d'adjectif, le mot « belgique », nommé tour à tour « le pays belgique », « Belgique », « les États belgiques », « le populaire belgique » et « la patrie belgique ». La Belgique, née en 1830, existe depuis trente-sept ans au moment où De Coster publie son texte et, si l'on a exagérément relié la légende et la vie du héros à l'histoire du pays, il faut admettre comme le relève Joseph Hanse que son auteur ouvre la voie à une littérature belge autonome, affranchie de la mainmise trop prégnante du français. « Il a mis fin, lui, le fidèle disciple des Français, à l'énervante tyrannie du style terne ou ampoulé venu de France*. » Charles De Coster est le premier à remettre Rabelais à l'honneur dans la langue des écrivains belges et, même écrit en français, son livre trouve en Flandre ses plus ardents défenseurs et ses plus chauds admirateurs, si bien qu'il est incorporé à présent dans le patrimoine flamand alors que son auteur a passé toute sa vie à Bruxelles. *Thyl Ulenspiegel* peut être considéré comme une œuvre fondatrice de la littérature de Belgique et comme un chef-d'œuvre de la littérature universelle puisqu'il est en outre traduit en lituanien et en lettonien, compte 45 éditions en 1960 en URSS, où il totalise un million d'exemplaires, ainsi que huit traductions distinctes en allemand, mais il est tout à fait banni de la littérature française où il n'a nul droit de cité. Il peut toutefois sembler abusif d'en faire le livre patriotique par excellence qui aurait permis aux Lettres belges de s'émanciper du joug littéraire français comme son héros aida le peuple à se libérer de la mainmise des Hollandais. Il suffit pour s'en convaincre de se rapporter alors à ce que Charles De Coster lui-même en disait : « Avant tout, ce livre est un livre joyeux, bonhomme, artistique, littéraire, dont l'histoire n'est que le cadre. »

---

* Joseph Hanse, *Charles De Coster* (1925), rééd. à Bruxelles en 1990 par l'Académie royale de langue et de littérature françaises, p. 298. Voir aussi la biographie de Raymond Trousson, *Charles De Coster ou La vie est un songe*, Bruxelles, Labor, coll. « Archives du futur », 1990.

⇒ *Voir aussi* **Ostéologue** *et* **Thyl Ulenspiegel**.

DESCARTES, RENÉ

Il m'a toujours amusé de savoir que RENÉ DESCARTES a passé près d'un tiers de sa vie en Hollande et y a écrit la plupart de ses œuvres alors qu'il incarne la quintessence du génie français. Né le 31 mars 1596 à La Haye, non pas en Hollande, mais en Touraine – aujourd'hui Descartes ! –, l'éclairé penseur tourangeau y séjourne de janvier 1618 au printemps 1619, revient en 1629, reste vingt ans et y mène la part la plus créative de son existence. Fasciné par l'orbe des planètes, les ellipses acoustiques et la putréfaction des zéphyrs, l'arc-en-ciel et les parhélies, les anamorphoses ainsi que l'embryologie, il professe l'anatomie l'hiver en piquant à son boucher des abats et restes qu'il dépèce en son logis de la Kelverstraet, rue des Veaux. Guidé par l'ivresse du savoir, il parle néerlandais et sillonne sa seconde patrie en tous sens, d'Alkmaar à Utrecht, de Santpoort à Oetgeest et Egmond, y polissant l'essentiel de ses œuvres dont *Les Règles pour la direction de l'esprit* (1628) et le *Traité des passions de l'âme* (1649). Mieux que cela, le maître d'Arnold Geulincx et de Constantijn Hujgens, que portraitura Frans Hals (1649), courtise et engrosse sa servante, Héléna Jans, dont il a une fille, Francine, née le 19 juillet 1635, à Devenster, baptisée le 28 juillet ou le 7 août, qu'il reconnaît sous le pseudonyme de Reyner Jochems. Fruit d'une union illégale, elle rend l'âme à Amersfoort, le 7 septembre 1640, ce qui cause à Descartes « le plus grand regret de sa vie ». Et lui-même s'éteint le 11 février 1650, à 4 heures du matin, à Stockholm, en Suède, à 54 ans, suite à une rhinite. Tel est le curieux destin du paladin de la raison, théoricien de l'ordre, génie « cartésien », qui découvre la glande pinéale, dite épiphyse ou conarion, qui pense qu'« il suffit de bien juger pour bien faire », mais à la vie apatride, occulte et déréglée, qui incarne aux yeux du monde la mesure et la clarté de l'esprit français.

DÉFLAMANDISATION

Michel de Ghelderode accusait son grand-père et son père, premier commis aux Archives générales de Belgique, de lui avoir volé, en l'élevant en français, « l'instrument le plus précieux de l'âme et du cœur : sa propre langue ». Ce point de vue peut sembler paradoxal car s'il se sentait flamand par sa mère, il ne parlait qu'un peu de « français-flamand » ou d'argot flamand dont il n'avait pas de connaissance approfondie et qu'il savait à peine lire, ne pouvant donc écrire que le « français ». Né dans la rue où mourut Charles De Coster, il découvrit la Flandre à travers *Thyl Ulenspiegel* et se considéra dès lors comme un artiste émanant de la « race » flamande par sa culture, son caractère et la nature de son œuvre, affirmant même qu'il n'attachait pas la moindre importance à la littérature belge d'expression française. Ce porte-à-faux s'accentua par la verve et l'outrance de son théâtre épique et baroque, caractérisé par le refus de la cérébralité, non flamande, son écriture le paraissant par contre tellement que certains crurent de bonne foi qu'il fallait la traduire en français. Le malentendu s'accrut encore lorsque la Flandre la première le reconnut et que l'auteur dramatique écrivit au fur et à mesure ses dialogues sitôt traduits en flamand, la scène étant jouée quasi directement sous ses yeux par les acteurs du Théâtre populaire flamand, comme le rapporte Roland Beyen dans l'éclairant et captivant essai de biographie critique qu'il lui a consacré : « Il souffrait de n'être pour ses collègues de l'Administration communale que le petit employé qui ne savait même pas écrire une lettre en bon français alors qu'il était le "dramaturge attitré" du Théâtre populaire flamand. »

La confusion grandit lorsque Ghelderode fut découvert par des troupes théâtrales en France qui le jouèrent d'abondance alors que les théâtres belges d'expression française boudaient et reniaient ce magicien du verbe parvenu à se créer un langage méprisé par les puristes francophones. « C'est la grande consolation de sa vie d'écrivain désaxé, bizarrement isolé entre les Flamands dont il n'écrit pas la langue et entre les Français dont il écrit (à sa manière) la langue mais qui ne le supportent pas et ne peuvent le comprendre », écrit Ghelderode en avril 1936. Nous sommes ici au cœur du problème et touchons au noyau vital de ce livre. Préférant la Flandre aux Flamands, et la Belgique aux Belges (encore que !), il fut ainsi qualifié de « flamingant d'expression française ! », ce qui peut sembler contradictoire, mais n'est cependant pas tout à fait faux. « Flamand hors de la Flandre mais Flamand dans le temps », Ghelderode est en effet une sorte de Flamand dénationalisé, privé du libre accès à sa langue naturelle, sinon maternelle, innée dans sa sensibilité profonde et sa perception du monde. Ce qui en fait une victime de la DÉFLAMANDISATION et, partant, un ennemi de la francisation, farouchement opposé aux francophones censés l'avoir privé du pouvoir de s'exprimer en sa langue. Extrémiste par tempérament, autant que par dépit, Ghelderode, quitte à retourner sa veste quand tourne le vent, se conduit en pourfendeur sans pitié de la littérature belge francophone. « Je m'intéresse uniquement en Belgique à l'art flamand et je n'attache pas la moindre importance à la littérature belge d'expression française, qui est vide à l'intérieur. »

C'est entendu, pour lui, il n'y a pas d'art belge. Cette opinion, attisée par le désir haineux de se venger de la Belgique officielle qui le dénigre, l'entraîne à épouser bientôt des positions extrémistes et séparatistes. Quitte à se dédire plus tard avec un culot dans la mauvaise foi qui laisse pantois, il réclame ainsi « des institutions flamandes autonomes », prône « la flamandisation intégrale de l'enseignement en Flandre », plaide pour la flamandisation de l'université de Gand et souhaite, dès 1937, « que la Flandre devienne une nation (et c'est inéluctable !) ». Ce en quoi il se révèle un visionnaire tout à fait lucide. Las ! cet extrémisme ne s'arrête pas en si bon chemin. S'il vote en 1936 pour les nationalistes flamands et regrette de n'avoir pu se rendre au « pèlerinage flamand de Dixmude », ce flamingantisme antibelge se double d'une germanophilie qui le mène à une attitude pro-allemande durant la guerre. Voilà à quoi la privation ou la mauvaise attribution de sa langue d'origine peuvent entraîner un grand dramaturge. « L'exaltation de la Flandre était pour lui un moyen d'abaisser la Belgique », écrit Roland Beyen, archiviste de celui qui « se voulait de "race" flamande parce qu'il avait besoin de racines », qui assimila sa francisation par son père à la francophonie honnie, tout comme la Flandre autonome pour laquelle il milita fut l'objet inconscient d'une projection affective à la mère, à la fois terre de consolation et d'oubli, refuge et élément matriciel, intemporel, rêvé, idéalisé, décrit dans *La Flandre est un songe*, et qui devint en propre pour cet orphelin de la langue, qui compensa sa perte par la haine, la fascination de l'extrême et de l'excès, « l'amère patrie ».

Toutes les citations sont extraites de l'ouvrage de Roland Beyen, *Michel de Ghelderode ou la Hantise du masque*, 3ᵉ éd., Bruxelles, Palais des Académies, 1980, p. 53, 65, 438, 439, 440, 441, 443 et 445.

DEFRANCE, LÉONARD

Auteur de scènes de genre, le peintre LÉONARD DEFRANCE, qui participa pendant la Révolution à la démolition de la cathédrale de la ville de Liège où il vit le jour en 1735 et s'éteignit en 1805, aurait dû en toute logique s'appeler Léonard Debelgique.

DEGEYTER, PIERRE

La musique étant trop peu présente dans ces pages, j'en profite pour saluer l'ouvrier tourneur gantois PIERRE DEGEYTER, qui composa la musique de *L'Internationale* (1871), écrite par le poète et chansonnier politique français Eugène Pottier.

DEGOUVE DE NUNCQUES, WILLIAM

J'adore les peintres qu'on traite de petits maîtres ou d'artistes de seconde catégorie sur lesquels en général on ne sait rien. C'est le cas de WILLIAM DEGOUVE DE NUNCQUES sur qui il n'existe pas de monographie à ce jour et qui me fait tomber en arrêt chaque fois que je vois par bonheur un de ses tableaux intrigants et frémissant d'inquiétude. En furetant un peu, j'ai découvert que cet artiste, au beau nom à charnière qui ne peut en aucun cas être belge, est en effet né le 28 février 1867 à Monthermé, dans les Ardennes françaises. Après avoir quitté leur pays en 1870 pour fuir en Belgique, ses parents se fixent à Spa, puis à Bruxelles, ce qui aide ce fils de la petite noblesse à suivre des cours de dessin à l'Académie d'Ixelles en 1883 et, plus tard, à Malines sous la houlette du néerlandais Jan Toorop.

Degouve de Nuncques épouse en 1894 Juliette Massin, sœur de Marthe Verhaeren, peintre comme elle, et devient belge par adoption. Entomologiste à ses heures, mais moins que Maurice Maeterlinck dont il conçoit le décor de la pièce *Intérieur* jouée au théâtre de l'Œuvre, à Paris, en 1895, curieux de tout et rêvant d'être musicien, il voyage beaucoup, en Italie notamment où il peint en 1897 le lac de Côme dans un beau pastel à dominante turquoise, puis en Espagne, aux Baléares où il séjourne longtemps, en Autriche, en Allemagne, en Hollande, dans le sud de la France, et en Suisse en 1912. Après le décès de sa femme, il sombre dans une grave dépression et cesse de peindre durant des années. Mais il reprend les pinceaux en 1923, se remarie, s'installe à Stavelot et décrit les Ardennes dans son style particulier d'autodidacte doué qui fait dire à Verhaeren, chez qui il réalise une huile sur carton titrée *Le Caillou-qui-Bique*, ainsi qu'une vue du hameau qu'aimait tant Stefan Zweig, qu'il s'est « authentiqueté lui-même ».

Degouve de Nuncques, frappé de paralysie en 1928, s'éteint à 68 ans, en 1935, à Stavelot qu'il excella à décrire en hiver dans son étonnant *Dégel à Stavelot*. Classé parmi les intimistes verviétois dont fait partie Maurice Pirenne, auquel il convient d'associer le pseudo-réaliste Georges Le Brun et le quasi-pointilliste Philippe Derchain, Degouve de Nuncques brille par son sens de la clarté dans la pénombre, son art fabuleux de scruter les mirages comme dans sa vue nocturne du parc de Bruxelles (1897), son stupéfiant *Cygne noir* (1896), *Effet de nuit* (1896), pastel d'une suave gamme de verts, de bleus et d'émeraude, où le paysage se dilue dans l'espace, et dans ses visions crépusculaires teintées d'onirisme, comme *La Nuit à Bruges* (1897) et *Les Anges de la nuit* (1891), si envoûtants.

Proche des milieux symbolistes, présurréaliste par le trouble qui émane de ses tableaux hypnotiques au climat féerique, Degouve de Nuncques crée un monde surnaturel qui oscille entre le rêve et le souvenir, la pensée et l'oubli, la méditation poétique et l'émoi mystique, ou l'image pure et l'hallucination comme dans *Rêve de voyage* (1899), vision d'un paysage hors temps, banquise des confins de la planète, ainsi que dans l'allégorie horrifiante, *La Forêt lépreuse* (1898), présente à Paris dans l'exposition du musée national d'Art moderne consacrée à Hitchcock. Mais ce qui est considéré comme son chef-d'œuvre, sa toile la plus connue, qui transcrit au mieux la part occulte de son rapport au monde, est *La Maison aveugle* ou *La Maison rose* (1892), qui figure, en effet, une maison saumon, aux fenêtres jaunes allumées, sans carreaux, énigmatiquement vue de l'extérieur par une nuit noire, que Degouve de Nuncques peignit en se souvenant de la maison Usher d'Edgar Poe, qui influença sans doute René Magritte qui l'admirait et laisse voir que le surréalisme naît autant du symbolisme que du dadaïsme.

Pour découvrir Degouve de Nuncques, voir le catalogue de l'exposition « Les peintres du silence », tenue au Centre Wallonie-Bruxelles, à Paris, du 27 novembre 2001 au 24 février 2002.

DELVOYE, WIM

Scatologue hygiéniste, étronologue iconoclaste, ingénieur d'une machine à déjections, charcutier mosaïste, tatoueur de cochons, extracteur de comédons, ébéniste baroque, WIM DELVOYE est né en 1956 à Wervik (Flandre-Occidentale), réputée pour sa fabrique de glycérine et de corps gras. Affable, patelin et parlant bien le français, il est l'auteur d'une œuvre paradoxale et maniériste qui marie avec une gouaille sardonique le présent et la mémoire, le trivial et l'art, le rural et l'universel, le mondialisme provincial et le régionalisme international, les cultures germanique et romane. Façonnant des pièces d'aspect populaire, il subvertit les supports classiques de l'artisanat flamand que sont la céramique, l'ébénisterie, la marqueterie, la porcelaine ou le vitrail, détournés de leur usage traditionnel et de leur fonction séculaire. Ainsi en est-il de la pelleteuse en métal et Formica, ajourée en style gothique flamboyant, du camion de ciment en bois de teck, grandeur nature, enjolivé d'une ornementation rococo tel un vaisselier ou l'entrée d'une vénérable demeure patricienne de Bruges, de la bétonneuse bleu azur, ironiquement titrée *Wedgwood III*, des bonbonnes de butane émaillées comme des faïences de Delft, ou des scies circulaires précieusement alignées dans un buffet ancien comme des assiettes de porcelaine de Hollande. Et aussi des vitraux gothiques enchâssés dans des buts de football, montés sous forme de radiographies (fellation, colon, seringue), ainsi que des mosaïques aux motifs subtils tracés par des étrons chus de fragiles et délicates empreintes d'anus. Sans doute est-ce à ses sols de marbre en charcuterie ainsi qu'à ses gros cochons roses vivants, élevés en batterie, anesthésiés avant d'être tatoués comme des loubards, des rockers ou des motards, prénommés Bérénice, Robert ou Micheline, ce qui n'empêche pas l'abattoir, que Wim Delvoye doit d'être aujourd'hui avec Jan Fabre et Panamarenko l'artiste plasticien belge contemporain le plus reconnu à l'étranger.

⇒ *Voir aussi* **Antipode** *et* **Merde**.

DÉNI

Inclus dans le mot IDENTITÉ lui-même, le DÉNI d'identité se chiffre en Belgique au nombre d'écrivains francophones qui, *a contrario* des Flamands comme Robberechts, Vaerewyck ou Wispelaere, ont pour de criantes raisons de consonance renié leur patronyme pour adopter un pseudonyme ou un nom de plume prestement francisé. Ainsi, Jean De Schoenmaker (Jean Daive), Alphonse Bourlard

(Constant Malva), Guy Boscart (Clément Pansaers), Ferdinand Louis Berckelaers (Michel Seuphor), Frédéric Van Ermengem (Franz Hellens), Adhémar Martens (Michel de Ghelderode), Louis Carette (Félicien Marceau), Jacques Delmotte (Jacques Izoard), André Van Vlemmeren (André Miguel), André Imberecht (William Cliff), Olivier Degée (Jean Tousseul), Albert-Jean Clerck (Albert Ayguesparse), Dick Desmedt (Jean Sigrid), Charles Flamand (Frédéric Baal), Suzanne Verbist (Suzanne Lilar, nom de son époux), Marguerite de Cleenewerk de Crayencour (Marguerite Yourcenar), Arnold Hintjens (Arno), Anatole Bisque (Alain Bosquet), Hubert Loescher (Hubert Juin), Raoul Dewisne (Henri Vernes), Gérard Bertot (Thomas Owen et Stéphane Rey), Jean-Baptiste Baronian (Alexandre Lous), Raymond Jean Marie De Kremer (Jean Ray et John Flanders), Robert Burniaux (Jean Muno, fils de l'écrivain Constant Burniaux), Georges Mogin (Géo Norge), Patrick Venkenbosch (Patrick Virelles), François-Emmanuel Tirtiaux (François Emmanuel), Anne Bodart (Anne Richter), Alain Germoz (Alain Avermaete, fils de l'écrivain Roger Avermaete), Jean-Philippe Robert Greenen (Jean Raine), Maurice Duwez (Max Deauville), Pierre Ryckmans (Simon Leys), Anne-Marie Axel-Wispelaer (Sidonie Basil).

DENTELLES

La Belgique est réputée pour ses DENTELLES que l'on fait à Bruges, mais aussi à Malines, Gand, Courtrai et Bruxelles. Il est facile de dire que la délicatesse de ces travaux de tissu révèle quelque chose de l'âme du Belge qui d'ordinaire ne fait justement pas dans la dentelle. Dans cette technique délicate et savante au petit point, menée du bout des doigts, sans avoir l'air d'y toucher, il est loisible de repérer le goût de l'incartade, l'expression stylée d'un tempérament exubérant, l'aptitude à la surcharge, ainsi que la formulation d'une ingéniosité, d'une indéniable fantaisie, d'une imagination débridée, d'un lyrisme élucubrant, d'une culture authentique qui tient tout autant de la Renaissance néoflamande que du Gothisme pointilliste, du refus de la raison, de la raideur, de la rigueur, bref, de la sobriété, qui s'évince au profit d'un tracé asymétrique, fantasque, imprévisible, labyrinthique, qui épouse celui des venelles tortues, du lacis des canaux et de l'allure pataude du Belge en personne « qui ne sait pas le chemin avec lui-même ».

DEUIL

En décembre 1942, la radio belge de Londres annonça par inadvertance la mort de James Ensor. Le « prince des peintres », obsédé par sa propre disparition, qui se figura squelettisé en train de se peindre, savoura dans sa barbiche pointue les hommages et les éloges qui pleuvaient de toutes parts. Ayant fait coudre un crêpe à la manche de son veston ainsi qu'au revers de son macfarlane, coiffé de son risible petit chapeau mou à bords roulés, sapé de sa lavallière violette et de sa légion d'honneur d'artiste de renom, à qui Einstein, Malraux ou Kandinsky rendaient visite, et muni de son parapluie longtemps arboré pour se garer des lazzi et des brocards de ses concitoyens, il s'en allait à pas pressés se recueillir pieusement devant la piètre statue du sculpteur Edmond de Valeriola inaugurée le 13 avril 1929 pour son 70ᵉ anniversaire, en présence du délégué du ministre des Beaux-Arts, des autorités communales, des membres du comité d'urbanisme ainsi que des agents des sociétés locales et des enfants des écoles, mais aussi de Constant Permeke, venu de Jabeke, et de Léon Spilliaert, alors âgé de 61 ans, de Félix Labisse et d'Alfred Courmes, sans oublier Blanche Hertoghe et Emma Lambotte, ses deux royales égéries qu'il qualifiait de *sœurs jumelles siamoises*. Ledit buste lui avait été accordé pour racheter le refus des élus du coin de donner son nom à la rue qui l'avait vu naître. Celui qui avait été promu vedette à plein temps de l'art belge, baronisé et devenu membre de l'Académie royale, essuyait de l'index une larme de crocodile devant sa stèle officielle que ne décorait nulle couronne.

— Je porte mon DEUIL,

soufflait-il, d'une voix flûtée, aux badauds qui n'y voyaient que du feu, faisaient une tête d'enterrement et s'inclinaient devant le défunt qu'ils n'en revenaient pas de toiser en chair et en os.

DIEU

DIEU Loulou est le nom de la femme qu'épouse en 1940 Marcel-G. Lefrancq, surréaliste hennuyer, mais pas ennuyeux, ami d'Achille Chavée et de Christian Dotremont qui devient après la guerre son compagnon d'aventure, membre du groupe Rupture qui publie en février 1935 la revue *Mauvais Temps* qui n'eut qu'un numéro, admirateur de Magritte et destructeur de peintres pompiers, artiste collagiste et staliniste, féru de littérature fantastique et de roman noir, qui se considérait comme « un Robinson Crusoé du surréalisme », et qui prit cette photographie saisissante titrée *L'Éloge du carnage* (1946), campant un siège dépecé, bardé de barbelés, au crépuscule, sous un ciel fuligineux.

DIRECTEUR

J'ai personnellement connu jadis un DIRECTEUR du dépôt de la réserve d'uniformes du personnel du nettoiement de la rue de la compagnie des tramways bruxellois, section francophone, qui était atteint d'apopathodiaphulatotramwaybruxelloislophobie, peur obsédante de devenir soudainement constipé dans un tram, mais j'avoue par contre avoir totalement oublié son nom.

DISCUSSION-DISCUTANTE

Christian Dotremont créa COBRA par dégoût de la «DISCUSSION-DISCUTANTE» et on peut ainsi décliner à sa suite la dérision-dérisionnante, la stupidité-stupidifiante ou bien la débilité-débilitante.

DISTINCTION

Selon les critères subtils édictés par Pierre Bourdieu dans son livre *La Distinction*, on peut observer que, d'un point de vue sociologique autant que sémantique :
– le Français sue, mais le Belge transpire.
– le Français dîne, mais le Belge soupe.
– le Français a bon, mais le Belge a dur.
– le Français trinque, mais le Belge encaisse.
– le Français se tire d'affaire, mais le Belge tire son plan.
– le Français époussette, mais le Belge prend la poussière.
– le Français fait la bise, mais le Belge donne une baise.
– le Français cire les pompes, mais le Belge fait les chaussures.
– le Français enlève son pantalon, mais le Belge le tire.
– le Français se rend aux toilettes, mais le Belge va à la cour.

DOEF OU DOUF

Le Belge ne dit pas : il fait chaud, lourd, étouffant, irrespirable, caniculaire, torride, tropical, même s'il sue à grosses gouttes et fond sur place. Pour exprimer l'abattement qu'il ressent devant une forte chaleur, il s'exclame en insistant sur le *f* final :
 – Il fait DOUF !
 Le même mot dit la cuite dans l'expression « avoir une douf ».

DOIGT

Ayant perdu la main, le **père Damien**, atteint de la lèpre par laquelle il acquit la réputation mondiale d'apôtre des lépreux, périt en 1889 aux îles Sandwich. Le petit DOIGT sur la couture du pantalon, l'aviatrice anglaise **Edith Cavell**, infirmière à Bruxelles, fut fusillée le 12 août 1915 par les Allemands au Tir national pour avoir aidé des soldats belges et britanniques à se tirer en Hollande. Sans croiser les doigts, le **père Pire**, surnommé « le croisé du cœur », reçut le 10 novembre 1958 le prix Nobel de la paix pour son action en faveur des va-nu-pieds. Fondateur des « Petits riens », l'**abbé Froidur**e fut victime le 10 septembre 1971, à Watermael-Boitsfort, d'un accident mortel attribué par la rumeur à un membre de la famille royale qui se fit taper sur les doigts et disparut de la circulation. Gynécologue militant, le docteur **Willy Peers**, qui veut dire « poire » en flamand, fut inculpé en 1972 pour avoir pratiqué des avortements à tour de bras et fut remis en liberté, après avoir quasi causé une affaire d'État. Héritier d'une lignée de grands industriels et financiers, le **baron Édouard-Jean Empain** fut kidnappé le 23 janvier 1979, à Paris, par des gangsters qui dépêchèrent comme preuve de sa détention la phalangette d'un de ses doigts. Révélé dans *Toto le héros* de Jaco Van Dormael, l'acteur trisomique **Pascal Duquesne** remporta haut la main le prix d'interprétation masculine, *ex aequo* avec Daniel Auteuil, au festival de Cannes en 1996, pour son rôle dans *Le Huitième Jour* du même réalisateur. Ex-champion de voile, ancien joueur de l'équipe belge de rugby, le chirurgien orthopédiste d'origine gantoise **Jacques Rogge** succéda à Juan Antonio Samaranch à la tête du CIO, le 16 juillet 2001, non par des ronds de jambe ou en jouant les gros bras, mais parce qu'il est mondialement réputé pour son doigté.

DRACHE

En Belgique, on ne dit pas : il pleut, mais : il DRACHE !

DRAPEAU

Question : À quoi reconnaît-on le DRAPEAU belge ?
Réponse : Le mât est en tissu et le drapeau en bois !

DUBOIS

« Nous lui en voulions de s'appeler Maeterlinck quand il est si facile de s'appeler DUBOIS », déplora le critique français René Doumic.

Dubuffet, Jean

Devant les premiers tableaux de Jean Dubuffet, Picasso s'écria: «C'est de la peinture belge.» Voulait-il dire de la mauvaise peinture? sauvage? brute? folle? qui ne ressemble à rien?

Dupondt

Les deux Dupond avec D et Dupont avec T s'écrivent aussi Dupond-Dupont ou encore les Dupond(t), ainsi que Schulte und Schulze en allemand, Thomson and Thompson en anglais, Hernandez eta Fernandez en basque, Hernandez y Fernandez en espagnol, Rosso e Rossi en italien, Jansen en Jansens en néerlandais et, par tic ou tact, du tac au tac, Tik-Tak en arabe.

E

ÉCOLE

À l'ÉCOLE où l'on me mit au jardin d'enfants dès l'âge de 3 ans tellement j'étais infernal, on apprend à lire, à écrire, à compter, ainsi que l'histoire, la géographie, la religion, le calcul, le solfège, les bonnes manières et même un peu de flamand, ainsi que l'orthographe, la grammaire et le français qui a toujours été ma matière préférée. Voici donc une rédaction qu'à 10 ans environ je rédigeai en bon petit Belge, fier de s'exprimer dans sa langue maternelle : le français de Belgique.

> De ma mallette[1] posée sur le pupitre, j'ai tiré une farde[2], une latte[3], des cahiers, un porte-plume et un essuie-plume[4] jaune, si doux au toucher qu'on dirait une chamoisette[5], que j'utilise aussi pour nettoyer mes brilles[6], tout comme je me sers d'une touche[7] pour écrire sur mon ardoise à carreaux. Je n'aime pas tirer la carotte[8] même si je suis en rote[9] ni brosser[10] les cours qui sont pelants[11] comme le font les brosseurs[12], les doubleurs[13] qui sont pétés[14] ou mofflés[15], ont des buses[16] parce qu'ils n'ont pas bloqué[17] ou usent de copions[18] comme les manchabals ou manche-à-balles[19] et les frotte-manches[20]. Quels canules[21] ! Quelles biesses[22] ! Quoiqu'étant un bout de chique[23] ou boutchic, je profite de la fourche[24] et de la période de bloc ou bloque[25] pour revoir mes

leçons à l'étude [26] avec les internes [27] et les bloqueurs [28] qui ne sont pas busés [29]. Je veux passer en humanités [30], puis en poésie [31] et en rhétorique [32], quitter l'école gardienne [33], assister à la fancy-fair [34], après avoir mis mes pantoufles de gymnastique [35] et mon singlet [36], près de la pissotière [37], ne pas être appelé au parloir [38] par le préfet [39], ou être envoyé à la cour [40] et réussir avec « satisfaction » [41], écrit dans mon journal de classe [42] par le maître en cache-poussière [43] gris qui donne cours [44] et, en tirant une drôle de tête [45] aura inscrit en majuscules : PROFICIAT [46] !!

---

1. cartable, **2.** chemise, **3.** règle plate, **4.** torchon, **5.** peau de chamois, **6.** lunettes, **7.** crayon d'ardoise, **8.** manquer les cours, **9.** râle, **10.** sécher, **11.** chiants, **12.** sécheurs, **13.** bisseurs, **14.** échoués, **15.** recalés, **16.** échecs, **17.** bûché, **18.** antisèches, **19.** fayots, **20.** lèche-bottes, **21.** cancres, **22.** imbéciles, **23.** haut comme trois pommes, **24.** temps libre entre les cours, **25.** examen, **26.** salle d'étude après la classe, **27.** élèves en pension, **28.** bûcheurs, **29.** recalés, **30.** études secondaires, **31.** classe de seconde, **32.** terminale, **33.** école maternelle, **34.** fête de classe, **35.** sandales, **36.** maillot de corps, **37.** urinoir, **38.** salle de convocation, **39.** proviseur, **40.** aux toilettes, **41.** mention passable, **42.** agenda scolaire, **43.** tablier, **44.** fait cours, **45.** en faisant une curieuse tête, **46.** félicitations.

Eeklo

D'Eeklo, ville de Flandre-Orientale au nom curieux, proche de la troisième personne du singulier du verbe « éclore », qui se situe à mi-chemin de Gand et de Bruges, je ne sais que trois choses :

1) Que mon père y a crevé un pneu en début d'après-midi, au mois de juillet, en nous conduisant à la mer, ce qui fut ressenti par nous comme un événement considérable.

2) Que les frères De Vlaemynck, Roger, roué champion cycliste, sprinter au palmarès impressionnant, beau gosse, rival d'Eddy Merckx, appelé « le Gitan », qui y tient à présent, je crois, un café*, et Éric, son frère, champion du monde de cyclo-cross, un peu fêlé, qui fut même interné, y étaient nés.

3) Et, c'est le plus important, que sur la grand-place de cette petite ville, réputée pour la distillation du genièvre, trônait dans une maison patricienne une imposante pharmacie que je regardais les yeux dessillés lorsque nous passions devant et que je reconnaissais de loin à son enseigne calligraphiée en lettres majuscules APOTHEEK ROEGIERS. Voir mon nom resplendir ainsi en désignant des membres flamands de ma famille que je ne connaissais pas m'emplissait de fierté et de joie. Ainsi, il existait donc des Roegiers en Flandre et moi, qui me sentais un peu sans lignée, je brûlais du désir de les rencontrer. Ce qui advint un dimanche des années cinquante.

Je me souviens encore de la traversée de l'immense officine à l'ancienne, inquiétante dans la pénombre par ses armoires de bois vitrées où étaient rangés en ordre sage et savant des pots de faïence ou de majolique, des boîtes de fer, des piluliers hermétiques et des flacons de verre recelant des sirops, des drogues, de la verveine, des dragées, des opiacés, des poudres, exhalant des senteurs de bergamote et de cachou, de camphre et de mélisse, de camomille, de menthe, de myrrhe ou d'origan, de sauge, de thym, de violette qui m'enivraient ; mille remèdes pour calmer les maux d'où fleuraient les effluves de naphte, d'éther, de catgut et de pansement.

La vaste boutique sombre et silencieuse, où l'on parlait flamand la semaine, débouchait en coulisse sur une obscure demeure à étages, noyée de pénombre, hantée par des fantômes, où se diluait l'arôme des élixirs, des juleps et des potions. Toute bardée de boiseries rances, l'immense bâtisse s'organisait autour d'un escalier géant aux larges marches qui s'élançait vers la cime du toit qui dominait la ville. La découverte extraordinaire de cet antre clos, sinistre et mortifère, que je revois imprégné de l'atmosphère fascinante des tableaux de Spilliaert, s'éclairait soudain comme après un orage par la découverte inattendue d'un jardin d'hiver peuplé de plantes exotiques, de baobabs et de palmiers grimpant sous le faîte de verre et plantés dans des pots de grès, ceignant les tables nappées et parées de vases odorants, les fauteuils de cuir profonds et les chaises pliantes sur des tapis de coco.

Et devant ce havre exotique et délirant s'ouvrait un jardin mirifique et maraîcher, aux parterres d'achillées, d'alcées, d'amaryllis, d'anémones, d'angéliques et d'églantines, ainsi que de lilas et de reines-marguerites, où, sous la tonnelle aussi luxuriante qu'un décor de Rubens, poussaient sur des treilles ou dans la terre meule des choux-fleurs, des carottes, des salades, des chicons, des pommes de terre, des petits pois, des épinards, de la rhubarbe, et même des rutabagas fichés dans les parterres bordés de briquettes en ciment. Au fond de ce potager paradisiaque qu'égayait une grotte ou peut-être un petit kiosque et une pièce d'eau, se dressait une serre chauffée en hiver où croissaient des plantes rares et des fruits délicieux, comme les framboises, les groseilles ou les myrtilles sauvages.

Cet endroit extravagant et magique était d'autant plus inquiétant qu'il était à l'image de ses occupants, vieilles bigotes, arrière-arrière-grand-mère, rombières aux dents pourries et au menton en galoche, toupies décrépites, grand-tantes célibataires à moustache, sapées de crinoline, privées des mâles occis à la guerre, éborgnés, sans bras ni jambes, gâtés par des maux innommables, laissant cinq « vieilles jeunes filles » toutes aussi folles, seules, caduques et pathétiques les unes que les autres.

Et pourtant, sans me rappeler leur prénom en *a*, Augusta, Maria, Maria-Theresa, Martha, Magda-Milena, je me souviens de la gentillesse tendre, de la fraîcheur intacte, de la curiosité sans feinte et du rire aigre de ces jouvencelles charmantes et poilues, corsetées dans leur bustier, qui me guidaient dans le ventre assombri de la maison, visitant les pièces en martelant de mes pas le parquet vermoulu qui craquetait, tapi derrière les meubles cirés, ciselés comme des cathédrales à corniche, terré sous un lit à baldaquin dans une pièce aux armoires à rideaux tel un confessionnal, ou dans la cuisine aux buffets hauts comme des beffrois, et dans les couloirs ombreux où déboulaient au galop nos obscures cavalcades.

L'arôme rance des vieilles filles « un peu bibiches », aux cheveux en chignon, leur voix douce et chantante, qui pépiait en français sur le versant privé de l'*apotheek*, la senteur des buffets de bois fruitier, et surtout celle, enivrante, de l'officine baignée des effluves de collyre et de dragées, de baumes, d'emplâtres et d'onguents, recoupe à présent celle, fanée, du souvenir enfoui. Que sont devenues mes cinq cousines qui officiaient dans l'*apotheek* Roegiers sur la place d'Eeklo, dont la cadette doit avoir mon âge et l'aînée 80 ans ?

---

* Renseignements pris, il s'agit de Noël Foré.

ÉLISABETH

La naissance le 25 octobre 2001, à 21 h 58, d'une petite ÉLISABETH déclencha dans le royaume de Belgique une scritorrhée sans précédent. Résolvant à son insu l'épineuse question de savoir lequel des jumeaux de Mathilde, s'il y en avait, serait le roi ou la reine des Belges, Élisabeth est « un cadeau du ciel », non seulement « le bébé des Belges », mais le premier « enfant belgo-belge », appelé à devenir la première « vraie reine des Belges », et, mieux, « l'enfant de la famille de tous les Belges qui se reconnaissent dans la monarchie ». Élisabeth Thérèse Marie Hélène pèse

2,930 kg, mesure 49,5 cm et son prénom si courant – il y en avait 24 562 en 2001 dans le pays – s'écrit pareillement en français et en flamand. Ô joie ! « Naissance de toutes les naissances », la sienne est perçue tel un fait historique et refait de la Belgique, le temps d'un rot, ce petit royaume prospère et paisible où chacun se comprend.

Élisabethifier

Néologisme belgiciste, le verbe ÉLIZABETHIFIER est un mot-valise qui lie le prénom de la jeune Élisabeth et la manière béate de bêtifier sa naissance à des fins patriotiques et politiques.

En

Le vrai écrivain belge écrit EN belge, langue qui n'existe pas, mais qui a un avantage sur toutes les autres langues : il revient à l'écrivain de l'inventer.

Endurance

Le Belge n'est pas véloce mais endurant. Il est bon lorsqu'il ménage sa monture, mord sur sa chique, serre les dents, laisse passer l'orage, brave les éléments, a raison du temps. Le Belge est le champion des courses d'ENDURANCE que sont les rallyes, le Tour de France automobile où brillaient les frères Mauro et Lucien Bianchi, gentil moustachu mort au volant. Ou les 24 Heures du Mans que gagna quatre fois Olivier Gendebien, baron au phrasé savonné, sorte de Servan-Schreiber belge, associé à l'Américain Phil Hill, et une fois à son ami Paul Frère, né au Havre, chroniqueur automobile parlant chinois. Et, bien sûr, Jacky Ickx, seul Belge à avoir remporté huit grands prix de formule 1, et six fois les 24 Heures. La boue comme la pluie bottent le Belge qui brille dans les trials et motocross, à l'instar de Joël Robert, six fois champion du monde, de Roger De Coster et de Éric Geboers, dans le cyclo-cross que survola Éric De Vlaemynck, sept fois champion du monde de 1966 à 1973, et le cross-country, le 10 000, le 5 000 ou le 3 000 mètres steeple où l'on saute des obstacles, franchit des haies, clapote dans l'eau, comme Gaston Roelants, trois fois partant de la corrida de São Paulo. Le Belge est un lutteur qui ne puise pas dans ses réserves, mégote, calcule, gère son effort, reprend son souffle comme en demi-fond où régna Gaston Reiff, alter ego d'Alain Mimoun. Le Belge est bon sur les pavés, dans l'Enfer du Nord, le Tour des Flandres, où il nargue les fossés, la fange, le crachin, la bise, les conditions « dantesques » que prise Roger De Vlaemynck, quatre fois sacré à Roubaix, ou Johan Museeuw, flahute, teigneux à l'air de planteur de patates. Mais il vole aussi dans les Six-Jours, où l'on vire sur un anneau de bois, dans les courses de demi-fond derrière moto, engins pétaradants que guide le pilote droit comme un *i*, gainé de cuir noir, que colle le pistard en maillot moulant coloré, casqué de cuir, ou en relais par rétro-poussette comme Patrick Sercu, équipier d'Eddy Merckx, Rik Van Steenbergen, souvent uni au Hollandais Peter Post, et avant eux Stan Ockers, champion du monde 1955, qui périt en se brisant le crâne au vélodrome d'Anvers, sa cité natale. Le Belge bat le record de l'heure, long sprint solitaire, que défièrent à Mexico ou à Rome tant de pistiers, tel Ferdinand Bracke, le « longiligne », surnom incluant celui de Longines, chronométreur officiel alors des records de vitesse. À l'instar d'Herman Van Springel, roi de Bordeaux-Paris, la plus longue « classique » du calendrier, qu'il ravit en 1970, 1974, 1975, 1977, 1978, 1980 et 1981, le Belge est résistant, pugnace, régulier, très fort, imbattable dans l'effort sans fin, où il est seul, sans adversaire, face à lui-même.

Envers

Seul un Belge d'origine comme Gustave Verbeek pouvait imaginer une bande dessinée entièrement réversible, qui se lit dans les deux sens, en haut et en bas, à l'envers et à l'endroit, les dessins conçus en miroir permutant à partir du centre, la dernière image devenant la première, et celle-ci la dernière. Ne dit-on pas que Bruegel tournait le dos au paysage, se penchait en avant et considérait la réalité entre ses jambes ? C'est du reste dans cette position renversante que la mort le surprit.

ÉPERONS-D'OR, BATAILLE DES

La très célèbre BATAILLE DES ÉPERONS-D'OR opposa, le 11 juillet 1302, sur la plaine de Groeningue, les partisans du lys du roi de France, les Leliaerts, aux partisans des griffes du futur lion des Flandres, les Klauwaerts, qui firent mordre la poussière aux preux chevaliers qui n'avaient pensé faire qu'une bouchée de cette clique de gueux bardés de fourches et de piques. Malgré une suite moins glorieuse qui mena en outre à la cession de la Flandre française à la France, la légende dorée ne cessa de croître au fil du temps, puisque au XIXe siècle la fameuse bataille fut intégrée à l'épopée de la Belgique naissante. Et qu'à l'orée du XXe siècle, en 1902, le haut fait victorieux fut abusivement commémoré par les flamingants comme la victoire des Flamands sur la France, les libéraux francs-maçons y voyant un hommage à la Liberté et les catholiques une victoire pour la Foi. Mais au XXIe siècle, pour son 700e anniversaire, en juillet 2002, la glorieuse bataille n'est plus perçue que comme point de départ de l'émancipation étatique de la Flandre, entité fédérale, « dont la richesse par habitant est une des plus élevées d'Europe, qui est une des régions les plus prospères du vieux continent et même la plus câblée du globe », comme le proclame avec éclat le président de l'exécutif flamand dans son manifeste émis pour célébrer cette année phare, hautement symbolique dans l'histoire de son peuple.

⇒ *Voir aussi* **Fête**.

Éphémérides

La France est un pays d'ÉPHÉMÉRIDES. Tout au long de l'année, les événements et les festivités s'enchaînent sur un rythme immuable. Ainsi célèbre-t-on la rentrée de septembre, l'ouverture de la chasse en octobre, les prix littéraires et le beaujolais nouveau en novembre, les soldes en janvier, les sports d'hiver en février, les Salons du livre et de l'agriculture en mars, le 1er avril en avril, le festival de Cannes et le grand prix de Monaco en mai, la quinzaine de Roland-Garros en juin, le Tour de France, le festival d'Avignon et le 14 Juillet en juillet, les départs en vacances et les bouchons en août. En Belgique francophone, où l'on a peu le culte de la nation, il n'y a pour éphéméride que le 21 juillet, qui est le jour de la fête nationale que personne évidemment ne célèbre.

Esprit belge

À propos de la rétrospective, qui s'est tenue à Bruxelles à l'occasion du centenaire de sa naissance, René Magritte, dans le compte rendu d'un quotidien français, est associé à Paul Delvaux et Marcel Broodthaers comme représentatif de l'«ESPRIT BELGE», formule passe-partout qui présuppose une tendance atavique aux jeux de mots, traits d'humour et bonnes blagues. Quelle que soit la notoriété de ses artistes les plus connus, leur cote sur le marché, leur rôle dans l'histoire de la peinture, l'art belge n'est donc pas pris au sérieux par la critique hexagonale qui résume la démarche de ses représentants à celle de joyeux plaisantins, de gais lurons, de blagueurs impénitents. Le Belge en général est ainsi souvent réduit malgré lui au rôle de comique troupier, de tordant balourd, auteur de farces et attrapes autant qu'objet de blagues hilarantes, dont quelques spécimens égayent ce livre, qui font croire qu'il échoue à l'examen d'urine, que ses cigarettes ont le filtre au milieu et que sa flotte a perdu d'un coup ses sous-marins lors d'une journée portes ouvertes. Confiné dans sa bêtise, le Belge dit tout haut ce que le Français pense tout bas, met les pieds dans le plat, tombe de haut, s'assied entre deux chaises, fait des poissons d'avril en mars, assiste aux mises en bière avec une paille. Roi des pitreries, adepte de la rigolade et de la gaudriole comme le Français l'est de la bagatelle, le Belge en fait des tonnes. Épris de l'esprit de sel et du mauvais goût, pointé par Baudelaire comme « le plaisir aristocratique de déplaire », c'est un bouffon de profession. L'esprit belge en réalité n'existe pourtant pas. L'esprit, on le sait, appartient aux Français, comme l'humour aux Anglais. Lié au sens de la repartie, qui nécessite du bagou, le mot d'esprit n'est pas le fort du Belge qui a l'esprit mal tourné, adopte de bon cœur la France comme « patrie d'esprit », mais préfère la bonne humeur aux traits de l'ironie française, accréditant ainsi le credo de Louis Scutenaire :

« De l'humour, non, de l'humeur, oui. »

ÉTRANGER

Depuis 1983, j'ai été accueilli comme français un peu partout en Europe et dans le monde, de Tokyo à Mexico, de Montréal à Ottawa, de la Nouvelle-Orléans à New York, de São Paulo à Rio de Janeiro, Londres, Francfort, Milan, Lisbonne ou Barcelone, mais je n'ai jamais été reçu, même le 21 juillet, jour de la fête nationale, par l'ambassade de Belgique à Paris, où j'imagine que l'on me considère comme un ÉTRANGER. Cela s'est arrangé par magie depuis la parution de ce livre !

EUROMÉTROPOLE

Ne rougissant pas d'être taxés de « Belges, en plus pâles », les Lillois – Flamands francophones – portés par l'Eurolille croient dur comme fer à l'EUROMÉTROPOLE franco-flamande-wallone, liant en une même entité Lille-Roubaix-Tourcoing-Tournai-Courtrai-Comines-Ypres-Mouscron, les autochtones étant unis sous le label interchangeable de l'« altérité familière ».

EUSEMIKWIE

J'aime qu'André Baillon jongle avec la langue à la folie et convie le lecteur à un délire logollalique où le langage, couvé des yeux, plein comme un œuf, sort tout cuit de sa coquille :

> *Œufs semi-cuits. Œufs semi-cuits. Qu'est-ce que des œufs semi-cuits?... C'est peut-être un terme de médecine. Euthanasie, euphorie, septicémie, eusémie,* EUSEMIKWIE. *Bonjour, docteur, je suis atteint d'eusemikwie, je suis en état d'eusemikwie.... Eux se mit cuit... Mire cuire. La glace du bottier est un mirecuir. Cuire mir et mirent cuire les œufs semi-cuits. Et le poète Gaston Heux : Heux semi-cuit... Œufs semi-cuits... Que chantes-tu là, petit oiseau? Je couve mes œufs... œufs semi-cuits... Heuze mi cui... Heuze mi... cui... Coui, coui... Cui...*
> – *Heuze mi cui...*
> – *Et toute la forêt s'y mit : Alléluia, heusemicui, heusemicui, heu-se-mi-cui-si, mi.*
> – *Heu... si...*
> – *Heu... si... mi... Heu... si... mi...*
> – *Heu... si mi... sérable...*

Lucien Binot, *André Baillon, portrait d'une «folie»*, Bruxelles, Le Cri, 2001, p. 214.

EXCENTRIQUE

Le Belge marche sur la tête, ne sait pas le chemin avec lui-même, dit le contraire de ce qu'il pense, entre quand il veut sortir, se lève quand il va dormir, bat la breloque autant qu'il bat son plein, se tape la cloche, s'embarque sans biscuit, avale des couleuvres, jure ses grands dieux, tire à boulets rouges, fait un tour de table, se mouche avec la nappe, pisse contre le vent, rote en direct comme Jean-Claude Van Damme, râle sur son sort, sort de ses gonds, tire son épingle du jeu, fout la foire, graisse la patte, fait le Jacques, gobe les mouches, lèche les vitrines, file son nœud, est dans les patates, ne croit pas à son histoire, mais n'aime pas celle des autres, ni celles qu'on raconte sur lui, rit comme une baleine et tance ceux qui le gouvernent. Sa naïveté le porte à croire que la caserne est un centre d'instruction, le théâtre un centre dramatique, le bordel un centre hospitalier, le café un centre d'attraction, la bourse un centre d'intérêt, le musée un centre commercial, l'école un centre d'étude, le Palais royal un centre de gravité et le stade de football un centre avant. À force de marcher à côté de ses pompes, de se lever du pied gauche, de chercher midi à quatorze heures, de passer vraiment Noël au balcon, de prendre ses quartiers d'été en automne, de fêter la Pentecôte à Pâques ou à la Trinité, d'offrir du muguet en juin, bref, de perdre les pédales, le Belge aimerait pourtant se sentir bien dans sa peau, droit dans ses bottes, avoir voix au chapitre, revenir à la raison, être en accord avec lui-même, garder la tête froide, avoir les idées claires, gagner la mesure, trouver le juste milieu, comme l'église est au cœur du village et le nez au centre du visage, mais il ne le peut pas car c'est un EXCENTRIQUE.

Excès

Est-ce parce que le Belge part de rien, alors que « le Hollandais part de l'eau », comme dit Paul Claudel, qu'il est de nature débridée, préfère l'abondance et le débordement, la profusion et le surplus qui consolent du creux, du vide, du leste, du plat ? Plutôt que le quant-à-soi des Français, le *self-control* des Anglais, la froideur des Hollandais, la frontalité des Allemands, le Belge privilégie l'exagération, l'EXCÈS, voire l'outrance qui sied tant aux opulentes *vanitae*, aux plantureuses muses, aux ondées subites, aux ciels chargés de nuages, au vent qui ploie les arbres. « Seul l'excès est productif. La modération jamais », disait Ensor qui chargeait à ras bord ses compositions embourrées de caboches hilares.

EXCRÉMENTS

« À l'heure actuelle, la moitié de l'humanité souffre de diarrhée faute de W.-C. et de règles élémentaires d'hygiène. Chaque année, quatre millions de personnes en meurent selon l'OMS. C'est-à-dire que, tous les deux ans, un pays comme la Belgique est rayé de la carte*. » Il est pissant de voir que c'est la Belgique – manque de pot ! – qui, en cette matière, vient incontinent à l'esprit. Et de même l'image du pays rayé de la carte atteste par commodité l'idée d'évacuation, de déjection, de défécation, qu'on évince aux chiottes après avoir tiré la chasse.

---

* Martin Monestier, *Histoire des excréments*, Paris, Le Cherche-Midi éditeur, 1997, p. 209.

EXPATRIÉ

Un EXPATRIÉ est par définition celui pour qui son pays d'origine est devenu une ex-patrie. Le mot « patrie » désigne ainsi au sens propre la terre natale comme étant « partie », ce qui est un parfait anagramme. Nul n'est prophète en son pays, c'est bien connu, mais il s'agit pour ainsi dire d'une tradition en Belgique dont il vaut mieux s'expatrier si on est un artiste ou un écrivain de talent soucieux de gagner l'audience la plus large possible. Alors qu'elle peut se vanter d'avoir enfanté un nombre étonnamment élevé de créateurs de premier ordre pour un si étroit territoire, la Belgique compte pourtant un nombre incroyable de ses meilleurs créateurs qui ont fait leur œuvre et leur carrière en dehors de ses frontières et ont trouvé à l'étranger, surtout en France, non seulement une terre d'asile, mais aussi une reconnaissance qui leur était refusée dans leur pays natal, où elle n'est d'ailleurs concédée après coup que parce qu'elle a été octroyée à l'étranger. « Les gens estimables n'ont pas de patrie », pensait Magritte qui, après un séjour de trois ans au Perreux-sur-Marne, dans la banlieue parisienne, revint au bercail pour ne plus jamais le quitter. Ce n'est pas le cas de tous ceux qui furent grands loin de chez eux, s'arrachèrent au stérile terroir pour séduire et conquérir un public, après avoir renié leur pays, ce qui est souvent trop peu dit – distraction ? omission ? amnésie ? – dans les anthologies de l'art belge, les manuels de littérature officielle et les livres scolaires d'où la date et le lieu d'exil, comme par hasard, sont un peu trop souvent absents.

*
* *

Voici donc par ordre alphabétique une liste d'illustres émigrés. **Pierre Alechinsky**, ayant obtenu une bourse du gouvernement français pour étudier la gravure, s'installe à Paris en novembre 1951, voyage en Extrême-Orient et aux États-Unis, et crée depuis octobre 1963, à Bougival, dans les Yvelines, où il poursuit une œuvre mondialement reconnue. **André Baillon**, éleveur de poules en Campine, s'installe en 1923 à Marly-le-Roi, près de Paris, où il mène une existence aussi instable que tragique et réside sans se faire naturaliser Français ; considéré comme « un des plus grands écrivains belges », l'auteur de *Un homme si simple* (1925) et de *Délires* (1927) se suicide et décède à l'hôpital de Saint-Germain-en-Laye le 10 avril 1932. **Henry Bauchau**, poète, romancier et dramaturge, salué sur le tard comme « une des figures marquantes de la littérature belge », dirige une école internationale à Gstaad, en Suisse, et prend pied en 1975 à Paris où il a longtemps été psychothérapeute. **Alain Bosquet**, né à Odessa en 1919, après avoir passé sa jeunesse en Belgique, gagne Paris en 1951 où il mène ses activités de romancier, poète et critique littéraire, et meurt en 1997. **Jacques Brel**, refusant de reprendre l'entreprise de cartonnerie familiale, monte en 1954 à Paris où il réussit une extraordinaire carrière de chanteur ; l'auteur du « Plat Pays » et des « Flamandes » se retire en Polynésie française et décède d'un cancer du poumon, le 9 octobre 1978, à Bobigny. Il est inhumé discrètement aux îles Marquises comme l'anatomiste **André Vésale**, né le 31 décembre

1514 à Bruxelles, à 5 h 45 du matin, rend son dernier souffle le 15 octobre 1564, sur l'île grecque de Zante, au large du Péloponnèse. **Pol Bury**, qui rencontre Alechinsky au carnaval de Binche en 1947, découvre à Paris l'œuvre de Calder en 1950 et fonde à La Louvière le *Daily Bul* avec André Balthazar, puis quitte la Belgique en 1961 pour la France, mais garde sa nationalité parce qu'il « n'attache pas d'importance à la citoyenneté ». Le peintre **Corneille**, de son vrai nom Corneille Guillaume Van Beverloo, né à Liège en 1922, cofondateur du groupe COBRA en 1948, suit de 1940 à 1943 les cours de l'Académie d'Amsterdam et s'installe en 1950 à Paris où il mène toute sa carrière, mais il est surtout représenté dans les musées hollandais et a une rétrospective en 1966 au Stedelijk Museum d'Amsterdam. **Fernand Crommelynck**, né à Paris en 1886, mais annexé – une fois n'est pas coutume – par la Belgique où il passe une partie de sa vie, regagne la capitale française en 1943 ; l'immortel auteur du *Cocu magnifique* passe le pas en 1970 à Saint-Germain-en-Laye, où il a jeté l'ancre dix ans plus tôt. **Conrad Detrez**, émigre au Brésil à 24 ans, puis rentre en Europe, rallie Paris, opte pour la nationalité française et, après avoir décroché le prix Renaudot pour *L'Herbe à brûler* (1978), s'éteint le 12 février 1985. Il est alors encensé par les milieux culturels et politiques belges qui l'ont pourtant méprisé, rejeté, ses premiers manuscrits étant même jugés impubliables. **Jean-Michel Folon**, traité comme une gloire nationale au point d'avoir lancé une fondation de son vivant, délaisse la Belgique en 1955 et, après avoir longtemps vécu à Burcy, à 40 km de Paris, réside désormais à Monaco où il s'adonne à la sculpture. **César Franck**, né à Liège en 1822, fait toute sa carrière en France où il se fait naturaliser en 1873 et meurt le 8 novembre 1890, quelques mois après avoir été renversé par un omnibus. **André Modeste Grétry**, né à Liège en février 1741, s'exile à Paris à 25 ans et finit ses jours en 1813 près de Montmorency, dans l'ermitage de Jean-Jacques Rousseau qu'il avait acheté. **Franz Hellens**, bruxellois d'origine, romancier et poète, est reconnu en France où il séjourne une grande partie de sa vie à La-Celle-Saint-Cloud. **René Kalisky**, essayiste et dramaturge, dégoûté par le mauvais accueil réservé à ses pièces, quitte « ce pays le plus imaginaire du monde », et se réfugie en France à partir de 1971 ; publié chez Gallimard et mis en scène à quatre reprises par Antoine Vitez, il est monté sur le tard en Belgique et décède à Paris le 2 mai 1981, à 45 ans. Bruxellois d'origine, **Georges Lambrichs** part à Paris en 1946, contribue à publier Beckett et le nouveau roman aux Éditions de Minuit où il est éditeur auprès de Jérôme Lindon avant de l'être chez Gallimard où il dirige la *NRF* et crée la collection « Le chemin » qui révèle notamment Le Clézio et Guyotat. Né à Bruxelles en 1935, **Simon Leys**, qui emprunte son pseudonyme à l'œuvre de Victor Segalen, succède à Simenon à l'Académie et s'exile en Australie, à Sidney, où il enseigne entre autres la culture chinoise. **Maurice Maeterlinck** quitte la Flandre en 1886, à 26 ans, et s'établit à dater de 1897 en France où il réalise toute sa carrière après être allé aux États-Unis ; le seul prix Nobel belge de littérature, littéralement hanté par son pays d'origine à la fin de sa vie, succombe à une crise cardiaque à 87 ans, le 7 mai 1949, dans son château à Orlamonde, près de Nice. Fille de Suzanne Lilar, **Françoise Mallet-Joris** rejoint Paris en 1959, devient française par son mariage et membre de l'Académie Goncourt en 1970. **Félicien Marceau**, « condamné pour faits de collaboration », fuit à Paris en 1945, prend la même année la nationalité française, triomphe avec sa pièce *L'Œuf* (1956) et entre en 1968 à l'Académie française où il siège toujours. **Franz Masereel**, peintre réaliste, demeure à Paris à partir de 1911, réside principalement à Genève, passe la guerre en Suisse et s'établit définitivement à Paris en 1922, puis à Nice en 1949, et passe le pont à Avignon en 1972. **Henri Michaux**, qui se sent « apatride », répudie la Belgique à 23 ans et, après maints périples (Asie, Amérique du Sud), se fixe à Paris en 1924 ; naturalisé Français le 27 août 1954, il répugne à ce qu'on le dise belge tout comme il refuse les prix littéraires. Ce qui n'empêche pas ce Français d'adoption, qui exècre son pays natal et expire dans la capitale française en 1984, d'être fêté par le chœur des Lettres locales comme « le premier Belge dans la Pléiade ! ». **Marcel Moreau** déserte la « Blêmgique » en 1967 et, devenu correcteur au *Figaro* après l'avoir été au *Soir*, publie à Paris tous ses livres. Rappelant à qui veut l'entendre que : « La France m'a fait naître une seconde fois à l'écriture », il adopte la nationalité française en 1975 et, promu écrivain franco-belge, s'amuse d'être tenu pour belge en France et français en Belgique. **Géo Norge**, pseudonyme de Georges Mogin, après avoir été voyageur de commerce en Belgique, se fixe en 1954 comme antiquaire à Saint-Paul-de-Vence où il forge son œuvre poétique et rend l'âme en 1987. D'abord publicitaire et fondateur du théâtre Plan, **Hubert Nyssen** quitte la Belgique, fonde les éditions Actes Sud, à Arles, avant de se faire naturaliser français dans les années quatre-vingt. Natif de Grammont, le sculpteur **Reinhoud**, pseudonyme de Reinhoud d'Haese, proche d'Alechinsky et de COBRA dans les années cinquante, s'enracine en France dès 1959 où il bâtit sa carrière de sculpteur. Premier écrivain belge à se « parisianiser » complètement, **Georges Rodenbach** s'établit à Paris en 1887, à 33 ans ; il publie d'abord *Bruges-la-Morte* (1892) en dix feuilletons dans *Le Figaro* dont le rédacteur en chef, Francis Magnard, est belge. Il plie bagage à 83 ans, dans la Ville Lumière, le soir de Noël du 25 décembre 1898. **Dominique Rolin** s'enfuit du « pays natal », aussi appelé « l'autre pays », afin de pouvoir écrire et aspire ainsi à « se débarrasser de sa conscience flamande » ; elle emménage dès 1946 à Paris où elle publie tous ses livres. **Félicien Rops**, tant admiré par Baudelaire, investit définitivement en 1874, à 41 ans, Paris où il se flatte d'être « le graveur le mieux payé » et s'éteint, le 28 août 1898, dans sa propriété baptisée La Demi-Lune, à Corbeil, dans la vallée de l'Essonne où il passe les dernières années de sa vie. Poète et romancier, **Albert t'Serstevens**, basé à Paris dès 1910, à 24 ans, est naturalisé Français en 1937 et rend les clefs en 1974. **Albert Servaes**, peintre expressionniste gantois, pro-allemand en 1940-1945, « condamné pour incivisme », s'exile en Suisse où les paysages montagneux l'inspirent, acquiert la nationalité helvétique en 1961 et dépose le bilan à Lucerne, en 1966. **Michel Seuphor**, pseudonyme de Ferdinand Louis Berckelaers, tourne le dos à la Belgique en 1924, à 23 ans, parcourt l'Europe, rallie Paris en 1925, se fait naturaliser Français en 1965, puis s'évade dans le Midi de la France de 1934 à 1948, avant de revenir à Paris où il se voue à la promotion de l'art abstrait et se livre à des écrits théoriques, avant de disparaître en 1999. **Georges Simenon**, débarque à la gare du Nord en décembre 1922, à 19 ans. Il vit à Mougins, puis à Cannes, fait le tour du monde entre 1932 et 1935, séjourne aux États-Unis de 1945 à 1955, avant d'atterrir en Suisse, d'abord au château d'Echandens, puis à Epalinges, dans l'énorme baraque qu'il s'est fait bâtir, et enfin à Lausanne, où il lâche la rampe le 4 septembre 1988, à 3 h 30. Après avoir été emballeur à Bruxelles, **Jacques Sternberg** conquiert Paris en 1952 et après avoir publié *Le Délit* (1954) chez Plon, *L'Employé* (1958) chez Minuit, ainsi que des textes inclassables chez Éric Losfeld, belge lui aussi, mène une carrière prolifique de romancier, journaliste, directeur de collections et écrivain multi-activiste, sans jamais avoir reçu la moindre récompense honorifique de son pays natal. Le peintre **Alfred Stevens**, tant raillé par Ensor, s'éclipse à Paris de 1862 à 1869 ; ami de Baudelaire, Delacroix et Manet, il se fait portraiturer par Nadar et trépasse dans la Ville Lumière en 1906. Ayant acquis la nationalité belge en 1919, **Raoul Ubac** file à Paris dès 1929, à 18 ans, revient à Bruxelles durant la guerre, puis repart en France en 1946, et acquiert en 1957 une maison dans l'Oise où il passe le pas en 1985. **Henry Van De Velde**, architecte, décorateur, peintre et graveur, chantre de l'Art nouveau, réalise la majeure partie de sa carrière en Allemagne et en Hollande. Passé à Weimar, au Bauhaus, il revient en Belgique en 1926, à la demande du roi, et fonde l'école de La Cambre. Mais en 1945 il repart pour la Suisse et plie bagage à Oberägeri, près de Zurich, en 1957. **Théo Van Rysselberghe**, pointilliste dans la lignée de Seurat, part pour Paris en 1898, à 30 ans, puis se retire définitivement dans le Var, à Saint-Clair-en-Provence où il ferme les paupières le 13 décembre 1926, à 65 ans. Maître de l'abstraction créative, proche de Mondrian, **Georges Van Tongerloo** se réfugie aux Pays-Bas pendant la Première Guerre mondiale, réside en 1919 à Meudon, puis en 1928 à Paris où il rend son dernier souffle en 1963, après avoir vécu à Menton. **Émile Verhaeren**, auteur de *Les Flamandes*, de *Toute la Flandre* et de *La Belgique sanglante*, d'essais sur Rubens, Ensor, Rembrandt et Khnopff, décide de rester à Paris en 1895 et demeure à Saint-Cloud en 1899, tout en séjournant dans le Hainaut, au Caillou-qui-Bique, où sa maison est anéantie le dernier jour de la guerre de 14-18, détruisant la majeure partie de sa correspondance et de ses manuscrits, lui-même étant écrasé par un train en gare de Rouen, à 61 ans, le 27 novembre 1916. Fils de l'écrivain Franz Weyergans, le cinéaste et écrivain **François Weyergans**, né en 1941 à Bruxelles, quitte la Belgique à la fin des années soixante, se fixe à Paris où il publie tous ses livres et joue à cache-cache avec la critique à chaque rentrée littéraire. Enfin, **Marguerite Yourcenar**, anagramme de Crayencour, née en 1903 avenue Louise à Bruxelles, d'une mère belge et d'un père français mais qui n'a jamais été belge, émigre en 1949 aux États-Unis, à l'île des Monts-Déserts dans le Maine où l'auteur des *Archives du Nord* fait sa malle en 1987 après avoir été la première femme élue à l'Académie française en 1980.

F

FABRE, JAN

Pour sûr, JAN FABRE est un Flamand. Son œuvre ne peut être que celle d'un artiste des Flandres. Tour à tour acteur, metteur en scène, chorégraphe, performeur, sculpteur, cinéaste et plasticien, n'est-il pas né en 1958 à Anvers où il lance à 17 ans ses primes créations dans les rues ? À Avignon, dans la cour d'honneur, il crée au festival 2001 un spectacle de danse paroxystique, sous-titré « Conte de fées médiéval », qui s'appelle *Je suis sang*. C'est à l'évidence une farce flamande moderne, conçue juste pour l'occasion, que Jan Fabre, vampyromane de lui-même dont la première performance en 1978 s'intitulait *My Body, my Blood, my Landscape*, ne reprendra pas. Du corps saignant aux actes de torture, du sérum vermeil, colorant alimentaire, lait, poudre à laver, qui coule et donne la nausée, du carnaval à la mascarade inspirée de Bosch et de Bruegel, tout accuse Jan Fabre d'être l'héritier béni des maîtres peintres de la Flandre sauvage. Moignons et culs nus, sorcellerie et guerrier en armure, crapauds-hommes, filles-fleurs, sorciers-pierres, ogres gloutons, tout atteste que « nous vivons toujours au Moyen Âge. Et nous vivons toujours avec le même corps qui est mouillé dedans et sec en dehors... ». Quels propos triviaux ! Quelle barbarie ! Du verbe sourd le sang des règles par quoi s'épanouissent les roses avec mille fois plus de beauté, c'est prouvé scientifiquement. Ah, bon ? Ouf ! Mais il recèle un tabou. Perversion, instinct, souillure, violence, orgie, transgression, Rédemption, extase, Dieu merci, liée à la connaissance, émaillent le discours flamboyant et choquant de Jan Fabre, le « mystique » flamand, taxé hier de relents aryens, attrait du tonton teuton. Arrière-petit-fils de l'entomologiste français Jean Henri Fabre – est-ce bien vrai ? belle caution pour dorer la pilule ! – le quasi flamingant Jan Fabre « réinvente depuis vingt-cinq ans les noces sauvages de l'humain et de l'animal » que l'on a gommées depuis des lustres en France. Ses sculptures de scarabées aux chatoyants reflets émeraude et or, d'insectes, de hannetons, d'infâmes blattes, qu'il prend sous son aile et dont il coupe les élytres pour en parer cette rutilante mappemonde, chrysalide joyau ou cocon globe lové sur un matelas lacté, fascinent, inquiètent, effrayent.

Et que dire de *La Tombe de l'ordinateur inconnu* (1994), comptant 600 croix de bois, peintes au Bic bleu, imposant et glorieux mausolée aux diptères inhumés dans l'allée du bois ? Jan Fabre, le Flamand, est un artiste de l'extrême que submergent sucs, sèves, morve, sang, bave. « C'est un Flamand gothique », me disais-je en guignant seul, à la galerie Daniel Templon, les tresses ou les queues, les socles, les crânes, la robe, la cuirasse et le chat mort, le bout de viande, ornés de coléoptères et archiptères qui étincelaient en luxuriantes créations baroques. Mais j'admirais aussi la statue en pied de cet homme en or, chapeauté telle une figure de Magritte, assis sur une chaise cloutée devant un microscope, posé sur une table en clous, qui s'intitule *Moi, rêvant*. « Oui », songeais-je malgré moi, tout autrement que les Français désarçonnés par tant d'excès, de fureur et beauté, « Jan Fabre est un Flamand ».

⇒ *Voir aussi* **Plafond**.

Façade klache ou façade clash

Le façade klache désignait un peintre en bâtiment quand la capitale n'était pas encore dévastée par la vogue du *façadisme*.

Façadisme

Néologisme typiquement bruxellois qui a été inventé pour qualifier la frénésie de destruction et d'affairisme qui a envahi la capitale. Sous prétexte de rénovation, le FAÇADISME consiste à vider entièrement un immeuble et à n'en épargner que la façade. La ville entière s'apparente ainsi à un studio de cinéma hérissé de devants de maisons ou de fronts d'édifices. On peut voir dans le façadisme un écho nostalgique de la Belgique Joyeuse de 1958, année de l'Exposition universelle, pays de carton-pâte en trompe-l'œil. Pour donner le change à présent, il importe moins de sauver la face que de ravaler la façade.

Fanfare

Rien n'est plus beau que l'harmonie des fanfares italiennes comme j'ai eu le bonheur d'en écouter voici quelques années, à Ravello, sur la côte amalfitaine, où les sons mélancoliques et graves des cornets et des tubas faisaient affleurer l'image des grands films italiens de Fellini, de Francesco Rosi ou des frères Taviani. Résonnant d'un aussi jubilant que peu mélodieux tintamarre, de tonitruants tsoin-tsoin, de couacs assourdissants assénés en cadence par des croquenotes désaccordés, d'éméchés instrumentistes du dimanche, de cacophoniques mélomanes sans tempo ni partition, la FANFARE belge s'apparente par contre au chahut, au grabuge. Tout bonnement populaire, elle n'aspire qu'à libérer par le chambard, le raffut, l'esclandre et le vacarme, le folklore supposé bon enfant d'une nation tapageuse qui est moins unie par son aphone devise que par le culte des bières mousseuses, des frites en cornet, des grassouillettes majorettes en jupette, des ubuesques géants du carnaval, des foules débonnaires aux masques hilares, et des incessants tambourinements de pied par lesquels s'avère sans tambour ni trompette le désir du saccage.

FANTASQUE

Associé d'office à son compère flamand Bruegel, qualifié de grotesque, délirant, obscène ou dément, le monde du Hollandais Jérôme Bosch est fort souvent perçu comme étant lié à la folie. Mais qu'y a-t-il donc de si FANTASQUE à représenter des scènes belles, étranges et singulières, composées d'homme-cochon et de truie religieuse, d'arbre à oreilles, de souris ailées, de fous fessés avec une ample cuillère, de drôles d'oiseaux garnis d'un entonnoir, de matrone au corps d'insecte, d'oiseau-poisson, d'homme-arbre, de poisson-bateau, de poisson-soldat, de maison-visage, d'agneau-curé, de corps-chapeau, de tête-jambe, de saumon volant, de pinson à trois têtes, de cœur-cornemuse, d'homme-ventre, de loup-prêtre, de château-oiseau, de fleur-œil, d'outre-flûte ou d'oreille-couteau ?

FAULKNER, WILLIAM

William FAULKNER, quatrième écrivain américain à recevoir le prix Nobel de littérature en 1949, est interrogé lors de son passage à Paris par un reporter du journal *Le Soir* :
– …
– Donc, vous êtes né en 1897…
– Exact.
– Comment écrivez-vous ?
– À la main.
– Faut-il vous envoyer l'article ?
– Inutile. Je ne le lirai pas.

FAUX

Tout ce qui est FAUX est vrai puisque Henri Michaux a dit :

« Même si c'est vrai, c'est faux. »

Fédéralisme

Comme la Suisse, la Belgique a cédé aux attraits du FÉDÉRALISME.
Conséquence : la drache fédérale a remplacé la drache nationale.

Féminisation

La FÉMINISATION suppose la mise au féminin des noms de métier, fonctions, grades ou titres des positions sociales dans les documents administratifs ou les circonstances officielles. Le Belge, qui n'a pas peur des mots, prend tout à la lettre et met les points sur les *i*, a donc fidèlement traduit en deux mots :

1) sapeuse-pompière pour sapeur-pompier ;
2) chauffeuse de buse pour chauffeur de bus ;
3) passagère à Nivelles pour passage à niveau.

Fête

La FÊTE est tant par fonction que par définition l'occasion même du partage. Aussi la Communauté flamande a-t-elle sa fête le 11 juillet, en souvenir de la victoire remportée sur la chevalerie française le 11 juillet 1302, dite bataille des Éperons-d'Or. Et, de son côté, la Communauté française a-t-elle la sienne le 27 septembre, en souvenir du 27 septembre 1830, date à laquelle l'armée hollandaise fut chassée de Bruxelles.

Feyder, Jacques

De JACQUES FEYDER, je connais moins l'histoire de ses films aux titres étranges tels que *M. Pinson policier* (1915), *Têtes de femmes, femmes de tête* (1916), *Le Pied qui étreint* (1916), ou encore *Tiens, vous êtes à Poitiers?* (1916), sans oublier *The Kiss* (*Le Baiser*, 1929), dernier film muet de Greta Garbo, et, bien sûr, *La Kermesse héroïque* (1935), avec Françoise Rosay, son épouse, et Louis Jouvet, hommage aux maîtres de la peinture flamande, qui fut incompris en Belgique, et même interdit à Bruges, que celle de son pseudonyme. Jacques Feyder, ixellois de naissance, de son vrai nom Jacques Frédérix, le trouva alors qu'il allait quitter Bruxelles pour tenter sa chance à Paris, où il débuta comme comédien au théâtre et au cinéma, en passant par la rue Faider, nom de Charles Faider, le magistrat, à ne pas confondre avec Paul Faider, le philologue, époux de l'archéologue Germaine Faider-Feytmans, première femme membre de l'Académie royale de Belgique, ni avec Véra Feyder, qu'il s'appropria en s'allouant toutefois une différence orthographique spécifiquement belge.

FLAMANDICISME

À l'instar du wallonicisme pour le Wallon, le FLAMANDICISME est au Flamand ce que le belgicisme est normalement au Belge.

FLAMANDISATION

Lorsque les ondes des chaînes de télévision française comme celles des radios s'arrêtent à la frontière, lorsque les citoyens ne peuvent plus s'exprimer dans la langue de leur choix, mais obligatoirement en flamand, alors que les Flamands, eux, parlent couramment le français, souvent de manière impeccable, lorsque toutes les démarches administratives s'effectuent uniquement en flamand, lorsque le Flamand s'oppose catégoriquement à l'expression de la culture française et impose sur un mode agressif la pratique généralisée de ce qu'il considère comme sa langue, lorsqu'on exerce la contrainte physique pour faire supprimer à Gand les séances en français d'Exploration du monde et lorsque la conquête des esprits est telle que les jeunes francophones de Flandres qui, voici dix ans encore, pensaient en français, plaisantent aujourd'hui en flamand, on peut dire, sans aucun risque d'erreur, que l'on assiste à la FLAMANDISATION des corps et des esprits.

Flamandiser

Mot d'ordre des extrémistes flamands. Le verbe FLAMANDISER, qui a remplacé l'ancien « néerlandiser », exprime l'intraitable volonté des Flamands d'imposer de force aux francophones établis en Flandre la pratique de leur langue : « Flamand, disez ! »

Flamant rose

Le FLAMANT ROSE n'est pas un Flamand en rose, mais un oiseau à plumage rosé, long bec et hautes pattes, qu'on voit au Zwin.

Flamingant

Le FLAMINGANT n'est pas un fringant Flamand de Gand (Gent) ni un gentil déjanté de la gent élégante des porteurs de gants, mais un séparatiste qui veut l'indépendance de la Flandre.

⇒ *Voir aussi* **Wallingant**.

Flandre débelgicisée

La FLANDRE DÉBELGICISÉE est l'état intermédiaire par lequel transite poliment la Flandre avant de devenir un État autonome.

Flandre française

La FLANDRE FRANÇAISE, aussi dite Flandre intérieure, est habitée par ceux qu'on présente comme étant les cousins de Flandres, autrement dit les Flamands de France, qui sont bien sûr des Français tout en ne l'étant plus tout à fait, tant ils sont proches de leurs voisins belges. Il faut dire que dans cette aire située entre Lille et Dunkerque, qui a connu une histoire agitée, souvent distincte de la France, mais proche de celle de la Flandre, le flamand, que l'on parle et comprend parfaitement, a été la langue maternelle de la population. Et que les Flamands de France affichent comme flamande leur identité franco-flamande en arborant le lion flamand à côté du drapeau tricolore, en rejouant au « bourloire », ancêtre flamand du bowling, en s'adonnant au tir à l'arc traditionnel sur des oiseaux de bois fixés très haut, en retapant les moulins à vent, en acclamant les géants lors des grandes fêtes populaires, en cultivant la betterave, en s'empiffrant de carbonades, et en éclusant de la bière dans leurs *cavitjes* ou estaminets. Sans rapport avec les Basques, les Bretons, les Picards ou les Corses, les Nordistes flamands, qui pour un quart parlent encore le flamand, ne revendiquent pas leur indépendance ni ne se clament dissidents. Se sentant plus européens que flamands, ils adoptent pour capitale Lille, vaste métropole européenne « transfrontalière », qui est un point de rencontre des civilisations latine, germanique, anglo-saxonne. Ainsi, dans ce territoire de traverse, s'accomplit la délicate alchimie d'un ménage à trois. À savoir les Flamands belges néerlandophones, les Wallons francophiles de Belgique et les Flamands français de France dont il se trouvera bien un jour un élu politique, d'un côté ou de l'autre de la frontière, pour les pointer du doigt en arguant qu'ils constituent une race nouvelle : les Francingants.

FLANDRIEN

L'adjectif FLANDRIEN désigne un coureur cycliste flamand que les Wallons refusent d'encourager parce qu'il est originaire des Flandres, mais qui le supportent comme belge quand il gagne à l'étranger, la presse sportive flamande se pressant alors d'établir la distinction entre *est-flandrien* et *west-flandrien*.

FLANDRIN

Désignant à l'origine un habitant ou quelqu'un originaire des Flandres, le FLANDRIN qualifie sous l'intitulé « grand flandrin » un bipède à l'allure dégingandée, qui est tout le contraire de celle, rustaude ou rustre, dont est coutumièrement taxé le Flamand.

FLANDRISME OU FLAMANDISME

Malgré de grands auteurs comme Hendrik Conscience, qui voulut apprendre à lire à son peuple, Guido Gezelle, champion du nationalisme littéraire flamand, Charles De Coster, Georges Rodenbach, Maurice Maeterlinck, Émile Verhaeren ou Hugo Claus, le FLANDRISME OU FLAMANDISME résume l'effort que fait l'idiolecte flamand pour devenir une langue. Cette volonté à tout crin prend parfois des accents véhéments, surtout quand il s'agit de séparatisme et d'affrontement avec les Wallons. L'exemple le plus parlant de flandrisme est le suivant :

« Walen buiten ! » (« Wallons, dehors ! »)

⇒ *Voir aussi **Wallonisme**.*

FLANDROCRATE

Le terme FLANDROCRATE est la péjorative épithète décernée par les personnalités du monde culturel et les intellectuels flamands eux-mêmes aux nouveaux riches en Flandre.

FLOTJE

L'adjectif familier FLOTJE s'utilise d'ordinaire à propos du café qui n'est pas assez noir, étant dissous dans la « flot-te » dont l'excès de quantité le réduit effectivement à son diminutif « je ».

FN

La FN n'est pas le Front national mais la fabrique belge d'armes en tous genres, située à Herstal, dans la province de Liège, réputée pour ses mitrailleuses, mitraillettes, pistolets, fusils-mitrailleurs et autres armes à percussion ou à répétition, mais qui a arrêté de fabriquer des mines antipersonnel après en avoir envoyé au front des tapées et avoir ainsi contribué en tout bien tout honneur au bon maintien du revenu national.

Foire du Midi

Je n'ai jamais été un fana des plaisirs populaires ni du bonheur obligatoire, mais j'ai arpenté comme tout le monde le boulevard du Midi où débutait après la porte de Hal jusqu'à la gare du Midi, où se tient le dimanche le marché des vélos d'occasion et celui des bestiaux de tous poils, la FOIRE DU MIDI qui y fut transférée de la Grand-Place, de la place des Martyrs et du Marché-aux-Grains, où elle avait eu lieu jusqu'en 1880. Dans une ambiance tourbillonnante, aveuglante et stridente, de frites, de gaufres, de beignets, de crèmes glacées, de pommes d'amour, de barbes-à-papa, de *croustillons*, de nougats et de flonflons, je parcourais l'allée royale où se faisaient joyeusement concurrence les baraques des stands de tir aux pipes ou de pêche aux canards à la ligne, les luna-parks, les montagnes russes destinées aux amateurs de sensations fortes et les carrousels de chevaux de bois dont on tirait la *floche*, les auto-scooters, le labyrinthe des glaces et le palais du rire, la petite et la grande roue, le train fantôme, si effrayant, et la maison des horreurs, si fascinante, ainsi que ces carrousels délirants où la force centrifuge vous plaque contre la paroi et dont je sortis un soir en caleçon, mon pantalon s'étant à mon corps défendant déchiré sous le regard hilare des badauds, si bien que je finis mes trépidantes tribulations en ayant rafistolé les lambeaux épars et ballants avec des épingles à cheveux.

Mais il y avait bien sûr aussi les stands des lutteurs et des hercules, des tatoués et des *castars*, *castards* ou *kastars* poilus, des astromanciennes, des voyantes extralucides et des calculateurs éclair, des cracheurs de feu, des danseuses du ventre, des gobeurs de grenouilles et des avaleurs de sabres, des dompteurs de puces, des croqueurs de verre qui me hélaient, au son des orgues limonaires, vers le pavillon des monstres où j'admirais, béat, éperdu d'épouvante et ravi de les voir en vrai, le géant Atlas chaussant du 58, Madame Rita et ses 264 kilos dont je tâtai du doigt la cuisse albugineuse, l'homme-clou, l'homme-phare aux globes oculaires exorbités, la femme à barbe, la mère à deux têtes, le gentleman à trois jambes et l'éphèbe à dix pouces, l'homme-sandwich, l'homme-serpent, l'homme-chien, l'homme-porc, l'homme-alligator, l'homme-éléphant, l'homme-mastodonte, l'homme à la tête incassable et l'homme à la gueule de bois, l'homme-caoutchouc, l'homme-télescope et l'homme-tire-bouchon, l'homme-tête-de-veau et la femme à tête de mule, la jeune fille à crinière de mousse, l'enfant-colosse, la pin-up à trois seins ainsi que la demoiselle qui en a deux de 20 kilos chacun, mais aussi ces créatures extravagantes, surgies de la nuit des temps, que sont la Miss Muscle de 83 ans, la femme-louve, la manchote des deux bras qui lance les couteaux avec les pieds, le cyclope brésilien, la boschimane callipyge, le jongleur microscopique japonais, l'albinos chinois, les lilliputiens béarnais, éveillant le souvenir de l'extraordinaire spectacle donné par une troupe de 150 lilliputiens, vu jadis à Bucarest, les nains catcheurs et la gnome achondroplase, la femme-homard – « Entrez ! Entrez ! Venez lui serrer la pince ! » – et l'hermaphrodite maso, le bébé-père et les embryons de sosies embaumés, le demi-homme vivant et la semi-mariée, la pelote humaine, l'otocéphale cyclope, le céphalopage, l'hétéradelphe, le xyphodyme, le pygomèle et autres phénomènes et merveilles, « écarts de la nature » ou « oubliés de Dieu », échappés du film *Freaks*, du cirque Barnum ou du musée Spitzner, cabinet des horreurs à vocation pseudo-scientifique, dont la devanture ornée par des « jumeaux siamois » et par un écorché de Vésale choqua tant Paul Delvaux qu'il peignit son célèbre tableau *Le Musée Spitzner* (1943), avec le portrait de cinq amis, et s'inspira de la femme-poupée, modèle mécanique en cire, pour toutes ses Vénus endormies.

Folon, Jean-Michel

Autant que du célèbre homme volant du générique bleu d'Antenne 2, JEAN-MICHEL FOLON est pour moi le père de ce petit bonhomme sculpté en bronze, chapeauté et vêtu d'un manteau, assis dans le sable à côté d'un brise-lames sur la plage de Knokke, où je le découvris par une magnifique après-midi ensoleillée, choyé par les bambins touchés par sa taille qui est celle d'un adulte en réduction, presque d'un enfant, émus et intrigués par ses jambes coupées en rondelles, recouvert par les marées quand elles montent et remis au jour quand elles se retirent, épousant le tumulte du monde, survivant à lui-même, pliant la nuque sous la furie des éléments, brave, intact et silencieux, admirablement solitaire dans la nuit et en hiver quand plus personne ne le regarde.

Fonctionnaires

Les FONCTIONNAIRES en Belgique ne sont ni meilleurs ni pires qu'ailleurs. L'une de leurs caractéristiques est d'être assez souvent composés de poètes, non pas solitaires, marginaux, damnés ou fous, mais tout à fait normaux et censés, ce qui n'est point étonnant dans un pays où on dit « poésie » pour classe de seconde et où l'on compte autant de poètes que de cafés.

Est-on fonctionnaire parce que l'on écrit ou devient-on poète et admis comme tel parce qu'on est fonctionnaire ? Toujours est-il que l'inamovible fonction de bureaucrate, de secrétaire, de sténodactylographe, de saute-ruisseau, de pisse-copie, de gratte-papier, institue moins une manière de rentrer dans le rang que d'impulser dans la fiction du texte les mots de son délire, de son désespoir ou de son ironie. Ainsi Louis Scutenaire était-il fonctionnaire au ministère de l'Intérieur qu'il appelait le « Mystère de l'Intérêt », où il entra en 1941, et son ami René Magritte lui-même œuvrait à sa façon tel un fonctionnaire de l'art, ses modèles uniformes en complet identique, chapeau melon et manteau strict étant de la race des commis. Marcel Lecomte poursuivit une carrière d'enseignant à l'Académie d'Etterbeek jusqu'en 1945 et s'échina, de 1959 jusqu'à la date de sa mort, à dépouiller des revues et à établir un fichier aux Musées royaux de peinture à Bruxelles. De même, Camille Goemans était fonctionnaire au ministère de l'Industrie et du Travail avant son départ en avril 1927 pour Paris, où il ouvrit une galerie d'art, 49 rue de Seine, et œuvra en galeriste indépendant avant de cesser ses activités et de rentrer à Bruxelles en 1930.

Franz Hellens travailla comme fonctionnaire à la Bibliothèque royale, avant de devenir en 1912 bibliothécaire en chef du Parlement. André Blavier était de même bibliothécaire communal à Verviers jusqu'en 1987. Suivant la voie de son père bibliothécaire au ministère de la Justice à Bruxelles, Dominique Rolin débuta sa carrière comme bibliothécaire archiviste de l'Université libre de Bruxelles. Et Michel de Ghelderode, installé dans un petit local du deuxième étage, était l'unique employé au service des Archives de la commune de Schaerbeek, où il resta de 1923 à 1945, c'est-à-dire vingt-deux ans. Jean Ray boulonna de 1910 à 1919 à la Ville de Gand et Charles De Coster fut un temps employé au secrétariat de la Commission royale chargée de la publication des anciennes lois et ordonnances, annexée aux Archives du Royaume. Jean-Luc Outers, auteur de quatre romans, dont *La Place du mort* (1995) dédié à son père, l'homme politique Lucien Outers, est depuis 1990 responsable du service des Lettres à la Communauté française. Enfin, Jean-Pierre Verheggen, après avoir été conseiller du ministre de la Culture, est aujourd'hui chargé de mission à la Promotion des Lettres francophones à Bruxelles, où, dit-on, il ne passe qu'une heure par mois.

Mais il y a aussi des fonctionnaires, limaces au teint d'endive, qui sont de faux poètes et contrefont les plumitifs pour remplir sans partage leur tâche d'expéditionnaire avide de pouvoir, scorpion vipérin, sacripant aux mains rouges, assassin lippu, à la mine papelarde, aux yeux binoclés de rond-de-cuir, aux canines rances, à l'haleine empestée, mâche-laurier bilieux, rimeur seringué, rimailleur encreux, poétiqueur de mes deux, cracheur de Aïe-Q, au nom débutant par un Q, lettre la plus laide de l'alphabet, sous qui rampent les lèchefrites de service, poulpolâtres repus, mandarins rancis, pitres pleutres, épiciers avinés, pantins pompadourrés, carpettes grenouilleuses, au bec aiguisé mais aux ongles ras, qui se poussent du col et se haussent du pied devant ce Fonctionnaire des Lettres, versifieur infâme, poétocrate, imposteur véreux, coupeur de bourses, apôtre de la Littérature d'État, faussaire du verbe, lipette paperisée, de la pire espèce, comme seule la Belgique papelardière, paperassière et papierculrisée, en défèque.

FONS

FONS est le diminutif d'Alphonse, souvent aussi dit Fonsque. Lors de la visite du roi Léopold II au port d'Anvers en 1899, le souverain à barbe blanche accoste un ouvrier en train de décharger une lourde caisse.

– Hello, mon ami ! Ça va ? Oui. Comment vous nommez-vous ?

– Je m'appelle Fons. Et vous ?

– Je me nomme Pol, dit le roi.

– Tiens, c'est comme mon beau-père, répondit Fons.

FOOTBALL

Je me souviens que j'ai toujours aimé le FOOTBALL.
Je me souviens qu'enfant je jouais avec mon père au Subbuteo.
Je me souviens des joueurs en carton, puis des joueurs en plastique, peints au début par mon père et puis par moi.
Je me souviens que chaque équipe était rangée dans une boîte grise, avec des casiers comme pour caler les œufs.
Je me souviens que je jouais tout seul des soirées entières en manipulant à tour de rôle les deux équipes.

FOOTBALL

Je me souviens que je sifflais à la dernière minute un penalty en faveur de l'équipe que je voulais voir gagner.
Je me souviens que j'assurais les commentaires en imitant Luc Varenne et en éclairant le terrain avec ma lampe de bureau.
Je me souviens que j'aimais jouer au football et que j'évoluais plutôt à l'avant.
Je me souviens que j'étais fier de mes lacets rouges ou jaunes sur mes baskets noires.
Je me souviens que je me prenais pour un vrai footballeur et que je pensais avoir de belles jambes.
Je me souviens des matchs endiablés sur le petit terrain de terre battue, tantôt poussiéreux, tantôt boueux, du collège Saint-Pierre, à Uccle, maillot jaune, classe B.
Je me souviens des matchs joués lors de la retraite chez les pères salésiens, à la lumière des phares de voiture.
Je me souviens que j'avais tellement joué de matchs que je ne pouvais plus marcher lorsque je suis parti après en vacances en Suisse, à Verbier, avec mes parents.
Je me souviens d'un coup de bottine si violent, sur la rotule, dans le rang, que j'ai cru rester estropié à vie.
Je me souviens que mon équipe préférée était l'Union-Saint-Gilloise.
Je me souviens qu'on appelait « l'Union 60 » l'équipe qui était restée plusieurs championnats de suite sans défaite.
Je me souviens qu'on traversait tout le parc Duden pour arriver au stade.
Je me souviens qu'il fallait dévaler des escaliers en terre battue, scandée par des rondins, pour parvenir aux guichets.
Je me souviens qu'une place valait 25 FB.
Je me souviens que les couleurs de l'Union étaient jaune et bleu.
Je me souviens de Dierickx, de Van Rooy (?), des frères Janssen, Jean-Pierre et Tintin, tous deux ailiers, de Jackie Jaquemin (?), qui avait le cou en avant et tenait un café, de Paul Van de Weyer qui était chauve et qui suait beaucoup.
Je me souviens de Paul Vandenberg qui était fort élégant, très intelligent et qui jouait en équipe nationale.

Je me souviens du gardien de but Marcel Bruggeman et de son beau maillot ras du cou vert pomme.
Je me souviens que je mangeais une gaufre à la mi-temps.
Je me souviens des publicités pour la cigarette TIGRA et les montres RO-DA-NI-AAAA.
Je me souviens qu'on criait U-NION!, U-NION!, U-NION!
Je me souviens des résultats clamés dans les haut-parleurs à la mi-temps, des ovations ou des sifflets du public, et du classement que le speaker annonçait à la fin du match.
Je me souviens que j'aimais être tout en bas des gradins pour voir les joueurs de près.
Je me souviens du premier match en nocturne, un mercredi soir, contre l'AS Roma, en Coupe des villes de foire.
Je me souviens des derbies contre le Daring et Anderlecht.
Je me souviens de Jeff Jurion, l'homme aux lunettes, de Pierre Hanon, Martin Lippens, Georges Heylens, qui avait une moumoute, Jacky Stockman, le canonnier, Wilfrid Puis, ailier véloce, et Roby Rensenbrinck, le Hollandais volant.
Je me souviens qu'on disait *traw-in*, *dribbling*, *goal-keeper*, *linesman*, *hands*, *center-half*, *back* et *goal-kick* car le football est un sport d'origine anglaise comme ma grand-mère.
Je me souviens du derby Belgique-Hollande, dans la « cuvette » de Deurne (Anvers), que les Belges ont gagné 1-0.
Je me souviens du stade du Heysel et des Diables rouges qui jouaient contre les Tricolores de Kopa, Piantoni, Jonquet, Colonna, Penvern, Fontaine, entraînés par Albert Batteux.
Je me souviens qu'on disait des Français qu'ils étaient les champions des matchs amicaux.
Je me souviens du Stade de Reims de la grande époque qui avait un buste rouge et blanc, un short noir brillant, et des parements bleu et rouge aux manches.
Je me souviens des corners « à la rémoise ».
Je me souviens de Georges Perec qui dit dans *Je me souviens* : « Je me souviens de quelques footballeurs : Ben Barek, Marche et Jonquet et, plus tard, Just Fontaine. »

Je me souviens de Jef Mermans, « le bombardier », de Henri Meert, as de la balle pelote, de Pol Anoul, le Roger Marche belge, du Liégeois Denis Houf, capitaine des « rouches », qui faisait respirer sa défense, et de Popeye Pieters, dribbler inénarrable, qui faisait crouler de rire tout le stade.

Je me souviens de Rik Coppens, le prince du Beerschot, qui marquait de la main et inscrivit sous mes yeux un corner rentrant au parc Astrid, contre Anderlecht.

Je me souviens du Real de Madrid, cinq fois vainqueur de la Coupe d'Europe, éliminé pour la première fois de son histoire par Anderlecht, au stade du Heysel, grâce à un coup franc splendide inscrit des 35 mètres par Joseph Jurion.

Je me souviens d'avoir vu la veille de Noël, assis dans la glaciale tribune du Heysel, le gardien de but de l'équipe de Hongrie, Fazekas, jouer en chaussettes parce que la pelouse était gelée.

Je me souviens de la grande équipe du Brésil, sans Pelé, battue 5-1 par la Belgique, et du titre du journal *Les Sports* du lendemain : « Pas de Pelé mais onze tondus !... »

Je me souviens qu'un spectateur a pissé *une fois* sur la jambe du spectateur à côté parce qu'il ne pouvait pas sortir.

Je me souviens de l'équipe de Manchester, entraînée par Mats Busby, décimée dans un accident d'avion à Munich.

Je me souviens des grandes soirées européennes.

Je me souviens d'Arsène Vaillant qui faisait les commentaires pour la TV, de Georges Malfait, de Roger Laboureur et surtout, bien entendu, de Luc Varenne que j'imitais en public.

Je me souviens des débuts de Paul Van Himst à 17 ans.

Je me souviens de Roger Claessen, « l'enfant terrible du football belge », de Laurent Verbist, arrière droit, et de Ludo Coeck, meneur de jeu, qui moururent jeunes.

Je me souviens d'avoir vu jouer Di Stefano, Kocsis, Puskas, Gento, Santamaria et Raymond Kopa avec sa raie sur le côté.

Je me souviens d'avoir vu l'entraîneur de l'équipe nationale, Guy Thys, sur la plage de Knokke, avec sa femme et

ses filles, la veille du départ pour la Coupe du monde au Mexique.
Je me souviens que je regardais les matchs à la télé dans un café, au coin de la rue Franz-Mergeay.
Je me souviens des premiers ballons blancs. Et des ballons de cuir rouge pour évoluer dans la neige.
Je me souviens de tous les matchs que j'ai vus même si je les ai oubliés.
Je me souviens de l'expression « faire trembler les filets ».
Je me souviens de la splendeur de la pelouse illuminée comme un endroit magique en nocturne quand on entre dans le stade
… et puis je ne me souviens plus de rien.

Aujourd'hui, je ne connais plus les noms des joueurs belges, ceux qui forment les clubs ou l'équipe nationale, je ne sais pas quelles sont les équipes de première division, j'ignore les résultats, les dessous des cartes et les scores en général. Mais je connais par cœur les clubs français, les joueurs français ou étrangers qui jouent dans les équipes françaises, y compris quelques Belges et, bien sûr, j'encourage, j'admire et je ne rate aucun match de l'équipe de France que j'applaudis comme si elle était celle de mon véritable pays.

FRANCISANT

Le mot FRANCISANT a été utilisé par Michel Seuphor qui, dans un bilan sur le *Renouveau de la peinture en Belgique flamande* (1927), pointe deux sortes de peintres : « les francisants et ceux du terroir ».

FRANCO-BELGE

Double mot à sens unique qui voudrait passer pour être à double sens. Mais dire belgo-français pour FRANCO-BELGE serait si inédit que les Français y verraient aussitôt un contresens.

Franconie

La Franconie n'est pas un abrégé de la franco(pho)nie. Il est du reste aussi aisé de rayer les trois lettres du mot « con » posté au centre du vocable pour les tenants à tout crin de l'autonomie du terroir que l'ellipse du *h* aspiré et du double *n* qui le mue pour d'autres en un raccourci phonétique de « France honnie ». Dans les deux cas, l'effort est sans effet puisqu'il s'agit tout simplement d'une région d'Allemagne incluse dans la Bavière.

Francophile

La francophile désigne en propre la file des francophones qui font la queue derrière la langue prédominante qui est l'anglais.

Francophonie

C'est en vérifiant leur appartenance à la francophonie que les Belges francophones ont réalisé que leur langue était plus répandue dans le monde que le chippewa ou le pétaouchnock.

Fransquillon, franskillon ou fransquillion

Assimilé par ses trois syllabes à fanfaron, faux jeton ou fripon, le fransquillon désigne un Belge de pure souche qui se sent bien chez lui, paye ses impôts dans son pays, acclame l'équipe nationale de football, a adulé Van Looy, Merckx et Criquilion, passe ses week-ends à la côte ou dans les Ardennes, achète les billets de la loterie nationale, respecte sa reine et son roi, fume des Bastos ou des Belga, lit les quotidiens locaux comme *Le Soir* ou *La Libre Belgique*, adore les croquettes et les tomates aux crevettes, les asperges à la flamande et le *waterzooï*, les chansons d'Arno, de Jacques Brel ou de Julos Beaucarne comme les tableaux de Delvaux, Ensor et Magritte. Et qui, pour des raisons inexpliquées, uniquement parce qu'il parle en pinçant un peu son phrasé, se prend pour un Français.

FRANSKILJON

Le même en néerlandais.

FRÉDÉRIC, LÉON

Longtemps je me suis demandé qui était LÉON FRÉDÉRIC dont je connaissais uniquement deux tableaux. L'un étant son bizarroïde autoportrait en atelier (1882), avec sur les genoux un pantin doté d'une tête de mort, pour lequel posa à maintes reprises le peintre Prosper Dubreuil, qui fut présenté en 1885 à l'occasion d'une exposition intitulée « Zwanze », en réaction ironique contre le groupe Les XX et l'un de ses membres qui avait donné en le visant une conférence titrée « La laideur dans l'art ». Et l'autre – en fait, un diptyque – représentant une aire glaciaire croulante de poupons roses empilés comme des morts dans un charnier. Instruite au collège des joséphites à Melle, fils d'un joaillier réputé, formé par Van Keirsbilck, Stallaert et Portaels – je ne cite ces noms que pour leur imprononçabilité –, il voyage en Europe, séjourne en Italie, se passionne pour les saints qu'il traite sur un mode préraphaélite, sacrifie un temps à la peinture monumentale, passe ensuite au naturalisme par indignation devant les inégalités sociales, peint dans la lignée de Laermans *Les Marchands de craie* (1882-1883) et *Les Femmes à loques* (1883). Il s'installe dans les Ardennes, à Nafraiture, hameau de la Vresse, sculpte, fabrique des maquettes de bateaux, rêve de partir en Inde et au Japon, se livre à des compositions allégoriques délirantes, et cède pour finir au symbolisme dans des toiles aux titres emphatiques comme le triptyque *Le peuple verra un jour le soleil se lever* (1890-1891), ou, mieux encore, *Tout est mort, tout ressuscitera par l'amour* (1893-1895). Séjournant souvent à Heist-sur-mer, académicien, nommé baron en 1929 en même temps qu'Ensor, lecteur vorace, musicien à ses heures, homme d'intérieur et bon père de famille, auteur de polyptyques en cinq tableaux comme *Clair de lune* (1898), Léon Frédéric, prédadaïste traitant les artistes fumistes de d'« à-peu-prèistes, double-voyistes, vas-y-yvoristes et sans-queue-ni-têtistes », signe parfois ses propres œuvres pompiéristes, décadentistes, kitschistes, esthétitistes, belgicissistes, religiosistes et, pour tout dire, frédéricistes, sous le pseudonyme limpide de Cirederf Noël. Mais avant d'être un pédantiste railliste dont le fils Georges, peintre mariniste de troisième ordre, décora les murs de l'ambassade de Belgique à Oslo, il reste pour moi l'auteur idéaliste, emphatiste, académiste, déliriste, insolitiste, occultiste et ingénuiste, quasi freudiste, du grandiose triptyque intitulé *Le Ruisseau* (1890-1897-1899), sous-titré « Le lac, l'eau dormante » (1897-1898) et « Le glacier, le torrent » (1898-1899), dédié à Beethoven, cataracte irréelle et horrifiante orgie de nourrissons nus endormis, engerbés telle la rosâtre coulée d'un glacier gélifié, cernés de cygnes d'un blanc immaculé, féerique vision de l'Enfer et prémonition surréaliste des drames à venir qui le rapproche à la fois du maniérisme éthéré de Khnopff, de l'onirisme inquiétant de Degouve De Nuncques et, bien entendu, des délires mégalomanistes de Wiertz.

FROMAGE

En Belgique, on ne compte pas autant de variétés de fromages qu'en France. Il n'y a pas de beaufort, de bleu d'Auvergne, de Bombel, de Boursin, de brie, de camembert, de cantal, de Caprice des Dieux, de Chaumes, de crottin de Chavignol, de comté, de coulommiers, d'époisses, de fourme, de Gervais, de livarot, de maroilles, de munster, de pont-l'évêque, de Port-Salut, de reblochon, de roquefort, de Saint-Albray, de Saint-Maur, de saint-nectaire, de tomme, de vacherin, de Vache-qui-Rit, de Vieux-Pané, de yaourt ni, bien sûr, de petit suisse, de hollande, d'edam, de cheddar, de parmesan ou de gorgonzola, mais il y a du Maredsous, du

Herve, du Carré-de-Flandre, et surtout du *plattekees*, *plattekeis* ou *plattekaas* (littéralement : fromage plat) que l'on déguste avec des radis, des petits oignons verts, des *ramonaches*, à la Petite- Espinette, ainsi que de l'*ettekees, ettekeis* ou *ettekaas*, FROMAGE de Bruxelles, très fermenté et odorant, et surtout du *pottekees*, *potekeis* ou *potkèse,* fait pour moitié de fromage blanc, *plattekeis*, et de fromage de Bruxelles, *ettekeis*, auquel on ajoute de la moutarde, des échalotes et de la bière, une demi-gueuze faisant parfaitement l'affaire.

FRONTIÈRE LINGUISTIQUE

La Belgique comme tous les pays a des frontières qui la séparent de ses voisins : le Luxembourg, l'Allemagne, la Hollande et la France. Mais elle les aime tellement qu'elle s'en est aussi inventé une à l'intérieur qui est intangible, indistincte et invisible. Il s'agit de la fameuse FRONTIÈRE LINGUISTIQUE qualifiée du nom pittoresque et pastoral de « rideau de betteraves ». Réglementée par des nuées de lois, d'édits, de consignes, de décrets, d'arrêtés qui s'appliquent de part et d'autre à la lettre, cette fameuse frontière linguistique fend en deux ce pays grand comme un mouchoir de poche. Et distingue clairement la Flandre et la Wallonie, laissant Bruxelles en plan au centre comme un pavé dans la mare; une enclave, un *no man's land*, une tache noire, un poireau, une verrue. Ainsi coupée en trois, la petite Belgique, hantée par le fantasme de la scissiparité, rappelle à ses proches voisins que cette nation déchirée a une province du même nom que le Luxembourg, n'est qu'un district pour l'Allemagne, une région naguère occupée par la Hollande, et un canton rédimé pour la France.

FÜHRER WALLON

FÜHRER WALLON est le nom donné à Léon Degrelle, militant catholique d'extrême droite, ami de Hergé qu'il rencontra en 1932 dans les couloirs du *Vingtième Siècle*, et qui se vanta d'avoir été le modèle du personnage de Tintin, affublé d'après lui de ses culottes de golf. Vantard mégalomane et tribun démagogue, collaborationniste wallon qui embrassa la cause du nazisme, fonda le Parti rexiste, mouvement totalitaire inspiré de Christus Rex (le Christ-Roi) qui promit la pendaison aux politiciens démocrates, Degrelle nia le principe d'un État belge unitaire, rêva l'absorption de la Belgique dans un empire allemand, arbora fièrement l'uniforme vert-de-gris, créa la division SS « Wallonie » qui combattit sur le front russe, serra la main de Hitler, fut condamné à mort par contumace à la Libération et rendit les armes à 87 ans, en 1994, à Málaga, en Espagne, où il s'était réfugié en 1946 sous l'hospitalière protection du général Franco et où il recevait régulièrement la visite amicale de son homologue Jean-Marie Le Pen qui le salua comme un « monument de la Seconde Guerre mondiale ».

FUME, C'EST DU BELGE !

Comment l'expression « FUME, C'EST DU BELGE ! » a-t-elle pu faire un tel tabac alors que René Magritte, qui dessina aux crayons de couleur une « pipe-bite » (1943) a écrit par bouffées, sans piperie : « Ceci n'est pas une pipe » ? Ce qui par principe infère la question : « Pouvez-vous la fumer, ma pipe ? »

FUSILLÉ

Désarmé par la violence panique du texte de Roland Topor *Joko fête son anniversaire*, adapté et mis en scène par mes soins en création mondiale au Théâtre expérimental de Belgique en 1972, feu le critique Philippe Genaert du défunt journal *Le Peuple*, raide comme une balle, conclut son papier carabiné, en disant : « Dans certains pays, l'auteur serait FUSILLÉ. »

G

Gai

Quand le Belge est en bonne compagnie, qu'il fait beau temps, qu'il voit la vie en rose et pète la santé, que sa bourse est pleine, que ceux qui l'aiment sont comme lui comblés, gâtés par le présent, exempts de tracas et d'ennuis, il ne dit pas : c'est agréable, formidable ou merveilleux, mais un mot simple, sans doute impropre, et qui les contient tous – le Belge, qui avoue son bien-être et le fait partager, dit seulement :

– C'est GAI !

Galerie de la Reine

Et je poursuivais ma virée dans la nef majestueuse
de la GALERIE DE LA REINE, bordée de boutiques éteintes,
d'élégants gantiers et de modistes démodés, qui incite
à lever le nez pour embrasser le dôme opalescent qui la
domine. Marchant tête en l'air dans ce couloir magique,
je cheminais à reculons sur les traces de Baudelaire, aux
cheveux verts, gants roses et souliers vernis – ah,
«*Pauvre B!...*» –, grisé par un élixir parégorique, qui
arpentait en noctambule ce lugubre boyau pour rallier
l'hôtel du *Grand-Miroir*, et faire halte à *la Mort-Subite*
où les lambins givrés sifflent, lampent ou lapent un ultime
faro, « bière deux fois bue ». Engorgée le jour de péquenots patelins et de fringants farauds, la galerie, première

du genre en Europe, paraît-il, recouvre la nuit son âme d'antan. Tout est embué, grisâtre, sans teint, dépoli, terni, plombé, vitreux, dans cet antre hypnotique et dormant où je m'aventurais quiet, pas à pas, comme dans une obscure encoignure de moi-même. Un restaurant de belle tenue, havre de radieuses libations et d'agapes récréatives, m'accueillait sur ses banquettes de moleskine, aptes au régal des goûteuses croquettes aux crevettes crevant et coulant dans l'assiette, attestant qu'une seule lettre suffit à muer cette taverne en caverne couverte. Ce qu'elle est par métaphore, utérus ombreux, gorge et lubrique goulot, ventre ou vagin soporeux du sein duquel une fois fourré on ne peut plus saillir qu'à l'autre extrémité, à moins d'obvier par une des croisées du transept et, en mirant la plus belle librairie d'Europe, débouler dans les ruelles paillardes qui croulent des carcasses de homards, coquilles d'huîtres et crustacés, mêlées aux restes de chevreuil et de civet.

GENVAL

Loin d'être aussi beau que les lacs italiens de Côme, de Garde et de Lugano, d'Annecy, ou ceux que borne d'un côté la France et de l'autre la Suisse, comme le lac Léman, le lac de Genval se situe à quelques encablures de Bruxelles. Je n'y ai pas été bien souvent et je me souviens qu'on y voit comme sur tous les lacs des barques, des pédalos et des canots à moteur. Il est bordé de villas chics, de jolis hôtels aux jardins fleuris et auberges aux tentures colorées ou ornées de rayures verticales. Mais surtout le lac de Genval comme tous les lacs est un havre de repos, une aire étonnamment calme, une étendue inerte dont on peut faire le tour à pied sans risque de se perdre. Espace irréel et improbable, le lac de Genval incarne le rêve d'un pays idéal qui subsisterait à l'écart des compromis, des lames de fond et des coups de barre, sans faire de vagues.

GHELDERODE, MICHEL DE

Je ne crois pas la biographie nécessaire pour expliciter une œuvre mais je crois que la vue du corps d'un créateur permet de comprendre et de mieux saisir sa personnalité. C'est à ce titre que j'aime le portrait de MICHEL DE GHELDERODE, pris par Georges Thiry, en 1956, à Schaerbeek, au 71 rue Lefrancq, où l'écrivain habitait depuis le 30 avril 1940. Coiffé d'un large chapeau qui accroît l'aspect chevaleresque de son faciès ascétique assez laid dont il était pourtant si fier, tordu par un rictus simiesque qui fend sa face d'ermite hautain, de vieille marionnette sans fil au nez aquilin et au menton crochu, qu'il appelait sa « tête belge », sorte de gargouille du Moyen Âge, le « Shakespeare flamand » est vêtu d'une veste lâche, d'une chemise foncée, d'une cravate et d'un pantalon flottant.

Il se carre sur une canne filiforme, sceptre orthopédique de son corps esquinté et entrouvre ou referme de son aristocratique senestre une lourde porte menant à son appartement sanctuaire baptisé sa « chambre foraine », sa « baraque poétique », son « musée de maniaque » ou encore son « bordel », antre baroque, abstrus et menaçant, comme son théâtre pétri d'outrance, d'extravagance et d'indécence, où il menait une existence érémitique en compagnie de Jeanne-Françoise Gérard, son aînée de trois ans et demi, épousée en 1924, cerné de ses pantins d'étalage, de ses masques de carnaval, de son cheval de manège, de ses madones et de ses coquillages, exaltant le goût du bizarre et du morbide. Ainsi que de hideux tableaux, d'œuvres d'Ensor et de Rops dont il est proche, et que naguère égayaient son geai adoré et son chien Marouf, tous deux depuis longtemps crevés.

Quittant cet ensorcelant repaire, happé sur le palier de la postérité comme au bord des ténèbres, une main grippée à la réalité, le fantasque dramaturge au physique de Flamand bizarre, à l'aspect voûté d'inquiétant loup-garou, trop souvent attisé par la haine, que trahit sa morgue malplaisante de misanthrope dédaigneux, hâbleur merveilleux et fabuleux conteur, imbu de son génie honni, grigou paranoïaque, qui avait peur des araignées, mythomane aigri et fieffé misogyne, antisémite hargneux, égotiste farouche, dénué de sens social, faux anarchiste rancuneux, réactionnaire, anticlérical et prêtrophobe, qui dégorgea sa bile dans des logorrhées ou diatribes griffonnées à l'encre violette au verso d'arides formulaires, et poussa le sarcasme jusqu'à quitter la scène un dimanche 1er avril, à midi quinze pile, deux jours avant son soixante-quatrième anniversaire, est saisi sur le pavé comme s'il était mis à la porte de son pays qui le vomissait.

Mais dans cet admirable portrait en pied où l'on perçoit l'allure féminine du virulent dramaturge, empreint de maniérisme sacerdotal, d'une onctuosité balthusienne, on peut voir aussi la figure épique de celui qui fut rangé par certains critiques français avec Céline et Kafka parmi « les trois plus grands écrivains européens*», édité par Gallimard, monté par Jean-Louis Barrault, Roger Planchon, Marcel Lupovici, joué par Michel Vitold ou Fernand Ledoux, digne du Nobel et salué comme le meilleur auteur dramatique belge avec Crommelynck et Maeterlinck, qui, par l'alliance du burlesque et du macabre, offrit une alternative au théâtre de Camus, Sartre, Montherlant, Claudel ou Giraudoux, avant la tornade de Beckett, Ionesco ou Genet, et qui, durant six années, connut une gloire internationale, de 1947 à 1953, soit trois ans avant l'emblématique et très émouvant portrait de Georges Thiry.

---

* Roland Beyen, *Michel de Ghelderode ou la Hantise du masque*, 3e éd., Bruxelles, Palais des Académies, 1980, p. 318.

⇒ *Voir aussi* **Antibelge**, **Déflamandisation** *et* **Pseudonyme**.

Gille de Binche

La gigue du GILLE DE BINCHE, coiffé de 240 à 290 plumes d'autruche, au visage ceint d'un tissu amidonné et caché par un masque de cire peint, au costume en toile de lin café clair, à collerette et manchettes, brodé de douze lions héraldiques, bordé de noir, jaune et rouge, bossu devant et derrière, à la ceinture ornée de sonnettes, et bardé de clochettes, au poitrail bourré de paille, paré d'un grelot, qui jette à la foule des oranges tirées de son panier d'osier, qui ne sort jamais, au grand jamais de Binche et qui martèle en cadence le pavé rugueux de ses sabots des heures durant, est bel et bien une danse au même titre que l'aragonaise, la bamboula, la ridée, le godalet, le tricotets, la biguine, la sévillane ou le zorongo.

Godin, Noël

Adepte de la gloupomanie et entarteur à la main leste, NOËL GODIN est pour les Français le type même du bon gros Belge, barjo, balourd, burlesque, bedonnant, déconnant, un brin surréaliste, aussi pataud que pathétique, chouchou de Canal + et de *Libé*, qui en font leurs choux gras et le pointent du doigt en riant sous cape quand il barbouille de chantilly les grosses légumes. Mais qui sait qu'il perpétue ainsi la vengeuse sentence d'Ensor :

> « Les suffisances matamoresques appellent
> la finale crevaison grenouillère » ?

⇒ *Voir aussi* **Tartapulte**.

Godverdom !

Dans la belle biographie qu'elle lui a consacrée, Françoise Lalande rapporte qu'en route pour la Laponie Christian Dotremont fait connaissance d'un Lapon qui, apprenant qu'il est belge, lui révèle qu'il a vécu à Anvers et à Bruxelles, parle un peu français, mais ne jure qu'en flamand : GODVERDOM ! Il me revient ainsi qu'aux États-Unis, faisant étape à Las Vegas, j'allai au Cesar Palace où le maître d'hôtel s'avéra être un pur Bruxellois qui, avant le *show* dont je ne me souviens pas, m'exhiba la chaînette qu'il portait au cou, ornée du Manneken-Pis !

GOTFERDOEM

GOTFERDOEM est sans conteste le mot le plus typique de la langue belge, tant par sa sonorité sourde que par les infinies variantes de son énonciation. Signifiant « sacrebleu », version condensée de « nom de D... », Gotferdoem, en effet, se dit aussi godferdoem, godferdoemme, godferdomme, godverdomme (Dieu me damne !), godferdom, podferdoume en marollien, potferdoem ou potferdoum, et potferdom, voire verdoemme, et verdoem, ou verdom, rotferdoemme. et même nondedomme. Mais aussi des fois godferdek, potferdek ou, en bref, verdeke ! J'entends encore mon grand-père Carlos, calé dans son fauteuil, éructer ce juron primal, hymne guttural et litanie patriale, haussée d'un reniflement de cheval, puis d'un raclement de gorge, le graillon dégouttant seul et roulant dans le gosier tel une glaire ou un glaviot graisseux. Cri national du Belge, gotferdoem est le fruit de sa trachée, de ses entrailles, de sa pensée, raclée en un jurement qui vaut toute une phrase.

GRAMMAIRE

Il est curieux de voir combien le Belge est fou de GRAMMAIRE que gèrent en pédagogues, en logopèdes, en vocabulistes, en graphophiles avisés, les régents littéraires et les pions du langage. Est-ce parce qu'il est inapte à s'exprimer dans un français correct qu'abondent tant de grammairiens, épris d'anomalies, soucieux du bon usage, d'où sont proscrits les orthographes boiteuses et les néologismes, l'accent si parlant des phrasés locaux qu'élude la langue écrite ? Ou bien est-ce par correction que croît sous contrôle cette tournure aussi empruntée que la chemise de Baudelaire à Hugo ? Ou encore cela trahit-il l'envie de s'arroger une langue qui n'est pas la sienne, la grammaire étant dès lors la méthode policée de la gendarmer, d'en poncer la forme à défaut d'en maîtriser le style ? Les Lettres belges se composaient à l'origine de professeurs, de journalistes et d'avocats tels Lilar et Plisnier, Hellens ou Chavée, qui écrivait sur papier à en-tête de son cabinet, prolongés à droit par Bertin et Willems, Mertens ou Beerenboom. Les gens de loi s'érigeant en clers de l'apostrophe, greffiers du tréma ou plaideurs de la cédille, Marcel Moreau, qui n'est pas une vigie de l'étiquette, fut correcteur au *Soir* avant de l'être au *Figaro* comme Michel Seuphor le fut à Paris, en 1933, et André Baillon rédacteur à *La Dernière Heure*. Si on accusa Rodenbach d'avoir écrit *Bruges-la-Morte* en français, on acquitta Verhaeren d'avoir plombé sa prose de fautes de français, arguant qu'il avouait ainsi ses attaches flamandes ! Au questionnaire de Marcel Proust, Ghelderode, qui épousa en 1924 une « sténodactylographe » de chez... Lebègue, se fendit d'un calembour : « Les fautes qui m'inspirent le plus d'indulgence – Les fautes-œil club. » Et Ensor : « Les fautes d'orthographes. » « Le pion ankylosé » grondé par l'esbrouffant ostendais rallie ainsi les « gardes-civiques de l'encrier » que tance Ghelderode ou Charles De Coster qui, dans sa préface de *Thyl*, sermonne ceux « qui finiront par user la langue française à force de la polir ». Reste l'aménité de la société qui ne respecte que « la camisole de force du bon ton », selon la formule choc de Eekhoud qui fustige le « style belge », imitatif et insipide, écuré de ses scories, où le souci du purisme supplée la peur du ridicule. D'où une langue de précepteur, d'instituteur, et la flopée de manuels du *Bon usage* et du *Bon français*, rédigés par Joseph Hanse, André Goosse, Albert Doppagne ou Maurice Grevisse, recueils de haute précision qui sont tout le contraire de l'insubordination que prône l'aphorisme rusé de Chavée :

« Observez-la bien, une virgule regarde toujours à gauche. »

GRANDGAGNAGE, CHARLES

Neveu de François Charles Joseph Grandgagnage, auteur de *Voyages et Aventures de M. Alfred Nicolas au Royaume de Belgique par Justin N.* (1835), le linguiste liégeois CHARLES GRANDGAGNAGE, initiateur de la dialectologie moderne, fut l'un des premiers à saisir la nécessité d'asseoir sur des bases phonétiques et comparatives sérieuses l'étude linguistique des patois jusqu'alors livrée à la fantaisie des pseudo-savants. Ayant pour but la recherche de l'origine du wallon, l'édition de son œuvre majeure, le *Dictionnaire étymologique de la langue wallonne* (1845), fut, hélas!, interrompue par le découragement de son auteur dont le bégayant et surprenant patronyme mérite à lui seul une étude phonétique approfondie.

GRAND-PLACE

La GRAND-PLACE m'est toujours apparue comme une dégoulinade d'entrailles, sorte d'immonde enluminure charpie par une horde de stucateurs hystériques, fous de gables et de gargouilles, de frises dentelées et de tourbillonnantes ciselures, de fioritures et de frisures dorées, fruit orgiaque de l'art pompier, du style hispano-rastaquouère, et de la jésuitique religiosité, alliée à l'ébriété débridée, hybride et orgastique des hordes conquérantes, y déféquant en déjections puantes la splendeur rutilante de leurs étrons. Si la Belgique est une nation conchiée, c'est sur ce cloaque carré, dégorgé des bas-fonds marneux, que cela se voit le mieux. Et j'y entendais le ramdam des tambours, tandis que s'engouffrait dans l'arène d'ambre la faune fagotée de l'Ommegang et que voguaient dans l'éther, comme soufflés par un dragon furieux, les oriflammes bariolées qui lacéraient le dôme nocturne de leurs claquements. Cette aire de délire et de gueularde guignolade, je l'ai souvent traversée seul la nuit, après quelques virées bien arrosées, à *la Brouette*, et dans les venelles alentour (*Chez Floriot*, à *la Casa-Felipe*, au *Petit-Blanc*), et je m'y carrais en son milieu, rivé sur mes ergots, toisant d'une prunelle quadrangulaire ce décor effrayant, écœurant d'abondance, bacchanale infernale ourlée de chrysalides vénéneuses et de monstres ricanants, ne sortant de mon cauchemar que pour voir, les yeux grands ouverts, hoqueter la tête hagarde d'Egmont décapité à mes pieds.

H

HADDOCK

Nom *ad hoc* de l'hirsute et éructant capitaine HADDOCK, que l'extravagante Castafiore se plaît à appeler *Paddock, Maggock, Karbock, Hammock, Bardock, Kappock, Mastock, Koddack, Kosack* ou *Balzack, Hardrock* étant de stock, se traduit aussi par Haddoc, en catalan, Hadok, en japonais, Xantok, en grec.

HAINE

On m'accuse parfois d'avoir de la HAINE dans mes propos sur la Belgique, mais la Haine est le nom de la rivière qui a pour affluent la Trouille, arrose Mons, où l'on exhuma au printemps 1997 des restes humains dispersés dans des sacs-poubelle, l'un d'eux, recelant un pied, un mollet et une tête de femme, étant découvert rue du Dépôt, l'extension de la rue de Jambes, d'autres l'étant rue de l'Inquiétude, près des rives de la Haine, les derniers déboulant du lieu-dit La Poudrière.

HALF-EN-HALF

Half indiquant la demie en néerlandais comme en flamand, HALF-EN-HALF est un mot 100 % belge qui désigne un breuvage moitié lambic/moitié faro, bière/alcool ou encore vin/mousseux.

HERVE

Le fromage de HERVE pue autant que le munster mais, passant un jour dans cette cité wallonne, j'en ramenai un d'une petite épicerie locale qui était doux comme la joue d'une jolie femme et qui fondait dans la bouche comme une bouchée de pérail.

HOMARD

Le HOMARD que dégustent les personnages de mon premier roman *Beau Regard* occupe une place de choix en Belgique où on le retrouve dans nombre de tableaux de grands ou petits maîtres du XVIe et du XVIIe siècle. Situé à mi-chemin entre la crevette et la baleine, le « cardinal des mers », ainsi nommé à cause de sa teinte lorsqu'il est ébouillanté et vire de l'ébène au rouge vif, ne jouit pas d'une pareille aura en France où on le confond à tort avec l'écrevisse, la langouste, la langoustine et autres délicieux fruits de mer qui comptent aussi les araignées, les étrilles, les crabes et les tourteaux. Quelques années après, lors de sa parution en collection de poche, j'ai réalisé que j'avais non seulement écrit une dissection par le regard à travers la description clinique des rituels d'un repas, mais que j'avais aussi dépeint à mon insu une nature morte flamande.

HUGO, VICTOR

> Un petit peuple libre est plus grand
> qu'un grand peuple esclave.
>
> Victor HUGO, *Choses vues* (1852).

VICTOR HUGO voyage en 1837 avec Juliette Drouet, dite « Juju » ou J. J., sa maîtresse, en touriste en Belgique, où il visite diverses villes comme Ypres, Bruges, Ostende, Anvers, Malines, Mons et Bruxelles. Il effectue de même un deuxième séjour au début août 1840, visitant surtout la région ardennaise, en passant par Dinant, Namur, Liège et Verviers, et effectuant à la plume quelques croquis ainsi que des dessins des châteaux de Bouillon et de Walzin. Devenu un poids lourd national, grand maître des lettres hexagonales, président de la Société des gens de lettres qui succède à Balzac en 1840, académicien l'an d'après, pair de France en 1845 et même député, le Poète de l'Immense, devenu un scripteur proscrit, puis banni, chassé, et donc en fuite, part pour Bruxelles le 11 décembre 1851 à 20 heures et franchit clandestinement la frontière sous une casquette locale, muni d'un faux passeport portant le nom de Jacques Firmin Lanvin, ouvrier typographe, prote d'imprimerie à livres, autrement dit un falsificateur, dans ce pays où ses propres œuvres comme celles de Balzac ou de Dumas sont piratées et pillées sans vergogne par les éditeurs belges qui les reproduisent sans façon et parfois même devancent leur parution en prélevant des fragments dans les grandes revues. Arrivé en Belgique en partant de Quiévrain, il débarque dans la capitale, la gare du Midi étant alors place Rouppe, et descend sous son nom d'emprunt – encore heureux qu'il ne s'appelle pas Lanbière, Lankriek ou même Lanbique – à l'hôtel de la Porte-Verte, 31 rue des Violettes.

Nanti plus tard d'un passeport provisoire établi à son faux nom, il s'installe en 1852 au 16 de la Grand-Place, à la maison dite « Le Moulin », puis au n° 27, comme le rappelle une plaque commémorative, dit aussi « Le Pigeon », dans un grenier inconfortable, chichement meublé, qu'il nomme son « galetas », au-dessus d'un marchand de tabac – un comble ! –, lui qui ne prise pas et renvoie les importuns qui pétunent ou qui fument du belge ! Élevant son esprit « au beau milieu des pignons flamands », il admire l'hôtel de ville qu'il taxe de « bijou comparable à la flèche de Chartres ; une éblouissante fantaisie de poète tombée de la tête d'un architecte », tout comme il lit dans la chaire de bois de Sainte-Gudule « un poème sculpté et ciselé en plein chêne », mais il admet que les deux tours ont un petit air de Notre-Dame qu'il connaît bien pour y avoir campé

Quasimodo – que n'eût-il dit de la basilique de Koekelberg qui s'inspire directement du Sacré-Cœur et du musée de Tervueren copiant le Petit Palais ? – tout comme il perçoit dans la porte de Hal une copie de la Bastille. C'est que la contrefaçon est une seconde nature, une monomanie nationale, en cette contrée d'imitation où la Senne même plagie la Seine. S'il est à l'étroit dans ses meubles, Hugo-Lanvin se complaît à se plaindre et prend à la volée des notes dont celle-ci qui figure dans *Choses vues*, à la date du 14 mars 1852 : « Vie pauvre, exil, mais liberté. Mal logé, mal couché, mal nourri. Qu'importe que le corps soit à l'étroit pourvu que l'esprit soit au large ! »

Résident d'honneur choyé par les notables tout en affectant de jouer au banni, Hugo fréquente du beau linge et bénéficie de la bienveillante protection des grosses légumes belges. Il fréquente les échevins, le bourgmestre Charles de Brouckère, qui donna son nom à une place naguère ornée d'une fontaine, mise en pièces et remontée ailleurs en pièces détachées, qui le visite presque chaque jour, le ministre de l'Intérieur Charles Rogier, qui donne son nom à la fameuse place où s'érigeait autrefois ce qui fut le Théâtre national, ce qui amuse Hugo qui habita lui-même en 1835 place Royale, actuelle place des Vosges. Protégé par les plus hautes instances, il circule donc anonymement dans « le pays du monde où les maisons sont les plus propres », où l'on ne cesse de lessiver, savonner, récurer, fourbir, brosser, baigner, éponger, essuyer, tripoliser, curer et écurer, mais où la bière de Louvain a un arrière-goût douceâtre qui sent la souris, tout comme le faro et la lambic le rendent malade. S'il observe que les Belges parlent flamand en français, soutient que Dinant est flamand comme d'autres, tout aussi avertis, le disent de Mons ou de Charleroi, on ne plaisante pas avec la diplomatie et peu avant que ne paraisse chez Hetzel, le 5 août, à Bruxelles, *Napoléon le Petit* qu'il s'est pourtant engagé à ne pas éditer afin de ne pas causer d'incident entre les deux pays, l'hôte gênant, insoumis, imbu de sa superbe, hugolâtre de lui-même, non pas contraint, mais de son plein gré, quitte séance tenante le territoire, ce qu'en adepte de l'hugolienne tautologie il nomme « l'exil dans l'exil ».

Initié aux tables tournantes, campé sur un rocher à Jersey et Guernesey où il peaufine sa posture d'expatrié historique, Victor Hugo revient encore à de nombreuses reprises à Bruxelles et en Belgique, où il effectue quantité de séjours de 1861 à 1870, étant tour à tour visiteur, passant, proscrit, résident, héros, dilettante, voyageur, tout comme il change souvent de casquette et retourne à maintes reprises sa veste, devenant démocrate, et même quasi socialiste, après avoir été libéral, légitimiste, orléaniste, cléricaliste, royaliste, républicain et, bien sûr, bonapartiste. En 1861, il voyage aux Pays-Bas et dans de très nombreuses villes en Belgique grâce au chemin de fer qui l'enthousiasme et dont la célérité le transporte au sens propre, muant les fleurs du bord du chemin en taches, en raies colorées, les blés en chevelures jaunes, les luzernes en tresses vertes. Tout n'est plus qu'ombre, forme, spectre, tournoiement du paysage qui se dissout et s'évapore dans un tourbillon. Et surtout le grand admirateur de Napoléon, qui confesse avoir « un grand côté bonapartiste bête et patriote », part au mois de mai en repérage à Waterloo pour son grand œuvre *Les Misérables*, publié en 1862, qu'il termine à Mont-Saint-Jean le 30 juin 1861, sur les lieux même de la bataille, logeant à l'hôtel des Colonnes, d'où il toise par la fenêtre de sa chambre le lion qu'il vomit, et qu'il croque de son lit pour mieux le défier, escaladant l'ignoble butte pareille à un terril et glanant même en remuant le sol marneux et le sable saigneux du tertre un morceau de fer rouillé qu'il brandit tel un sceptre, ce qui lui permet de conclure cette traumatisante et éprouvante épopée de ces simples mots : « J'ai fait l'autopsie de la catastrophe ! »

Le 22 avril 1863, Charles Baudelaire gagne à son tour et pour de tout autres raisons la Belgique. Il se moque bien de Victor Hugo qui a le même éditeur que lui (Lacroix) et le publie avec beaucoup plus de succès, moyennant de fort substantielles avances. Cinglant et lucide, il raille ses postures : « Il paraît que Victor Hugo et l'Océan se sont brouillés... C'était bien la peine d'arranger soigneusement un palais sur un rocher. » Dans sa correspondance, il n'hésite pas à dénoncer *Les Misérables*, « le déshonneur d'Hugo », qu'il abomine en tant que « poète social », appelle cyniquement « Le Célèbre », mais qui l'impressionne par sa stature publique qui est le contraire de la sienne. Baudelaire dissocie le poète, le romancier, le dramaturge, auxquels il concède à l'occasion du génie, et l'homme qu'il trouve « sot et bête », fondamentalement bête, d'une bêtise proportionnelle à sa célébrité, et qu'il traite avec autant de dédain qu'il traite de « poète » le premier ou le dernier venu qu'il enguirlande d'éloges interminables. Vingt-cinq ans après leur première rencontre au début 1840, Baudelaire, déférent et sans enthousiasme, rend visite le 18 juillet 1865 à Hugo à Bruxelles et dîne le 28 septembre 1864 avec Georges Barral, à Waterloo, à l'hôtel des Colonnes, où l'auteur des *Fleurs du mal* commande « le menu habituel de Hugo ». Incompris, malade, désargenté, ayant senti planer sur son esprit le vent de l'aile de l'imbécillité, souffrant le martyr dans ce pays qu'il hait et qui lui inspire quelques pages fort bien senties, le génial et pauvre Baudelaire assiste encore à un dîner chez Mme Hugo, dans le giron de laquelle il se complaît, en compagnie de ses deux fils, dont François-Victor, dit « Toto », ce qui le contraint à emprunter une chemise, mais ne l'empêche pas de les habiller pour l'hiver par ce commentaire peu amène : « Mon Dieu ! Qu'une ancienne belle femme est donc ridicule quand elle laisse voir son regret de n'être plus adulée. Et ces petits messieurs que j'ai connus tout petits, et qui veulent diriger le monde ! Aussi bêtes que leur mère, et tous les trois, mère et fils, aussi bêtes, aussi sots que leur père ! »

Égal à lui-même, l'hugolesque résident d'honneur, qui se prend pour Shakespeare à ses heures, écrit tous les matins debout 80 pages sur de grandes feuilles jaunes, dans des carnets, d'épais registres, des liasses de petits papiers fourrés dans ses poches ou dans son portefeuille. Il surveille la mise en vente de ses ouvrages – n'a-t-il pas déclaré modestement : « Je suis à moi tout seul un avenir pour la librairie » ? –, achète passage Saint-Hubert deux figurines chinoises, écrème les brocantes de bibelots et d'un certain nombre d'objets étranges et même d'un « machin absolument unique et introuvable », et peut-être même troque-t-il, en marchandant, son reflet lorsqu'il l'aperçoit dans une glace ou dans la devanture d'une boutique puisqu'il confie : « Je suis une chose publique. » Gros travailleur, bonne fourchette, sacré tempérament, il arpente à grands pas les rues de Bruxelles, s'égaye du Manneken-Pis, « un enfant qui pleut », toise Léopold II sur le boulevard, prend ses repas au Grand-Café, rue des Éperonniers, ou à l'Aigle, mais il déjeune aussi d'une tasse de chocolat et d'un « pistolet », aux Mille-Colonnes, situé au coin de la place de la Monnaie. Il visite moult fois Alexandre Dumas qui réside 73 boulevard de Waterloo, dans le haut de la ville, voit François Coppée, et quelques-uns des 1 000 proscrits français ou étrangers venus chercher refuge en Belgique qu'il reçoit le mercredi comme il rédige son courrier le dimanche.

Pour le reste, il se pavane en calèche dans le bois de la Cambre avec sa petite-fille Jeanne, se fait caricaturer et photographier entre autres par les associés Maes et Michau, rue du Fossé-aux-Loups, où il a l'habitude de loger à l'hôtel de la Poste, se fait profiler par Auguste Rodin, exilé comme lui, flâne dans le parc de Bruxelles, joue au billard et au jeu de l'oie, entretient de multiples liaisons avec Laurette, Henriette, Hortense, Simone, Berthe, Justine ou Amandia auxquelles ils se targue pudiquement de « porter secours », mais celui qui se décrète « le compagnon de la calamité » préfère de loin serrer les pognes des badauds qui le reconnaissent – « Tiens, c'est Victor Hugot ? Hugaux ? Ugho ? Ugo ? Gogo ? Hogo ? Cousin de Hugo Claus ? » – que jeter quelques pièces aux gamins des quartiers traversés car il est notoirement pingre. Ou du moins le dit-on car on ne prête qu'aux riches. Revenu s'installer pour un temps à Bruxelles en août 1865, il habite une maison en plein Saint-Josse, 3 *bis* rue de l'Astronomie, et continue à parcourir le pays, va un peu partout « depuis les dunes jusqu'aux Ardennes », admire les grottes de Han et la cascade de Coo, fait des dessins à la mine de plomb de châteaux, de palais, des abbayes d'Orval ou de Villers-la-Ville, dénonce (déjà!) la « restauration absurde » ou le « grattage stupide » des beaux monuments de Tournai et de Louvain, s'indigne du beffroi de Gand « honteusement restauré style gothique-troubadour », mais il ne s'enquiert point du sort tragique de Baudelaire réduit à ne plus savoir écrire son nom, qui s'escrime à crier sans fin « crénom! », reçoit la visite de Verlaine le 11 août 1867, place des Barricades bâtie autour de la statue d'André Vésale, où trépasse d'une attaque d'apoplexie le 27 août de l'année suivante son épouse, la fidèle Adèle.

« Le grand poète du siècle » voit aussi Charles De Coster, qui l'admire « même dans ses plus étranges excentricités » et lui offre un exemplaire dédicacé de *La Légende d'Ulenspiegel*, tout comme Georges Rodenbach qui assiste à ses funérailles nationales en 1885, mais il ne rencontre pas Émile Verhaeren qui se déclare un admirateur inconditionnel, ne le connaît que par ses lectures, en fait l'apologie lors de ses conférences et assiste par contre à ses obsèques. « La gloire de la Belgique, c'est d'être un asile. Ne lui ôtez pas cette gloire », écrit-il dans une lettre adressée à *L'Indépendance belge* dont il connaît personnellement le directeur avec qui il dîne parfois au Grand-Café pour un franc et douze centimes. Ayant ainsi vanté les vertus de ce pays, aire d'asile ou terre d'accueil dont l'attirent moins les qualités propres que les avantages qu'il en retire, le « sieur Hugo, homme de lettres », sous prétexte qu'on ne l'aime pas, arguant qu'on en veut à sa vie, qu'il se sent menacé de mort et qu'on veut le virer pour avoir frayé avec les Communards, le quitte sans délai en 1871, après y avoir séjourné 1247 jours en tout, proprement expulsé de cette contrée où il a effectué en tout plus de dix séjours entre 35 et 70 ans, et passé presque autant de temps que Descartes en Hollande, non sans avoir fait fructifier ses actions de la Banque nationale, bien conseillé par ses chers amis ministres et s'être largement enrichi, tout en s'évertuant à passer pour un banni, qui ne paie pas de mine, à qui l'on offre des chemises et un canapé au début de son séjour tant on le dit désargenté.

Hypothèses

Comme le bourgmestre de Bruxelles cherchait en vain un nom pour une nouvelle artère de la capitale, quatre noms ayant déjà été avancés, un des échevins, croyant avoir trouvé la solution apte à susciter l'assentiment général, proposa de l'appeler tout simplement... rue des Quatre-Hypothèses !

I

IDENTIQUE

L'identité par nature n'est pas simple. Son problème est loin d'être résolu avec celle des deux Dupondt, ou Dupond et Dupont, privés chacun de prénom, mais au nom propre commun ne différant que d'une lettre : *d* et *t*. Clones ou clowns parfaits, pareillement vêtus et nantis d'une même grosse moustache, l'une tombante, l'autre montante, d'une canne et d'un melon, ces deux guignols, zigues ou zigotos ne sont pas de « vrais » jumeaux ni des « faux » frères, mais les doubles siamois de sosies en tous points ressemblants. Alter ego de l'agent n° 15, en casque blanc et capeline, flic dans *Quick et Flupke*, ils figurent les gardiens de l'ordre et de la loi. En quête de leur identité comme il sied à des détectives privés, ils suivent à la trace leur propre piste en Jeep dans le désert. Dupont et Dupond sont deux poulets crétins, à la grise mise et aux traits de plume, plumés tour à tour par les catastrophes et les collisions en série. Cas chronique de dédoublement, ces deux sbires appariés, qui sont de mèche et se rient des avatars, endossent toutes les tenues possibles et, sans crainte du ridicule, défilent en scaphandre, tenue de marin, d'astronaute, maillot de bain à rayures ou kilt écossais, sans sauter les atours folkloriques les plus invraisemblables. Malades à en crever, lâchant des bulles, arborant des tifs verts, bleus, rouges, jaunes, d'une longueur sans égal, mais jamais glabres, ils en voient de toutes les couleurs et, parents ou pendants l'un de l'autre, inaptes à se gausser comme à se reconnaître dans les bourdes commises de concert, prouvent par défaut d'identité que l'IDENTIQUE n'est qu'un faux-semblant. Étant à l'unisson, leur hilarant duo tragi-comique, par force enchaîné, évoque à son corps défendant l'entente contrainte des deux régions ennemies du royaume. Et personnifie tant bien que mal la devise nationale : « L'union fait la force », autant que son revers comique plus communément éprouvé : « L'union fait la farce. »

IDENTITÉ

Individualiste, indiscipliné, organisé, rangé, traditionaliste et paradoxal, pantouflard, roublard, rouspéteur, râleur, critiqueur, frondeur, *klacheur*, gobeur, guindailleur, pétroleur, rigoleur, rouscailleur, pinteur hors pair, gros sorteur, crâneur, esbroufeur, carabistouilleur, brave cœur, fieffé boustifailleur, semeur de *bisbrouille*, resquilleur invétéré, fraudeur fiscal, goûteur d'asperges, *poteur* de bière, buveur de pluie, joueur de *vogelpik*, de *pitchesbak*, de balle pelote et de billard, broyeur de syntaxe, pédaleur dans la semoule, faiseur de *cumulets*, diseur de *carabistouilles* ou *carabistouies*, mauvais perdeur, collectionneur au poil, coupeur de cheveux en quatre, le Belge, amitieux, taiseux, joyeux drille, colombophile et bédéphile, liseur de Tintin de 7 à 77 ans, roi de la tamponne, bouffeur de *koukebakes*, commetteur de bourdes, gaffeur comme Gaston Lagaffe, anti-héros potache, doute de son IDENTITÉ.

IMPOSSIBLE

Faire de la littérature en Belgique, voilà qui est IMPOSSIBLE, affirmait Georges Rodenbach, car dans ce pays la littérature est considérée comme une spécialité d'amateur et l'administration des Lettres dépend du ministère de l'Agriculture.

IMPÔT

La missive adressée aux habitants de la commune de Wezembeek-Oppem, peuplée en majorité de francophones, mais rattachée administrativement à la Flandre, les invitant à acquitter un IMPÔT nul (0,0 euro) doit-elle être libellée en néerlandais ou en français ? Telle est la question fondamentale, soumise sans délai au comité de contrôle linguistique ainsi qu'à l'avis des juristes et à la jurisprudence, qui a failli déclencher au début de l'an 2002 une nouvelle grave crise gouvernementale.

IMPRESSIF

À propos de la pièce de Fernand Crommelynck *Le Sculpteur de masques*, créée au théâtre du Gymnase en 1911, on clama partout que la pièce inaugurait le théâtre IMPRESSIF. « Le mot impressif n'est pas dans *Littré* », s'écria un journaliste anonyme dans *Le Cri de Paris* du 5 février. « C'est un mot belge. Il n'a d'ailleurs aucun sens. » C'est faux. Synonyme d'impressionniste, impressif est l'envers d'expressif selon le dictionnaire *Larousse* qui le définit comme étant « propre à causer des impressions ».

INATTENDU

On sait d'ordinaire en France que certains acteurs ou chanteurs célèbres comme Annie Cordy, Lio, Frédéric François, Axelle Red, Maurane ou Plastic Bertrand sont belges, mais on ignore que le sont aussi plus ou moins, par hasard ou pour un motif INATTENDU, Robert **Denoël** qui fonde en 1935 les Éditions Denoël avec le Bruxellois **Steel**, d'où le nom à l'origine Denoël et Steel, Haroun **Tazieff**, élevé en Belgique, qui étudie à l'Athénée de Bruxelles et débute sa carrière à l'université de Bruxelles comme assistant de géologie, Django **Reinhardt**, né à Liberchies en 1910, Maurice **Chevalier**, dont la maman née Van den Bossche fait un demi-Bruxellois, Julio **Cortázar**, né en 1914 à Bruxelles, de parents argentins, Agnès **Varda**, née à Bruxelles en 1928, tout comme Claude **Lévi-Strauss**, né à Bruxelles en 1908, **Colette**, d'origine belge par sa mère, Paul **Deschanel**, président de la IIIe République française, natif de Schaerbeek-lès-Bruxelles en 1855, **Kiki de Montparnasse** (Alice Prin), née d'une mère belge de Braine-le-Comte, **Régine**, native d'Etterbeek en 1929, et, *last but not least*, Audrey **Hepburn**, née d'une mère baronne hollandaise, à Ixelles, rue Keyenveld, le 4 mai 1929.

INCAPABLES

André Baillon, à qui l'on offre de rentrer en Belgique, répond dans *Le Rouge et le Noir* à une interview: «C'est en exilé que je vis à Marly-le-Roi, parce qu'en Belgique les éditeurs sont INCAPABLES de publier un livre et qu'écrire n'est pas un métier.»

INCENDIE

Décrites dans son ouvrage fameux *Livre des pompes à incendie* (1690) par Jan Van der Heyden, esprit inventif et peintre paysagiste au rendu méticuleux, qui exécuta des dessins topographiques sur les lieux d'Amsterdam où s'étaient déclarés des sinistres et qui conçut en 1672 la première pompe à incendie munie de tuyaux, qu'il fit construire en série à partir de 1681, les lances à INCENDIE ont servi aux pompiers de Liège à lessiver la façade du palais de justice de leur cité pour laver l'opprobre essuyé par la Belgique après l'évasion de Dutroux.

INEXPLICABLES

Décrivant en détail le lavis d'encre de Chine et pastel de Spilliaert intitulé *La Nuit* (1908)*, où l'on voit un noctambule en haut de forme tituber à l'ombre des colonnades des Galeries royales à Ostende, le critique français passe en revue toutes les composantes de l'œuvre (mer, quai, lampadaire, colonnes, ombre, lumière), observe son aspect (très) étrange, illogique, qu'accroît la silhouette du fêtard qualifié de « spectre gesticulant », parle de « visions troubles » et d'onirisme, et, après avoir traité de symboliste le peintre, dont les créatures et les paysages « ne symbolisent rien de précis », sûr d'avoir bien tout expliqué, de n'avoir laissé dans l'ombre aucun élément qui échappe à son entendement, débute logiquement son énoncé en annonçant dans le titre que les dessins de Léon Spilliaert sont INEXPLICABLES.

---

* Titre exact: *Les Galeries royales d'Ostende, vue noctambule*.

INNOVATION

La rue Neuve, où j'écoulai des pantalons durant un mois pour payer mes vacances lorsque j'étais étudiant et où j'ai vu quelques westerns de la galopante époque dans un imposant cinéma aujourd'hui disparu, est ce long boyau du bas de la ville qui relie le pourtour de la Grand-Place, *via* l'esplanade historique du théâtre de la Monnaie, à la place Rogier où se hissait alors le plus haut gratte-ciel de Bruxelles appelé la tour Martini à cause des cocktails chics offerts par la marque d'apéritifs qui se tenaient au dernier étage. C'était une rue commerçante, grouillante de vie et fort animée, qui devint piétonne en 1976, bien après que se fut déclenché en ce début d'après-midi du 22 mai 1967 l'incendie tragique du grand magasin L'INNOVATION qui allait faire en tout 325 victimes.

En moins de temps qu'il ne faut pour l'écrire, 2 000 personnes sont cernées par les flammes. L'immense dôme de style Art nouveau construit par Victor Horta que l'on venait admirer de loin sert de cheminée meurtrière, puis s'effondre dans un fracas d'enfer; l'escalier magistral aux volutes et arabesques en fer forgé fond sur place; une fumée âcre, épaisse, noire et irrespirable fait pleurer les yeux des vendeuses et des clients affolés qui ne savent où aller et filent

INNOVATION

en tous sens ; les flacons de parfum, les fioles d'eau de Cologne, explosent, exhalant partout une empestante odeur suave ; les tissus synthétiques, les rideaux, les draps de lit brûlent ; les habits, les chemises, les chaussettes, les cravates, les casquettes, les sous-vêtements flambent comme les prix l'instant d'avant ; les ustensiles ménagers, les casseroles, les Cocotte-Minute, les friteuses, les poêles à frire se dissolvent ; les appareils de radio, les postes de télévision, les sèche-cheveux, les rasoirs électriques crament ; les lave-vaisselle, les mixers, les machines à laver, les machines à écrire, les tondeuses à gazon flamboient ; les meubles de salon, les chaises, les tables, les tabourets, les lits, les fauteuils, les tapis s'embrasent ; les verres en cristal, les couverts en Inox ou en argent étincellent ; les chaussures neuves collent ; les jouets, les trains électriques, les poupées, les soldats de plomb, les voitures en plastique, les cow-boys et les Indiens, mollissent. En sachant qu'il s'agit là d'une mort assurée, des client pris de panique sautent par la fenêtre, plongent en hurlant dans le vide et s'écrasent sur le capot ou le toit des voitures ; d'autres périssent asphyxiés par la fumée ; des bambins agiles parviennent à s'échapper malgré les escalators bloqués ; mais les gens du troisième âge, impotents ou pétrifiés, se consument sur place ; certains sont piétinés ; des mains agitent des mouchoirs ; des voix appellent à l'aide, mais, trop tard : les flammes les mangent.

Dérangé par le vacarme incessant des sirènes, le hurlement strident des camions de pompiers lancés à toute pompe qui affluent de tous les coins de la capitale, mais n'arrivent pas à pénétrer dans le boyau embouteillé de la rue Neuve, fenêtre large ouverte, en ce bel après-midi de printemps, un écrivain blond, né à Heerlen, aux Pays-Bas, le 9 février 1931, mais de nationalité autrichienne, ce qui suffit à nourrir son œuvre, aux yeux en amande et au nez plat comme une endive, qui comprend à peine le français, corrige les épreuves de son dernier manuscrit, au n° 60, de la rue de la Croix, maison aujourd'hui disparue, dans cette ville où l'héberge son ami Alexander von Üxküll, mais où il ne parle à personne et ne connaît aucun habitant. Il imagine froidement le désastre au loin, sans trop savoir de quoi il retourne car il n'a pas la radio et ne songe pas une seconde à gagner la rue pour s'informer auprès des badauds en émoi. Gardant son sang-froid, l'écrivain reste de glace et tape à la machine de manière continue sur toute la page, sans paragraphe, en pressant graduellement l'espace entre les lignes qu'il corrige de temps à autre en biffant d'un coup de marker ou de Bic noir. Le texte est celui de son second roman qui va paraître en Allemagne cette année 1967 avec le titre *Perturbation*, mais il aurait aussi bien pu s'intituler « Innovation ». L'écrivain âgé de 36 ans qui ignore encore qu'il va effectuer un séjour de plus à l'hôpital de la Baumgartner Höhne, à Vienne, du 13 juin au 4 septembre de cette même année, se nomme Thomas Bernhard. Il n'est pas encore connu en France où sort chez Gallimard son premier roman publié en Allemagne en 1963, grâce auquel il connaît un certain succès, qui s'intitule *Frost*. Ou *Gel*, en français, mot bref qui contraste avec l'effroi de la catastrophe causée par le feu, mais qui correspond parfaitement au tempérament de l'écrivain qui sent rôder dans l'air ambiant le froid de la mort.

Insomnie

J'aime toute l'œuvre de Léon Spilliaert que j'ai découverte peu avant de quitter la Belgique et dont m'ont tout de suite fasciné les vues étranges, si peu naturelles et convenues, de la plage déserte qui s'étend à l'infini, s'enroule sur l'horizon ou que cerne une digue d'où dévalent d'étiques silhouettes humaines découpées comme de minuscules et faméliques insectes. J'aime les teintes éteintes et mates de ses pastels qui, par des tonalités sourdes et plombées que distillent délicatement la craie de couleur ou la gouache sur papier, rehaussées à l'encre de Chine, dépeignent sa perception d'Ostende, si éloignée de celle, carnavalesque et ricanante, d'Ensor, qui était pour lui « le seul peintre génial de la Belgique » et qu'il talonnait au point d'irriter le maître à la barbe pointue qui le trouvait « un tantinet raseur » et râlait de voir sitôt qu'il entrouvrait sa porte ce fils de parfumeur mélancolique promener partout sa silhouette de rêveur ulcéreux, asthmatique et insomniaque.

Spilliaert était, paraît-il, hanté par les corps difformes des pêcheurs et je l'imagine bien quand il errait la nuit, à la lisière du somnambulisme, entre le Kursaal et les arcades des Galeries royales qui mènent au grand hôtel des Thermes, et embrassait d'un regard hypnotique l'esplanade lunaire de la plage, aux dunes noyées dans le brouillard, le phare phallique érigé sur la digue anamorphosée, et le décor fictif de l'estacade qui s'oppose à celui, facticement féerique, du Casino. J'aime par-dessus tout dans l'œuvre sublime de Spilliaert la série stupéfiante d'autoportraits de 1907 à 1910, à dater de ses 27 ans, où le peintre, livré à l'enchantement de la songerie, s'affronte à l'inquiétude sidérante du miroir où se réfléchit sous un jour différent l'expérience peu communicable d'oser se regarder en face. Des vacillations de l'esprit, des tempêtes de l'âme, des éruptions de la pensée saillent de la surface d'eau dormante qu'est ce mirage optique où le dandy somnambule dévisage l'anguleux faciès fiévreux de son double insaisissable. Des orbites creuses, d'une effrayante fixité, où se terre un regard hagard, halluciné, qui trouent la tête blafarde de cabillaud au teint crayeux, à la bouche bée, happant l'air à pleine goulée tel un noyé, engoncé dans sa redingote d'où déborde le haut col droit de la chemise blanche et que couronne le contour diffus de l'ébouriffante tignasse dressée dans le noir qui en fait un personnage d'*Eraserhead* de David Lynch avant la lettre, il fixe, transi d'effroi, sans narcissisme, ce funeste portrait qui traduit autant un état d'esprit, un état d'âme, un état d'être, qu'il reflète l'angoissant vertige inspiré par la peur de soi.

« Est-ce bien moi ? » s'enquiert-il.
« Suis-je bien celui qui me voit ? »
« Est-il vraiment là ? »

Quoi de plus irréel qu'un reflet? Embusqué dans l'ombre de la lugubre salle à manger que tient en éveil une horloge sous globe, posée sur la cheminée de marbre, où flottent l'empyreume du confiné comme les cartons, les flacons, les poudriers emplis de baumes, et de colles de poisson, de poisons, de passions, les fioles, les cassettes, l'étalage même de la parfumerie paternelle au sein de laquelle, sous l'égide de la « Brise d'Ostende », il a grandi, il semble foudroyé, sinon électrocuté, tandis qu'il détaille, nimbé d'un halo de mystère qui accroît son allure délirante, son apparence hystérique, que conforte l'effarante coiffure hérissée, d'alchimiste halluciné. Comme sont hallucinés ses vues de nuit de la jetée aux réverbères chamboulés et les salons balnéaires en hiver, dont il happe si bien la prégnante mélancolie.

Souffrant d'un ulcère à l'estomac qui en fait un promeneur nocturne, apte au surgissement macabre que favorise l'atmosphère funèbre, crépusculaire, pour ne pas dire mortifère, des lieux endormis où le guident son caractère instable et l'éréthisme de son tempérament, à moins que ce ne fût tout nûment sa nature d'une « inexplicable bizarrerie » que sentait son ami Franz Hellens, Spilliaert, qu'un écrivain jaloux qualifia de « chrysanthème en fleur » à cause de sa coiffure, se toise donc telle une apparition dans le grand miroir qui lui retourne sa vision de l'au-delà. L'âme secouée, l'estomac soulevé, les nerfs noués, l'esprit éveillé, il ressent une espèce d'extase, comme une lévitation, lorsque son cerveau soudain jaillit de la boîte crânienne comme le jus gicle d'un citron pressé. Alors que le rêve est le seul credo des symbolistes, pris d'un subit sentiment d'angoisse, agité d'éclairs latents, il a une révélation d'insomniaque et, des yeux dilatés, prévoit son effacement, son inéluctable disparition dans les ténèbres du miroir. Fruit patient d'un état nocturne exaspéré, poussé à bout par l'attente, il apparaît tel un noyé rejeté par la mer, après des journées d'immersion, à qui le rond lumineux qu'est la lune servirait de bouée, à moins qu'il ne s'agisse des boutons de chemise, de gilet, aussi gros que ses prunelles exorbitées, ou encore des deux menus points rouge cerise sertis sur l'assise lactée, séraphique, virginale de la nappe et des serviettes amidonnées de ce chef-d'œuvre admirable et fantômal qu'est *Le Restaurant* (1904), salle de tables d'hôtes de l'hôtel d'Allemagne comme l'atteste une simple carte postale.

Intellectuel

Contrairement au Français, le Belge n'est pas un INTELLECTUEL, un idéologue, un philosophe qui se réclame d'une longue tradition. Il n'est pas un penseur, un érudit qui met à profit le savoir des aînés, de Voltaire à Rousseau, de Chateaubriand à Lamartine, d'Hugo à Zola. Et, plus près de nous, de Camus à Malraux, de Gide à Sartre, d'Ariès à Braudel ou Lévi-Strauss. Il n'y a pas en Belgique de haute figure intellectuelle égale à celles d'Althusser, Barthes, Deleuze, Foucault, Lacan, Debord ou Bourdieu. Pas plus qu'il n'y a de maître à penser, il n'y a de rival universitaire à Glucksmann, Finkielkraut, Lévy, Debray, Baudrillard, Virilio, Guattari ou Derrida. L'équivalent belge de l'intellectuel français est un *apparatchik* en robe de chambre et pantoufles qui picore à tous les râteliers et ne risque pas d'étrangler sa moitié, d'être fauché par une camionnette, de voler par la fenêtre, de crever du sida, d'être frappé d'aphasie, de choper un cancer ou de finir aveugle. Engraissé par le pouvoir et en bonne santé, le pseudo-intellectuel belge s'éteint dans son lit, sans avoir rien écrit.

Inventions et découvertes

Le Belge ayant beaucoup d'imagination, il est normal qu'il ait produit beaucoup d'INVENTIONS et fait nombre de DÉCOUVERTES. Parmi les plus sérieuses figure celle du rôle des anticorps et du bacille de la coqueluche par **Jules Bordet**, biologiste de Soignies, prix Nobel en 1919, tout comme le biologiste et zoologiste de Louvain **Édouard Van Beneden** prouve en 1883, à partir de l'œuf fécondé de

INVENTIONS ET DÉCOUVERTES

l'ascaris, que le spermatozoïde et l'ovule livrent chacun la moitié des chromosomes, et le paléologue **Louis Dollio**, spécialiste des reptiles, formule en 1893 la *loi de l'irréversibilité*, selon laquelle, « lorsqu'un organe entre en régression, il ne peut plus faire retour en arrière et retrouver ce qu'il a perdu ». De son côté, **Zénobe Gramme**, physicien autodidacte, né à Jehay-Bodegnée, met au point en 1871 la dynamo qui porte son nom, et le flamboyant **Jean-Baptiste Flamme**, ingénieur originaire de Mons, utilise en 1901 la surchauffe sur les locomotives à vapeur tandis que l'aérien **Karel Joseph Van De Pœle**, natif de Lichtervelde, conçoit en 1885 la traction électrique par trolley et que **Louis Melsens**, né à Louvain en 1814, maîtrise le « feu du ciel » en érigeant le paratonnerre à pointes et à conducteurs multiples. Astronome et mathématicien pointilleux, **Adolphe Quételet** invente les statistiques par rapprochement mathématique en 1853 et le transparent **Émile Fourcault** imagine en 1902 le procédé éponyme pour fabriquer le verre à vitres par étirage vertical. Alors qu'en 1450 la très nombreuse famille **Van den Börse**, **Van de Bursen**, **Van den Bursen**, **Van der Burse** ou **Van der Beurse** de Bruges, aussi dite **Ter Buerse**, **Van der Buerse**, **de Beurze** ou **Vanderbeurze**, enfante la bourse (*Beurs*, en flamand), **Leo Hendrik Baekeland**, chimiste natif de Gand, émigré aux États-Unis en 1889, découvre la Bakélite (1906), et le bourg de **Duffel**, dans la région malinoise, produit le drap ras dont on fabrique le *duffel-coat* ou *duffle-coat*. Plus fantaisiste, **Jean-Baptiste Keteleer**, horticulteur, lègue son nom au Ketelleria, conifère voisin du sapin, à l'instar du futé **Matthias de Lobel**, botaniste flamand du XVIe siècle, qui cède le sien au Lobelia, plante herbacée à fleurs bleues en grappes. Plus piqué, **Ursmar Baudoux**, apiculteur binchois, imagine des abeilles plus dodues dont la trompe suce davantage de nectar, et le gonflé flûtiste **Adolphe Saxe**, dinantais comme Wiertz, invente le saxophone entre 1840 et 1845, alors que l'idéaliste ouvrier tourneur gantois **Pierre Degeyter** compose la musique de *L'Internationale* en 1888. Le sportif **Joseph Merlin** crée en 1760 le patin à roulettes, **Émile Huet**, champion cycliste à mollets et dentiste à mollette, règle en 1912 la première fraiseuse électrique à 7000 tours/minute tandis que l'astucieux **René Snepvangers** élabore dès 1944 le principe des 33-tours, qui accroît la capacité du disque d'une demi-heure, pour la firme américaine CBS. Euphorique, **Victor de Laveleye**, politicien bruxellois, trouve le signe « V » de la victoire et le chevalier belge prénommé **Colin**, habile manieur de maillet, d'où son surnom de **Maillard**, engendre le colin-maillard, alors que l'oisif **Albert Gillet**, instituteur de Nandrin, compose en 1979 la plus grande grille de mots croisés du monde qui contient 30605 cases et 10266 définitions. Enfin, le très farfelu **Vincent Arnould** invente le Havoplane-avicyclateur, censé résoudre le problème de la navigation aérienne, comme le physicien tournaisien **Joseph Plateau** conçoit le Phénakistiscope en 1832, **A. Nyssens** fait breveter son insolite « parapluie à fenêtres et à miroir » qui sert aussi de parasol, **F. Peltier** conçoit l'astucieux « chapeau polyoérogène », **J. Seys**, le comique « parapluie ovale », **Gaston Lagaffe**, le gaffophone, apte à pulvériser une flottille d'avions supersoniques, **Henri Michaux**, qui ne voulait pas qu'on le dise belge, la très puissante « mitrailleuse à gifles », **Marcel Mariën**, l'ubucycle et autres trouvailles absurdes, et **Panamarenko**, des œuvres délirantes qui marchent quand elles marchent et peuvent rouler « dix heures sans arrêt avec la puissance d'Eddy Merckx ».

INVITATIONS

Dans le numéro spécial de la revue *Archipel* qu'il lui consacre, Alain Germoz rapporte que pour son 75ᵉ anniversaire, Michel Seuphor, expatrié depuis belle lurette, fut l'hôte de sa ville natale, Anvers. « À la réception donnée en son honneur à l'hôtel de ville, il n'y avait qu'une dizaine d'amis, invités par lui et venus spécialement de Hollande et de Paris. Pas un autochtone. La ville d'Anvers avait oublié d'envoyer les invitations. »

J

JACQUES DE DECKER

L'ami fidèle

Les mots s'étaient écrits pour ainsi dire d'eux-mêmes lorsqu'il s'était agi d'évoquer la figure de cet homme qu'il connaissait depuis plus de vingt-cinq ans maintenant (soit la moitié de son existence à présent) et qu'il ne voyait pratiquement plus jamais. Pourquoi ces mots-là lui semblaient-ils les plus justes, ne semblaient pouvoir réellement s'appliquer qu'à lui seul, et que recouvraient-ils ? Certes, ils étaient différents à bien des égards, tant intellectuellement que physiquement, mais ils avaient vu passer du temps ensemble, des souvenirs, des émotions, des images et des visages de femmes, dont certains effacés, des situations joyeuses ou douloureuses s'étaient déposés communément dans leur mémoire. Issus d'un même milieu, ils partageaient une même curiosité de savoir et de donner, un même appétit secret de s'immiscer dans plusieurs cercles pour ne pas s'enfermer sur soi, d'être déporté de soi-même en allant voir ailleurs, un même plaisir du verbe qu'ils pratiquaient aux antipodes dans leurs écrits, l'un pensant que le naturel reconstitué était plus vrai que nature, l'autre estimant que seul le restitué vraisemblable était crédible, l'un étant manifestement tenaillé par l'emprise académique et le souci de tout régenter, l'autre étant fasciné par ce qui est excentrique et permet à toutes occasions d'échapper, mais ils partageaient un même goût du choix et une confiance commune dans l'intuition réfléchie. Mais en voilà assez de ces comparaisons. Il s'agissait de se demander ce qui avait pu résister à cette estime réciproque, du moins l'espérait-il, qu'ils se portaient et qui avait résisté au temps, alors que tant d'autres s'étaient effondrés dans les bas-côtés où croupissent les gisants de l'infidélité. Oui, la qualité première qui le caractérisait était l'honnêteté au sens qu'il faut attribuer à l'honnête homme, c'est-à-dire une franchise de comportement, une loyauté de rapport, une vérité à soi-même qui ne tolère ni les hésitations, ni les scories dévalorisantes, ni la bassesse de l'influence. Une chose était vraie à son propos plus que toute autre : il n'avait jamais trahi, contrairement à tant d'autres, à presque tous, ignobles et pleutres, couards et opportunistes, prêts à tuer pour préserver leurs intérêts, agrandir leur menu territoire, boursoufler leur petite parcelle de pouvoir. Lui, non. Il était resté droit, toujours, ventre en avant de plus en plus poussant, le nez au vent, crâne dégarni et casquette vissée sur la tête, riant par pudeur, toujours intelligent, sachant en toutes circonstances qu'il n'y a d'opinion que relative, comblant son manque de confiance en soi par l'ouverture à l'action des autres, ratant le pouvoir chaque fois qu'il s'offrait car il ne savait pas y faire, remplaçant une femme par une autre, toutes assez semblables finalement, et souvent belles, étonnamment belles pour lui qui ne l'était pas tellement, mais comment donc faisait-il pour les séduire ? Ah, le brio, c'est vrai ! Il les arrachait sur les bancs de l'école et les fourrait dans sa besace, en pouffant. Oui, c'est cela qui le frappait le plus lorsqu'il y repensait. Égal à lui-même, pouvant lui parler après trois ans de silence et poursuivre une conversation d'antan comme s'ils s'étaient vus la veille. À l'indifférence, la mesquinerie, la médiocrité qui enrobent et noient, la distance dans l'espace, l'intérêt égoïste, ou la bêtise, mieux que tout autre, il avait résisté. Son image était intacte, parfaitement intouchée, inaltérée par le temps, malgré les coups des ans, car il faut bien y penser quand on se rend compte par l'expérience que le temps passe. Ce lien qui les unissait n'était qu'à eux et inéchangeable avec aucun autre. Au fond, on pouvait bien penser après coup que cela ne se produit qu'une seule fois dans une vie car il était déjà trop tard maintenant pour recommencer et ils n'avaient plus ni l'un ni l'autre cinquante ans devant eux. Cette relation faisait partie de leur vie commune, en filigrane, en pointillé, dans les blancs de l'histoire, mais indélébile, et plus solide sans aucun doute que les déclarations tapageuses et tours de manches. La tendresse ne s'énonce pas. Elle se sent en soi lorsqu'on pense à l'autre pour qui l'on ressent de l'affection, gage de la connivence et de la complicité. Et ce sentiment rare ne se partageait pas avec mille autres. Lui seul alors? Peut-être. Il en avait des privilèges, quand on y pense, dont on ne fait pas état, qui sont la trame ordinaire de l'existence, ce bien-être auquel on ne songe qu'en cas de coup dur, inapercevable, impalpable, mais présent. Il était loin, mais présent, car il avait beau s'évanouir, fuir toujours plus en avant, multiplier les brevets d'invisibilité et les écrans d'inaccessibilité, il restait présent, indéfectiblement. Ils se voyaient se serrer la main de profil, sur cette photographie, riant, en jean l'un et l'autre, comme des icônes peintes sur un mur. Cette image disait quelque chose d'eux qu'ils avaient décidé de construire sans en faire état ni en tirer profit. Par pure allégeance, comme si l'autre était une partie de soi, un alter ego dissident, un reflet indissociable qui saurait toujours tout, un autre soi-même qu'il n'était plus question de pouvoir un jour effacer. Lui seul méritait le titre qui préside à ces lignes. Il serait toujours vrai. Et le serait encore dans une autre vie. Il était sans prix. Valable pleinement pour le seul présent. De sa part, c'était le compliment unique et le plus beau qu'il puisse lui adresser. Lui ferait-il plaisir?

JARGON

Belgique unitaire, compromis à la belge, Belgique SA, ministre-président, ministre fédéral, confédéralisme résiduel, plan « Rosetta », facilités linguistiques, cancer communautaire, localisme généralisé, équilibre institutionnel, dysfonctionnement fonctionnel des institutions, sucettes à distribuer, région Bruxelles-capitale, pacte d'Egmont, sexe linguistique, intercommunales et pararégionaux, budget participatif de découpage des communes par quartiers, région de langue néerlandaise avec minorité de langue française protégée, communes « à facilités », « facilitateur » d'échanges, fibre identitaire, fédéralisme évolutif, fédéralisme de consommation, gouvernement régional de Flandre, Flandre débelgicisée, nation flamande, État belgo-flamand, flandrocratie, entité fédérée, unilinguisme régional, mentalité anti-étatique, « tache d'huile » francophone, francisation galopante, affrontement belgo-belge, pipe-line fédéral, politique communautaire, blocage des institutions, loi de régionalisation préparatoire, institutionnalisation des différences, e-gouvernement, loyauté fédérale, fédération des Provinces, défédéralisation, francisation, virus séparatiste, guéguerre, ville-région, réforme de l'État, accords du Lambermont, région-capitale, coalition arc-en-ciel, nécrose du royaume, Belgique résiduelle, état belge confédéral, institutions communautaires et régionales asymétriques, réunionisme, belgo-rattachisme, Saint-Polycarpe, recours anti-Polycarpe, accords institutionnels de la Saint-Polycarpe, accords de Val-Duchesse, capitale régionale de la Belgique fédéralisée (Bruxelles), trêve communautaire, Cocof, Cocon, Cocom, KERN (comité ministériel restreint), le Premier (1er ministre), ministre communautaire de l'Enseignement fondamental, Premier ministre du gouvernement fédéral, ministre-président du gouvernement de la communauté Wallonie-Bruxelles, ministre-président du gouvernement de la communauté flamande, ministre-président de la région de Bruxelles-capitale, gouvernement wallon, holisme de fermeture, insécurité linguistique, individualisme de déracinement, politique procyclique, front commun syndical, ONSSAPL (pensions des agents communaux et provinciaux), extrême centre, modèle belge, extrémisme démocratique, démocratie « consociative », totalitarisme blanc, *middelmatic*, asexué linguistique, dépilorisation, langue nationale endogène (le wallon), « plaques » linguistiques, communes de la frontière linguistique, carrousel fouronnais, dépersonnalisation de l'État, solution « à la belge », europessimisme, RÉBUS (royaume des États belgiques unis et souverains), levée d'un arc-en-ciel *bis*. Sans commentaires.

JO ET ZETTE

Je me souviens de JO ET ZETTE, enfants de l'ingénieur Lefranc dessinés par Hergé, vivant mille aventures et volant en avion, se gavant de riz et grossissant à vue d'œil si bien que plus jamais de ma vie je n'ai pu voir un bol de riz sans penser à l'embonpoint de Jo et Zette.

JOHNNY

De son vrai nom Jean-Philippe Smet, qui veut dire tache, saleté ou tare, en flamand, JOHNNY Halliday qu'on a souvent houspillé sur sa prononciation foireuse, son français défaillant et sa prétendue bêtise, côté belge du phénomène, *a contrario* de son talent, de son charisme, de sa longévité et de sa proximité affective dont chacun se targue en l'appelant « Jojo », côté français du spécimen, a été élevé à la dignité d'officier de l'ordre de la Couronne par la Belgique. Né en 1943 à Paris, ayant adopté la nationalité française et n'ayant jamais vécu en Belgique, Johnny est, bien sûr, « belge de cœur » et aurait même demandé la double nationalité belgo-française, réservée aux Belges de France par appropriation ou cooptation affective. Mais sait-il que son père, Jean Smet, belge d'origine, qui avait pour nom d'acteur Jean Michel, est l'interprète de Fantômas dans le film muet *Monsieur Fantômas* (1937) de Ernst Moerman, fasciné par les hors-la-loi de la société et de la littérature, et qu'on le voit en tenue de bain noir, la face cagoulée par un bas, tenant par la main une religieuse en maillot sombre elle aussi, le visage voilé par un drap foncé, marchant le long de la mer, sur la plage, et offrant par sa robuste silhouette énigmatique et masquée, une des images stupéfiantes les plus anachroniques, emblématiques et surréalistes de l'histoire du cinéma belge ?

Joyce, James

James Joyce se rend en Belgique avec son épouse Nora durant l'été 1926. Il est alors âgé de 46 ans et son chef-d'œuvre *Ulysse*, paru quatre ans plus tôt, compte une brève allusion au pays qu'il visite : « S'ils sont pires que les Belges dans l'État libre du Congo, ça doit être quelque chose*. » Du 6 au 10 août, le couple Joyce loge à Ostende à l'hôtel du Phare dont les gérants avaient été les parents de Willy Finch, ami de jeunesse de James Ensor, qui pose dans *La Musique russe* (1881) avec sa sœur Mitche. À Ostende, Joyce retrouve des amis, dont un qui est devenu dentiste, et même une relation de son père qu'il n'a pas vu depuis vingt-cinq ans. Il se promène sur la plage longue de six ou sept kilomètres et lance des cailloux, sous les yeux de Nora, vêtue de vêtements sport à la pointe de la mode, de teinte beige clair, qui fume des cigarettes égyptiennes à bout doré que tète sa lippe vulgaire de petite-bourgeoise de la classe moyenne, lui-même arborant une veste bleu canard, une chemise à lignes, un nœud papillon à pois, un pantalon crème, ainsi que des chaussures de tennis usées mais d'une blancheur impeccable. Il porte aussi un bandeau sur l'œil cerclé de lunettes d'écaille qui rayent sa figure grêlée de cicatrices et d'acné que coiffe un chapeau de paille à ruban noir. Joyce qui ne pèse guère plus de cinquante kilos croque des bonbons pour se nourrir, trouve la « reine des plages » à son goût et prend même soixante-quatre leçons de flamand dont il injecte quelques vocables dans la « salade de mots » de *Finnegans Wake* qu'il est en train d'écrire. Lors de son séjour belge, Joyce se rend les 19 et 20 septembre à Anvers, où il descend au Grand-Hôtel, qu'il nomme *Gnantwerp*, couplage de *Antwerp* et de *gnat* (moustique), mot-valise qu'il emporte à Gand, le 21 septembre, à Bruxelles, où il loge du 22 au 27 septembre à l'hôtel Astoria et Claridge, rue Royale, et à Waterloo en vue de glaner des détails sur la célèbre bataille où il aurait pu voir Victor Hugo et Pierre Alechinsky si les époques se croisaient. Reconnu dans l'autocar par un passager, Joyce est décrit comme étant sapé de vêtements simples, un peu râpés, et d'un manteau sport qui le drape et lui confère l'air d'un collégien américain. Plus tard, lui et Nora resteront un mois entier, du 15 juillet au 15 août 1934, au Grand Hôtel Britannique à Spa où ils « prennent les eaux », qu'il trouve « agréable mais beaucoup trop humide ». Et, à coup sûr, moins plaisant qu'Ostende où il descend aussi du 11 août à début septembre 1926 à l'hôtel de l'Océan, qu'il règle sans doute en espèces comme à son habitude, où il inscrit sur la fiche non pas « écrivain » mais « rentier », sirote du vin blanc glacé sur la digue, face à la mer grise, et rit de la réponse du portier au téléphone : « Allo ? Ici, le portier de l'Océan ! »

---

* James Joyce, *Ulysse*, Paris, Gallimard, coll. « Bibl. de la Pléiade », 1995, p. 376.

K

KERMESSE

Il est amusant de savoir que le mot KERMESSE, qui évoque la bière, la fanfare, la farandole et les agapes bruegeliennes, vient du mot flamand *kerkmis* qui signifie « messe d'église ».

KESSELS, WILLY

Né en 1898 à Termonde, dans une famille de militaires patriotes, Willy Kessels exerce la profession d'architecte d'intérieur et de dessinateur ensemblier avant de pratiquer la photo et de se consacrer pleinement à ses recherches personnelles à partir de 1931. Dans la lignée d'Otto Steinert, il met l'accent sur l'aspect mécanique de la création et se passionne pour l'étude des formes qui lui permettent de modifier l'apparence du réel et de capter la complexité des structures, des rythmes et des matières en s'inspirant des préceptes du mouvement moderniste. Prise de vue rapprochée, contraste élevé, inversion des valeurs, expositions multiples, usage fréquent du flou et enregistrement des trajectoires par le biais de poses longues alternent avec les rayogrammes, les solarisations, les rayographies, obtenues sans appareil, en plaçant un objet sur du papier sensible, et les images d'ombre à l'exemple de sa propre silhouette à contre-jour servant de couverture à une exposition au Palais des Beaux-Arts de Bruxelles, en 1932. Séduit par des détails du relief, captivé par la photogénéité de la lumière et de l'ombre, Kessels excelle à sonder la structure intime des objets les plus simples et les plus naturels, comme dans cette vue macroscopique des alvéoles d'une ruche qu'il dote d'une dimension inconnue. Ces expérimentations, d'apparence très techniques, sont en fait des métaphores poétiques, des interprétations émotionnelles, fantasques ou irrationnelles du monde visible qu'il poursuit en gros plans dans des nus féminins plantureux, massifs et sculpturaux, dignes des égéries de Rops et de Rubens. Engagé dans la réalité, il réalise des portraits documentaires sur les moines de l'abbaye d'Orval ou les solides bateliers de l'Escaut, ainsi qu'un reportage de fond en 1933 sur le film *Misère au Borinage*, fondateur du cinéma belge, tourné sur les grèves de mineurs par Henri Storck et Joris Ivens, mari de Germaine Krull, qui, bien plus tard, avec *Histoire de vent*, tenta sublimement de filmer l'impossible. Ce reportage conçu en deux jours avec un appareil à plaques pointe l'insupportable vérité : le faciès émacié des enfants, les baraquements misérables, les échauffourées avec la gendarmerie, les terrils clôturés pour empêcher de voler la poussière de charbon. « Nous ne songions plus au cinéma ni à ses cadrages, confie Storck. Toute esthétique nous apparaissait indécente. Notre caméra n'était plus qu'un cri de révolte. » Dans la foulée, Kessels prend aussi des portraits de tournage, des photos destinées à la publicité du film et, comme Ivens le précise, qui visent à « pratiquer l'agitation politique ». Bref, tout ce qui conforte le versant engagé d'un créateur qui ne se prétend pas seulement un technicien expérimental, tenant du courant abstrait du surréalisme, pour qui voir n'est pas qu'un divertissement ou une forme d'expérimentation, mais aussi un acte de lutte. Seulement voilà ! À Charleroi d'abord, en 1996, puis en 1997, lors d'une rétrospective au Palais des Beaux Arts à Bruxelles de l'œuvre de Willy Kessels, mort en 1974, on s'aperçoit tout d'un coup que le formidable portraitiste des « gueules noires » du Borinage, qui passait pour un exemplaire homme de gauche wallon, était en fait proche des nationalistes fascistes flamands et des dirigeants politiques de l'extrême droite pour qui il effectua des commandes, réalisa des portraits publiés dans la revue *Rex*, ainsi que dans *De Vlag*, où il montre des SS de la Légion flamande en partance pour le front russe. Si bien qu'il fut arrêté à la Libération et condamné à dix ans de prison, réduits à quatre en appel, pour collaboration et sympathie avec l'occupant nazi. Le poids de l'histoire pour une fois revient à la mémoire d'un peuple épris d'amnésie et révèle l'incivique tenue d'un opérateur roué au passé recomposé.

KET, DICK

DICK KET, qu'il ne faut pas confondre avec Pyke Koch, qui s'appelait aussi Piet ou Pieter, naît en 1902 à Den Helder avec une malformation cardiaque grave (son cœur se trouve à droite et il souffre de la tétrade de Fallot) qui va l'emporter. Ce qui ne l'empêche pas dans ses célèbres autoportraits au chapeau noir ou au géranium rouge de se peindre en exhibant ses mains et en escamotant son bras droit qui devient le gauche dans le miroir. Agoraphobe, talonné par la mort, Ket, ce qui veut dire « petit cheval » en dialecte de Hollande du Nord, ne quitte plus son atelier et sa maison bâtie sur ses indications à Bennekom. Isolé et surprotégé par sa mère, d'une jalousie extrême, qui lui fait rompre ses fiançailles, le brave Dick passe les dix dernières années de sa vie dans une atmosphère confinée. Relié au réalisme magique, qui est moins imaginatif que le surréalisme, auteur d'une œuvre codée que scande une marionnette de bois campant un petit cheval qui fait office de signature, pétrie de jeux de mots et de rébus imagés, en 1940 s'éteint le pauvre Ket qui déclarait : « Je suis un martyr du poil de marte. »

KETJES

Gamins de rue au sens propre, sortes de gavroches ou poulbots locaux, ils s'incarnent idéalement dans le tandem de Quick et Flupke croqué noir sur blanc dans les années trente par Hergé. Sapés l'un d'une éternelle écharpe, l'autre d'un bonnet tiré jusqu'aux oreilles, sorte de béret ou *pinnemoech*, ils sont doués d'un fort sentiment de survie, ont des amis aux noms bien bruxellois tels Pepermans ou Van de Velde et sont eux-mêmes les fils naturels de Bossemans et Coppenole, les neveux taquins de Beulemans qui inspira à Marcel Pagnol sa piquante trilogie. Issus d'une *strotje*, ruelle, des Marolles, menacés plus souvent qu'à leur tour de *rammeling*, raclée, torgnole, déclenchant à la pelle sur leur passage des *Potferdeke*...

– Ah, les sonnettes poussées à fond!...
– Ah, les seaux d'eau jetés du *bow-window*!...

ces deux KETJES (dire: *kaitjes*) sont à la fois gaffeurs, bagarreurs, rouspéteurs, ficelles, goinfres, insolents et incorrigibles. Mais ils sont aussi débrouillards, serviables, sympathiques et pacifiques. S'ils croisent en chemin la statue d'Oscar-Désiré Vandenwyzelwinkel, fondateur et défenseur jusqu'à la mort de la Société royale de Vogelpik du Bas-Ixelles, ils évoluent dans une ville invisible, provinciale, quasi champêtre, qui n'aspirait pas encore à devenir la capitale de l'Europe, *brusselait* à qui mieux mieux et ne paradait que sous forme de trottoirs, de murs bardés d'affiches, de panneaux d'interdiction et de palissades. Ces deux *kets* ou *kids*, aussi épatants et touchants que rieurs et frondeurs, semblent sortis tout droit des merveilleuses photos d'un Robert Doisneau belge.

KIM CLIJSTERS

Ayant battu en demi-finale à Roland-Garros en 2001 sa compatriote francophone Justine Henin, mais ayant succombé en finale devant un aréopage de ministres descendus ou montés sur Paris, alignés en rang d'oignon derrière le couple princier de Philippe et Mathilde, la joueuse de tennis KIM CLIJSTERS n'a que 18 ans et un bel avenir devant elle. Limbourgeoise d'origine, brave, pugnace et sans complexe, raide comme une balle, forte tête au caractère bien trempé, rageuse et fière, énergique et conquérante, batailleuse et décidée, serrant les poings, matant ses émotions, grinçant des dents, occupant le terrain, marquant des points, courant à perte d'haleine, campant au filet, rasant les lignes, lâchant ses coups et les gagnant au bon moment, elle symbolise à elle seule l'allant, l'entrain, la force, l'impétuosité et l'imbattable esprit de conquête de la « race » flamande dont elle incarne aussi à son corps défendant, sans charme et sans grâce, trapue comme une fermière, l'aspect physique : lèvres goulues, joues rondes, nez en trompette, cheveux frisants, œil clair, jambes courtes, cuisses dodues et fesses basses. À 50 ans, la plus courtisée des *bekende Vlamingen*, Flamands connus, sera une *boerineke*, petite paysanne, sortie du pinceau de Bruegel comme ses illustres aînés, ses homériques aïeux qui auront assouvi depuis longtemps leur désir de revanche et comblé au-delà de toute espérance leur irrépressible besoin de conquête.

KIP KAP

Le KIP KAP est du hachis qu'en Belgique on appelle le haché.

KLACHER, CLACHER OU CLASHER

Peindre à gros jets sans peur de faire des taches à l'instar du mot lui-même qui asperge, barbouille, éclabousse par sa sonorité et se démarque de la finesse des tableaux de Van Eyck qui œuvrait avec un pinceau si fin qu'il n'avait qu'un seul poil.

KLACHKOP

Crâne chauve, aussi dit « boule à zéro », lisse et lustrée comme un œuf ou un genou, à l'instar de celui des défunts Premiers ministres Paul-Henri Spaak, Paul Vanden Boeynants, dit V. D. B., à l'accent à couper au couteau, et Théodore Lefèvre, dit Théo, au KLACHKOP aussi pentu que le Ventoux, frère de lait du savant fou de Tintin qui arpente en robe de nuit les rues envahies par les rats et tape sur un gong en prophétisant la fin du monde dans *L'Étoile mystérieuse*.

KLET, KLETT OU KLETTE

Ce substantif qualifie un bêta qui fait des gaffes et ne comprend rien aux calamités en série qu'il déclenche. Quel KLET !

KOEKEBAK

J'aime le mot KOEKEBAK, qui veut dire crêpe en flamand, avec ses trois *k*, soit un de plus que dans l'expression *Koetjes en kalfjes* qui signifie qu'on parle de la pluie et du beau temps.

KOT

Le KOT ou *kotje* désigne le studio d'un étudiant et a engendré le verbe kotter, qui signifie vivre en kot, ainsi que cokoter, indiquant le *kotteur* ou coq en pâte qui occupe le même kot coquet et devient cokoteur, cokotier, cokoteuse ou cokotière.

KRAINS, HUBERT

Qui sait que HUBERT KRAINS, romancier et conteur rustique, bien moins connu que Verhaeren, qui débuta comme employé à l'administration des Postes, puis réussit à gravir tous les échelons et termina sa carrière comme directeur général et secrétaire de l'Union postale universelle à Berne, finit lui aussi broyé par un train, en gare de Bruxelles, le 10 mai 1934 ?

KRINS, GEORGES

Qui sait que le premier violon de l'orchestre qui joua du *ragtime* jusqu'aux ultimes instants à bord du *Titanic*, le plus grand des transatlantiques, qui accomplissait son premier voyage avec 2457 passagers de toutes nationalités et 800 hommes d'équipage, et qui coula en quelques heures après avoir heurté un iceberg, entraînant la mort de 2389 personnes dont 22 Belges, tous flamands, était le Wallon GEORGES KRINS?

KUKU

Le mot Kuku figure au centre du surnom de Joseph Désiré Mobutu qui prôna le « retour à l'authenticité » en adoptant lui-même le nom africain de Sese Seko KUKU Ngbendu Waza Banga.

⇒ *Voir **Zaïre**.*

KURIEUZENEUS

Littéralement « nez de curieux », le mot flamand KURIEUZENEUS désigne quelqu'un qui a le nez long, qui est si curieux qu'il veut toujours en savoir plus, de sorte qu'il finit, non pas comme Pinocchio par avoir le nez plus long que ce qu'il sait, mais bien par ne plus voir plus loin que le bout de son nez.

L

LAERMANS, EUGÈNE

Eugène LAERMANS est peu connu en France et ne figure pas en bonne place dans l'histoire de l'art et guère mieux dans les anthologies consacrées à la peinture de son temps. Fils d'une mère tenant une boucherie et d'un père caissier de banque, il naît le 22 octobre 1864, à Molenbeek-Saint-Jean et signe, en taisant le *e* muet de son nom de <u>Laeremans</u> omis sur son acte de naissance, ses toiles d'assez grand format qu'il exécute au moins en six mois, à partir d'études, d'esquisses et de croquis préparatoires mûrement pensés. S'il séjourne en touriste en 1896 à Paris, qui le charme autant qu'il le déçoit, Laermans n'est pas un peintre du dimanche ou de salon et sa peinture épique, tendue, expressive, singulière, touchante, exalte avec noblesse et lyrisme la rudesse plébéienne, la force brutale, la vigueur pugnace de la « race flamande » enracinée dans sa terre qu'on appelle alors la « glèbe patriale ». Campées dans un climat psychique turbulent, les hordes faméliques de ses personnages en marche, aux silhouettes étirées, stylisées, sublimées par la torsion du pinceau, sont à lire comme une allégorie prophétique du tragique de la condition humaine. En proie à l'hostilité des éléments de leur contrée natale qu'exhalent les arbres tordus, ployés par le vent, les nuages grondant à l'horizon et les murs aveugles plantés en diagonale où butent leurs regards bas, ces pauvres hères en haillons ou héros aussi miséreux qu'efflanqués sont des damnés, des déportés, des exilés, des exclus, des parias égarés et bannis de l'Éden social. Fils lointain de Bruegel qu'incarne le couple beckettien de *L'Aveugle et le Paralytique* (1906), contemporain de Daumier par la force du trait et l'engagement social, prévenant Permeke et Servaes par la typologie rugueuse des faciès, mais aussi Spilliaert par ses ciels orageux, emphatiques et très variés, Eugène Laermans fait du peuple des paysans, de la foule des émigrants, de la troupe des ouvriers ou des émeutiers en grève qui défilent derrière le drapeau rouge un vrai sujet esthétique qu'on peut ranger sous la bannière du «fantastique social». Transcendé par l'irréalisme de sa vision et l'incandescence des teintes sourdes qui confèrent à ces compositions théâtrales, où les protagonistes errent perdus sur une scène plane, un caractère presque halluciné, le misérabilisme dépeint avec sobriété se double d'un aspect allégorique comme dans *L'Enterrement du paysan* (1892) où le décor crépusculaire de fin du monde est si foncé qu'il faudrait presque lire «L'enterrement du paysage». On peut voir au musée d'Orsay *Fin d'automne* (1899) ainsi que *L'Aveugle* (1898), thème obscur, qui peut être prémonitoire de son drame personnel puisque Laermans perd la vue en 1924, à 60 ans, ce qui le coupe définitivement du monde auquel l'unit un lien cruel et laconique car il est sourd et quasiment muet depuis l'âge de 11 ans. Incarnant par la beauté de son œuvre si rare la taciturnité du peuple de Flandre, souvent aveugle, sourd et muet face au destin, après avoir été baronisé en 1927, comme Ensor et Georges Minne le seront en 1929 et 1931, alors qu'il ne voit plus ni n'entend, s'éteint le 22 février 1940, à Bruxelles, Eugène Laermans qui avait pour devise: «Heureux qui sait voir.»

LAMBOT, FIRMIN

Qui se souvient de FIRMIN LAMBOT, vainqueur du Tour de France cycliste en 1919 et en 1922?

LA PANNE

Il est piquant que la ville frontalière de France, sur le littoral belge, s'appelle... LA PANNE qui veut dire « dune » en flamand.

LAPONIE

Las du dogmatisme, du *farniente*, des intrigues minuscules, des « plaisirs larvaires » de sa triste vie et des avanies où il s'enlise, Christian Dotremont, l'inventeur des logogrammes, le fondateur de COBRA, qui, de son propre aveu, est « le type à attraper une insolation dans une cave », bardé de bottes fourrées, d'une pelisse en peau et d'un bonnet à quatre pointes, prend la route vers le paradis perdu. Glacé par la chaleur humaine, blanc comme neige, bleu de froid, claquant des dents, s'effaçant et s'enfonçant à mesure de son avancée, il s'aventure en vagabond, en loup des steppes, en nyctalope insomniaque, hors des sentiers battus, dans l'immense nuit qui dure six mois. L'haleine courte, humant l'air libre qui embrase sa poitrine en feu, ses poumons de tuberculeux, mal d'une contrée de tubercules, croisant des morses, bravant des ours qui glacent le sang, dînant de baleines, hélé par son goût de l'escapade, il fugue, seul, vers l'extrémité du globe, en LAPONIE, pour « peindre l'écriture » comme on le fait avec son urine, des larmes, des perles de sueur fondues car, pour lui comme pour Magritte, mais sur un autre mode, l'acte d'écrire n'est pas distinct de celui de peindre. Laissant fuser en lui « la pureté du froid », si givrant que les vibrisses gèlent en stalactites, lui, à qui le petit nord du pays natal ne suffit plus, s'égare dans le Grand Nord non pour se perdre mais pour s'y retrouver, et sur cet espace infini, hyalin, lilial, infoulé, trace des « logoneiges » ou des « logoglaces », aussi précaires que des châteaux de cartes ou de sable qui fondent sous les cristaux de grêle dès le premier coup de blizzard. Puis il refait en sens inverse le long trajet qui l'a mené au bout du monde, en traîneau (*Pulk*) tiré par un renne, en train, puis en bateau, puis encore en train, et encore en bateau, et enfin en taxi qui le dépose à Tervueren.

⇒ *Voir aussi* **Godverdoem**.

LETTRE

Un homme de lettres écrit des lettres quelquefois à propos d'un livre. C'est le cas du roman de Pierre Mertens, *Une paix royale*, qui traite de la Belgique, d'où la LETTRE suivante écrite à l'écrivain qui était mon ami :

Mon cher Pierre, Perugia, le 17 août 1995

Bien à l'abri sous les arcades d'une demeure patricienne, au cœur d'un magnifique jardin engoutté de rosée et des pluies de la veille, sous la lumière blanche d'un soleil cuisant, je t'écris, comme convenu, à propos de ton livre pernicieusement nommé *Une paix royale* que j'ai lu d'une traite lors des deux premiers jours de mes vacances ombriennes.

Un esprit aussi peu averti que le mien pensait, en effet, que ce titre princier masquait des révélations scandaleuses et fracassantes, mettait en lumière des pans d'ombre inexplorés, révélait des scandales, des compromissions, des attitudes indignes dans le privé ou durant la guerre, touchant à la monarchie, et dont l'écrivain majeur de la Belgique centrale que tu es aurait fait son coulant miel.

Eh bien, pas du tout. Tout ce gros livre est en chausse-trappes, bâti par emboîtements, et se déploie et déplie en permanence sur trois plans récurrents : ce journaliste bidon (faut-il dire bedonnant ?), sorte de Ric Hochet de BD mâtiné de Chick Bill (faut-il lire chic belge ?), qui te sert de prête-nom, te permet sous ce stylo d'emprunt de mener une enquête sur l'élan des écarts permettant de revenir, par étranglements successifs, au point de départ, au point de non-retour et de néant, c'est-à-dire à ce pays, cette contrée, cette Papouasie, qui n'existe pas, qui n'est, comme on dit, de nulle part, et par là même à toi.

Toi, ce héros personnel, héraut des grandes souffrances sentimentales, dévoré par le feu qui consume les belles à chaque roman (chacune a son livre) et riant sous ta crinière ébouriffée, tu n'as pas tant tort de te comparer, si je ne m'abuse, à Barbe Bleue. C'est qu'il s'agit à l'évidence de te raconter, dire ta douleur d'aimer et ses ratés, ce besoin de cajolerie et d'incompréhension que tu cultives à loisir, traçant sans fin le sillon de l'échec affectif pour mieux déterrer le repentir, le besoin du pardon, la quête de la remontrance par le baiser, le tout découlant sans doute de cet aveu déchirant venu de ta mère que tu traitas déjà ailleurs.

Enfin, la royauté, prête-nom du titre et prétexte du livre, que tu honores et respectes, sans rien dévoiler qu'on ne sache déjà, objet de cette cinglante et monstrueuse ironie qui fait que toi qui n'es roi que de toi, donc de rien, ne peux être renversé (le mot compte double) que par un roi, duplicata imagé, ersatz fantasmé, car seuls les rois sont renversés pour de bon, et de deux (comme on commande un demi!), pour bien accréditer l'esseulement, et prendre en compte ce malheur d'être tombé de ce côté-là de la frontière, dans cette langue, pour devenir un héros de papier, non pas dessiné mais écrit, comme seul peut l'être mythiquement Tintin, renversé lui aussi dans *Le Sceptre d'Ottokar*, auquel tu empruntes mot pour mot la réplique initiatique, cruciale, décisive, infiniment révélatrice : « Vous n'êtes pas blessé, j'espère ? »

Et pourtant, si ! Blessé à vie, sans saigner, né décoiffé, comme tu dis, voué à une douleur blanche, une atteinte sans déteinte, irréparable comme ta bicyclette, saignant sans répit de cette encre qui te force à écrire et dont tu vis.

La mythologie et ses récurrences sont donc au cœur de ce livre à mon sens comme si, par un acte de désespoir, seul le mythe pouvait accréditer l'existence fantôme de ce royaume bafoué et de ces héros sans histoire qui te ressemblent tant et dont tu contas si bien la cruelle mésaventure dans *Terre d'asile*.

Au fait, je crois qu'une Ferrari noire c'est très rare, à trois places, à peu près impossible, et pilotée par un chauffeur, proprement invraisemblable. C'est sur ce registre que se joue le roman écrit avec une fureur tendre, une ironie leste, une alacrité mordante qui dissimule ainsi ses enjeux essentiels, puisque tout, comme toujours en littérature, est à tiroir : violer la neutralité, c'est-à-dire le neutre normal, le conforme, et être Juif, donc être de TROP, se vouloir dénier, tout flanquer par terre pour que cela réussisse, s'arrêter à temps de boire et de maudire, pour être sauvé de justesse, repêché, comme on le dit des coureurs aux arrivées, et être digne de Rédemption. Renaître dans le panthéon des lettres, c'est-à-dire, comme tu l'as signifié d'entrée, là où seule se donne la fête des Anciens.

Si tu aimes moins Goethe à Weimar que moi, ton portrait de la maison de Poe est à cet égard exemplaire et parfait. Ton style va ainsi bondissant, comme tes jambes au tennis, tâchant de tout attraper, même ce qui te passe loin au-dessus, surfant du tourisme dérisoirement planétaire du «Monde est à vous» (ce n'est pas difficile lorsqu'on n'est rien; uniquement une question de désir…) à cette visite centrale de soi dont tu es le guide constant, veillant à aviver tes gerçures, humant à pleines gorgées «l'odeur rancie de l'introspection», agrippé par les tentacules spongieux de la mémoire, jouant jusqu'à ce Bois-Profond (forêt féminine, triangle ombré, bois si fort que nous connaissons, toi et moi), tout étant petit dans ce cul du monde, y compris les coupoles, où les réparations que tu réclames à cors et à cris ne sont que posthumes (tu le sais, malgré tes efforts effrénés de reconnaissance), mais qui produit des images saisissantes comme celle que tu décris à propos du fait que le roi devrait, au sens propre, «s'effacer» – tout dans ce cas est à saisir au mot, à prendre à la lettre, désormais exsangue, de ces légendes vivantes que tu ranimes au passé.

D'un royaume de bric et de broc, tu ressuscites les empereurs et dresse une ode splendide au cyclisme, lieu d'émancipation sociale, le pédaleur déplaçant le terrain sous ses roues, et donc gagnant partout, en Espagne, en Italie et en France. Ta liste d'épithètes est magistrale et je salue ici, au cœur de la campagne ombrienne, le rayonnement seigneurial du Colosse de Moortebeek-Centre, dont, je l'avoue humblement, jusqu'ici j'ignorais l'existence. Ces pages-là sont les plus translucides, car finalement les plus évidentes, les plus sincères, car tant éloignées de la littérature qu'elles restituent une part infoulée de toi-même que l'on pourrait dénommer ton «âme» et que tu n'as pu t'empêcher d'écrire. Elles doivent y être, stupéfiantes et belles, drôles et justes, pathétiques et inégalables. Ta description de l'accident d'Astrid – cygne blanc essaimé par le vent – est d'une splendeur emblématique car te voilà, au fil des pages, devenu le chantre du lambeau, du bris, du débris, des trépas, des adieux, de tout ce qui part et ne reviendra jamais plus. La mélancolie teinte ton encre car la mort guette à partir de là, d'un rocher («Chute de rois!»), la platitude de la concision marque une réelle élévation d'esprit, un lapsus lingual, la chute n'étant ni flamande, ni de l'autre bord, mais seulement attraction vers le bas, accélération, sans mot, seul le cri et le fracassement, où se ramasse le pays, pas plus réparable, hélas!, rassure-toi, mon cher Pierre, que ta bicyclette, car aussi imaginaire, donc inexistant, et donc réel, qu'elle.

D'où sans doute le poids de chair admirable que tu donnes aux deux champions, l'un empâté, moue molle et boudeuse, au phrasé indescriptible que tu fais si bien revivre (lui aussi doit «se retirer» comme l'Autre et son coït interrompu), et l'intrusion du gamin, Martien coloré, mutant démarqué (entre parenthèses, je crois que Nencini ne peut être contemporain de Moser ou Gimondi, mais de Baldini), ce balbutiement intrigant, répété sur les ondes, que tu réussis à faire parler, ce «Écoutez…», non quand il n'y a rien à dire, mais qu'on ne sait le dire (le langage cycliste intraduisible par les mots, comme le belge, sabir incolore, trop proche du français pour exister), le guet du rien qui mène cet interview («N'en sait-il pas plus long que moi?»), sûrement, mais indicible, seules parlent les pédales, légende muette, mythe silencieux emportant dans l'action le sceau de son phrasé, l'action se livrant aux mots des autres, et lui s'effaçant derrière elle, l'impossibilité de dire quand on fait, ce béotien négroïde à la démarche pesante comme son rejeton porte la «tenue bigarrée du clown», et l'on sait que les clowns n'ont d'autre fonction comme les fous que d'amuser les rois.

Et puis, cet autre, Rik II, effacé par le précédent, qui gomma Rik I, qui te fascine et que tu vénères comme on respecte la mémoire. L'icône surgit («Rik II se tient à côté de moi»), quelle émotion, là je crois que tu l'as vu, et ce tutoiement du flamand, du coup la langue existe, et tu le fais resurgir du néant comme Norman Mailer s'attaque à Marilyn ou Kennedy.

On a les dieux, les empereurs, les présidents, les mythes qu'on mérite, qu'on hérite! Peu importe qu'il ne parle pas de Benoni Beheyt, champion du monde par usurpation, révélant en coupant le fil une traîtrise promptement shakespearienne, on se rend compte combien les rois sont soporifiques et les coureurs énergétiques, porteurs d'un imaginaire vivifiant.

Belle aussi l'image d'intronisation de Baudouin : « Le gamin a l'air penaud : en fait, il est puni. Il reçoit la couronne comme un châtiment. » Ton transfert à lui est hors mesure, mais le compte à régler semble le plus fort. Ces deux pôles s'allient et se combattent. Te sacrerais-tu roi que tu t'arrangerais pour te renverser, te mettre à bas pour te redresser et lever la plume. D'où sinon écrirais-tu? Ce livre est un abcès qu'il fallait percer.

La joie (Joy) s'en est allée, te laissant sur la rive, mais la Senne ne débordera jamais de son lit, tu rêves, Pierre, mais les rêves de pierre sont peut-être les plus vrais.

Sous les oripeaux du réel, ton livre m'apparaît à la réflexion purement imaginaire, et d'ailleurs fort imagé. Il te fallait l'écrire, non pour te bercer d'illusions, mais te suspendre aux vieilles lunes et croire ainsi, par inversion, que ce lopin de terre existe. Pour ma part, tu le sais, j'en ai fait mon deuil depuis longtemps. Le trait est tiré et Belgavox où déjà le Roi et Eddy (Eh dis! Mais le prénom ne dépasse par l'interjection) m'ont rejeté au loin, là où je suis, si bien, à l'abri des cyprès et des pins parasols, dans cette campagne radieuse où luit le soleil, où les tournesols sont tournés à l'est, vers Todi et sa place symétrique, ces champs ouvragés par le temps, tels que les aquarella Dürer, sites de douceur et de teintes pâles ; vert tendre, ocre, brun, ombres noires, où Robinson peut vivre sur son île sans chalet, chacun étant à soi son continent, ce qui n'exclut ni les cahots ni les chocs en retour (à cet égard, l'épisode de la fosse septique est un morceau de bravoure inédit : « Ce sont les déjections de mes femmes. Je n'ai aucun regret. Toutes étaient magnifiques et je chéris leur caca » m'a fait hurler de rire).

Voilà, mon cher Pierre, ce que je pouvais te dire. Je

crois que tu as eu raison d'aller te balader dans Bruxelles vide lors de l'enterrement de Baudouin et de surveiller tout cela au magnétoscope, avec arrêt sur image, et zoom mortifère forant au cœur les césures de ce pays qui meurt, en survie, maintenu par baxter, qui contamine ceux qui l'approchent et encercle, étreint, étrangle, étouffe ceux qui y demeurent.

Récit de pures élucubrations mythomaniaques, dis-tu, p.441 à propos d'*Une paix royale* C'est bien vrai, mais il n'est point vrai, comme tu le dis, que tu sois «le moins belge des vrais Belges» (p.443) Te voilà bien devenu ce que tu es, et que tu dis, et qui te fait être, là d'où tu viens et où tu es, entre ceux-ci et ceux-là, entre deux faux (faucilles), entre deux eaux, noué, noyé, appelant au secours, et plongeant ta plume aiguisée, acidulée, dans cette onde poissante qui monte.

Maintenant que l'île Robinson a brûlé, sur quelle île le Vendredi belge que tu es trouvera-t-il une terre d'asile? Je ne m'en inquiète pas vraiment. Car tu le sais, et je soupçonne même que tu y es déjà.

À toi donc, mon cher Pierre, ma sincérité dissidente, ma tendre, chaleureuse et très fidèle amitié

Patrick Roegiers

P.S. Pierre, ce texte a été écrit au fil de la plume Tu excuseras les fautes d'orthographe ou d'interprétation. Pour pallier mon absence au théâtre Poème puisque je serai à Nice, tu peux faire lire ce texte s'il te convient et si tu y puises quelque agrément.

Cette lettre de sept pages tapée à la machine resta sans réponse. Ainsi se brise l'amitié et s'accroît de chaque côté de la frontière l'écart entre ceux qui restent et ceux qui sont partis.

LION

Que le LION qualifié de « roi des animaux » soit depuis le Moyen Âge l'emblème de la nation m'égayait plutôt et me rassurait même lorsque j'étais enfant. Agile, féroce, sûr de lui, toujours en éveil, aux aguets, ce fauve rugissant, à la crinière hérissée, au pelage lustré, aux griffes acérées, me réjouissait quand je le voyais surgir dans le cercle de la Metro Goldwin Meyer où il annonçait les films de peplum comme *Spartacus* avec Kirk Douglas et autres superproductions en Cinémascope et en Technicolor où les chrétiens, qui avaient tort d'avoir des croyances, servaient de pitance au félin. Mais les gladiateurs casqués, armés de fourches, de glaives et de filets, arrivaient à le tuer et à l'apprivoiser comme le faisait aussi Tintin dans ses aventures au Congo après que Milou, bien que plus menu, lui eut arraché la queue. Le lion dont on pesait la férocité au zoo d'Anvers, lors des voyages scolaires, où nous l'admirions de loin avec les tigres, à côté des cages des pumas et des panthères, et dont je pus de près jauger la fureur des années plus tard, lors d'un tournage qui nous logeait à deux doigts de sa cage, quand le soir on le prive de sa femelle, se ruant sur les barreaux au point que saignaient ses babines écumantes, je le trouvais un peu partout, sous des formes multiples et variées.

Entre autres dans le film *Richard Cœur de lion* avec Robert Taylor, mais aussi à l'enseigne des magasins d'alimentation générale « Delhaize le Lion », fondés en 1867, qui fleurissaient partout, où je raflais mes friandises, à deux doigts de l'entrée, et, bien sûr, avec nos vaillants « Diables rouges » dont il est la bannière autant que l'écusson. Et puis, je le voyais en pierre, carré des deux côtés de la Bourse, au pied de la colonne du Congrès, où brûle la flamme du Soldat inconnu, à l'entrée du parc de Bruxelles, face au Palais royal, vestige de la statuomanie qui antan gagna la capitale, et même au beau milieu du barrage de la Gileppe où il se cabre, isolé, sans doute un peu dérisoire.

Enfin, le lion, qu'on ne doit pas réveiller quand il dort, qui incarne l'hypertrophie du « moi », si peu propre au Belge, régnait sur la butte de Waterloo, spectre éternisé de l'héroïque défaite des troupes de Napoléon, qui veille sur la morne plaine, juché sur le pédant monticule, que haïssait Victor Hugo qui logea face à lui pour mieux le défier, comme le fit aussi plus tard, en avisant depuis sa maison familiale de Sauvagemont, Pierre Alechinsky, qui le peignit dans sa *Montagne regardant* (1955). Je ne connaissais pas alors le fameux Lion de Belfort, sculpté dans le roc par Bartholdi, également auteur de la Statue de la liberté, ni *a fortiori* sa copie réduite et depuis peu restaurée, qui trône, royale, au centre de la place Denfert-Rochereau, au bout du boulevard Raspail, à deux pas de la prison de la Santé.

Plus tard encore, je découvris le lion dans les tableaux de Magritte tel que *Le Mal du pays* (1941), à l'affût en couverture de ce livre, et dans diverses toiles comme *La Place du soleil*, gouache de 1953, *Le Repas de noces*, où il campe devant une table nappée parée d'un œuf, et même dans ce croquis sans titre où le roi des animaux porte un chapeau melon. Étendard du roman de Henri Conscience *Le Lion de Flandres* ou *De Leeuw van Vlaanderen*, le lion, grande gueule, aux crocs acérés, que ne repaît pas un second rôle et qui n'admet aucun rival – si deux visent la même proie, l'un d'eux sera de trop –, n'est plus à présent le frère d'armes du coq français ou de l'aigle germain. Droit sur ses pattes, dardant sa langue fourchue telle une flamme, voire une oriflamme, le lion des Flandres, broyant du noir sur le fond doré du drapeau flamand, s'est taillé sa part en ne faisant qu'une bouchée du coq rouge sur fond jaune du fanion wallon, mais il a pour de vrai mangé du lion en croquant celui qui symbolisait la Belgique, pour n'être plus que l'emblème arrogant d'une région sur les panneaux routiers quand on arrive en Flandre.

LISTE NOIRE

Marc Dutroux, mort de Baudouin Ier, Vilvorde, dioxine, assassinat d'André Cools, tueurs du Brabant wallon, catastrophe de Marcinelle le 8 août 1956, pots-de-vin (Dassault, Augusta), détricotage du pays, assassinat de Julien Lahaut, « disparition » du prince Alexandre, mort mystérieuse de Serge Reding, enlèvement de V. D. B., « fugue » de Guy Cudell en 1984, affaire Graindorge, Léon Degrelle, le rexisme, le Vlaams Blok, collision ferroviaire de Pécrot, liquidation de la Sabena, incendie de l'Innovation, chute mortelle de Stan Ockers à Anvers, naufrage du ferry à Zeebrugge, tricherie de Michel Pollentier, « pot belge », question royale, accueil de Baudelaire, matchs de football truqués, caisses noires, drame du Heysel (39 morts), écrasement de Verhaeren, racisme de Ghelderode, Marc Quaghebeur, meurtre du Théâtre Provisoire, fermeture de l'Esprit frappeur, « révisionnisme » culturel, « collaborationnisme » littéraire, « incivisme » théâtral, couardise intellectuelle, enlèvement du Manneken-Pis, cachalot échoué à La Panne en 1954, heures tragiques au Congo, décès d'Henry Chanal, emprisonnement d'Henri Ronse, exécution d'Édith Cavell, pasteur « diabolique » belgo-hongrois Andras Pandy, dépeceur de Mons, laxisme policier, négligence de la gendarmerie, étouffement de Semira Adamu, dysfonctionnement de la justice, « casse » de la rue Haute, affaire Jespers, arrêt du Dr Willy Peers, accident mortel de Gilles Villeneuve à Zolder en 1982, défaite de Roger Moens, radiation à vie de Raymond Goethals, tricherie d'Éric Gerets, fraudes fiscales de Vanden Boeynants, et sursis accordés en raison des « services rendus au pays », évasion de Dutroux, mort de la reine Astrid à Küssnacht en 1935, enlèvement du baron Empain, coït interrompu de Baudouin (refus de signer le décret dépénalisant l'avortement), naissance de Jean-Claude Vandamme en 1960, décès d'Ivo Van Damme en 1976 sur l'autoroute d'Orange, « poire » de Michel Pollentier, les Fourons, mort d'Albert Ier à Marche-les-Dames en 1934, remariage du roi Léopold avec Lilian Baels, le 7 décembre 1941, dans la Belgique occupée, triste fin de Rik Van Steenbergen pris à Rosières dans un trafic de drogue, guerre scolaire, viaduc de la place Saincteclette sur l'axe Rogier-Basilique, massacre des marronniers de l'avenue Louise, tour ITT, Charlie De Pauw, Mont-des-Arts, affairisme, façadisme, vandalisme général, bruxellisation, flamingantisme, Marche blanche, manifestation des sidérurgistes à Bruxelles le 11 février 1982, émeutes tragiques du Congo belge en 1958, grèves du Borinage en 1959, assassinat de Patrice Lumumba en 1961, décès de Roger Claessen le 3 octobre 1982, drame de la thalidomide, dit du « Softenon », en 1962, clichage de la frontière linguistique en 1962, réveillon tragique de La Louvière en 1976, assassinat de l'épouse de Julos Beaucarne en 1977, disparition de Jacques Brel en 1978, Bénoni Beheyt champion du monde à Renaix le 11 août 1963, *«Walen Buiten!»* («Wallons dehors!»), guichets de Schaerbeek, carcan bruxellois, Albert De Leener, policier bruxellois, abattu par des gangsters, catastrophe de Martelange, grèves du Limbourg, collision fatale du champion du monde cycliste Jempy Monseré au grand prix de Rétie en 1971, anniversaire de mes 20 ans, scission de la bibliothèque universitaire de Louvain (Leuven) en livres pairs et impairs, le reste est à venir.

LITTÉRATURE

En Belgique, où l'on est en quête d'identité, on se plaît à décliner à l'infini la LITTÉRATURE si indéfinissable pour les autochtones qu'elle prend pour risible vocable les intitulés officiels de littérature belge, littérature française de Belgique, Lettres belges de langue française, Lettres françaises de Belgique, littérature belge de langue française, littérature française de la Belgique, littérature nationale, littérature belge d'expression française, littérature francophone de l'écrivain belge, littérature française des écrivains de Belgique, littérature française de/en Belgique, littérature française d'expression wallonne, littérature wallonne d'écrivains francophones de Belgique, littérature francophone des auteurs wallons, littérature française régionale de Belgique, littérature française des auteurs francophones de Wallonie, littérature nationale des régions wallonnes, littérature de la francophonie belge de Wallonie, littérature wallonne en français de Belgique, littérature en français régional de Wallonie, littérature générale de la francophonie wallonne, littérature nationale du français de Wallonie, littérature wallonne de la Belgique francophone, littérature wallonne de langue française de Belgique, littérature belge d'expression française de la communauté wallonne francophone, littérature francophone de la communauté régionale wallonne de Belgique, Lettres wallonnes des écrivains belges de Belgique francophone, Lettres d'expression française en région wallonne francophone, et autres terminologies régionales de la Belgique wallonne littéraire. Sans doute, emporté par mon élan, en ai-je inventé quelques-unes. Mais j'exagère à peine. Et encore ! Je n'ai rien dit de la poésie.

Lointain

Je connais chaque pouce, chaque pavé, de Bruxelles. Lorsque je regarde l'album de Marie-Françoise Plissart *Bruxelles, horizon vertical*, qui ne compte que des vues en hauteur, quasiment aériennes, de la capitale, je mesure combien cette ville a changé. Ce ne sont plus que percées, trouées, saignées, sombres tunnels, vastes ronds-points, courbes de dégagement, allées de traverse à grande vitesse, autoroutes urbaines, boulevards à six voies, qui rallient la porte de Hal à la basilique de Koekelberg à fond de train. Même si, par des plans rapprochés, il m'est donné de retrouver telle rue, telle rangée de boutiques dans tel quartier, telle façade de maison qui est encore intacte, tel carrefour ou croisement que j'ai traversé, et, bien sûr, tous ces immeubles de verre sans âme où triment les bureaucrates internationaux, qui logent là par devoir, sans amour pour cette cité qui ne sera jamais la leur, je comprends alors combien le regard que je porte sur la ville de mon enfance, où j'ai grandi et dont j'ai appris à connaître, jour après jour, chaque centimètre carré de terrain, est désormais LOINTAIN.

LOVENJOEL

Il me revient avec une précision saisissante avoir un jour pris l'autobus en compagnie de mon grand-père, qui était commandant des chasseurs ardennais et avait épousé une Anglaise juste après la Grande Guerre, pour nous rendre à l'asile de LOVENJOEL où l'une de mes tantes lointaines était enfermée. Il n'y avait qu'une vingtaine de kilomètres à parcourir et, durant le voyage, nous mangions des châtaignes qu'il nettoyait avec son canif. Je ne m'étais jamais aventuré aussi loin dans la campagne et la perspective de cette brève excursion prenait à mes yeux les allures d'une véritable escapade. Le voyage en autocar s'annonçait en effet comme une folle aventure et j'ingurgitais des quantités de plus en plus astronomiques de marrons à mesure que nous approchions de l'asile. Après avoir marché quelques dizaines de mètres en rase campagne, nous avons pénétré dans une propriété à l'abandon au cœur de laquelle, caché par une forêt de haies et de buissons, protégé par le silence environnant, somnolait un vieux château. La tante qui était vraiment folle nous attendait, terrorisée, dans sa chambre, dissimulée derrière un paravent. Son visage gris était creusé du dedans, de longues franges de cheveux raides couvraient ses yeux enfiévrés, un misérable peignoir sale et délavé découpait l'extrémité de ses jambes décharnées, chaussées par des pantoufles en tissu dont je ne me rappelle plus la couleur. Pendant tout le temps qu'a duré la visite, il ne s'est rien passé. Mon grand-père et elle échangeaient des banalités si bien qu'à la longue, à force d'insipidité, ma pauvre tante internée finissait par paraître normale. Aussi, après une demi-heure, nous avons pris congé. Mon grand-père lui remit un cadeau qu'il avait apporté et, après avoir adressé à ma tante un ultime au revoir, ayant coiffé son chapeau, m'entraîna dans les allées du parc, ravi qu'une visite qu'en son for intérieur il redoutait tant se soit en fin de compte aussi bien terminée. La grande bâtisse déjà rapetissait derrière nous lorsque soudain, sans crier gare et sans que nous sachions comment, au détour d'un bosquet, la tante *djoum-djoum* en peignoir et pantoufles surgit devant nous, les cheveux hirsutes, en hurlant : « Emmène-moi, Carlos ! Je t'en supplie, Carlos, emmène-moi... ils ouvrent mon courrier, m'alimentent de cadavres de rats... je ne veux pas rester ici ! » Et, tout en disant cela, elle devenait hystérique et criait si fort en malmenant mon grand-père qui n'osait plus bouger que deux infirmiers, surgis des bosquets aussi inopinément qu'elle, accoururent et la ramenèrent de force au château. Durant quelques instants, je me souviens d'avoir eu l'image de la folie devant les yeux pendant qu'elle se débattait, détournée aux trois quarts pour nous insulter, disant qu'elle nous aimait en nous traitant de tous les noms et qu'elle s'échapperait de toute manière parce qu'elle n'était pas folle, tandis que les yeux lui sortaient de la tête et que ses pieds gesticulants, ayant l'un et l'autre perdu leur pantoufle, ne touchaient plus le sol.

LUBIES

On peut tenir pour les « LUBIES d'Arthur », ces vers de Rimbaud s'extasiant devant les parures des maisons de la Grand-Place de Bruxelles : « C'est trop beau ! trop ! Gardons notre silence. »

⇒ *Voir aussi* **Verlaine**.

M

MAATJES

Les MAATJES sont des harengs hollandais hautement délectables à partir du mois de mai et durant tout l'été. La harengère, aux mains rougies, leur tranche la tête, les coupe en deux avec un couteau effilé comme un sixième doigt et vide les entrailles. Elle éjecte aussi les arêtes et gratte les écailles du poisson qui mesure environ 15 cm. Rien n'est plus doux qu'un maatje. Il en émane une forte senteur comme tout ce qui vient de la mer ainsi qu'une exquise saveur qui fond dans le palais. Les maatjes en Hollande se vendent au coin des rues. On les avale la tête à l'envers en les tenant par la queue entre le pouce et l'index. Mais le comble est de les déguster avec un verre de Bols, genièvre. L'alliance de la chair ineffable et de l'alcool glacé, qui brûle l'œsophage, est un régal. La dépiauteuse de maatjes que j'admirais voici peu à Sluis avait des gestes prestes d'une prestance rare. Par la justesse et l'efficacité, elle égalait en pureté la grâce et la souplesse de la dentellière de Vermeer.

MACARONI

Au moment d'embarquer pour le pôle Sud, le baron Gaston de Gerlache de Gomery, qui commandait la mythique expédition antarctique de 1958 au cours de laquelle il fonda la base Roi Baudouin et découvrit la chaîne de montagnes qui porte le nom de monts Belgica, fit une déclaration sur les MACARONI :

– Je n'emmène que des pâtes compactes. J'ai si peu de place, vous comprenez, je ne peux pas emporter des trous.

MAF OU MAFT

Maboul, marteau, zinzin, dingue, dingo, djoumdjoum, barjo, braque, brindezingue, louf, louftingue, fou, fondu, fada, fêlé, fou-fou, frapadingue, frappé, piqué, cinglé, cintré, tapé, timbré, toqué, toc-toc, sinoque, sonné, siphonné, déboussolé... En un mot comme en cent, comment dire mieux que MAFT ?

MAGRITTE, RENÉ

La ligne de partage entre la France et la Belgique trouve peut-être son expression la plus claire dans la compréhension qu'a chaque pays de l'œuvre de RENÉ MAGRITTE à propos duquel son ami Louis Scutenaire a déclaré avec le plus grand sérieux, la plus subtile connaissance et la plus sincère estime qui puisse être : « Magritte est un grand peintre. Magritte n'est pas un peintre. »

En France, en effet, Magritte est souvent considéré comme un mauvais peintre qui fait de la mauvaise peinture. Un imagier. Un peintre de chromos. Un dessinateur de papiers peints. Un peintre littéraire. Un peintre de chevalet. Un peintre académique. Un peintre populaire qu'inspire l'imagerie (cartes postales, cinéma, publicité). Un peintre pompier. Un penseur sommaire et sans ambiguïté. Un analyste froid, à la folie raisonnable. Un peintre kitsch et redondant. Un peintre de rébus, de devinettes, d'idées reçues et d'évidences plates. Un peintre maladroit. Un peintre explicatif. Un peintre penseur. Et, pis, un peintre de la pensée logique. Le mystère de son univers échappe aux Français comme sa poésie étrange et son rapport énigmatique aux titres ésotériques. Magritte est admis à la rigueur comme un peintre pré-Pop et post-dadaïste. Mais on ne le prend pas plus au sérieux que Clovis Trouille, Fernando Botero, Richard Lindner, George Grosz, Alfred Courmes ou Salvador Dali. Et d'ailleurs Breton le traita en artiste de second rang à l'ère de gloire du surréalisme. Magritte est un peintre sympathique. Mais il compte moins que Manet, Cézanne, Degas, Renoir, Braque, Balthus, Dubuffet, Matisse, Picasso, Giacometti, Léger ou Yves Klein. Et, de toute façon, en France le surréalisme est moins coté que l'impressionnisme, le fauvisme, le cubisme, le néo-réalisme, bien qu'il soit plus prisé que le symbolisme, le dadaïsme, l'école de Paris, l'hyper-réalisme ou la figuration narrative. Magritte qui figure dans maintes expositions thématiques est avant tout un peintre étranger. Un peintre belge. Un peintre wallon. Un peintre bruxellois. Un peintre rebelle. Un peintre cérébral. Un peintre incompris. Plus estimé pourtant que Miró, Tanguy, Ernst, Derain, Brauner, Fautrier, Gris ou Arp. Mis sur le même pied, dans le même sac, que De Chirico, Bellmer, Dominguez, Matta, Picabia, Man Ray. Mais il reste un peintre anecdotique. Un peintre descriptif. Un peintre abscons. Un peintre méthodique. Un peintre ennuyeux. Un peintre absurde. Un peintre rigolo. Aussi étrange que Munch, Redon, Blake, Füssli, Böcklin auxquels on l'assimile plus ou moins, Magritte est un peintre de métier. Un peintre concret. Un peintre régionaliste. Un peintre modèle. Un peintre malin. Un peintre bizarre. Un peintre bourgeois. Un peintre arriéré. Un peintre onirique. Un peintre critique, proche de Hopper, Vallotton, Willink, Schad, Spencer ou Dix. Magritte est un humoriste froid, distant et évasif. On convient qu'il émane de son œuvre, bâtie sur la déclinaison d'objets obsédants, grelots, bilboquets, chapeaux, pommes, nuages, chevaux, masques, une inexplicable poésie. En un mot comme en cent, comme aurait pu l'énoncer Scutenaire, Magritte est un peintre mais pas un grand peintre.

Considéré désormais comme une gloire nationale, longtemps présenté comme « un artiste de classe internationale », René Magritte, qui avait sa tête sur un billet de banque, est tenu en Belgique pour le peintre le plus important et le plus cher du XXe siècle. C'est à la fois un mystificateur, un farceur, un blagueur, mais aussi un penseur, un philosophe, un théoricien, un écrivain, un esprit éclairé, illuminé parfois, un sémioticien, et même un intellectuel, statut ignoré en Belgique. Et c'est avant tout un poète, qui roule les *r* et a le mot pour rire, qui traite la réalité comme une illusion, célèbre le mystère du visible et surtout de l'invisible, par une peinture énigmatique, faussement évidente, vraiment mystérieuse et très simple, qui décrit par des poncifs, des piperies insanes, des chausse-trappes optiques, des calembours pissants et de soudaines calembredaines, l'illisibilité du monde. Rieur de lui-même et faussaire des autres – il mit dans sa poche Picasso et toute la clique! –, plus fulgurant que flagrant, subversif que discursif, Magritte dépeint la réalité quotidienne, le monde ambiant, les objets familiers, l'étrangeté qui nous étreint. Plus poétique que politique, il décrit avec un impassible sérieux l'état des rêves éveillés. Ses visions sont des cauchemars. Ses hallucinations sont des avertissements. Chacun sait qu'il est un hâbleur rusé, un faux bourgeois déguisé en commis, un vrai petit-bourgeois travesti en lui-même, autant qu'un besogneux génial qui exécute jusqu'à vingt toiles par mois et passe toute sa vie avec la même femme. Magritte prend le tram, joue aux échecs, promène et fait pisser son chien, déteste les voyages, aime au cinéma *Fantômas* et *Coup dur chez les mous*, part en vacances à la côte et a démoli deux Lancia qu'il venait d'acheter, et n'a jamais conduit. C'est un peintre métaphysique, ironique, qui se moque de l'art et de Manet dont il a cloué le bec en vissant dans un cercueil les protagonistes du balcon. C'est un peintre... linguistique. Un analyste de l'imaginaire. Un terroriste du bon ton. Un mordu du vocabulaire. Logicien de l'imagination, brouilleur de pistes, poseur de bombes, exploseur de pensées, qui, bien avant d'autres, s'érigea en héros de sa peinture, Magritte pense en images. Ses aplats sont des abîmes. On loue son invention plastique, son iconoclastie, son exploration hardie des voies de l'inconscient, même s'il réfutait la psychanalyse comme mode d'appréhension de son œuvre. Sa mythologie personnelle, grelots, bilboquets, briques, costumes, pommes, bougies, nuages, rideaux, melons, est entrée dans les mœurs ; la période Renoir et la période vache (de toutes, celle, à présent, que je préfère) concourent à la perverse complexité de son monde. Magritte est un peintre analogique. Sa peinture est proprement belge. D'ailleurs, en voyant ses toiles, le quidam s'exclame : « C'est un Magritte ! » L'étrange et l'illogique créent ces apparitions surréelles que fécondent les idées de derrière la tête. Magritte vaut cher. Magritte est impayable. En Belgique, Magritte n'est pas un peintre. Magritte est un grand peintre.

⇒ *Voir aussi* ***Fume, c'est du belge***, ***Maison***, ***Mal du pays***, ***Melon***, ***Patriote***, ***Paul et René***, ***Peintre***, ***Pipe***, ***Scholzen***, ***Uniforme***, ***Vache*** *et* ***Viande***.

MAISON

Une visite chez Magritte.

Comme j'avais le projet d'écrire une pièce de théâtre sur René Magritte et que j'admirais beaucoup son œuvre, je me rendis à la fin des années *septante*, par un bel après-midi de printemps, au 97 rue des Mimosas, à Schaerbeek, où l'illustre peintre vécut en compagnie de son épouse Georgette à partir de 1957 et où il conçut près de la moitié de son œuvre.

Le cœur battant, sincèrement ému à l'idée de pénétrer dans l'auguste sanctuaire-atelier, je me réjouissais de voir enfin « pour de vrai » le cadre de vie et de création que j'avais eu le loisir de repérer dans l'album du photographe américain Duane Michals, qui s'intitule justement *Une visite chez Magritte*.

Comme dans le livre, je posai mon doigt sur le bouton de sonnette, signé MAGRITTE, avec la même écriture ronde que celle de ses tableaux, qui me donna l'impression d'entrer aussitôt dans une de ses toiles. Georgette, que je connaissais un peu, coquette et charmante, avec permanente et lunettes, m'ouvrit et me fit pénétrer dans le décor plutôt conventionnel et bourgeois, orchestré par elle, garni de bibelots en faïence et d'angelots en porcelaine, d'objets dorés et de meubles confortables qui me parurent de style Louis XVI.

Dans cette bonbonnière irréelle, où les tableaux posés aux murs n'avaient qu'une fonction décorative, j'eus peut-être le loisir d'apercevoir une perruche jaune jacassante et un énième loulou blanc de Poméranie, qui sommeillait sur le canapé vert d'eau où Magritte faisait la sieste dans l'album de Michals en donnant l'impression d'être mort.

Dans toutes les pièces de la maison, vendue en 1986, le fantôme chapeauté de Magritte semblait nous suivre à la trace. Il grimpait avec nous l'escalier, surgissait de la chambre à coucher, campait dans la petite pièce du haut qui lui servait d'atelier où je contemplai son chevalet, sa palette, ses pinceaux, ses tubes écrasés, sa chaise sur un tapis persan, où il peignait tout habillé, sans plaisir ni faire de tache. Et, dans son dos, la bibliothèque vitrée où s'entassaient les livres qui lui étaient consacrés, des ouvrages de poésie ou de philosophie, les écrits de ses amis et ceux de ses auteurs favoris, Baudelaire et Poe.

Une fenêtre est une fenêtre et je vis, par l'une d'elles, en surplomb, le petit jardin sans fantaisie, borné par des haies bien taillées, couvert de gazon et fleuri de rhododendrons, comptant un arbre triste et solitaire autour duquel le couple, sans enfants, posa mains unies. Et où le peintre s'était livré à quelques facéties, se riant de lui-même et jouant à être soi, portant *Le Char de la Vierge* (1965), où languit sur un miroir une valise – que contient-elle ? –, apparaissant, disparaissant, se triplant, se superposant par surimpression au personnage célèbre qu'il était devenu et auquel il ressemblait tant qu'on ne savait plus très bien lequel des deux était plus vrai que l'autre.

Revenu au salon, j'eus la chance d'admirer une version du *Domaine d'Arnheim*, campant un aigle sculpté sur un piton sous un croissant de lune, avec des œufs dans un nid, au titre inspiré par une nouvelle d'Edgar Poe. Ainsi que *Le Prêtre marié*, deux pommes masquées, daté de 1957, un croquis de Georgette jeune (1924) et un autre au fusain de 1934, *La Joconde* (1960), un ciel en rideau à côté d'un grelot, au titre trouvé par Suzi Gablik, deux bouteilles peintes, *La Dame* (1932) et *Le Ciel* (1943), posées non loin du piano à queue, ainsi que diverses variantes d'œuvres illustres qui me confirmaient bien que j'étais dans un petit musée.

Ayant exposé à l'épouse du peintre la raison de ma visite, celle-ci avisa soudain un gros livre posé sur une table basse qui venait de paraître et qui était consacré aux intérieurs de peintres célèbres. Le plus naturellement du monde, Georgette m'invita à le parcourir et à vérifier le cadre de vie où je me trouvais par l'image, qui ne pouvait être plus vraie que la réalité, et auquel s'était substituée comme par magie la figuration glacée de sa représentation.

Saisi par un vertige statique, à moitié pétrifié, je revis ainsi en images tout ce que je viens de décrire et que contenait la MAISON, sorte de villa anglaise cernée de barrières blanches. Muet de stupeur et ravi tout à la fois, j'éprouvais ainsi sous le toit même du peintre qui peignit la maison à l'intérieur de la fenêtre d'où on la voit, et qui s'intitule *L'Éloge de la dialectique*, le problème de l'image dans l'image, de l'intérieur et de l'extérieur, du spectateur dans la peinture, du visiteur dans la visite, du tableau dans le tableau, et de la maison dans la maison, chaque maison étant en effet le double d'elle-même, comprenant son histoire et incluant son propre fantôme.

MAISON DU PEUPLE

Le Belge, qui a une brique dans le ventre, a le culte de sa maison mais il ne respecte pas beaucoup celle des grands hommes qui ont tant fait pour le renom de leur pays, bien qu'on les ait systématiquement ignorés et méprisés de leur vivant. Ainsi la MAISON DU PEUPLE, érigée par Victor

Horta, inaugurant en 1911 un mode de constructions inédites qui franchirent les frontières et firent école dans le monde entier, a-t-elle été scandaleusement abattue dans une quasi-indifférence en 1965, comme c'est aussi le cas de l'hôtel de M. Van Eetvelde, de celui de Solvay et de maintes architectures d'édifices publics et privés. De même fut débâtie la maison conçue par Fernand Khnopff – une des plus incroyables de la fin du XIXe siècle – qui l'appelait son « temple de beauté », véritable miroir de son œuvre, sarcophage d'albâtre, mausolée d'esthète, aussi délirante mais sans fonction que celle de Georges Simenon, à Lausanne. Édifiée au 41 avenue des Courses, en bordure du bois de la Cambre, cette demeure que Khnopff occupa jusqu'à la fin de sa vie en 1921 fut vendue en 1936 à une compagnie immobilière qui l'abattit en 1937 pour bâtir un immeuble d'appartements. De même qu'a été démolie, en pleine année Ensor, l'habitation Art déco, 26 rue Longue, où le peintre naquit, on rasa son atelier, situé au coin de la rue de Flandre et du boulevard Van Iseghem, sous les combles duquel il conçut ses œuvres majeures, dont il dessina la vue qu'il en avait et qui dominait Ostende. Ses logis successifs ayant tous disparu, ne subsiste que le dernier dans lequel il habita peu et qu'on érigea en un pseudo-musée folklorique tapissé de posters, et de même en va-t-il de la maison natale de Spilliaert, rue de l'Église. Celle de Magritte, 35 rue Esseghem, à Jette, où le peintre vécut vingt-quatre ans avec Georgette, de 1930 à 1954, au retour de Paris, a été restaurée et muée elle aussi en une sorte de musée grandeur nature en trompe-l'œil, sans aucune œuvre, ce qui n'est pas le cas de sa dernière demeure, rue des Mimosas, où il s'éteignit le 15 août 1967, ni de la maison blanche à étages à Lessines, où il naquit, remplacée par le gros immeuble de briques rouges d'un affréteur. L'habitation natale de Henri Michaux à Namur a été rasée, il ne reste rien de celle d'Hergé, 25 rue Cranz, actuelle Philippe-Baucq, à Etterbeek, de Simenon, à Liège, 23 rue Léopold, de Marguerite Yourcenar, avenue Louise, ni bien sûr de la propriété de Maeterlinck à Orlamonde, qui a été aménagée en hôtel, celle de Jacques Brel, 138 avenue du Diamant, à Schaerbeek, s'ornant d'une plaque, l'atelier de David ayant été pulvérisé comme a disparu sous l'action des bulldozers l'hôtel de maître du boulevard de Waterloo, avec la plaque commémorative qui y était accrochée, où Alexandre Dumas résida durant plus de deux ans, remplacé par une hideuse construction qui abrite l'Office national de la sécurité sociale, tant et si bien qu'on en vient à envier le triste sort d'Émile Verhaeren dont la bicoque du Caillou-qui-Bique fut dévastée le dernier jour de la Grande Guerre par des obus germains, anéantissant du même coup une partie de sa correspondance et de ses manuscrits.

MAL DU PAYS

Le tableau titré *Le Mal du pays* qui figure en couverture de ce livre a été peint par René Magritte en 1941, pendant l'occupation de la Belgique par les Allemands, peut-être lors du séjour de trois mois à Carcassonne où le peintre résida en compagnie de Georgette, avec les Scutenaire, auprès de son ami le poète Joe Bousquet. Comme le rapporte Suzi Gablik, Magritte a hésité entre plusieurs titres tels « Le spleen de Paris ou Philadelphie », « Soupe aux pois » ou « La purée de pois », mais il pensait aussi que « Ménopause » conviendrait, tout comme « Atchachtachatchia », avant de jeter son dévolu sur l'intitulé final qui ne fut trouvé ni par Paul Nougé ni par Louis Scutenaire qui avaient l'art de s'acquitter avec brio de cette tâche. Il existe aussi une gouache peinte en 1940, qui porte le même titre, où l'inconnu est saisi de dos, non pas de profil, et le lion de face. Inspiré sans doute de celui qui trônait sur les pièces de monnaie, le lion – symbole du pays – qu'on trouve dans maints tableaux est le même que celui qui campe au pied d'une table, avec un œuf dans un coquetier, peint durant l'exil à Carcassonne, et qui s'intitule *Le Repas de noces* (1940), et il resurgit dans une œuvre postérieure titrée *Souvenir de voyage* où figure Marcel Lecomte. On a vu dans le personnage d'Icare méditant sur le pont, l'aspiration à l'envol et à la liberté, au rêve d'évasion durant la sinistre période de l'Occupation. Quant au pont qui est le même que celui de *La Boîte de Pandore* (1951), agrémenté d'un lampadaire, il peut s'agir du pont de Lessines, où le peintre vit le jour, du pont de Schaerbeek, où le photographie Georges Thiry en 1959, mais aussi du pont qui mène de la vie à la mort, du réel à l'irrationnel, ainsi que d'une métaphore du pont entre les hommes qu'est l'art. La vérité est en fait tout autre. L'idée de ce tableau est venue à Magritte le 30 août 1939 comme il l'écrit à son ami collectionneur Edward James, chez qui il réside pendant trois semaines en 1937, si bien que *Le Mal du pays* se révèle être une réminiscence de Londres plongée dans le brouillard, le pont étant le Westminster Bridge, et l'homme ailé n'étant autre que E. L. T. Mesens, fixé à Londres en 1930, qui dirigea la London Gallery où René Magritte exposa. Mais celui-ci antidatait et postdatait volontiers ses tableaux. On peut donc parfaitement réfuter ces interprétations trop vraisemblables et se contenter de l'explication qu'en livrait non sans humour l'artiste lui-même : « Tu n'avais jamais vu un homme penché sur le parapet d'un pont, regardant l'eau, et derrière lui un lion ? Non ? Maintenant, grâce à cette peinture, tu l'as vu. »

MANNEKEN-PIS

Le Bruxellois, qui a un sens inné de la (dé)gradation, monte en grade et prend tout à la lettre. Ainsi un *men* est-il un bon garçon qui sera un jour un grand monsieur ; un *menneke* est, pour sa part, un grand garçon qu'on traite déjà de jeune homme, pis, tel un petit monsieur ; et le MANNEKEN-PIS est un Bon Petit Jeune Homme qui pisse comme un Grand Monsieur.

MANTEAU

> Même l'absence d'un pas dans l'ombre
> de son paysage se matérialise.
>
> Marcel LECOMTE

J'ai lu, comme chacun, des textes de Marcel Lecomte, au nom si commun que je le confonds avec Leblanc, Legrand, Lefranc, qui survient au hasard de la lecture, dans des anthologies consacrées aux poètes surréalistes auxquels il est souvent associé bien qu'il ne soit pas une figure majeure, un chef de file incontesté. Car Marcel Lecomte était plutôt un écrivain isolé, de caractère indépendant, rétif aux honneurs, qui fignolait ses écrits dans son coin, sans rien exiger, confiant dans l'éventualité relative de sa postérité. Il survit dans ma mémoire grâce à une anecdote qui relate sa disparition et résume assez bien la relation de sa présence-absence au monde, son goût de l'effacement, du vertige de l'instant, son sens de l'invisible et de l'imprévisible, du souvenir banal, de l'énigme insoluble, du fait divers inutile, du voyage sans retour.

Comme de coutume, Marcel Lecomte, en début de soirée, était attablé à un café de la place Saint-Jean qu'il fréquentait assidûment, mais il allait aussi dans un débit de vin près de la Grand-Place, non loin des galeries Saint-Hubert dont il avait pris l'habitude d'occuper les cafés avant la guerre. Féru de philosophie extrême-orientale que lui révéla Clément Pansaers, attiré par l'ésotérisme, les tarots, le bouddhisme, il avait toujours les bras chargés de livres, de journaux et de papiers noircis d'un texte rédigé la veille dans son garni du 8 avenue Churchill qu'il habitait seul. C'est pourquoi il travaillait le plus souvent dans les estaminets, de préférence à la table d'angle où il avait ses aises, et où nul ne reconnaissait dans cet homme en marge, vêtu ce jour-là d'un complet gris clair comme le suggère le titre de son récit policier *L'Homme au complet gris clair* (1930), celui qui rencontra au début de l'année 1922 René Magritte à qui il montra la photographie d'un tableau de De Chirico, *Le Chant d'amour*, qui fit venir les larmes aux yeux du peintre qui l'éternisa en homme de pierre dans *Souvenir de voyage III* (1955). Ni, *a fortiori*, dans la photographie de Paul Nougé, recensée dans *La Subversion des images*, où il pose les yeux fermés, dormant et tenant en main un porte-plume invisible, et qui a pour titre énigmatique *Les Vendanges du sommeil*.

« Surréaliste de formation », né à Bruxelles le 25 septembre 1900, Marcel Lecomte est un curieux personnage qui aimait les jolies femmes et a écrit des ouvrages aux titres fascinants comme *Les Minutes insolites* (1936) ou *Le Vertige du réel* (1936). Ayant assez assumé à son gré sa posture de spectateur disert, après avoir réclamé l'addition de sa voix sourde et basse, il se leva de table et quitta le Saint-Jean pour aller dîner dans un restaurant, près de la Grand-Place, où il avait ses entrées. Comme il faisait doux, bien que l'on fût en novembre, Marcel Lecomte jugea inutile d'emporter son MANTEAU et se mit en route. Érudit discret, captivé par l'exactitude, il marchait posément, à son rythme, hautain et massif, au milieu de l'agitation et du bruit de la ville. Vivant au quotidien l'aventure de la vie, il progressait toujours selon le même parcours, en épousant du bout des chaussures la dénivellation des pavés. Cette avancée lente et continue qui lui offrait de capter « les surprises substantielles de la rue » équivalait, à ses yeux de promeneur attentif, à une sorte d'errance soutenue dans la durée. Mais l'avancée lecomtienne tint cette fois du trajet fatidique car, en arrivant à la Grand-Place, Marcel Lecomte fut pris d'un malaise pareil à celui qui avait failli l'emporter l'hiver précédent et il s'effondra, foudroyé par une crise cardiaque, en ce 19 novembre, avant de passer le pas le 12 décembre 1966. Le poète de la lenteur, scripteur du *Carnet et les Instants* (1923) et des *Minutes insolites*, fut inhumé au cimetière de Verre-Winkel, mais son manteau qu'il avait négligé d'emporter resta durant des mois accroché à la patère telle une défroque de fantôme, une vieille peau, l'épiderme d'un écorché.

MARCHE BLANCHE

Sire... il n'y a pas de Belges... vous régnez sur deux peuples. Non, vous ne régnez pas, et d'ailleurs bientôt vous ne régnerez plus. La Belgique l'a senti qui pleurait moins son monarque défunt que la monarchie elle-même. Ce n'est pas d'abord la personne de Baudouin, mais la figure royale que pleurait de toutes les larmes de son corps la Belgique, car le roi est le représentant des forces de la nature, le condensateur de l'énergie générale, comme l'a montré Georges Dumézil. Ce pays ne communie plus que dans la commémoration et dans les cérémonies funèbres – après le père, les filles, a-t-on dit – que symbolisent les scènes de pleurs et de mises en terre, non loin des terrils qui sont eux-mêmes des tumulus, des pyramides minières, générant le charbon qui fonde et attise la crémation. En Afrique, le deuil se porte en blanc, ton de l'oubli – autre trait local incurable – qu'arborait la reine Fabiola aux funérailles de son époux et qu'adoptèrent en masse, orphelins d'eux-mêmes, les Belges dans leur récente marche, exécutant par ce rituel collectif le travail de deuil de la nation elle-même. Car le deuil est un *état de marge* et, par extension, de MARCHE...

MARCHÉ COMMUN

La Belgique est une terre dérisoire rongée par la honte séculaire d'exister, ses paysages ne vivent que dans la mémoire de ceux qui la regardent, ses villes sont imaginaires et noyées par la brume. Misonne et Khnopff n'ont fait qu'inventer la réalité d'un regard qui ne valait que pour eux. Notre modernité est une fausse modernité car elle a tout exterminé pour exister. Bruxelles elle-même, où les arbres ont cessé de pousser, saccagés, bafoués, abattus, est une cité sans foi ni loi, défigurée par le présent dans sa frousse bleue du passé. Cette ville, où il ne reste quasiment aucune trace d'autrefois, n'est la capitale d'aucun pays véritable. Elle n'est qu'une métropole de transit livrée pieds et poings liés aux complets lignés des hommes d'affaires, offerte en prime aux cartes de crédit et aux attachés-cases des attachés d'ambassades et des fonctionnaires sans visage et sans âme du MARCHÉ COMMUN.

Marche-les-Dames

Tenues pour une des dernières beautés naturelles de la vallée de la Meuse, à huit kilomètres de Namur, les roches de Marche-les-Dames, décrites comme admirables par les « Amis de la Commission royale des monuments et sites », ont été acquises officiellement par le ministère des Finances et assurées d'être conservées comme un site sans pareil en 1926. Huit ans après, le samedi 17 février 1934, le roi Albert Ier, épris des richesses naturelles du pays et fondu d'alpinisme, décida de visiter ce cadre magistral classé site royal depuis quelques jours. Il partit seul en escalade et on découvrit son corps à 2 heures du matin, la tête brisée, le corps fracassé contre un rocher. Le drame, d'une affreuse simplicité, s'était passé sans témoins, mais dans les règles.

Site classé.
Roche classée.
Chute classée.
Pipe cassée.
Affaire classée.
Sire à tout casser.

Marchetti, Jean

J'ai rencontré Jean Marchetti peu avant de quitter la Belgique. Il me coupait les cheveux et j'écrivis un texte pour l'exposition « SCALP » qui coiffait sous sa coupe quelques artistes que nous aimons tous les deux comme Christian Zeimert, Gotfried Wiegand, Willem, Roland Topor, André Stas, Chantal Petit, Michel Parré, Olivier O. Olivier, Abel Ogier, Erik Dietman, Roman Cieslewicz, Gunter Brus ou Arrabal. Il en a accueilli bien d'autres dans son salon d'art et de coiffure où n'ont le droit de siéger sur son fauteuil de barbier que des clients dont la tête lui revient. Les touffes de cheveux s'amassent ainsi sur le sol que Jean Marchetti brosse non sans cérémonie avec un balai aux poils doux en les poussant dans un coin comme des enfants punis. Jean

Marchetti, qui tient à son indépendance, ne gère pas seulement en solitaire le lieu le plus surréaliste de Belgique comme l'a noté à juste titre Marcel Mariën. Il est aussi éditeur et publie de superbes ouvrages sur vélin d'Arches, à exemplaires limités, peu diffusés, mais qui trouvent bon an mal an leur acquéreur, où sont reliés en couple un écrivain et un artiste que Jean Marchetti, qui est aussi un fin collectionneur, s'ingénie à concilier avec autant de goût que de doigté.

MAROLLIEN

Langue morte, jargon, parlure, sabir ou baragouin, le MAROLLIEN est un idiome né au XVe siècle aux alentours du couvent des Sœurs de Marie, dites sœurs Marolles, Maricoles ou Mariolles, d'où le savoureux brassage d'argot, de dialecte et de patois local, de flamand dénaturé, de français abâtardi, vérolé de wallon avarié, et autres idiolectes altérés en un bruxellois inouï qui s'est, hélas !, à peu près tari, mais qui sévit encore par chance dans la vraie Marolles, à l'est de la rue Haute, et s'étend jusqu'au Vieux-Marché. Ce patagon sans rival au monde a, entre autres qualités, celle d'ajouter un *ge* aux verbes, un *ch* chuintant à une tapée de mots qui se terminent par *t* ou *d* comme *kind(ge)*, « enfant », *wind(ge)*, « vent » ou *blind(ge)*, « aveugle ».

MARTHA ET OMER

Étant un enfant de la ville, je connais peu la campagne et n'ai eu que rarement l'occasion d'approcher de près des paysans. Sans doute est-ce la raison pour laquelle je garde un souvenir affectueux, ému et amusé de MARTHA ET OMER que j'ai eu l'occasion d'aborder épisodiquement lorsqu'ils venaient au « Trait-d'Union », dans la grande bâtisse blanche, au bord de la Lys, à Afsnée, patrie de Fritz Van den Berghe et de Gustaaf De Smet, tenants de l'école de Laethem, qui étaient de si bons amis qu'ils devaient s'appeler entre eux Fritz et Gust. Discrets et sympathiques, ouverts et accueillants, mais secrets et silencieux comme tous vrais paysans, Martha, sortie tout droit d'une toile de Permeke, peinte avec du *boustring* ou *boestrin(c)k*, hareng saur, et du crottin, corpulente et robuste, aux hanches balèzes, aux mamelles vachères et au corps charpenté comme les rustres qui débordent aussi dans les tableaux de Gromaire, et Omer, aux mains calleuses et aux doigts gourds, au buste trapu mais aux pieds solides ancrés dans des sabots qui pédalaient à vélo, aux traits abrupts sortis d'une gravure sur bois, au nez de betterave ou en patate bosselue, aux oreilles en chou-fleur, aux yeux bleus comme de l'eau claire qu'éclairait son sourire au dentier tout neuf dont il se jouait et qui me faisait curieusement penser à celui de Frank Alamo, qui d'ailleurs devint dentiste!, nous admirent une fois dans leur masure, cambuse basse, au toit de tuiles, au sol de terre meule, aux murs crépis de chaux, qu'avec fierté ils appelaient *ons huis* : « notre maison ».

Une porte étroite, qu'il fallait franchir tête baissée pour ne pas se cogner et qui avait brisé à jamais les reins de la vieille mère courbée telle une gerbe, au dos fléchi jusqu'à terre, qui passait sa vie à la fenêtre à contempler, sous le ciel incolore et peu consolateur qu'illuminaient parfois les flamboiements d'un arc-en-ciel, les bocages terreux laminés par le vent, la glèbe bourbeuse sertie de cernes noirs, tirés de la palette sombre, à dominante bistre, ocre et brune, brûlée comme des toasts, du peintre des marins de la mer du Nord, permettait d'accéder dans une pièce foncée au sol teinte de terre, de boue, de paille humide et de fumier, au cœur de laquelle, sur une table cirée, trônait un bouquet d'ailes de faisans plumés par Martha aussi prestement que le fils cruel, qui fit fortune comme boucher en Wallonie, brisait avec un bâton les pattes des poules, qu'elle-même décapitait d'un coup franc et fourrait dans sa jupe, plumait sur les genoux, passait à la casserole, puis dégustait avec les œufs frais et la *pappe* grumeleuse, sorte de bouillie, tambouille au lait où flottaient des patates brunes comme des étrons, avec du lard, des côtes entières de porcs qui bâfraient tout pareil, leur pitance mijotant sur le feu d'à côté, l'étable des cochons, gavés au hachis de tripes, des vaches, des poules, des moutons, donnant sur le salon de la fermette dont la place d'honneur était occupée par un poste de télévision à l'écran caché par un torchon à carreaux pour virer les mouches.

Omer, confiant et rigolard, à la trogne rougeaude, à la toison de paille, aux poings comme des palettes, Martha, aux flancs évasés, qui respirait la santé, et la vieille mère rompue, qui regardait passer le paysage, tous trois lapant leur écuelle, éclusant leur jatte de café noir, incarnaient la rudesse primitive et l'admirable rusticité d'un autre âge du *Mangeur de bouillie*, du *Mangeur de pommes de terre* et du *Buveur de café*, maçonnés d'une pâte gluante, épaisse et puante par Constant Permeke, chantre vigoureux du terroir, de la campagne de Flandre, de la « race flamande » et de l'expressionnisme flamand, qui trouve son ancrage à Laethem-Saint-Martin, village huppé des environs de Gand, fort prisé des artistes tels que les frères Gustave et Karel Van de Woestijne, Georges Minne, Valérius de Saedeleer et Albert Servaes qui formèrent le premier groupe de la fameuse école. Et à Afsnée, où vécurent Fritz Van den Berghe et Gustave De Smet, qui a désormais son musée à Deurle, où il résida jusqu'à sa mort en 1943, avec qui Permeke, amateur affûté de tir à l'arc dont il décrocha le titre d'empereur, mais qui déclina, hautain, celui de baron décerné à Laermans et à Ensor qui l'appelait « l'as des embruns », jouait aux boules et pêchait dans la Lys.

Martyrs, place des

Ma promenade fatalement s'achevait PLACE DES MARTYRS, sise sur un ancien potager, en retrait de la trépignante rue Neuve, longtemps siège de la Ligue vélocipédique belge, du balcon de laquelle Eddy Merckx brandit à la foule en délire son premier maillot jaune avant de restituer illico sa bécane au monarque, tel un vassal échiné ayant pédalé pour l'unité du royaume. Beaucoup plus tard, bien avant qu'elle ne fût restaurée, j'eus de cet îlot stagnant la vision spectrale d'un espace embrumé, flottant, indécis, et pourtant nettement dessiné. La lueur bleue nimbait les frontons minés et dépecés, ruinés de leurs atours, chair écharpée subissant la loi de la spéculation mortifère, gage de l'iconoclaste plan de saccage mûri de longue date par les Flamands. Tout dans cet écrin pierreux, serti par un halo brumeux, me bouleversa. Figé par la stupeur, éberlué, proprement médusé, j'étais dans un tableau et, d'un coup, transplanté dans l'atmosphère fantômale de la place Memling de Khnopff, ensevelie dans l'onde d'un mirage, ou d'un songe poétique d'une intense beauté, d'une tristesse sans égale, me révélant l'irréalité de cette nébuleuse cité vouée à disparaître, à s'évanouir, à s'évaporer, ne léguant après elle, comme jadis Bruges ou Venise au pire temps de la peste, que l'aura de son apparition, vision de l'invisible, laissant sourdre les contours chancelants d'un monde occulte, crépusculaire et subjuguant, mortellement contaminé, libéré à jamais de ses occupants.

Masochistes

Étrillé par la presse avant la qualification des Diables rouges pour les huitièmes de finale de la Coupe du monde 2002 qui se déroulait au Japon, après avoir battu la Russie 3 à 2, l'entraîneur francophone de l'équipe belge de football, Robert Waseige, a déclaré que les Belges étaient un « peuple de MASOCHISTES».

Massepain

Plus que l'écœurante bûche ou le *cougnou*, brioche garnie d'un petit Jésus rose en sucre, ceint d'un cordon bleu pâle, moyen sûr de savoir si on a des caries, et les *nic-nac*, en lettres colorées qui mollissent dans la bouche, hérauts des étrennes accordées par mon parrain, prime délivrée à l'enfance en sursis, obole ou dîme allouée à la peur de grandir, me reste pour la vie en mémoire l'odeur du MASSEPAIN, appelé pâte d'amande en France, qui imprégnait toute la maison dans la nuit du 5 au 6 décembre dès que les parents avaient disposé avec soin au salon les jouets multicolores qui nous étaient joyeusement offerts. Plus que le goût du *spéculaus* ou *spéculoos*, à l'effigie de saint Nicolas, garni d'un gros ruban, du pain d'épice, du chocolat blanc ou brun, des mandarines, et autres friandises qui égayaient nos déguisements divers, les carabines en plastique et les revolvers en fer, les parures d'Indien, plumes, arc, flèches à bout de caoutchouc, les soldats kaki et les légions romaines qui m'offraient l'illusion de jouer dans un film à mon échelle, les autos Dinky Toys, Norev ou Solido, et mes fameuses équipes de Subbuteo, les cadeaux requis par mes frères ou les poupées de ma sœur, me reste en mémoire l'entêtante senteur du massepain qui chatouillait nos narines de son arôme exquis et hâtait en douce notre réveil, si bien que nous filions subito suivre la messe de 6 heures à l'église de l'Annonciation et rentrions au pas de course à la maison qui exhalait plus encore l'effluve du massepain frais.

MATHILDE

Francophone d'origine flamande, habitant à Bruxelles, issue de la petite noblesse wallonne, mais dont une partie de la famille est installée en Flandre, MATHILDE d'Udekem d'Acoz a toutes les qualités pour créer un état de grâce entre Wallons et Flamands qui s'évertuent à la veille du mariage à regarder dans la même direction, unis par une commune émotion et une sensiblerie également partagée. Ancienne cheftaine guide, ravissante, souriante, très croyante et photogénique en diable, Mathilde, qui a passé son enfance à Villers-la-Bonne-Eau, est l'aînée de cinq enfants. Ses parents qui l'ont rondement éduquée possèdent le château de Losange dans les Ardennes et si leur fille, âgée de 26 ans, a une pratique encore balbutiante du flamand, elle se rattrapera vite car elle est... orthophoniste pour bambins et s'empresse d'escorter des malades en pèlerinage à

Lourdes. En deux mois de fiançailles, elle n'a pas dit un seul mot, ricanent les esprits sceptiques.

– Mais pourquoi voudriez-vous qu'elle parle?,

rétorque la gent publique, en état de grâce à l'idée de voir enfin un héritier du trône épouser une de ses compatriotes, tous ses devanciers ayant pris comme reine de nobles étrangères. Suscitant un engouement sans égal, taxé de « mathildomania », la charmante Mathilde, cavalièrement appelée « Mathildeke », a donc épousé l'élu de son cœur, à Bruxelles, le samedi 4 décembre 1999, dans une ambiance de fête. Après le mariage civil célébré dans les trois langues du royaume, l'hymen religieux fut retransmis en même temps – c'est inouï! – sur les chaînes francophones et flamandes, mais la question cruciale qui mina longtemps les esprits forts fut de savoir qui dirait oui et qui dirait *ja*. Voici la réponse:

– *Ja*, dit le Prince.

– Oui, dit la Princesse.

Après quoi les acteurs de cette union si belle « qui ressoude la Belgique » apparurent au balcon de l'hôtel de ville, sur la Grand-Place, où les guidèrent les 132 cavaliers de l'escorte royale, et où la foule, acclamant à tout rompre les tourtereaux, exigea une « baise », un malotru criant même « ... avec la langue! ». Ce fut la seule note discordante de l'ultime grand mariage du siècle.

MAURANE

Il n'y a pas plus de rapport entre MAURANE et Bob Morane qu'entre Henri Vernes et Jules Verne, Salvatore Adamo et Arthur Adamov, Jacques Brel et Jacques Borel, Marcel Lecomte et Leconte de Lisle, Jacques Martin et Jacques Martin, Marcel Moreau et Gustave Moreau, Félicien Marceau et le mime Marceau, Félicien Rops et Daniel Rops, Albert Frère et frère Jacques, André Delvaux et Paul Delvaux, Magritte et Maigret, Simenon et Saint-Simon, Jean Ray et Man Ray, les frères Dardenne et le jambon d'Ardennes, la montagne de Bueren et les colonnes de Buren, les Diables rouges et le diable vauvert.

Mauvaises expressions

En venant vivre en France, je savais fort bien qu'il y avait un certain nombre de mots ou d'expressions courantes, même si je n'en usais pas ou si peu, que je ne pourrais ni ne devrais plus dire. Ainsi, fier de mes résolutions, ai-je appris à ne plus dire **bel étage** mais rez-de-chaussée, **bourgmestre** (*burgmeester*, maître du bourg) mais maire, **bouteille à encre** mais bouteille à l'encre, **de commun accord** mais d'un commun accord, **tomber à court** mais se trouver à court, **combat naval** mais bataille navale, **crème à la glace** mais crème glacée, **endéans** mais dans un délai de, **attendre famille** mais attendre un heureux événement, **femme d'ouvrage** mais femme de ménage, **avoir à ses guêtres** mais avoir à ses trousses, **sur une jambe** mais les doigts dans le nez, **livret de mariage** mais livret de famille, **marchand de loques** mais chiffonnier, **maître de conférence** mais chargé de cours, **mettez-vous** mais prenez place, **chercher misère** mais faire des misères ou chercher noise, **être à moule** mais être mal fichu, **envoyer à la moutarde** mais envoyer au diable ou paître, **avoir une brette** mais avoir une prise de bec, **remettre un commerce** mais céder un commerce, **en noir** mais au noir, **avoir un œuf à peler avec quelqu'un** mais avoir un compte à régler, **taper au petit bonheur** mais deviner au hasard, **jouer avec les pieds** mais se payer la tête, **plaine de jeux** mais terrain de jeux, **tirer son plan** mais se débrouiller, **sucer de son pouce** mais deviner, **rabattre les oreilles** mais rebattre les oreilles, **tomber faible** mais s'évanouir, **à pouf** mais au pif, **à tantôt** mais à tout à l'heure, **faire les poussières** mais épousseter, **priorité de droite** mais priorité à droite, **être quitte** mais être privé de, **se rappeler de quelque chose** mais se rappeler quelque chose, **voir pink** mais voir trouble, **l'avant-midi** mais la matinée, **être chocolat** mais être de la revue, **café liégeois** mais café viennois, **dame blanche** mais vanille au chocolat chaud, **ça tire** mais il y a des courants d'air, **ça ne peut mal** mais pas de danger, **je n'en peux rien** mais je n'y peux rien, **en rac** mais en rade, **roef roef** mais rapidement, **sais-tu** ou **savez-vous** mais n'est-ce pas, **vous** n'êtes pas sans ignorer mais vous n'êtes pas sans savoir, **aller à selle** mais aller à la selle, **trouver porte de bois** mais trouver porte close, **sous eau** mais sous l'eau, **sous-bock** mais dessous de verre, **avoir le temps long** mais trouver le temps long, **tirer la tête** mais faire la gueule, **faire de son Jan** mais faire des embarras, **faire son trottoir** mais laver son trottoir, **tramway vicinal** mais tramway de campagne, et enfin **ouais, wouais, oué, woué** ou **wé**, mais oui.

MAX, OSCAR

Karl Marx a vécu à Bruxelles où il déménagea souvent et où il esquissa *Le Capital*, mais il ne faut pas le confondre avec OSCAR MAX, le médecin qui soigna Baudelaire, fils du Dr Jean-François Max et frère du Dr Henri Max, qu'on a prénommé Hector, Léon ou Oscar, tout comme on l'appela Marx, Marcx ou Marc. Ce thérapeute de noble extraction, mais au nom estropié, qui résidait rue Joseph II et dont le neveu, Adolphe Max, devenu en 1909 bourgmestre de Bruxelles, donna son nom à un boulevard, a lui-même été confondu à tort avec le Dr Léon Marcq, fils du Dr Philippe Marcq, installé 10 place de l'Industrie, qui traita aussi Baudelaire et auquel succéda le Pr Jean Crocq – un crack ! –, chef de clinique à l'hôpital Saint-Jean, sis non pas place Fernand-Coq, mais 7 rue des Cendres, où se déclencha l'aphasie, puis la confusion mentale du poète des *Fleurs du mal* qui ne sut donc jamais s'il avait été traité par Jean Crocq, Oscar Max ou Léon Marcq.

MAYONNAISE

On peut critiquer la mayonnaise et ses multiples usages, mais elle est peut-être une des rares choses que je suis sûr d'avoir totalement réussies dans ma vie. Je la monte à la main, avec une fourchette, jamais de fouet !, ayant rompu l'œuf, gardé le jaune, versé le sel, le poivre, la moutarde, et un doigt de piment de Cayenne, en versant à mesure un filet d'huile, puis une larme de vinaigre ou quelques gouttes de citron. La mayonnaise est vraiment extra quand elle est dure et tombe en *klotte* ou en motte, d'un coup, en faisant un bruit sec et mat, mais surtout lorsqu'il n'y a plus de moire huileuse sur les bords du bol ou pot de faïence et qu'on peut la maintenir à l'envers, au-dessus de sa tête, durant trois minutes, montre en main, ce que j'ai fait à maintes reprises, sans que l'accident tant attendu et désiré ne m'arrive.

Mégret, Bruno

En visite en Flandre, Bruno Mégret, alors délégué général du Front national, a apporté son soutien au parti d'extrême droite flamand Vlaams Blok dont il a apprécié l'affiche de propagande qui décore le local du mouvement séparatiste à l'hôtel de ville d'Anvers, où l'antique cathédrale est surmontée d'un cimeterre arabe avec cette légende : « Anvers, ville occupée. » Trouvant « légitime que le peuple flamand cherche à affirmer son identité et son indépendance », l'ex-porte-parole de Catherine Mégret à la mairie de Vitrolles a tenu à préciser sans une pointe d'accent ni surtout d'ironie : « Quand le FN sera au pouvoir en France, nous proposerons à la Wallonie de devenir la vingt-troisième région française. »

Meï, mei, mey ou meye

La meï est la femelle du *peï**.

---

* *Voir ce mot.*

Melon

Rond comme la tête, indissociable du pépin, le chapeau melon qu'on dit « boule » en Belgique règne en maître dans l'œuvre de René Magritte qui en fit un des éléments clés du vocabulaire de sa peinture. Assorti au manteau qui ajuste en toute saison l'allure impeccable de l'employé modèle, ce seyant couvre-chef mue en un tournemain le bourgeois qui le porte en badaud. Vissé sur le crâne, épousant la face morne de l'individu « melonisé », l'indice respectable permet de passer d'office inaperçu. Sorte de demi-sein rond, mamelon uniforme, le melon convie à tirer sa révérence à la réalité en coiffant son chapeau.

MER

Avec ses dunes, ses plages immenses, sa digue, ses brise-lames, que j'entendais, enfant, prononcé « brise-larmes » comme si ces amas de gros blocs de pierre noire, glissants et nappés d'algues, de menus coquillages et de moules, parfois garnis de piquets vermoulus, qui fendent les lames et défient les marées, servaient à briser les vagues à l'âme, ses cabines de bois blanches ou à rayures, aux noms riants, où s'entassent pelles, maillots, filets et seaux, ses coupe-vent dressés, son sable dur où l'on bâtit des forts et des châteaux, son sable mouillé où l'on creuse des rigoles pour jouer aux billes, son sable sec, chaud et fin où l'on bêche des trous pour tenir un magasin de fleurs en papier crépon, si fripé qu'enfant je l'appelais « fripon », décidément !, ses villas pimpantes, ses rangées d'immeubles laids qui gâchent le paysage et bouchent l'horizon, son iode, ses embruns, son vent piquant, sa pluie qui fouette, son soleil qui brûle en mai et fait un hâle cuivré comme une miche de pain doré, ses rouleaux d'écume, sa teinte huîtreuse, ourlée de remous sombres, et son ciel magnifique, imprévisible, inégalable, incomparable, la MER du Nord, ruban latéral, littoral ras, aire ventée où finit l'amère patrie, est le lieu où le Belge, en short ou en anorak, suçant une glace, sirotant une bière ou un Pimm's, pédalant contre la brise, poussant une poussette ou roulant en *cuistax*, qu'il soit flamand, wallon, ou bruxellois, se sent véritablement chez soi, submergé comme nulle part au monde par le sentiment inné d'être enfin né quelque part.

⇒ *Voir aussi* **Zwin**.

Merde

Dévoilée pour la première fois en septembre 2000 dans les salles du MUHKA (Museum von Hedendaagse Kunst) d'Anvers, *Cloaca* est une installation très complexe et d'une extrême sophistication qui, sous l'aspect technologique d'une machine anthropophage, sorte de terrifiant robot high-tech, composé de réservoirs, de tubes et de passerelles, conçu après maintes études et recherches savantes sur les conseils d'ingénieux ingénieurs scientifiques, ne sert qu'à produire de la MERDE. Nourrie comme un corps humain de légumes ou d'aliments de consommation courante, subissant par simulation l'action dissolvante des sucs gastriques et des liquides corporels, *Cloaca* épouse pour ainsi dire automatiquement, sur un mode célibataire et jouisseur, le processus naturel du système digestif, rendu apparent et permettant de suivre sans virtualité, dans sa trivialité même, le fonctionnement continu des intestins, la matière ingérée s'évacuant en boudin fécal, étron chocolat ou fèces inodores d'une appétissante substance. Version moderne du « meuble à défécation », cet engin à faire chier, laboratoire impersonnel, ascétique, aseptique, clinique, véritable usine à crottes conçues en temps réel car l'opération dure le temps précis de la digestion, n'a pas seulement pour objet de restituer avec la plus grande exactitude l'organisation biologique du corps qui n'aurait pour fins dernières que de produire de la défécation, mais elle s'inscrit par sa conception érudite dans la lignée des explorations mécanistes de Léonard de Vinci et surtout d'André Vésale qui démontait par pans l'arrière-plan et les fondements de l'humaine anatomie dont il ambitionnait de sentir les coulisses et les admirables rouages. Substitut du système digestif, figure du corps morphologique en attirail à évacuer du déchet, ou encore métaphore du corps idéologique traitant le citoyen comme de la merde, *Cloaca*, construite sur un mode infernal par l'indécrottable Gantois Wim Delvoye que l'on traita de scabreux coprologue, de sacré scatophage, voire d'artiste merdique ou cucul la praline, met en valeur la relation de l'art et de la science, célèbre les noces de l'ordinateur et de la déjection, de l'intellect et du viscéral, de l'organique et du savoir, de l'apparence et de l'interne, lié au sale, au déchet, à la crasse autant qu'à l'excréta. Exposé en 2001 au New Museum de New York, *Cloaca* renoue avec la crudité originelle tant vantée par Bruegel, Bosch ou Ensor et s'inscrit céans dans la tradition coprophilique des rapports de l'art et de la merde, de Topor à Manzoni, de Gilbert & George à Éric Dietman, qui tous muèrent en art leurs besoins, création ultime et symbole suprême de l'art lui-même : « machine à fabriquer de la merde ». Sacralisée par son système de production, la merde se promeut en œuvre louable au musée où le culotté curateur, au cul serré ou cul béni, au lieu d'aller à dada campe sur son séant devant *Cloaca*, ou, mieux, « Cloacaca », création merdadaïste, le caca étant le grain de selles de dada comme l'a dit dès 1921 le dadaïste Paul Joostens :

> « Merde pour l'Art... on n'apprécie
> pas assez le verre, le caoutchouc,
> le bois neutre, le feutre,
> le nickel, et d'autres matières,
> par exemple la merde,
> on n'apprécie
> pas assez la merde. »

MÉTAPHORE

De l'affaire Dutroux au mystère non élucidé du dépeceur de Mons et au débitage en règle du pasteur belgo-hongrois Andras Pandy qui habitait au coin du quai de l'Industrie où il mit en morceaux toute sa famille après avoir abusé impunément de trois de ses filles, éliminé en cinq sec l'une ou l'autre de ses épouses, grâce au déboucheur Cleanest, bain d'acide apte à dissoudre sans traces les restes humains, on ne peut lire chacun de ces actes monstrueux que comme une MÉTAPHORE de la mise en pièces générale du royaume de Belgique en soi.

Métonymie

Sous la plume des journalistes et des observateurs politiques, lorsqu'on parle de Bruxelles, il ne s'agit en aucun cas de l'ancienne capitale de la Belgique, avec ses ruelles animées, son folklore, son Ommegang, son Manneken-Pis, son accent, ses petits choux, ses *caricoles* collantes, ses *cavietjes*, ses rôtisseries, ses tramways, son Vieux-Marché, sa pluie locale et ses pavés mouillés, ses affreux tunnels, son centre désertifié, ses abords saccagés, son façadisme et ses banlieues huppées, mais d'une ville anonyme et administrative où se prennent les décisions économiques qui ont des répercussions immédiates et infinies dans quinze pays de la Communauté. En cessant d'exister pour elle-même autant qu'aux yeux des autres, Bruxelles, ex-capitale d'un État fédéralisé qui n'existera bientôt plus, est devenue au sens propre une MÉTONYMIE de l'Europe.

Michaux, Henri

J'ai au moins en commun avec HENRI MICHAUX de partager ses trois derniers prénoms : Eugène, nom du parrain, Marie, nom de la Vierge, Ghislain, nom de la marraine.

Il est le plus grand écrivain belge du XXe siècle.

De la taille d'Artaud, Beckett, Bacon ou Dubuffet.

Je n'aurai pas le mauvais goût de relier Michaux à la Belgique ni à la poésie belge, « plus qu'indienne ou japonaise ».

Je ne lui ferai pas le déshonneur de le rendre aux Belges, qu'il a tant haïs, de le rapatrier à titre posthume comme le font d'autorité les pontes des lettres indigènes qui raflent la mise après coup, font fi de sa radicalité, de son déni qui les ostracise, les répudie, les honnit, les isole, les exile à leur tour, les bannit du rivage inédit où s'ancre son œuvre.

On assiste, en effet, depuis sa mort en 1984, à une récupération éhontée, bien qu'attendue et prévisible, de la part de sa contrée d'origine qu'il a fermement répudiée. En Belgique aujourd'hui, on s'arrache à tout-va la dépouille littéraire de Michaux comme s'il n'était jamais parti. Pleuvent les commémorations, les anniversaires, les colloques wallons, les hommages officiels, les élans d'attachement sans nuances. Et, bien sûr, sans se poser la question du pourquoi, du comment de son départ.

En revanche, il ne me paraît pas superflu de prendre en compte la remarque de Georges Perros à son sujet :

« Même si on ne sait rien de sa biographie, en lisant bien Michaux, on est forcé de voir qu'il est belge. »

Ce n'est pas le lieu ici d'analyser l'œuvre de Michaux.
Mais on peut rappeler les étapes de sa vie.
Et même garder uniquement les éléments de sa biographie liés à la Belgique. Ainsi peut-on lire pas à pas l'étrange lien qui unissait l'écrivain à son pays.

– Michaux naît le 24 mai 1899
à 14 h 15,
36 rue de l'Ange
à Namur.

– Baptisé à l'église Saint-Loup, qui se trouve près de la rue de l'Ange, là où s'effondra Baudelaire fin mars 1866.

Il porte le nom de son grand père, Henri Michaux, rentier.
Octave Michaux, son père, est négociant, puis chapelier.
Sa mère est également ardennaise et wallonne.
Son frère aîné, Marcel Frédéric, né en 1896, deviendra avocat à Bruxelles.
Henri souffre d'une affection cardiaque qu'évoque nombre de textes.

> Il ne le sait pas encore
> Mais il va rejeter ce nom impropre

Alors qu'on dit qu'il est le nom propre
Ce patronyme commun dont il a honte
Qui fomente en lui le désir du déni
Du rappel malgré soi de l'origine
De la nationalité
De l'état civil
Et de toute filiation.

Il déteste ce nom de Michaux – un nom de fonctionnaire – qui fait ressembler aux autres.

« Vous allez à Namur, vous voyez partout
Des Michaux comme ailleurs des Martin. »

Ce nom d'un petit bonhomme n'est qu'un synonyme, pis, un ethnonyme qui rend anonyme. Toute sa vie, il prend en grippe ce nom qu'il traîne comme un boulet. Il se défie de son « nom vulgaire », qu'il déteste, dont il a honte, pareil à une étiquette qui porterait la mention « qualité inférieure ».

Sa haine du nom, du pays, est toute résumée par cette phrase :

« Je crache sur ma vie. Je m'en désolidarise.
 Qui ne fait mieux que sa vie ? »

– Sa famille quitte Namur quand il a 2 ans et s'installe à Bruxelles, 69 rue Defacqz.
– De 1906 à 1910, il réside en pension, à Putte Grasheide, en Campine, à l'est de Malines.
Étudie en flamand.
Lui-même narre ainsi ce séjour : « ... de l'âge de 7 ans à l'âge de 12 ans, en pension dans une campagne belge, entouré de petits paysans puants dont je n'entendais ni la brutalité, l'insensibilité, ni la langue – le flamand. Je l'appris il devint ma 2e langue que je parlais comme le français, sinon mieux – oublié depuis mais je pense souvent "en flamand" ou du moins je ne pense pas toujours directement en français. »

Si confondant soit cet aveu, il faut l'entendre à la lettre.

Cela va du reste plus loin puisque Liliane Wouters, qui rencontre Michaux en 1976 à Paris, dans le quartier des Invalides, en pyjama bleu, rapporte cette confidence :

« Savez-vous que, pendant mon adolescence, j'ai un moment pensé écrire en flamand ? » Et il ajoute qu'il plaçait alors Guido Gezelle en tête de ses figures tutélaires : « Mais j'ai tout de suite senti que je ne pourrais jamais l'égaler. Au plan de la langue, bien sûr. »

– Retour à Bruxelles en 1911.
– Entrée au collège des Jésuites de Saint-Michel que Camille Goemans, qui est son condisciple, appelle la « Caserne Saint-Michel ». Il étudie avec Norge et Herman Closson. Et songe à entrer dans les ordres. Mais, Dieu merci, n'en fait rien. En échange, on le couchera plus tard sur papier bible.

– À 18 ans, il mesure 1,75 m.
– Entame un début d'études universitaires, en médecine.
– Lit entre autres les écrivains de *La Jeune Belgique* et Ruysbroek l'Admirable.
– Plus tard, il note : « autres auteurs appréciés en mon adolescence : ... Maeterlinck, Rodenbach ».
– Voyage comme matelot.
– Entame son service militaire obligatoire, mais est réformé après six mois à cause de ses problèmes de cœur.

– Il signe Henry Michaux ses premiers textes parus dans la revue *Le Disque vert* que dirige Franz Hellens et projette un essai sur le rire.
– Divers petits boulots.
– Surveillant répétiteur au collège de Chimay.

– Il éprouve alors le sentiment d'être un raté.
« Je ne sais rien faire à demi », écrit-il à Franz Hellens, ignorant encore que son œuvre sera double : écriture/peinture.

– Décide alors de quitter la Belgique où il se sait promis à une « anti-vie », où ne lui est permis que d'exister à côté du possible.

Michaux n'aime pas plus son visage que la Belgique, au point que pour se raser il ne regarde pas la joue ou le menton.

« J'ai cessé depuis vingt ans de me tenir sous mes traits,
je n'habite plus ces lieux. »

Se sentant apatride sur terre, il fuit cette aire déchirée où déjà s'affrontent *Flammons* et *Wallands*.
Se défie des clochers, et surtout des esprits de clocher.
Ne partage pas avec son frère « sa conscience de Belge ».
Adieu, la « papatrie »!
« Les pays, on ne saurait assez s'en méfier. »
Il va s'en inventer.
Ainsi s'achèvent les « années belges ».

– Michaux arrive à Paris au début de l'année 1924.
– Il a 25 ans.
– Rencontre Brassaï; l'an suivant, Claude Cahun.
– Et dresse en 1924 dans sa *Lettre de Belgique* un panorama complet de la littérature belge dans laquelle il s'inclut. Ce texte de cinq pages est surprenant à plus d'un titre.

Il y parle de Jordaens, Camille Lemonnier, du « Manneken-Pis », pointe « la joie de la chair », note le caractère « bon enfant, simple, sans prétention » du Belge, use du mot *stoeffer*, parle de l'accent (« ... cette fameuse façon de parler le français... le Belge croit que les mots sont prétentieux. Il les empâte et les étouffe tant qu'il peut, tant qu'ils soient devenus inoffensifs, bon enfant »), vante les mérites de Charles Van Lerberghe et des poètes actuels, « virtuoses de la simplicité, et j'aurais à les citer presque tous », analyse André Baillon, Franz Hellens, auteur de *Mélusine* dont il tient le 1er chapitre « pour un chef-d'œuvre », évoque, pour mémoire, t'Serstevens et Van Offel, salue maints poètes dont Goemans, Lecomte, Neuhuys, qu'il passe en revue, et même lui Henry Michaux, et finit en louant le théâtre de Crommelynck.

Ainsi dresse-t-il un panégyrique flatteur, étonnamment positif, sans l'ombre d'une acrimonie, des lettres belges, ce qui n'arrivera plus jamais par la suite.

– Il va bientôt renier au contraire ses premiers textes, pourtant remarquables, comme *Le(s) Rêve(s) et la Jambe* (30 pages), publié en 1923, en exergue duquel il écrit : « Ce qui n'est pas clair n'est pas français », qu'il a lui-même présenté comme « essai philosophique, style abrupt, elliptique, comme son titre » et se montre «**catégoriquement opposé**» à sa republication.
C'est aussi le cas des *Fables des origines*, parues dans *Le Disque vert* dont il est codirecteur pour quatre numéros.

– Michaux vit mal d'être « le Belge de Paris ».
– Employé en 1925-1926 au service fabrication chez le libraire- éditeur Simon Kra, il se plie aussi au boulot d'emballeur en salopette grise ou de garçon livreur à bicyclette.
– Il ne considère comme son premier véritable livre que son texte *Qui je fus*, paru d'entrée chez Gallimard en 1927.
– Retour en Belgique, les 10 et 29 mars 1930, pour la mort de ses parents dans des « circonstances effrayantes » puisque sa mère s'est défenestrée.
– Il reprend son prénom véritable : Henri.
– Et accepte enfin son nom pour nom de plume.
– Le personnage de Plume naît, en effet, en 1930.
– Il nourrit alors sa haine des « habitudes belges ».
– Et entreprend ses « Voyages d'expatriation ».
« Pour expulser de lui sa patrie... »
« Il voyage CONTRE. »
Rejet total du pays d'origine, haï, déprécié.

Michaux, qui se disait « belge comme ses pieds » est pourtant bel et bien belge par :

– son besoin forcené de dépasser les frontières
– sa fantasmagorie des univers parallèles qu'il inventorie
– son invention permanente et son originalité
– son mélange de rigueur et de barbarisme
– son sens (rare) du ridicule
– ses curieuses lubies
– son penchant au rêve (jamais éveillé, jamais endormi)
– son esprit peu cartésien
– son intérêt porté au corps
– sa manière inédite de le faire parler
– sa façon de faire « bégayer la langue »
– son souci du resserrement verbal qu'édicte son amour du chinois composé de termes d'une seule syllabe, ne comptant que trois ou quatre lettres – le « GONG »
– son vocabulaire aussi fourni que choisi
– ses mots évocateurs qui oscillent entre la pensée et l'image
– sa mise en cause implacable de l'esprit de sérieux
– son humour éminemment personnel qui glace d'effroi
– ses idéogrammes – hiéroglyphes de l'imaginaire – qui ne sont pas si éloignés des logogrammes de Christian Dotremont
– son délire parfaitement contrôlé
– son goût des marges
– sa mise en déroute des dictionnaires, de la grammaire et du vocabulaire
– l'énergie de son écriture, matériau fondamental
– son irrésistible attrait pour la science médicale à laquelle il pique bon nombre de termes
– son acuité drolatique
– son art consommé de saboter le langage
– son sens inné des mots rares, inusités, précieux, précis ou fabriqués (animaux, tribus, botaniques, pays)
– son imagination stupéfiante
– son rapport farouche au fantastique boschien
– sa fascination pour les monstres
– son don pour la grapholalie.

Michaux est belge par son obsession des visages en peinture.
Michaux est belge parce qu'il écrit :

> « Quand même à Br. on reviendrait vingt fois
> on ne trouverait personne pour vous accueillir. »

Michaux est belge parce qu'il avoue qu'il est

> « Né fatigué, dans une ville réputée
> pour sa lenteur proverbiale ».

Michaux est belge par sa langue qui est une langue en rupture, dissidente des formes existantes.
Michaux est belge par la trouvaille des noms de tribus (*Hacs*, *Ourgouilles*, *Mastadars*, *Ossopets*, *Hivinizikis*).
Michaux est belge par sa langue qui est une avant-langue, une langue au-delà de la langue, une langue hors des langues, qui l'incite dès 1926 à s'intéresser aux langues inouïes,

> « à l'annamite en particulier »,

si bien qu'il dit :

> « Je sais proférer les 43 sons, que sauf les initiés
> personne ne peut distinguer les uns des autres. »

Michaux est belge par ses « Lectures aussi excentriques, des extravagants ou des Jeune-Belgique à la langue bizarre qu'il voudrait plus bizarre encore ». Ô combien !
Michaux est belge par les jeux de la langue michalcienne
 (« et s'englugliglolera »)
aux mots innovés (*magrabote*, *mornemille* et *casaquin*)
tels que « il la troulache, la ziliche, la bourbouse et l'arronnesse »
> ou bien « lui gridote sa trilite, la dilèche »
> et « bibolabange la bange aussi »,

ou « éborni, tuni et déjà plus fignu que fagnat »
mais aussi *RUBILILIEUSE* :

« Rubililieuse et sans dormantes,
Vint cent Elles, Elle, Elle,
Rubililieuse ma bargerie
Noue contre, noue, noue, noue,
Ru vaignoire ma bargerie »

et pure allitération logorrhéique :

« Quand les mahahahahas
Les mahahaborras,
Les mahahamaladihahas,
Les matratrimatratrihahas,
Les hondregordegarderies,
Les honcucarachoncus,
Les hordanoplopais de puru para puru, »

Jusqu'à la désarticulation incompressible, la déconstruction palpable de la phrase libérée de son sens, muée en musique orale, logolalie de la balbutiante bouillie langagière.

Et encore « Nullipatte pardipa, »
Ou « Quelqu'un r r r r r…
Quelqu'un tchup… tchup… tchup… »

Jusqu'à l'admirable inintelligible :

« Une de parmegarde, une de tarmouise, une vieille paricaridelle ramiellée et foruse se hâtait vers la ville. »

Michaux ne met pas à mal le français littéraire.
Michaux s'invente en français une langue propre.
Michaux pratique une langue fictive contre l'excès de la langue.
Michaux est un écrivain vraiment distinct des autres.

À Liliane Wouters : « Et français ? Suis-je français ? – Non, vraiment pas. »
Michaux n'est pas un écrivain français de la logique, de la rhétorique, de la syntaxe ou de la psychologie.
Michaux est au-dessus de la littérature.
Michaux, le tératologue, est un grand essayer de formes.
Michaux, le perforateur de rêves, est d'une autre planète.
Il n'est d'aucun terroir.
Exempté de patrie.
C'est sûr.

Et pourtant, Michaux est belge parce qu'il écrit « le géant Barabo » dans « L'âge héroïque » au lieu du « géant Brabo » et « la pianiste aux yeux de frites » dans « Les yeux » et qu'il évoque « L'Escaut, à Anvers » dans *Plume*.

Mais Michaux n'est pas belge parce qu'il n'est pas sédentaire.
Michaux est un Nomade qui éprouve « l'aventure d'être en vie ».
Michaux est un Barbare qui circule dans le secret.
Michaux est un Voyageur qui s'aventure dans le réel et dans l'imaginaire, explore en Ethnologue, en Visionnaire, en Pèlerin inquiet, en Prophète sauvage et savant, en Poète parcoureur, en Passager clandestin, en Fugitif, en Vagabond vigile, les abysses sans fond de l'innommé, de son « lointain intérieur ».
Michaux n'est pas belge par son credo : « N'imaginez jamais. »
Michaux n'est pas belge par sa méfiance du surréalisme, du symbolisme et du réalisme magique.
Michaux n'est pas belge par son génie propre, radicalement, magnifiquement personnel ; sa poésie qui n'est d'aucune nation, de nulle part.

Et pourtant, Michaux est belge puisqu'il écrit en 1981 un texte sur les peintures de René Magritte qui a peint un tableau où figurent les initiales HM de Henri Michaux.

Michaux n'avait-il pas d'ailleurs la silhouette d'un personnage de Magritte : complet veston neutre, couleur muraille, gestes mesurés ? Sa physionomie n'aspirait-elle pas à l'effacement ?

> La pomme dans laquelle se met Plume
> ne serait-elle pas celle qu'a peinte Magritte ?

> Et le petit cheval qui galope dans sa chambre
> ne serait-il pas *Le Jockey perdu* de Magritte ?

> Et le train qui fonce sur Plume et sa moitié à vive allure
> ne sortirait-il pas de la cheminée de Magritte ?

> Et les rêves obsédants, fantomatiques et irrationnels
> ne seraient-ils pas ceux qu'a décrits Magritte ?

> Et le porc qui dépèce le boucher dans « Situations étranges »
> ne serait-il pas celui de la période Renoir de Magritte ?

Michaux, il est vrai, se soucia tard de Magritte. Il fraya peu avec les surréalistes mais n'est guère éloigné du vaste courant figuratif de la peinture belge, comme le constate Michel Butor : « Il y a une parenté certainement très forte entre Michaux et Ensor. » Et il ajoute : « Vous retrouverez aujourd'hui cette attitude chez un autre Belge ultra-raffiné : Alechinsky. »

Et pourtant, Michaux, « traqué de l'intérieur », ne voulait obstinément plus à aucun prix être belge !!!

– Mais, en août 1933, il loge à l'hôtel Britannia, à Knokke.
– Il se fixe un temps à Anvers en 1935, où il écrit, admire, fasciné, les aquariums du zoo, et déplore : « Anvers, l'hiver, sans y connaître personne... il faut être un explorateur de la solitude pour y rester. » Et il séjourne aussi à Verviers.

– En 1936, il écrit « Mon Roi » qui est perçu comme une offense à la famille régnante, ce qui lui fait rater le prix Albert Ier.

> « Dans ma nuit, j'assiège mon Roi, je me lève progressivement et je lui tords le cou... »

– Il repasse un mois et demi à Anvers, en 1936.
– Il s'ennuie « comme un rat mort » en 1945 à Bruxelles où il est venu pour s'occuper de la mort de son frère.
– Et il reste en contact épistolaire avec son ami Robert Guiette jusqu'en 1974.

Michaux est naturalisé Francais le 27 août 1954.

Des remords ? Des repentirs ? Des retouches ? Récapitulons ! Sur la « Belgique définitivement quittée » en 1922, il revient férocement avec « En Belgique » :

> « Race au nez luisant ! race infecte qui pend, qui traîne, qui coule, voilà la race au milieu de laquelle il est né. »

Avis tranché, tranchant tel un couperet.
Et, parlant du Vésuve, dans « La Nature » :

> « Si l'on te mettait en Belgique, c'est là qu'il y aurait du travail pour toi ; ça fourmille de gens, de maisons, de villes. Ça n'est qu'un nid, ce pays-là. »

Dans « Qui il est », il commence par :

> « Né le 24 mai 1899. Belge de Paris. »

Et clôt ce texte ultracourt par :

> « Une vie toute inventée. »

On lit dans les corrections de « Quelques renseignements... » :

> «... me suis presque toujours senti mal en Belgique,
> quoique belge de père et de mère. »

Et ce constat sévère :

> « Les Belges furent les premiers humains
> dont j'aie eu l'occasion d'être honteux. »

À propos des escapades lointaines, au 1er et au 2e degré :

> « Je n'ai jamais navigué sous pavillon belge. »

Parlant de son ami Goemans à Paulhan, il écrit en 1909 :

> « Quoique habitant la Belgique, vous savez combien son style est pur, et parfaitement exempt de traces belges. »

Enfin, sur une page d'épreuve isolée, impossible à dater, Michaux biffe « En Belgique » et le remplace par « Sa patrie ».

J'admire Michaux pour l'extrême élégance de son écriture.
Sa qualité d'invention exceptionnelle.
Son exigence splendide et sans failles.
Son inventivité formelle qui compte autant que le contenu.

> Tout Michaux rutile
> de pépites littéraires
> d'images éblouissantes
> d'idées stupéfiantes
> de pensées géniales.

Il est parfois proche des jeux de langage de Lewis Carroll et d'Edward Lear. J'aime ce sens délié de l'astreinte du sens.

« Le plus grand écrivain français contemporain » à qui l'on proposa d'entrer de son vivant dans la Pléiade – où il est aussi le premier Belge ! – et qui refusa l'invitation de Claude Gallimard, mais qui figure aujourd'hui dans la Pléiade (3 volumes) ainsi qu'en collections de poche où il refusait pourtant de paraître, meurt sans héritiers le 19 octobre 1984 des suites d'un infarctus et est incinéré au Père-Lachaise.

Tant mieux !

« Si l'on meurt, tout recommence. »

Toutes les citations sont extraites de Henri Michaux, *Œuvres complètes*, Paris, Gallimard, coll. « Bibl. de la Pléiade », 1998, t. I ; *Cahier de l'Herne*, « Henri Michaux », Paris, Livre de Poche ; *Magazine littéraire*, n° 364, avril 1998, entretien avec Michel Butor ; *Le Carnet et les Instants. Lettres belges de langue française*, « Liliane Wouters », n° 89, du 15 septembre au 15 novembre 1995.

⇒ *Voir aussi* **Catastrophe** *et* **Plaque**.

MICHEMACHE

Contrairement à ce qu'on peut croire, la MICHEMACHE n'indique pas la miche qu'on mâche. Mais elle épouse par sa sonorité l'englument de la marche dans la boue, la gadoue, la *pape*, la *michepape*, la mache, plich-plach, d'où l'on s'arrache et puis replonge. Ce mot en marche provient du yiddish *mishmash*.

1929

<u>1929</u>, année du krach boursier, est une bonne année pour la Belgique puisque à dater du mois de juin, les agents de police à poste fixe, au carrefour des rues de la Loi et de la rue Royale, ainsi qu'à celui de la place de Brouckère, sont dotés d'un sifflet pour régler la circulation. Et qu'en cette

1929

année où s'établit le « compromis des Belges » entre socialistes wallons et flamands, Jean Ray, condamné pour abus de confiance, est libéré de sa peine, Jacques Sternberg a 16 ans, Constant Permeke peint *La Truie* et s'installe à Jabbeke dans la maison qu'il a fait construire, le titre de baron est décerné à l'occasion de sa rétrospective au Palais des Beaux-Arts de Bruxelles à James Ensor et à Léon Frédéric, comme il le fut à Eugène Laermans en 1927 et le sera à Georges Minne en 1931, Camille Goemans ouvre sa galerie à Paris où René Magritte expose, Michel de Ghelderode écrit *Pantagleize* et publie *Escurial*, Maigret apparaît dans *Pietr-le-Letton*, premier roman sous la plume de Georges Simenon, et Tintin naît sous le crayon de Hergé, alors que Jacques Brel voit le jour le 8 avril, à Schaerbeek.

MIRBEAU, OCTAVE

« L'union fait la force », répète à l'envi l'inscription bilingue. « C'est l'union de toutes les imitations qui fait la force de leur comique », écrit en 1907 à propos des Belges OCTAVE MIRBEAU, auteur du *Calvaire* (1886), du *Journal d'une femme de chambre* (1900) et de *Dingo* (1912), d'abord royaliste et catholique, puis anarchiste et satiriste pamphlétaire, tout en étant antisémite et profondément misogyne, qui visite Bruxelles en 1907 et en veut au pays tout entier du supplice infligé par d'« immenses vagues de pavé » aux amortisseurs de sa superbe automobile immatriculée 628-E-8.

MISONNE, LÉONARD

J'ai réalisé jadis pour FR3 un bref court-métrage au banc-titre sur l'œuvre de LÉONARD MISONNE, considéré comme « le plus grand paysagiste belge », chantre du pictorialisme et « peintre manqué », réputé pour ses vues idéalisées de la nature, ses ciels romantiques ajoutés, ses pavés mouillés de Bruxelles, qui jouit d'une réputation un peu péjorative mais qui est à mes yeux l'équivalent belge de Gustave Legray ou de Roger Fenton. Derrière ces clichés qui excèdent ceux qui ne regardent pas vraiment et qui n'ont d'opinion qu'à courte vue se cache en réalité un être timoré et de complexion pessimiste, mal à l'aise dans le monde, déclinant les conférences « par peur de ne pouvoir répondre aux questions », qui vécut quasiment toute sa vie reclus dans sa maison de Gilly, en plein pays noir. Fils d'un avocat, ingénieur des Mines diplômé de l'université de Louvain, qui n'exerça jamais aucune profession, menant une existence qu'il qualifie lui-même « d'insipide et de platement bourgeoise », Misonne vit comme un bienheureux de ses rentes. En 1906, il épouse, à 36 ans, Valentine dont il a huit bambins qu'il fait poser en rang d'oignons, par ordre décroissant, tenant leurs bicyclettes, et pour lesquels il joue du piano le soir en famille.

Il est le cadet de sept enfants, quatre de ses frères devenant avocats, et n'a pas une très haute idée de lui-même puisqu'il se dit « presque un illettré », sans « aucune érudition artistique ». Petit homme moustachu et chapeauté, peu aisé de contact, Misonne est un être complexe et complexé, aussi misonéiste que réactionnaire, qui va jusqu'à réfuter l'étude du latin qui d'après lui n'aide aucunement à la connaissance du français. Amateur engoué de vélo, il participe à quelques courses – son activité la plus sociable – car il est d'un naturel farouchement solitaire. Passionné de botanique et de zoologie, il n'aime rien tant que partir dès potron-minet pour sillonner sur sa bécane la campagne dont l'enchantent les éléments atmosphériques, pluie, neige, gel, vent, brouillard, qui correspondent à son caractère sombre, mélancolique, ainsi que les effets magiques de la lumière qui nimbe les buissons, les arbres, les sentiers, les champs, les labours, et magnifie les sillons de la boue – « matière affreuse et repoussante » – qui devient chatoyante et splendide au lever du soleil ou dans la clarté diffuse de l'aube.

Habitant « l'horrible pays industriel de Charleroi », enlaidi par les crassiers, les terrils, les cheminées, les ascenseurs miniers, Misonne affirme à diverses reprises qu'il est né « dans le plus vilain pays du monde ». Et prend soin de virer de son champ de vision tout signe de modernité, poteau, cheminée de fabrique, ce qui répond à sa personnalité peu férue de progrès, de machines, de modernisme, et lui vaut maintes fois d'être traité de « passéiste » et de « conservateur ». S'il fuit l'essor industriel, il excelle pourtant à capter le climat urbain comme dans cet instantané titré *Il pleut* (1935), où il dépeint à Bruxelles, devant le Palais des Beaux-Arts, les badauds sous l'averse, abrités sous leurs parapluies, dans une composition digne d'Edward Steichen. Mais aussi *Le Trottoir mouillé* (1937), au boulevard du Midi, avec ses tacots et le tramway W. Ou encore *Bruxelles, au Bon-Marché* (1935), avec le tram G, ainsi que *Automne en ville* (1932). Séduit par le temps pluvieux, qui fait reluire les trottoirs, le macadam des boulevards, les rues, Misonne réussit aussi ce chef-d'œuvre populaire, *La Cigarette matinale* (1932), montrant les ouvriers, casquettés et fumants, à l'arrêt du tram qui va les mener au turbin. Rares sont les vues d'usine telles *Vapeurs et fumées* (1937), constat critique des polluants crachats des brumes de poussière, de suie toxique, souillant l'éther houilleux qu'exècre ce natif du Pays noir qui souffrait de l'asthme depuis 1905.

Léonard Misonne photographie la mer à marée basse en 1908, au crépuscule, Dinant, ou le vieux Bruges avec ses cygnes blancs, la Campine, l'entre-Sambre-et-Meuse ou le Brabant wallon, mais son grand sujet est le spectacle de la nature au devant de laquelle il part tôt le matin, enfourchant sa bicyclette, patouillant dans la boue, humant la campagne, les champs, les canaux, les prés, les vaches et les moutons, et les habitants figurés par de riantes paysannes lavant leur linge dans la rivière, ou se rendant à la messe, vendant des patates au marché, vaquant dans les congères sous la neige, cueillant des fruits rouges, ainsi que des manants pêchant, et des enfants patinant sur la glace ou jouant dans les sous-bois. Il ne s'agit pas à proprement parler de scènes de genre car Misonne ennoblit par la retouche la silhouette floue des fermiers, des ruraux et des bouseux, vannés par la boue et la buée, dont il amincit au pinceau le contour rustaud, tout comme il déguise en bergères ses personnages posant à côté de moutons, théâtralise sa progéniture promue au rang de figurant, à toison blonde et floue, qu'il leur interdit de couper car elle irradie la lumière, tout comme il fait peinturer une façade pour l'éclaircir, ou creuser une sente par ses gamins. Œuvrant en peintre paysagiste, séduit par les ombres et les demi-tons, Misonne recherche des effets de lumière et d'atmosphère – « Ce n'est pas le paysage que je photographie... c'est le temps » –, déplace ou rapporte le ciel et les nuages comme le fera plus tard le Tchèque Jan Saudek, révise ou défait le réel qu'il manie à son gré, le mue en toile de fond comme le portraitiste choisit pour ses modèles un arrière-plan approprié en atelier.

Admirateur fervent de Corot et de Millet, mais fort éloigné de Courbet, et donc opposé au réalisme si coutumier en Belgique, Misonne traite la nature comme un jardin parfait (le sien étant soigneusement maintenu dans un désordre maniéré), une métaphore du paradis perdu, peuplé d'adorables bambins gardant des brebis, de douces lavandières séchant du linge et de hardis bûcherons sciant des troncs. Parcourant la plaisante nature qu'il observe et admire, et fixe dans ses chromos sans couleurs auxquelles il préfère le gris, le vert, le brunâtre, il conçoit de toutes pièces des odes bucoliques et printanières, proches des vues pittoresques et désuètes du calendrier des Postes. Dans ces tableaux intemporels, charmants et irréels tant ils sont idéalisés, dénués des traces du labeur de la vraie vie, allant jusqu'à ôter par la retouche les figures jugées déplacées, ou évinçant de sa vision, d'un coup de pinceau, un élément de modernité trop choquant, il prône le culte absolu de la lumière qui crée la peinture et de l'atmosphère qui éthérise la composition. Et atteste à chaque prise l'absolu de son credo : « Le sujet n'est rien, la lumière est tout. » Communiant avec la nature, vénérée avec une émotion religieuse et un respect infini qu'étaye le chant des oiseaux dont il imite le gazouillis, il en a une vision quasi sacerdotale, si profondément croyante qu'on peut l'envisager d'un point de vue liturgique.

Misonne va jusqu'à faire bâtir un observatoire en surplomb de sa maison afin de s'approvisionner en ciels de toutes sortes. « Faites-vous une collection de ciels aussi vrais que possible », note-t-il à propos de ces centaines de pans de firmaments, gommés, retouchés, éclaircis, assombris, nuancés et colorés, mais aussi objectivement décrits, et proches en cela de Stieglitz quand il commence en 1923 *Les Équivalences*, variations de l'état du ciel. Il dote d'un supplément d'âme le paysage, modifié à l'envi, selon le sentiment qu'il en a, remplaçant « le ciel blanc et mort par un ciel nuancé et animé ». La nature délivrée de ses scories, des détails gênants, et de ses marques sociales, sublimée par le rajout des figures et des nuées, vision d'un monde rural idéalisé par un bourgeois, lui assure un succès populaire et une reconnaissance internationale. Sacré « roi du paysage » ou, mieux, le « Corot de la photographie », Misonne, qui veut rallier la photo à l'ordre des beaux-arts, devient l'incarnation même du pictorialisme et du sentimentalisme qu'illustrent ses vues de soleil couchant, de broussailles et de bosquets noyés par la brume, de sous-bois et de futaies percées par une lueur oblique, de gués et de rivières, de hameaux quiets, et de lourds chevaux s'ébranlant en forêt.

Taxé aussi de post-pictorialiste ou de pictorialiste tardif, ainsi que d'arrière-gardiste, voire d'artiste pompier et d'immobiliste à la pratique rétrograde, Misonne se définit d'abord comme un « ouvrier maladroit », bien qu'il soit un hypertechnicien, maître de la retouche, apôtre du « flou-net », sa marque de fabrique, tenant du tirage unique, qui, de ses négatifs 30 × 40 sur plaques, tire des épreuves splendides signées et datées au crayon, rangées avec soin dans des albums, reprises à vingt ou cinquante ans de distance, date du tableau terminé et non de la prise de vue, magnifiées par la technique très élaborée au bromure, au charbon, à l'huile ou à l'encre grasse, selon des procédés trop complexes à détailler ici. Certes, Misonne est un antimoderniste qui s'oppose à l'idée d'une exposition conjointe avec Pierre Dubreuil en 1927 et il dote ses œuvres de titres allégoriques (*La Fin du jour*). Mais cet artiste pleinairiste est aussi le « Poète de la boue » qui décrit comme personne les ourlets glaiseux des forêts, les marécages, les trouées et les tranchées gluantes de sa région natale, et des environs immédiats de son domicile qu'il quitte peu à cause de son asthme et qu'il universalise par sa vision ancrée dans le terroir. Peintre des éléments puissants en dépit de la joliesse de leur abord, Léonard Misonne concilie ces deux thèmes essentiels de la mythologie belge que sont le ciel (et les nuages), si présent(s) dans le surréalisme, et la boue (et la pluie), si prégnante(s) dans l'expressionnisme. Misonne se mésestime en tant que portraitiste, ce qui n'est point belge, et l'on peut accuser son peu d'engagement dans le réel, mais en 1914 il transforme sa maison en infirmerie et, en bon patriote, il publie en 1940 une brochure sur un sujet typique et très photographique, la pellicule se composant de grains de féculents : « Que faire de nos pommes de terre : les planter ou les manger ? Les deux. » Homme de terrain autant que de laboratoire, Léonard Misonne, qui ne peut se passer du brouillard, que fascine la poussière, la fumée, l'ondée matinale ou vespérale, le crachin d'automne et la gelée d'hiver, autant que l'effet frisant et vaporeux de la lumière qui dissipe les contours, oppose la nature à la machine parce qu'il jugeait son époque décadente, mais aussi parce qu'il était originaire des environs de Charleroi, ville d'industrie lourde, dont on sait le déclin et dont il offre par une sorte d'intuition prémonitoire une vision nostalgique anticipée.

« Le moderne raisonnable m'est sympathique. Mais l'ultramoderne, surtout par sa mesquinerie intransigeante, est quelque chose d'ahurissant », confie celui qui collectait les articles louangeurs sur son compte et pondit des propos si rétrogrades qu'un journal catholique libéral refusa de les publier. On moqua le maniérisme misonnien, aussi appelé « misonéisme », mais Misonne est assurément le plus grand photographe belge du XIXe siècle. Il a reçu une piètre reconnaissance dans sa patrie où il vécut à l'écart, en aristocrate hautain, gérant sans élan sa fortune, ne participant guère aux expositions dans son pays. « Je vous étonnerai probablement beaucoup en vous disant que je ne connais personnellement aucun photographe belge », confie-t-il. Et encore : « Mes œuvres sont plus appréciées à New York qu'en Belgique », écrit-il en 1924. Ayant pris son parti du dédain, Misonne ne répondait donc qu'aux invitations venues de l'étranger et il s'éteint le 14 septembre 1943, d'une crise d'asthme, dans sa maison de Gilly, laissant derrière lui une œuvre admirable de 15 000 clichés et n'ayant connu aucune reconnaissance officielle de l'État belge. À cause de la guerre, le monde n'apprit que deux ans plus tard la disparition de celui qu'on nomma « le roi des photographes paysagistes européens », fortement lié à son terroir, tenant de la photographie d'art, maître du contre-jour et amoureux f(l)ou du brouillard.

⇒ *Voir aussi **Près***.

MOCKEL, ALBERT

C'est le poète ALBERT MOCKEL, considéré comme le créateur dans sa définition géographique actuelle du mot Wallonie dont il composa le chant, fédéraliste ardent qui imagina dès 1919 une *Esquisse d'une organisation fédéralisée de la Belgique*, ce qui ne l'empêcha pas d'être promu conservateur du musée Wiertz après un long séjour de plus de quarante ans en France, qui lança en avril 1897 la formule polémique : « La Wallonie aux Wallons, la Flandre aux Flamands et Bruxelles aux Belges. »

MOENS, ROGER

Je me souviens comme si c'était hier de ROGER MOENS, natif de Erembodegem, aux tifs tirés en arrière comme ceux de mon père et à la curieuse bouche pareille à celle de Pie XII. Athlète ascétique, Moens avait course gagnée dans cette finale du 800 mètres, en 1960 aux Jeux olympiques de Rome, lorsqu'il tourna la tête du mauvais côté (à gauche ?, à droite ?, derrière ?), et fut débordé sans le voir par le Néo-Zélandais Peter Snell (presque *schnell*, rapide, en allemand), tout d'obscur vêtu, qui semblait foncer d'autant plus que la TV alors était en noir et blanc. Dans son maillot clair cerclé des couleurs nationales, Moens fut remonté sur le fil, dépassé à quelques enjambées de l'arrivée par l'ombre de lui-même, son double fugace, son âme damnée qui l'expédia du coup dans les coulisses de la postérité.

MOREAU, MARCEL

> Dilate-toi pour mieux engloutir,
> déploie-toi pour mieux étreindre.
>
> Marcel MOREAU, *Orgambide*.

J'ai rencontré MARCEL MOREAU plusieurs fois. Nous avons dîné ensemble dans un restaurant italien du Marais après que je fus venu le chercher dans son antre de la rue de Rivoli, sombre comme un ventre, rempli de dessins d'amis communs, de manuscrits, de livres et de photos de nus de son fils qu'il veille chaque fois à me montrer. **Marcel Moreau** est un personnage de légende, un ogre de bonne trempe, avec sa barbe et sa tignasse de nomade en fureur, sa massive et rustaude silhouette, ses cernes mauves sous les yeux perçants et doux. Il ne s'exprime pas aisément et a un cœur tendre. Il m'écrit irrégulièrement des petits mots, de son écriture penchée, qui grimpe curieusement de gauche à droite, comme si les vocables gravissaient les marches d'un escalier oblique. **Marcel Moreau** n'est pas un écrivain moderne. Mais un conteur fabuleux d'un autre temps. De ceux qui vivent en sauvages reclus dans une grotte, une caverne matricielle, et gravent au silex leurs imprécations allègres sur les parois. **Marcel Moreau** est naturalisé Français depuis 1975 mais il jouit en Belgique de la vénérable considération du créateur mythique qui est parti. **Marcel Moreau** n'est pas un séducteur et, malgré son intense et insatiable production, je lis rarement un article sur ses ouvrages dans la presse française. C'est tout à fait compréhensible. Car **Marcel Moreau** est mal élevé. Il crache dans la soupe du Landerneau, éructe, bave, râle, fulmine ; de la fumée sort de ses oreilles ; il est l'écrivain qui manie le mieux le participe présent, manière d'aller plus vite dans l'énoncé de sa pensée. Hélas !, **Marcel Moreau** n'est pas fréquentable. Ses titres sont inadmissibles. À quelle clique de petits marquis, de diseurs salonnards, de rimeurs pomponnés, faire goûter des intitulés aussi scandaleux que *Monstre*, *Orgambide*, *Féminaire*, *Issue sans issue*, *La Pensée mongole* ou *Moreaumachie* ? Et que dire de *Quintes*, *Le Bord de la mort*, *Les Arts viscéraux*, *Bannière de bave* ou *Le Grouilloucouillou* ? **Marcel Moreau** se dissout. On ne sait plus où il publie. Mais on sait qu'il existe. C'est un grand seigneur de la phrase. Un verbolâtre carvernicole. Un jouisseur des entrailles. Lisez-le !

⇒ *Voir aussi* **Ubrucudubrukélvicoojugoïstik** *!*.

MORRIS

Maurice de Bevere, alias MORRIS, le père de Lucky Luke, « qui tire plus vite que son ombre », est mort d'une embolie le 16 juillet 2001 à Bruxelles, à l'âge de 77 ans. « Comme Edgar P. Jacobs, le créateur de Blake et Mortimer, il portait presque toujours un nœud papillon, une veste un peu guindée et des lunettes aux montures épaisses, comme en portent de nombreux Belges d'un certain âge », écrit à raison Yves-Marie Labé qui rédige sa nécrologie pour *Le Monde*. Car cette note vestimentaire vaut aussi pour Edgar Tytgat et Simenon. Né à Courtrai, Morris se sentait tant d'outre-Quiévrain qu'il débutait, paraît-il, ses appels téléphoniques par un laconique :

– Bonjour, ici Morris, dessinateur belge...

MOT POUR MOT

Le Belge ne parle pas français comme le Français. Il parle un français de Belgique et s'arroge certains mots qui lui sont propres et lui font sa langue. Ces vocables barbares, étranges ou amusants, créent un écart, une dissemblance dans le phrasé qui résonne soudain d'un écho différent. Ces termes singuliers sont le gage d'un détournement, d'une désobéissance, voire d'une dissidence, qui enrichit le langage courant, lui fait un enfant dans le dos et ravive le parler de la tribu. On peut aussi y voir le souci de délier la langue qui n'est plus de bois mais qu'on tire et qui tinte d'un son autant que d'un sens distinct.

En voici quelques-uns :

Ardoisier (couvreur), aubette (abri), auditoire (salle de cours), baffe (claque, gifle), baffle (enceinte), baxter (perfusion), bêke ! (pouah !), bisbrouille (dispute), bonbon (biscuit), boni (bénéfices), bouler (rejeter), buse (tuyau), calepin (cartable), caritatif (charitable), chemisette (maillot de corps), chique (chewing-gum), clenche ou clinche (poignée de porte), clignoteur (clignotant), cloche (cloque), cour (petit endroit), coussin (oreiller), crasse (saleté), cumulet (galipette), désagrafer (dégrafer), détournement (déviation), drève (allée), drôle de gus (curieux zigue), drôledement (drôlement), duvet (édredon), échoppe (étal), écolage (formation), elbot (flétan), s'encourir (s'enfuir), enregistreur (magnétophone), entièreté (totalité), esprot (sprat), essuie (serviette ou torchon), évier (lavabo), feu ouvert (âtre), fieu (fiston, gars, vieux), flache (flasque), flat (studio), flave (fade, insipide, sans caractère), floche (gland, pompon), frotter la manche (flatter, flagorner), frustre (fruste), galette (gaufrette), glèter ou gletter (baver), goulafre ou goulafe (goinfre ou gouniafre), granaille (gravier, gravillon), haché (hachis), incivique (collabo), inculpation (mise en examen), instiguer (susciter), jatte de café (tasse à café), kaliche ou caliche (réglisse), kapstok (porte-manteau), kermesse (fête locale), kicker (baby-foot), kinésiste (kinésithérapeute), lait battu (babeurre), légumier (marchand de légumes, verdurier), lessiveuse (machine à laver), lichette (attache), lieutenant (capitaine ou commandant), ligne (raie), logopède (orthophoniste), loque (chiffon, serpillière), lunettes solaires (lunettes de soleil), lutrin (pupitre), maïeur ou mayeur (maire), mali (déficits), maquer ou macquer (mater, dominer), se méconduire (mal se conduire), méconduite (inconduite), minerval (pension, droit d'inscription), molière (soulier, chaussure), mop (balai à franges), moules parquées (moules servies crues), muser (chanter bouche fermée), noblion ou nobillon (nobliau, noblaillon), essence normale (ordinaire), numéro postal (code postal), omnium (assurance « tous risques »), paletot (pardessus), pappe (bouillie), parastatal (semi-public, para-étatique), passe-vite (moulin à légumes, presse-purée), pension (retraite), pensionné (retraité), pépette ou pépète (pétoche), percepteur (receveur), placer (installer), plafonneur (plâtrier), plamur (plâtre, enduit), plouc (troufion), poêlon (casserole), porte-paquets (porte-bagage), postposer (ajourner, retarder), potiquet (petit pot), professeur émérite (honoraire), rabistoquer (réparer, rafistoler, retaper), se racrapoter (se ratatiner, se recroqueviller), rajouter (ajouter), ramassette (pelle à poussière, balayette), ramonache (radis noir), rawette (rabiot, reste, reliquat, surplus), réciproquer (échanger, adresser en retour), recteur (directeur d'université), rejointoyage (rejointoiement), relaver (laver derechef), reloqueter (rincer avec un torchon, éponger avec une serpillière), remettre un commerce (céder un commerce), remettre la monnaie (rendre la monnaie), remettre (vomir, dégueuler, dégobiller, gerber), remise (cession), renettoyer (nettoyer à nouveau), renseigner (indiquer, notifier), ressuyer (essuyer encore), rhétoricien (élève de terminale), ring (périphérique), roulage (circulation), sacoche (sac à main), salade de blé (mâche), savoir (pouvoir), savonnée (eau savonneuse), scherp (court, juste), schieve (de travers, de guingois), seigneurerie (résidence du 3e âge), servante (bonne), signataire (parapheur), sorteur (bambocheur, fêtard, noceur), sot (fou), souche (ticket de caisse), souper (dîner), spiering, spiring ou spiringue (échine de porc, collier de bœuf, collet de mouton), station (gare), stud (crampon), student (étudiant), subsidier (subventionner), tapis plain (moquette), taximan (chauffeur ou conducteur de taxi), tête pressée (fromage de tête), tirette (fermeture à glissière), torchon (serpillière), torgnole (raclée, rincée, correction, tripotée), universitaire (étudiant à l'université), vidange (bouteille consignée), vide-poubelles (vide-ordures), vogelpik (jeu de fléchettes), wasserette (laverie automatique), zoning industriel (zone industrielle).

MOTS CROISÉS

Conçus par les verbicrucistes, destinés aux seuls cruciverbistes, voici selon Marcel Mariën un « Projet de MOTS-CROISÉS belges : les horizontaux seraient en français, les verticaux en flamand ».

MOULES ET FRITES

Le duo indissociable des MOULES-FRITES est des plus sexué. La frite, en effet, n'est-elle pas un phallus doré à point, le petit zizi que tend du bout des doigts le Manneken-Pis, craquant dehors, que tout vrai Belge croque dans sa bouche, dégoulinante de mayonnaise, s'offrant à bon compte une autofellation gourmande ? On ne dit d'ailleurs pas « friture » mais « friterie » comme on dit une « gâterie »; imagine-t-on d'ailleurs une fringante famille belge courant de front à la « gâture » ? Quant à la moule, elle est le synonyme argotique du sexe féminin, aussi dit « moule à pine », « moule à bite », qui sert la queue, « moule à pets » ou, pis, « moule qui bâille », qualifiant le frifri, fri-fri d'une friponne, fondante ou frissonnante cocotte. Ainsi la moule et la frite symbolisent-elles la nature truculente du Belge, sa formidable jovialité, son désarmant naturel, mais aussi la santé des femmes serviles qui font le trottoir le vendredi, l'argenterie le samedi, les *clinches* le lundi, la vaisselle le mardi, le ménage le mercredi, la toilette le jeudi, briquent et blinquent tout ce qui leur passe sous la main avec un torchon gris bordé d'un liséré aux trois couleurs nationales. Culturellement, les moules mariées aux frites ont une place majeure dans l'œuvre de Marcel Broodthaers qui est de loin celui qui a le plus œuvré pour leur renom universel au point d'en avoir fait un label, une marque de fabrique, dans *Grande casserole de moules*, *Moules sauce blanche*, vues de devant, vues de derrière, *Panneau de moules*, *Casserole de moules noires*, *Bureau de moules* ou *Cercle de moules*. Dans toutes ces pièces d'art, les moules luisantes figurent l'alliance du bord de mer et du Borinage, de l'iode et de la houille, de la bonne mine et des grises mines, du vent sifflant sur la crête des vagues et du nordet qui racle la cime des terrils en deuil.

Muno, Jean

J'ai connu Jean Muno, petit homme triste et sympathique, modeste et fort attachant, que j'ai beaucoup surpris en arguant que l'humour et le fantastique étaient à mon sens incompatibles lors d'un colloque organisé à l'abbaye de Forest par le Centre international du fantastique où siégeaient aussi Gaston Compère, Jean-Baptiste Baronian et Anne Richter. J'étais loin de soupçonner la lucidité acide, l'acuité sévère du ton de son journal intime, publié dix ans après sa mort en 1988, fort bien présenté par son fils, Jean-Marc Burniaux. Dans ce règlement de comptes tenu d'une main de fer, où rien ou presque ne trouve grâce à ses yeux, écrit en partie près du village de Malaise, en Brabant wallon, où il acquit une villa en 1957, à la lisière de la frontière linguistique, Jean Muno, de son vrai nom Robert Burniaux, qui ne publia qu'en Belgique, assassine proprement son père, Constant Burniaux, à qui il succède à l'Académie: « Je suis l'héritier de son échec. » Et émet ce verdict sans pitié pour son pays: « Le Belge qui veut réussir est condamné à l'exil. Ce n'est pas pour rien. Notre pays est celui des ambitions limitées. Par la prudence, le bon sens.

Le risque est mal vu. Une mentalité d'entre-deux, lotharingienne. C'est dire le poids de l'histoire dans cette affaire*. »

---

* Jean Muno, *Rages et Ratures. Pages inédites du Journal*, Bruxelles, Les Éperonniers, coll. « Passé présent », 1998, p. 68.

Musée Wiertz

Le MUSÉE WIERTZ est sans nul doute le lieu culturel le plus beau, le plus symbolique et le plus stupéfiant de Bruxelles. Je me rappelle encore le choc extraordinaire ressenti la première fois que je m'y suis rendu, peu avant de quitter la Belgique, ayant suivi le dédale des rues qui serpentent et mènent sur les hauteurs d'Ixelles, à deux pas du musée des Sciences naturelles, avant de m'arrêter devant les deux piliers et la façade de la petite maison que dessina Paul Delvaux et où sont fièrement peints les mots **Musée Wiertz**. L'entrée était tapissée à l'époque de déclarations sur la photographie, traitée de « machine qui surprend notre pensée et épouvante nos yeux », dont le peintre prévoyant prédisait dès 1855 qu'elle serait dans un siècle « le pinceau, la palette, les couleurs… ». Depuis cette première visite où il me semble qu'il pleuvait si bien que l'on avait disposé des bassines où choyaient des gouttes en faisant un curieux « ploc » métallique, rien n'a réellement changé et l'émotion à couper le souffle que l'on ressent en entrant dans la grande salle aux fresques géantes, aux vieux radiateurs, aux sculptures posées sur des stèles, radieuses sous la vaste verrière par où s'embrase le ciel, au parquet craquant comme un océan de bois ciré, aux banquettes dignes d'un parloir du palais de justice, est toujours la même et absolument incomparable.

Retournant quelque vingt ans après sur mes pas dans ce temple de la démesure qui est en soi un musée de musée comme le sont souvent les musées de province, et comme l'est celui tout aussi stupéfiant de l'anatomiste Honoré Fragonard, situé au premier étage d'une triste bicoque résiliée au fond des sinistres allées de l'école vétérinaire de Maisons-Alfort, que je visitai avec une émotion comparable, au mois de juin, alors qu'il était fermé au public, je déambulai sans personne, émerveillé et ébloui, pétri de respect et secoué de courts rires intérieurs, dans l'emboîtement de petites pièces intimistes, dépourvues d'éclairage, sortes de salons coquets en enfilade, aux portes surmontées de maximes tracées de la main du maître, où les œuvres telles que *L'Inhumation précipitée* (1854), *Le Réveil d'un homme enterré vif* (1854) – ah, cette main fébrile sortant du cercueil hâtivement cloué ! – ou *La Liseuse de roman* (1853), dont s'inspira Magritte, s'empilent jusqu'au plafond. Et je restai longuement devant ce tabernacle où l'on peut admirer derrière une vitre ses accessoires, sa palette qui sentait « le bitume rubénien et la poudre à canon », ses larges brosses et ses pinceaux grâce auxquels il peintura avec une ambition démesurée ses tableaux gigantesques, à jamais fixes, intransportables, insortables à moins de les désencadrer et de rouler les toiles. J'admirai ce trompe-l'œil découpé, posé à même le mur, où la « curieuse » entrouvre la porte et risque un œil, et bien qu'écrasé par les compositions majestueuses et hors mesure, grandiloquentes et délirantes, apocalyptiques et picaresques, aussi outrancières et pathétiques que généreuses, que sont *La Lutte homérique, 1853* (8,90 × 6,10 m), ou *Un grand de la terre, 1860* (9,18 × 6,80 m), visibles dans leur vrai cadre mais impossibles à cadrer d'un tenant à moins de vingt mètres, j'observai à quel point elles étaient bien construites, avec une rigueur mathématique impeccable, le plus souvent en diagonales croisées, l'équilibre des forces en présence s'étayant par la répartition stable des masses.

Rien ne pouvait m'ôter de la tête, et du cœur, qu'Antoine Joseph Wiertz avait vécu et était mort dans ce musée qui fut d'abord son atelier où affluaient peintres, sculpteurs, musiciens, littérateurs, où se rendit Charles De Coster, alors encore inconnu, à qui Wiertz exhiba ses dernières œuvres, lui qui fut aussi mal reçu que son hôte, à l'instar d'Ensor et de Permeke, à Paris où il présenta lors du Salon de 1839, censé lui apporter reconnaissance et gloire, *Les Grecs et les Troyens se disputant le corps de Patrocle, 1839*, composition colossale de 8,52 m sur 5,20 m, exécutée à Rome entre mai 1835 et septembre 1836. Raillé dans la capitale française par des critiques sans clémence qui refusèrent de lui allouer « quelque chose d'un peintre », l'artiste, profondément blessé, rédigea contre la Ville Lumière, qu'il appela la « Ville infernale », un pamphlet virulent, excessif comme tout ce qu'il faisait, intitulé *Bruxelles Capitale, Paris Province*, où il préconise dès 1840 que Bruxelles soit capitale de l'Europe et où flambaient ces admonestations homériques :

« Allons Bruxelles
lève-toi !
Deviens
la capitale du monde et que Paris pour toi
ne soit qu'une ville de province ! »

Wiertz ne croyait pas si bien dire et était bien moins fou qu'on ne voulut le faire croire car son musée, si souvent fermé, démuni de moyens, privé même de son tableau le plus célèbre, *La Belle Rosine* (1847), qui n'est pas le plantureux modèle nu mais le squelette sur le crâne duquel est collée l'étiquette qui atteste son nom, confisqué par le musée d'Art ancien de la rue de la Régence, plus prestigieux, où ne se trouve même pas la seule monographie récente et épuisée qui lui ait été consacrée*, est cerné, encadré, encerclé, quasiment assiégé par les bâtiments frigides, et prétendument intégrés, aux façades de verre translucide et d'acier poli, de l'Espace Léopold, siège ultramoderne de la présidence, du Parlement et de quasi toute l'administration des Communautés européennes. Jadis située sur un terrain isolé, peu coûteux, en pleine campagne, à quelques encablures de la nouvelle gare du quartier Léopold, en surplomb de la minuscule rue Wiertz désormais condamnée, la maison de Wiertz, le fougueux, était enceinte de son vivant par un jardin sidérant orné de ruines, de colonnes de grès rose à chapiteaux doriques, de colonnades de stuc, où il prenait le thé le dimanche en famille, aujourd'hui mangé par le lierre et les mauvaises herbes, qui lui avait été inspiré par le temple dit de Poséidon, découvert à Paestum, lors de son périple en Italie vers 1830. La nation belge n'avait pas même vingt ans lorsque s'érigea en 1849, aux frais de l'État, l'incroyable musée qui abriterait à l'avenir les toiles grandioses, inversement proportionnelles à la taille du pays, de ce peintre génial et déraisonnable qui incarne mieux que tout autre ce qu'il convient d'appeler « l'âme belge ». À propos, combien d'agents des Communautés européennes, réparties en trois blocs, sur plus de 290 000 m^2, occupant 300 mètres de façades, se sont-ils échappés des 2600 bureaux et 52 salles de réunions dont 32 avec équipement de traduction simultanée, et du Parlement que visitent par an 350000 curieux, pour se rendre deux ou trois mètres plus loin, au 62 rue Vautier, à quelques pas du bas de la turbulente rue Belliard, et gravir les marches menant à l'entrée de ce mausolée ostentatoire et désolé qui ne doit guère compter par mois que quelque 350 visiteurs étourdis ?

---

* *Antoine Wiertz*, Paris-Bruxelles, Jacques Damase, 1974.

MYGALE

Non sans surprise et à ma grande joie, on a joué à France-Culture, à l'initiative de Lucien Attoun, en février 2002, dans le cadre du « nouveau répertoire dramatique », ma pièce *LA MYGALE*, farce balnéaire inédite, rédigée voici trente-quatre ans, en 1968, alors que j'étais un jeune comédien de 21 ans qui n'avait pour envie que de faire du théâtre. Mais qui sait que je l'ai écrite en mettant caricaturalement en scène ma propre mère pour me venger d'avoir été mis à la porte de chez moi par les flics le jour de l'anniversaire de mes 20 ans ?

N

Nadar, barrières

En 1864, Nadar exécuta à Bruxelles, pour le trente-quatrième anniversaire de l'indépendance belge, à bord du *Géant* dans la nacelle duquel pouvaient tenir 84 passagers, lotis sur deux étages, une spectaculaire ascension aéronautique en ballon dirigeable pour laquelle le public venu en nombre se pressa derrière des barrières. Le souvenir en fut tel qu'en guise de remerciement, les Belges, à l'esprit aussi concret que redevable, omirent l'attrait de l'envol pour ne retenir que l'élan à la poussée. Ainsi naquirent les très célèbres BARRIÈRES NADAR.

Nationaliser

J'ai bien failli me faire NATIONALISER Français mais j'y ai pour finir renoncé, faisant mien le credo de Georges Simenon : « Étant né belge sans raison, je n'ai aucune raison de cesser de l'être. »

Nationalité

Le Belge n'est pas chauvin comme le Français, nationaliste comme l'Allemand, patriote comme l'Anglais ou simplement fier de sa terre comme le Hollandais qui l'a conquise de haute lutte sur la mer. Le Belge au fond ne se sent pas belge et ne croit guère à sa NATIONALITÉ. Mais il place plus haut que tout son chien qu'il adopte, chérit, vénère, promène en laisse, fait pisser, récolte avec onction ses crottes sur le trottoir dans un sachet qu'il trimbale, le petit doigt en l'air, comme s'il s'agissait d'une pâtisserie de chez Vitamer ou d'un ballotin de pralines de chez Godiva, et inhume dans un cimetière au poil. La nationalité pour le Belge n'est pas un objet d'amour-propre mais l'effet du hasard, comme le pensait Marcel Mariën à qui je rendis visite dans cette ancienne boutique qui lui servait à la fois d'atelier, d'officine aux expérimentations les plus déroutantes, de fond de commerce où s'écoulaient au compte-gouttes les numéros de sa revue *Les Lèvres nues* dont j'ai la série presque complète, mais aussi de sordide chez-soi où il vivotait en compagnie de son corniaud grognon et gras, qui ressemblait curieusement à son maître et qui est de loin le cabot le plus laid que j'aie vu de ma vie, avec sa truffe aussi rose que son cul, mais que Mariën portait aux nues et qu'il faisait de bonne grâce passer devant lui quand il mettait le nez dehors et lorsqu'on l'interrogeait sur sa nationalité car il répondait le plus sérieusement du monde :

« Je suis en effet de NATIONALITÉ belge comme mon chien. »

NAVETTEUR

Un NAVETTEUR n'est pas un amateur de navets. Inspiré du mot « navire », qui fait la navette entre deux rives, ce pur belgicisme désigne au choix :
 – un citadin qui réside à la campagne ;
 – un Flamand qui turbine à Bruxelles ;
 – un Wallon qui boulonne dans la capitale.
Ce qui explique qu'elle soit aussi déserte le soir.

NÉ

Peut-on tirer quelque conclusion du fait que Jacques Brel soit NÉ 138 rue du Diamant, à Schaerbeek, Henri Michaux, 36 rue de l'Ange, à Namur, André Baillon, 2 rue de la Cicatrice, à

Anvers, Léon Spilliaert, rue de l'Église, à Ostende, Magritte, 10 rue de la Station, à Lessines, Scutenaire, rue des Résistants, actuelle rue des Combattants, à Ollignies, comme James Ensor, qui naît 44 rue Longue, habite à la longue 17 rue de Flandre, Georges Simenon, 23 rue Léopold, à Liège, Michel de Ghelderode, 71 rue de l'Arbre-Bénit, à Ixelles, où Charles De Coster meurt au n° 114, Érasme logeant 31 rue du Chapitre, à Anderlecht, comme je demeure, moi, 10 avenue Littré, à Saint-Maur, alors que Christian Dotremont, qui n'avait pas un sou, niche 10 rue de la Paille, et le Suisse Hugues de Wurstemberger, rue des Suisses, à Bruxelles, que Victor Hugo, père de Gavroche, campe place des Barricades, et que Marcel Moreau gîte à présent rue Cambronne, à Paris, ou que Pierre Cordier se fixe au hameau Les Cordiers, en France, et André Balthazar, fondateur du *Daily Bul*, rue Daily-Bul, et enfin que Maurice Maeterlinck soit né 6 rue au Poivre, à Gand, vu que Maeterlinck comprend *mater* qui veut dire « mère », Maeter étant aussi un bourg de Flandre, et *linck*, en flamand, signifiant « NÉ à… » ?.

NEEDERLANDE

L'étymologie du mot NEEDERLANDE parle de soi. Elle suppose qu'il vient d'une part de *neen*, sans *n*, c'est-à-dire « non », niant la submersion du pays par la mer qu'il a dominée pour gagner peu à peu son territoire. Ou, d'autre part, par une preste francisation, « née », avec accent, de la mer qu'il a domptée pour donner naissance à la terre, « née der lande ». Ce qui revient à dire que la Hollande, Neerlande ou Neederlande est née d'elle-même, autant mère et mer, que terre à terre, ce qu'induit le dicton batave : « Le monde fut créé par Dieu, mais la Hollande le fut par les Hollandais. »

NÉERLANDAIS, TRADUITS DU

Jacques Sternberg rapporte ainsi la réaction de Jean Paulhan à l'envoi d'un de ses premiers manuscrits : « Vos contes brefs sont toujours attachants, parfois stupéfiants, mais pourquoi me donnent-ils toujours une impression d'être assez mal TRADUITS DU NÉERLANDAIS ? » Sternberg étant originaire d'Anvers, proche de la Hollande et partant du néerlandais, lui-même avoue pourtant qu'il n'arriva jamais « qu'à balbutier un peu de flamand et d'anglais tout en demeurant assez nul en français »*. Qu'il soit natif de Bruxelles, de Wallonie, de Flandre ou des cantons allemands, l'écrivain belge n'écrit pas le français comme sa langue naturelle. S'exprimant avec plus ou moins de bonheur dans une langue qui n'est pas la sienne, il s'en sert à défaut d'en avoir une qui le soit puisque le « belge » proprement dit n'existe pas. Le blâme vaut d'ailleurs aussi pour Georges Simenon à propos duquel Pierre Assouline observe : « Il n'écrit pas en français mais en étranger**. » Ce constat critique était déjà de mise du temps d'Émile Verhaeren dont on évoqua à foison le « style belge » alors que J. B. Verlooy, hardi précurseur du mouvement flamand, accusait ses compatriotes d'affecter de parler mal le flamand pour faire croire qu'on les avait élevés en français. Si bien que se dépêtrant comme il peut, en « mauvais néerlandais », « flamand francisé », « français approximatif » ou « flamand néerlandisé », l'auteur belge sera toujours montré du doigt par les tenants de l'un ou l'autre bord. Sans qu'il cesse pourtant de parler sinon « en belge », du moins « à la belge », en usant d'une langue inconnue, aussi inédite que celle inouïe des Inuits. D'où cet aveu paradoxal et très probant, emprunté au *Daily Bul*, dont j'ignore l'auteur :

« J'admire comme les Belges parlent flamand en français. »

---

* Jacques Sternberg, *Profession : mortel*, Paris, Les Belles Lettres, 2001, p. 46, et *Mémoires provisoires*, Paris, Retz, 1977, p. 44. — ** Pierre Assouline, *Simenon*, Paris, Gallimard, coll. « Folio », 1996, p. 855.

Neutre

La Belgique est un pays NEUTRE comme la Suisse. D'où sans doute la morne grisaille, l'ennui, la monotonie, la morosité ou la tristesse parfois, qui en émanent. Sur tous ces points il est aussi malaisé de discerner la cause que délicat d'établir un diagnostic, tant du point de vue diplomatique, historique ou politique que thérapeutique et même mathématique. En effet :

> *Le neutre n'a pas de cause première.*
> *Dépourvu de raison antérieure,*
> *confondu à tort avec le gris,*
> *il peut s'étendre à l'infini.*
> *Il est sans commencement ni fin.*
> *On ignore s'il est mort ou vivant.*
> *Le neutre est un état qui ne s'affirme pas.*

Nieuwsblad

La fonte des glaciers polaires, causée par l'effet de serre, provoquant une élévation générale du niveau de la mer, la côte belge serait submergée par les flots. Ostende et Knokke-le-Zoute seraient à jamais englouties alors que Bruges, aujourd'hui ensablée, recouvrerait sa place sur le littoral tout comme Anvers, située sur l'estuaire de l'Escaut. Optimiste et soucieux de rassurer ses lecteurs, le journal *Het Nieuwsblad* a aussitôt pointé l'avantage de la situation puisque « les embouteillages traditionnels de fin de week-end ou de l'été sur les routes et autoroutes menant à la côte seraient notablement plus courts ».

Nobel

Je suis un tâcheron de la plume, pire qu'un mineur de Mons. Pour qui me prenez-vous ?

Maurice MAETERLINCK

De Maurice Maeterlinck, chef de file du symbolisme, dont j'ai lu en partie le théâtre et comme tout le monde *La Vie des abeilles* (1901), parue dans le livre de poche, je sais qu'il est le seul Belge couronné du prix NOBEL de littérature qu'il a reçu en 1911, ce qui en fit aussitôt une célébrité pour son pays, confirmée solennellement par le roi Léopold II qui déclara : « La gloire littéraire est le couronnement de tout édifice national. »

Mort le 6 mai 1949, à 87 ans, à Orlamonde, sur la Côte d'Azur, entre Villefranche et Nice, où il s'était fait bâtir une immense villa symboliste, en vogue aux États-Unis et au Japon comme en Europe, de l'Espagne à la Pologne, traduit en vingt-quatre langues dont le gujarati et le malayalam, ayant décliné l'entrée à l'Académie française parce qu'il devait renoncer à sa nationalité, mais anobli par le roi Albert Ier qui le fit comte en 1932, et s'étant voué dans une totale indifférence à son œuvre en Belgique, il la quitta en 1887, deux ans après la rencontre avec Georgette Leblanc, qui fut sa compagne durant plus de vingt ans, pour s'installer en France. Et vivre d'abord à Paris, puis en 1907 en Normandie, à Saint-Wandrille, dans une ancienne abbaye bénédictine, où il composa *L'Oiseau bleu*, créé à Moscou et joué des milliers de fois, à Gruchet-Saint-Siméon, à Médan, en 1924, à Grasse, et, enfin, à Orlamonde en 1931.

Celui qui sonda au mieux « ce qu'il y a de mystique dans l'âme belge » et qui pondit vingt-cinq pièces et trois petits drames pour marionnettes était un être athlétique, aussi carré d'esprit que de stature, qui avait rêvé d'être juge de paix « dans une petite ville ou un gros village des environs de Gand » afin de « pouvoir travailler tranquillement à son œuvre », et qui y renonça entre autres à cause de la faiblesse de sa voix.

S'il avait un aspect de *businessman* robuste et sportif qui plut à Cocteau, le jeune Maeterlinck dut à son père,

Polydore, fondu d'horticulture, dans la bibliothèque duquel seuls les opus horticoles avaient droit de siéger, sa passion d'apiculteur inspiré. Afin de pouvoir les distinguer une par une et les pister dans leur trajet, il alla jusqu'à lester d'une touche de peinture le corselet des abeilles qu'il étudia en entomologiste pointu et dont il apprit les mœurs en épiant les ruchers du domaine familial d'Oostacker. Mais il était tout aussi captivé par *L'Intelligence des fleurs*, l'au-delà, le spiritisme, l'ésotérisme, la philosophie, la psychologie, l'esprit dans la matière qui lui fit dire qu'« un bloc de granit ou de quartz est aussi spirituel qu'une pensée de Pascal ». Sportif accompli, mordu d'automobile et de bicyclette, ralliant Paris-Gand à motocyclette, boxeur et escrimeur autant que canoteur et patineur sur glace en hiver sur le canal à Terneuzen, où il situa poétiquement le décès accidentel de son frère Oscar en 1891, l'auteur de *Pelléas et Mélisande* avalait d'office trois repas par jour pour rassasier sa nature d'ogre gourmet.

Déployant une langue revêche à la rationalité hexagonale, alors qu'il était séduit par la clarté du génie français, et dévalait toujours plus bas vers le sud, par étapes, il n'entendait rien à la musique, qu'il taxait comme André Breton de « plus intolérable des bruits ». Car seule comptait à son oreille la mélodie des mots qu'exhale la musicalité de tout poème. Hanté à la fin de sa vie par la Belgique, « lieu de rencontre de toutes les inquiétudes et de tous les espoirs de l'Europe », il accentue l'aspect flamand de sa mise et de son style de vie mené selon un rituel immuable.

Mais celui qui avait crû dans un foyer catholique, conservateur et francophone, et tourna le dos aux plaines nébuleuses de Flandre, accusa sa ville natale d'être une cité d'horticulteur, et, pis, une « ville hermétiquement fermée à toute littérature », revint peu au pays, ne se lia guère à ses confrères littérateurs, n'honora pas de sa présence l'ouverture de l'Académie royale de langue et littérature françaises où on l'élut. Pis, il dédaigna d'y siéger et ne suivit même pas l'enterrement de Verhaeren, de sept ans son aîné, qui avait étudié comme lui chez les jésuites du collège Sainte-Barbe au sortir duquel il eut sa première maîtresse à 18 ans et où passa aussi Georges Rodenbach qu'il rencontra à Paris en 1886. En 1905, il alla jusqu'à publier un article contre le gouvernement belge qu'il accusa d'être « le plus rétrograde, le plus ennemi des idées de justice, qui subsistât en Europe, la Russie et la Turquie dûment exceptées ».

Ce qui n'empêcha pas cet explorateur des abîmes inconscients, dramaturge amphibie, rimeur ophélien et prosateur lyrique, qui abhorrait le cinématographe, de quérir la plus haute distinction littéraire disputée à Jean Henri Fabre, « l'Homère des insectes », dont les souvenirs d'entomologiste venaient de paraître en Suède, Thomas Hardy et Henry James, George Bernard Shaw, Anatole France et Pierre Loti, chaudement recommandé et de tous le mieux... loti. Et surtout à Verhaeren, autre expatrié, « chantre de la terre patriale », dont on avait posé la candidature en partage pour accéder au panthéon de la pensée, enjeu si prisé de l'aspiration à l'universel, vers quoi tend l'œuvre multiple de cet « ogre rêveur », hanté par le mystérieux, le fatal et la mort, admiré par Musil et Strindberg, et par Proust qui le tenait pour un génie, qui l'emporta pour finir.

Mais Maeterlinck était en Italie quand il sut qu'il avait été primé, si bien qu'il ne vint pas chercher son prix, remis à l'ambassadeur de sa contrée natale. Le lauréat prétexta la maladie. Ses ennemis jurés ragotèrent qu'il fulminait d'avoir été couronné comme belge. Le jury du prix se tira d'affaire par une pirouette, un compromis digne de Nobel(ge) puisqu'il honora « la forme française d'une pensée flamande ».

⇒ *Voir aussi **Dubois** et **Versailles**.*

Nom propre

Les Belges ont un problème d'identité qui se traduit par l'invraisemblable difficulté qu'ils ont à admettre leur NOM PROPRE autant qu'à prononcer celui des autres. **Scutenaire**, qui avait d'ailleurs un double prénom, dit qu'il ne pouvait appeler par leur prénom que les personnes qui lui étaient indifférentes et il observe que **Magritte** prononçait mal les mots qu'il n'aimait pas et appelait souvent les gens par un nom qui n'était pas le leur. Ne disons rien des pseudonymes tels que Clarisse Juranville que prit parfois **Nougé**, tout comme **Magritte** signait à l'occasion René Georges des chansons pour son frère Paul. Ni de **Pol Bury** qui a pour nom de plume Ernest Pirotte, **Blavier** celui d'André Dodet, Félicien Marceau étant celui de **Louis Carette**, et moins encore des 86 pseudonymes de **Simenon** dont Jacques Dersonne, Georges d'Isly, ou Plick et Plock. Mais **Olivier Degée**, né à Landen-sur-Meuse en 1890, se sentant trop isolé, adopta le pseudonyme criant de Jean Tousseul tandis que **Charles De Coster** signa Bubulus Bubb la « Préface du hibou » dans la deuxième édition de *Thyl Ulenspiegel*. **Jacques Brel**, longtemps appelé « l'abbé Brel », prié par son père, faillit choisir au début de sa carrière pour nom de scène Jacques Berel, mais pourquoi pas « Brol » ou « Bril », puisque les deux s'énoncent de même en Flandre-Occidentale, où l'on dit *e* au lieu de *i*? Brel serait ainsi une altération sonore de *bril*, « lunettes » en flamand, le bourg de Briel étant à l'est de Dendermonde, Bril entre Gand et Saint-Nicolas-Waes, Ten-Brielen entre Zandvoorde et Comines. On sait comment **Michel de Ghelderode**, résiliant son bête nom de Martens, si proche de Mertens, trouva son nom de plume. Jouant avec les identités comme avec les personnages, il se plaisait à appeler « Materlingue », langue maternelle, **Maurice Maeterlinck**, qui signa Mooris Maeterlinck son premier texte en prose paru en mai 1886 dans la revue *La Pléiade*, les deux enfants de *L'Oiseau bleu*, Tyltyl et Mytyl, ayant des petits noms voisins de Thyl, Thiel, Diel ou Til. Hergé, lui, créa son nom de père de

Tintin en inversant comme Lewis Carroll son nom propre, **Georges Rémi**, devenu Rémi Georges, dont il garda les initiales R. G., muées en Hergé. **Félicien Rops**, pour sa part, signa des lithographies de son nom inversé Spor et il fustigea maintes fois de **Fernand Khnopff** dont il disait : « Franchement, si j'étais M. Khnopff, je retrancherais le H et le dernier F ! Il resterait 4 consonnes pour une voyelle, ce qui me paraît suffisant. » Il l'appela donc Knoph, mais aussi Knoophf, ou encore Knopff, tant il était trop proche à son goût de Burne-Jones. Signalons d'ailleurs que Khnopff est écrit avec un *f* dans un article du journal *Le Monde*, paru sur Jean Ray, sous la plume de Jacques Baudou, ce qui paraît normal puisque **Ensor** fut orthographié parfois James Ensyr [*sic*] et que *Le Monde*, pourtant réputé pour sa correction, orthographie *Permeck* au lieu de **Permeke**, dans un article sur **Hugo Claus**, de Nicole Zand, daté du 20 octobre 1995. **Raoul Ubac**, qui s'appelait Rudolf Ubach, signa ses premiers textes Raoul Michelet du nom d'un étudiant prénommé Raymond dont il fit la connaissance en 1929 à la faculté des Lettres de la Sorbonne et qui le présenta à André Breton. Norge, pseudonyme de **Georges Mogin**, signa d'abord Géo Norge alors que Michel Seuphor, pseudonyme de **Ferdinand Louis Berckelaers**, était l'anagramme d'Orpheus adopté dès 1918, à 17 ans. **Panamarenko** tire son patronyme des abréviations de Panamerican Airlines and Co. **Eugène Laermans**, quant à lui, signa ses tableaux avec son nom flamand que ses proches avaient francisé en **Lar∈mans**, ce qui était en fait son vrai nom puisque le *e* muet, ou lettre fantôme, avait été omis dans son acte de naissance. **Edgard Tytgat**, qui avait un cheveu sur la langue, dédicaça à **Pierre Alechinsky**, encore inconnu, une estampe, le 21 décembre 1943, en l'appelant Pierre *Alecnxbixy*. Mais **Émile Verhaeren** écrivit *Gersey* au lieu de Gervex. Non sans humour, **Jacques Sternberg** dit que la postérité le confondra avec Saül Steinberg, von Sternberg, Strindberg ou John Steinbeck, mais il orthographia **Roegieers** mon nom dans un de ses livres. Enfin, **Jean-Pierre Verheggen**, déclinant à l'envi la langue vernaculairheggen, se nomme tour à tour Vampierre Verheggen, Vulgairheggen, Trouvèrheggen, Don Verheggenon, Verhêveggen, Viergheggen et, pour finir, s'enterre sous le surnom de Verdeterrheggen.

NONOBSTANT

Mot inutilisé en Belgique où on ne sait pas si NONOBSTANT signifie endéans, néanmoins, toutefois, pourtant, malgré, parce que, cependant, quoique, en dépit de ou à cause de.

NORDICITÉ

La NORDICITÉ est la cause de la cécité dont pâtissent au regard des écrivains, des artistes ou des créateurs du Nord, ceux qui les trouvent incompréhensibles parce qu'ils vivent plus au sud.

O

OCCUPATION

Il y a quelques années, je me trouvais un samedi matin au Théâtre Ouvert que dirige Lucien Attoun pour assister à une rencontre entre écrivains, auteurs et dramaturges flamands et hollandais. Il n'y avait pas un chat dans la salle et tous parlaient dans un français impeccable. Jacques De Decker était là et peut attester mes propos. Vers midi, un jeune dramaturge anversois, calme et réfléchi, déclara sans agressivité et, surtout, sans être du tout contredit : « La Flandre, dans son histoire, a vécu presque toujours sous l'OCCUPATION. Elle a en effet été tour à tour envahie par les Hollandais, les Portugais, les Autrichiens, les Anglais, les Espagnols, les Français, les Allemands et par... les Belges ! » Je n'en suis pas revenu. Je n'avais jamais entendu cela ni n'y avais même songé. En un mot, tout était dit.

OCH ÈRME !

Expression populaire qui s'énonce en tirant une tête jusque par terre, OCH ÈRME ! évoque une contrariété. Moins pieux que « Bon Dieu ! », cette interjection dépitée est plus parlante que « Merde ! ».

ŒSOPHAGE

> Hop-là, hop-là, telle est notre devise.
>
> *Œsophage*

La revue dadaïste *ŒSOPHAGE*, dirigée par E. L. T. Mesens et René Magritte, qui voulait tout avaler, tout digérer, ne faire qu'une bouchée du monde, qui pratiquait l'autodestruction à tour de bras et qui prévenait : « Nous refuserons en toutes circonstances d'expliquer ce que précisément l'on ne comprendra pas », n'a connu qu'un numéro, daté de mars 1925.

ŒUFS

Les ŒUFS sont les symboles de l'immaturité. Ils pullulent dans l'œuvre de Marcel Broodthaers à laquelle ils confèrent un côté étrange et familier autant que merveilleusement fragile. Mais ils étaient aussi l'aliment par lequel l'artiste accomplissait par le menu « son implacable souci d'autodestruction sans commun dénominateur avec le suicide », comme le rapporte Jean Raine dans *Apocopes pour Marcel Broodthaers**. Crevant littéralement de faim, le cousin belge de Marcel Duchamp se détruisait, en effet, le foie en gobant par centaines les œufs qui étincellent dans ses œuvres et en sont l'indélébile marque éphémère, à l'égal des coquilles de moules grappillées de préférence, vu leur prix, dans les poubelles de restaurants.

---

* Paris, L'Échoppe, 1993.

OREILLE

Question : Comment brûler l'OREILLE d'un Belge ?
Réponse : On l'appelle au téléphone pendant qu'il repasse.

ORIGINAUX

A contrario du Belge qui ne voit jamais rien à travers lui, voici quelques ORIGINAUX, illuminés, esprits singuliers, aux propos délirants, le plus souvent restés inconnus, mais recensés par André Blavier dans *Les Fous littéraires** qui, par contre, voient tout en belge. Ainsi, **Gropius Bécanus**, connu sous le nom de **Bécan**, affirme-t-il en 1569 que le flamand est la langue d'Adam, et donc la plus ancienne du monde. Ce qu'atteste en 1614 **Adrian Van Schrieck**, qui prétend que les Flamands sont venus de Palestine dans les pays embués, un autre Flamand **Charles-Joseph De Grave**, mort en 1805, certifiant que Homère et Hésiode sont originaires de Belgique et que le retour d'Ulysse s'est effectué à Blankenberge. De son côté, l'hermétiste **J.-E. Croegaert** assure que le flamand est la langue universelle, mais que les Flamands eux-mêmes ne parlent bien que l'anglais. Alors que **Lenglet-Mortier** et **Diogène Van Damme** estiment que le vieux flamand, qui est un composé kelto-kimbro-teutonique, forme le fond de tous les dialectes du Nord et que le bien-nommé **Albert Lallemand**, dans le n° 4 de la revue *Amère tune* présente le « néo-espéranto, langue belge » comme une étape vitale avant l'adoption mondiale de la langue *stipfone*. Tandis qu'**Antoine Fuzi**, docteur en théologie de l'université de Louvain, gage que le sang menstruel des femmes éteint les incendies, **Jean Van De Cotte**, curé à Sonneghem, près d'Alost, pense en 1851 que lancer des bombes sur une ville est inepte dans le système de Copernic, vu qu'elles restent en l'air avant de tomber et échouent à côté à cause de la rotation de la Terre. Pendant qu'**Antoine-Joseph Bécart**, aussi orthographié **Becquart**, **Bécarre**, **Bekeart**, **Bekkar**, **Beckart**, écrit de lui qu'il est « l'homme le plus intelligent, le plus étonnant, le plus encyclopédique, le seul grand homme enfin de toute la Belgique » et que **Josepk Plokain**, peintre en bâtiment, bardé d'une « casquette d'artiste » en peau de hérisson au museau servant de visière, qui se clame « écrivain scientifique à Rochefort », présente lui-même sa candidature au prix Nobel, **Clément Aigret**, botaniste de Doische, rédige un opus unique en son genre, *Flore analytique et descriptive des plantations le long des routes de l'État belge*, **Maurice Arnould**, docteur en philosophie et folkloriste de Marcinelle, décrit *Les Gâteaux de Noël et leur* *décoration en Hainaut*, **Ignace de Tybermans**, généalogiste, publie une *Notice descriptive et historique des principaux châteaux, grottes et mausolées de la Belgique et des batailles qui y ont eu lieu* **Adrien Hoverlant de Beauwelaere** pond, de 1805 à 1834, en 114 volumes plus 3 tables et un atlas, son *Essai chronologique pour servir à l'histoire de Tournay*. Conclusion ? Empruntons-la à **Joseph-Bruno Alleweirelt** qui, dans un traité publié à Bruges, en 1851, énonce deux vérités premières, qui pour être de La Palice n'en sont pas moins bonnes à dire : « Il n'y a pas de méthode pour trouver ce qu'on ne cherche pas. » Et : « Mieux vaut ne rien savoir que de croire ce qui n'est pas vrai. »

---

* André Blavier, *Les Fous littéraires*, Paris, Éd. des Cendres, 2001.

Os

Marcel Broodthaers a conçu en 1974 un projet de carton d'invitation pour l'exposition « Invitation pour une exposition bourgeoise » où figure un fémur humain aussi titré *Fémur d'homme belge*, peint aux trois couleurs nationales (beau noir, jaune cirage, rouge bœuf). Il a réalisé dans le même ordre d'idées en 1965 le *Fémur de la femme française* (rouge, blanc, bleu), plus élégant, courbe, souple et flexible comme il sied à une illustre nation, réputée pour son élégance, son charme et sa légèreté. D'où vient alors qu'il émane de cette seconde pièce un impact nettement moindre que de la première ? À mon avis, cela tient au fait que le Belge est un dur à cuire, qui survivra alors que son royaume de bric et de broc sera dans les choux. Son lopin de pays, le Belge, apatride à tout crin, l'a dans l'os !

Ostende

> Villages fromagines, Hôtels salés, Tours de réglisse, Conceptions biscornues d'architectes frigides et mélassiers.
>
> James Ensor, à Ostende.

Ostende, c'est « la reine des plages, la « ville phénix » ou la « ville des plaisirs », comparée à Biarritz au début du siècle passé, rivale de Nice et de Monte-Carlo, où Tchaïkovski, Caruso, Lord Byron, Karl Marx, Engels et James Joyce séjournèrent, attirés par ses palaces et sa plage de roi. C'est dans cette cité du carnaval et des rafleurs de moules, mi-flamande, mi-anglaise, que naquirent Arno, Henri Storck, Raoul Servais, Spilliaert et Ensor qui en peignit les tours, la grève, le port, les cabines de bain sur le sable doré et railla les mœurs indigènes incarnées par une foule grouillante digne d'un croquis de Gillray. Permeke logeait sur la digue, et devenu le poète puissant de la mer, peignit dans sa pâte bistre les charmes supposés de cette cité balnéaire tant vantée par Jean-Roger Caussimon et chantée par Léo Ferré dans « Comme à Ostende ».

Voilà pour le mythe et les clichés, sans doute un grain exagérés mais diffusés à foison par les guides locaux et les dépliants touristiques. Pour ma part, je n'ai jamais vraiment aimé cette ville marine, trop urbaine à mon goût, où j'ai joué la comédie jadis et où j'eus le malheur de tomber en panne de voiture, restant deux heures en rade dans la Alfons Peeterslaan, n° 22, face au magasin Di et au Juwelen Depuydt quand j'y retournai le jeudi 18 avril 2002 pour dévoiler ses prétendues merveilles à ma fille. Passons sur les ruelles sinistres et déglinguées, exhalant la pisse et le vomi des marins soûls, le peu d'allure de ce pouilleux cloaque qu'éperonne le hideux Kursaal où la fresque de Delvaux peinte en 1952, équivalente de celle de Magritte au casino de Knokke qui sera bientôt démoli, est cachée au public, la salle servant de remise pour tables de jeux.

Mais voilà soudain que saillent, au détour d'une triste rampe ombreuse, les fabuleuses colonnes noctambuliquement peintes par Spilliaert en 1908, et les arcades dominant l'escalier qui dévale vers la mer, étayées par le socle évasé de la digue qui mène à l'hippodrome Wellington, à l'ombre desquelles irradie le Thermae Palace Hotel, à la salle à manger spilliaertienne, sublime avec ses nappes amidonnées et ses opalines serviettes en pointe haussées comme des mitres, mais aux bouquets de fleurs artificielles, au hall d'entrée loué à des « artistes » de dixième zone qui le profanent de leurs croûtes, à la minable porte d'aluminium, bien à l'image du saccage organisé de cette ville laide, pitoyable et mal en point, lépreuse et rachiteuse, dont le massacre se couronne en bout de digue par l'étrave d'un monstrueux immeuble d'une hideur incommensurable.

Mais le comble est atteint par le Museum voor Schone Kunsten, sis sur la vilaine Wapenplein, au second étage d'une affreuse bâtisse bardée de fer, auquel on accède par une miteuse cour intérieure flanquée d'un piteux bassin où s'ébattent des poissons rouges. Et auquel on aboutit par des volées d'escaliers aux murs flapis, qui n'ont pas été rafraîchis depuis trente ans. L'entrée est consacrée à Ensor, le maître des lieux, fêté sous vitrine par des catalogues d'un autre âge, exhibant des œuvres de jeunesse, des paysages ou *Les Porcs*, brossés à 15 ans, en 1875. Dans la pièce voisine trône Spilliaert, l'autre enfant du pays, servi par une brassée de chefs-d'œuvre, tel son extraordinaire autoportrait de 1908, fixés par des fils de fer aux tuyaux, pendus sous des néons blafards comme dans un foyer d'école des années vingt, les titres tapés sur des étiquettes tenant avec du scotch translucide. Dans les autres salles, toutes aussi minables, moches, poisseuses, pisseuses, piétinant un balatum épuisé, on peut s'éblouir encore des tableautins de Van Cuyck, maître d'Ensor, d'un Permeke de première main, d'un paysage de Khnopff à Fosset, de *La Raie* de Willy Finch.

Quand on pense qu'Ensor, qui fut longtemps abhorré dans cette localité qu'il ne quitta jamais, fit des mains et des pieds, allant jusqu'à libeller lui-même des dithyrambes en sa faveur, afin d'être acquis par le musée indigne, qui est une insulte à l'art, à la peinture, ainsi qu'au respect des œuvres, et où le pauvre conservateur, Xavier Tricot, exégète expert de Spilliaert, étale sa bouille épinglée par Cartier-Bresson, Martine Franck ou Lise Sarfati, à côté d'épreuves éternisant Ensor, bourgeoisement campé ailleurs par Degroux. « On n'aime décidément pas l'art en ce pays », songeais-je, affecté par tant d'indolence et de mépris, fuyant à toute vapeur Oostende, « l'admirable Byzance du Nord » déchue, déglinguée, déjà putréfiée, redevenue ce qu'elle était déjà bien avant le XIXe siècle, un *stinkput*, ou « puits qui pue ».

OSTÉOLOGUE

Le Belge est OSTÉOLOGUE dans l'âme ainsi qu'on peut l'observer chez Vésale qui fit du squelette la charpente de sa pensée, mais aussi dans les œuvres de Rops, Ensor, Wiertz, Delvaux, Broodthaers ou Jan Fabre. Et, à son corps défendant, dans le triste sort réservé à Charles De Coster, l'illustre auteur de *Thyl Ulenspiegel*, qui n'avait pas même une sépulture au cimetière d'Ixelles, où il fut inhumé à toute pompe le 9 mai 1879. Comme on avait mis d'autres corps au-dessus de sa dépouille, treize ans après sa mise en terre, à l'initiative d'un comité de littérateurs et d'amis, on exhuma ses restes, os par os, et on les scella religieusement dans un cercueil de chêne.

OSTRACISME

A- La constitution nationale de 1831 a été rédigée uniquement en français, « langue de l'élite nationale et langue du projet national ». Elle n'a été traduite en néerlandais qu'en 1967.

B- Vers 1847, Charles Rogier, ministre de l'Intérieur, déclare : « Les efforts de notre gouvernement doivent tendre à la destruction de la langue flamande pour préparer la fusion de la Belgique avec notre grande patrie, la France. »

C- L'usage du néerlandais étant interdit dans l'administration, le flamand, langue du bas peuple, n'est pas enseigné à l'école. Il n'a été reconnu légalement qu'en 1898, soit près de *septante* ans après la proclamation de l'indépendance.

D- En 1897, on lit dans le journal *Le Soir* : « Que les Flamands veuillent être administrés et jugés dans leur langue maternelle, rien de plus équitable. Mais que par l'établissement du texte des lois en deux langues on oblige le Wallon à apprendre un idiome qui... n'est qu'un mauvais jargon, c'est plus que ridicule et absurde, c'est dangereux au premier chef. »

E- Et un peu plus loin : « Le flamand ne possède pas un seul ouvrage scientifique de valeur. Le savant flamand est dans l'obligation de se servir du français... lorsqu'il se rend à un congrès. » Et : « La langue flamande n'est parlée que par un très petit nombre d'hommes, ce qui est une cause d'infériorité. »

F- Enfin : « Le droit des Flamands à la publication d'une édition flamande du *Moniteur* est fondé. Ce qui ne l'est pas, c'est la prétention d'imposer une langue inutile à des Belges qui possèdent un verbe d'une excellence exceptionnelle. Les langues naissent, croissent et meurent. Le flamand est condamné à disparaître. »

G- Comme les jugements au tribunal, les ordres sont donnés en français à l'armée si bien que, lors du premier conflit mondial, les Flamands seraient morts en masse dans les tranchées faute d'avoir compris les ordres de leurs supérieurs francophones.

H- En 1938, *Le Soir* raille l'apprentissage du flamand aux « nègres du Congo belge » : « Il y aura de la joie dans la hutte de Bamboula… Nous imaginons déjà la "Kokoboomstraat" de Boma et à Costermansville, l'avenue du Pagne devenue soudain la "Schaamteschortllan". Y a du bon, décidément, dans les colonies. »

I- Traités de « mangeurs de pommes de terre, colonisés par les francophones comme les Congolais par les Blancs-Belges, les Flamands, « Belges de seconde zone », ont dû patienter jusqu'en 1925 pour avoir enfin une université en langue néerlandaise.

J- « Les Flamands, ce ne sont pas des gens, ce sont des bêtes », dit à une époque un dicton wallon. « Un bon Flamand ne peut être de gauche. Les Flamands sont catholiques. Les Flamands n'ont pas d'humour. Le Flamand n'aime pas la cérébralité. »

K- Dans les années soixante, on dit que les francophones ont la culture et les Flamands l'agriculture. Et l'on considère l'usage du français dans tout le pays comme allant de soi. Le 22 septembre 1961, 65 000 flamingants bloquent le centre de Bruxelles en scandant *«Brussel Vlaams!»* («Bruxelles flamande!»).

L- Les néerlandophones créent une université séparée de l'Université libre de Bruxelles et les francophones sont exclus de l'université de Louvain. Le patriotisme flamand est en marche. Pour les nationalistes flamands, la Flandre est leur Patrie. L'hymne de la nation flamande est le *Vlaamse Leeuw*.

M- Il n'y a plus depuis longtemps en Belgique de Premier ministre wallon, unilingue francophone, mais une tapée de

Flamands tout à fait bilingues. On ne dit plus les « Flamins » en Wallonie. Et le mot « Ménapien » (primitif flamand) ou « Moedertaaliens », de mise voici cinquante ans, est hors d'usage à présent.

OTAN

« Bruxelles est la capitale de l'OTAN », a déclaré sans rire George W. Bush, lors de sa visite dans la capitale belge de l'Europe, le 12 juin 2001. Il ne s'agit pas d'un lapsus. Mais d'un laïus sur la vision qu'a le président des États-Unis d'Amérique de la Belgique. Un coin stratégique dans un pays qui n'existe pas et dont la capitale n'est qu'une baleine du parapluie antimissiles. Un site tactique coché d'un point noir pour la Maison-Blanche.

OUI, SANS DOUTE

D'accès immédiat et d'un abord sans défense, le Belge rentre volontiers dans sa coquille et, pour jauger son interlocuteur, use à l'emporte-pièce d'expressions de son cru, qui veulent dire exactement l'inverse de ce qu'elles semblent signifier d'abord. Ainsi, lorsqu'il dit :
– OUI, SANS DOUTE.
Il veut dire :
– Non, bien sûr.
Mais, à l'inverse, lorsqu'il s'écrie :
– Non, peut-être !
Il veut dire :
– Oui, évidemment.

OUTRE-QUIÉVRAIN

Lorsque nous partions en vacances, tassés mes frères et moi à l'arrière de la Taunus de mon père, ma mère, qui trônait sur le siège avant, ma sœur cadette sur les genoux, s'exclamait au moment où l'on allait quitter la Belgique pour entrer en France, ce qui se sentait à l'aspect des maisons, à la campagne, à l'habillement des gens et à la plaque des voitures : « On voit qu'on sort du pays. Ça sent bon la France ! » Le même scénario se produisait sur le chemin du retour. Lorsque nous rentrions de vacances, tassés mes frères et moi sur le siège arrière de la Taunus de mon père, ma mère, qui trônait sur le siège du passager, ma sœur sur les genoux, s'extasiait au moment où l'on allait quitter la France pour rentrer en Belgique, ce qui se voyait aux arbres, à la couleur du ciel, à l'allure des gens et aux plaques des voitures : « On voit qu'on arrive au pays. Ça sent bon la Belgique ! » La frontière culturelle entre la Belgique et la France est bien sûr indiscernable à l'œil nu. C'est la raison pour laquelle les deux pays se sont accordés pour tracer une ligne de démarcation complètement invisible qui passe par Quiévrain, petite bourgade située sur le territoire belge, proche de la ville de Mons, qui ne compte guère plus de 5 000 âmes. D'un côté de la frontière, en Belgique, pour désigner la France, on dit OUTRE-QUIÉVRAIN. Et de l'autre côté de cette même lisière, en France, pour désigner le pays voisin, la Belgique, on dit de même, mais bien entendu, dans l'autre sens, outre-Quiévrain comme on dit outre-Moerdijk envers les Hollandais, outre-Rhin vis-à-vis des Allemands, outre-Manche à l'égard des Anglais, et outre-tombe ou outre-terre pour le voyage dans l'au-delà. Mais où donc faut-il précisément passer outre à Quiévrain pour se croire vraiment en Belgique ou bien pour de vrai en France ?

P

PANAMARENKO

> Le but le plus élevé que l'on puisse se donner
> est de trouver une manière de quitter la terre.
>
> PANAMARENKO

Les œuvres extravagantes, irrationnelles et désenchantées de PANAMARENKO, « aéronaute multimillionnaire », drôle d'oiseau à la tête chiffonnée d'Indien iroquois ou de Tupamaros échappé de Tintin, né en 1940 à Anvers, qu'il n'a jamais quittée et dont il sillonna les rues au volant de sa Cadillac de couleur en costume blanc, me divertissent, me fascinent et m'enchantent. Alliage des rêves les plus fous et de la technologie la plus farfelue, elles ont l'exceptionnel mérite d'avoir été fabriquées de ses mains par un architecte de l'imaginaire, un bricoleur de mythe, un ingénieur de l'utopie, un mécanicien de fantaisie, épris d'exactitude et de calculs irrécusables, qui n'aspire pas plus au ratage qu'au succès. Ses machines, non pas célibataires mais orphelines de leur fonction, dingues et déglinguées, caduques et cuirassées, navrantes et savantes, futiles et volatiles, touchantes et intouchables, sont à la fois prévues sur plan et pensées d'après dessin pour ne pas marcher si bien qu'elles sont autant d'objets de parade en rade, de prototypes hors d'état avant d'avoir servi, d'astucieuses inventions impossibles dont ont été étudiées avec rigueur toutes les possibilités.

Sans doute est-ce parce qu'elles resteront à l'état de dessein que ces créations d'un passé futuriste, ou d'un avenir antérieur, m'apparaissent depuis toujours comme de merveilleux, fragiles et mélancoliques jouets grandeur nature confectionnés de main de maître dans des matériaux divers : balsa, papier, polyester, acier, étain, bois, métal, cuir, Bakélite, Cellophane, osier ou fer blanc. Dotés avec humour et fantaisie de moteur Diesel, turbines, générateur, pédales, roulement à billes, pièces et roues de vélo ou de trottinette, voiles, ailettes, pales, hélices, flotteurs, fils, tringles, ces engins déments et déroutants, intimement artisanaux, se rient de l'inertie de la vitesse censée les emporter non pas vers des destinations ignorées ou inconnues, mais bel et bien dans des aires ou des contrées inexplorées qui n'existent tout simplement pas. Les avions, soucoupes volantes, ballon dirigeable aussi gros qu'un énorme suppositoire, une capote démesurément soufflée et d'aspect très usagé, une chrysalide millénaire, fusée, cigare volant, hélicoptère bicyclette, Pédalo spatial ou marin, dirigeable avec traction à pédales, aéroglisseur, bathyscaphe, char individuel à chenilles, ainsi que bolide à carrosserie en caoutchouc ou en bois avec coupole en plexiglas, à l'énergie obtenue par deux panneaux solaires activés par quatre lampes à gaz, procurent le plaisir statique d'un voyage expérimental, strictement mental.

Et me font d'autant plus rêver qu'ils ne sont pas voués à accomplir de chimériques exploits mais parce que leur inertie défie la célérité et les lois de la gravitation, et par là même de la gravité, car comme le dit avec à propos leur inventeur, qui prévoit assez de carburant à son submersible pour aller d'Anvers au pôle Nord : « La question, c'est quoi faire une fois qu'on y est. » Sorte de Léonard de Vinci flamand, qui se souvient de la chute d'Icare peinte par Bruegel, qui concilie Jules Vernes, qui marqua tant Paul Delvaux, et le professeur Tournesol, auquel il escamote ses patins à roulettes à moteur, les chaussures pour marcher tête en bas, adhérant au plafond par des aimants, le scaphandre insubmersible, et le moteur à réaction pour sac à dos, que pourrait aussi porter Fantasio, Panamarenko séduit par l'ironique et poétique beauté de l'inutile, saluée par les noms comiques de *Papaver* ou de *Thermo Photovoltaic Energy Convertor*. Métaphores d'un passé sans avenir, ces sculptures scientifiques et archéologiques, mobiles et fixes, couturées et cousues, parées et réparées, et donc à l'air blessé, cabossées et dignes de la fée Carabosse, prêtes à fonctionner, mais conscientes de leur existentielle vanité, ont une âme, une aura, qui me transporte d'émotion.

Réconciliant la connaissance, factice, et l'imagination, vraie, Panamarenko par ces machines chimériques et magnifiques, aussi frêles qu'éternelles, explore les limites du possible, sans vouloir les franchir, mais en se contentant de planer en deçà. Ce qui est la plus belle manière de rêver l'impossible, tout comme en imaginant qu'on vole tels une libellule ou un leiotrix, on vole plus et beaucoup plus haut que si on volait vraiment.

⇒ *Voir aussi* **Baleine**.

PARADOXE

Comme on l'a fort justement remarqué, c'est un PARADOXE qu'un étranger, qui a pour nom André Blavier, de sa bibliothèque wallonne à Verviers, se démène comme un beau diable pour qu'un grand écrivain français, Raymond Queneau, pour ne pas le nommer, soit bien mieux connu de ses propres compatriotes.

PARIANISÉ

Ce néologisme, qui est aussi un belgicisme, définit le Belge qui ayant quitté son pays y devient un paria en même temps qu'il s'intègre à Paris, et devient donc plus que parisien, ce que synthétise on ne peut mieux le fait d'être soudain PARIANISÉ.

Paris

« Nous-mêmes ou périr ; l'ennemi, c'est Paris », déclare en son temps Camille Lemonnier. Mais André Baillon est mal accueilli à Paris comme le sont aussi Charles De Coster, Michel de Ghelderode, Antoine Wiertz, Christian Dotremont, totalement incompris, et René Magritte qui appelle la Ville Lumière « Piras » dans une lettre à Irène Hamoir, du 6 avril 1948. Quant à James Ensor, dont on ne prise guère les « caricatures », il se venge en répondant en 1926 à une enquête de la revue *Sélection* sur la jeune peinture française : « Paris m'est totalement inconnu. »

Passeport

À l'ambassade de Belgique, on m'a retiré voici quelques années ma carte d'identité de citoyen belge pour la détruire car le système informatique combinant sur une carte toutes les informations n'est pas encore au point. N'ayant plus de carte d'identité, mais une carte de séjour qui n'est pas valable pour les voyages à l'étranger, je prends la précaution de ne pas oublier mon PASSEPORT quand je me rends, même pour un court séjour, dans mon pays natal, comme un émigré venu de loin, un exilé qui pénètre une contrée inconnue et dont le passeport seul atteste l'état civil : l'âge, l'identité, la nationalité.

Patins à roulettes

Le Belge Joseph Merlin, de Huy, inventeur des PATINS À ROULETTES, eut l'idée pour épater le monde de paraître à une soirée élégante en jouant du violon sur l'engin de son cru. Il avait tout prévu, sauf un moyen de s'arrêter, et brisa la glace en percutant de plein fouet un miroir géant dont les débris faillirent le tuer.

Patrie

Le Belge est si peu patriote dans l'âme que sa plus grande fierté est d'exporter sa PATRIE sitôt que l'occasion s'en présente et de la refiler mine de rien au premier venu. Ainsi Tintin, devant une classe de petits nègres, déclare-t-il noir sur blanc dans la version originale de *Tintin au Congo* : « Mes chers amis, je vais vous parler aujourd'hui de votre patrie : la Belgique !... » À l'image de Tintin, le Belge, qui s'en tire à bon compte, fourgue de but en blanc sa modeste patrie au petit noir. Dans la version moderne en couleurs, cette scène a cédé la place à un cours de calcul. « ... votre patrie, la Belgique !... » est devenu : « Qui peut me dire combien font deux plus deux ?... »

Patriote

Le bon PATRIOTE n'existe pas en Belgique. Ce qu'a bien dit Magritte dans un de ses tracts titré « L'imbécile », les deux autres s'intitulant « L'emmerdeur » et « L'enculeur » :

> Les bons patriotes sont des imbéciles ;
> Les bons patriotes emmerdent la patrie.

Paul et René

« Delvaux a exploité le surréalisme comme il aurait exploité une charcuterie », a dit René Magritte en 1947 de son confrère, Paul Delvaux, dont on l'a surtout rapproché depuis leur exposition conjointe en 1936 au palais des Beaux-Arts de Bruxelles, où leurs œuvres remportèrent un succès de curiosité. Réunis par la notoriété, les jumeaux du surréalisme n'étaient pas faits pour s'entendre et s'appréciaient en fait assez peu, même si on les a souvent associés tant dans la théorie que dans la réalité. Voici répartis en deux colonnes, élongées sous leur prénom respectif, quelques éléments susceptibles de les distinguer.

PAUL ET RENÉ

<u>RENÉ</u>	<u>PAUL</u>
né en 1898, à Lessines, province du Hainaut	né en 1897, à Antheit, province de Liège
d'abord abstrait, futuriste et dadaïste	d'abord impressionniste, puis expressionniste
dessine dans une usine de papiers peints	peint parfois sur des rouleaux d'emballage
impressionné par De Chirico qu'il découvre en 1925	bouleversé par De Chirico qu'il découvre en 1926
habite trois ans au Perreux-sur-Marne, près de Paris, en 1928	habite quelques mois à Choisel, près de Paris, en 1949
captivé par le mystère, se considère absolument comme surréaliste	fasciné par la magie, se considère plutôt comme naturaliste
cherche comment rendre manifeste la réalité	ce que l'on recherche est immatériel
peint des paysages mentaux, architecture contemporaine ordinaire (maison, arbre, ciel, pierres)	des paysages métaphysiques, architecture mythologique, souvent néo-classique (villes antiques, ruines)
fait voir par la fenêtre ouverte dans la façade d'une maison une chambre contenant elle-même une maison (*L'Éloge de la dialectique*, 1937)	montre une femme de dos, dans une pièce, regardant un jardin, qui se trouve à l'intérieur de la pièce (*La Fenêtre*, 1936)
fait surgir d'une cheminée une locomotive	collectionne les trains miniatures

PAUL ET RENÉ

prend le tram	peint les trams
marié en 1922, pas d'enfant, joue du piano	marié en 1952, pas d'enfant, joue de l'accordéon
a l'air bourgeois, porte des cols fermés, des cheveux courts et un chapeau melon	a l'air artiste, porte des cols ouverts, des cheveux longs et un képi de chef de gare
fréquente le café Le Cirio, près de la Bourse se sert d'un même modèle jamais reconnaissable	se rend au café Hulstkamp, galeries Saint-Hubert utilise le même modèle toujours identifiable
peint des femmes de chair qui brûlent la toile	peint des femmes chastes qui glacent le sang
propose des faits	évoque des états
explore l'inconscient, peint des objets quotidiens (bilboquets, pipes, chapeaux, grelots)	ne perd pas conscience, peint des sujets allégoriques (gares, musées, statues, temples)
écrit avec des mots	décrit par les images
l'art a une fonction onirique	l'art a une vertu symbolique
l'étrange est l'ossature du monde	le squelette est un élément de vie
cache ses intentions	n'a pas d'intentions cachées
supervise la fresque à la salle du lustre pour le casino de Knokke, en 1953	exécute la peinture murale de la salle de jeu du Kursaal d'Ostende, en 1952
s'installe rue des Mimosas, à Schaerbeek, en 1957	déménage rue des Campanules, à Boistfort, en 1954

PAUL ET RENÉ

écrit Magritte
sur sa sonnette

écrit Paul Delvaux
sur sa sonnette

passe ses vacances près de
la frontière hollandaise, à
Knokke-le-Zoute

passe ses vacances près de
la frontière française, à
Coxyde et Saint-Idesbald

mort en 1967
d'un cancer du pancréas.

mort en 1994
presque aveugle.

Pays

Au fil de mes lectures, en écrivant ce livre, j'ai pu noter qu'on traitait la Belgique de petit pays, pays divisé, pays parent, pays pluriculturel, pays local, pays provincial, pays microscopique, pays riquiqui, pays flamand, pays wallon, pays bruxellois, pays allemand, pays mental, pays surréaliste, pays « noir », pays voisin, pays neutre, plat pays, pays de plusieurs mondes, pays résidu, pays bizarre, pays de traverse, pays fou, pays passager, pays provisoire, pays sans histoire, pays impayable, pays sans mémoire, pays oublié, pays introuvable, pays détestable, pays en sursis, pays raté, pays désolant, contre-pays, pays résistant, pays désespérant, pays retors, pays venteux, pays de cocagne, pays de coquins, pays ingouvernable, pays mal-aimé, pays moribond, pays mort-né, pays éclaté, pays dérisoire, pays puzzle, pays d'OVNI, pays inexistant, demi-pays, pays des demis, pays européen, pays beneluxéen, pays lilliputien, pays dense, pays dingue, pays pourri, pays universel, pays bouché, pays de bouchers, pays paysan, pays passé, pays inepte, pays balourd, pays pipi, pays stupide, pays insipide, pays occupé, pays borné, pays libéré, pays sans espace, pays sans espoir, pays sans pays, pays sans avenir, pays extrême, pays libre, sous-pays, pays qui n'existe pas, pays pluvieux, pays vieux, pays rigolo, sale pays, pays de merde, pays propre, pays foutu, pays cassé, pays détraqué, drôle de pays, pays invraisemblable, faux pays, pays inventé, pays vendu, pays de vendus, pays payé, pays rêvé, pays réel, pays gag, pays gage, pays invendable, pays non identifiable, pays sans passé, pays mirage, pays con, anti-pays, pays bourgeois, pays pieux, pays riche, pays rare, triste pays, pays inculte, pays gai, pays gogo, pays asexué, pays ingérable, pays mal fait, pays défait, pays moche, pays cloche, pays de clochers, pays nul, bête pays, pays drôle, pays d'avant-garde, pays traître, pays d'où je viens, et surtout, plus vrai que tout, nul n'est prophète en son PAYS.

PAYS VOISIN

Le PAYS VOISIN n'est plus désormais la Hollande, la France, le Luxembourg ou l'Allemagne pour le Belge mais la Flandre pour le Wallon et la Wallonie-Bruxelles pour le Flamand de Flandre.

PEÏ, PEY OU PEYE

Mot typique qui définit un type ou un mec sans personnalité, sans âge, sans allure, sans *stout*, sans histoire, sans gêne, sans façons, sans apparence, sans charme, sans élégance, sans famille, sans argent, sans prose, sans profession, sans origine, sans idées, sans soucis, sans avenir, sans intérêt, sans frais, sans pareil, sans but, sans rien. Autrement dit, sans ironie, sans raison, sans explication : un PEÏ.

PEINTRE

C'est l'artiste-plasticien Patrick Corillon qui le raconte avec son humour si particulier : « Un peintre verviétois qui vénérait Magritte lui avait envoyé une de ses toiles pour savoir ce qu'il en pensait. Magritte lui avait répondu : "Je ne peux vraiment rien vous dire, demandez plutôt à un PEINTRE." »

PÉKÈT OU PÉKÉ

Équivalent du Bols, le PÉKÈT, péket ou péquet, est une spécialité ardennaise que l'on appelle une « petite goutte ». Genièvre ou eau-de-vie, le PÉKÉ, servi glacé dans un petit verre, se lampe d'un coup, d'une traite, cul sec, comme la vodka ou l'aquavit, parfois en alternant avec de la bière comme en Norvège.

Pêle-mêle

> Que diable faites-vous en Belgique ?
> Qu'attendez-vous ? Quel fil vous tient donc
> par l'aile attaché à cette stupide cage belge ?
>
> Maurice Kunel, à propos de Baudelaire.

La Belgique étant une terre de passage dont usèrent maints exilés, écrivains, poètes, penseurs, philosophes ou artistes, qui y restèrent peu ou des années, on peut imaginer que s'y croisèrent en désordre, PÊLE-MÊLE, **Georges Perec**, qui fait divers sauts pour honorer avec l'Oulipo **Raymond Queneau** lors d'Europalia France en 1975, et **Karl Marx**, âgé de 27 ans, qui débarque le 9 février 1845. Il réside à Ixelles, puis à Saint-Josse, ainsi qu'à la place du Petit-Sablon et y rédige son *Manifeste du parti communiste* à la Grand-Place, où il réunit ses partisans et tient des meetings au premier étage du « Au Cygne », mais les galeries Saint-Hubert ne lui déplaisent pas et il est expulsé du royaume par Léopold Ier, le 3 mars 1848. Venu saluer son ami Karl, à Ostende, le 27 juillet 1846 (« On bouffe pas mal, et pour le reste c'est très agréable »), **Friedrich Engels**, qui trouve la bière et les cigares infects, y coudoie **Lénine** qui loge chaussée d'Ixelles et au 39 parvis de Saint-Gilles, ainsi qu'**Audrey Hepburn**, qui passe son enfance de 1932 à 1939 à Linkebeek, dans la banlieue bruxelloise. Elle y aperçoit dans un tram **John Dos Passos**, qui vit plusieurs années chaussée de Charleroi et se souvient du musée **Wiertz** où sa maman le traîne et de Sainte-Gudule « dont le nom a un son de cloche ». « Les immenses tableaux du peintre fou me bouleversent », confie l'auteur de *La Grosse Galette* à **Henry Miller** qui voyage en Belgique au début de l'année 1953.

Fervent admirateur de Ruysbroek l'Admirable et de Fernand Crommelynck, il sait que c'est à Bruxelles, entre deux périples, que **Iris Murdoch** tomba par hasard sur *L'Être et le Néant* de **Sartre**, ce qui la ramena à la philosophie, puis à l'écriture. Sans doute a-t-elle repéré **Paul Claudel**, ambassadeur de France en Belgique, à 65 ans, de 1933 à 1936, qui vient méditer chaque jour à la même place, près de la chaire de vérité, à l'église du Sablon. Il a dû tenter de voir **Marcel Proust**, qui ne fait qu'un saut de puce à Bruxelles, peut-être pour assister au dernier souffle de **Puccini**, atteint d'un cancer à la gorge, qui meurt d'une crise cardiaque le 19 novembre 1924, dans une clinique bruxelloise où on lui a posé des aiguilles au radium. « Le cœur l'a trahi », pense le jeune **Rodin** qui reste sept ans en Belgique. Encore inconnu, il s'installe en 1871 à Bruxelles que vient de quitter **Victor Hugo** qui achève *Les Misérables* à Waterloo. Le jeune **Rodin** subsiste dans la dèche au début et gîte rue de Malines, 15 rue du Bourgmestre, et croupit dans un atelier prêté par un de ses anciens élèves, 111 rue Sans-Soucis, à Ixelles. Les années passées dans la capitale sont cruciales et l'incitent à affirmer son génie. En tant que tailleur de pierres, il concourt à la parure de la nouvelle Bourse dont la façade sud est en partie son œuvre, modèle nombre de bustes et expose en 1910, lors de l'Exposition universelle organisée au Solbosch, *Le Baiser*, et une des cinq versions des *Bourgeois de Calais*. Comme **Khnopff**, il participe à la décoration de l'hôtel de ville de Saint-Gilles et sculpte quelques cariatides. Mais il ne côtoie pas **Bourdelle**, qui se tient à côté d'**André Gide** et de **Maria Van Rysselberghe**, et croque les funérailles de **Verhaeren** grâce à qui **Rilke** est venu avec sa femme et sa fille, en juillet et août 1906, visiter Ypres, Furnes et Bruges qui lui inspirent des *Nouveaux Poèmes*.

Mais la chronologie se bouscule,
le temps file un mauvais coton,
la durée brouille les cartes.

Octave Mirbeau, le grincheux, qui parade en automobile, déplore « les asperges précoces, les endives amères et les raisins de serre sans goût ». **Charlotte Brontë** arrive avec sa sœur **Emily**, immortel auteur des *Hauts de Hurlevent*, en février 1842 à Bruxelles où elle est mise en pension. Elle écrit à ce sujet un texte titré « Le Pensionnat de Bruxelles » et, dans *Villette*, décrit après coup la contrée où elle a servi comme gouvernante au pair, appointée 16 livres par an. De retour dans la capitale en 1843, Charlotte est engagée comme professeur d'anglais à l'institut Héger et s'éprend de **Constantin Héger** qui refoule ses avances et suscite sa rancœur tenace. Fuyant l'Angleterre pour échapper à ses créanciers, Lord **Byron**, âgé de 28 ans, passe une dizaines de jours en avril 1816 à Bruxelles, 51 rue Ducale, à cause du bris d'un essieu – écho à son pied-bot congénital ? – de son gros carrosse bondé de livres et déguste tous les jours des glaces au Wauxhall, ce qui épate vu qu'il mange peu et siffle du vinaigre pour freiner le progrès d'un embonpoint naissant. **Verlaine**, ayant tiré sur **Rimbaud** le 10 juillet 1873, et le blessant au poignet, est incarcéré à la prison de Mons et y écrit son fameux vers « Le ciel est par-dessus le toit ». Chassé du pays, reconduit à la frontière entre deux gendarmes, il revient plus tard y faire des causeries tout comme **Mallarmé** qui débarque, sa valise à la main, pour y conférer, du 9 au 19 février 1890, à Bruxelles, Liège, Gand, Anvers, Ostende et Bruges. Inintelligible, taxé de « fumisterie zénithale », « abscons à souhait… », il crée un réel malaise tout comme **Antonin Artaud**, qui vient en 1937 à Bruxelles rencontrer les parents de Cécile Schramme avec qui il doit se marier. Il tient une conférence où il parle des effets de la masturbation chez les Jésuites qui laisse l'assistance médusée.

Le projet de mariage est rompu.

« C'est bien fait », pense **Gérard de Nerval**, rêveur et noctambule, peu au fait de la réalité, qui arrive, chargé par le ministère de l'Intérieur français de mener une enquête au sujet des contrefaçons belges d'auteurs français, ainsi que pour retrouver ses maîtresses. Il qualifie Bruxelles de « lune de Paris », ce qui ne l'empêche pas d'aller se pendre au-dessus d'un égout de la rue de la Vieille-Lanterne à Paris, le matin du 25 janvier 1855. **Alexandre Dumas**, excellent cuisinier, qui a eu une liaison avec une belle lingère d'origine belge, Catherine Lebay, 33 maîtresses et, selon lui, plus d'une centaine d'enfants, a écrit 91 pièces de théâtre, 200 romans ou nouvelles, et fondé 8 journaux, réside pendant deux ans, 78 boulevard de Waterloo, où il pond 20 romans et 19 drames, trousse ses mémoires et dort dans 3 lits toujours faits. Voit-il **Lénine**, exilé en Belgique, qui, vers 1917, rencontre **Spilliaert** qui fait le portrait de **Gorki** en 1912, et **Stefan Zweig** qui achète 4 dessins à **Spilliaert** qu'il approche, en août 1908, avec **Crommelynck**, à Ostende où **Caruso** décroche le lustre et où s'échine **Herbert von Karajan** qui estime que le casino « possède la meilleure acoustique du monde » ? « C'est possible. Tout l'est », songe **Ensor** qui devise, le 2 août 1933, au Coq-sur-mer, avec **Albert Einstein** à qui il ne dit rien mais que le roi reçoit, à Laeken.

Tous ces nobles esprits
sont des éveilleurs de conscience,
des éclaireurs qui livrent leur savoir
et les preuves de leur intelligence

à cette région bizarre où défilent aussi **Arago**, **George Sand**, qu'attirent les grottes de Han, **Chateaubriand**, blessé à la cuisse par un éclat d'obus lors du siège de Thionville, qui erre misérablement en Belgique, sans fric, bafoué, esseulé, exilé parmi les émigrés, avant de s'embarquer pour l'Angleterre. **Louis Aragon**, démobilisé après la Première Guerre mondiale, se balade en Belgique où, selon ses dires, il s'inscrit avec des amis dans les hôtels, sous les noms d'**Arthur Rimbaud** et **Isodore Ducasse**. S'il avait ri davantage, peut-être eût-il raillé le dôme du palais de justice de **Poelaert** vu par **Freud**, qui transite à Bruxelles le 13 octobre 1885, comme « une coupole en forme de couronne » et comparé par lui à un « Palais assyrien » ou aux « illustrations de Doré » ? « Sans doute croit-il qu'il s'agit du Palais royal !... », marmotte **James Joyce**, venu en 1926 à Waterloo piquer sur place des notes pour le premier chapitre de *Finnegans Wake*. **W.H. Fox Talbot**, inventeur anglais de la photographie, compte au nombre des voyageurs sillonnant la Belgique et l'Allemagne, en octobre 1846. Le 11 octobre, il relate : « J'ai dormi une nuit à Bruxelles... en vue d'examiner l'architecture de l'hôtel de ville. Le soir suivant, j'arrivai à Liège. » **Julien Green**, pour sa part, admire la cathédrale de Tournai le 27 juillet 1938 mais il en critique l'intérieur, pointant le hiatus entre le roman et le gothique. Tous ne sont pas aussi aimables que **Courbet** qui passe trois mois dans ce pays où il est très aimé et fort proche des confrères plutôt réalistes qui fraternisent avec lui. Flanqué d'abord de la comtesse de Rupelmonde, « rousse comme une vache », **Voltaire** arrive en septembre 1722 à Bruxelles, « éteignoir de l'imagination », et n'est pas tendre envers ce

« ... vieux pays d'obédience
Privé d'esprit, rempli de foi. »

où il revient souvent. **Théophile Gautier**, qui s'y rend attiré par les plantureuses égéries de **Rubens**, « montagnes de chair rose d'où tombent des torrents de chevelure dorée », frappé par les « espions » qui ornent les façades, en parle dans *Caprices et Zigzags* (1856). **Léon Bloy**, connu pour son esprit caustique, déclare que ce pays est le « chef-lieu de l'Hypocrisie, de l'Avarice, de l'Imbécillité catholique ». **Engels** taxe la bourgeoisie belge de « plus bête du monde ». **Walter Scott** note que le peuple belge est, « sans exagérer, au moins un siècle en retard pour les coutumes et les mœurs ». **Michelet**, qui trouve sa population « laide et pieuse », avance que la Belgique est un « pays provisoire ». « Ils ont tous plus ou moins raison », sourit **Joris-Karl Huysmans**, français d'origine hollando-belge, qui vit en 1876 chez une fabriquante d'ouate, la veuve Debonnaire, 49 *bis* rue du Midi, connaît **Rops** et **Verhaeren** et, sacrifiant aux us autochtones, s'empiffre de

« couques de Dinant », se gave de « pistolets au beurre », suce « la bouillie verte des entrailles des crabes », bâfre « des gaufrettes sèches », déchiquette « des anguilles fumées ». Et, soucieux d'arrondir les angles, en les prenant « à rebours », tempère la fougue de ces exilés volontaires, proscrits, bannis, conscrits, qui crachent dans la soupe mais sont bien contents de trouver une terre de refuge dans ce pays petit comme un grand mouchoir de poche.

PERFECTION

La perfection en ce monde n'existe pas, hormis aux yeux du dadaïste anversois Paul Joostens, champion de l'anti-art, créateur d'objets tridimensionnels intrigants et perturbants, qui édifie des constructions d'influence cubiste, expérimente des techniques inédites telles que le montage, emprunté au cinéma, le photomontage et les tableaux de papier collé, ainsi que des assemblages multiples de cordes, nœuds, petites balles, lames Gillette, bouts d'étoffe, pinces à linge, clés, plumes, etc. Anarchiste égocentrique et individualiste aristocratique, œuvrant de plus en plus dans l'univers clos de son propre isolement, il reste jusqu'au bout fidèle à un précepte idéal mais radical formulé dans les termes suivants : « Prenez une chambre vide carrée et obscure ; au milieu de la chambre disposez un petit cube parfait et crevez dedans ; c'est la PERFECTION. »

PERSONNE

Je n'ai jamais été rue D'Une-PERSONNE, à Bruxelles, qui par définition appartient à celui qui s'y rend et où, paraît-il, il y a un bar à la décoration murale réalisée par Pierre Alechinsky, en 1948.

PESANTEUR

Malgré le succès international rencontré par ses sculptures en bois ou en métal, à l'équilibre instable, faites de boules, de billes, de tiges, de bâtons, de colonnes articulées, aux fonctions érectiles, mues par des moteurs électriques, basées sur la mobilité, la lenteur des déplacements, la recomposition du mouvement, l'instabilité perpétuelle générée par la force hydraulique, la réflexion de l'environnement par des miroirs sphériques, tout l'œuvre de Pol Bury, fils de garagiste, né en 1922, à Haine-Saint-Pierre, fervent admirateur de Magritte dont il fut « le plus doué des épigones », ami de Dotremont, proche de Chavée, du *Daily Bul* et d'André Balthazar, promu pape de l'art cinétique, semble reposer sur l'expérimentation de cette boutade : « Lorsqu'il découvrit la PESANTEUR, Dieu se sentit infiniment ridicule. »

PETIT BELGE

Appellation affectueuse et familière, mais un brin réductrice, qui abaisse le Belge au rang du petit-beurre, du petit pois, du petit rien, du petit coin, du petit doigt, du Petit Chose, du Petit Poucet, du Petit Prince ou, mieux, du Petit Larousse. Ce préjugé paternaliste suppose que, du haut de son piédestal, le Français considère le PETIT BELGE non pas comme son égal mais bien comme un blanc-bec, une demi-portion, un avorton, un minus, un gnome. Et la Belgique comme une province de la France. Mais qu'on se rassure : les petits Belges avaient jadis leurs bons petits nègres !

PETIT PAYS

Les artistes flamands d'Anvers, activistes d'avant-garde, voient grand. Et veulent se faire connaître à l'étranger. Membre de *Die anarchistische abendunterhaltung*, divertissement nocturne anarchiste, l'un d'eux déclare : « Se replier sur soi quand on est un artiste en Belgique, un PETIT PAYS, et en Flandre, petit pays de petit pays, ce serait insensé. »

Pétomane

J'ai longtemps cru que Jean-Pierre Verheggen était un bruyant ronfleur, mais je me suis trompé : c'est d'abord un brillant PÉTOMANE. P(o)ète ouallon avec un P majuscule, rejeton de la Saint-Verhaegen, plus proche de Raoul Vaneigem que d'Émile Verhaeren, il est l'indécrottable épigone de Joseph Pujol, « anarchiste anal », qui triompha au Moulin-Rouge à la Belle Époque, applaudi par Sigmund Freud et par le roi des Belges, Léopold II, monté à Paris à mussepot, mais croqué par Ensor dans *Alimentation doctrinaire* (1889), avec d'autres manitous, en train de déféquer dans la bouche de ses sujets. Pas pet-de-loup ni pétanqueur, pète-sec ou piètre pitre, repu de pets-de-nonne, ou piteux péteux de Petegem, épris de pétasses – du vent ! –, mais pétant de santé, pompant l'air et ayant du toupet, piqué de pataquès, de perles de poèteries et de contrepèteries, épousant la pissante posture du trouvère en bain de siège, ce pétologue pétouilleur, patoiseur hors pair, scatologue enculeur de mots-valises et conchieur croustilleux de cacafouilleuses logorrhées, que ses putti poupons appellent incontinent « pet, pet ! », pétarde comme Pégase dans le patois wallonisant tout en vantant tel un peintureux ponte flamandisant l'attrait crépitant des salves de pets et de pisses comme dans *Les Bains à Ostende* (1890) où le pétard puant d'une pépée s'évente à l'aise. Alizé du basventre, blizzard du bide, borée de la bedaine, le pet – excréta pétillant, gaz tonnant, bruit d'cul, râle aéré, potin pétaradant, raffut venteux, flux du cratère fou – rappelle la merdique attache avec la tripe, le boyau, le bas-ventre. Sorte de rot râlé qui excrète le langage réduit à son rôle organique, il est aussi un apophtegme poétique, renvoi d'avant le verbe, patagon abscons, propos d'excrément, qu'émet le mot en rut, et raille la basse condition de la littérature qu'évente le poétaillon. Érigeant l'analité en pendant paillard de l'oralité, Verheggen cul-bute la langue, butée par-dessus tête, rabaissée au parler petit-nègre, pet-de-zouille du pétoulet, pet-de-zoulou du pétrousquin, par la pétée, la potée, la tapée, la tripotée, la chiée de vannes pétulantes pétant le bedon pansu de la grammaire – filtre anti-pets –, antre éventré, langue étripée, torpillée par l'ét(r)onnante prose, pulsée sans répit par ce Pet-er Pan du Pet dont l'œuvre repue de rabelaiseries babelaisiennes crépite déjà dans les annales.

⇒ *Voir aussi* **Point d'exclamation** *et* **Trou de balle**.

PHAGOCYTOSE

Dans le texte d'Antoine Wiertz *Bruxelles capitale, Paris province*, Bruxelles englobe Paris par PHAGOCYTOSE, c'est-à-dire qu'elle absorbe à son tour la capitale française réputée pour phagocyter sans façon toutes les autres.

PHOTOGRAPHIE

L'industrie belge se distingue en outre par sa production de matériel de précision pour la photographie, au point qu'elle possède en pratique le monopole européen de la production de pellicules et de plaques radiographiques. L'occasion s'offre ainsi de rappeler que le royaume de Belgique fondé en 1831 est plus jeune que la PHOTOGRAPHIE, son aînée de quatre ans, car il est admis qu'elle a été inventée par Nicéphore Niepce en 1827.

PHOTOGRAPHIE BELGE

La photographie ne bénéficie pas en Belgique d'une place comparable à celle qu'elle occupe en tant que discipline artistique reconnue en France, en Espagne, en Angleterre ou en Allemagne. Ses praticiens comptent pourtant parmi les meilleurs et elle peut se targuer d'une histoire, d'une tradition, celle surtout du portrait, d'une modernité qui s'exprime dans tous les genres et dans tous les domaines. L'ignorance où elle est tenue par les autorités qui ne la représentent pas hormis s'il s'agit de peintres réputés au musée d'Art moderne, sous prétexte que deux musées lui sont consacrés, en Wallonie, à Mont-sur-Marchienne et, en Flandre, à Anvers, se double d'une absence au plan éditorial et critique, ainsi que dans l'esprit du public qui ne prise l'image fixe que si elle est étrangère. Il n'y avait aucun photographe belge dans l'exposition « Family of man », alors qu'il y a une originalité vraie des opérateurs belges contrairement à l'opinion de Jacques Meuris : « La PHOTOGRAPHIE BELGE a ceci de particulier de n'être pas particulière. »

PICASSO

⇒ *Voir* **Dubuffet**.

PINNEMOUCHE OU PINNEMOECH

Un PINNEMOUCHE est un bonnet, un calot, un galurin ou un béret avec une petite queue qui pointe sur le sommet tel qu'en porte, enfoncé jusqu'aux oreilles, Quick dans *Quick et Flupke*.

PIPE

On a beaucoup glosé sur la fameuse phrase de Magritte qui sert de titre à l'un de ses tableaux : « Ceci n'est pas une pipe ». Mais on omet en général de rappeler qu'Éluard avait déclaré : « La poésie est une pipe. » Si bien que par cet aphorisme, interprété à double sens, à contresens et donc en dépit du bon sens, Magritte s'exprimait au premier degré. En peignant une pipe, et rien d'autre, il affirmait seulement : « Ceci n'est pas de la poésie. »

PIRENNE, MAURICE

Peu de temps avant de quitter la Belgique, dans une galerie de la chaussée de Charleroi où j'allais souvent, j'eus l'occasion d'acquérir pour un bon prix un petit paysage vert et bucolique, calme et presque désuet de MAURICE PIRENNE. Je ne l'ai pas acheté, sans que je sache trop pourquoi, peut-être ne voulais-je rien emporter de tendre, de beau, qui me rappelât mon pays, si ingrat, dans ce qu'il peut avoir de paisible ? C'est possible. Et je le regrette encore aujourd'hui car les délicieux tableaux de Maurice Pirenne, conservateur du musée communal de Verviers de 1912 à 1948, qui est un immense petit maître, sont vrais, simples au-delà de toute espérance, désarmants par l'éclat des choses modestes et attachantes qu'il dépeint avec sérénité, sobriété et distance, dans leur essence, sans esbroufe ni en mettre plein la vue, tout tourment étant discrètement tenu à distance. Bien qu'il ait rencontré Proust, mais refusé d'aborder Degas, Pirenne, mort en 1968, à 96 ans, semble avoir arrêté le temps. Ses vues de ville et de campagne respirent le silence, la quiétude, et ont un climat, une vie tout à fait personnels. Il en est de même pour la présence des objet isolés, élus par affection, dont Maurice Pirenne restitue intactes l'intensité d'être et la banalité. J'aime la force, le réalisme, l'intégrité, la poésie tactile, je veux dire pétrie de tact, de cette peinture, apparentée à « l'école verviétoise », qui concilie Vermeer, Chardin et Francis Ponge.

PISTOLET

Aussi symbolique pour le Belge que le croissant, la brioche ou la baguette pour le Français, d'ailleurs appelée « pain français » en Belgique, le PISTOLET, prisé en particulier le dimanche, est un petit pain fendu en son milieu comme le joufflu d'un nourrisson. Il n'est pas braqué ni chargé, mais fourré à la salade de crabe, aux crevettes, au poulet, *à l'américain*, au pâté, à la *tête pressée*, fromage de tête, au pain de veau, au jambon, aux *fricadelles*, boulettes de viande, au *kip-kap*, au *plattekeis*, au sirop de Liège ou, simplement, au beurre salé.

PLAFOND

Répondant à une commande de la reine Paola, visant à inscrire enfin l'art contemporain dans les hautes sphères monarchiques, Jan Fabre a tapissé de 1,4 million de scarabées le lustre et le PLAFOND de la salle des glaces du Palais royal de Bruxelles, affectée au Congo lors de sa création il y a cent ans mais qui n'avait jamais été achevée, et qui est à présent qualifiée pompeusement de Sixtine moderne (version belge).

PLAQUE

Dans le numéro de *Le Carnet et les Instants** consacré à Henri Michaux, Eddy Devolder rapporte qu'un ami du poète pensait pouvoir persuader l'échevin de la culture de sa ville natale d'apposer une PLAQUE commémorative sur la façade de la maison où il avait vu le jour. Michaux lui-même écrivit par recommandé au chef de cabinet, le 11 janvier 1969, une lettre dans laquelle il le priait qu'on n'en fît rien, étant « opposé à toutes les marques d'admiration de ce genre » et espérant « qu'on ne revienne plus là-dessus... avant ma mort ». Quelques années plus tard, l'idée fut reprise par le pouvoir communal. On découvrit alors que le 36 rue de l'Ange à Namur avait disparu depuis longtemps. C'est ainsi qu'on décida d'apposer ladite plaque refusée de son vivant par l'écrivain sur la maison la plus proche de celle où il était né le 24 mai 1899 à 14 h 15.

---

* N° 89, du 15 septembre au 15 novembre 1995.

PLAT PAYS

Comme l'a si bien chanté Jacques Brel, la Belgique est un PLAT PAYS, c'est-à-dire un pays tout plat, platement à plat comme le sont les pieds plats qu'il faut démarquer des pieds dans le plat, du ventre plat, aussi dit par erreur à plat ventre, du calme plat, du terrain plat, du plat de la langue, du plat de la main, du plat à barbe, du passe-plat et, à la rigueur, du monte-plats, et donc du plat du jour, des œufs sur le plat, du *plattekeis*, fromage blanc typique, du plat fait à quelqu'un et du moral à plat, et en gros de tout ce qui tombe à plat comme les pneus plats, les platitudes, les plates excuses ou les formules plates, à la belge, quoi!, la peinture plate de Magritte et ses aplats, le style aplati des calligraphes aux rimes plateresques, la plate-bande, la bourse plate, la plate couture, la plate-forme et l'omoplate, bref, tout ce qui fait platement de la Belgique le pays le plus raplapla ou raplaplat qui soit, si bien que la Hollande voisine, pour élever le débat, pensant qu'on ne pouvait pas faire plus plat, s'appela par esprit de contradiction le « pays creux ».

PLEIN

« Je suis toujours plein ou le plus plein de nous n'est pas celui qu'on pense », disait Ensor. Et, de fait, le Belge plein aux as, au cœur plein et au visage plein, au ventre plein de gros plein de soupe et au verre plein qu'il tient à pleine main, qui s'en met plein la lampe mais n'est pas plein comme une outre ni plein comme un boudin, et se donne à plein quand la fête bat son plein, dans son logis de plain-pied, aux murs pleins, aux meubles de bois plein, aux tapis plains, au frigo plein comme un œuf, au jardin plein de fruits, qui fait le plein d'essence de son auto au coffre plein à craquer et part en plein jour, en plein air, en plein soleil, en plein hiver, à la pleine lune, monte en plein champ un cheval à plein collier ou en met plein la vue en cinglant en pleine mer, de plein fouet, sur un canot à pleines voiles, mené à pleine confiance, avec du vent à plein nez, plein la gueule, plein le dos, plein les bottes, plein les pattes, comme est plein chaque jour pour le Belge plein d'appréhension qui travaille à plein temps, veut de plein droit les pleins pouvoirs ainsi que le plein-emploi, bref, qui est plein de bon sens et qui est de plein gré tout plein de tout, et même « plein de plein », si bien que le Belge, en pleine forme, plein de force et plein d'esprit, plein de joie, plein de vie et plein d'idées, qui fait pour ainsi dire tout à plein, le plein de voix comme le plein de fautes, ne se plaint jamais car au fond de lui il sait mieux que personne que le PLEIN est vide.

PLISNIER, CHARLES

Quand CHARLES PLISNIER fut le premier écrivain francophone non français à décrocher le prix Goncourt en 1937 pour son recueil intitulé *Faux Passeports*, on dit que nombre d'académiciens belges apprirent avec effarement l'existence du lauréat.

PLOUIE

Interminable, tenace, tiède ou glacée, tournoyante ou droite, drue ou espacée, infinie, longue comme des jours sans fin, chutant en continu, rageusement, sans répit, tel un glas, un coup de foudre, un déluge éternel, activant son rythme, baignant tout, la boue, la buée, les cailloux, les pavés, le gazon, l'horizon, les vallons, le vent, le ciel, la lumière, les nuages, la plage, les vaches, les gens, les drapeaux, les poules (mouillées), les plaines, les caves, les toits, les villes, les champs, les moulins, les tours, les clochers, les usines, les piscines, les ports, les canaux, les terrains de football, les larmes, les saisons, les étoiles, les rêves, la journée, le soir, les paroles, le silence, le sang, la gelée, le secret, l'oubli, la nuit, l'ennui, la sueur, le sperme, le sommeil, l'Atomium, les cimetières, les tombes, les rires, les yeux qui pleurent, la rage, le deuil, la colère, la crainte, l'espoir, le passé, le présent, l'avenir, les mots, les idées, le roi, le gouvernement, les cœurs, les âmes, les cerveaux, les pieds, les aphtes et les verrues, les nez, les cheveux, tombant sans fin, sans éclat, sans un éclair de joie, à verse, à torrents, depuis des heures, depuis des lustres, avec ou sans tonnerre, perçante jusqu'à l'os, jusqu'à la moelle, giflant les vitres, les lunettes, noyant la terre, inondant l'éther jusqu'au néant universel, la mer elle-même débordant, la pluie « fine et dense comme une suie » coule en gouttes d'eau rondes, perlées, et si fluides qu'elles ont infiltré le mot même qui s'est doté d'un *o* car en Belgique on dit la PLOUIE.

PLUIE

Bruxelles est la « ville de la PLUIE » qui fascinait Tytgat. Elle luit sur *Le Trottoir mouillé* (1937) de Misonne, sur *Le Pont de Fragnée*, à Liège, par Yves Auquier, et dans les *Marchands de fleurs sous la pluie* (1950), à Bruxelles, par Willy Kessels. Elle ruisselle dans les chansons de Jacques Brel puisqu'« Il peut pleuvoir » et qu'il flotte sur Knokke-le-Zoute, sur les fleurs pour Madeleine ainsi qu'à l'enterrement de « Fernand ». *La Pluie* (1969), projet pour un texte, est le film de trois minutes de Marcel Broodthaers, où l'encre sort de l'encrier et se mêle à l'eau qui badigeonne son texte. La Belgique : « Un pays où il pleut tellement (il y pleut aussi sur les enthousiasmes) », dit, à propos de Magritte, Michaux pour qui la Belgique est « le pays des parapluies ». Magritte apprend d'ailleurs la décoration de porte-parapluies à 12 ans et peint un verre d'eau sur un pépin dans *Les Vacances de Hégel*. À l'instar du personnage assis dans *Le Bon Exemple*, Ensor ne sort jamais sans son pébroc pour se garer de la grêle d'insultes et d'injures qui pleuvent sur son passage. « Longue comme des fils sans fin, la longue pluie », déclamée par Verhaeren, tombe à la fin de la 1re scène de *Pelléas et Mélisande* de Maeterlinck, où le portier dit : « Versez toute l'eau du déluge, vous n'en viendrez jamais à bout. »

POESKE SCHERENS

Y a-t-il nom plus belge que POESKE SCHERENS, prénommé Joseph, dit « Jef », champion du monde en vitesse pure, devant le Français Michard, dont on ignore le prénom, à Paris, le 13 août 1933, qui sautait souvent ses rivaux sur le fil, d'un coup de rein spectaculaire ? Il gagna un septième championnat du monde, à Paris, en 1947, à 38 ans, et lâcha les pédales pour de bon à 77 ans, le samedi 9 août 1986.

POINT D'EXCLAMATION

Mon cher Jean-Pierre   Saint-Maur, 5 février 96.

Je te remercie beaucoup pour l'envoi de *Ridiculum Vitae* que j'ai lu avec un réel plaisir et de délicieux trémoussements de la glotte dans le TGV qui m'emmenait à Angers. De volume en volume, tu poursuis l'édification de cette langue autonome où le langage et ses conventions se prennent les pieds dans le tapis de la contrefaçon, du calembour, de la contrepèterie et des déraisons raisonnables. L'éructation rugit à chaque page, truffée d'échos monosyllabiques, ronflements articulés, palindromes concis et pataquès catastrophaux, car c'est une véritable débâcle à quoi assiste le lecteur, une mise en déroute du langage et de son corpus civilisé, comme le firent entre autres Ensor, grand éructeur d'onomatopées et de néologismes sonores, et Ghelderode, ou Marcel Moreau, éternel quinteur, cracheur de bave et de boyaux, auquel tu rends hommage. Ce torrent malicieux vient des tripes, tord les entrailles, éreinte tout le canal de la gorge avant de jaillir par le rond troué du palais – mot royal – comme pour inventer à chaque syllabe l'écho d'une langue perdue, rendue à elle-même, donc à chacun, lui-même perdu, obligé de rentrer dans ses tréfonds pour encore pouvoir faire entendre sa voix dans cette contrée plate où l'on sait bien qu'à tous les hurlements déchirants seul répond le silence. Fuyez leurs moumoutes!, dis-tu en pointant tchouc-tchouc Nougé, Pino Cérami, glorieux aîné sur le tard de Paris-Bruxelles et Roubaix, champion du monde de la pédale arc-en-ciel (j'ignorais l'homopédalité d'Ockers, encore que O. Kers), toute cette logorrhée rabâchée aboutissant à cette question essentielle : que ferais-tu sans le POINT D'EXCLAMATION aussi vital à ta prose que celui de suspension à Céline, comme si c'était seulement entre l'écart de ces deux nominations que tout l'espace de la langue se jouait ! Amitiés fidèles et tendres, à toi, grand bâfreur rougeoyant.

POIROT, HERCULE

En lisant l'autobiographie d'Agatha Christie que m'adressa aimablement François Rivière, j'espérais découvrir pourquoi l'illustre écrivaine policière avait fait de son célèbre détective à la retraite un héros belge. Et pourquoi dès lors ne l'avait-elle pas nommé Hercule Poivrot, Poiret, Poirée, Poirier, Poivre ou même Poireau, si bien qu'elle pouvait aussi l'appeler Chicon, Asperge, Betterave ou Ramonache ? Fruit de son imagination, ce personnage fictif lui a été en fait inspiré durant la Première Guerre mondiale par la présence en Angleterre des « réfugiés belges ». « Pourquoi mon détective ne serait-il donc pas belge ? » s'interroge-t-elle par hasard à propos de son héros au nom qui sonne bien. Il est piquant toutefois de noter que le premier roman mettant en scène « ce retraité de la Sûreté de Bruxelles » s'intitule *La Mystérieuse Affaire de styles* (1920).

POLICIER

Il saute aux yeux que la littérature belge, et la création belge en général qui excelle dans les genres seconds, bande dessinée, fantastique, science-fiction, cinéma d'animation, ont partie liée avec le genre POLICIER. Maurice Maeterlinck vécut des années avec Georgette Leblanc, actrice et chanteuse, cantatrice égérie, qui était la sœur de Maurice Leblanc, père d'Arsène Lupin, « gentleman-cambrioleur » qui sévit dans une cinquantaine de romans. René Magritte peint *L'Assassin menacé* (1926), qui est l'une de ses œuvres maîtresses, exposée au musée d'Art moderne de New York, et il est mordu de Nick Carter, le détective, et de Fantômas, le « génie du crime », sous l'égide duquel il se pose en tenue de soirée avec un haut-de-forme. Et sur lequel Ernst Moerman écrit un livre et réalise en 1937 un film étrange, tourné à Bruxelles et à Nivelles. Stanislas-André Steeman, auteur de *L'assassin habite au 21* (1939), dont *Légitime défense* est adapté par Henri Georges Clouzot sous le titre *Quai des orfèvres* en 1947, est présenté par la critique française comme le... « Simenon belge »! Jean Ray publie sous le pseudonyme de John Flanders, les aventures de Harry Dickson, le « Sherlock Holmes » américain, parues entre 1930 et 1940, dont Alain Resnais pensa faire un film qui aurait été joué par Dirck Bogarde comme l'atteste son album de photos *Repérages*. Thomas Owen, critique d'art sous le patronyme de Stéphane Rey, écrit un roman policier, *Ce soir huit heures* (1941), qui met en scène un inspecteur de police qui a pour nom Thomas Owen. Fernand Crommelynck écrit lui aussi un roman policier, *Monsieur Larose est-il l'assassin?*. Comme Irène Hamoir, épouse de Louis Scutenaire, conçoit tel un pastiche de série noire un roman à clef, *Boulevard Jacqmain*, mettant en jeu ses amis surréalistes, et le surréaliste Max Servais, auteur de tableaux et de collages, publie des romans policiers injustement méconnus. Henri Vernes fut un agent des services de renseignement alliés durant la Seconde Guerre mondiale, avant d'écrire les 140 aventures de son célèbre héros Bob Morane. José-André Lacour publie sous divers cryptonymes une série de romans policiers dans la collection Fleuve noir, comme Jean-Baptiste Baronian, érudit fantastiqueur, en édite sous celui de Alexandre Lous. Georges Simenon, sous une série d'hétéronymes, dont Georges Sim, Jacques Dersonne, Luc Dorsan, Gom Gut, Georges-Martin Georges, Georges d'Isly, publie des romans policiers et, bien sûr, 300 Maigret en 34 ans. Rappelons aussi qu'Hercule Poirot est belge, que les deux Dupondt comme Ric Hochet, et Tintin qui mène ses enquêtes en fin limier, ainsi que Blake et Mortimer, souvent aux prises avec des mystères qu'ils élucident dans une ambiance lugubre, sont des policiers professionnels ou amateurs. Sans oublier les romans-photos au climat policier de Marie-Françoise Plissart, ou *Occupe-toi d'homélies* (1976) qu'André Blavier décrit comme « une fiction policière et éducative », et jusqu'à Henry Bauchau avec *Œdipe sur la route* (1990) qui campe un monde allégorique de peurs, de mystères et de suspicion. Par cet afflux de criminels et d'enquêteurs, gravitant dans un climat suspect, qu'avive la grisaille, propice aux exactions de tous bords, sous couvert de noms d'emprunt, quelle énigme insoluble tente donc de résoudre la littérature belge ?

POMME DE TERRE

Question : Quelle est la différence entre une POMME DE TERRE et un Belge ?
Réponse : La pomme de terre est cultivée.

POMPIERS

La Belgique étant par essence un pays pompier, ceux qui y exercent cette respectable et périlleuse profession débordent parfois de son usage et se livrent à d'inattendues interventions. Ainsi, lorsque la forteresse qui se dressait autrefois sur un site proche de l'actuelle place Royale fut dévastée par un incendie en février 1731, les conduites d'eau gelées rendant impossible de combattre les flammes, les POMPIERS s'évertuèrent en désespoir de cause à éteindre le feu avec… de la bière. Et, plus récemment, lors de l'affaire Dutroux, les pompiers de Liège, sirènes hurlantes, rincèrent à grande eau le palais de justice pour le purger de l'opprobre qui s'abattait sur le pays tandis qu'à Charleroi, dans un même élan symbolique d'épurement de la justice, les citoyens rinçaient les pierres du Palais en frottant d'arrache-pied sa façade souillée avec de l'eau claire et du savon noir.

Pornokratès

> L'Art n'a pas de patrie, et les artistes doivent se moquer des frontières.
>
> Félicien Rops

Félicien Rops était un être doté d'une nature profondément duelle, comme on peut le voir sur son œuvre la plus célèbre, réalisée en 1878 dans le sillage de *La Tentation de saint Antoine*, où une radieuse et opulente jeune femme s'exhibe bras ouverts sur une croix, sous un écriteau où est inscrit ÉROS, cernée d'angelots squelettes, avec aux pieds un cochon dodu, ce qui appela un commentaire nourri de Sigmund Freud dans *Le Délire et les Rêves dans la Gradiva de W. Jensen*. Est-ce la même belle dame aux charmes rebondis, à la chair rose et lumineuse, au corps cabossé, à la peau de soie, au teint de pêche, à la bouche en cerise, à l'œil de miel, aguichante et parfumée, qui défile impudique et sulfureuse sur une frise de marbre clair, dôme de la culture classique, peinture, poésie, musique, sculpture, intitulée avec provocation *Pornokratès*? Œuvre réalisée en quatre jours, deux dans un salon de satin bleu, deux dans une alcôve asphyxiante, emplie de senteurs, signée en bas à gauche à l'encre rouge, d'une technique classique, presque académique, dont il existe diverses versions, cette création de 75 × 48 cm à l'aquarelle, au pastel et à la gouache, initialement titrée *Pornocratie*, vendue 500 francs à Edmond Picard, que Rops lui-même taxait de dessin « un peu cru » mais « pas polisson », accrédita la réputation de pornographe de ce « burineur de la décadence » qui admettait avoir voulu camper ainsi « le nu moderne, celui que nous baisons, que diable... ».

Défile-t-elle à Spa ou à Ostende, à moins que ce ne soit sur la Côte d'Azur où Rops allait souvent pour se soigner, passant de Nice à Cannes, pouvant croiser Maeterlinck à Monte-Carlo, cette égérie pansue, bien en chair, perchée sur des souliers à talons élevés, en hauts bas de soie noire fleuris ornés de rubans bleus, à la taille ceinte d'un tulle de même teinte haussant sa croupe callipyge, aux longs gants noirs, aux yeux bandés par un pli d'étoffe, coiffée d'un grand chapeau dit Gainsborough en velours foncé orné d'or ? Vierge licencieuse, déesse sulfureuse, vamp pulpeuse, poule de luxe, perverse bourgeoise ou putain enrobée, Vénus satanisée, succube rubénienne, princesse fessue, maquerelle lubrique, souveraine amazone ou Parque pécheresse, la Belle aguicheuse, déflorée du regard, qui appâte par sa dégaine et son effrontée dignité, trouble, épouvante et charme d'autant plus qu'elle tient en laisse – quel culot ! –, comme un trophée, un caniche ou un mâle en chaleur, tenu par la bride, tiré de la soue, et baladé dans la rue, le cochon dodu de la gravure précédente : s'agit-il de celui qui sommeille en chaque homme ? du vice ? d'une image de la grasse et plantureuse IIIe République ?

Prévenant à la fois E.J. Bellocq, Helmut Newton et Peter Greenaway, la Belle allumeuse, mi-mondaine, mi-maîtresse, mi-courtisane, mi-parisienne, mi-actrice, mi-nue, mi-dévêtue, mi-libérée, mi-encarcannée, masque autant ce qu'elle montre qu'elle dévoile à dessein ce qu'elle cache. Habillée autant que déshabillée, exhibant au-dehors ce qui est censé rester couvert, voilant à sa vue comme on la voit du dehors, incarnant à la fois le bien et le mal, la vertu et le péché, la chasteté et la luxure, la chair et la mort, le style et la caricature, le réel et l'idéal, le symbole et la modernité, le désir et l'interdit, le sacrilège et la sainteté, la civilité et la cochonnerie, cette Ève mi-fringuée mi-dénudée est bel et bien une double femme par qui le « beau Fély », « sanguin et jouisseur », qui souhaitait « exposer pour deux cents yeux en Europe. Mettons pour soixante personnes en défalquant les myopes », révèle avec une grisante impudeur, une sincérité qui sans doute lui échappe, la dualité viscérale de son être.

Peu satisfait de son statut peinard et de sa carrière pépère de peintre belge, né à Namur le 7 juillet 1833, Rops est un amoureux fou de Paris qu'il connaît comme sa poche, où il a en tout douze adresses et où il croise un jour d'été 1869, lors d'un tour au bois de Boulogne, les sœurs Léontine et Aurélie Duluc (anagramme : Ducul), couturières tourangelles qui ont alors 17 et 15 ans. Et pour qui il nourrit un double amour éperdu qui perdura toute sa vie. Signant « AuréLéon » les lettres qu'elles lui adressent, les deux sœurs, directrices conjointes d'une maison de couture, forment un seul et même être en deux moitiés et l'aiment mêmement, Rops vivant simultanément avec chacune d'elle, mais ayant une fille nommée Claire avec l'aînée Léontine, dite « Lily », le 19 mai 1871. Tout en menant son existence bigame à Paris, Rops poursuit sa vie maritale en Belgique car il a épousé Charlotte Polet de Faveaux, fille de juriste fortuné, le 28 juin 1851, avec qui il réside soit à Namur, soit au château de Thozée, à Mettet, où il reçut et soigna Baudelaire quand celui-ci essuya une attaque en sortant de l'église Saint-Loup. De Charlotte, Rops a un fils, Paul, né le 7 novembre 1858, et étouffant en Belgique qu'il ne se résout pas à quitter tout à fait, effectue de constants allers-retours entre Namur, où il a un atelier rue Neuve, Bruxelles, où il demeure 162 avenue Louise, et Paris, en un temps où le voyage entre les deux capitales dure deux jours.

Jusqu'à la séparation définitive avec Charlotte en 1874, quand il a 41 ans, celui qui est « parisien d'amour et par amour » selon Octave Mirbeau, mène ainsi sa vie dédoublée entre son épouse légale et son double foyer avec les sœurs Duluc, entre son ménage officiel de Namur et son officieux ménage géminé de Paris, entre son enfant reconnu (garçon) et son enfant naturel (fille), poussant même l'équité jusqu'au tragique puisqu'il perd sa fille Juliette, née de son épouse légitime, le 18 octobre 1859, morte de méningite à 6 ans, et son fils naturel Jacques, enfanté par Aurélie, la cadette, emporté par une embolie peu après sa naissance en 1869. Ainsi Rops éprouve-t-il passionnément l'expérience peu commune d'être doublement soi-même, entre ses deux familles, dont une dédoublée, et sa nationalité dupliquée, son pays duel, d'adoption et patrie de cœur, entre son amante, Léontine, et sa belle-sœur, Aurélie, son milieu bourgeois auquel il reste attaché et le duo des riches couturières, l'habillé ou le déshabillé et le nu rhabillé, la peinture à l'huile et la gravure dont il rénove le procédé, la Wallonie et la côte belge, le monde artistique parisien et ses antennes littéraires bruxelloises, et, pour finir, le château de Thozée et sa propriété, La Demi-Lune, à Corbeil, dans la vallée de l'Essonne, où il emménage enfin le 1er mai 1884 et où il s'éteint, entouré de ses deux femmes sœurs et de sa fille chérie, le 23 août 1898.

⇒ *Voir aussi* **Rasenfosse**, **Rops** *et* **Travers**.

PORTRAIT DE GROUPE

Le samedi 17 janvier 1998, à 11 heures, pour fêter la sortie de son centième numéro, la revue *Le Carnet et les Instants* – organe officiel des Lettres francophones de Belgique – a eu la curieuse idée de convoquer 100 écrivains, ou apparentés, à venir poser pour ce qu'il convient d'appeler une photo de classe, un PORTRAIT DE GROUPE ou de famille.

Souvent rayé des histoires du théâtre, des anthologies de la photographie ou des bottins littéraires, j'ai bien sûr décliné l'invitation qui m'était adressée – « Bruxelles, comme vous le savez, n'est plus qu'à une heure de Paris » – de me prêter à cette mascarade, censée figurer la diversité autant que la vitalité des Lettres belges.

Le piètre document ainsi obtenu est décrit par les auteurs de cette brillante initiative communautaire comme « un poster détachable pour votre bibliothèque ». Ignorant sans doute que le portrait collectif nie les qualités propres à l'individu, ce qu'est d'abord un écrivain, et que la photo de groupe abolit la particularité des traits individuels, ce que l'écrivain tend à faire paraître par ses écrits, 97 personnes, identifiables par le numéro apposé sur la figure détourée au verso du document, posent ainsi de front.

Et forment sur cinq rangs une fine équipe alignée par la bande dans l'illustre salle du Palais des Académies. S'agit-il de l'assemblée des cracheurs de pépins de melons de Morlanwelz ? De l'association des porteurs de casquettes d'Attre ? Du cercle de la quadrature d'Ittre ? Du collectif des singuliers pluriels ? Du collège des associés indépendants ? Du comité des commis d'office ? De la commission des faiseurs de coupes ? Des compagnons de bonne compagnie ? De la confrérie des faux frères ? De l'écurie des exclus sans exclusive ? De la loge des concierges hors les murs ? Du phalanstère des fondus du Phallus ? De la pléiade des mordus du club de la pitié ? Du dernier carré des fidèles de « L'union fait la force » ? De la section des ségrégationnistes de la séparation des pouvoirs ? Du *team*, hors ligne, des écrivailleurs à une main ? De l'armée des tégestophiles, cervalabélophiles et autres collecteurs des dessous de bière ? Des oiseaux rares de la ligue belge colombophile ? Du gang des baigneurs sans maillots de bain de la piscine La Perche, à Saint-Gilles ? Du collectif des branleurs de queues de billard ? Du bataillon des porteurs de chapeau « boule » nommés Dupontd avec *t* et *d* ? Des aficionados de *Toone* I, II, III, IV, V, VI, VII ? De la meute des témoins assermentés conviés à la barre dans l'affaire Dutroux ? De l'escadron des mercenaires « au noir » du Congo ? De l'escouade des gymnastes et joueurs de handball du Nekkerspoelborcht de Malines ? Du peloton des tailleurs de pipe du pissant Manneken-Pis ? Du corps des homosexuels honteux du parc de Bruxelles ? De la poignée d'exclus de la guilde des arbalétriers et tireurs à l'arc d'Aarschot, fondée au XVe siècle ? Du quarteron des (re)vendeurs de tickets périmés de Kinépolis et des bilieux de la Belgique Joyeuse ? Du régiment des patineurs sur glace du Poséidon et des patineuses à roulettes, en jupettes, du bois de la Cambre ? De la hanse des chauffeurs de calèches à cheval qui font le tour des canaux à Bruges ? Du trust des botanistes des serres du palais de Laeken ? Du front des alpinistes d'Eupen qui font *blinquer* les boules de l'Atomium ? Des casseurs de sucre sur le dos de Tirlemont? De l'amas des 3 600 participants de l'*Ommegangreuskens* de Borgerhout? De l'assortiment des arracheurs de liserons et mauvaises herbes de Lierre? Du collège des 10 000 amoureux qui ont perdu la tête dans les buissons du Petit-Sablon, au pied de la statue des comtes Egmont et Horne? De la constellation des carnavaliers ayant reçu en pleine poire une orange lancée à la volée par les Gilles de Binche? De l'essaim de ceux qui se sont mis dans de beaux draps à la halle de Tournai? De la fournée des écluseurs de genièvre constipés qui n'ont pas été à Hasselt? De la grappe des homonymes anonymes des primitifs Jan et Hubert Van Eyck, natifs de Maaseik? Du collectif des *keekenfretters*, goinfreurs de poulets, de Vianden? Du noyau des videurs de tronc et dérobeurs de fonds des églises de Saint-Trond? Du paquet des retraités baptisés Ambiorix, coiffés du casque à pointe et munis de moustache, nés à Tongres? Des dévoreurs de la *tôte d'ol gare*, tarte à la viande, de Ciney? Des diseurs de *nenni*, négationnistes négativistes, de Huy? Du clan des *galfâtres* de veau à la liégeoise, des boulettes de *romedenne* de Dinant, et de soupe au cerf de Bouillon? De la fratrie des 2400 participants de la fête triennale des chats d'Ypres et des bâfreurs de *yperschtaptjesulees*? De la clique des cyclopes de Belœil? Du clan des couseurs de mitaines à Gand? Du parti des épris des baisers de Malmedy? De la race des consorts contradicteurs du comité olympique de l'opinion wallonne, de la Wallonie libre dans la Belgique indépendante et des Wallons séparatistes de Wallonie qui se demandent: «*Où Wallons-nous?*» De la horde des cotisants honoraires de l'institut des éloges mutuels? De la chapelle des verseurs de larmes du club des Crocodiles dont Félicien Rops fut président? Des siffleurs de goutte et flûteurs de pékèt dans l'Entre-Sambre-et-Meuse? De la catégorie des «trouilles de nouilles» et des «mam'zelles», des «mononkes» et des «matantes», cocus de la Marche blanche? Des épelisseurs de coqs du Coq-sur-Mer? Du cercle huppé des bourgmestres brugeois émigrés dans le Wisconsin? De la galerie des peintres daltoniens du Rouge-

Cloître, en forêt de Soignes ? Des têtes de nœud de la Wallonie libre et cornards de la Belgique résiduelle ? Des ouvreurs de braguette et brailleurs couillus de Rebecq-Rognon ? De l'ordre des preneurs de mouche, des faiseurs de craques, des passeurs à tabac de la Semois et du pays *Namurwet* ? De la bande à part des planteurs de choux brabançons, pelleteurs de patates, plieurs de cocottes, rêveurs de chimères et fondeurs de l'Ochsenalm ? Des hyper-adorateurs du père Puth ? Du camp des protecteurs de Saintes Lambic et du Faro réunis ? De la volée des agathopèdes ou amateurs de cochon au local sis depuis des lustres galeries Saint-Hubert ?

Ne riez pas !

Tout cela est parfaitement pensable, et même plus que probable, puisque dans ce petit pays universellement réputé pour la diversité de ses confréries, associations, sociétés, assemblées et confédérations, elles-mêmes divisées en ligues, amicales, syndicats, unions et autres coalitions, dont ne sont livrés ici que des spécimens triés sur le volet, on fait poser en rang d'oignons, sous l'égide des autorités de tutelle, les écriverons, les écrivaillons, les littératureurs, les poétiqueurs, les poétailleurs, les polygraphieurs, scriptureurs et scribouillardeurs, priés de faire nombre, assortis dans un ordre uniforme, comme on le fait de la corporation des gendarmes ou du corps des pompiers.

POT BELGE

Le POT BELGE n'est pas, comme on peut le croire, un pot de bière, un pot-de-vin, un pot de chambre ni un pot aux roses, mais plutôt un pot-pourri (anabolisants, corticoïdes, antalgiques, amphétamines, cocaïne, héroïne) qui met en deux coups de cuiller à pot le coureur en selle, et tout le sport cycliste sur la sellette.

POUR DU BON

Le Belge dit POUR DU BON au lieu de dire pour du vrai qui se dit en vérité pour de vrai comme on dit en réalité pour de bon.

Praline

Je n'ai jamais été un mordu des pralines. Spécialité belge de chocolat croquant, fondant ou fourré, la PRALINE, de forme carrée, ovale ou ronde, composée de couches disjointes qui s'accolent et fondent dans le palais, se vend en *ballotin*, qui plaît tant au ballot. Le premier souvenir que j'en aie remonte à tante Tutu, nonnette à cornette et duvet de moustache de l'institut du Parnasse, qui m'en offrit avec onction lors de la visite que je lui rendis à l'âge de 7 ans en compagnie de ma tante Jacqueline, dite Nouche. La délicieuse praline, enrobée d'un papier d'argent de teinte cardinale, était alcoolisée au porto et je la recrachai aussi sec sous l'œil ébahi de Nouche et celui décillé de tante Tutu, médusée.

Prédictions

Les PRÉDICTIONS les plus lucides prévoient la fin de la Belgique pour 2018. C'est à ce moment en effet que la Belgique est censée avoir apuré sa dette publique. Loin de creuser l'écart entre les deux communautés, le passif du pays devient ainsi non seulement l'ultime ciment de l'État mais aussi du royaume.

Préjugés

Les clichés comme les PRÉJUGÉS et les généralités, qui nient ou accusent les particularismes, sont des conceptions imaginaires. Dans le cas de la Belgique, ils entérinent le point de vue de deux moitiés irréconciliables, de deux régions antagonistes et autonomes, de deux « races » qui n'ont pas d'histoire en partage. Et cela d'autant plus qu'à la frontière linguistique, qui divise en deux la Belgique, s'ajoute le cas épineux de Bruxelles, enclave francophone en terre flamande qui est une pomme de discorde. Si les Bruxellois sont d'ordinaire jugés arrogants et impérialistes, voici donc également répartis quelques lieux communs qui courent sur ces deux communautés rivales.

PRÉJUGÉS

Le Flamand	Le Wallon
Le Flamand reçoit l'influence de l'art germanique.	Le Wallon se rapproche de l'art français.
Collaborateur durant la guerre.	Résistant durant la guerre.
Historiquement brimé ; veut voir sa langue et sa culture reconnues.	Géographiquement avantagé ; ignore que sa langue et sa culture sont inconnus.
Le Flamand est catholique, rural et besogneux.	Le Wallon est libre-penseur, urbain et socialiste.
La Flandre est plus picturale.	La Wallonie est plus musicale.
Bruges est « la Venise du Nord ».	Liège est « la Cité Ardente ».
Le Flamand est pragmatique, idéaliste et compétent.	Le Wallon est paresseux, fataliste et improductif.
Se réclame d'Érasme.	Se prévaut de Descartes.
Vit au nord du pays.	Végète au sud du royaume.
Succès.	Déclin.
La Flandre est dotée d'entreprises modernes et adaptées aux nouvelles technologies.	La Wallonie souffre de la vétusté de ses industries et de sa défunte sidérurgie.
Les riches Flamands cotisent pour les Wallons.	Les pauvres Wallons creusent le trou de la Sécurité sociale.
Le Flamand ne croit plus à la Belgique.	Le Wallon, si !

L'expressionnisme est toujours flamand.	Le surréalisme est résolument wallon.
Le Flamand est séparatiste, nationaliste et pour l'indépendance de la Flandre.	Le Wallon est fédéraliste, indépendantiste et prône le rattachement à la France.
Le symbole de la Flandre est le lion.	L'emblème de la Wallonie est le coq.
Le Flamand est riche.	Le Wallon est pauvre.
S'estime de culture inférieure.	Se croit d'esprit supérieur.
En Flandre, tout va bien.	En Wallonie, tout va mal.
Le Flamand a un problème : la question flamande.	Le Wallon a une question : le problème wallon.
Provincialisme.	Sous-régionalisme.
Le Flamand a la mer et l'Escaut.	Le Wallon a les Fagnes et la Meuse.
Slogan : « Vlaanderen, c'est mon pays. »	Devise : « Il y a plusieurs Wallonies. »
Multilingue.	Monolingue.
Chauvin et flamingant, le Flamand pense que le Wallon est un emmerdeur.	Régionaliste et wallingant, le Wallon pense que le Flamand est un gros con.

Prémonition

Fou d'escalade et d'alpinisme, le roi Albert Ier, qui trouva la mort le 17 février 1934 aux rochers de Marche-les-Dames, sur les bords de la Meuse, après une chute de plusieurs mètres, un bloc de pierre en équilibre instable s'étant descellé sous ses pieds, avait sans doute été l'objet d'une stupéfiante PRÉMONITION lorsqu'il déclara dès 1931 : « Mon rôle à moi est fini ; c'est bien difficile de remonter la pente. »

Près

Le Belge aime être PRÈS, vraiment tout près de ce qu'il voit. Ainsi, Louis Artan, peintre réaliste, amoureux éperdu de la mer du Nord qu'il étudiait chaque jour en veillant à capter son atmosphère changeante, et qui depuis 1865 ne peignait plus que des marines, se fit-il bâtir à La Panne, sur l'Estran, une cabane sur pilotis pour être au plus près de son paysage favori. Alors que, de son côté, le photographe pictorialiste Léonard Misonne, natif de Gilly, près de Charleroi, où il résida à peu près toute sa vie, était si fasciné par la vue du firmament, qu'il scrutait de la cime d'un terril voisin, qu'il finit par surmonter sa maison d'un « observatoire » d'où il contemplait à loisir toute la voûte céleste, embuée par la bruine, le brouillard ou la pluie.

Promoteurs

Exaltant ses vieux atavismes, débordé par son désir de conquêtes, intériorisant son refus traditionnel de l'Histoire, le pays se dotait du réseau autoroutier le plus dense de la planète et faisait de son minuscule territoire un paysage acrobatique en amont duquel on ne pouvait plus que foncer sans rien voir. Parallèlement à la fluidité du trafic extérieur, ce labyrinthe tentaculaire se doublait paradoxalement dans les airs par le bombardement journalier des ondes de treize chaînes de télévision qui offraient à mes compatriotes le prétexte idéal pour ne plus sortir de chez eux. Partagée entre les échangeurs routiers, les tunnels, les galeries commerçantes qui creusaient le haut de la ville et les voies express qui en perçaient le bas de part en part, au point que l'immeuble de la Prévoyance sociale était directement relié à la basilique de Koekelberg par un odieux viaduc en poutrelles qui dénaturait les boulevards, la Belgique, réalisant son rêve antique et riant à gorge déployée des tours pendables qu'elle se jouait, se colonisait enfin elle-même. Le pire des envahisseurs n'aurait pas osé ni pu lui causer plus de tort. Partout on éventrait, on forait, on expulsait. Baptisée capitale de l'Europe, livrée aux mains des PROMOTEURS, gérée par des politiciens sans scrupules, la cité de mon enfance allait devenir en moins d'une décennie un vaste chantier inextricable et embourbé où, sous couvert de promotion immobilière, se développait à loisir un sens inné du profit et de la destruction systématique compensée par un goût prononcé pour l'assemblage hétéroclite. Par-delà le pignon de l'hôtel de ville et l'immonde complexe grège, érigé en dépit du bon sens et cerné par de hideuses arcades qui remplaçaient le mont des Arts, s'érigeaient d'affreux immeubles de bureaux, semblables à des bunkers, à des paquebots engloutis, enlisés dans le sable, dont les hublots de verre fumé surplombaient les terrains vagues, les parkings souterrains et les quartiers rasés qui, en même temps qu'ils lui conféraient l'aspect défiguré d'une ville bombardée, éventrée par les cratères, éboulée de toutes parts, meurtrie, mutilée, saignée, charcutée, faisaient bel et bien de Bruxelles, en dépit de toutes ses blessures, la métropole la plus laide du vieux continent.

PSEUDONYME

Fils de Henri (dit Alphonse) Martens, huissier aux Archives générales de l'État, Michel de Ghelderode s'appelait en réalité Adémar (sans *h*)- Adolphe-Louis Martens. Il signe d'ailleurs ses premiers textes en inversant son prénom Adolf Adhémar (avec *h*) Martens, et écrit dans les livres trouvés dans sa bibliothèque Adm Martens, Adolf Martens ou Adolf Adm Martens, et contresigne de même Adolphe (avec *ph*) quelques articles. Mais il détestait son patronyme qu'il estimait trop répandu et sans cachet, aussi commun que Dupuis, Dupont, Durand, Lambert ou Martin pour la France. Et, en effet, ce nom courant, par trop ordinaire, peut aisément se confondre avec celui de Martin Martens, botaniste, Wilfried Martens, homme politique, I, II, III et IV, Maurice Martens, footballeur, mais aussi Médard Maertens (avec un *e*), peintre fauve brabançon, Wim Maertens et fils, emballeurs et transporteurs d'œuvres d'art, Freddy Maertens, champion cycliste, Jaak Maertens, compositeur, ainsi que Willy Mertens (sans *a*), compositeur, Lilie Mertens, chanteuse lyrique, Pierre Mertens, écrivain, Fernand Mertens, vrai nom de Fernand Gravey, comédien, Guy Mertens, journaliste, ou encore Jacques Martin, dessinateur de BD et, pour finir, Joan Marti, peintre, récemment décédé. Résiliant ce nom qu'il jugeait trop vulgaire, Adémar-Adolphe-Louis Martens mit dix-neuf ans pour trouver son fameux PSEUDONYME de Michel de Ghelderode qu'il adopte pour nom de plume mais qu'il endosse aussi comme état civil, par arrêté royal du 9 juillet 1929. Si bien que tout en restant Adolphe pour sa famille et Michel pour ses lecteurs et amis, il était aux yeux de l'administration Adémar de Ghelderode, prestigieux surnom qu'il raille à mots couverts dans certains de ses écrits lorsqu'il parle de « Michel dit Gueule d'Hérode ».

PYJAMA

Question : Pourquoi les coureurs belges font-ils le tour de France en PYJAMA ?
Réponse : Pour se coucher dans les virages.

Q

QU QU QU QU QU QU

> *On veut bien vous dire merde poliment, dans votre beau langage… On veut même être assez gentils pour vous parler comme vos dernier-nés gawasse pirtée coxigée vobée rimmpliplîre et picoultîre x y x cou li bi la ba ba x x x zim boum tra la la la peût peût barbapoux Célina tichien Madame tichat Monsieur a c e g i k kss kss l m n o p QU QU QU QU QU QU QU jusqu'à demain pouf pouf!*

Extrait de la préface provocante de Louis Scutenaire à l'exposition de la « période vache » de René Magritte à la galerie du Faubourg, à Paris, en 1948, pratiquant l'autodérision en parodiant les prétendues tournures belges.

QUESTION ROYALE

Les lois et arrêtés paraissant en français et en flamand sous la signature du deuxième roi des Belges, monté sur le trône en 1865, mirent sens dessus dessous les services de traduction des divers ministères, agités par la QUESTION (ROYALE) de savoir comment traduire le nom Léopold II : Leopoldus twee ? Leopold tweede ? Léonpaul II ? Liapol ? Ou, tout bêtement, Leïopol ?

⇒ *Voir aussi* **Sobriquets**.

Queue de cerise

La QUEUE DE CERISE qui dépasse sur le *pinnemouche* de Quick, dans *Quick et Flupke*, est devenue quelque temps plus tard, par une entourloupe d'auteur ne manquant pas de toupet, l'ourloupe ou la houppe de Tintin à la silhouette de freluquet, à l'air filiforme mis au net à dessein par la « ligne claire ». Sous la houlette de Hergé, la frimousse lisse, imberbe et vide, ronde comme une balle, neutre et sans aspérités, si imparfaite à première vue qu'on peut l'envisager à vie comme un état d'ébauche, est celle de Bécassine en garçon. Antitypé, figurant le degré zéro de la personnalité, ce héros de papier, qui est à y bien regarder une complète abstraction, grâce à ce phylactère cervical, qui n'est au fond qu'une virgule sur la toison, devient un mythe croqué en trois coups de crayon par un dessinateur génial qui prévient : « Attention, mon dessin est cérébral ! »

Quiproquo

> J'hay dhix hans, presqu'honze. Et twâ?
>
> Fernand CROMMELYNCK

Fernand Crommelynck est l'exemple type du parfait QUIPROQUO entre la Belgique et la France puisque tout le monde le croit belge de Belgique alors qu'il est né en France, d'une mère savoyarde et d'un père d'origine bourguignonne. Ayant vu le jour 9 rue Eugène Sue, le 19 novembre 1886, à 6 heures du matin, dans le XVIIIe arrondissement, à Paris, et non pas à Bruxelles comme se plaisent à le dire certains historiens de la littérature belge, Crommelynck dont le nom s'écrivait naguère avec *i* est le neveu d'un comédien réputé, engagé à l'Alcazar et à la Scala, et d'un père nommé Gustave, acteur lui aussi et fervent admirateur d'Émile Verhaeren. Quittant Paris pour Bruxelles en 1892, il s'installe à l'âge de 6 ans à Laeken, dans la banlieue bruxelloise, puis revient fort jeune à Paris, regagne derechef Bruxelles alors qu'il n'a que 13 ans, si bien qu'on ne sait trop s'il est un Français expatrié en Belgique ou un Belge natif de Paris qui rallie à maintes reprises sa contrée d'origine tout en rêvant de rentrer un jour dans son pays natal.

Logeant à 20 ans dans une chambre près de Sainte-Gudule, il écrit ses premières pièces en vers, a pour manie de brûler les textes qui ne l'inspirent plus, puis décide de rédiger son théâtre en prose. Lui qui brigue un temps de devenir champion cycliste, pratique toute sa vie la marche, la bicyclette et la natation, fréquente Ostende où il situera plus tard *Les Amants puérils*, mais il rêve surtout de Paris où il se fixe bientôt et trime comme typographe minerviste ou emballeur. De 1908 à 1912, il vit tantôt à Paris, tantôt à Bruxelles ; hésitant entre les deux capitales, il conserve un logis dans la Ville Lumière où il se rend souvent, mais habite Bruxelles, 517 avenue Louise, non loin du bois de la Cambre, en 1913, puis déménage avenue de Tervueren, en 1914. C'est qu'il n'est point aisé de percer à Paris où il pige sous pseudonyme dans divers canards pour gagner sa croûte mais où il va créer sa propre troupe, le Théâtre Volant, et inaugure ce qu'on dénomma le théâtre impressif auquel adhère du bout des lèvres la critique parisienne, rétive aux noms étrangers, qui va jusqu'à lire dans le sien une contrefaçon de celui de Maeterlinck et dans ses pièces une parodie du théâtre symboliste.

Le départ définitif pour Paris a lieu le 15 décembre 1918, au lendemain de la guerre, sans pourtant que Crommelynck coupe ses liens avec la Belgique où il retourne comme aspiré par une irrésistible attirance. En 1919, il rédige en une nuit le premier acte de sa pièce *Le Cocu magnifique*, qui se déroule en Flandre, non loin de Courtrai, dont il achève les deuxième et troisième actes en juillet et août 1920, à Saint-Cloud, au premier étage de la maison où vécut Verhaeren qui l'adoube, et où réside encore sa veuve, 5 rue Montretout. Créée en 1920, par Lugné-Poe, au théâtre de l'Œuvre, la pièce connaît un succès fulgurant et international et fait ajourner au printemps la représentation des

Exilés de Joyce. Devenu célèbre du jour au lendemain, Crommelynck est couvert de superlatifs et de louanges, qualifié de « grand ouvrier du théâtre » tout comme le *Cocu* est traité de chef-d'œuvre. Oubliant ses origines « étrangères », et les hauts cris de l'auteur qui ne peut se défendre de son nom, alors qu'il a eu une petite enfance montmartroise et remporte un succès foudroyant dans la capitale, il fait désormais partie du patrimoine de la littérature française au même titre que Marcel Roels (comédien génial auprès duquel je débutai en 1969 dans un minuscule rôle du *Mariage de Mademoiselle Beulemans*), qui interpréta le *Cocu* des deux côtés de la frontière et dont la présence en scène, la truculence et la fantaisie étaient telles qu'on a pu écrire : « Ce comédien belge est un grand acteur français... »

De caractère irascible, peu maniable et pétulant, impétueux, voire tranchant, Crommelynck, au regard rouge, aux doigts en forme de lyre, joue à diverses reprises, mais sans vraie envie, dans ses propres pièces qu'interprète aussi sa femme Anna, et que joue son fils Jean, ce qui ne l'empêche pas d'avoir toutes les difficultés du monde à mémoriser son texte. Trempant dans l'encrier ses plumes acérées offertes par Verhaeren qui préfaça *Le Sculpteur de masques*, il travaille de préférence la nuit, connaît à l'avance le sujet de ses pièces dont il sait aussi la dernière phrase de la dernière scène, n'écrit que du théâtre et des poèmes, mais pas de romans ni d'essais, et ne tient pas de journal. Homme de métier, acteur et directeur de troupe, admiré par Orson Welles, Picasso et Henry Miller qui met le *Cocu* au-dessus d'*Othello*, il est mondialement joué, triomphe dans les pays de l'Est, surtout en Pologne et en Russie, mais essuie aussi des insuccès spectaculaires, en Angleterre, Allemagne, Hongrie, et suscite parfois des scandales, en Italie, où son théâtre du paroxysme rebute. Taxé de « déplaisant », mettant en scène des « sujets en état de crise », son « lyrisme flamand, à fond de désespérance », sa « sensualité élémentaire » qu'exhale la « truculence à la Jordaens » et, pourquoi ne pas le dire, la couleur « bruegelienne » de son œuvre effraient et indisposent aussi la sensibilité de l'intelligence française qui s'ancre depuis des lustres dans le socle de la rationalité. Si bien qu'il se fait sérieusement étriper par la presse qui, à propos de *Tripes d'or*, sa pièce la moins montée, ironise : « Ces *Tripes*, hélas, ne valent pas tripette. »

Et, de fait, son mélange de gaieté débridée et de désespoir subit, l'élan paroxystique et le tempérament débordant de ses personnages, l'attrait du lyrisme et de l'étrange, la folie de l'imagination, le climat baroque et délirant de sa dramaturgie, la cocasserie, la pitrerie, la dérision, l'excès de la farce qu'assoit le goût très ensorien des masques et des cortèges turbulents qu'évoquent ses titres comme *Le Sculpteur de masques*, qui porte pour seule indication : « De nos jours en Flandres », tout comme *Les Amants puérils*, le penchant à la caricature, la truculence, la paillardise, le sens de la drôlerie directe, mais aussi l'hermétisme, la richesse du vocabulaire, le brio nordique du ton, le phrasé farci de néologismes et d'onomatopées, la musicalité mélodique de sa langue rauque, carillonnante, qu'exhale la préciosité – fort élaborée – du verbe, la manie des énumérations (« ... chacune aussi parfaite, et qui toutes, en faisceaux réunies, festonnées, volutées, onduleuses, droites ou contournées, grasses ou déliées, jaillissantes ou retombantes, vibrantes ou reposées, longues ou ramassées, roulées, ondées, frisées, nouées, distendues, dévidées, fouettantes ou pleuvantes, cinglantes ou pleureuses, ou caressantes, ou tremblées, ou vaguelées, en spire, en hélice, en torsade, l'une après l'autre, ou ensemble, ces lignes-là n'ont qu'une trajectoire, une seule, qui porte l'amour dans mon cœur*! »), le sens de l'énormité jusque dans les titres, les villes où se situe l'action de ses pièces (Bruges, Ostende), et encore, l'attrait du vertige fantasmagorique, l'imagination orale qu'étaye l'usage de termes hardis, bref, le moelleux de sa langue, l'ébriété du verbe, traité parfois de « charabia nauséeux », qui sont la chair, le sang, de ses textes, le baroquisme du style enfin, aux relents de fanfares et de kermesses, de ripailles, et les répliques typiquement belges comme

« C'est la sauce qui tient les morceaux », rapprochent indéniablement celui que Mauriac appelait le « Molière ivre » de la peinture flamande, de la pâte haute en couleur de la Flandre et du peuple flandrien.

Certes, Fernand Crommelynck, bien qu'habitant Paris, passe régulièrement ses vacances d'été à la mer du Nord, à Ostende, en famille, au grand complet, se lie avec Ensor et visite Spilliaert qui le portraiture de profil, en 1921, mais lui qu'on accuse d'être né « sous un ciel bas » ou d'être issu « des brumes du Nord » – autre cliché septentrional – se défie de ces assimilations hâtives dont il démonte le préjugé factice, plus lié à l'art pictural qu'à l'écriture dramatique. Portant un nom flamand, ce qui relie d'entrée sa prose à une certaine lourdeur, au réalisme et à l'expressionnisme, Crommelynck préfère émarger aux lettres françaises qu'à la littérature belge qui, vue de France, est d'office perçue comme flamande. Car c'est en Flandre que se marque la différence, par essence surtout picturale, des gens du Nord. S'il ne brigue pas d'être un écrivain de formation française ou classique au sens habituel du terme, Crommelynck se défend des « clichés » belges dont on l'affuble. Il s'énerve de se sentir tenu par les Français pour un auteur étranger alors qu'il juge « la France maîtresse en art dramatique », « comme la Belgique, la Hollande, l'Italie et l'Espagne sont avant tout plasticiennes ». Auteur de farces tragi-comiques, il sert le prestige du théâtre français à l'étranger, sur toutes les scènes où on le joue, au même titre que Claudel, Giraudoux ou Cocteau.

« Flamand, moi ? »

Crommelynck, souvent agacé, a beau se défendre, la question revient sans cesse sur le tapis. Il faut dire qu'il prête le flanc à ces allégations insistantes car il vit à cheval sur Paris et Bruxelles, où il garde un pied-à-terre, et fait la navette pour assister aux représentations de ses pièces quand il ne doit pas y être sans relâche car il écrit, met en scène, joue, et dirige même en 1940 le théâtre des Galeries avec Lucien Fonson, auteur avec Fernand Wicheler du *Mariage de Mademoiselle Beulemans*, poussant le paradoxe, lorsqu'il réside dans la région parisienne, à Herblay, jusqu'à gîter un temps boulevard Flandrin ! Peu soucieux de l'orthographe, il fait des fautes dans ses lettres et dans ses textes théoriques sur le théâtre, ainsi que dans les noms, écrit ect pour etc., eut pour eût, extrèmement pour extrêmement, dégout pour dégoût. Alors, se sent-il belge ou français ? Dans un essai capital paradoxalement titré *Théâtre français et théâtre flamand de nationalité belge*, diffusé à l'ORTF, le 25 juin 1955, il traite de l'insoluble dilemme en précisant à propos du « théâtre belge (c'est-à-dire du théâtre dont les auteurs sont de nationalité belge) » qu'il s'agit d'une dénomination purement abstraite, quasi fortuite, car « il faut bien reconnaître qu'il n'y a pas de langue belge, mais simplement deux langues : la flamande et la française ».

Dans ce même texte fondamental, il accorde que les personnages de *Beulemans*, suite à son immense succès populaire, ont pu laisser croire au public français qu'ils s'exprimaient dans la langue belge, mais il relève aussi que maints écrivains natifs de Flandre se sont exprimés en français (Rodenbach, Maeterlinck, Van Lerberghe, Verhaeren), admet que, s'ils ont écrit en français, leurs ouvrages sont d'inspiration « disons flamande », et pointe que le succès d'auteurs belges (de Suzanne Lilar à Herman Closson, Jean Mogin ou Hugo Claus) vient d'avoir été joués à Paris. Puis, il conclut que rien de tout cela ne justifie de lui coller l'étiquette d'écrivain belge, auquel cas il faudrait taxer Jean-Jacques Rousseau d'écrivain suisse. Encourant le reproche de « mépriser ses atavismes » et traitant Charles De Coster de médiocre imitateur de Rabelais, Crommelynck est salué par Ghelderode comme l'incarnation resplendissante du « génie patrial », l'auteur de *Pantagleize*, non content de déclarer qu'il vient de la « race flamande », parlant en termes idéologiquement suspects de « liens raciques ».

Retiré sur la Côte d'Azur avec son deuxième amour, Aenne, séduite à Ascona, le maître du théâtre impressif écrit les dialogues de quelques films et adaptations mineures pour le cinéma, traite d'« allégories assez primaires » les pièces de Ionesco et Beckett *Amédée ou Comment s'en débarrasser* et *Oh, les beaux jours!*, dont les audaces lui paraissent absurdes, et, arguant qu'on « a bien peu de choses à dire dans une vie », n'édite ni ne fait plus jouer de pièces nouvelles à partir de 1956. Son théâtre est publié en 3 volumes chez Gallimard en 1967 et 1968. Pendant trente-cinq ans, hanté par la mer, l'image des tours et des beffrois, devenu à moitié sourd, celui qui se flatte d'avoir du génie, selon Lugné-Poe, influence Jean Anouilh à ses débuts et brûle sans regret nombre de ses manuscrits, se tait jusqu'à sa mort à Saint-Germain-en-Laye, le 17 mars 1970, à 85 ans, et l'oubli profond qui suivit. Ainsi s'éteignit ce dichotomique auteur dramatique au destin singulier, de nationalité belge mais né à Paris, associé à la Belgique mais vivant en France sans se déclarer un « pur » Français, qui oscilla toute son existence entre ses deux pays sans rompre avec ses attaches bruxelloises et sa nationalité d'origine, roi des actions « à double face », qui subsista sa vie durant dans une sorte d'instable et volontaire entre-deux, dans une espèce de perpétuel et nécessaire quiproquo comme son théâtre, aux relations des personnages conçues en jeux de miroirs, se partage entre l'authentique et l'inauthentique, le fard du masque et la vérité crue, la transparence intime et la duplicité sociale, le caché des coulisses et l'exhibé de la scène, le réel vécu et la représentation interprétée autant que figurée.

---

* Fernand Crommelynck, *Le Cocu magnifique*, in *Théâtre*, Paris, Gallimard, 1967, t. I, p. 34-35. — Toutes les autres citations sont tirées de l'excellent ouvrage de Jeanine Moulin : *Fernand Crommelynck ou le Théâtre du paroxysme*, Bruxelles, Académie royale de langue et de littérature françaises, 1978, notamment p. 389.

⇒ *Voir aussi* **Impressif** *et* **Zifferer**.

Quotas

Il n'y a pas de petits a ni de petits cas en matière de QUOTAS. Si la Flandre devenait indépendante, elle formerait un État d'environ cinq millions sept cent mille habitants, ce qui est supérieur au Danemark qui en compte cinq millions cent trente mille, à la Norvège qui en compte quatre millions deux cent dix mille, à l'Irlande qui en compte trois millions cinq cent quarante mille, à Chypre qui en compte six cent quatre-vingt-dix mille, au Luxembourg qui en compte trois cent quatre-vingt mille, à l'Islande qui en compte deux cent cinquante mille, à Monaco qui en compte vingt-sept mille soixante-trois, à Saint-Marin qui en compte vingt-deux mille huit cent quatorze, au Liechtenstein qui en compte vingt mille soixante-seize, au Vatican qui en compte mille, ce qui est évidemment beaucoup moins que la Chine qui en compte un milliard cent cinq millions soixante-dix mille*.

---

* Chiffres en l'an 2000.

R

RAISON

« La RAISON est ennemie de l'art », disait James Ensor et, comme pour lui donner raison, René Magritte peignit en 1948 *La Raison pure*, où un cavalier microscopique galope sur une jument blanche devant un rideau rouge, au milieu de hauts arbres bleus plantés comme des sucettes. C'est dire que le Belge est tant par nature que par tempérament un fan de la déraison, de la dérision, du désordre mental, des élucubrations alambiquées, des déraillements piqués et de la déconnade. Ainsi, Thyl Ulenspiegel est-il l'opposé d'un héros de bon sens et de bon goût, mais un disciple de la désobéissance et de la révolte qu'enfantent et fomentent les mauvaises herbes. Écrire étant par principe une entreprise déraisonnable, c'est dans la langue, pour autant qu'elle ne se plie pas aux arceaux de la littérature française, qu'étend l'impeccable alignement des jardins de Lenôtre ou de la pensée de Descartes – encore que ! – que l'écrivain donne le plus libre cours à son aspiration, à la pure divagation et au sabotage des systèmes. Érotomane du langage, friand d'anomalies, de logologies, de logolalies, d'illogismes, d'extravagances et d'incartades dans les bas-côtés, l'écrivain belge véritable résiste au bon sens, à la juste mesure et à la raison « raisonnante » dont la France est le couffin. Soucieux de s'affranchir de la logique, il tend à sortir la langue de ses gonds et amende la pensée que règle l'intelligence du point de vue, et son corollaire, la clarté. Le synthétisme et la précision du discours sont émottés par la glose farfelue, la démesure, le verbalisme qui fleurit dans le délire, comble de l'inutile. Porté par un feu broussailleux pour les jeux de langage, l'écrivain belge ne ratisse pas dans une langue dorée. On peut donc dire à cause de ses excès, de son exubérance, de son aberrance, de sa folie du touffu, qu'il est un rosiériste déraisonnant qui ratiocine et raisonne distinctement du Français. Ce que résume on ne peut plus sensément Marcel Morceau : « En Belgique, les allées de la raison sont peut-être moins nettement tracées qu'en France. »

RAPSASA

Le mot « vélocipède » tracassa longtemps les linguistes flamands chargés de le traduire. Le terme *trapradsnelvoetlooper*, beaucoup plus euphonique que *trapsnelwielenderijtuig* d'abord avancé, faillit être supplanté par le mot RAPSASA qui, n'ayant aucune étymologie, hormis la syllabe *rap*, « vite », fut aussi rejeté, si bien qu'aucun des trois vocables ne fut finalement accepté.

RASSENFOSSE, ARMAND

Auteur de l'étonnant portrait peint de Baudelaire et sa muse, le graveur, dessinateur, illustrateur et peintre liégeois ARMAND RASSENFOSSE se prend d'amitié en 1886 pour Félicien Rops avec lequel il cherche de nouvelles techniques de gravure et met au point le procédé du vernis mou baptisé le « Ropsenfosse ».

RATATOUILLE

« Le flamand belge est une RATATOUILLE informe jargonnée par la lie, les valets de ferme ; le français est une langue parlée par l'élite du monde entier », déclara le délirant littératé Paul Sapart. Mais le peuple flamand, uni comme un seul homme, ne l'entendit pas de cette oreille et répliqua cinquante ans plus tard par un slogan sans appel :

« *De tael is gansch het volk.* »
« La langue est tout le peuple. »

RATTACHISME

Le RATTACHISME – quel vilain mot ! – rallie tous ceux qui, animés par l'esprit de clocher, croient qu'il suffit de rattacher le coq wallon au coq français pour coqueriquer en chœur « cocorico ! »

RÉGIONALISME

Le RÉGIONALISME se repère au nombre de belgicismes que l'on trouve chez certains auteurs belges, surtout bruxellois. Soucieux d'écrire comme on parle, d'être au plus près du lecteur, et parce qu'ils baignent jusqu'au cou dans le phrasé de la rue, ils s'appuient sur la psychologie et singent le langage oral transcrit tel quel ou presque au lieu de s'en écarter et d'inventer une langue écrite qui leur soit propre.

REINE

Hormis Mary-Liliane Baels, fille du gouverneur de la Flandre-Occidentale, seconde femme du roi Léopold III, née à Londres et décédée récemment à l'âge de 84 ans, mais dont le mariage provoqua l'abdication du souverain, toutes les reines de Belgique depuis la fondation du royaume sont originaires des autres pays européens. À savoir, dans l'ordre : Angleterre, Autriche, Allemagne, Suède, France, Espagne, Italie.

PETITE REINE

Est-ce parce que la reine Charlotte, héritière du trône d'Angleterre, qu'épousa en 1816 Léopold Ier, premier souverain de la dynastie belge, mourut un an après leur mariage sans susciter un grand émoi ?

Est-ce parce que sa seconde épouse Louise-Marie d'Orléans, fille aînée de Louis-Philippe d'Orléans, roi des Français, et mère de Léopold II, ne sut pas faire vibrer la fibre nationale lorsqu'elle s'éteignit à Ostende en 1850 ?
Est-ce parce que Marie-Henriette d'Autriche, de la maison des Habsbourg, épouse de Léopold II, répudiée en exil volontaire à Spa, la magie de leur couple n'ayant pas pris, expira en 1902 sans éveiller le chagrin du peuple ?
Est-ce parce que Élisabeth, duchesse de Bavière, férue d'arts, qui créa le fameux concours qui porte son nom, disparut en pleine gloire en 1965 à Bruxelles, après avoir épousé en 1900 Albert Ier, sans susciter l'enthousiasme des foules ?
Est-ce parce que la princesse Astrid, fille du prince Oscar-Charles, duc de Vestrogothie et frère du roi Oscar de Suède, qui épousa en 1926 Léopold III, périt dans un accident de la route, le 23 août 1935, à Küssnacht, en Suisse ?
Est-ce parce que Lilian Baels, née à Londres en 1916, issue d'une très honorable famille de la West Flandre, titrée princesse de Rethy, épousa Léopold III en pleine guerre, sans susciter l'exaltation patriotique des Belges sous l'Occupation ?
Est-ce parce que Doña Fabiola de Mora y Aragón, née à Madrid, fille du comte de Mora, marquis de Casa Riera, et de Doña Bianca d'Aragón, princesse de Belgique, a épousé en 1960, à Bruxelles, Baudouin Ier sans lui donner d'enfant ?
Est-ce parce que Paola Ruffo di Calabria, née à Forte dei Marmi, issue d'une très ancienne famille de la noblesse italienne, qui épouse en 1959 le futur Albert II, alors prince de Liège, a longtemps attendu avant de monter sur le trône ?
Est-ce pour cela que le Belge, las de n'avoir pas une princesse native de son propre terroir, a jeté par dépit, autant que par tradition ou par passion, son dévolu sur la PETITE REINE ?

Reiser, Jean-Marc

J'ai coréalisé en 1975 avec Jean-Pierre Berckmans pour la RTB, dans le cadre d'une série sur les grands dessinateurs d'humour (Reiser, Puig Rosado, Desclozeaux, Sempé, Posada, Siné), qui me passionnaient et dont je collectionnais avidement les dessins, mais qui fut suspendue après la diffusion du film sur Siné qui avait choisi pour site d'élection un tas d'ordure, suivi des excuses de la speakerine – cas unique dans les annales ! – un portrait de 52 minutes sur Jean-Marc Reiser, trop oublié aujourd'hui et qui était un des meilleurs dessinateurs de sa génération. Alors qu'il était en pleine gloire, Reiser mourut soudainement d'un cancer des os et, bouleversé par sa disparition brutale, je rédigeai en hommage le texte suivant :

La révolte, c'est la vie

Le principe de chacune des émissions, intitulées *Le Crayon entre les dents* était simple : amener le dessinateur à travailler en direct, dans un lieu qu'il ne connaissait pas. Et qu'il détestait de préférence. Nous avions choisi Reiser parce qu'il fallait un membre de l'équipe de *Hara-Kiri*. Et que, de plus, il était le seul à n'avoir pas encore entièrement sacrifié à la BD. Il osait encore se risquer à ce genre difficile entre tous : le dessin d'humour, unique, avec un seul gag, et sans légende.

Pour lui, nous avions choisi Blankenberghe au mois d'août. Nous pensions que lui, qui dessinait des Français moyens avec le béret sur la tête et la baguette sous le bras, pourrait bien dessiner des Belges avec une casquette et un sachet de frites. Nous ne nous étions pas trompés ! Pour Reiser, il s'agissait bel et bien des mêmes cons. Et Reiser le disait à l'antenne. Certains ont cru évidemment que Reiser disait que les Belges étaient des cons. Mais, qu'elle soit belge ou non, c'était la connerie éternelle que Reiser dénonçait. Sans nationalité. De toute façon, Reiser aimait les cons. Dans un magasin d'Ostende, il a acheté trois blocs de papier et des feutres secs, à gros bout. Puis, il n'a quasiment plus cessé de dessiner. Tout en parlant, sur la plage, la digue ou l'estacade, sous le soleil et sous la pluie. Il regardait autour de lui et dessinait ce qu'il voyait en premier : la casquette, les lunettes, le cabas.

«On ne peut pas rater, pas reprendre, pas gommer. C'est le premier jet qui compte.» Reiser parlait de ses personnages avec une tendresse secrète. En les traitant comme des animaux. Croquant une patte, puis le pif. Le dessin évoluait d'un trait selon la vitesse de la pensée. Il n'avait pas d'autre règle : l'efficacité. Trouver des idées et faire rire. Le plus épatant était que chaque trait envisagé séparément ne signifiait rien. C'est mis ensemble que les traits dessinaient une figure.

«Croquer la petite rondeur du ventre, et celle de la fesse.» Reiser captait l'essence de chaque personnage, restituant le poids d'une vie par la seule direction du regard. Ou le ralentissement d'une démarche. Lorsqu'il dessinait des gens «gros, gras et gris», tous les traits descendaient. Dans le rire, Reiser démontrait ensuite que le mouvement grimpait vers le haut, de la pointe des cheveux jusqu'au bout des orteils. Son croquis terminé, Reiser y déposait des taches de couleur. Et de lumière. Puis, il crachait sur son personnage comme sur un timbre ou une affiche et, du bout du doigt, diluait la couleur. Reiser réalisait des aquarelles avec un Marker. Nous l'avions emmené dans un camping où les petits-bourgeois vivent dans des roulottes sans roues et regardent la TV à longueur de journée. Devant l'une d'elles, il y avait un puits, sans eau. Et naturellement sans profondeur. Cette absurdité suprême faisait s'esclaffer Reiser : «Mais qu'est-ce qui a bien pu lui passer par la tête?» Puis il a dessiné le propriétaire, hargneux et déchaîné derrière ses rideaux. Avec comme légende : « J'aime mon puits et je vous emmerde ! » Reiser pratiquait l'humour bête et méchant comme un geste de salut public. Il détestait les autorisations comme les interdictions. Son indignation venait de la capacité des gens à tout accepter. Il résumait leur veulerie en une phrase : « Les révolutions qui commencent en troupeau se terminent à l'abattoir. » S'il fustigeait le bonheur et le manque d'imagination, il était capable de s'extasier devant la beauté formelle d'un vélo. *Hara-Kiri* était sa véritable famille, il y était entré à 17 ans, après avoir été coursier chez Nicolas. Cavanna lui avait tout appris : la rigueur, le professionnalisme, le culte de l'insoumission. Individualiste à tout crin, écologiste dans l'âme et passionné par l'énergie solaire, Reiser était un calme. Le soir, à l'hôtel, il dessinait encore. Tout comme à l'hôpital, à la fin, il continuait à dessiner : affiches, couvertures, magazines. Comme Bosc, comme Chaval, il avait inventé un personnage en qui chacun se reconnaissait. Avec Topor, Willem et Cardon, il était parmi les plus grands dessinateurs humoristes de ces quinze dernières années. Petit, barbichu, sec et nerveux, c'était un plaisir de le voir et de le connaître. Comme dit Gébé : « Les lecteurs en savaient autant sur lui que les membres de l'équipe. » Journaliste, pamphlétaire et chroniqueur, Reiser était aussi vif que Daumier était magistral, aussi indispensable à notre époque que Jossot l'était à la sienne. Mort à 42 ans d'un cancer des os, Jean-Marc Reiser avait bien raison de s'indigner de tout : l'humour noir est beaucoup moins féroce que la vie.

Le Vif, 10 novembre 1983.

RELATIVITÉ

Le Belge est un bon vivant qui relativise tout. Il ne croit pas sa dernière heure arrivée. Il ne pense pas que la Belgique puisse un jour disparaître. Naïf et confiant dans l'avenir, il soupire à la fin « C'est le dernier de tout ! » au lieu de « C'est la fin de tout ! ».

RÉPUBLIQUE

Alors que l'on pensait inéluctable la formation à plus ou moins moyen terme de la nation flamande, un Flamand sur cinq, soit à peu près 20 % de cette communauté, dit préférer de loin un président de la RÉPUBLIQUE flamand au roi des Belges.

RÉPUBLIQUE DES FLANDRES

La RÉPUBLIQUE DES FLANDRES signifie l'indépendance de la Flandre, la dissolution de l'État, la disparition de la monarchie.

RÉSIDUELLE, BELGIQUE

La BELGIQUE RÉSIDUELLE est celle que constitueraient le roi, la Wallonie et Bruxelles au cas où la Flandre romprait les amarres avec le reste du pays, laissant les « communautaristes » wallons seuls à bord d'une nation à la dérive et amputée d'une moitié de son territoire, sommée d'assurer désormais seule son destin.

RIK

La popularité des grands champions cyclistes est inversement proportionnelle à la brièveté du diminutif qu'on leur octroie. Ainsi succédèrent aux vieilles gloires au nom poussif comme Poeske Scherens et Stan Ockers, Rik Van Steenbergen, trois fois champion du monde sur route, dit RIK I, que devança bientôt Rik Van Looy, au bec d'aigle, au sourire carnassier et aux grosses cuisses, sprinter hors pair, grand vainqueur de maintes classiques, plusieurs fois champion du monde, surnommé « l'empereur d'Herenthals », dit RIK II. Le peuple flamand fêtait d'autant plus ses deux champions homériques que leur sobriquet comptait le mot *ik*, « moi », comme *ich* en allemand, et que *rijk* veut dire « royaume, empire, État », en néerlandais, le féminin *rijke* signifiant « riche ». Le hic survint avec Eddy Merckx, athlète bruxellois, au palmarès sans égal, qui rafla toutes les courses dont cinq Grandes Boucles. Baptisé « le cannibale », Eddy fit paraître rikiki les titres de Rik I et de Rik II, le hic étant qu'il fit *hic et nunc* non plus des cracks mais ric-à-rac et, par ricochet, ric-rac des deux riches Riks, des *riek*, ou ringards.

ROEGIERS

En Belgique, on m'appelle ROEGIERS, avec *ou* et *i*. Et, en France, mon nom se prononce Rodgiers, phonétiquement Rodgièrs. Mais j'ai aussi essuyé les orthographes suivantes : Rogier, Roggiers, Rodgers, Roegier, Roudgiers, Rodgierse, Rogiers, Rousiers, Rouggiers, Rougiriez, Rugissiez, Rougirs, Rougier, Roegieers, Roegeirs et Rougiers. Je n'ai pas à rougir de mon nom. Mais que serait-ce si j'en avais un à courants d'air ?

ROI

> Être roi est idiot : ce qui compte, c'est de faire un royaume.
>
> André MALRAUX, *La Voie royale*.

Le ROI symbolise la création de la Belgique.
On ne dit pas roi de Belgique mais roi des Belges.
Le roi symbolise l'union des Belges.
Le roi est le symbole de l'unité du royaume.
Le roi est la personnification symbolique de la nation.
Le roi est le premier Belge.
Le roi est aussi le dernier des Belges.
En Belgique, le roi règne mais ne gouverne pas.
Le Belge est royaliste de cœur mais n'est pas régiphage.

Le roi des Belges n'est pas plus royaliste que le roi.
L'histoire des rois en Belgique se conte ainsi :
Léopold Ier, prince de Saxe-Cobourg-Gotha, déclara : « Je ne suis pas belge ! » Léopold II, appelé « le géant », céda à son pays l'État souverain du Congo. Albert Ier, surnommé « le roi-chevalier », se tua sur les roches de Marche-les-Dames. Léopold III, promu roi huit jours après, ayant capitulé en 1951, abdiqua. Baudouin Ier, dit « le roi triste », à son enterrement, reçut 120000 bouquets de fleurs. Albert II, à sa prestation de serment, trembla tant qu'il claquait des dents.

ROI DES FLAMANDS

Le roi des Belges n'est plus depuis longtemps déjà le roi des Flamands et des Wallons qui ont peu de chose en commun. C'est ce qu'écrit l'auteur dramatique wallon Jean Louvet dans sa pièce *L'Homme qui avait le soleil dans sa poche* où l'un de ses personnages, faisant allusion à « la question royale », qui amena le souverain à abdiquer, déclare : « Avant quarante, Léopold III était roi des Belges. Pendant la guerre, roi en exil, prisonnier selon sa volonté. En cinquante, ROI DES FLAMANDS. »

ROMBAUT, MARC

Je connais MARC ROMBAUT depuis la nuit des temps. Lorsque la RTBF s'appelait encore l'INR dont le siège était situé place Flagey, dans cet étrange bâtiment courbe, il traversait déjà les couloirs du huitième étage avec des piles de livres sur les bras. C'est par lui que j'ai rencontré lors de l'émission *Idem*, qu'il animait le dimanche soir à Namur avec Jean-Pierre Verheggen, où je fus souvent invité, Denis Roche qui est devenu mon ami et mon éditeur au Seuil où nous publions nos romans dans la collection « Fiction & Cie ». Marc Rombaut est l'être le plus doux que je connaisse. Il est calme, attentionné, gentil, fidèle et de nature pondérée. C'est un poète, un esprit avisé, qui connaît le Tout-Paris littéraire depuis plus de trente ans. En 1980, il est sorti de sa tanière et a écrit dans le journal *Le Soir* une carte blanche intitulée « Dissidents de l'intérieur » qui a été reçue par la risée, le haro, les huées, les grincements de dents et la haine du tout petit milieu lettré bruxellois. Depuis, Marc n'a plus jamais mis le nez dehors. Il fuit la Belgique où il se sent à l'étranger et à laquelle ne l'unit aucun lien naturel affectif. Fruit d'une histoire familiale complexe qui allie à la fois le football, les Six Jours cyclistes, la ville de Gand où il est né et a étudié, l'Afrique dont il est un fin connaisseur et la ville de Bordeaux dont il prise les grands crus, Rombaut, le tendre, adopte des positions inflexibles et tranchées vis-à-vis de ce pays qu'il renie, où rien ne l'attire, où on cause le « flamçais », et dont il connaît par cœur les manigances, les médiocres intrigues, les minables manœuvres. Pour lui, c'est clair : « Il n'y a pas de belgitude, pas plus qu'il n'y a de nation belge. » Il réfute de même les pseudo-enjeux intellectuels, pointe l'absence de pensée, d'ouverture, le leurre de l'édition locale, la collusion avec le pouvoir politique, la conspiration « du refus, du silence et de la sclérose. » J'admire son cran de poète insulaire bien plus que les cris d'orfraie que poussent les forts en gueule et les mandarins du système qui se tiennent par la barbichette. Mais que faire ? Marc Rombaut lui-même l'a jadis écrit : « ... tous du pareil au même comme on dit en belge et qu'est-ce que vous avez contre les Belges, ils vous emmerdent, les Belges... »

Rops, Paul

On se demande rarement ce que devient la progéniture des artistes célèbres. Paul Rops, devenu avocat et père de cinq enfants, qui ordonna qu'on exhume le cercueil de son père, Félicien, et le transfère à Mettet, mourut en 1928 d'une crise cardiaque à *septante* ans alors qu'il se promenait dans le parc de Thozée au bras de sa mère Charlotte, qui elle-même rendit son dernier souffle à l'âge respectable de *nonante*-quatre ans.

Rossel, prix

Le prix Rossel, créé en 1938 par le journal *Le Soir* et considéré abusivement comme le « Goncourt belge », qui m'a été attribué en 1995 pour *Hémisphère Nord*, a eu pour première lauréate Marguerite Guyaux-Goffinon pour son roman *Bollèche*.

En rote

Enfant, je n'avais pas bon caractère. Je me souviens d'avoir été souvent en rote. On aurait pu dire que je boudais. Que j'étais d'un tempérament peu accommodant. Que mon rapport au monde était complexe, exigeant ou délicat. Que sais-je encore ? Mais non, j'étais en rote ! Rien ne pouvait expliquer aux autres la raison de ma rogne, de ma grogne. Furieux, vert de rage, râlant, fulminant, prêt à tout casser, à tout envoyer paître, valser, dinguer, bouler, au diable !, on ne pouvait rien me dire. Et de toute façon je n'aurais rien entendu. J'étais en rote !

Rouleau

Permeke, qui épousa une dentellière de Bruges, était une force de la nature. On raconte qu'il peignit au kilomètre, sans changer de palette, sur une toile en rouleau qu'il débita ensuite en tranches de 150 ou 200 cm, 300 marines lors de l'été 1925.

Rousseau, Jean-Jacques

Surnommé le « Ed Wood belge », ayant plus de 20 films à son actif, dont *L'Étoile du mal*, *Furor Teutonicus* et *Le Diabolique Docteur Flak*, Jean-Jacques Rousseau, cinéaste du dimanche de 56 ans, est l'auteur entre autres de *Wallonie 2084*, film d'anticipation tourné durant l'été 2002 où les Flamands nazifiés envahissent la Wallonie transformée en pays de sous-hommes.

Rubens

En écrivant *La Géométrie des sentiments*, dont il est le protagoniste dans le chapitre 3 intitulé « Félicité maritale », j'ai été très impressionné par la figure du « peintre-diplomate », né en Westphalie, qui abhorre son prénom, gagne le pays de Flandre pour être au chevet de sa mère, Maria Pypelinckx, reste dans l'active métropole, centre artistique européen, haut lieu de la finance, qui compte 78 boucheries et 179 boulangeries, où prospère la taille du diamant poli dans 300 ateliers et où « le plus flamand de tous les Flamands », mousquetaire de charme, bibliophile racé, collectionneur patenté (momies, monnaies, gemmes, camées, hiéroglyphes), épistolier prolixe, lecteur vorace et orateur polyglotte, panthéiste humaniste et penseur numismate, peintre de cour, exempt d'impôts, et homme d'action autant qu'homme d'affaires avisé, est l'ami des puissants. Ce qui en fait un citoyen du monde qui se sent partout chez lui, si bien qu'il croule bientôt sous les commandes, se livre à la création de retables, de vitraux, de tapisseries et se fait bâtir, selon ses plans, sur le Wapper, une spacieuse demeure de vingt-cinq pièces, à la fois logis privé et atelier géant où s'escriment ses aides, adjoints et associés, dont Frans Snyders, David Teniers et le jeune Anthony Van Dyck de 1617 à 1620 environ, qui brunissent les toiles, broient les pigments, apprêtent les palettes, les uns étant experts en armes, les autres en gibiers ou victuailles, arrière-plans et vues champêtres, lui-même, qui récite par cœur des couplets de *L'Énéide* en latin, ponctuant d'ultimes touches, d'une dextre agile, d'un poignet vif, d'une pâte onctueuse, les toiles magistrales qu'il parachève dans les hauts lieux auxquels elles sont destinées. Décrit à tort comme l'adorateur des opulentes matrones, muses replètes ou nymphes trapues, qu'escortent des nuées de *putti* potelés, Rubens était d'un commerce agréable si bien qu'on le prit à la lettre et s'empressa d'ouvrir à son nom des cafés qui, en Belgique, portent souvent celui des artistes : Memling, Van Dyck, Rembrandt. Songeant au prince des peintres, avec qui la peinture se fait roman, la vie littérature, qui, à raison d'un tableau par semaine, sinon deux ou trois, durant près de trente-deux ans, créa ainsi de main de maître plus de mille chefs-d'œuvre, c'est au café Rubens, place du Triangle, à Albert-Plage, sur la côte belge, un dimanche d'été, devant la mer, face au soleil couchant, après avoir dégusté des croquettes aux crevettes, bu deux bonnes bières, que j'ai pris congé de mon pays, trois jours avant de partir avec femme et enfant pour Paris où j'arrivai le 31 juillet 1983, à 15 h 30. Je m'en souviens comme si c'était hier, les larmes aux yeux, le cœur serré, la rage au cœur, j'ai alors lâché entre mes dents :

– ILS NE ME REVERRONT JAMAIS !

S

Sabena

Il apparaît comme un symbole que la Sabena, la seule compagnie aérienne belge, créée en 1923, que Tintin prenait pour parcourir le monde, que vantait dans les années soixante le slogan euphorique «**Par Sabena, vous y seriez déjà!**», illustré par la colombe blanche volant dans l'éther bleu sans nuages, conçue par René Magritte sous le titre *L'Oiseau de ciel* en 1966, un an avant sa mort, soit déclarée en faillite et mette la clé sous la porte le jour même où le Concorde, symbole de la France, décidé par de Gaulle qui l'avait pris sous son aile, qui vola pour la première fois le 2 mars 1969, cloué au sol après la catastrophe du 25 juillet 2000, relève la tête et repart pour New York, encore traumatisée par l'attentat du 11 septembre 2001 qui vit s'effondrer les deux tours du World Trade Center.

Sabéniens

Traités quasiment comme les sidéens, les sabéniens sont les 12000 employés de la Sabena qui ont perdu leur travail après qu'eut été prononcé le 7 novembre 2001 par le tribunal de commerce de Bruxelles la faillite de la compagnie aérienne belge, ce qui à l'instar des crises du charbon et de l'acier est perçu comme une tragédie sociale, un séisme national, la plus grande catastrophe économique de l'histoire belge.

Saint Babolin ou Babolein

Fondateur belge de plusieurs églises et hôpitaux parisiens, SAINT BABOLIN, mort le 26 juin 673, figure ici uniquement en tant que premier abbé de Saint-Maur-des-Fossés où Rabelais demeura plus de dix ans dans une annexe du château de Jean du Bellay, et où je réside moi-même depuis douze ans.

Sainte-Beuve

Charles Augustin SAINTE-BEUVE vécut en 1848 à Liège, où il enseignait la littérature à l'université, dans un immeuble de la rue des Anges, où, à Namur, Henri Michaux vit le jour. À l'occasion du centenaire de sa naissance, on apposa une plaque commémorative sur son ancienne habitation. Le mémorial ayant disparu pendant la guerre de 14, on scella une autre plaque en 1933 pour remplacer l'ancienne. À cette occasion, on rapporte qu'un afficheur, sans doute un rien bigot, chargé de placarder l'avis, croyant avoir affaire à une sainte fraîchement canonisée, couvrit d'affiches toutes les églises et chapelles de l'ardente cité pour fêter le miraculeux événement.

Saint-Gilles

C'est parce qu'il a été bouleversé par le squelette de la salle du cours d'histoire naturelle à l'école primaire, rue de Parme, à SAINT-GILLES, ainsi que par un écorché en carton-pâte, qui lui inspirèrent une terreur qui dura toute sa vie, que Paul Delvaux, fasciné par ces figures effrayantes, étranges et tristes, peignit des squelettes dont il admire les lignes, qu'il s'efforce de rendre vivants, de faire parler, de faire penser, de faire bouger, et qu'on retrouve dans de très nombreuses toiles comme *Squelette* (1943), *Le Squelette assis sur la chaise rouge* (1943), qu'il étudie au musée d'Histoire naturelle de Bruxelles, *Squelettes dans un bureau* (1944), *Le Squelette à la coquille* (1944), *Les*

Grands Squelettes (1944), *Squelettes en conversation* (1944), *Squelette dans l'atelier* (1945), ou encore *Le Musée Spitzner* (1943), *La Ville rouge* (1943-1944), *La Mise au tombeau* (1957) et *La Descente de Croix* (1949), basée sur le tableau éponyme de Roger Van der Weyden.

SAINT NICOLAS

SAINT NICOLAS en Belgique est bien plus important qu'en France où le jour de Noël compte plus que la nuit du 5 au 6 décembre. Toute mon enfance s'est passée dans la croyance niaise du grand saint, à barbe fleurie, avec sa mitre, sa crosse et ses gants blancs ornés d'une grosse bague émeraude ou rouge vif, flanqué du père Fouettard ou *Zwarte Piet*, as de pique tiré d'un jeu de cartes, ou petit nègre sorti tout droit de la publicité Banania ou d'une réclame au cinéma, muni de son martinet dont on me menaçait lorsqu'on m'enfermait dans le grenier, sous une lourde échelle de bois que j'étais bien incapable de soulever, restant seul dans le noir pendant des heures à crier, à beugler, à pleurer, cognant si fort contre les murs que mes coups ébranlaient la maison au rez-de-chaussée de laquelle toute la famille, réfugiée dans la cuisine, soupait sans moi.

L'arrivée de saint Nicolas, patron des écoliers, ainsi que des bateliers, bouchers, épiciers, marchands de vin et tonneliers, comme je l'appris plus tard, qui se dit aussi Sinterklaas, Sint Niklaas ou Sint Nicolaas, si bien que je me demandais s'il ne venait pas tout saintement de Saint-Nicolas, en Flandre-Orientale, pays de Waes, s'annonçait par de joyeux cortèges qui se déroulaient dès le début du mois de novembre dans les principales artères de la ville où affluaient les enfants, jetant des serpentins et cotillons sur le passage des chars décorés et acclamés comme Lindbergh avait dû l'être à New York après sa traversée de l'Atlantique ou comme Tintin dans l'un de ses albums. Cette entrée royale du vénéré saint dans la capitale nous offrait de l'admirer perché sur son trône, escorté de son valet barbouillé de suie et fagoté d'un costume bariolé à culotte bouffante, juché sur son âne gris, tandis que son patron nous saluait en inclinant cérémonieusement la tête, de gauche à droite pour n'oublier personne, bénissant la foule rieuse des bambins de sa dextre gainée du gant très immaculé.

Cette solennelle avancée vers les grands magasins qu'étaient l'Innovation, le Bon-Marché ou les Galeries Anspach, aux vitrines animées d'automates réunis sur un thème qui variait chaque année, était le présage des cadeaux que nous recevrions le 6 décembre si nous avions été sages, une longue et rituelle visite nous amenant six semaines auparavant, après une hardie cavalcade dans les étages inférieurs, et la noble montée par les escalators, vers le dernier étage mué en royaume des jouets, véritable salle de jeux multicolores, caverne d'Ali Baba, antre magique où nos yeux émerveillés détaillant les nouveautés faisaient leur choix des objets qui allaient nous égayer toute l'année. Une après-midi entière, d'office sacrifiée par ma mère, suffisait à peine pour admirer de mes prunelles décillées les rangées de soldats, de cow-boys et d'Indiens, de voitures de course, que je lorgnais aussi « Au cadeau rêvé », à Saint-Gilles, dont me fascinaient les vitrines croulantes de merveilles, de trains électriques plantés dans des décors stupéfiants réduisant la réalité à l'état miniature, de déguisements, revolvers, chapeau, dont nous passions en douce la commande.

Le clou de la visite était bien sûr la mise en présence du vénérable saint auquel nous accédions, après avoir longtemps fait la file, par une sorte de grotte en carton, repaire des chimères, labyrinthe des songes creux, à l'ambiance féerique, pour voir de près le vieil homme mitré et crossé, en costume rouge, à la fausse barbe et aux cheveux d'ange, blancs comme neige, qui commençait toujours par demander, en penchant un tantinet la tête, chaussée de binocles juchées sur son nez rond, mon prénom et si je travaillais bien à l'école, avec un accent belge qui me surprenait malgré mon jeune âge et me confortait dans l'idée que le respectable évêque venait bien de Saint-Nicolas-Waes. Je voyais la grosse bague ornée d'un (faux) diamant qui brillait au doigt de sa main gantée qui tenait la lourde crosse dorée. Et j'écoutais sa voix chevrotante, sourde et patiente, en dévorant ses yeux bleus clignants et souriants qui m'intimidaient tant, tout en refoulant le désir ardent de tirer sur sa barbe comme dans *Tintin* pour voir si elle était vraie, ce que je me défendais de faire, m'astreignant à être l'enfant sage que bénissait le crépitement du flash qui éternisait à jamais, pour 150 FB, cet instant mémorable qui se répétait tous les ans.

L'attente était longue avant de recevoir enfin les cadeaux tant désirés, l'envie croissant à mesure que s'approchaient le matin inoubliable et la présence de l'auguste saint, donneur de bons points, offreur de friandises, de sucreries, de gourmandises, de douceurs, de *spékuloos*, de chocolats, et surtout de *massepain*, se manifestant au fil des jours et à des heures indues, le plus souvent le soir, par le bombardement inopiné de bonbons qui criblaient les parois de la cage d'escalier et dévalaient à la volée les marches avec un bruit de régalante dégringolade ou, comme par miracle, dans la pièce où nous étions, sans pouvoir le voir, car ils choyaient du ciel dans notre dos, en gerbes, en jets, par poignées, et nous les grappillions à quatre pattes, tout excités, sur le tapis, derrière les meubles, sous le canapé, en clamant à tue-tête un vibrant « Mer-ci saint Ni-co-lâââââââs ! ».

Ces tours de passe-passe élucubrants nous étonnaient à peine puisque le saint vénéré traversait l'éther en traîneau, bardé de ses sacs bourrés de cadeaux qu'il déposait le jour tant attendu en passant par la cheminée devant laquelle étaient alignés nos souliers, si bien qu'il pouvait sans mal percer le toit par des bonbons crépitants qui annonçaient sa venue. Mon père seul avait mis au point ce facétieux stratagème. Il canardait au débotté les murs quand nous avions la tête tournée, penchée sur nos cahiers d'étude, pour signaler sa présence, et je repris moi-même, plus tard, ce madré procédé auprès de mes enfants, arrosant les marches de la cage d'escalier, la salle à manger, et même les vitres, avec une force telle que j'en cassai une – un trou rond comme une bille dans le verre en témoigne – jusqu'au jour, hélas !, où, eux aussi, vers l'âge de 10 ans, comblés par les jouets disposés au salon, où les guidait depuis leur chambre une tournillante traînée de bonbons semés comme les cailloux du Petit Poucet, ayant épuisé leur crédulité dans le fabuleux saint, cessèrent d'y croire, mettant ainsi à regret un point final à leur enfance.

Salon du livre

À la suite de l'annonce du SALON DU LIVRE à Paris consacré en 2003 à la Flandre et à la Hollande, gauchement titré « Salon flamand », le directeur de la Fondation pour la production et la traduction de la littérature néerlandaise, Rudi Wester, fit parvenir au quotidien *Libération* le communiqué suivant :

> *Le flamand n'existe que comme une personne de sexe masculin qui habite en Flandre, une partie de la Belgique, mais qui parle néerlandais. Les romanciers flamands écrivent leur belle littérature en néerlandais (et ils sont, pour la plus grande part, publiés par des maisons d'édition aux Pays-Bas). Correcte aurait été alors la dénomination «Salon flamand/néerlandais». Pour éviter cette description trop lourde, nous avons choisi comme slogan «Les phares du nord».*

Libération, cahier livres du 28 mars et du 11 avril 2002.

Savitzkaya, Eugène

Je n'ai rencontré qu'une fois EUGÈNE SAVITZKAYA. C'était à Namur, il y a longtemps, lors de l'émission de radio *Idem* où il s'était conduit de façon assez curieuse en roulant en direct une pelle à sa copine en guise de réponse à une question, sous les yeux interloqués de son mentor et ami Jacques Izoard. Mais je lis avec intérêt ses livres, dont *Les morts sentent bon* sur lequel j'ai écrit dans *Le Matin de Paris* la critique que voici :

Le sommeil de la raison

À 29 ans, Eugène Savitzkaya, né slave (mère russe et père polonais), à Saint-Nicolas-lez-Liège, a publié trois recueils de poésie et quatre romans, chez le même éditeur, dont *Un jeune homme trop gros* (1978), dédié à la mémoire d'Elvis Presley.

Dans chacun de ses ouvrages, *La Traversée de l'Afrique* (1979) ou *La Disparition de Maman* (1982), l'auteur emprunte le même sentier inventif de l'enfance et s'embarque dans une quête haletante et impossible où le merveilleux, la terreur et la dérision débouchent sur un désenchantement noir.

Son dernier livre, *Les morts sentent bon*, s'inscrit de plain-pied dans cette même optique qui lui fait envisager l'écriture comme un cerf-volant qui happe dans ses voiles la musique, les images, les couleurs et les sons. Derrière un baroquisme retenu, alerte et distillé, se déploie une fresque d'une grande légèreté, remplie de pipeaux, de verrues, de sexes et de fleurs. La phrase en forme d'oriflamme, flamboyante et claquante, est jonchée de mots triés comme des perles ou des noyaux, piquants comme du houx. Le texte, tumultueux et scintillant, est à regarder comme un convoi charriant des gerbes d'orties, des rubans et des foulards de tissus qu'enrobe la volubilité de la langue sous forme de parure.

Gestroi, héros muet, se prépare donc à partir d'une contrée lointaine pour trouver pour son roi «une demeure point trop vieille, trop poussiéreuse ni trop neuve dans le ventre de laquelle aucune histoire n'aurait eu le temps de naître». Le meilleur de la fable est assurément l'extraordinaire description que donne le roi de ce que sera sa maison tandis que l'écoute Gestroi, coi devant ce déluge de paroles, lui qui n'a jamais lu un livre et ne croit pas un mot de ce que dit son suzerain.

Envoyé spécial et serviteur, il se met donc en route, étripant insectes et bourdons. Ne reculant ni devant les chausse-trapes ni devant les associations extravagantes ou monstrueuses, il croise des ogres qui dévorent une baleine, un enfant cannibale qui digère ses parents, d'où vient le titre du livre: «Les morts sentent bon. Nous aimons les morts, nous les mangeons.»

En fait, tout lui est prétexte à inventions: les fruits, les paysages, les animaux. Et, de même, tout est prétexte à l'écrivain pour receler ses propres frayeurs d'enfant. Ce qui en soi constitue, comme chacun sait, l'essence même et la fonction des contes. Savitzkaya fait ses délices de l'horreur et ne se prive pas d'en jouir. Prendre des bains de fourmis, boire l'eau salée, étrangler des poussins, autant de sévices dont est saupoudré le récit avec en toile de fond la castration et le viol (y compris par les tuyaux de douche), la sodomisation (une douzaine de fois au moins), la moisissure et les larmes.

Mais Gestroi est un rêveur. Quand il dort, il se réveille. C'est un poète. Dans sa progression linéaire, un peu fastidieuse, il devient laboureur, marche sur les décombres (la Terre est plate), croise des enfants jetés ou perdus, aux têtes décollées, à la recherche de l'introuvable jumeau qu'il est pour lui-même. Devenu un héron, il tombe amoureux, on lui tranche la tête; puis il revient à la vie et reprend son périple, transporte de l'opium (le temps d'une phrase) et, hanté par l'obsession du refuge, de la maison, de l'étable et du château où il serait enfin chez lui, il arrive en Europe. Ainsi se poursuit cette très longue comptine luisante de sperme, de salive et de miel, menée à travers l'Asie et l'Europe, construite comme une chanson sur le thème: «Comment tuer un enfant? À quel moment le frapper?»

Devenu porcher, couchant avec les truies, après avoir roulé en camion, en train, et avoir assisté à d'innombrables rixes sanglantes, bercé par un flot d'images en couleurs (un porc rond comme un phoque, des grenouilles qui s'échappent des narines), il arrive enfin à Liège, où Savitzkaya vit et travaille, achevant son récit par ces mots : « À Liège, il n'y avait pas de maison pour eux... Une grande puanteur régnait dans la ville. » Ce qui rejoint la conclusion d'un de ses autres textes : « À Liège qui pue, ou qui sent la glycine, je me suis bel et bien embourbé. » Fils spirituel de Desnos et de Grandville, en ce roman initiatique, lyrique, lubrique et roucoulant, composé en plusieurs cycles (voyage, étude, sexe, travail, amour et mort), farci de visions goyesques et nanti d'un beau rythme de la phrase, mais qui, à force de déborder, finit en douce par s'essouffler, Savitzkaya réussit néanmoins en ce temps de vaches maigres un livre troublant qui, dans un chatoiement d'étrangetés, évoque la Bible, *Les Mille et Une Nuits*, Pasolini, *Sodome et Gomorrhe* et le Petit Poucet.

Le Matin des livres, mardi 10 avril 1984.

SCHOLZEN, MADELEINE

Accompagnant ses patrons au cinéma ou au théâtre, en les guettant dans un café tout proche, au cas où il n'était pas admis, ce qui n'empêchait pas l'empressement de ses maîtres affairés dès l'entracte, ainsi qu'aux États-Unis en 1965, lors des expositions rétrospectives à New York et à Houston, afin que rien ne manquât à leur cher protégé, promené chaque jour en laisse tel un seigneur, dont l'un prénommé Jackie, loulou de Poméranie brun-roux, fut même empaillé juste après sa mort, MADELEINE SCHOLZEN s'exclama : « Chez les Magritte, j'ai travaillé plus de trente-cinq ans et j'étais la gouvernante du chien ! »

SCOUT ET SCUT

— Quelle est la différence entre Hergé et Magritte ?
— Hergé est de tendance SCOUT, Magritte de tendance SCUT.

SCUTENAIRE, LOUIS

Compagnon fidèle et inventeur de nombreux titres de toiles de Magritte qu'il appelait aussi Mabitte, Margritte ou Maigritte, LOUIS SCUTENAIRE faisait tellement corps avec la peinture de son ami qu'il poussa l'effacement jusqu'à s'éteindre dans son fauteuil (« Je préfère mourir assis que debout »), le 15 août 1987, à 17 heures, en regardant à la télévision une émission consacrée à son célèbre complice, mort jour pour jour vingt ans avant, vers 15 heures, le dimanche 15 août 1967.

⇒ *Voir aussi* **Brabançonne**, *Qu qu qu qu qu qu et Skutteneer*.

SÉPARATISME

Comme le racisme, le fascisme et tous les mots politiques en *isme*, le SÉPARATISME exprime le désir de voir se scinder les deux parties d'un pays composé de toutes pièces et qui se regardent en chiens de faïence dans l'attente de conquérir enfin une autonomie à laquelle ni l'une ni l'autre n'a jamais eu accès.

SIFFLET

C'est en 1925 que s'avéra concluant l'essai de coiffer les agents de police belge d'un casque blanc qui permettait d'une part de les voir de loin et avait d'autre part l'avantage de les abriter contre la pluie. Mais ce n'est que quatre ans plus tard qu'on eut l'idée de les doter d'un SIFFLET pour régler la circulation.

Sigle

Le SIGLE AVV, VVK se trouve au sommet de la tour de l'Yser, érigée à la mémoire des soldats flamands tombés au front durant la Grande Guerre, s'est mué en mémorial de la victoire du nationalisme flamand :

A
V V K
V

Il signifie dans un sens :

Alles voor Vlaanderen
Tout pour la Flandre

dans l'autre :

Vlaanderen voor Kristus
Tout pour le Christ.

Simenon, Georges

J'ai peu lu GEORGES SIMENON mais je sais qu'il a publié près de 400 livres, 192 romans sous patronyme, 190 romans sous pseudonymes qui s'élèvent eux-mêmes à 80, de Georges Sim à Christian Brull mais aussi Gom Gut, Poum et Zette ou Plick et Plock, qu'il a publié sous 19 pseudonymes, entre 1924 et 1931, 90 romans populaires, « 70 mots minute, 80 pages par jour », signé des centaines de contes et d'articles, 20 ouvrages à caractère biographique, les derniers dictés au magnétophone, qu'il a noirci des billions de pages, taillé de même des milliers de crayons, résolu des dizaines d'énigmes au cours des centaines de milliers d'heures passées à suer sang et eau, nombre de gouttes incalculable !, à ajuster les mots, les phrases, les paragraphes, les chapitres, les points, les virgules et même les points-virgules, côtoyé des milliers de personnages imaginaires ou bien réels, au nom souvent trouvé dans l'annuaire, puis dans les dictionnaires, signé pour des centaines de millions des fabuleux contrats et reçu des milliards de francs (suisses), d'à-valoir à 18 % parfois, et même au-delà, accompli nombre de 18 trous chaque jour au golf, connu 10000 femmes dont 8000 prostituées, coïté trois fois par jour en moyenne, avant le petit déjeuner, après la sieste, avant de se coucher, habité plus de 40 maisons, possédé autant de voitures, visité une myriade de pays, captivé des centaines de millions de lecteurs de toutes nationalités car il est le 18e auteur le plus traduit de la planète, avec 87 traductions dans quinze pays, suscité des centaines d'analyses, de thèses et de mémoires en toutes langues, sans compter les films, plus de soixante, ou téléfilms tirés de son œuvre, Maigret étant joué par Jean Gabin, Jean Richard ou Bruno Cremer. Mais ce qui me frappe le plus, c'est qu'il ait toujours gardé, comme s'il n'était jamais parti, n'avait rien écrit ni vécu, était resté toute sa vie sans bouger sur les rives de la Meuse, dans la Cité Ardente, son extraordinaire accent liégeois.

⇒ *Voir aussi* **Vœu**.

SITES

La Belgique aussi possède ses SITES et paysages emblématiques que j'ai visités dans ma jeunesse. Ou, à l'inverse, que je n'ai jamais vus mais dont j'ai entendu parler, si bien qu'au fil du temps les deux se fondent et forment un décor immuable auquel je songe parfois en me demandant s'il est toujours là et à quoi il peut bien ressembler. Les lieux non visités se superposent ainsi à ceux que j'ai contemplés et façonnent un territoire mythique, si éloigné que je me suis pris par jeu à en dresser la liste, séparant les panoramas et points de vue où je me suis vraiment rendu, distincts de ceux que je n'ai point vus et que je n'admirerai sans doute jamais. Ainsi n'ai-je jamais vu le plan incliné de Ronquières, le barrage de la Gileppe, les serres royales de Laeken, le stade Roi-Baudouin, l'intérieur de l'hippodrome de Boitsfort, des abattoirs d'Anderlecht, de l'ancienne école vétérinaire de Cureghem, de la prison de Forest et de la maison de Rubens, son château à Elewijn où il s'éteint en 1640, la forteresse de Bouillon, les floralies gantoises, le carnaval de Binche, les casernes malinoises, la plaine d'aviation de Beauvechain, la fabrique nationale d'armes de Herstal (FN), le centre nucléaire de Mol et la centrale nucléaire de Tihange, le plus vaste ascenseur à bateaux du monde à Strépy-Thieu, le circuit motocycliste de Mettet, la piste artificielle de ski à Anderlecht et la maison d'Érasme, le quartier diamantaire à Anvers, la montagne de Bueren à Liège (373 marches), le signal de Botrange (694 m), point culminant du territoire, le mur de Grammont, l'ossuaire de Douaumont, le fort de Breendonck, les journées de la chasse à Saint-Hubert, le géant de Hasselt, le cheval Bayard avec les quatre fils Aymon à Termonde, la procession du Saint-Sang à Bruges, le cortège des pénitents de Furnes, pas plus que je n'ai été au festival de jazz de Comblain-la-Tour qui n'existe plus, au festival de la bande dessinée à Durbuy, au festival du rire de Rochefort et, plus grave, au « Comme chez soi », place Rouppe.

SKUTTENEER

Le mot SKUTTENEER serait une bonne transcription du nom de Scutenaire, que Magritte appelait aussi à l'occasion Schutenaire ou Scutirine, puisqu'il veut dire en flamand « tirailleur ».

SLACHE OU SLACH

Les SLACHES, à l'énoncé aussi relâché que le mot lui-même, vont par paire. Elles désignent de « vieilles slaches », godasses ou *chlapes* si moches qu'aucun adjectif ne peut plus les nommer.

SLAPTITUDE

Contraire de la rectitude, la SLAPTITUDE exprime idéalement par sa sonorité, et surtout la première syllabe *slap* qui s'écrase ou s'aplatit comme une crêpe, la sensation de molle langueur, de faiblesse, d'abattement, qu'on éprouve tous à certains moments.

SLIP

Anarchiste agressif, libertaire entarteur, utopiste putschiste, scénariste virulent, bédéiste érotomane, qui fourra Hergé dans de beaux draps en dévoilant la vie sexuelle de Tintin, antiroyaliste culotté, qui projette de foncer en tank ou en mobil-home sur le Palais royal pour le rendre au peuple, Jan Bucquoy, auteur des films *La Vie sexuelle des Belges* et *La Vie politique des Belges*, sur la campagne électorale de 1999, a ouvert à Bruxelles le musée de la Femme et celui du SLIP.

SMEERLAP OU SMEIRLAP

J'en connais plus d'un qui se prend pour un poète et qui mérite qu'on le traite de SMEERLAP qui signifie « torchon à graisser ».

SNUL

Je ne sais pas tenir ma langue, tracer un rond, brancher la stéréo, changer une lampe, réparer un pneu, allumer la chaudière, piloter un avion, faire du ski, gagner de l'argent, gérer le pouvoir, lire de la poésie, couper les cheveux, repasser un pantalon, plier une chemise, remuer les oreilles, garder mes amis, diriger un orchestre, chanter *La Brabançonne*, faire la roue, écrire en flamand, virer de bord, planter un clou, miser en Bourse, cultiver mon jardin, planter des choux, m'endormir sur-le-champ, coudre un bouton, peindre, sculpter ou dessiner, jouer de la musique, faire du saut à l'élastique, du ski nautique, ne rien foutre, lire une partition, courir le marathon, allumer la friteuse, programmer le magnétoscope, passer l'éponge, manger sans taches, diriger un musée, laver les chaussettes, cirer les pompes, faire des pompes, être somnanbule, sauter en parachute, regarder le *Bigdill*, me raser au rasoir, conter mes rêves, bâtir une maison, réparer la tondeuse, danser le tango, courir comme un Basque, planter un arbre, voir dans le noir, jouer de la flûte, nouer un nœud papillon, faire la sieste, prendre le large, couler à pic, tuer quelqu'un, tailler une plume, manger du cheval, dire la messe, me convertir à l'islam, devenir pape, perdre la vue, porter une moumoute, ne pas me ronger les ongles, cueillir des champignons, dépoter des bégonias, empailler un chat, détester mes enfants. Bref, je suis SNUL !

SOBRIQUETS

Les Belges aiment leur souverain qui n'est pas leur cousin, si bien que, dans l'intimité, ils l'affublent de royaux SOBRIQUETS : Zinzin first (Léopold Ier), Popold II (Léopold II), Ouin Ouin One (Baudouin Ier), Bébert Bis (Albert II), Flüpke Eerst (Philippe Ier).

SŒUR SOURIRE

Qui ne se souvient du refrain de la célèbre comptine « Dominique-nique-nique… » ? Mais le *la* de la chanson est moins bigot et beaucoup moins catholique que la béguine ritournelle. Après son succès divin en 1964, entre autres aux États-Unis, la dévote dominicaine, qui fut élève de Paul Delvaux à La Cambre, subit les affres de la gloire, la bénédiction (très) intéressée de sa congrégation du couvent de Fichermont qui empocha sans se faire prier les dividendes planétaires, et les assauts sans contrition du fisc qui fit main basse sur ses droits d'auteur. Ayant renoncé à ses bonnes œuvres, SŒUR SOURIRE, redevenue Jeanine Deckers, ayant renoncé à ses vœux d'obéissance, de pauvreté et de chasteté, très éprise de la bien-nommée Annie… Pécher, se suicida à 52 ans, avec sa consœur, dans sa retraite de Wavre, le 27 mars 1985, après avoir avalé une bouteille de cognac et une surdose de barbituriques.

SOMMEIL

Question : Pourquoi les Belges rêvent-ils ?
Réponse : Pour ne pas s'ennuyer quand ils dorment.

SOS

Aujourd'hui, en Belgique, même Amnesty International et SOS Faim sont linguistiquement séparés.

SOSIE

La Belgique est un si petit pays que tout se vaut et se ressemble tant que chacun se demande s'il n'a pas un SOSIE. Ainsi, Georges Lambrichs avait-il un frère jumeau résidant à Bruxelles, avec qui on le confondait, et que connaissait Marcel Lecomte qui fut son ami et qui fréquentait les jumeaux Marcel et Gabriel Piqueray, proches de Scutenaire qui avait deux prénoms, Louis pour l'écrivain, Jean pour le fonctionnaire au ministère de l'Intérieur, ce que savait le peintre Marcel Mariën qui était proche du pharmacien et collagiste Georges Mariën, que collectionnait Scutenaire, ami de René Magritte, auquel on présenta une jeune femme nommée Aline Magritte, cousine lointaine, qui s'adonnait à la peinture le dimanche, tout comme le peintre Paul Delvaux fut filmé par son homonyme sans parenté, le cinéaste André Delvaux, à l'instar de Christian Dotremont soigné par un dentiste qui s'appelait Christian Dotremont, comme le champion cycliste Rik Van Looy rencontra le cinéaste flamand Éric Van Looy, réalisateur du film *Ad Functum* (1993). Rien de tout cela ne m'étonne puisque j'ai moi-même depuis peu une consœur écrivaine nommée Catherine Roegiers, sans parler du sculpteur et plasticien flamand Peter Rogiers.

SPA

Georges François Mareschal, marquis de Bièvre, était un vrai gentilhomme. Écrivain féru de calembours, ayant émigré à SPA, pour fuir la Révolution, où tant de ses confrères perdirent la tête, il rendit l'âme en 1789, à 42 ans, dans la charmante ville d'eau, non sans un ultime bon mot : « Je m'en vais de ce pas. »

Spépieux

Spépieux veut dire maniaque, méticuleux, précautionneux. C'est un mot que je n'ai jamais utilisé et dont je n'avais jamais entendu parler. C'est la raison pour laquelle il prend place ici.

Spitant

Spitant fait inévitablement penser à « pschuit!... ». Il désigne une personne joyeuse, fringante, sémillante, pétulante, pimpante et donc très rafraîchissante par son tempérament aussi pétillant que peut l'être une boisson gazeuse par temps de canicule. *Spiter* veut d'ailleurs dire éclabousser, gicler, jaillir telle une bière qui mousse et déborde après avoir été vivement secouée.

Spitzner, musée

Par quel sortilège avais-je donc réussi à me glisser au musée d'Ixelles alors que je n'y connaissais personne et que s'y préparait l'exposition consacrée au MUSÉE SPITZNER qui s'était évanoui dans la nature et que Margo Bruynoghe dégota à l'abandon, mais au complet, remisé dans un hangar de matériel forain ? Toujours est-il que je me suis trouvé comme par miracle au beau milieu de ces débris extraordinaires, récupérés dans un état déplorable et restaurés, nettoyés, poncés, lavés, remis à neuf par des mains adroites gantées de caoutchouc, armées de limes, de brosses et de fraises de dentiste, qui insufflaient une seconde vie à ces pièces anatomiques stupéfiantes, d'autant plus merveilleuses et horrifiantes qu'étant vouées à être exhibées isolément, elles étaient détachées de leur ensemble, loties en portions, classées par pans, dans une vaste pièce qui me faisait penser à une salle d'hôpital où étaient opérés les restes dépecés des martyrs de la guerre, des victimes d'une catastrophe ou les membres déchiquetés de corps mués en cire, sur lesquels s'exerçaient des chirurgiens débutants, des anatomistes sans expérience, qui n'avaient pas froid aux yeux et s'escrimaient à réparer la beauté ternie des maladies, horreurs et monstruosités de la nature censées éduquer le public béat qui les guignait pour deux francs belges dans la pénombre inquiétante d'une vieille baraque branlante en retenant son souffle.

Rangés en ordre de bataille comme autant de pièces rares prêtes à sauter aux prunelles décillées des badauds en goguette, ameutés par le couple des siamois peints en devanture sur un panneau de 35 mètres de long exécuté par le père de Léon et Gustave De Smet, ainsi que par la figure géniale de l'illustre Vésale, s'étalaient des fragments de corps isolés, alignés, classés, triés par ordre des pathologies ou anomalies de la face, des malformations des mains, des pieds, du ventre, du sexe, des organes génitaux de la femme ou du cancer de la langue qui m'inspirerait plus tard, et qui constituaient autrefois un cabinet des horreurs et conviaient la foule apeurée, aguichée par un bonimenteur roué au ton faussement magistral, à venir apprécier les bienfaits de la santé et les ravages de la vie déréglée, à assouvir sa curiosité par la reconstitution morbide de ces visions de l'enfer.

Déambulant parmi les assistants du musée qui restauraient avec une minutie savante, briquaient ou savonnaient avec une délicatesse attendrie les plaies, les chancres mous et durs, les pustules, les dartres, les plaques suppurantes, les escarres, les excroissances buboniques, les squames et eczémas, croûtes, lupus, pustules verdâtres et autres horribles infections de la chair mise à nu dont ils s'évertuaient à traiter les nuances de gris, le vermeil, le carmin, le lie-de-vin, le rose tendre ou sanglant de la carne souffrante qu'imite à ravir l'immarcescible beauté de la cire, caressant de la pulpe du doigt la pellicule ductile, translucide et colorée, si gracieuse et douce au toucher qu'on croirait qu'elle va fondre, j'embrassais d'un regard ému, mais dilaté, l'émail des dents éclatantes, les prunelles brillantes, les lèvres érubescentes et les joues cramoisies, les cils lustrés, les nez, sinon mouchés, du moins essuyés au pinceau à poils de martre, avec un doigté preste de modéliste.

Les mains profanatrices des récureurs et curateurs muséaux brossaient, époussetaient ou polissaient avec un tact d'anatomiste, d'une infinie virtuosité, des muscles amollis et des tendons sanguinolents, des pans grenat de viscères, de poumons noirs, pancréas, rates, colons, intestins écarlates, remis à neuf et luisants d'un beau pourpre vif. Et je contemplais avec un émerveillement égal, quasi fiévreux, les pénis nécrosés, vulves excisées, bassins sectionnés, crânes éclatés, faces fendues, cerveau carié, anus contre nature, d'où saillait même un bras dans cette pièce sidérante d'un bas-ventre monstrueux à double pénis. Et je plongeais au sein des ovaires ou de l'utérus gâtés, de lésions, ulcérations, causées par la syphilis, la rage, la peste ou le choléra, de mutilations et perforations en tous genres que traduisait en des tons grenadines la chair confite. Les viscères câlinement lustrés par des gestes précieux d'embryologiste m'emmenaient en douce vers des pièces plus consistantes, des morceaux de choix, proclamés avec fracas comme étant le clou de cet antre théâtral d'une beauté plastique hors norme. Je dévisageais ainsi comme s'ils étaient là pour moi seul et m'espéraient de toute éternité le moustachu trépané, l'écorchée sereine, l'enfant crapaud, les fœtus en bocaux, le faciès décapité de l'anarchiste Caserio dont le moulage fut fait sitôt après la chute de sa tête dans le panier, délicatement peigné, car les cheveux étaient de vrais cheveux.

Et de même je voyais devant moi John Chiffort, 20 ans, possédant trois jambes et deux pénis, tous deux aptes à la fécondation, les révérés frères Tocci, Batisto et Giovanni, au sourire éternisé, reliés par le buste, ayant quatre bras, deux jambes et un tronc commun, qui épousèrent des sœurs et s'éteignirent à 63 ans, ayant tiré fortune de leur infortune. Et tout comme m'épataient les célèbres pygopages, Miss Millie et Miss Christie, unies à hauteur de la hanche, effleurée d'une dextre délicate par une assistante qui leur ressemblait étrangement, j'avisais la délivrance à la cuiller et au crochet d'une accouchée en robe de nuit laiteuse à fronces, garnie de dentelles, par quatre mains aux doigts fins, mais sans bras, parées de manchettes immaculées, qui plongeaient dans la béance de l'abdomen pour extirper le nouveau-né.

Enfin, je gardais pour couronnement de ma déambulation récréative, émerveillé, délecté, enchanté par ce royaume de l'insoupçonnable, cabinet d'effroi, la mise en pièces avec des gestes d'obstétricien de la célébrissime Vénus au repos, à la chevelure vraie, au pubis pileux, assoupie telle Blanche-neige ou la Belle au bois dormant dans sa robe de satin crème, qui semble respirer et bouleversa Paul Delvaux, dont on réparait l'ingénieux mécanisme qui bat au sein de la poitrine et dont un assistant dépouillait avec cérémonie, couche par couche, un par un, ses « 46 organes » jusqu'à ce qu'il ne reste qu'un cadavre éventré, aux nerfs, muscles, tendons, os et boyaux desséchés.

SPORTIFS

La grandeur d'un pays se mesure autant à la valeur de ses SPORTIFS qu'à leur renom, c'est-à-dire à l'image qui reste en mémoire et génère des mythes qui concourent à cimenter la nation. J'ai toujours été fasciné, et à vrai dire un poil amusé, de voir comment la France réussissait à faire incarner par un individu, identifiable entre tous, les éléments forts de l'univers : montagnes, vallons, fonds marins, mers.

La Belgique, pour sa part, déborde de champions inconnus, dans des épreuves peu courues telles que la balle au tamis, ou jeu de balle au gant, balle-pelote, billard, waterpolo, diabolo, tir à l'arc, au pistolet, à la carabine, et même au flanc, *vogelpik*, *pitchsesbak* ou *pitjesbak*, roulage du fisc (sport national), toupie, bille, course au sac, concours de brouette, jeu de la cuvette, colin-maillard, dominos, charade, cochon pendu, saute-mouton, échasses, lâcher de pigeon et, bien sûr, mât de cocagne.

SQUELETTE

Le SQUELETTE est un thème récurrent de l'art belge qu'on trouve chez Ensor, Delvaux, Delvoye, Rops ou Wiertz. Il ne s'agit pas que d'un motif nécrophilique ou d'une allégorie de la mort et il ne faut pas plus y voir l'aspect satanique d'une figuration macabre. Le squelette qui figure la chair dépouillée jusqu'à l'os est l'expression la plus complète, la plus aboutie, du « moins », du « sans », par quoi s'épure le trop-plein d'une nature spontanément portée à l'excès. Ainsi le squelette est-il le corps sans chair, le fantôme sans suaire, l'âme sans double, le visage sans masque, le sourire sans fard, la rose sans parfum, la fête sans folklore, l'enfer sans flammes, le purgatoire sans attente. Ainsi que la lumière sans ombre, la nuit sans jour, le verre sans éclat, l'aimant sans limaille, le baiser sans saveur, le football sans ballon, la bière sans col, le cygne sans cou, le sphinx sans énigme, Binche sans carnaval, Waterloo sans lion, Bruxelles sans saccage, Fabiola sans Baudouin, Brel sans postillons, Annie Cordy sans couettes, Magritte sans melon, Hergé sans Tintin, Tintin sans Milou, Haddock sans barbe, Dupond sans Dupont, Maigret sans Simenon, Bossemans sans Coppenolle, l'Atomium sans boules, le Val-Saint-Lambert sans cristal, l'acier sans coulée, le café sans *speculoos*, le vélo sans pédales, la *croquette* sans crevettes, le Belge sans accent, le grelot sans boucan, le parfum sans odeur, l'auteur sans lecteurs, la religion sans foi, la mer sans vagues, l'eau sans reflets, la surface sans fond, l'éternité sans fin.

STAAIF

Le Belge par nature n'est pas un *dikke nek* (il n'a pas la grosse tête). Adoptant un profil bas, il ne croit pas en lui en tant que citoyen et n'a aucune fierté nationale pour son pays. Le Français, par contre, est arrogant, chauvin, hâbleur. Il se sent supérieur et se croit tout permis. Il est très fier de son beau pays et pense que la France est le nombril du monde. Mais le Hollandais est STAAIF, altier, parce qu'il est réellement supérieur à cause de son sens de l'économie, de la conquête et de la richesse de ses anciennes colonies. Mais aussi parce qu'il a conquis pied à pied son pays creux sur la mer. Le Hollandais est staaif parce qu'il est sûr de sa langue, le néerlandais, dont le flamand dérive. Blond, sec et rigoriste, le Hollandais est fier de ses polders, de ses moulins, de ses digues, de ses canaux, de ses pistes cyclables, de ses champs de tulipes qui courent à perte de vue. Froid, distant, suffisant, le Hollandais se hausse du col à cause du Bols, des *hopjes*, de l'*advocaat*, des *maatjes*, des cigares et du fromage appelé de Hollande. Et il ignore qu'il est traité de *kaaskop* ou *keeskop*, « tête de fromage », voire de *hoofdkaas*, « fromage de tête », en Flandre où l'on envie ses luxuriants marchés. Calviniste, réformiste et permissif, le Hollandais est fier du cannabis qu'il a autorisé, de l'avortement qu'il a dépénalisé, de l'euthanasie qu'il a légalisée, de l'extrême droite qu'il a normalisée. Le Batave, autre nom du Hollandais, est staaif parce qu'il a des peintres géniaux, tels Rembrandt, Vermeer de Delft, Pieter De Hooch ou Saenredam, ainsi que Van Gogh, M. C. Escher, Mondrian, Bram Van Velde, ainsi que Jan Dibbets, Teun Hocks et mon ami Pat Andréa.

STERNBERG, JACQUES

– Et que faisiez-vous dans la vie ?
– Je faisais mon temps.

Jacques STERNBERG, *Un jour ouvrable* (1961).

Je connais JACQUES STERNBERG depuis trente ans exactement. Je l'ai rencontré pour la première fois à Bruxelles en 1972 après que nous avons échangé quelques lettres que j'ai conservées. Il est le premier écrivain que j'aie approché, celui dont j'ai lu depuis tous les livres même si je ne les aime pas tous, celui dont je connais le mieux le parcours et celui qui m'a instillé la rage d'écrire, l'ardeur à vouloir être un écrivain à plein temps qui ne fait rien d'autre qu'écrire. Jacques Sternberg m'a donné le goût des mots, le sens des affinités électives entre des vocables qui ne sont pas toujours faits pour s'entendre. Il m'a aussi communiqué sa passion de l'insolite, de l'insolence, de l'humour graphique incarné par Roland Topor qu'il a découvert quand il était inconnu et dont il a publié les premiers dessins tout comme Éric Losfeld, son compatriote, osa le publier en 1953 alors qu'il était refusé par tous les éditeurs depuis 1945, Dieu que c'est long, neuf ans !

Fils d'un diamantaire, Jacques Sternberg est né à Anvers en 1923 et il est « monté » de Bruxelles à Paris en 1951 (« Nous perdons un mauvais écrivain, mais un grand emballeur »). Il y occupe depuis le même appartement, villa Chanez, où je n'ai été qu'une fois tout comme lui n'est jamais venu chez moi, à Saint-Maur, sous prétexte que c'est trop loin. C'est qu'il y a beaucoup de choses que Jacques Sternberg ne fait pas. Il ne parle aucune langue étrangère, ne conduit pas, ne prend pas l'avion et n'a jamais été à New York, mais il rigole encore et râle toujours autant. Quand il était jeune, il dit qu'il skiait et jouait au tennis – ce qui s'imagine malaisément – mais maintenant il est vieux. Âgé de bientôt 80 ans, il est moins Panique, mouvement sans fondement qu'il fonda avec Arrabal, Cieslewicz, Jodorowsky, Olivier O. Olivier, Topor, Zeimert, que vraiment paniqué par la mort, ce qui rejoint sa conception de la littérature puisqu'il pense que « l'épitaphe est logiquement le seul écrit qui ait quelque chance de durer ».

Peu contestataire, mais volontiers « détestataire », et détestant se taire, Sternberg observe de même qu'il y a le mot « rature » dans « littérature » et qu'il y a « cri » et « rire » dans « écrire ». Cela fait des lustres qu'il clame qu'il n'a plus rien à dire et qu'il n'écrira plus, mais je me souviens de l'avoir tiré par la main comme un enfant, fendant la foule pour le mener à l'air libre, un soir d'inauguration du Salon du livre au Grand Palais, littéralement malade qu'il était de voir des centaines de milliers de livres alors qu'il allait en sortir un – de plus ! – dans les jours à venir. J'en ai lu cinquante, des siens, et dans chacun j'ai dégusté sa saveur verbeuse d'amoureux du langage et de la langue, de névrosé de la phrase, pétri de tics verbaux, emporté par la verbomanie et le flot impétueux de sa prose : il ne sait pas couper. Pamphlétaire, chroniqueur, directeur de collections, anthologiste de l'inutile, encyclopédiste du rien, vocabuliste hors ligne, érudit circonscrit, insurgé perpétuel, autoplagiaire à répétition (« Imitation : limitation de la créativité »), fantastiqueur dépité, cancre intergalactique, Jacques Sternberg a déployé avec une rare énergie, une vitalité sans faille, une splendide activité d'homme de lettres et d'images que relayaient dans les années soixante-dix des éditeurs aussi divers que Tchou, Le Terrain vague ou Christian Bourgois, après qu'il eut été refusé chez Gallimard et eut vu un de ses titres, *L'Employé*, publié en 1958 par Jérôme Lindon aux Éditions de Minuit.

Incontrôlable et peu féru de concessions (« À force de faire des concessions, on finit par en avoir une à perpétuité »), Jacques Sternberg traîne avec lui une cohorte de lecteurs et de lectrices fidèles, mais aussi une horde d'ennemis qui ne lui passent pas ses déclarations à l'emporte-pièce, ses coups de cœur hors des sentiers battus, son franc parler quand il tenait la rubrique modestement intitulée « Le moi littéraire » qui ouvrit durant dix ans *Le Magazine littéraire*. Il faut le reconnaître, et lui-même l'admet, Jacques Sternberg a quelquefois un peu trop vite écrit. Et notre amitié malgré les cahots a presque survécu au temps, même s'il m'énerve par sa vanité, au double sens du terme – il n'y a que « moi » qui compte et rien ne sert à rien –, ses radotages aigris de vieil égoïste ringard (« En fin de compte, il n'y a plus que prendre de l'âge qui soit encore de mon âge »), et ses vantardises d'enfant unique qu'émaillent ses fous rires et sa désarmante sincérité qui lui redonnent ses 20 ans, ce qui me convie à scinder en deux pans ce que j'ai en commun avec lui et ce qui m'en sépare.

Je ne partage pas avec Jacques Sternberg sa façon de s'habiller, son amour-haine de la France, son ignorance de la linguistique et de la psychanalyse, sa fascination de l'échec, son culte du vélomoteur et son inculture envers la photographie, l'art contemporain et le théâtre, son inappétence au sport, en particulier le football, le cyclisme et la formule 1, son allergie pour la chanson, son égotisme viscéral, son antimodernisme, sa frousse du futur, son manque de rigueur, d'intellectualisme, son antiparisianisme primaire, ses arguties sans fondement, son déni de la famille, son peu d'attirance pour les vacances, la cuisine, les voyages, son obsession de parler de lui, de lui seul, rien que de lui, sans arrêt, son amour des pantoufles, sa couardise, son refus de la théorie, son simplisme endémique, sa bêtise, son amertume (riante), son angoisse existentielle devant la mort (« Ceux qui ont voulu changer le monde sont morts et ceux pour qui rien n'a changé sont morts également »), son indifférence au progrès – les imaginatifs sont conservateurs –, son intérêt pour la science-fiction, le fantastique, sa stupidité sans nom à la télé, sa manie de s'autociter à satiété.

Jacques Sternberg est peu réfléchi, moyennement cultivé, et je lui ai souvent reproché, y compris par écrit, son absence d'intelligence et de générosité. MAIS je partage avec lui sans réserve l'amour des images et la passion des mots (« Incomber : il incombe au con du succube de succomber aux ondes de l'incube »), le penchant pour les marges, l'amour de la liberté, la fidélité à soi-même, l'engouement pour le dessin d'humour qu'il m'a inculqué, la détestation de la BD, l'athéisme, la lucidité, la sincérité, la non-putasserie, la passion du kitsch, des inventions délirantes, le goût des dictionnaires, la folie de l'écriture, le refus du compromis, le sens de l'amitié – denrée fort rare –, la force de ruer dans les cordes, le besoin (inné) de la rupture, la schizophrénie (auteur délirant/bourgeois rangé), l'amour de la vie, la phobie de la violence. Et j'aime aussi sa raillerie, son art de la formule (« Le berceau n'est jamais qu'un petit cercueil »), son scepticisme, son goût de la provocation, de la révolte, sa virulence salutaire, son anti-carriérisme et son professionnalisme, son enthousiasme, son amour de la mer, sa verve désespérée, son déni d'envie, sa haine du bricolage, sa naïveté, son enragement de la solitude, sa croyance dans les autres et, parfois, sa gentillesse.

Bien qu'il ait quitté son pays d'origine depuis un demi-siècle, Jacques Sternberg est peu français. Je ne l'imagine pas jouer à la pétanque, au tiercé, au rugby ; aller à la pêche et siffler du beaujolais ; s'embouteiller le 15 août sur l'autoroute du Sud et frire en maillot de bain face à la Méditerranée ; faire la roue en Provence, frimer dans le Lubéron, siroter du rosé et se gaver d'anchois ; ni même aller à Lourdes ou au Mont-Saint-Michel alors qu'il connaît le bassin d'Arcachon comme sa poche et résida naguère une partie de l'année à Trouville. Lui qui vit depuis cinquante ans dans le même appartement bourgeois du XVIe arrondissement, s'est depuis longtemps, et sans doute délibérément, mis le « Tout-Paris » à dos et il a même consacré au mépris, qui est certainement le défaut le plus abominable avec la trahison, un dictionnaire entier ainsi qu'une défunte revue de trois numéros à laquelle à l'époque j'ai vaguement collaboré. Sapé tel un as de pique, un loup de mer en rade, un anti-héros de Beckett, il ne prise pas plus les drapeaux que les étiquettes et, pas plus que ne lui plaisait la France de De Gaulle, de Peyrefitte, de Lacan, de Jacques Chazot ou de Léon Zitrone, ne le captive celle de Le Pen, des 35 heures, de Thierry Roland, de Sarkozy, de Houellebecq et de *Star Academy*. Mais il aime plus que n'importe qui la langue française au regard de laquelle le « belge » lui paraît une « langue rocailleuse, indéfinissable ».

Jacques Sternberg n'a pas dû écrire plus d'une fois le mot Belgique dans tout son œuvre, mais il lui arrive à l'occasion de prendre la défense timide de ses compatriotes car il a gardé comme moi sa nationalité : « On se moque des Belges et des Suisses qui disent *nonante* pour quatre-vingt-dix, mais pourquoi ne se moque-t-on pas des Français qui disent soixante et pas cinquante-dix ? » Sternberg n'a jamais écrit à ma connaissance un mot sur la littérature belge mais il révère Scutenaire et Michaux, affectionne Delvaux, Magritte, Spilliaert, Khnopff, Wiertz, le musée Spitzner, Rops, Degouve de Nuncques, Marcel Moreau, Jean Ray, Ghelderode et Simenon dont il vante « l'univers gris, paumé, atonal », allant jusqu'à dire : « J'étais moi-même un personnage de Simenon dans le courant des années cinquante. » Malgré l'écart des générations, sa culture générale est donc à peu près la mienne et, dans *Vivre en survivant*, il cite parmi ce qui l'a vraiment frappé, surtout dans son enfance : « La gare centrale d'Anvers. Les ruelles et les quais du port d'Anvers. Les intérieurs flamands, en bois sombre et cuivre. Nieuport et Zeebrugge, hauts lieux du lugubre sur la côte belge. Quelques rues entièrement *modern style* de Bruxelles et d'Anvers. Certaines phrases chantées par Jacques Brel. Et aussi : "Ces gens-là", "Jackie" et quelques autres chansons de Jacques Brel. Les plages du nord à marée basse, en dehors de la saison balnéaire. Les villages des Flandres entre ciel et eau. Les vieilles places flamandes, rejetées dans un autre temps avec leurs maisons à pignon. Les tableaux de Wiertz dans l'atelier du musée Wiertz à Bruxelles. Les bois gravés de Frans Masereel. Un certain nombre de tableaux assez fous des symbolistes belges en particulier. »

Sternberg confie aussi avoir passé invariablement ses vacances à La Panne quand il était enfant et, à l'instigation d'Alain Resnais, Bruxelles sert de décor au film *Je t'aime, je t'aime* (1968) dont il a écrit le scénario et dont la projection à Cannes fut annulée à cause des événements. Peu tendre pour Bruxelles dont il tance la « lourde médiocrité », « qui m'a toujours fait penser à un seul énorme magasin bourré de crème fraîche, de bidoche, de charcuterie et de ferblanterie », il prend soin de préciser qu'elle est en fait n'importe quelle ville. Jacques Sternberg, en bon ironiste, parle de son pays par ricochet :

« L'union fait la fosse », observe-t-il.

Et, dans le *Dictionnaire des idées revues*, il définit ainsi le mot « Fosse » :

« Seul véritable trou de mémoire. »

On ne peut mieux dire.

Le mot « Belge » ne figure pas dans l'ouvrage susdit mais, comme définition du mot « patriote », on peut lire :

« Qui accepte de s'ôter de la terre au nom de la patrie. »

Voir Jacques Sternberg, *Vivre en survivant*, Paris, Tchou, 1977 ; *Mémoire provisoire, ou Comment rater tout ce que l'on réussit*, Paris, Retz, 1977 ; *Dictionnaire des idées revues*, illustré par Topor, Paris, Denoël, 1985. Les citations sont aussi tirées du *Dictionnaire du mépris*, Paris, Calmann-Lévy, 1973.

STINK

Quand le Bruxellois, en se pinçant le nez, dit, avec un air dégoûté, « Ça STINK ! », il veut dire : « Ça pue ! »

STOEFFER OU STOUFFER

Un STOUFFER est un *dikkenek* ou *dikkenekke*, « gros nez », qui fait de son nez, de son *blair*, ou qui *fait de son Jan*, et s'avère incapable d'être ce qu'il dit. Il en est de même pour l'expression *faire de son stoef, stoefer* ou STOEFFER, qui veut dire se vanter.

STOEMELING, STOEMELINGS, STOEMELINKS

La langue est une question de sens autant que de sonorité. Plutôt qu'en douce, en cachette, en catimini, en secret, en contrebande, en sous main, en tapinois, à la dérobée, à mussepot, sous cape, clandestinement, voire dans le dos, le Belge dit en STOEMELING, qui se dit également *stoemelinck, stoemelink, stoemelinckx, stoemelinkx* et, plus chic, *stommelings*.

STOEMP OU STOUMP

Plus que le plat, une potée de patates avec des légumes en purée flanqués d'une saucisse, j'aime du mot STOEMP sa résonance, son écho mat, sa tonalité tambourinante, qu'on retrouve dans *stoemper* qui veut dire « écraser » la patate avec des carottes, choux, poireaux, pour faire du stoemp.

STROTJE

Le diminutif *je* acquiert une vertu affective dans l'énoncé de ce mot qui serait vilain sans et qui signifie une petite rue. Enjolivée du *je*, la STROTJE devient un endroit charmant, personnalisé, « ma petite rue à moi », où il fait bon se promener.

STUËT, STUT OU STUUT

Encore un mot qui ne veut rien dire mais qui sert en toutes occasions. Sorte d'équivalent de truc, machin, chose, *brol* ou bazar, le STUËT désigne les affaires des autres auxquelles on ne s'intéresse pas et qu'on comprend encore moins.

– Ça va ton stuët ?
Ou, de manière plus générale :
– Et ton STUT ?
– Bah... Ça dépend du CGRI, *via* la CCSP et la CGSLB, qui dépend de la CGSP, liée à la FEB et à la FGTB, mais aussi à la SLFB, puis à la SNCB, comme dit le staff de la RTBF.
– Quel STUUT !

SUICIDE

Est-ce parce que le Français ne tient pas dans sa peau et que le Belge est un dur à cuire qu'on se SUICIDE plus en France qu'en Belgique où je n'ai pu relever pour suicidés célèbres que la mère de René Magritte, Régina Bertinchamps, retrouvée noyée dans la Sambre, avec sa chemise de nuit couvrant son visage tel un linceul, l'écrivain André Baillon*, sœur Sourire, le comédien Rony Coutteure, l'ancien ministre socialiste Alain Van der Biest, lié à l'assassinat en 1991 d'André Cools, ancien Premier ministre socialiste, et Michel R., 38 ans, père de cinq enfants, qui pilota le dernier vol de la Sabena, déclarée en faillite ?

* *Voir* **Tragique**.

SURRÉALISTE

Comme on dit une force herculéenne, un repas pantagruélique, un conflit cornélien, un vers racinien, un poème goethéen, un roman balzacien, un climat tchékhovien, une situation kafkaïenne, un rire rabelaisien, un chant grégorien, une peinture breugelienne, une phrase proustienne, un rêve freudien, un complexe œdipien, un dogme marxiste, une pluie diluvienne, un opéra wagnérien, un spleen baudelairien, un drame shakespearien, un combat homérique, une querelle byzantine, un projet pharaonique, un plan machiavélique, un œil luciférien, un récit picaresque, un hiver dantesque, un naufrage titanesque, un comique chaplinesque, un mouvement brownien, un plaisir épicurien, un casse-tête chinois, un conte oriental, un taureau irlandais, un coup-de-poing américain, un suspens hitchcockien, un accent célinien, un film fellinien, une production hollywoodienne, une pyramide égyptienne, un lustre vénitien, un chapeau tyrolien, une samba brésilienne, un régime draconien, un dîner parisien, un froid sibérien, un effet aphrodisiaque, une fête bavaroise, un cirque barnumesque, une douche écossaise, un berger danois, une pensée cartésienne, un béret basque,

SURRÉALISTE

une tête de Turc, une orgie romaine, la roche Tarpéienne, les montagnes russes, la flûte allemande, l'auberge espagnole, le trou normand, le cerisier du Japon, la petite Tonkinoise, le cigare de la Havane, l'étoile polaire, mais aussi la parole de Gascon, la cuisse de Jupiter, le baiser de Judas, la boîte de Pandore, les travaux d'Hercule, la vérité de La Palice, le mythe de Sisyphe, les moutons de Panurge, les pensées de Pascal, le désert des Tartares, l'épée de Damoclès, le serment d'Hippocrate, le tonneau des Danaïdes, le talon d'Achille, la trompe d'Eustache, la reine Pédauque, le renvoi à Quasimodo, la vieillesse de Mathusalem, les mains de Ponce Pilate, la fierté d'Artaban, le passage du Rubicon, les carabiniers d'Offenbach, le coup de Trafalgar, l'empire du Soleil-Levant, un échappé de Charenton, jouer les Cassandre, filer à l'anglaise, parler le javanais, le français comme une vache espagnole, ou boire en Suisse, on peut dire que la Belgique est un pays SURRÉALISTE.

T

TARTAPULTE

Condamné à 800 euros d'amende pour « attentat pâtissier » par le tribunal correctionnel de Paris auprès duquel Jean-Pierre Chevènement avait porté plainte pour « atteinte à la République » et « attaque contre la démocratie », Noël Godin, 57 ans, a décidé face à cette réaction de politicien mal léché, barbouillé le 24 mars 2002 au Salon du livre par un gâteau à l'ananas nappé de chantilly, de perpétrer les prochaines interventions de l'Internationale pâtissière avec une TARTAPULTE.

TARTE AU RIZ

Farcie de macaron, saupoudrée de sucre en poudre, aussi dit impalpable ou sucre farine, tranchée en quartiers, ne rompant pas lors de la prise en main, appétissante et simple d'apprêt, s'avalant en larges bouchées, la dernière happant la croûte claire et peu cuite, à bord plat, la pâte crénelée étant dévolue au flan, la TARTE AU RIZ, pour être succulente, doit être faite avec de gros grains de riz au lait, de la vanille, du sucre, dorée à point, la fine peau du dessus étant tachetée comme celle du léopard, et revêtir un aspect compact où la bosse du grain clair émerge, fondu dans l'amas collant, calant, coulant et mou.

TATOUILLE

Proche de carabistouille, parfois écrit à tort *carabistouie*, la TATOUILLE, torgnole, dérouillée ou raclée, se dit en belge *rammeling*.

TERRITOIRE

> En te blessant, la folle Irlande te fit poète.
>
> W. H. AUDEN à propos de Yeats.

… cet été, en Irlande, embrassant du regard les landes verdoyantes et les vaches qui campaient sur la plage, je me disais, en voyant ces familles de quatre enfants et plus, que l'Irlande actuelle détenait ce privilège affligeant et radieux à la fois de m'offrir, à travers ces trognes effritées comparables à celles de nos campagnes, un visage identique à celui que la Belgique devait avoir avant la guerre. Du coup, je remontais aux sources d'une histoire différente et, découvrant trente ans plus tard les paysages d'une jeunesse antérieure à la mienne, tandis que je contemplais l'océan sous un ciel turbulent, mon pays m'apparaissait soudain comme s'il se trouvait être ailleurs et dans un autre temps. Dans une gargote de fortune, posée sur des planches qui plongeaient dans la mer, elle-même cernée de pelouses tendres, on vendait tout à la fois le whisky, les cigarettes, les filets de pêche, les bottes, les ballons et les confiseries qui faisaient mes délices lorsque j'étais enfant, comme si à force d'avoir voulu continuer de grandir, mon passé m'avait rattrapé et se retrouvait à ce point vivant devant moi qu'il me faisait douter de ma présence. Ainsi donc, l'Irlande, à cause de ce retard qui l'accusait injustement, me ramenait-elle encore au présent. Cette terre insulaire n'était pas la mienne et, cent ans plus tard, en parcourant ses régions désertées, laminées par le vent, décrépies par l'iode et par la pauvreté, inhabitables à force de rugosité, je comprenais pourquoi Joyce, qui y était pourtant né, l'avait quittée. L'Irlande, l'Autriche et la Belgique sont des pays dont tôt ou tard, un jour ou l'autre, il faut partir sous peine d'y périr englué, asphyxié, enkysté comme au-dedans de soi-même par la gangrène de l'exil intérieur. En étant en Belgique, j'ai compris comme si j'étais viennois la rancune et la haine que Thomas Bernhard nourrit pour Salzbourg et l'Autriche. Car si Dublin la branlante et Bruxelles l'inhumaine n'ont rien d'autre en commun que l'ennui, l'opulence puante de Vienne est en tous points comparable à celle qui sévit à Bruxelles. Dans ces contrées contraignantes, l'écriture constitue l'unique ressort pour s'extirper de l'engluement des visages ; elle seule permet de se dégager du purin nauséeux, et, biffant son terroir, astreint l'exilé à s'inventer mot à mot un nouveau TERRITOIRE.

> Extrait, comme d'autres textes du présent volume, de *Terminus Nord*, inédit, 1983.

TÊTE PRESSÉE

Il m'a toujours semblé très amusant que l'amas de viande compacte et gélatineuse qu'en Belgique on appelle TÊTE PRESSÉE se nomme « fromage de tête » au pays du beaufort et du livarot.

THALYS

Équivalent de l'Eurostar qui rapproche les Français, ou les Parisiens, des Anglais, ou des Londoniens, en mettant Londres et Paris à trois heures d'écart l'une de l'autre, ce qui semble abolir la distance séculaire qui sépare les deux pays, jadis isolés par la Manche, mais n'empêche pas les Français de se méfier des Anglais, et, par réciprocité, les Anglais des Français qu'ils ne peuvent pas sentir les Français, ceux-ci se méfiant depuis toujours des Allemands, naguère encore appelés les Teutons, le THALYS, qui relie Bruxelles à Paris et, inversement, Paris à Bruxelles en 1 h 20, fait croire aux Belges, ou aux Bruxellois, qu'ils sont plus proches des Français, ou des Parisiens, qu'ils ne l'étaient lorsqu'il fallait trente-six heures pour rallier les deux capitales, ce qui n'empêche pas les Français, en général, et les Parisiens, en particulier, de garder leurs distances comme toujours et d'appeler leurs amis les Belges « nos voisins du Nord », comme les Belges eux-mêmes, qui depuis des lustres se méfient de l'Allemagne, appellent les Allemands « nos cousins germains », voici peu encore taxés de sales Boches. Ainsi la petite Belgique va-t-elle son train, et même bon train, sur la même voie que la Grande Allemagne, la Noble Angleterre et la Douce France.

THIRY, GEORGES

J'ai aimé les photographies de GEORGES THIRY dès le premier coup d'œil, c'est-à-dire lors de la parution de l'album qui lui a été consacré en 1983 aux éditions Yellow Now*, où j'ai découvert ses admirables portraits d'artistes, peintres et écrivains belges des années cinquante et soixante, posant le plus souvent dans un cadre de fortune, sur le pas de la porte, au sortir de chez eux, devant des murs délabrés, dans des rues sans joie, où nul n'aurait envie d'habiter. Habillés comme tout le monde, arrêtés, conscients de poser, les modèles, méconnus pour la plupart à l'époque, sans souci du décor repoussoir qui témoigne de la difficulté des conditions de vie et de création, paraissent tous confiants et sans défense devant cet opérateur qui tire d'eux des images d'une touchante simplicité et qui les montre sans artifice ni se prendre pour un artiste, mais avec amour, lucidité, curiosité, et le désir de les rendre vraiment présents.

Le second choc, confortant le premier, est venu de la parution du nouvel album, chez le même éditeur**, avec en couverture la drôle de bouille chauve de Georges Thiry, à mine de bouledogue ou, mieux, d'un cousin de Scutenaire, avec l'œil cyclope du Rolleiflex rivé sur le ventre. On sait peu de chose de cet aventurier du cadre, capteur de bobines, traqueur de tronches, décocheur de traits, nuancier du faciès, déchiffreur de nippes. Natif de Welkenraedt en 1906, employé au ministère de la Défense nationale, ami de Maurice Pirenne et d'André Blavier, Verviétois bon teint, installé dans la capitale après la guerre, il n'expose qu'à partir de 1965 quelques-unes des images qu'en amoureux du dessin il appelle des « croquis photographiques », triés parmi les 40000 négatifs entassés sans date ni numérotation dans des boîtes à chaussures. Et tire sa révérence en 1994 en laissant derrière lui une œuvre rare et émouvante, d'une cohérence parfaite, pleine de vie, d'humour, d'invention, de connivence, saisissante de probité et de vérité.

Thiry a aussi photographié des prostiputes dont il prisait la compagnie, des gens du peuple, pêcheurs à la ligne, vendeurs de vélos, aiguiseurs de couteaux, lanceurs de pigeons, les cafés, la ville de Verviers et ses habitants, Bruxelles, en pièces détachées – ah, le massacre de l'Albertine! –, des scènes de vie quotidienne. Mais l'essentiel de son œuvre réside bien sûr dans sa galerie du Gotha de l'art belge qu'il aborde pour le mettre en boîte, dans un cadre d'un autre siècle, devant des murs lépreux, au balcon ou chez eux, dans leur jardin secret, entre dehors et dedans, sur le perron, à la porte d'entrée, « parce que, souvent, la personne que je désirais photographier ne désirait pas aller plus loin ». Ces illustres figures d'un autre âge, pas si lointain à bien y regarder, sont toutes cernées avec un pittoresque, une drôlerie, un sens cocasse du détail (habit, objet, situation) qui les rend à jamais inoubliables. Ainsi :

– Marcel Mariën, dans une maison démolie, brouette en main.
– Paul Nougé, en imperméable, assis au bistrot devant un bock.
– René Magritte, mains en poches, en complet rayé de bourgeois.
– Christian Dotremont, dos au mur, sans moustache ni chapeau.
– Marcel Lecomte, à Knokke, sortant d'une cabine de bain.

- Achille Chavée, fumant sur le pas de sa porte, à La Louvière.
- Marcel Broodthaers, en devanture de sa librairie-galerie.
- Raoul Ubac, en trench-coat, cabas au bras.
- Jacques Sternberg, devant une réclame pour Bécassine.
- Michel de Ghelderode, devant sa porte cochère, canne en main.
- Louis Scutenaire, simulant le sommeil sous *La Bonne Fortune*.
- E. L. T. Mesens, devant une rôtisserie, mains sur le ventre.
- Irène Hamoir, assise, fumant sous son portrait par Magritte.
- Magritte *bis* assis, piétinant un journal, parc Josaphat.
- Thomas Owen, face au même miroir où le fixa Pierre Houcmant.
- Constant Malva, dans sa cuisine, bras croisés sous les rotules.
- Pol Bury, tout jeune, sur une caisse, main au menton.
- Jean Ray, à Gand, bras croisés, devant sa machine à écrire.
- Paul Delvaux, dans sa chemise à manches coupées.
- Scutenaire et Paul Colinet méditant dans une baignoire.
- Mariën encore, lisant le journal, avec une tête de vache.
- Blavier enfin, pipe au bec, sur un tricycle d'enfant.

---

* Georges Thiry, *Portraits*, Crisnée, Yellow Now, 1983. – ** *La Photographie*, Crisnée, Yellow Now / Musée de la Photographie de Charleroi, 2001.

⇒ *Voir aussi* **Ghelderode**

THYL ULENSPIEGEL

Héros belge, champion de la bonne cause, blagueur, bâfreur, frondeur, gausseur, moqueur, railleur, rieur, massacreur d'opposants et amateur de coups, mais surtout joyeux drille, THYL ULENSPIEGEL est inspiré du personnage populaire d'un roman allemand publié en 1515, répandu dans la région néerlandaise et traduit en français en 1559 sous le titre : *Histoire joyeuse et récréative de Till Ulespiègle.* Diminutif de Thylbert Claes dans le livre de Charles De Coster, son prénom de Thyl varie d'orthographe selon les régions et s'écrit au choix Till, Tyl, Tiel, Thull, Dil, Dyl, Thiel ou, tout bonnement, Til qui signifie «soulèvement» en flamand mais aussi «pigeonnier». Son nom est la conjonction de *uyl*, «hibou», et de *spiegel*, «miroir», qui désigne autant l'œil rond, toujours en éveil, de l'oiseau de nuit qui voit tout, que le miroir interne où se reflètent la turbulence et le fracas du monde extérieur.

«Ik ben ulen spiegel»

au lieu de

«Ik ben u lieden spiegel»
(« Je suis votre miroir »),

ainsi que cela se dit encore présentement dans l'Oost et la West-Flandre, a donné par contraction ce nom de Uyl en Spiegel, qui mue autant que son prénom, puisque ceux de Damme, patrie de Thyl, disent U pour UY, mais que disent ceux de Huy ? Si bien que l'on écrit aussi Ulenspiegel, Uylenspiegel, Uilenspiegel, en néerlandais, Eulenspiegel, textuellement : « miroir aux alouettes », en bas-allemand, Uilespiegel, « espiègle », en flamand, Ulespiègle, Ulenspiegel, pris pour un article, donc « espiègle », et même Eulenspiegelken, bâtard du héros dans le pays de Saxe, mais aussi, Thiel-Ulespiègle, ou, pour finir, tout simplement, Tiel l'Espiègle. Quant à son ami Lamme Goedzak, sorte de Sancho Pança, patelin et pansu, chançard peu sensé, qui a plus d'un tour dans son sac, met tout le monde dans le même sac ou vide son sac qu'il prend avec ses quilles, il ne signifie pas plus « sac à malices » que « sac à patates », mais, littéralement, « sac à bonté » puisqu'il allie *goed* (bon) et *zak* (sac), le mot *lamme* désignant le paralytique. De mêmes variantes sonores tintent chez d'autres personnages, tel le forgeron gantois et ses dérivés Smetse Smee, Smeke Smee ou Smiyde Smee. Ce qui donne, en pastichant Charles De Coster :

> « Ce *smeerlap* ou *vismet* de Smetse Smee ne sait où se mettre mais dit *smakelijk* en *smekeling* à sa *meïe* Smijde Smee. »

TIERCÉ

Qui peut imaginer un TIERCÉ de livres aux titres plus belges que :

Au pays de Manneken-Pis (1883), de Théodore Hannon ;

Pan pan au cul du nu nègre (1920), de Clément Pansaers ;

Les Folies-Belgères (1990), de Jean-Pierre Verheggen ?

TIMBRE

Pris de passion pour la philatélie, Anatoli Levguenievitch Karpov, champion du monde d'échecs pendant dix ans, possède tous les timbres sur les échecs. Il est de son propre aveu le quatrième ou cinquième collectionneur de timbres sur les jeux Olympiques, le troisième ou le quatrième sur l'Empire russe avant 1917. Mais il est le numéro un mondial pour la Belgique, pays qu'il aime, dont il détient le premier TIMBRE émis le 1er juillet 1849, premier jour aussi de son utilisation, dessiné par le peintre Charles Baugnie, représentant le roi Léopold Ier et connu dans le monde philatélique sous le nom « d'épaulette ».

TINTIN

Parti de Toto, puis de Totor, mais n'étant ni Tito, ni Tati, auteur de Hulot, ni Tata, ni Titi, trop parigot !, ni même Tapie, trop risqué !, l'épatant et typique patronyme de TINTIN, réputé pour son têtu toutou, tiens, tiens !, se dit au choix

Tin Tin, Tim, Tinti, Tintim, Tinni, Tan Tan, voire Ten-ten dans tant de langues, de l'arabe à l'islandais, mais se traduit en néerlandais... Kuifje !

⇒ *Voir aussi* **Aventures**, **Chambre** *et* **Patrie**.

TITANIC

Qui se souvient de Philomène Van Melckebeke, disparue en compagnie de vingt et un de ses compatriotes, à bord du *TITANIC* qui fit naufrage dans la nuit du 15 au 16 avril 1912 ?

TITRE

Le 3 mars 1971, faute de pouvoir s'entendre sur une répartition rationnelle par matières du fonds de la bibliothèque universitaire de Louvain, il a été décidé dans un strict souci d'équité que les livres et collections portant les numéros PAIRS seraient attribués à la section française tandis que les livres et collections portant des numéros IMPAIRS iraient à la section flamande. À raison d'un livre sur deux, l'œuvre de Honoré de Balzac, Stendhal, Samuel Beckett, Ernest Hemingway, Georges Feydeau, Jean-Paul Sartre, Henry de Montherlant, Georges Rodenbach, Claude Simon, Christiane Rochefort, Marguerite Duras, Charles Baudelaire, Malcolm Lowry, Robert Musil, Paul Claudel, Louis-Ferdinand Céline, F. S. Fitzgerald, John Steinbeck, Georges Perec, Henry Miller ou D. H. Lawrence fut ainsi non seulement littéralement, mais littérairement, coupée en deux. Fort heureusement, trente ans plus tard, grâce à des crédits communautaires spéciaux, les ouvrages fragmentés ont retrouvé leur place dans les rayons de l'université, deux moitiés de volumes distincts ayant été retapées pour n'en former qu'un seul, ce qui donne ainsi, non sans surprise, le TITRE pour le moins contrasté des vingt et un volumes suivants :

La Chartreuse à Clichy
Le Marin de Parme
Les Fleurs sans qualités
Au-dessous de la nuit
Des souris mode d'emploi
Voyage au bout du volcan
La Vie de Lady Chatterley
L'Annonce faite à Godot
Le Lys et le Bon Dieu
Jours tranquilles dans la vallée
Bruges et la Nuit
La Route du mal
Pour qui sonne la morte
En attendant le glas
Le Repos d'Amélie
Le Maître du guerrier
Occupe-toi de Santiago
Le Diable de Gibraltar
L'Homme des Flandres
L'Amant et des hommes
Tendre est Marie

TOF OU TOFFE

Quand le Belge fait une bonne affaire, qu'une chose lui plaît, il dit : « C'est TOF ! » Tof n'est pas une onomatopée comme Bof !, Paf ! ou Pan ! C'est un terme qui vient de *tov*, « bon », ainsi que de l'hébreu. Ce qui prouve que le Belge est cosmopolite et universel, voire biblique, donc local.

TOOTS THIELEMANS

Il est soufflant que soit né dans un pays minuscule réputé pour son absence innée d'harmonie «TOOTS» THIELEMANS, pseudonyme de Jean, réputé comme le meilleur harmoniciste du monde.

TOPONYMIE

Il est parlant de savoir que Givet est l'ultime pointe de la France en terre belge, comme La Panne l'est à la côte, que Malaise définit la frontière flamande, que la Haine est la rivière du Hainaut où l'on fourre des morceaux de cadavres dans les sacs poubelles, que Grognon, au confluent de la Meuse et de la Sambre, est le site du parlement wallon, que Bon-Secours, à la frontière franco-belge, est un centre de pèlerinage, que Le Coq, station balnéaire de West-Vlaanderen, aurait logiquement dû se trouver en Wallonie puisqu'il en est l'emblème, que Putte est à cheval sur la frontière belgo-hollandaise, et que Rance est trop peu renommée pour sa carrière de marbre désaffecté.

TOPOR, ROLAND

Proche du *Daily Bul* d'André Balthazar, ami d'André Blavier et des *Temps mêlés*, ainsi que de Pol Bury et de Pierre Alechinsky, ROLAND TOPOR aimait beaucoup la Belgique où il se sentait chez lui, où il venait souvent et où il avait d'innombrables amis. C'est avec Aligator Films qu'il réalisa la fameuse série *Télé-Chat* pour Antenne 2 et j'ai toujours eu la sensation que son œuvre dérangeante, violente, sarcastique, scatologique, subconsciente, irrésistiblement drôle et terriblement désespérée, était beaucoup mieux perçue dans ce pays, où il exposa maintes fois et où il a de nombreux collectionneurs, qu'en France où il ne figure pas dans les musées – trois pièces en tout et pour tout, quelle honte ! –, où on ne lui accorda qu'une place de « touche- à-tout » et de génial déconneur. Roland admirait beaucoup James Ensor, Félicien Rops, qui l'influença dans la figuration de ses plantureuses égéries, et surtout René Magritte dont on a trop peu noté combien la silhouette des petits bonshommes en complet sombre et chapeau melon inspira ses premiers croquis, et cela bien qu'il se garda de prôner toute filiation avec le maître surréaliste qu'il appréciait.

⇒ *Voir aussi* **Fusillé**.

TORCHON

Le torchon
Aussi typique que les charentaises pour le Français, le béret pour le Basque, le chapeau tyrolien pour l'Autrichien ou le kilt pour l'Écossais, bien moins réputé que le bifteck et les frites, l'Atomium, les floralies gantoises, feues les cigarettes Tigra, la chicorée Pacha ou le chocolat Côte d'Or, le TORCHON est un objet indéfinissable, fort décrié, d'usage commun, sans valeur affective ou esthétique mais non pas olfactive. Investi à fond dans sa fonction, antiluxueux par nature, toujours à terre, éloigné du ciel, des astres et de la stratosphère, confiné dans un emploi subalterne (seuil, carrelage, W.-C.), parent de ces ustensiles vulgaires que l'on saisit, maltraite et manie sans ménagement (aspirateur, balai, brosse, cireuse, cuvette, seau), il est pourtant un mythe belge spécifique comme il n'en existe dans aucun autre pays sur terre.

Chiffe molle, assorti à la lavette, trempé, baigné de savon gluant, fourré autour d'une raclette, poussé à bout de bras, éraflant ballatum et parquet, rincé, torché, tordu, torturé, malmené sans égards ni respect pour son âge, corvéable à merci, il est foulé sans relâche et mis au pieds. Changeant de main, glissant d'avant en arrière, plongé dans l'eau bouillante, il s'immisce sous les meubles où nul n'a l'idée d'aller voir, absorbe, racle, rafle, gobe la saleté qu'il ne « tue » pas. Compagnon de la lie, du rebut, de l'impur, de l'immonde, fricotant avec l'ingrat, le regrat, l'insipide et l'insidieux, il avale dans ses rets crasses, miettes, sauce, cendres, graisse, boue, crottes, poussières, poisse, à quoi le voue la trame rêche de son vilain tissu terne d'une indicible teinte, beige, marron, gris sale, à la texture vague, qui en fait un objet de maison sans style, sans sexe, sans allure, sans charme et sans nulle beauté.

Épave ménagère, laquais des plus basses tâches et des impérissables taches, épongeant au pis les sorties de jardin et aux mieux les carreaux de faïence, il assume sans renâcler sa vie d'outil domestique, sorte de mollusque informe, poulpe molasse, étroniforme, charriant tout ce qui traîne, livré sans trêve à l'astreignante action qui le met à plat, récurant à grandes ondes le sol qu'il esquinte. Il n'a pas accès au lisse et au crémeux, à l'onctueux ou au mousseux du bain, agrément et métaphore du col écumeux de la bière qui désaltère, et subit l'assaut des chlores et des ammoniaques qui érodent sa trame de drap fruste, râpée par la cire, les acides et les encaustiques qui le laissent sans vie, vanné, tari, flapi, flasque, avachi, sans ressort, résilié dans un coin après avoir accompli sa sale besogne, mis à sécher dans la cave, ou sous l'évier, dans les toilettes ointes d'urine, sur le pas de la porte devant laquelle chacun à coup sûr balaye comme on lave traditionnellement le trottoir le vendredi. Seul, dans le noir, il croupit à l'abri des regards, maudissant son triste sort.

Sorte de héros kafkaïen, distinct du beau linge et des draps blancs rangés sur étagères, le torchon, appelé serpillière en France, aussi dit *wassingue* en Belgique, s'orne pourtant dans cette étrange contrée d'une parure sans égale puisque sa marge se pare d'un liseré noir, jaune et rouge, qui sont les couleurs du drapeau national. Sans franges et fangeux, tissé d'une grossière étoffe bas de gamme, le torchon, qui en a vu de toutes les couleurs, est un article bilingue et même trilingue dont on use autant en Flandre qu'au fin fond des Ardennes, et à Bruxelles où les *servantes*, les ménagères, les cuisinières, les braves mères de famille nombreuse pressent, essorent, ou piétinent à plaisir ce petit bout de patrie au format réduit (60 × 70 ou 70 × 80 cm), qui ne coûte guère plus que 1,60 euro ou 2 euros, et que détrônent en plus les torchons synthétiques.

Emblème d'un drapeau réduit à sa plus simple et triviale expression, ne flottant plus au haut des mâts, aux fenêtres et aux balcons les jours de liesse populaire, le torchon – synonyme du texte bâclé, proprement écrit avec les pieds – végète au plus bas de la hiérarchie des ustensiles ménagers.

Larvaire et indiciblement laid, pressé comme un citron, souvent usé jusqu'à la corde, il est l'objet le plus ravalé qui soit. Mais s'élève au niveau du mythe en Belgique et est symbolique du destin du royaume qu'allègue depuis des lustres son fin liseré, que chaque Belge foule aux pieds de bon cœur, en toute impunité, et dont l'avenir, à l'image de celui du pays lui-même, rétrécit sans cesse au fil du temps telle une peau de chagrin.

TOUPER

Ni top, ni tope, ni taupe, ni toupie, ni toper, donnant topez là, mais verbalisation indigène, facétieuse et sans façon de TOUPER.
— Il faut du toupet dans la vie.
— S'il faut du toupet, eh bien, toupons*…

---

* Extrait de *Quick et Flupke* de Hergé.

TOUR DE FRANCE

I

J'ai grandi dans une génération qui a vécu dans l'attente qu'un coureur belge remporte enfin le TOUR DE FRANCE. Cela ne s'était pas produit depuis des lustres et l'on avait pour seule consolation la victoire de Romain Maes, qui porta le maillot jaune de bout en bout, à 21 ans, en 1935, et celle, l'année suivante ainsi qu'en 1939, de son homonyme Sylvère Maes, que l'on confondait d'ailleurs, tous deux portant le nom d'une bonne bière, l'un étant natif de Zekergem, l'autre de Zevekote. Réputés résistants, forts sur le plat mais piètres grimpeurs, excellents finisseurs mais manquant d'ambition, sacrifiant à l'esprit d'équipe, les coureurs belges, énergiques, valeureux, pugnaces, toujours partants, tentaient tant bien que mal d'interrompre l'interminable série d'insuccès et le pays s'embrasait avec une fièvre un peu forcée pour les exploits de Jean Brankart, deuxième du

Tour en 1955, de Jean Adriaensens, troisième en 1956, quatrième en 1958 et troisième en 1960, ou de Joseph Planckaert, deuxième en 1962, après avoir porté la tunique jaune pendant une semaine et homonyme d'une longue dynastie de sprinters redoutables (Eddy, Willy et Walter), véloces et roublards, habiles à jouer des coudes, qui brillaient aussi comme il se doit dans Paris-Bruxelles, la Flèche wallonne et ses rondes-bosses, Liège-Bastogne-Liège, dites les classiques ardennaises, sans oublier la plaine du Tour de Flandres que tout coureur flandrien se doit de mater, ainsi que le circuit Het Volk ou encore Gand-Wevelgem, sans parler des prestigieuses courses en ligne que sont Milan-San Remo, Paris-Roubaix et ses pavés de légende, ou les classiques de fin de saison comme Paris-Tours et le Tour de Lombardie.

II

Il y avait bien le championnat du monde que gagnaient tour à tour Rik Van Steenbergen, puis Rik Van Looy, sauté sur la ligne à Renaix, en 1963, par le traître Bénoni Beheyt, mis au ban du milieu, dont nul n'entendit plus jamais parler. Il y avait bien les exploits de Martin Van Geneugden, Raymond Impanis, Fred De Bruyne, Herman Van Springel, qui empocha deux étapes, Walter Godefroot, doté d'une pointe de vitesse rare, ou même le vétéran Pino Cérami, dinosaure italien de la deuxième génération, qui gagna une étape du Tour à 41 ans !, les percées de Joseph Hoevenaars, qui porta le maillot jaune en 1958 et 1959, ou de Noël Foré, les hauts faits du petit Émile Daems. Pistiers ou pistards, gagneurs d'omniums et de critériums, ces kermesses locales où tout est combiné d'avance, où le peuple voit passer le peloton des coureurs – rien n'est plus fragile, évanescent et subreptice – dans une ambiance de kermesse, de bière, de frites, de fanfares et de flonflons, qui atteste combien le cyclisme, sport de rue, est par nature un spectacle populaire, les cracks belges, au maillot bleu ciel, cerclé des couleurs nationales, trustaient les succès d'étapes, les places d'honneur sur le podium ou, à la rigueur, la tête du classement par équipes ou par points, récompensant la régularité, mais voyaient toujours la victoire finale leur échapper. Et l'on n'était plus loin de penser qu'aucun d'eux ne remporterait jamais, au grand jamais, la Grande Boucle, tant à cause de leur manque de qualités sportives qu'à cause de leur absence de tenue, d'allure, qui les rendait indignes d'un aussi mémorable exploit.

III

Nos as, aux trognes de bouledogues et de mâcheurs de suie, valsaient sur les pavés, mais calaient dans les cols et, dévalant dans la vallée sur les chapeaux de roue, arrivaient zigzaguant, cabossés, bossués, meurtris, écumants et crasseux comme des grognards laminés. En clair, c'étaient des tocards, des castars à casquettes rondes et socquettes blanches, des flahutes au nom imprononçable, qui baragouinaient trois mots de français aux arrivées, mais n'égaleraient jamais l'aisance et la décontraction qu'avait, au micro d'Alex Virot ou de Georges Briquet, Jacques Anquetil, le Normand, dit le « grand Jacques », flambeur et calculateur, chasseur et fêtard, aussi mince qu'un fil, peu chéri du public qui ne s'identifiait pas à ce fringant dellâtre, flanqué de la blonde Janine comme Coppi l'était de la dame blanche, qui carburait au champagne le soir, se tapait la cloche et dégustait du cassoulet avec ses fidèles équipiers, le facétieux Roger Hassenforder, le dévoué François Mahé, le brave Jean Forestier, le Landais ou « le Dacquois » André Darrigade, dit « Dédé », sprinter blond au nez pointu, qui disputait à Jean Graczick le maillot vert aux points, pareil à une casaque de jockey. Ou encore « le nordiste », Jean Stablinski, champion de France, que je vis échappé dans la côte d'Alsemberg lors du Paris-Bruxelles 1965, aux côtés du « malheureux » Tom Simpson, l'Anglais de Belgique, basé à Gand, alors champion du monde, qui lâcha les pédales tragiquement deux ans plus tard sur les pentes étuvées du Ventoux.

IV

Car les Français aux accents prononcés regorgaient de figures sympathiques ou pittoresques comme Antonin Rolland, qui évoquait Roncevaux, Raphaël Géminiani, dit Gem ou « le grand fusil », grande gueule bien moins avenante que le populaire Poupou, surnom de pouliche de Poulidor, « l'éternel second », le premier étant français!, coqueluche hexagonale, célèbre par le duel au coude à coude, en 1964, avec Jacques Anquetil – un sommet! – que j'avais suivi mètre après mètre, l'oreille collée au transistor, tout comme j'avais appris la chute terrible de Roger Rivière, à la carrière et à l'échine brisées dans un ravin, Louison Bobet, appelé par son prénom comme la fille d'Argan dans la pièce de Molière, longtemps mon préféré, flanqué de son frère Jean, « l'intellectuel » à lunettes, qui remporta trois victoires consécutives (1953, 1954, 1955) et ressemblait à un héros de Jean Graton avec ses cheveux taillés au rasoir, et la mèche frisottant sur le front, dévirilisant le faciès douloureux, en lui allouant un brin de coquetterie. Tout juste les coursiers belges, aux airs de bouseux, de « domestiques » ou de « porteurs d'eau », épithètes serviles qu'on inflige aux larbins de la noble troupe glorifiée par le titre emphatique de « forçats de la route », étaient-ils comparables au teigneux Jean Robic, un clou de girofle sur une bécane, à Gilbert Bauvin, chauve au poil dru, et à Roger Walkowiak, vainqueur chançard en 1956 après une échappée bidon, c'est le mot, car ce jour-là la canicule était de mise, d'un Tour de fortune sous la férule de Marcel Bidot, homologue d'Alfredo Binda, directeur de la *squadra azzurra* puisque le Tour se disputait encore par équipes nationales.

V

Privés de sobriquets autant que d'éloges pour taxer leurs piètres performances, sinon par ironie à l'exemple de Brankart, qui suggérait par le sien la civière où choyaient nos tocards aux emballages, aucun de nos vaillants coursiers n'arrivait à la cheville des Suisses, aux croix blanches portées dans le dos, Ferdi Kubler et Hugo Koblet, « le pédaleur de charme », au peigne rentré dans la poche de son maillot, des Transalpins Bartali, Nencini, Baldini, Gimondi, vainqueur en 1965, qui s'inscrivaient dans la lignée de Fausto Coppi, le *campionissimo*, qui gagna un Tour avec plus de 28' d'avance, de l'ibérique Federico Bahamontes, « l'aigle de Tolède », qui flâna en haut d'un col en suçant une glace, gagnant de 1959, ou, plus intolérable, du... Luxembourgeois Charly Gaul, ange éphèbe, au nom rappelant le goal, la Gaule ou de Gaulle, d'une immorale aisance, vainqueur en 1958, et, carrément vexant, le vieux briscard Wim Van Est, « le Hollandais volant », ou le géronte batave Wim Wagtmans, patriarche des polders, De Groot, le biennommé, et Jan Jansen, sprinter à binocles, à la victoire de qui j'assistai en 1968 à la télévision dans un café désert de l'avenue de l'Opéra à Paris alors que je partais seul en vacances pour l'Espagne.

VI

Dépassés même par l'Allemand Rudi Altig, une glacière au crin ras, et le petit grimpeur germain Rolf Wolfshohl, les Belges ne récoltaient qu'humiliation. À côté des gros bras, ils faisaient de la figuration, trustaient les piètres épithètes de suceurs de roue, de culs-terreux et de pedzouilles, qui moulinent sans panache sur les routes de Navarre chauffées à blanc, calent dans les virages en épingle à cheveux ou les lacets du Tourmalet, de l'Aubisque, de Peyresourde ou de l'Aspin, qui n'ont rien en commun avec la rampe pentue du mur de Grammont. Être sacré champion du monde, razzier les classiques, le Tour d'Italie, dit le *Giro*, ou celui d'Espagne, dit la *Vuelta*, rien de tout cela ne comptait. C'est le Tour de France qu'il fallait gagner, non seulement parce que c'est la plus belle course du monde, la plus ancienne et la plus légendaire, qui croule sous son mythe, resplendit d'exploits mémorables, d'anecdotes piquantes et de scènes cocasses telles que la chasse à la canette, les soiffards dévalisant bistroquets et buvettes, fourrant litrons, gourdes, biberons, dans le maillot ou la musette, garnie de tartelettes au riz, l'arrosage du peloton par la lance d'incendie des pompiers ou les seaux d'eau des estivants en tricot qui pique-niquent et saucissonnent quand carillonnent les cloches de l'église, les passages à niveau baissés couvrant les échappées solitaires qui atteignent parfois une demi-heure d'avance, les journées de repos bien méritées où les forçats paraissent sans maillot, poitrail blanc et bras bruns, bronzés à mi-cuisses comme des clowns démaquillés.

VII

Le Tour, ce sont des embardées aux arrivées, les sprints massifs sur les pistes en cendrée ou au vélodrome de Bordeaux, la traversée des Landes toujours vues de loin, nappées d'une brume de chaleur, avec le long serpentin des Peugeot 203 sans toit, la cohorte des motards, des ardoisiers, des dépanneurs, des reporters, des photographes, des radio-reporters et, bientôt, des caméras de télévision, avec l'impassible horloge aux fines aiguilles qui précède le sigle compréhensible dans tous les pays d'Europe pour la retransmission des derniers kilomètres, des étapes alpestres au décor abrupt et désolé, suivies des odyssées pyrénéennes, tout aussi meurtrières, car le Tour est un moyen idéal pour visiter la France, déroulant en un panégyrique enchanteur ses plus beaux sites et l'exceptionnelle variétés de ses paysages, du Nord bruineux au Sud ensoleillé, de la Bretagne où l'on dément qu'il pleut aux vignobles de Provence où luit le soleil, en passant par la Lorraine, le Centre, les volcans d'Auvergne, le Puy-de-Dôme, les lacs du Bourget ou d'Annecy, en faisant un crochet, un détour, une incursion dans les pays limitrophes, Suisse, Italie, Belgique, Luxembourg, Allemagne, et même par un saut en avion jusqu'en Irlande, et les escapades à Pau, à Luchon, à Bagnères-de-Bigorre, en haut de l'Alpe-d'Huez, toutes étapes qui offrent aux locaux la joie d'applaudir les leurs quand le Tour se court par équipes nationales et régionales, ce qui confère aux Tricolores un net avantage, jusqu'à ce qu'elles soient relayées par des marques, Mercier, Bic, Saint-Raphaël, Bianchi, Ignis, Flandria, Faëma, les machines à café, apéritifs ou réfrigérateurs bardant désormais la tunique des cyclistes aux jambes rases, en cas de chute, qui paraissent si fluets dans leurs tenues bariolées pour qui la nationalité se dissipe au profit des intérêts commerciaux.

VIII

Une nouvelle ère avait vu le jour et supplantait à jamais les temps révolus d'Henri Desgrange, de René Vietto ou des frères Pélissier, des épiques prouesses des bicyclistes moustachus, aux boyaux noués sur le râble, peinant sur des sentes de caillasses devant des péquenots fringants, sous un ciel tourmenté, comme je l'avais vu dans *Miroir Sprint* et *Miroir du cyclisme* dont mon père détenait toute la collection, et qui m'intriguaient tant par leurs curieuses couleurs vertes et sépia qui paraient la geste des « géants de la route » d'un parfum nostalgique, la ceignaient d'une aura mythique, à présent dépassée. On parlait bien à demi-mots de dopage à propos de soudards titubants, évacués dans la voiture balai, et on usait des braquets de plus en plus gros, mais on pissait toujours au bord de la route, la question de fond étant : comment les coureurs assis dessus vont-ils à la selle ?, ravitaillait le long des nationales et une Miss noyait de fleurs le vainqueur qui faisait sur la piste rose du Parc des Princes, ceinte de grillages, un ultime tour d'honneur sous les flashs crépitants avant d'embrasser son épouse ou ses enfants. Abonnés aux marches subalternes du podium, aucun des coureurs belges n'avait eu droit à tout cela depuis 34 ans, autant dire une éternité !, jusqu'à cette année 1969 où survint Eddy Merckx, âgé de 24 ans, déjà vainqueur du Tour d'Italie et d'une nuée de classiques, champion du monde en 1967, au nom comptant cinq consonnes pour une seule voyelle, qui allait imposer son patronyme, tout entier livré, contenu, scandé par son prénom, EDDY, où mieux qu'avec un discours, par ce raccourci bisyllabique, tout est dit.

IX

Honnête, loyal, timide, émotif, agile, élancé, mince, grand, élégant, parlant peu et mal, débutant inexorablement toutes ses phrases par « Écoutez… euh… c'est-à-dire… », mais roulant vite, démarrant, sprintant, grimpant, bon à l'emballage, contre la montre, dans la montagne, où il s'avère aussi hardi descendeur qu'impétueux fonceur en plaine, courant avec panache, continûment à l'attaque et prenant tous les risques, menant même une échappée solitaire de 130 km sous un soleil de plomb, avalant plusieurs cols dont le Tourmalet, Merckx, apparu sous le maillot de Faëma, puis de Molteni, s'échappa, se détacha, s'envola vers les cimes, écrasa, écœura, évinça tous ses rivaux, rafla toutes les bonifications, ne laissant rien aux autres, sinon d'incomblables écarts, piétina, humilia ses proches suivants sans faire de sentiment, les domina de la tête et des jambes et, encadré de sa fidèle garde rouge, qui veillait au grain, ramena enfin à Paris, non pas au Parc des Princes en reconstruction, ni encore aux Champs-Élysées, mais à la Cipale à Vincennes, la tunique d'or tant convoitée, jaune comme le soleil qui resplendit si peu dans le royaume où le cyclisme est roi.

X

La France, par la victoire historique dans le Tour, était enfin vaincue car c'est le Tour de France qu'il fallait qu'un Belge gagne parce que le Tour de France comme la tour Eiffel symbolise la France et toute son histoire. La France des congés payés, du Front populaire et des pique-niques au bord de la Marne. La France du 14 Juillet, des bals musettes et de l'accordéon. La France du gros rouge et du petit blanc. La France de Maurice Chevalier, de Fernandel et de Bourvil. La France de Saint-Germain-des-Prés, de Juliette Gréco, de Jacques Prévert, Claude Luther et le Moulin-Rouge. La France de Coty, de De Gaulle, Pompidou et Giscard. La France de Jacques Tati, Pierre Étaix, et des Branquignol. La France de Vasarely, d'Averty et de Filipacchi. La France des yé-yé, Claude François, Françoise Hardy, Richard Anthony, France Gall, Sheila, Dutronc, Eddy, Johnny et Sylvie. La France de « Lecture pour tous » et du Livre de Poche. La France de Dim Dam Dom et des bas Dim. La France de Roger Couderc, du XV de France (« Allez les petits ! »), du bourreau de Béthune et de l'Ange blanc. La France de l'affaire Markovic, de Marie Besnard et de Bruay-en-Artois. La France de Frédéric Pottecher et de Geneviève Tabouis. La France de maître Floriot et de Maurice Garçon. La France du PMU, des HLM et de la TSF. La France de la DS 19 et de la 2 CV Citroën, de l'ORTF et du *Jeu des mille francs*. La France des CRS = SS et de Marcellin. La France de Danièle Gilbert et du ciné-club de minuit. La France de « Messieurs les censeurs, bonsoir ! ». La France des nouveaux philosophes, du nouveau roman, de la nouvelle cuisine, de la nouvelle vague et de la nouvelle droite. La France de *Paris Match*, du *Monde*, de *Elle* et de *Marie-Claire*. La France du *France*, du Concorde, du Solex et du Minitel. La France qui ne change pas. La douce France de Charles Trenet et celle de Georges Brassens. La France de Marcel Pagnol, de Roger Martin du Gard (que je croyais natif du pont du Gard), et du pont de Tancarville. La France des ballets roses et de Jacques Angelvin. La France de *Jules et Jim* et de *Cléo de 5 à 7*. La France d'*Intervilles*, de Guy Lux et de Simone Garnier. La France de Roger Lanzac avec ses poches sous les yeux, de *La Piste aux étoiles*, de Thierry Le Luron et de Mireille Mathieu. La France de Butor, Duras, Sarraute, Simon et Robbe-Grillet. La France de Beckett et Ionesco, Adamov et Dubillard, Arrabal et Genet, Obaldia, Billetdoux et Pinget. La France de Malraux, des maisons de la culture et de Pierre Boulez. La France d'Olivier Messiaen et de Michel Legrand. La France de Jean Vilar, Gérard Philipe et Jean-Louis Barrault. La France du *Bloc-Notes* de François Mauriac, du prix Nobel refusé par Jean-Paul Sartre et des frasques de Françoise Sagan. La France de *L'Express*, de J. J. S. S. et de Françoise Giroud, de Jacques Lacan, de *Tel Quel* et de Roland Barthes qui dans *Mythologies* analysa le premier l'épopée du Tour de France. La France des J. O.

de Grenoble, de J.-C. Killy et de Guy Périllat. La France du camembert, du parfum, du champagne. La France des paupiettes, des rillettes et de la bouillabaisse. La France de *France-Soir* et de *France-Dimanche*. La France de Léon Zitrone, Pierre Dargey et Robert Chapatte. La France d'Europe n° 1, d'Albert Simon et Albert Ducrocq. La France de Michel Drucker. La France de Marcel Dassault. La France du *Gendarme de Saint-Tropez* avec Louis de Funès et du *Mépris* de J.-L. Godard avec B. B. et Michel Piccoli. La France de Pierre Brasseur, de Francis Blanche, de Paul Meurisse et de Jean-Paul Belmondo, dit « Bebel ». La France de Martine Carol, Michèle Morgan et Michèle Mercier dans *Marquise des anges*. La France du Petit Lu, du Perriermenthe et de l'Orangina. La France de Picasso, de César et de Bernard Buffet. La France de l'Algérie française et de l'affaire Ben Barka. La France de l'OAS, du FLN et de la CFDT. La France de *La Foire aux cancres*, de *L'Arrachecœur* et de *Papillon*. La France de Gallimard, du Seuil et de Grasset. La France de l'Esterel et de la baie du Mont-Saint-Michel. La France du festival de Cannes et du festival d'Avignon. La France d'Yves Saint-Laurent, de Pierre Cardin, de Jean Bouquin, de Paco Rabanne et de Ted Lapidus. La France de *Cinq colonnes à la une*, de *Monsieur Cinéma*, de Denise Glaser, et des *Rendez-vous du dimanche*. La France du débarquement de Normandie et de la bataille de Verdun. La France de l'Aubisque, du Galibier et de l'Izoard. La France de la France et la France du Tour de France.

XI

C'est tout cela et bien plus encore que représentait dans l'imaginaire du pays la victoire d'Eddy Merckx, le champion belge le plus célèbre de la planète, qui fut trois fois champion du monde, enleva 525 courses dont 445 chez les professionnels, 5 Tours d'Italie et 5 Grandes Boucles (1969, 1970, 1971, 1972, 1974) dont il est le recordman des victoires d'étapes (34), du port du maillot jaune (96 jours). Dominant ses concurrents dont le plus coriace fut Luis

Ocana, vainqueur en 1973, qui plus tard se tira une balle dans la tête, Merckx, coureur complet, d'une essence supérieure, vengea d'un coup toutes les défaites, les humiliations, les espoirs déçus depuis trente ans. La Belgique triomphatrice pourrait même s'offrir le luxe de perdre un champion du monde en Jean-Pierre Monserré, tué à 22 ans, en percutant une voiture mal garée, ce qui advint aussi au Portugais Agostinho, qui perdit la vie dans un accident, sitôt franchie la ligne d'arrivée. Peu importe que l'on peignît plus tard en jaune la maison de Lucien Van Impe, céleste grimpeur, lorsqu'il remporta la Grande Boucle à sa huitième participation, après avoir empilé les places d'honneur, ou que Michel Pollentier, un cancrelat sur un cycle, au style irrésumable, fût exclu du Tour 1978, alors qu'il était maillot jaune, pris non pas la main dans le sac mais, pis, une poire de pipi sous le gousset, pilleur d'urine, piqué pipette au poing, piteux pipeur à pisser de rire, avouants à son corps défendant combien le Belge est un fraudeur invétéré.

XII

Paris fut envahi par une horde radieuse et belliqueuse de Belges déboulant en train par milliers, brandissant calicots, banderoles, oriflammes, bannières, drapeaux, étendards et fanions noir, jaune et rouge car le grand Merckx mit un point d'honneur à gagner un 21 juillet, jour de la fête nationale. Si bien qu'il fut rapatrié le soir même au pays en liesse par avion militaire affrété dare-dare par le ministre de la Défense nationale, Paul Vanden Boeynants. Acclamé tel un héros place des Martyrs, siège de la Ligue vélocipédique belge, le divin Eddy brandit sa tunique dorée à la foule en délire venue l'aduler à deux pas du théâtre de La Monnaie où avait eu lieu 139 ans plus tôt la naissance du pays, libéré du joug hollandais comme il l'était cette fois de l'empreinte française par la victoire flamboyante dans le Tour 69 (« Merckx ? Si ça l'amuse, demain, il sera ministre… »). Le péquin ne croyait pas si bien dire. Revêtu de la casaque d'or qu'il ramenait sur ses épaules au royaume de la « petite reine », terre du cyclisme enfin vengée, Eddy était devenu le Roi-Soleil en personne. Il voyait la vie en jaune et, ayant gagné à toute pompe le palais régalien, remit officiellement sa bicyclette à Baudouin Ier qui ce jour-là, partageant la gaieté débordante de son peuple, était aussi heureux qu'un roi. Mais bien moins souverain que ne l'était le véritable monarque car, en gagnant enfin le Tour de France, le roi Eddy par un extraordinaire tour de passe passe, le temps d'une roue, d'un saut, d'un petit tour, n'était pas seulement devenu le Roi des rois mais bel et bien aussi le roi des Belges.

⇒ *Voir aussi **Belgavox et Chauvins**.*

TOUR D'ENFANCE

Le grand jour venu, mon père débarrassait son immense bureau situé au premier étage de la maison. On installait le circuit de carton gris, aux contours tracés par une double ligne et scandé à écarts réguliers de petits rectangles de 10 cm. On apportait les boîtes d'où l'on sortait avec des gestes émerveillés, aussi précautionneux qu'enthousiastes, les *barrières Nadar* de l'arrivée qu'on arrimait à leurs crochets élastiques, on déployait les banderoles où étaient inscrits en grand les mots DÉPART et ARRIVÉE, les pancartes publicitaires, les panneaux de signalisation, les bosquets, les arbustes et la verdure, surtout faite de sapins, censés copier la nature en miniature qui était invariablement la même quel que soit le profil de l'étape. On alignait les voitures Norev en plastique, aux ronds de roue rayonnants, sur lesquels mon père, avec son gros pinceau gluant, avait finement collé les noms des marques publicitaires ou commerciales, les bandes des stations de radio et des journaux sportifs d'où les titres étaient découpés si bien qu'ils déteignaient parfois, ainsi que les Peugeot 203 blanches, en métal, décapotables, des directeurs sportifs, en salopette bleue, parées aux couleurs de chaque pays et bardées de vélos aux roues immobiles. Toute la caravane arrivait ensuite avec ses camions, ambulance ornée d'une géante croix rouge, camionnettes dont la plus belle était la voiture balai, ainsi que la troupe des motards, l'ardoisier, le directeur de la course avec haut-parleur et bannière, des mécaniciens, des radio-reporters, des caméras du cinéma et de la télévision naissante, des journalistes de la presse écrite, des suiveurs de tous bords, et surtout des pilotes de la gendarmerie française en uniforme, veste de cuir noir et pantalon bleu, tels qu'on les croisait sur les routes lorsqu'on partait en vacances et traversait de bon matin la Champagne.

Enfin, venait le tour des coureurs, en nombre impressionnant, près de deux cents, sagement couchés sur le flanc et rangés par équipes, séparées les unes des autres par un fin papier de Cellophane. Peints au pinceau par mon père aux teintes nationales, ils formaient une troupe bigarrée de géants miniatures qui avaient tous la même pédalante posture, les mêmes socquettes blanches, cuissards noirs et casquettes claires colorées d'un liseré tricolore qui déclinait alertement celui de leur maillot. Et le départ étant donné par Jacques Goddet, que j'avais moi-même vêtu en long short kaki et chemise beige à manches courtes, coiffé de son légendaire casque colonial, chacun de nous étant à son poste, nous jouions au « Tour de France », durant des heures, parfois même pendant des jours car il en fallait du temps pour mouvoir un à un les 180 coureurs numérotés, et donc identifiables, suivant le total dicté par les petits dés translucides agités avec un bruit sourd et mat dans l'étrange chapeau de cuir brun posé sur un socle. Mon père tenait les classements à jour, dûment tapés à la machine, et chaque participant, simple équipier ou leader, avait sa fiche où se trouvait écrit le classement de l'étape et sa place au classement général. Nous jouions avec six dés : deux 1 sanctionnaient une crevaison, trois 1 une chute légère, quatre 1 une chute grave, cinq 1 l'abandon irrémédiable dans des circonstances que je commentais heure par heure, en imitant Luc Varenne et les reporters français Jacques Forestier, Jacques de Riswick ou Félix Levitan, codirecteur de la course, qui profitait ainsi d'une position privilégiée. Nous nous disputions, mes frères et moi, pour manager l'équipe belge que nous régentions tour à tour, gérant aussi les Français avec leur beau maillot bleu foncé, les Italiens en vert, les Hollandais en orange, les Espagnols en gris, les Suisses en rouge, les Allemands en blanc, et tous les autres à l'enseigne des équipes régionales.

Ainsi, le vélo réduit à une échelle miniature que nous mations comme Gulliver surplombe les Lilliputiens faisait-il partie de notre enfance et le Tour de France qui me faisait tant rêver, et nous assurait par ce détour ludique de le gagner enfin, devenait l'espace de quelques heures le TOUR D'ENFANCE. Et le même scénario se reproduisait avec les voitures de course de formule 1 pour lesquelles, sur le même principe, mon père m'avait tracé un circuit avec la tour de contrôle et les stands en bois collé, peints en gris, reçus pour la Saint-Nicolas, avec lequel je jouais seul. L'enfance s'acheva le jour où je vendis pour une bouchée de pain ma collection de bolides si patiemment et passionnément montée au fils du boulanger avec qui je n'avais aucune affinité et qui, dans la seconde qui suivit cet achat, expédia avec force ma plus belle Solido contre le pied du comptoir parental. Quant aux coureurs restés trop longtemps dans une cave gonflée d'humidité, sans doute las de ne plus quitter les boîtes où ils se reposaient de leurs éclatants exploits, ils perdirent tristement leurs chatoyantes teintes, ainsi privés de leurs sémillants atours, mais plus encore de l'aura imaginaire qui en faisait des champions magnifiques, pour redevenir en un tour de main des figurines de plastique rose qui ne pédaleraient plus jamais.

TOURISME

La Belgique est un pays de TOURISME pour les Français. C'est-à-dire une contrée de passage, agréable pour un court séjour, dans une province proche dont on ne fréquente pas la côte, incomparable à celle d'Azur ou atlantique, ni les

Ardennes auxquelles on préfère les Alpes, les Vosges ou les Pyrénées, dont on admire les grands peintres, Van Eyck, Rubens, Ensor, Magritte, Broodthaers, dont on écorche les noms, et qu'on ne comprend pas, les expatriés célèbres, Brel, Simenon, Michaux, annexés et admis comme français, qui a accueilli tant d'exilés illustres, Hugo, Rimbaud, Verlaine, Baudelaire, Rousseau, Mallarmé, Michelet ou le peintre David, mais chut !, il ne faut pas trop le dire, où l'on se sent chez soi, comme sur une terre conquise, amusé, attendri, diverti par ce coin pittoresque et dépaysant, réduit au rang inférieur par son peu d'étendue, qui touche par la gentillesse de ses habitants, à l'accent impayable, le folklore, le sens de l'hospitalité, la cuisine, la bande dessinée, les bonnes blagues, la joie de vivre, la franchise, la bonhomie, les raisonnements déraisonnables, les vastes appartements en enfilade, les belles demeures aux jardins murés, les avantages fiscaux, les vitrines fluorescentes le long des routes où trônent des dames à demi nues, mais rebute par les problèmes linguistiques, les conflits communautaires inexplicables, mais dont on n'envie pas le climat pluvieux, venteux, trois degrés de moins qu'à Paris, et dans lequel, s'il le trouve si sympathique pour un jour ou deux, le temps d'un week-end, le Français ne voudrait habiter pour rien au monde.

TOURNESOL

Tryphon TOURNESOL se dit Trifonius Zonnebloem en flamand.

TOURS

Lorsque nous partions en vacances à la côte, et que l'autoroute – quel événement ! – qui relie Bruxelles à la mer en une heure n'existait pas encore, il fallait prendre la route qui passait par Alost, Gand, Eeklo et l'approche des cités balnéaires. Cette expédition qui durait bien près de trois heures avait l'attrait de nous faire pénétrer dans le pays flamand que nous ne connaissions pas et appréhendions peut-être un peu, nous les petits francophones, imbus de la supériorité de notre langue, de notre culture et de la domination sans partage de nos équipes de football. Tout débutait vraiment à Gand où, enlisés dans le trafic, nous découvrions, comme dans un scaphandre ou un sous-marin sur roues, la populace flamande, comme si elle était différente!, la grosse cloche en fonte de Saint-Bavon qui semblait chue du clocher, la Triomphante et les imposantes tours d'églises très rapprochées que tentaient même d'égaler les curieuses voiturettes à deux étages du nettoyeur *Martin-Shop*. La plaine nous reprenait ensuite et, après avoir traversé la campagne de Flandre, aussi plate que la main, semée d'arbres penchés, jonchée de vaches brunes, de gros chevaux, de canaux serpentant et de basses cahutes cernées de labours où il me semblait voir errer la silhouette voûtée, sinon bossue, de pauvres hères sortis d'un tableau de Bruegel ou de Permeke, mon père soudain s'écriait sur le même ton avec lequel il s'était extasié devant celles de Gand :

« Voilà les TOURS de Bruges ! »

De fait, les clochers aussi altiers que des phares, des fanaux, de sinistres et menaçants gibets, s'élançaient dans l'éther et laceraient le ciel, symboles perçants de l'hégémonie de l'église sur les esprits, alliée à la puissance économique qui fut naguère celle de la Flandre. Les pignons flamands et les beffrois, suppôts de l'influence bourgeoise, étaient alors aussi nombreux que les cheminées d'usine en Wallonie. Les temps ont bien changé. Personne ne s'extasie plus naïvement de la splendeur des beffrois, conçus pour résister aux invasions, de la grandeur des cathédrales érigées en trois siècles, ou de la hauteur des clochers, chaque bourg ayant le sien. L'autoroute les évite et les murs antibruit les occultent au regard du vacancier pressé d'arriver. Les cheminées de la sidérurgie wallonne, si fascinantes à contempler tôt matin à Ougrée, en surplomb de la vallée de la Meuse, crachent des flammes éteintes. Toujours conquérantes, les tours flamandes, anagrammes de trous, se dressent en songe, à l'inverse de l'affreux gouffre sans fond où s'enfonce sans retour l'économie de la partie sud du pays.

TRAGIQUE

> Écrire, c'est comme quand on a mal aux dents, on envie les autres qui n'ont pas mal.
>
> André BAILLON

Le destin TRAGIQUE d'André Baillon a beaucoup fait pour son aura d'« artiste maudit » que lui confèrent de bonne grâce les baillonards, baillonologues et baillonomanes, épris de l'œuvre réaliste de cet écorché vif, au caractère tourmenté, enlisé dans les accrocs du couple, cyclothymique, en proie à de graves crises d'excitation et de dépression, si bien que les péripéties de sa vie anonyme et peu commune, pitoyable mais aussi perturbée que trépidante, systématiquement gâchée, jonchée de gouffres et d'aspérités, de déséquilibres abyssaux, ont pour finir débordé par la fascination qu'elles suscitent la valeur littéraire de l'œuvre dans les biographies récentes qui lui ont été consacrées*. Considéré par ses exégètes comme « le plus grand écrivain que la Belgique francophone ait connu dans la première moitié du XXe siècle », Baillon mène, en effet, une existence de « héros littéraire » à laquelle se prêtent sa singulière allure physique et sa très étrange figure d'un autre âge, aux joues creuses, au gros long nez charnu, sorte d'énorme patate qui le rapproche d'Artaud autant que de Cyrano de Bergerac, aux esgourdes qui s'ébattent sous la tignasse de crins roux abruptement taillés en losange, et au grand front fortement dégagé que domine à l'occasion un ridicule chapeau mou visiblement trop large. Cette existence tragique restant cependant mal connue, la voici succinctement résumée :

– Naissance à 7 heures du soir, le 27 avril 1875, rue Houwer, ou Houwerstraat, rue de la Cicatrice, à Anvers, Antwerpen, qu'il appelle plus tard « Intwarpe » dans un texte.

– Débuts dans la vie catastrophiques : son père, Joseph, meurt à 35 ans, le 27 mai 1875, un mois jour pour jour après sa naissance ; son frère Antoon, dit Toneke, meurt le 8 février 1880, quand il a 4 ans et demi ; sa mère, Julia, remariée, décède le 31 octobre 1881, quand il en a 6 et demi.

– En 1889, il est chassé pour indiscipline des collèges de Turnhout et d'Alost.

– Liaison avec une prostituée, Rosine Chéret.

– En 1897, il dilapide une grosse partie de l'héritage de ses parents (500 000 FB) au casino d'Ostende.

– En 1898, dans une crise de désespoir, il se jette un soir à la mer, à la marée montante, mais... en réchappe.

– En 1899, il ouvre un café à Liège, rue de la Cité, avec Rosine qui finira sa vie comme maquerelle à Bruxelles.

– Travaille chez un marchand de charbon.

– En 1901, il rencontre par une petite annonce – « Dame désintéressée désire rencontrer monsieur pour se promener le dimanche » – une ancienne prostituée flamande, Marie Vandenberghe, qu'il épouse le 20 octobre 1902.

– En 1903, saisi par l'angoisse de la page blanche, il note :

> « Je ne puis songer à une phrase sans chercher à la démolir. »

– En 1905, il est commis chez un receveur de contributions.

– En 1906, il est rédacteur adjoint au journal *La Dernière Heure*, où il travaille de 20 h 30 à 3 heures du matin.

– En 1907, sur les conseils d'un camarade de collège, il élève des poules en Campine, à Westmalle. Vie en sabots.

– Écrit mais ne publie rien pendant dix ans.

– En 1912, il s'éprend d'une pianiste célèbre, Germaine Lievens, avec laquelle il s'installe, ayant quitté Marie.

– En août 1913, il déménage rue de l'Arbre-Bénit, à Ixelles, où meurt Charles De Coster et où naît de Ghelderode.

– De 1914 à 1918, il rédige presque d'une traite quatre livres : *Histoire d'une Marie, en sabots*; *Délires*; *Par fil spécial*; *Zonzon Pépettte, fille de Londres*.

– Fin 1918, Germaine, victime d'une dépression, le quitte. Il retrouve Marie, reste en bons termes avec Germaine et reprend son éreintant labeur à *La Dernière Heure*.

– En 1919, il revit avec Marie.

– En 1920, il part avec une valise pleine de manuscrits pour Paris où il rejoint Germaine.

– Il publie à 45 ans sa première œuvre, *Moi, quelque part...*, tirée à 535 exemplaires à Bruxelles, mais tous ses autres livres seront édités en France. « Paris éprouve périodiquement le besoin de respirer les brouillards du Nord. »

– En 1922, il vit en ménage à trois avec Marie et Germaine. Marie regagne Bruxelles.

– En 1923, il se lance dans une relation compliquée avec sa « belle-fille », Ève-Marie, âgée de 16 ans, fille d'une liaison orageuse de Germaine avec le peintre Henry De Groux, qui campa James Ensor en vieux ponte.

– Il ne pèse plus que 53 kilos. Atteint de « maboulisme » comme Max Elskamp, interné à Jette, il est hospitalisé le 16 avril dans le service psychiatrique de la Salpêtrière où il reste trois mois. On l'accuse d'avoir simulé la démence.

– En juin, il s'installe à Marly-le-Roi où il vit en ermite, avec ses chats, comme Céline ou Léautaud.

– En 1930, il a une liaison dévorante avec une admiratrice écrivain bruxelloise, de vingt-quatre ans sa cadette, Marie de Vivier, « petite fille filasse ».

– Tentative ratée de suicide en duo.

– Finalement, Marie de Vivier est internée à son tour dans un hôpital psychiatrique.

– En 1932, il met fin à ses jours, le 7 avril en absorbant des somnifères (Dial) en trop forte dose et succombe, avec une ironie baillonienne, à la veille de ses 57 ans, mais il en paraît quinze de plus, le 10 avril, à Saint-Germain-en-Laye, où il est inhumé devant Germaine et Ève-Marie en grand deuil.

Ainsi s'achève la vie tragique d'André Baillon, l'esprit usé et le cœur défraîchi, mort épuisé par la neurasthénie. Ce dont témoigne une photo très émouvante qui l'éternise sur son lit, une des jonquilles qu'il avait essaimées dans sa chambre posée sur le drap remonté jusqu'au cou, la barbe couvrant ses joues caves, le nez au ciel, les cheveux coiffés dans aucun sens.

---

* Frans Denissen, *André Baillon, le gigolo d'Irma Idéal*, Bruxelles, Labor, coll. « Archives du futur », 2001, et Lucien Binot, *André Baillon, portrait d'une «folie»*, Bruxelles, Le Cri, 2001.

⇒ *Voir aussi* **Annexion**, **Eusemikwie** *et* **Incapable**.

TRAIN

La Belgique doit à Léopold Ier d'avoir possédé le premier chemin de fer du continent, ce qui valut aux chemins de fer belges d'essaimer le monde entier durant tout le XIXe siècle. De cet essor remarquable, on trouve des traces déclinées diversement dans l'œuvre de René Magritte comme *La Durée poignardée* où une locomotive sort d'une cheminée, et surtout dans celle de Paul Delvaux, qui voyagea peu hormis quelques séjours en Italie, qui peignit la gare dès 1922, remontait tous les jours les pendules, soufflait dans son sifflet, coiffait son képi de chef de gare et se prit d'une telle passion ferroviaire qu'on retrouve ce leitmotiv dans maints de ses tableaux. C'est aussi le cas de son homonyme André Delvaux que rendit célèbre son film *Un soir un train* (1968) et de Chantal Akerman qui en fait un bel usage dans *Les Rendez-vous d'Anna* (1978). *La Dame dans le train* (1908) de Spilliaert a-t-elle croisé le père de Suzanne Lilar qui était chef de gare, Jacques Crickillon qui a écrit *L'Indien de la gare du Nord* (1985), Jean-Pierre Verheggen et son obsession de l'arrière-train ou Jacques Brel à qui le critique de *France-Soir* rappela à ses débuts qu'il existe d'excellents trains pour Bruxelles? Ou encore Henri Michaux, qui utilise la métaphore ferroviaire, quand il dit: « On change de gare de triage quand on se met à la peinture », ou mon propre père, qui, parlant de sa vie, me confia : « Il a dû y avoir des erreurs d'aiguillage. » La première gare du Midi se trouvait place Rouppe et, le 5 mai 1835, la locomotive La Flèche remorqua le premier TRAIN de Bruxelles à Malines. Il fallait alors trois heures et demie pour aller de Bruxelles à Namur et trente-sept heures pour rallier, de la capitale belge, Paris où les hordes conquérantes foncèrent en masse pour fêter la victoire historique d'Eddy Merckx dans le Tour de France 1969. La SNCB, réputée pour sa fiabilité, contrairement à son homologue anglaise, voitura par centaines de wagons les foules muettes ou éplorées à la Marche blanche ou à l'enterrement du roi Baudouin en août 1993. Le Thalys qui traverse l'Europe et relie Bruxelles à Paris en une heure vingt rappelle par sa célérité que la Belgique fut le premier pays d'Europe à bâtir un chemin de fer mais le train, que Freud craignait tant de manquer tout comme il avait peur de traverser les tunnels, est aussi celui qui écrasa Verhaeren en gare de Rouen. À l'instar des romans de gare de Georges Simenon qui publie en 1935 *L'Homme qui regardait passer les trains*, le progrès ferroviaire n'altère pas le train-train ni l'atterrante incidence des problèmes communautaires, comme en ce 27 mars 2001 où deux trains, l'un presque vide, l'autre comptant 24 passagers, se télescopent à Pécrot, bourg situé à la frontière linguistique séparant la Flandre néerlandophone de la Wallonie francophone. Ayant grillé un feu rouge, le conducteur du convoi vacant circule à contre-voie pendant 8 km. S'engage alors un dialogue plus que surréaliste entre les préposés de la Société nationale des chemins de fer, l'un, aiguilleur francophone, voyant la rame qui file à contresens, suppliant son homologue flamand de retenir le convoi d'en face :

– Dis, n'envoie pas le 58, euh, n'envoie pas le 6458 ! s'écrie-t-il.

– *Maar dat versta ik niet, versta ik niet man, spreekt gij vlaams?* (« Je ne comprends pas, je ne comprends pas, parles-tu flamand ? »), lui répond son collègue.

– Non… dépê… attends…, dit le francophone.

Bilan de l'incompréhension linguistique : 8 morts, 12 blessés.

Tram

La Belgique est réputée pour ses tramways autant que pour ses frites, ses peintres, sa *drache* nationale, son chocolat, ses compromis, ses querelles linguistiques. La plus belle ligne de TRAM est celle qui jadis longeait le littoral et couvrait d'une traite, en trois bonnes heures, et en s'arrêtant à chaque station balnéaire, sans presque quitter des yeux la mer du Nord, comme sur une ligne droite ou d'horizon, les 62 km qui vont de La Panne, lisière de la France, à Knokke, lisière de la Hollande, faisant de la Belgique ce qu'elle est en fait : un pays de traverse.

P.S. L'engin était autrefois surnommé « le tramway des cocus » car il était pris d'asaut par les maris pour rejoindre leur femme le week-end.

Travers

Alors qu'il hait la Belgique à cause de son embourgeoisement et de sa bêtise et qu'il projette de rédiger ses mémoires sous le titre *Souvenirs d'un exilé*, alors qu'il se targue d'être le graveur le mieux payé de tout Paris mais préfère vendre un dessin moins cher pourvu que ce soit à un collectionneur belge, alors qu'il est promu chevalier de la Légion d'honneur en France mais n'est même pas anobli en Belgique comme c'est souvent le cas pour les artistes reconnus, alors qu'il voyage partout dans le monde et s'établit dans l'Essonne mais ne peut se passer d'effectuer de fréquents retours à la côte belge, à Ostende, à Blankenberghe, à Heyst, ainsi que dans les Ardennes et sur la Meuse où il canote et rame car il adore pratiquer l'aviron, Félicien Rops confie en 1888, soit dix ans avant sa mort en août 1898, à ses vieux amis de la revue *L'Art moderne* qu'il est hanté par une idée fixe : se manifester aux Belges. « C'est drôle, mais c'est ainsi, tout le monde à ses TRAVERS », conclut-il.

TRÉPAS

La Belgique agonisante fonce à tombeau ouvert vers son TRÉPAS, sa fin résolue. Les événements tragiques récents ont fait surgir toute une série de signes annonciateurs de désespoir. Tous sont à peu près d'ordre névrotique comme si les métastases qui gangrènent le pays entraînaient en un ultime soubresaut une réaction épidermique des citoyens voués au néant. À cet égard, on ne peut se priver d'observer que Dutroux, par son nom même, évoque la symbolique d'un monde souterrain (cave, crypte, boyaux, tunnel, grotte, caverne) au sein duquel l'être étatique naît et meurt. La grotte, ventre de la terre-mère, et donc de la mère-patrie, recouvre le fantasme collectif de l'enfermement, de l'emmurement, de l'enlisement, du retour aux sources, à l'utérus : le Belge y éclôt et périt à son tour. Les pyramides de cendre que figurent les terrils se terrent par inversion dans les catacombes ou hypogée, qu'incarne la cave. Le fantôme de la destruction, de l'ensevelissement, sourd aussi du nom même de Nihoul, entrepreneur-fossoyeur, dont la parenté avec le mot néant, qui nie, noue, noie et anéantit, prouve qu'au pays de Grevisse, gendarme de la langue, magistrat du vocable, la sémantique se pare en personne de symboles que n'est plus apte à décrypter le pays.

… Signe que le stade tragique, et sans doute définitif, est dépassé, le peuple, gagné par le sentiment général de l'échec, la défiance et le dégoût, se retrouve nu dans la rue. Le germe de la scission prospère. La danse des morts – thème populaire – présagée par Ensor, Delvaux et Rops, mais aussi Vésale, génie honni entre tous, fait retentir son accent sinistre. Coupé en tronçons, partagé, envahi, vaincu, rossé, pillé, le Belge végète encore. C'est un ver qu'on a oublié d'écraser, disait Baudelaire, prémonitoire.

Gâtée par le symptôme de la scissiparité, la petite Belgique n'était à l'origine qu'une province des Pays-Bas septentrionaux et méridionaux et elle a le désir pressant de regagner cette portion congrue, exiguë, menue, minuscule, si minime, de plus en plus infime, microscopique, boutée par la mémoire de son histoire comme le saumon qui remonte le cours de la rivière pour périr en bout de course, après de multiples péripéties, cent détours, mille compromis, autant d'occupations, d'éclairantes autoroutes et de voies troglodytes, qui la muent en aire de traverse, au point de départ où elle est née.

Trivier, Marc

J'ai rencontré MARC TRIVIER après avoir publié dans *Le Monde* son très beau portrait de Robert Frank pour illustrer un entretien de trois pages paru dans le supplément du week-end. Puis je reçus chez moi, 62 rue Doudeauville, dans le XVIIIe arrondissement, ce jeune homme timide et sauvage, aux yeux clairs, qui refusa de se laisser enregistrer, arguant qu'il était trop jeune pour qu'on gardât ses propos. J'en fus quitte pour remballer mes questions mais j'ai noté que Trivier a passé six mois à tirer les 76 images de son album, dont le portrait de cet homme interné, François, qui se tait depuis quarante-trois ans, mais qui sourit de temps en temps, glissé parmi celui de créateurs réputés inapprochables tels Leiris, Bernhard, Beckett, Genet, De Kooning, Bram Van Velde ou Bacon. Je n'ai jamais revu Marc Trivier qui est un très grand portraitiste et qui se voue désormais à éterniser les arbres de Haut-le-Wastia.

Les dissections de Marc Trivier

À 14 ans, Marc Trivier reçut de son père le Rolleiflex avec lequel, enfant, il fut portraituré. Ses premiers portraits sont naturellement ceux de ses proches. Mais, très vite, les images distillent en lui leur appel propre. Le choix de l'adolescent, qui se définit à 17 ans comme un «lecteur inquiet», se porte le plus spontanément du monde sur les écrivains.

Ce sont des êtres de papier, statufiés par l'imaginaire, dont le nom circule dans les livres qui le font rêver. En les voyant, ils deviennent vivants; ils ont une peau, un nez, une bouche. Ce n'est plus seulement une vignette en couverture, mais un corps qui vit, parle et respire. Toute l'urgence de son art naît de là: capter le regard de ceux qui ont un nom et auxquels il convient non de dérober mais de donner un visage.

On évalue le prix d'un tel don quand on a la chance d'approcher d'auteurs aussi rebelles à s'exhiber que Michaux, Leiris ou Beckett. Il faut imaginer le cadeau que représente Genet qui dit «oui». Si chaque portrait est le récit d'une rencontre, Trivier ne se satisfait pas d'affronter des présences célèbres. Faire un portrait, c'est poser l'appareil face à quelqu'un, sentir la distance — comment approcher Bacon, d'où cerner Dubuffet? — et saisir la lumière, parfois crue, qui sourd d'un visage. Comme a dit Beckett, il faut d'abord «se débarrasser du portrait».

Murés dans le silence, comme entre parenthèses, graves, dociles et réceptifs, seuls, souvent très vieux, singulièrement anonymes et presque interchangeables, de Bram Van Velde à Masson, tous se prêtent sans résister à cet acte de dissection par le regard. Mains croisées, d'un œil introverti, chacun mesure l'intensité de sa présence, cueillie en une étreinte distante par ce jeune homme intrigant qui a su les séduire.

Si tous sont assis, c'est qu'ils se concentrent mieux ainsi. Sondés, sans assise, en attente, rares sont ceux qui ont la force de se tenir debout. Le corps laminé des génies visiblement défaille. Robert Frank en studio à New York, Jean Genet sur un banc à Rabat en 1985, Thomas Bernhard chez lui, à l'aube, sur un canapé recousu, sont à la fois stoïques, fragiles et surhumains, sublimes dans leur banalité.

Trivier, c'est sûr, se projette dans la relation intime,

le rapport quasi filial qu'il noue avec ses modèles illustres. Fichés au format carré, sur pied, en plan moyen, devant un fond neutre, avec l'appareil paternel qui ne vise rien d'intime ou d'indiscret. Objet d'une théâtralité réduite à l'essentiel, le portrait ne dit rien de l'œuvre. Sans la familiarité du décor, un costume de tweed, des lunettes ou des mocassins deux tons rendent à l'écrivain un visage invisible parmi d'autres.

C'est pourquoi se mêlent aux noms connus des têtes d'aliénés mentaux, d'individus qui ont perdu leur nom à l'image de cet interné muet depuis quarante-trois ans, mais qui sourit de temps en temps. À l'écoute de leur silence, Trivier exprime la même ardeur inquiète. Sans voix, l'éloquente beauté de ces visages résulte moins d'une épreuve que d'un acte crucial et risqué qui aide à vivre.

Vécue comme une quête, chaque séance est un moment unique qui ne se produira plus. En moins de cinq minutes, Trivier happe ce qu'ils ont d'insaisissable, il scrute l'éternité qu'il faut aux traits pour se faire et les accule à l'essentiel. Au bord du vide, pressé par l'extrême tension de la prise, dans un rictus, une pose ou un sourire, se lit la résistance à la mort, ultime trace avant l'oubli, qui est le fondement du portrait.

Ce n'est pas sans raison que Trivier a réalisé durant cinq ans un reportage sur les abattoirs, à Hannut et à Anderlecht. Lieu d'extermination, où l'excès de propreté se lie au sang, à la tuerie, c'est aussi un site occulte, industriel et théâtral où s'affiche sans fard la barbarie du monde moderne. Vomissant leurs tripes tels des étrons sur des écrans de peau, les carcasses équarries conviennent à une splendide et sidérante plongée dans l'horrible.

On en retrouve l'écho dans l'hallucinante composition qui sert de couverture à son livre. Submergé par la nausée des figures, Trivier a jeté en vrac dans son atelier un amas de tirages déchirés, décharge et charnier où s'annulent et s'amoncellent des lambeaux de

Borges, de Warhol ou de Burroughs, vision d'enfer, mais aussi évocation allégorique de dents, de cheveux, d'habits rappelant les heures les plus tragiques de l'histoire de l'humanité...

Le Monde, 27 février 1988. Marc Trivier, *Photographies*, Centre régional de la photographie Nord-Pas-de-Calais / Musée de l'Élysée, Lausanne, 1988.

TROU DE BALLE

La récurrence des obsessions est garante de la nécessité autant que de la sincérité d'une œuvre. Dire que Jean-Pierre Verheggen est un assiégé, un détraqué, un pété du TROU DE BALLE est un euphémisme. Depuis qu'il alla tout petit à la (p)école, l'auteur de *La Belge de Cadix, Le Flamand de lady Chatterley* et *Roland de Lapsus, compositeur wallon*, fait caca dans son popoème et, couplant encoprésie, enco-poésie et cacographie, bourre sa prose pétardière d'allusions culottées au gracieux pétard ou popotin, pétoulard, postère, pouf ou pétoulet, aussi dit « rue aux pets ». En voulez-vous la preuve ?

> Truffant ses poèmes *de bruits de vomissements et d'expulsions*
> *diverses à dominantes excrémentielles,*
> *Parce qu'il a l'cul étroit !,*
> il quémande : *Tarte aux étrons !,*
> clame : *Trou caca !,*
> veut trou : *Trou d'suite*
> et, *comme si de rien n'étron,*
> dit dans *Divan le Terrible,* livre cul-te :
> *(On ne voit jamais l'Héroïn faire ses besoins réels !)*
> ou : *L'Héroïn qui n'pisse pas, ici, est le même que*
> *celui qui n'fait pas Kafka dans ses culottes, là-bas !*
> Et il observe :
> *Du reste, la bouche et l'oreille ont la conformité*
> *de l'anus...*

Moraliste, il déclare :
un coup de déodorant jamais n'abolira le fond.
Ou encore, faux cul :
Va péter dans les églises, tu diras que c'est les saints.
Verpetheggen, le ouallon, semble peu royaliste.
(W)allons, je vous le donne en mille, quelle est
l'anagramme de TRÔNE ? :
Trône = étron !
Et plutôt cul béni :
Le cul : anus Dei !
« La pensée se fait dans la bouche », disait Tzara.
Et Scutenaire : « J'attends que, toutes langues raidies,
le trou du cul soit devenu le seul organe de la parole. »
Le trou du cul de la bouche hante *Trouvèrheggen* :
« Je suis troué », disait Michaux.
En bon Nam(o)urois, obsédé de la raie, *Verdeter-
rheggen a la hantise du cancer du* TROU DE BALLE,
comme Artaud, à l'anus en compote, sur lequel il a
toujours voulu écrire, qui se dit un déchet abject et
déclare : « Je ne suis qu'un vieil étron piteux. »
À moins de recevoir une bonne balle dans l'trou tel
Lorca.
Ainsi s'accomplit le *PET de la mort*, autrement dit :
Péter aux étoiles (mourir).
Le p(o)ète, croni, pète à la figure en se pétant la
gueule :
Faisant du pet, tout est dit :
*Proutt, ma chère ! Peste, vesse et louf ! Je vous pète,
tous, au faciès !*

Les citations sont extraites de *Stabat Mater*, *Pubères*, *Putains*, *Divan le Terrible*, *Ridiculum Vitae* et *On n'est pas sérieux quand on a 117 ans*.

TYTGAT, EDGARD

J'ignore pourquoi EDGARD TYTGAT (1879-1957), qui n'est pas un grand peintre ni un artiste de renommée internationale, occupe une place à part dans ma mémoire où il siège à la fenêtre du présent, croquant le passé avec un œil coquin depuis sa petite maison de Watermaël-Boitsfort, quiète et riante commune des environs de Bruxelles, où il résida une vingtaine d'années, où je vécus moi-même dix ans et où habita aussi Paul Delvaux qui fut peut-être un chouia trop académiquement toqué de sa gare qui pourtant ne paye pas de mine. Tytgat, lui au moins, prenait la poudre d'escampette et s'en allait dans les chemins de traverse, aussi dits des écoliers quand on est plus jeune, et se baladait en veste rouge tomate et culotte bouton d'or, crinière au vent, comme à la parade, tout à la fois trapéziste et danseuse sur corde, majordome des souvenirs d'enfance, dompteur de sourires, clown mélodieux, égérie à quatre seins, princesse dans un cercueil de verre ou bien encore lanceur d'assiettes. Fils d'un père lithographe et graveur en taille-douce, Tytgat, qui s'écrit parfois aussi par erreur Tijtgat, qui inclut dans son nom le mot *tijd*, « temps », et, par bonté d'âme, le mot *gat* qui signifie « trou, brèche ou entrée », que l'on peut aussi entendre pour *kat*, « chat », pensa d'abord tuer le temps comme horloger. Et tâta plutôt du métier de dessinateur de papiers peints à quoi colle son talent d'imagier, spontané et ingénu, ludique et délicieusement loufoque, satirique et maladroit, indécis et foncièrement fruste, indocile, empâté, pataud, épatant, follement touchant, inadapté. Comme ses œuvres, parfois signées **Tjdt**, son patronyme sortant, selon lui, de Titgoth, s'accordent à la peinture des œufs de Pâques, des cartes à jouer, des plats de céramique, des motifs de pâtisserie, de tapisserie et de tapis, de devantures d'*aubettes* et de stands de foire, de sculptures de glace, de tombes et de monuments funéraires, de boutons de porte, de ciselures de petits pois, de blagues à tabac, de marrons, de dents de lait, de poires blettes, d'os de cachalot, de tibias de braves gens, ciselés avec une fraise de dentiste, de nuages roses, de noyaux de cerise, d'yeux dilatés, qui requièrent une dextérité très supérieure aux yeux crevés, cernés ou clos, de larmes de crocodile, de culs-de-lampe, d'ailes et de couilles d'ange nu, de becs de cygne, de plumes de paon et de pets-de-nonne. Bref, tout ce à quoi on tenta de le rattacher, l'enrôlant sous l'étiquette chic et barbare de « naïvisme », d'« expressionnisme narratif » ou de « pittoresque primitif », alors que prenant tout bêtement l'anecdote comme motif d'inspiration, parfois proche, il est vrai, de la gravure sur bois, de la décalcomanie, de la caricature et du chromo, Edgard Tytgat fait sans simagrées de sa modeste peinture un art merveilleusement populaire.

U

Ubac, Raoul

Après avoir été tour à tour Rudolf Ubach, Rolf Ubach, Raoul Michelet, Rolf Ubach-Michelet, Raoul Ubac, qui adore les pseudonymes et adopte définitivement son patronyme en 1950, garde des plateaux des Hautes-Fagnes, où il déambule dans son enfance et qu'il affectionne tant qu'il pense un temps devenir agent des Eaux et Forêts, un amour tout-puissant qu'il allie à celui pour la pierre, né de ses traversées à pied, en 1932, de la Belgique, la France, l'Allemagne, la Suisse, l'Autriche, l'Italie et la Dalmatie. Fixé dans l'Oise en 1957, Ubac, qui naît en 1910 à Malmédy, petite ville des Ardennes, située aux confins de l'aire francophone, canton adjoint à la Belgique, et qui aborde la sculpture en 1946, se souvient alors du rythme des champs, des sillons de lumière et des vastes forêts des Fagnes, qui captèrent aussi Spilliaert, si éloigné de lui pourtant, qu'il ressuscite de mémoire, laissant saillir un jargon d'enfance comme Brâncusi qui se remet brusquement à parler sa langue natale huit jours avant sa mort. Mais aussi à graver des sillons, à sculpter des stries, à tracer des empreintes dans les ardoises, son matériau d'élection, en se souvenant d'une dalle d'ardoise ramassée par hasard lors de vacances en Haute-Savoie en 1946, sur laquelle il s'était mis à graver. Ainsi Raoul Ubac mettait-il en œuvre la belle pensée de Michaux :

« Qui sait raser le rasoir, saura effacer la gomme. »

UBRUCUDUBRUKÉLVICOOJUGOISTIK !

> *Calamitata! Et j'memmeurs de sermentamenteries!!! Ah c'te sexagirie oukse stroufouille min langaviskéaflaske! Carambaraka! qué culagrouillance à fèces et toyer! Torgniolégnôle khan pisselitronne jaillissoir è ôte pineclameurarâ! Troppe encras tringué d'glugluglaire poupoutâ ta blanchichichieuse o couraille couraille aperdremerdre é que me puerdre è ke j'm'encarnavinasse dé soliturpiturquie mi grâgrâgrâ fouakre è graillonnagrogri! UBRUCUDUBRUKÉLVICOOJUGOÏSTIK! Mi ermitactactactactac avèl alkomisanthroposségnagnosse! Hourra! enfonçaillure inaverbaille youska kantikantakantomkancer à kancertitudesque! Putréfoutrécrané é grounier et phumiéromancie è flegmonomanomanie è niaque à niuque! Ah ah ah Motamortellance qu'estoit min outraoutrance et grosspance textatextapiautée, et j'embrasse!*

Marcel Moreau, *Orgambide. Scènes de la vie perdante*, Paris, Luneau Ascot, 1980, p. 122-123.

UNE FOIS

Le Belge a tellement été « eu » dans son histoire qu'il répète à satiété «UNE FOIS» dans l'espoir qu'elle ne se répète pas. Mais l'histoire ne repasse pas les plats ni ne recommence deux fois, si bien que le Belge qui, de bonne foi, n'y croit pas, et qui a pourtant été vu comme personne dans cette histoire ancienne qui n'a pas lieu trente-six fois, continue, en toutes occasions et en désespoir de cause, à réclamer une seconde chance, en glissant dans la conversation, à chaque tour de phrase, cette antienne qui lui tient notoirement de mot de passe : « une fois ».

Uniforme

Le père de René Magritte exerça à Lessines la profession de marchand tailleur et sa mère travailla comme modiste et confectionneuse de chapeaux jusqu'à son mariage. Toute sa vie le peintre s'appliqua à être vêtu aussi sagement que ses personnages aux cheveux bien peignés, sapés sans fantaisie comme des mannequins ou des gravures de mode d'un strict complet trois pièces impeccablement coupé, sans pochette, d'une cravate noire, rouge ou rose pâle, tranchant sur une chemise blanche à col dur et droit ou à coins cassés, souvent surmonté d'un pardessus de ratine et d'un chapeau *boule* qui les rend reconnaissables entre tous, mais aussi imperméables aux événements, aux circonstances, aux rencontres et aux lieux qu'ils accostent ou traversent avec un même visage impassible, neutre, fermé, sans expression, parfois caché par une pipe, un nœud turquoise, un coquillage, une pomme ou un pigeon. Portraits en négatif ou en plein, seul ou en triple exemplaire sous des croissants de lune, errant entre chien et loup, entre oiseau et poisson, mains dans les poches, de face, en silhouette ou de dos, traversés par les nuages ou la mer, massés devant une fenêtre ouverte ou tombant du ciel, ils témoignent dans tous les tableaux du même flegme inflexible qui les apparente à des mutants en UNIFORME. Le jour de sa mort, on livra au peintre devenu riche et mondialement célèbre trois costumes qu'il venait tout juste de commander. Ce qui, au vu de l'immortelle tenue de ses héros immuables, paraît après coup résolument surréaliste.

Unionisme

Sentiment éprouvé par les supporters de l'Union-Saint-Gilloise, dont l'opposition à ceux du Daring de Molenbeek, autrefois RWDM, décrit dans *Bosseman et Coppennolle*, écrit en 1838, dit-on, en une semaine par Paul Van Stalle et Joris d'Hanswyck, et dont le personnage d'Amélie Van Beneden, baptisée Madame Chapeau par les « crapuleux » de sa *strotje*, était joué à la création par un homme, faute de comédienne, tradition toujours respectée, l'UNIONISME définit le spasme d'union nationale qui autant qu'à un match de football réunit comme un seul homme tous les Belges lors d'un sursaut moral, vite passé, tel que la Marche blanche, ou d'un grand deuil, tout aussi circonstanciel, telles les funérailles de Baudouin Ier.

URBANISME

La rage mercantile de détruire qui est propre aux sans-histoire sévit à Bruxelles, ville anéantie, balafrée, crevée, dépecée, écorchée, façadisée, rabotée, trouée, mise à sac, qui lui vaut l'édifiant surnom de « capitale des démolisseurs », pléonasme équivalant à un label tant il fut énoncé. Aux ambitieuses entreprises lancées par Léopold II qui fit bâtir entre autres les arcades du parc du Cinquantenaire, l'avenue de Tervueren, l'avenue du Parc-Royal, le boulevard du Souverain, et en fit, à la fin de son règne, la Mecque de l'Art nouveau avec Hankar, Van de Velde, Horta, chantre du style « nouille », dont les œuvres ont presque toutes été démolies, succéda bien vite l'impitoyable manie de débâtir, de mettre à bas, la peur du vide et la frénésie du saccage qui provoquait déjà l'ire de Hugo face au badigeonnage des façades, qu'eût-il dit du « façadisme » ?, et d'Ensor qui pointait parmi ce qu'il haïssait le plus « les destructeurs de site », qu'augura le voûtement de la Senne, suite aux inondations d'août 1850 et à l'épidémie de choléra du 26 mai 1866, causant près de 3 500 morts, prétexte idéal au désir sans fond de murer, d'enterrer, de recouvrir, d'ensevelir, qu'exhalent le dédale des galeries marchandes et le réseau troglodyte des voies urbaines autoroutières. Hétéroclite, incohérente, désordonnée, aberrante, ridicule, clamant sans complexe son mépris de l'histoire et sa faim d'amnésie, Bruxelles, gâtée par l'imbécillité, l'affairisme, l'incompétence et la corruption, le culte du ravage, l'extase postmoderne du ruinisme à tout-va, la rage sans foi ni loi du chamboulement, est une cité qui n'en finit pas de s'autodétruire. Du quartier Léopold atomisé à l'avenue Louise défigurée, au mont des Arts bousillé, à la cité administrative, au quartier Nord érigé aux prix de 10000 expulsions, à la gare du Midi, ou à l'édification du Parlement européen qui pulvérisa des quartiers entiers, elle offre le décor bouleversé d'une ville en perpétuel chantier.

En Belgique, on casse.
En France, on classe.

Fouillis, pêle-mêle, chaos, happening d'une capitale amputée, brisée, décomposée, automutilée, tarie, saignée à blanc, Bruxelles, où il faut vingt-six ans pour que naisse enfin un musée d'Art moderne mais où s'érigea longtemps un hideux viaduc rouillé qui auréola l'ingrate place Sainctelette, s'est donc réfugiée autour de la Grand-Place dans un antique décor de carton-pâte, voué au folklore d'antan et au tourisme de masse, à l'instar des venelles croulant sous les homards en plastique et les tourteaux trop cuits, abrités par les frontons décadents d'une éternelle Belgique Joyeuse qu'héberge en son sein « l'îlot sacré ».

V

VACHE

Qualifiée d'attentat contre le bon goût, parodie du mot « fauve », la période VACHE ou « plein soleil », dont Scutenaire célébrait « le calembour, la douceur et l'insondable goujaterie », est celle où Magritte, à l'occasion d'une exposition à Paris, cessa de faire du Magritte et remua les pieds dans le plat de l'académisme pour créer une peinture libre, insolente, totalement subversive, qui est sans doute la plus réjouissante et la plus récréative de son œuvre. Par un bon jeu de mots typiquement belge, pour ne pas dire une vacherie, René Magritte, qui prisait assez peu la peinture de Paul Delvaux et s'irritait fort de la comparaison qui les rapprochait à tout bout de champ, sans qu'il y ait de réel rapport entre eux, l'appelait aussi « Delvache » ou « Delbœuf ».

ANTI-VACHE

À l'instar d'André Breton qui était hostile à la période vache, comme à la période Renoir dont tous les tableaux furent écartés de la rétrospective Magritte au MoMA en 1965, Marc. Eemans, ex-surréaliste flamand, mystique, panthéiste, qui fut membre de la « Société du Mystère » et figure dans *Les Buveurs*, photographie de Paul Nougé, à côté de Magritte qu'il traita de Wallon comme Brâncusi de Juif, attaqua en 1944 cet « art dégénéré » dans la rubrique expositions du *Pays réel*, journal flamand pro-nazi, fondé en 1936 par le fasciste Léon Degrelle. À cause de sa sympathie et de sa collaboration avec le rexisme, Marc. Eemans, né à Termonde en 1907, mort en 1998, fut condamné après l'Occupation à huit ans de prison.

VALEUR

En Belgique, le talent des artistes n'a de VALEUR que si l'on peut VRAIMENT se payer leur tête. Ainsi pour dire adieu au franc belge, cédant sa place à l'euro, le gouvernement fédéral fit-il paraître sur trois quarts de page le faire-part de deuil suivant:

Après tant d'années de bons et loyaux services à la patrie, c'est le cœur en peine que nous prendrons congé aujourd'hui, de:

Monsieur
Victor Horta
Tête pensante du billet de deux mille.

Monsieur
Constant Permeke
Tête de file du billet de mille.

Monsieur
René Magritte
Figure emblématique du billet de cinq cents.

Monsieur
Adolphe Sax
Tête de rang du billet de deux cents.

Monsieur
James Ensor
Visage masqué du billet de cent.

Van

Le Belge ne sait pas d'où il vient ni où il se trouve, et encore moins où il va. Le préfixe Van, qui signifie « de » en néerlandais, lui rappelle avec une condescendante insistance le lieu géographique dont il est issu.

Vandamme, Jean-Claude

Exemple unique d'un Brusseleir ou Bruce Lee belgicain, originaire de Berchem-Sainte-Agathe, qui se prend pour un acteur hollywoodien. Ou mieux, comme il le dit lui-même naïvement, avec un accent ricain d'une lourdeur sans égal, une *movie star*.

Van het Groenewoud, Raymond

Raymond Van het Groenewoud, compositeur flamand, né en 1950 à Schaerbeek de parents amstellodamois, devenu belge à 16 ans, a connu ses plus grands succès dans les années soixante-dix avec *Meisjes* et le très folklorique *Vlaanderen Boven*, datant de 1978, exhumé, remastérisé, rebaptisé *Vlaanderen Boven 2002* (« La Flandre en avant 2002 »), promu hymne officiel de la fête flamande du 11 Juillet par le gouvernement flamand. À l'époque, ladite chanson avait été interdite à la BRT à cause de la phrase « Et où le roi n'a pas d'enfant », jugée insultante à l'égard de Fabiola et de Baudouin Ier. Pour la version 2002, l'auteur l'a changée en : « Et où le roi a un enfant », par allusion aux amours clandestines, désormais publiques, du nouveau souverain, Albert II.

Varenne, Luc

Luc Varenne que j'imitais en culotte courte, dès l'âge de 7 ans, lors des fêtes paroissiales et *fancy-fairs* que j'animais, allant jusqu'à passer en direct à l'INR, place Flagey, dans l'émission de Jean-Claude Mennessier, *Les 230 minutes*, où je conversai avec l'illustre radio-reporter, fut un des héros de mon enfance autant qu'une des plus populaires et attachantes figures du sport en Belgique. Parlant sans accent, d'une voix vibrante et musicale, au timbre inouï, au grain finement voilé, qui faisait frissonner l'auditeur, emporté par le débit prenant de sa phonation éraillée, et par ses cocasses ou subites saillies, Luc Varenne, qui prenait toujours l'antenne en disant « Allô, allô, mes chers auditeurs… » me rappelle les repas du dimanche en famille avec le poulet-frites et la compote aux abricots, qui prévenaient les derbies Belgique-Hollande ou les chocs au sommet Standard-Anderlecht, Gantoise-Standard, Standard-FC Liégeois ou Union-Saint-Gilloise/Anderlecht, ainsi que les matchs de Coupe d'Europe qui nous transportaient à Madrid, Barcelone, Manchester ou Milan, et les rencontres internationales qui se jouaient au Heysel. Mais aussi les étapes du Tour de France, les sprints si enlevés qu'il en chuta une fois de sa chaise, les prouesses d'Eddy Merckx et le championnat du monde, les exploits de Philippe Washer et Jacky Brichant, en coupe Davis, sur le central surchauffé du Léopold Club (« Mon micro pour un Coca ! »), dans les années soixante. Quand la télé était encore en noir et blanc, et que je suivais au café les premiers matchs retransmis en Eurovision, la radio – captivante, hypnotique, enchanteresse – était toujours en couleurs. Chauvin, imprévisible, parfois délirant, Luc Varenne, flanqué pour les commentaires du soir de Camille-Jean Fichefet, pince-sans-rire complice, tous deux se muant en duettistes de music-hall, ce à quoi n'atteignirent jamais leurs confrères, le bien-nommé Arsène Vaillant, le regretté Georges Malfait, le gentil Théo Mathy, le laborieux Roger Laboureur, Luc Varenne donc, radio-reporter génial, était à lui seul Léon Zitrone, Pierre Bellemare, Roger Couderc, Pierre Tchernia et Robert Chapatte.

VEEWEYDE

L'horreur des animaux abandonnés et encagés, avant d'être sauvés ou piqués, survit dans ma mémoire par l'énoncé bizarre de ce nom de VEEWEYDE, prononcé *Véwayde*, marqué par le *v* (vé), le doublement du *ee*, prononcé é, et du *w* central (we), suivi du *ey* ouvert, prononcé eille que ponctue sur un ton sourd et sans appel le *de* final, qui veut dire « pré au bétail ».

La S.P.A. belge est aussi appelée « La Croix Bleue ».

Vélo

Le VÉLO n'a pas la même fonction en France qu'en Belgique où il tient lieu d'emblème, comme en Hollande qu'il symbolise autant que la tulipe, les canaux ou le moulin à vent. Rien n'est plus beau qu'un vélo. Objet parfait et humble, liant la selle et le guidon, le cadre et la fourche qu'on enjambe, le pédaleur et la pédale se soutenant l'un l'autre, il apprend à rester d'aplomb tout en pressant le mouvement, et produit une sensation inébriante de liberté, d'ivresse, de légèreté et de célérité. Donnant l'effet d'être sur un nuage, tout en bravant le vent et la tempête, tenir en équilibre sur un vélo ne s'oublie jamais. C'est une activité saine et grisante qui revient à la légère à dominer le monde.

Je ne sais plus exactement où j'ai appris à rouler à vélo mais je me souviens des chutes sur les trottoirs de la rue Mignot-Delstanche, des trous dans les genoux, et des furoncles au coude que ma mère perçait dans la cuisine lorsqu'ils étaient à point, avant de gicler jusqu'au plafond, et d'être pansés de sparadraps posés en croix. Je me souviens d'avoir appris à rouler à ma fille place des Marronniers, à côté de l'église, à Saint-Maur, où elle tourna seule en rond un dimanche après-midi comme sur un manège, et à mon fils, avant le printemps, sur la digue de Duinbergen, face à la mer grise du Nord, en le poussant vers Heyst, jusqu'à ce qu'il parte seul, aborde le large coude du virage au bas de la côte, le rate, perde les pédales et file tout droit en lançant des hauts cris avant d'emboutir un couple de petits vieux assis côte à côte sur un banc, en train de prendre le frais et le vent bourré d'embruns.

Sur la place du Triangle, aire atypique à la mer où les angles aigus sont rares, à deux pas du café-restaurant Le Rubens, au pied des immeubles neufs à sept étages au balcon desquels il semblait que tout le monde m'épiait, je me souviens d'avoir pédalé durant des heures au milieu des *cuistax*, des patineurs à roulettes, des rires, des cris et des balles de Jokari qui valsaient, et même des cerfs-volants qui en chutant coupaient ma trajectoire. Les Belges excellent à inventer des vélos de tous styles, à grandes et petites roues, molles ou carrées, où l'on pédale couché, accoré à une barre, secoué comme sur un bidet, aux pneus zigzaguant ou virant perpétuellement, et même girant vers l'arrière, ce qui, à Blankenberghe, irrita tant le regretté Reiser.

En danseuse, bien en ligne, nez au vent, dans le guidon comme les champions que j'admirais moulés dans leur cuissard, et leur maillot multicolore ceint de marques publicitaires, leurs socquettes aussi blanches que leur casquette, et leurs souliers noirs à petits trous pour respirer, comiquement recroquevillés, lunettes sur le front, jambes rases à cause des gadins, et boyaux pliés en huit sur l'échine, sonnette au poing, ah, le dring dring égalant le poêt poêt des suiveurs à moto !, je me prenais pour un sprinter dans les sentes du Zoute, escaladant la côte ardue qui menait chez Oscar, longeant les interminables avenues sur les allées à dalles carrées, entre les saules têtards et les haies des villas, comme si je m'étais échappé et qu'au feu rouge ou au carrefour était brandie la banderole d'arrivée. D'autant plus dur était le retour de mon beau vélo bleu, parti par chemin de fer, rentré par camion, souillé d'étiquettes brunes, rudes à détacher qui déparaient mes garde-boue argentés

Sport d'émancipation sociale, pratiqué par des flahutes aux bouilles d'un autre âge et au parler rigolo, ce qui n'est plus le cas aujourd'hui, même si à cet archétype répond encore un briscard de la trempe de Museeuw, autant qu'engin de l'imagination, le vélo est un sport fascinant, spectaculaire, terrible, admirable, détestable et très complet. Sur les sentiers ou dans les bois, accomplissant d'héroïques exploits, m'envolant ou blotti en queue de peloton d'où je lancerais une attaque décisive à laquelle nul ne résisterait, je me retrouvais en réalité comme un de ces géants miniatures, peints par mes soins, serpentant sur le grand bureau ciré de mon père où nous installions les panneaux de carton divisés en sections égales, qui, par un coup de dés, permettait au coursier d'avancer. Le vélo procure une ivresse linéaire. Il suffit de rouler des jambes, aspiré par la lumière, pour s'évader en chambre. Virant telle une mappemonde, le roulis de la roue s'opère. Qu'importe comment tourne la Terre, j'avais mon petit vélo dans la tête.

VELPEAU

« Bander comme VELPEAU » est un aphorisme pharmaceutique de Marcel Mariën publié en 1971 dans *Les Lèvres Nues*, n° 4.

VERHAEREN, ÉMILE

Plus que ses poèmes en vers ou en prose que je trouve d'une ferveur d'un autre âge, me touchent chez ÉMILE VERHAEREN la figure intellectuelle de l'écrivain inscrit au cœur de son époque, sensible et réceptif à la création des autres, prenant fait et cause pour tel artiste méconnu ou méprisé comme Ensor le fut, et surtout sa trajectoire que ponctue cette fin tragique dont j'ignore s'il faut lui prêter une valeur symbolique, ou se borner à la comprendre pour ce qu'elle est : un signe du destin, le fruit du hasard, le sceau imprévisible d'une histoire personnelle.

Tout commence en ce matin du samedi 25 novembre 1916 lorsque l'auteur des *Flamandes* (1884) s'apprête à partir à Rouen où il s'était déjà rendu au printemps précédent pour assister à la première d'un mélodrame musical écrit sur un de ses poèmes par un jeune compositeur belge.

Le public rouennais, réputé glacial, avait applaudi de bon gré Ludovic Bouserez qui venait de porter à la scène *Le Fléau*. Cette fois, c'est pour une conférence, invité par le jeune dramaturge René Fauchois, qu'il se rend dans la cité normande, où vécut Flaubert, dont on prétend qu'il connaît par cœur les tortueuses venelles et les belles maisons à colombage. Je le vois ce jour-là, avec son drôle de petit chapeau, son binocle rond, sa moustache de vieux chien, son écharpe croisée sur le col de son long manteau, alors qu'il se rend dans la capitale, à la gare Saint-Lazare où Fauchois l'attend. Il s'est installé définitivement en 1902 – année de sa rencontre avec Stefan Zweig – au 5 rue Montretout, aujourd'hui rue Émile Verhaeren, à Saint-Cloud, où il occupe un petit appartement débordant des toiles de ses amis.

La maison a été trouvée dès l'hiver 1900. Et Verhaeren aime cet endroit surélevé avec ses fenêtres ouvrant sur le parc où il vit naguère chuter un aéroplane. Il y mène une existence réglée et bien remplie. La France lui apporte le sens de la pondération qui lui fait tant défaut, et ses jardins rectilignes dont il admire le tracé. Celui que l'on traite chez lui de « poète national » et que Pound qualifiait d'« homme le plus triste de l'Europe » ne regrette pas d'avoir fait de Paris sa ville d'élection. C'est d'ailleurs à Saint-Cloud que Théo Van Rysselberghe transposa, lors d'une réunion imaginaire, son célèbre tableau pointilliste intitulé *La Lecture* (1903) où le liseur fougueux, en veste rouge feu, récite de sa voix ferme, scandée, aiguë, avec des gestes enfiévrés, et lève une main noueuse sous les yeux de ses amis poètes impénétrables dont André Gide, Félix Fénéon et Maurice Maeterlinck.

Ah, Maurice !... Tous deux élèves de Sainte-Barbe, à Gand, et tous deux avocats, ils s'estiment sincèrement et sont les deux grandes gloires nationales même si Maeterlinck, son cadet de dix ans, son rival pour la postérité, expatrié depuis bien plus longtemps que lui, rafla seul le prix

Nobel de littérature qu'il désirait tant obtenir, et pour lequel de bonnes âmes les avaient d'autorité présentés de concert.

Marthe ne l'accompagne pas. Cela fait vingt-sept années de vie commune avec celle qui l'appelle affectueusement le « petit vieux » ou le traite, non sans ironie, à la troisième personne, en le désignant par son nom. Il a rencontré par chance cette jeune artiste peintre, fille du marchand de cigares Massin, amie de sa sœur Maria. Ils se sont mariés le lundi 24 août 1881, à l'église Saint-Jacques-sur-Coudenberg, à Bruxelles. Elle a renoncé au voyage.
C'est la dernière fois qu'elle le voit.

Le « Hugo des Flandres » est plutôt de petite taille. Il part avec une valise légère. Car il ne compte rester qu'une seule nuit. Peut-être emporte-t-il aussi la grande serviette où il range ses manuscrits, reliés par une boucle à sa ceinture ? Ce qui allègue, à l'évidence, une certaine angoisse. Mais Verhaeren est fanatique de la perfection.

Fauchois l'attend dans le hall, à Saint-Lazare.
Ils s'installent en 3e classe car le poète ne voyage qu'ainsi.
Le trajet de Paris à Rouen dure quatre heures.
De quoi donc parlent-ils ?

Sans doute du Caillou-qui-Bique, enclave frontalière, hautement symbolique, sise en Hainaut, à deux pas de la frontière, deux fois plus éloignée de Mons que de Valenciennes, cul-de-sac qui prolonge le terroir belge en territoire français, où il se balade vêtu de velours côtelé brun clair, en lourds brodequins, qui activent sa dépense d'infatigable marcheur et lui confèrent l'air d'un cul-terreux, ou d'un bouseux, voire, et pourquoi pas ?, tant mieux !, d'un braconnier. C'est que le « génial Flamand », auteur de *Toute la Flandre* (1904-1911), en cinq beaux recueils, veille avec autant de soin que d'art à la conformité de son apparence. Né en 1855 comme Georges Rodenbach, dans la région anversoise, sur les rives de l'Escaut, à Saint-Amand, il pense à accréditer sa légende flatteuse de « grand Barbare du Nord », de « mysticien de la Flandre », qui patauge dans les bocages, « d'une démarche pesante et courbée de laboureur », comme dit Zweig qu'il accueille en week-end, ou durant l'été dans sa bicoque, parmi les bosquets du Caillou-qui-Bique où il se refait une santé et mitonne ses envolées d'aède inspiré.

Même s'il est parti, il est l'auteur d'une œuvre « patriale ». On le déclare « belge jusqu'aux moelles ». Il incarne la « race flamande ». Même s'il n'écrit qu'en français ! Allons, ce n'est pas le moment de médire du Belge, qu'il accusa d'être « sectaire en religion, scissionnaire en politique ». Ni de dire de son compatriote qu'il est « enclin à rapetisser tout ce qui prétend s'élever au-dessus de la norme commune ». Mieux vaut évoquer son enfance quand il grimpait dans les arbres pour dénicher les oiseaux, dans les tours pour mirer la campagne, dans les clochers pour carillonner à tout-va. Son allure de rimeur exalté, marchant, solitaire, le long de l'Escaut, lors de sa promenade quotidienne, sied idéalement à la stature de celui qui a viscéralement rêvé la Flandre. « L'homme du Nord » est amoureux de la mer, élément primordial, et chérit son pays plat et monotone.

Point n'est besoin de le dire asthmatique et névropathe. Insomniaque et bronchiteux. Néphrétique à ses heures. Qu'il souffre de surmenage et de dyspepsie. Et pâtit chaque année du rhume des foins qui le contraint à éviter le voisinage des arbres, lui fait des « yeux rouges comme des piments » et « un nez pareil aux fontaines publiques », ruisselant et rinçant à flots glaireux ses longues moustaches tombantes à la gauloise qui en font une sorte d'Astérix d'outre-Quiévrain, de Gaulois loufoque du Caillou-qui-Bique. Point utile non plus de rappeler qu'il frôla la folie vers 1885. Qu'il sombra dans une dépression telle qu'il fallut changer la sonnerie de la porte qui l'effrayait. Qu'on boucla les fenêtres à cause du potin de la rue. Qu'il analysa et décortiqua avec maestria cette période lugubre, décrite dans *L'Heure mauvaise (les bords de la route)*.

Mais voici que le train entre dans la gare de Rouen.
Hallucinante autant que fascinante comme toutes les gares.
Ne sont-elles pas le point de rencontre des nations ?
Le centre vital où tout converge ?

Verhaeren rajuste son lorgnon, rivé dans l'orbite, lové sur l'arête du nez pointu, vu qu'il est myope, tortille ses bacchantes et débarque à Rouen après un trajet sans histoires. Il répond aux poignées de main des amis qui sont venus accueillir le poète du siècle des machines, chantre de « l'âge d'acier », qui personnifie une certaine forme de conscience européenne, si bien qu'il symbolise l'Européen, à quoi ne répond pas sa silhouette comique, avec son long imperméable flottant et son petit chapeau à bords ronds, coiffant sa frimousse moustachue, sur la plage de La Panne, en ce 4 août 1915, où il pose pour la photographie, avec de fiers cavaliers galopant dans le vent, qui lui donnent plutôt l'air pittoresque d'un personnage de Flaubert ou d'une caricature de Forain.

Verhaeren se rend directement à l'hôtel du Nord, dans le quartier de la vieille ville qu'il affectionne. Il visite le vieux Rouen, admire la cathédrale Notre-Dame, s'étonne de l'étrange climat qui règne dans la métropole normande occultée par crainte des Zeppelin.

Comme souvent, il dort mal. Car il est de nature fort peu quiète. Sa nervosité est-elle exacerbée par le pressentiment du tragique surlendemain que préfigura, quelques semaines auparavant, le drame d'un ouvrier, happé par une courroie de transmission, dont il a été témoin à Bruges ? Ou encore la chute, un an plus tôt, d'un négociant en vin, ayant glissé sur la voie, qui s'en tira avec le pied broyé ?

Nous sommes le dimanche 26 novembre. Verhaeren est en forme et entame sa journée très chargée. Il se recueille à

Croisset, l'ermitage de Flaubert. Et songe à sa conférence au musée des Beaux-Arts, rue Thiers, présentée par le président du comité des « Amis de Flaubert ». Elle ne porte pas sur « La Culture de l'enthousiasme » ou sur la Flandre et les héros de Flandre comme il l'a fait lors de tournées devant des salles combles, électrisées, en Russie, en Angleterre, en Espagne, en Allemagne dont il ne parle pas la langue. Ou encore des meetings survoltés où il disserte sur « La poésie des machines » car il appréhende serein le siècle moderne dont il loue les perspectives malgré le conflit. Ni même « La Belgique littéraire » qu'il défend comme un soldat en service commandé. Ou encore « L'esprit belge ». Mais elle s'intitule – ô ironie ! – « La Belgique ne veut pas mourir » et traite des rapports entre Art et Civilisation. Ardent orateur, Verhaeren n'a aucun mal à séduire son public. Et inaugure dans la foulée une exposition d'œuvres de peintres belges réfugiés en France, dont Émile Claus.

Puis il assiste à un spectacle de divertissement au music-hall des Folies-Bergère, dirigé par un Belge, où il se frotte à des gazelles ivres, très légèrement vêtues. Ces libations sont courantes. Et sa jeunesse n'est pas exempte de virées tapageuses, d'excès en tous genres à quoi le porte son tempérament impulsif de jouisseur baisant la vie. Doté d'une puissance créatrice hors norme, Verhaeren fut ainsi un sacré riboteur, fieffé ripailleur, fameux noceur, ainsi que satané goinfreur !

Le lendemain, 27 novembre, Fauchois part plus tôt. Et Verhaeren un peu plus tard. Trop ? Soupçonne-t-il ce qui l'attend ? Retarde-t-il l'échéance fatale ? Du moment qu'il attrape la correspondance pour Saint-Cloud où, comme il le télégraphie à Marthe, il arrivera à 11 heures du soir.

Avec ses deux grands amis, Charles Angrand et Maximilien Luce, peintre des « gueules noires » et des paysages industriels du Nord, à l'antipode des luministes Van Rysselberghe et Signac dont il est l'ami, chantre de l'art social et de la classe prolétarienne, taxé de « peintre faubourien », il visite le musée des Beaux-Arts où il admire les œuvres du XIXe siècle, achète des cartes postales de David, Ingres, Delacroix, guigne aussi Rubens, Jordaens et les Hollandais. Car il ne faut pas oublier qu'il est un exceptionnel critique, ou plutôt un « littérateur d'art », qui discourt sur Rembrandt et Rubens, Odilon Redon, Gustave Moreau, Khnopff, Georges Minne, le sculpteur, Laermans et Ensor qui le croque « taillant son crayon » (1890). Devant tous ces chefs-d'œuvre, Verhaeren redresse son pince-nez mal ajusté, pique la tête en avant, détaille la merveilleuse splendeur – ultime sursis – de ses yeux bleu de mer.

Il a des voyages prévus en Scandinavie et en Amérique. Il a le temps. Flâne encore après le déjeuner, prend enfin le tramway jusqu'à la gare fatidique.

Nous sommes le 27 novembre 1916.
Verhaeren a 61 ans.
À 18 h 30, le rapide de Paris apparaît.
La locomotive, dont Frans Masereel peut dessiner de mémoire les pistons, sort en mugissant du tunnel.
Huit minutes pour laisser monter et descendre la foule des voyageurs qui se presse sur les quais bondés.

Que se passe-t-il alors ?
Comment rendre l'accident explicable ?
Le train arrive à pleine vitesse.
La locomotive surchauffée lui passe sous le nez.
Verhaeren, excité, qui aime tant la foule tumultueuse et haletante, dont l'enivre le trépignement, comme l'a si bien confié Stefan Zweig, se précipite vers l'avant du convoi.

« Le monde est trépidant de trains... » (et de navires).

Verhaeren court, emporté par son élan, aspiré par la bête de métal qui le fascine tant, saute sur le marchepied, veut agripper la main courante, la manque. Tente d'attraper la suivante.

A-t-il raté la marche ? Trébuche-t-il ? Le pousse-t-on ? Y a-t-il une bousculade ? Dérape-t-il ? Lui fait-on un croche-pied ? Tressaute-t-il ou sautille-t-il ? Lui, qui ne peut tenir en place, s'agite-t-il trop ? Tombe-t-il de fatigue ? Perd-il pied, trahi par l'âge ? L'a-t-on bousculé ? Poussé du coude ? Heurté du genou ? Désarçonné par un coup de poing dans les côtes ? Ou déséquilibré ? Déstabilisé par la foule fébrile, prenant les wagons d'assaut, dans la confusion des temps de guerre, comme le soutint Mathieu Kobia, concierge du musée Wiertz, qui jura plus tard avoir assisté à la scène ?

« Nom de Dieu, je tombe… Me casse la gueule… »

Le sol manque sous ses pas.
Aspiré, happé, saisi par le roulement ininterrompu de la locomotive écumante, il perd pied.
Pousse un cri.
Choit sous les roues.
Est entraîné sur la voie.
Son corps noueux, sec, craque.
Sa tonnante voix d'airain éructe : « Aïe, ouille, oh là là… »
Mais nul ne l'entend.
Tout se brouille.
L'Escaut une rame, les rives comme des quais, les ballasts tels des brise-lames et les vagues l'emportent.
Il sombre avec une effroyable douceur.
L'horizon est une guirlande de dunes.
… les os… le sang… les nerfs.
Ses jambes coupées aussi nettes qu'un rail,
comme d'un coup électrique,

« marquant la césure et martelant les vers ».

Celui qui érigea la ferveur en éthique, selon Stefan Zweig,
Celui que la Belgique célèbre comme son plus grand poète,
Celui qu'on appelle « le carillonneur de la Flandre »,

Celui qu'on nomme « le poète du paroxysme »,
Celui qu'on présente comme « le poète de la nécessité »,
Celui que Zweig, encore, sacre « le plus grand de nos poètes
lyriques d'Europe »,
Celui qui chante la Flandre comme étant le cœur de l'Europe, ce qui eût ravi Wiertz,
Celui que Zweig décrit comme « le prophète des temps nouveaux »,

       saigne.

Comme il brisa le rythme de la phrase, disloqua la syntaxe « afin que la phrase devienne chose vivante par elle-même », il se perçoit amputé des pieds, broyé, déchiqueté.

« Mourir ainsi, mon corps, mourir, serait le rêve ! »

Le voilà lui aussi réduit en lambeaux, en pièces détachées, et même pis, en charpie, en coulis. Il voit sa silhouette écrabouillée, la chair meurtrie qui s'effiloche.

« Cela se perd, cela s'en va, cela se disloque. »

       Ah, quai funeste !
       Roue-n.

« La vie est à monter et non pas à descendre », pense-t-il tandis qu'on le dégage à grand-peine et le hisse sur le quai, semant sur le ballast quelques fils d'argent de sa moustache. Le sang coule des artères, rosé et frais, à gros flots. Il voit sa taille rapetissée, rabotée par le bas. Ses cannes coupées ras au-dessous des chevilles.

Lucide encore, il pense toujours à la Belgique que son ami Zweig dépeint prémonitoirement comme le « cœur d'un immense système artériel de voies ferrées ». Il pense aux souverains belges qui le convièrent à la villa de La

Panne, le 4 août 1915, dans les dunes, face à la mer si sombre, sur le sable du « dernier lambeau de la patrie ». Il pense à ses tronçons de corps rouge vif, à la chair arrachée, incrustée dans les rails, bouillie chauffée à blanc. Il pense à sa pièce *Vésale* entamée vers 1908. Il pense à sa bicoque, au coq, aux vaches et aux arbres du Caillou-qui-Bique, sa retraite champêtre. Il pense à Marthe, que n'a-t-elle retenu le « petit vieux » ? Il halète, il respire encore, inarticule des sons. On tente bien de lui prodiguer des soins. En vain.

« Je meurs. Ma femme... ma patrie... »,

tels sont les ultimes mots – fameux adieu ! – qu'on lui prête. Telle fut la mort – ô combien signifiante ! – du chantre des machines qui finit écrabouillé par l'une d'elles. Lui qui ne voulait rien savoir de la mort, et qui se cramponnait à son destin, lui qui avait voulu vivre sa vie exactement telle qu'il l'avait vécue, lâche prise et rend son dernier soupir à 19 h. L'œil du poète visionnaire se clôt. Ainsi cesse une vie sans faits saillants, hormis l'heure dernière.

L'auteur de *La Belgique sanglante* fut inhumé « en terre belge et indépendante ». On effectua un moulage du masque mortuaire et des mains dans la position de l'écriture, puis on le transféra sous des monceaux de violettes, de roses et de chrysanthèmes par un jour brumeux, gris et froid.

RONGEANT SON FREIN POUR L'ÉTERNITÉ
LE PROPHÈTE DE L'ÂGE DE FER
EST À PRÉSENT MANGÉ PAR LES VERS
SANS DÉBUTER PAR LES PIEDS.

Voir Jacques Marx, *Verhaeren, biographie d'une œuvre*, Bruxelles, Académie royale de langue et de littérature françaises, 1996, 675 pages.

Vérités premières

Le Belge a le sens des VÉRITÉS PREMIÈRES qui sont aussi souvent les plus profondes. Ainsi assène-t-il, sûr de lui, sans l'ombre d'un doute, une once d'hésitation, des vérités transcendantales aussi stupéfiantes que :
— Nous ne sommes pas assez rien du tout.
— Ni de droite ni de gauche, bien au contraire.
— En avant ! Y a pas d'avance.
— Je dis tout droit dehors ce que je pense.
— Quelle idée a-t-il de derrière la tête ?
— Ça ne peut tout de même pas continuer, rester, durer.
Et, enfin, pour clore toute discussion :
— C'est pas du *spek** pour ton *bek*.

---

* Lard.

Verlaine, Paul

Les aventures de PAUL VERLAINE et d'Arthur Rimbaud en Belgique s'apparentent à une épopée rocambolesque, à de vaudevillesques tribulations, à une piteuse et risible tragi-comédie, à une bouffonnerie interminable, lardée de coups de théâtre et de rebondissements, bref, à une authentique histoire belge qui mérite d'être contée par le menu et depuis le début, tel un feuilleton que l'on narre en divers épisodes, qui sont à ce point inimaginables qu'ils tiennent le lecteur en haleine.

Premier épisode.

Notaire à Bertrix, dans la province du Luxembourg, où vivaient aussi ses deux tantes – déjà ! –, l'une, Julie, future épouse du *bourgmestre*, à Paliseul, prononcé « Palizeû », l'autre, Louise, à Jehonville, prononcé « Djonvî », le grand-père de Paul Verlaine, prénommé Henry, accrédite son ascendance authentiquement belge. Depuis son enfance, le futur poète se rend chaque année pour les vacances de Noël et d'été dans les Ardennes si bien que, sur la façade de la maison d'un de ses anciens petits copains, on appliqua une plaque commémorative portant la mention : « Ici joua Paul Verlaine. » Familier des Hautes-Fagnes qu'essaiment des villages aux toits d'ardoise bleue, il court dans les pâturages et les bois, les vergers gorgés de fruits, les bas-côtés des layons bourbeux farcis de genêts et de myrtilles, les rivières glacées où glissent truites et écrevisses. De même qu'il savoure les mets locaux – le jambon par exemple (qui est un ange) –, il visite la cité de Bouillon toute proche, la forêt de Saint-Hubert qui, à l'orée de l'hiver, retentit des stridentes sonneries des fameux cors de chasse, et part en excursion aux grottes de Han comme le fit Victor Hugo auquel il avait envoyé ses premiers vers et qu'il revint visiter plus tard à Bruxelles, place des Barricades, en août 1867, en compagnie de sa mère qui le choie et garde les résidus de ses fausses couches dans des bocaux, rangés et alignés par ordre de grandeur et d'ancienneté sur de hautes étagères bien cirées.

Deuxième épisode.

Féru de livres obscènes et friand de vers orduriers, l'auteur des *Poèmes saturniens*, qu'il édita à compte d'auteur, s'est marié à 26 ans, est devenu père, et a rencontré Rimbaud qui lui a d'abord écrit et qu'il avait pris d'emblée pour un poétaillon de province. Celui-ci étant devenu son amant, il fuit Paris où il a été promu commis-rédacteur au bureau du Domaine de la Ville, avec son jeune compagnon de débauche. Entrés en Belgique sans passer officiellement par la frontière, ils traversent en train la Wallonie, embrassent par la fenêtre Thy-le-Château, Charleroi, Genappe et Waterloo où le lion dressé sur la butte tant haïe par Hugo leur fait une piètre impression. Arrivés à Bruxelles, ils s'installent au Grand Hôtel Liégeois, 1 rue du Progrès, où Paul a déjà séjourné avec sa mère quand il visita le glorieux Victor. Et, buvant comme des trous, entament en soûlographes la tournée des bistrots, virée des caboulots, bordée des troquets, débits et gargotes des alentours de la Grand-Place où ils lampent à tour de bras des stouts et des faros. Comme en voyage de noces, ils excursionnent jusqu'à Malines et à Liège, Paul, habitué aux « mélancoliques peintures flamandes », expliquant à Arthur les merveilles si particulières de cette contrée du bout du monde. Mais voilà que Mathilde, sa moitié, qui l'aime, dont il voulut un jour enflammer la chevelure avec une allumette, et qu'il traitera plus tard de « fée carotte », de « princesse souris », ainsi que de « punaise », ayant découvert en décachetant en catimini son courrier la nature exacte de sa relation avec Rimbaud, débarque avec sa mère le 21 juillet – jour de la fête nationale ! – en le priant et le pressant de regagner son foyer. Faible de caractère, plutôt velléitaire, jouant sur les deux tableaux, Verlaine grimpe dans le train avec Mathilde qui pense l'avoir convaincu de rentrer à Paris. Mais parvenu à la frontière, à la gare frontalière de Quiévrain, il saute du wagon et refuse d'obtempérer à l'ordre de sa conjointe penchée à la fenêtre qui lui crie :

– Montez !

– Non, je reste,

répond Verlaine qui regagne illico Bruxelles où l'attend Rimbaud qu'il sodomise en public, à moins que ce ne fût l'inverse. Traqué par le bureau des étrangers de la police belge, nos deux vilains bonshommes, qui de plus frayent avec les proscrits, s'embarquent à Ostende pour gagner l'Angleterre et Londres. Ce qui se passe là ne nous regarde pas car nous nous efforçons dans cet ouvrage, aux multiples entrées et d'un assez gros calibre, de ne traiter que ce qui concerne la Belgique.

Troisième épisode.

Cela tombe bien car les voilà justement qui y reviennent en 1873 après avoir pris à Douvres le paquebot *Comtesse de Flandres* à destination d'Ostende. Saut à Namur, crochet par Bouillon, séjour à Jehonville, chez tante Louise, puis Anvers, Liège et Bruxelles où Verlaine tente sans succès de faire éditer ses poésies. Maudissant celle qu'il appelle dans un dessin la Pelgique, il repart à Londres et rentre au pays le 3 juillet. Il s'installe derechef le 4 juillet à l'Hôtel Liégeois, modeste cambuse dans le quartier de la gare du Nord, à l'angle de la place des Nations, actuelle place Rogier, et de la rue du Progrès, chambre n° 2, où sa mère adorée, âgée de 64 ans, accourue à tire-d'aile, le rejoint le dimanche 6. Rimbaud rappliquant à son tour le 8 juillet, les deux amis détalent en hâte et campent au centre ville, à proximité de la Grand-Place, à l'hôtel de la Ville de Courtrai, car ils n'occupent, comme dans un jeu de piste, que des hôtels ayant un nom de ville, sis 1 rue des Brasseurs, au 1er étage. C'est encore après bien des péripéties, chantage, double jeu, menaces de suicide, émaillées de scènes de jalousie, d'âpres disputes et de nuits de beuverie, que se déroule le fameux drame qui fit tant pour accréditer leur légende de couple mythique, infernal et dévergondé. Le 10 juillet, Verlaine, levé tôt matin, mais du mauvais pied, ce qui accroît d'autant sa boiterie, se rend chez l'armurier Montigny, dans les galeries Saint-Hubert, où il achète pour 23 francs, à M. Leroy, Albert ou Baudouin de son prénom ?, non, ce serait trop beau !, un pistolet de 7 millimètres à six coups, avec une boîte de 50 cartouches, qu'il charge et dont il se fait expliquer le fonctionnement. Veut-il se trucider comme il l'a glapi maintes fois ou liquider Arthur ? Il rentre à l'hôtel, fortement éméché, où il lâche son célèbre : « C'est pour vous, pour moi, pour tout le monde ! » En somme, une tournée générale. Excité, excédé, très énervé, comme fou, il veut empêcher Rimbaud de retourner à Paris et s'assied devant la porte, sur un siège vu qu'il mène une vie de bâton de chaise. Est-ce une blague ? Une de ses toquades familières ? Une hâblerie de poète ? Un bobard ? Une *zwanze* belge ? Une astuce pour garder à ses côtés le génial voyant qui n'a que 19 ans ? Vers 14 heures, Verlaine, plus bourré qu'éméché, tire deux fois sur Rimbaud qui est légèrement blessé au poignet gauche, la seconde balle se logeant dans le plancher. S'ensuit une abracadabrante confusion où la mère de Verlaine qui veille dans la chambre voisine jaillit en hurlant « À l'assassin ! », à moins que ce ne fût son fiston fêlé qui bondît se blottir dans ses bras. Le blessé ayant été pansé, sommaire pensée, le trou de balle étant mineur, ce qui écarte tout danger d'une plainte, Arthur, ayant été conduit à l'hôpital Saint-Jean, sur le boulevard Botanique, salle 11, lit 19, là même où fut soigné Baudelaire, Rimbaud décide de quitter son amant tueur, piètre viseur, mais bon versifieur et sacré videur d'absinthe. La maman de Paul lui ayant filé 20 francs pour payer le voyage, Verlaine, dégrisé, l'air calmé, se résigne à conduire sans esclandre l'auteur du *Bateau ivre* à la gare du Midi.

Quatrième épisode.

Ayant atteint la place Rouppe, où n'était pas encore établi l'ultra-célèbre « Comme chez soi », Verlaine, moins pingre que Hugo, met la main à la poche. Furieux, incontrôlable, tout à trac surexcité, il se remontre fulminant et brandit le « pistolet », fourré dans sa poche revolver, sous le nez de Rimbaud auquel il menace de brûler la cervelle et d'en faire sur-le-champ du hachis, quel gâchis ! Pas fier pour un sou, l'auteur prodigue, les cheveux blonds dressés sur la tête, marcheur endurci, fugueur professionnel, prend ses jambes à son cou et, tournant le dos à cet allumé qui croit jouer au dur, va se plaindre d'être inquiété par une tentative d'assassinat auprès d'un agent de police dont la postérité a retenu le nom et qui s'appelle Auguste Michel.

Ainsi, dénoncé par Rimbaud, quel saligaud !,
mené au poste par deux Dupondt rigolos,
le pauvre Verlaine se retrouve à l'Amigo,
de la vieille ville geôle très officielle,
réservée aux *zattekuls* de Bruxelles
avant d'être muée en un sélect hôtel.

Accusé par la police de « tentatiffe d'asacinat » [*sic*], mais aussi d'« ivrogneries », de « relations infâmes », de « coups et blessures », de « violences », de « désertion du foyer conjugal », Verlaine fut incarcéré le samedi 12 juillet, puis emmené à la prison des Petits-Carmes où il resta au total trois mois. Mais où il rédigea, prétend-il, sur une feuille de papier à envelopper du fromage, avec une allumette trempée dans du café, dix-neuf poèmes. On constata médicalement et policièrement sa pédérastie active et passive en des termes physiologiques qui sont cliniquement saisissants*. Le 8 août 1873, Verlaine, le rimeur maboul, qui a perdu la raison dans ce pays de détraqués, fut condamné à deux ans de prison ferme et à 200 francs d'amende. Vingt jours plus tard, la cour d'appel confirma la peine de deux ans de détention. Sa pauvre mère, installée chaussée de Wavre, à Ixelles, non loin du musée Wiertz, le pourvut de friandises, de pâtes de fruits, de *massepain*, de nougats, de *spéculoos* et de quelques indispensables vivres pour qu'il ne crevât pas de faim.

Cinquième épisode.

Le 25 octobre, Paul Verlaine fut transféré en panier à salade à la prison de Mons où il composa son célébrissime poème :

« Le ciel est par-dessus le toit
Si bleu, si calme ! »

Rasé, en sabots et rêche tenue verdâtre, avec casquette de cuir coiffant sa calvitie, il passa de l'absinthe à l'abstinence, du péquet au piquet, de l'éthylisme à l'ascétisme. Tua le temps à trier du café, à lire Shakespeare dont il apprit par cœur les tirades comme celles de Virgile en latin, étudia l'anglais et l'espagnol, traduisit Dickens, apprit son divorce avec Mathilde, chercha le réconfort dans la foi et se convertit à la religion catholique. Après dix-huit mois d'enfermement, on lui rendit ses habits, son faux col, sa montre, son portefeuille et les 133 francs et 9 centimes gagnés durant son séjour derrière les barreaux. Sa peine expiée, avec une réduction de 175 jours, il fut libéré le 16 janvier 1875. Sa mère, qui lui rendit visite chaque jeudi et tous les dimanches, poireautait à la sortie. Deux gendarmes l'accompagnèrent à la gare et il fut reconduit sous escorte à la frontière française, à Quiévrain, sa pauvre maman suivant seule en 3ᵉ classe. Au mois de février d'après, on le retrouva à la Trappe (manie? lubie? regret?) de Chimay, réputée pour sa bière blonde, où il fit retraite. Puis il tenta en vain de retrouver Rimbaud, gagné par l'orthographie locale puisqu'il écrit « boulevarт du Régent », qui lui laissa un exemplaire dédicacé « A. Rimbaud à P. Verlaine » d'*Une saison en enfer*, qu'il ne reverra qu'une fois en Allemagne, à Stuttgart, et à qui il adressa une ultime lettre le 12 décembre 1875. Ainsi s'achève la première partie des aventures animées, aux pittoresques avatars, pantalonnades à hauteur du pays délirant où elles se déroulèrent, et qui marquèrent tant le hardi versifieur qu'il en commit ces vers bidonnants, dignes en tout point d'un comique troupier, qu'on a de la peine à croire de sa main :

« Mais, ô Belgique, assez de ce huis-clos têtu
Ouvre enfin, car c'est bon, "pour une fois, sais-tu !" »

---

* Voir Alain Buisine, *Verlaine, histoire d'un corps*, Paris, Tallandier, 1995.

Verlaine II (le retour)

Chapitre I

Après ses mésaventures turbulentes avec Rimbaud, qui abandonna la littérature, jugée « absurde et dégoûtante », Verlaine interdit de séjour suite à sa condamnation, s'abstint durant une assez longue période de reparaître en Belgique. Mais il ne renonça pas pour autant à son existence d'ivrogne invétéré ni aux scandales en tous genres, telle la tentative qu'il commit un jour d'étrangler sa vieille mère vénérée. Hospitalisé plus souvent qu'à son tour pour son hydarthrose du genou, ses ulcères ou kystes de la jambe, ou son hypertrophie cardiaque, quand ce n'était pas pour son diabète et sa cirrhose, réputé pour ses fredaines, combinant la sulfureuse réputation de poète maudit, d'écrivain-clochard, d'ivrogne-pédale et de piètre assassin converti, il était l'objet d'une curiosité certaine de la part des cercles huppés, fascinés par la figure mythique de cette épave céleste, déchet social, qu'il était du dernier chic d'aller écouter et qu'ils conviaient à donner des conférences rentables en Angleterre, à Londres, à Oxford et Manchester ainsi qu'à Amsterdam, et, à sa demande, après qu'il eut écrit à Octave Maus, directeur de la revue *L'Art moderne*, et surtout après avoir obtenu une autorisation officielle du ministère de la Justice, dans plusieurs villes belges.

Chapitre II

Séduit par la promesse de substantiels cachets, le poète désargenté, qui n'était plus que l'ombre de lui-même, abonné aux hôpitaux et asiles parisiens où il séjourna plus souvent qu'à son tour, s'apprêta donc – sur une jambe – à remettre clopin-clopant ses pas dans les siens. Le samedi 24 février 1893, âgé de 49 ans, il prit le train pour Charleroi où il arriva après un trajet exténuant vers 5 heures du soir. Ayant passé la tête par la fenêtre et crié « Je la prends au sucre ! », sorte de mot de passe, de code pochard ou de cri de guerre pour signaler qu'il sucrait son absinthe, il fut accueilli sur le quai de la gare par Jules Destrée, homme politique et écrivain, organisateur de la mémorable tournée avec Edmond Picard, défenseur d'un art social et fondateur des Pandectes belges, qui eut bien du mal à reconnaître l'illustre poète en ce pauvre hère sapé d'un paletot minable, une écharpe rouge autour du cou, un chapeau plat moulant son crâne aussi chauve qu'une boule de billard, bedonnant et boitant, qu'il logea chez lui à Marcinelle-lez-Charleroi. Peu habitué à parler en public, Verlaine, cuitard bancal et rétamé par l'absinthe, prononça le dimanche 25, à l'Éden Théâtre, devant 1 500 péquenots béats, ouvriers métallurgistes pour la plupart, sa causerie qui tenait en un unique document serti dans une chemise, une *farde*, dit-on là-bas, fourrée dans ses bagages, nouée d'un mouchoir rouge. Mais le « gonfalonier du verbe », sans voix, au timbre blême, ne débita que des éloges fades et des discours académiques, quand il ne pérorait pas sur lui-même, et récita sinistrement son couplet devant un parterre d'indigents socialistes déjà endormis après la première partie d'un concours d'harmonie. Le lendemain, à la gare du Midi, accoutré comme la veille, celui qui avait été naguère honteusement refoulé du territoire belge remit triomphalement les pieds dans la capitale. Il revit tous ses malheurs, ses déboires, ses excès, ses folies, ses débauches et ses orgies avec Rimbaud, et peut-être même appréhenda-t-il de revoir Mathilde qui s'était remariée en 1886 avec un Belge, Bienvenu-Auguste Delporte, entrepreneur en bâtiments.

Chapitre III

S'étant muni d'un faux col dans la rue Neuve qui n'était pas encore piétonne, il s'apprêta à parler le lundi 26 au cercle Léon-XIII, dans les locaux de *La Jeune Belgique*, rue des Paroissiens, près de l'ancienne collégiale des Saints-Michel-et-Gudule, au premier étage d'un magasin de porcelaine, où l'attendait de pied ferme la crème la plus fouettée de la haute bourgeoisie catholique venue toiser de plus près ce phénomène de foire, ce poète paillard et païen, ce trimardeur bohème, cet hurluberlu tristement vieilli qui n'était plus qu'une chiffe, une loque, un type foutu. Ivre à jeun, lynché par le silence, essoufflé, d'une voix rauque, enrouée, quasiment inaudible, Verlaine charma par son filet de voix ce parterre de notables et de littérateurs contrits qui burent ses paroles inouïes et ses phrases balbutiantes aussi vite que ce radoteur confit dans l'alcool s'enfilait des verres de Trappiste, d'Orval, de Chimay, de Rochefort, de Westmalle, de Kriek rouge ou de Faro. Après la conférence du mardi 27, où le dîner bien arrosé et les mondanités lui montèrent à la tête au crâne bossué, plus que tonsuré, et au faciès jaunâtre brouillé par sa moustache embroussaillée qu'affinait sa barbiche pointue, il se produisit en Flandre, à Anvers, au cercle artistique et littéraire, où il rendit hommage en termes verlainiens aux écrivains flamands de langue française : Charles De Coster, Maurice Maeterlinck, Max Elskamp, André Van Hasselt, Émile Verhaeren et Charles Van Lerberghe. Le 2 mars, alors qu'il devait parler à 14 heures au cercle des XX à Bruxelles, il visita le musée d'Art moderne où il contempla Rops et Ensor, guidé par Maus et Verhaeren qui trouva « hautement poignant » l'auteur de *Sagesse*, repenti, qui avait entre-temps renié ses honteux écrits antérieurs. Après la réunion, arc-bouté sur sa canne, il vaqua dans la rue Montagne-de-la-Cour où résida Baudelaire, déambula à sa guise dans les ruelles de la capitale qu'il était ravi de revoir, en flûtant de petits verres d'absinthe, de goutte, de genièvre, et des pots de bières du Nord dans les estaminets où rôdent les miaulants minets.

Chapitre IV

Le lendemain 3 mars, au cercle artistique et littéraire du Vaux-Hall, à côté du théâtre du Parc, il s'exhiba après un dîner si bien arrosé rue de la Fourche qu'il en oublia l'heure et se présenta fort en retard, sévèrement cuité, imbibé d'alcools blancs, sans avoir rien préparé. Ayant commencé par s'étaler de son long, en trébuchant sur l'estrade, éparpillant ses maigres feuillets qu'il remit en désordre, ce qui d'entrée égaya l'assemblée riant aux éclats de ses fredaines, croyant à un numéro comique de l'ancien duettiste, spécialiste des frasques carabinées, attifé comme un as de pique, un triste clown dépenaillé, il fit son laïus en épousant l'ordre déclassé des feuillets, pataugea, s'égara dans ses notes, perdit le fil de ses idées, ce qui eut pour effet de faire fuir et d'ulcérer l'auditoire déconcerté, « malappris ! pédé ! pourri ! enculé ! », par son débit hoqueté, ses mots hachés, susurrés en sourdine, serait-ce une pantomime ?, tel un ventriloque aphone ou barbouillé, à la hure hideuse fourrée dans ses paperasses emmêlées qui rendit ses propos si inintelligibles qu'il termina devant une salle à moitié vide. À Liège, où il logeait à l'hôtel du Chemin-de-Fer, et se remémora les sites enneigés des Ardennes – « Je me suis promené dans un paysage de sucre » –, beurré, plus qu'enivré par l'absinthe, en tenue négligée, il fit une prestation piteuse, un fiasco lamentable en s'empêtrant d'une voix pâteuse dans l'histoire poétique du XIXe siècle, évoqua en somnolant les étapes de sa conversion ou son vague vœu de se présenter à « l'agagadémie », et fit scandale au repas vespéral en pimentant d'obscénités salées la réponse au toast porté en son honneur.

Chapitre V

Invité le lundi 6 mars par le jeune barreau, au palais de justice de Bruxelles, qui n'était pas celui où il fut jugé et condamné en août 1873, mais la pâtisserie géante inaugurée en octobre 1883 par Poelaert, dont il salua le dôme qualifié de « monument babélique », Verlaine, très en verve – faut-il dire en « vervaine » ? –, siégeant à la place de l'huissier dans une salle d'audience, fit un tabac en évoquant ses tracas avec les autorités locales, sa mise au cachot à l'Amigo, sa détention au dépôt des Petits-Carmes, son incarcération à Mons dont il avait aperçu de loin les tours lors de son retour en train, et ses divers séjours pour des motifs variés au violon dont il vanta si bien les sanglots longs, en lisant des passages de *Mes prisons*, son prochain opus. La dernière conférence eut lieu à Gand, où il logeait à l'hôtel de la Poste, place d'Armes, au cercle artistique, devant un public collet monté et plutôt libéral, si bien que Maurice Maeterlinck, comme il le rapporte dans le texte qu'il lui a consacré, le mena chez son chemisier où l'orateur jeta son dévolu sur « un simple plastron triangulaire comme en ont les garçons les plus distingués des marchands de vin ». Ayant admiré l'*Agneau mystique*, Saint-Bavon, le château des Comtes et le petit béguinage, il savoura surtout la chaleur accueillante des *kaberdoesjes* et des sombres tavernes où il s'encanailla et où le brio de ses pochetées fit le tour de la ville. Ayant ainsi fait le plein du *Hasselt vieux système* – une trouvaille ! – et éclusé en grande pompe à bière force demis, il s'effondra à la table officielle, barbota, hoqueta, s'embrouilla derechef dans ses papelards, lut quelques douzaines de vers dans un silence altéré et assomma de ses moralisantes confessions et de ses rabâchages autobiographiques les braves bourgeois rupins venus applaudir et complimenter sa pittoresque figure – curiosité vivante ! – de bandit provocateur et d'auguste paria, qui suivirent sans ciller ni piper mot le riant martyre du repenti scandaleux, au nez retroussé de petit garçon, mais au corps délabré de vieillard, qui les abreuva jusqu'à plus soif de sa poétique liquoriste avant d'empocher fiévreusement ses 300 francs.

Chapitre VI

Après avoir visité Bruges, cité dormante qui l'enchanta, et ayant effectué une ultime tournée des pubs en Angleterre, le poète décrépit, à la guibole en compote, percluse par l'ankylose et l'arthrite rhumatismale, émule de celle amputée de Rimbaud, regagna Paris où marinait sa maîtresse en titre, baptisée Philomène Boudin, dite Esther, avant de rendre l'âme dans le misérable garni d'Eugénie Krantz avec qui il vivait depuis septembre 1895, au 39 rue Descartes, un comble !, le 8 janvier 1896, vers 7 heures du matin, à 52 ans, « usé jusqu'aux moelles » selon le rapport médical, des suites d'une congestion pulmonaire attrapée en chutant la nuit de son lit, sans avoir la force d'y remonter, peut-être à cause de son hydarthrose au genou, ce qui accéléra l'issue fatale.

VERSAILLES

Ayant donné rendez-vous à sa compagne Georgette Leblanc à la terrasse d'un café de la porte de VERSAILLES, Maurice Maeterlinck, fier de parader sur l'une des rares motocyclettes de l'époque, fut incapable d'arrêter sa machine et, lancé à pleine vitesse, en complet veston et chapeau de paille, tourna jusqu'à la panne d'essence autour d'un pâté d'immeubles sans pour autant parvenir à se faire entendre de sa bien-aimée à cause du vacarme infernal de son engin.

Viande

Même si son propre père vendait avant 1914 de l'extrait de viande pour faire le pot-au-feu, que le père de Georgette Berger, son épouse, tenait à Marcinelle la « Boucherie-charcuterie de l'Ordre », et que les quatre frères de sa mère sévissaient aussi à la boucherie, René Magritte défendait mordicus les végétariens. Sollicité en 1946 de participer à une exposition d'artistes wallons, il répondit : « Les groupements d'artistes, parce qu'ils sont "wallons" ou parce qu'ils seraient par exemple "végétariens", ne m'intéressent en aucune façon (quoique des artistes "végétariens" auraient une petite supériorité sur les artistes "wallons" : un comique appréciable). » Cela ne l'empêcha pas, après une séance du parti communiste auquel il assista, de s'écrier avec force : « N'oubliez pas qu'avant toute chose, vous n'êtes que de la VIANDE ! »

Vide

Question : Pourquoi les Belges ont-ils un verre VIDE sur leur table de nuit ?
Réponse : Pour quand ils n'ont pas soif.

Vieux-Marché

Au VIEUX-MARCHÉ, j'ai trouvé entre autres objets étranges ces êtres inusités que sont la poupée à trois têtes, ou celle, vicieuse comme une égérie de Balthus, qui se couche lascivement quand on tourne la clé fichée dans son dos. Mais j'y ai déniché aussi ces figures fascinantes que j'appelle des « gueules ouvertes », qui sont des personnages en porcelaine, terre cuite, papier mâché ou biscuit, matière rêche, d'une rare douceur au toucher, qui ricanent, chantent, crient ou hurlent, parce qu'ils ont les chocottes ou une mouche sur le nez. Ces créatures à part qui n'en font qu'à leur tête, mais égayent ma bibliothèque, servaient de pot à tabac, cendrier, porte-allumettes, rond de serviette, ou repose cure-dents.

À cette même ébouriffante famille appartient un lascar vêtu de noir, qui tient à deux mains sa tête en forme de mappemonde où il est écrit en lettres majuscules JE SAIS TOUT.

Et puis, bien sûr, il y a les tableaux anonymes que je refuse d'appeler des croûtes car ils sont à mes yeux de petits chefs-d'œuvre de l'insolite, du bizarre et de la monstruosité. Ainsi en est-il de ces deux copies de *La Belle Rosine* de Wiertz, qui ornent à présent des murs amis, de ces bambins en costume marin cajolant un chien au bord d'un cours d'eau, qui peut être la Lys, et de ce paysage troublant avec moulin à vent, vache et paysan conçu telle une anamorphose naïve. Il y a aussi cette inquiétante vue peinte en 1943, durant la guerre, signée Mahler, Malheur ?, d'un volcan étroniforme posté le long d'un fleuve, face à un clos orné d'une grille gothique en fer forgé et de vertes haies, taillées au cordeau. Plus drôle est la vision de ce curieux en redingote, penché sur la vitrine d'un *bookshop*, offert à Londres pour mon anniversaire, à côté duquel radie ce dessin vif et frais d'une accorte baigneuse en maillot de bain, qui fait signe de la main, datant des années cinquante, débusqué aux Puces à Rome. Et ces deux dames nues, l'une, aux charmes ovoïdes, devant une glace, l'autre, fort avenante, se pouponnant dans un sofa, cadeau pour la naissance de mon fils.

Et puis, il y a cette scène de genre, sans doute ancienne devanture d'un stand de foire, où un contorsionniste fait la cour à une femme à barbe, qui est si grande que le brocanteur, las de la tracter sur son tapecul, me la céda pour une bouchée de pain, mais l'extraordinaire est que l'autre face fut peinte, dans un tout autre style, durant la guerre où la toile manquait, par un patriote qui célébra la libération de Bruxelles, les façades en liesse s'ornant toutes de drapeaux belges. J'aime en particulier cet extravagant tableautin anglais de la fin du XIXe siècle, acquis des clopinettes, car nul ne prise l'étrange ou l'insensé, campant un luron dans un coche aux roues en suspens, tiré par des bidets plus chétifs qu'un laid cabot qu'escorte un boucher, tenant sur le calot un gigot plus gros que les chevaux. Et enfin, cette œuvre drôlatique, pêchée à la Batte à Liège, qui eût pu servir au journal *Détective*, évoquant un tour de music-hall qui vire mal, la muse (infidèle) étant garrottée par un serpent (phallique), en présence du mari (jaloux), un crocodile hilare à ses pieds, l'amant (pompier de service) courant des coulisses, sous les yeux du public, dans un filet (spermatique) de lumière.

VISIBLE

En Belgique, l'invisible compte autant sinon plus que le VISIBLE, qui n'est que de l'invisible caché. Ainsi s'ouvre en grand la porte à l'imaginaire, au songe, au rêve, à la vision intérieure, qui invitent à réinventer le monde et à le voir non pas comme il est mais tel qu'on voudrait qu'il soit. C'est à quoi s'employait Fernand Khnopff, qui ne voulut jamais revoir la cité de Bruges où il était né et qui, soucieux de préserver intacte la sensation de ses souvenirs, se priva délibérément de voir les tableaux de Memling à l'hôpital Saint-Jean, lorsqu'il était tenu de s'y rendre, prenait un taxi à la gare et chaussait des lunettes noires afin de ne pas voir ce qu'était devenue la « ville morte ».

VLAAMS BLOK

Né en 1978 de la scission avec la Volksunie, l'autre parti nationaliste flamand, jugé trop progressiste, le VLAAMS BLOK, fort implanté à Malines et à Anvers où il obtient 30 % des suffrages, a pour projet l'édification d'une Flandre autonome avec Bruxelles comme capitale. Mais comme la cause indépendantiste flamande ne paie plus face aux thèmes traditionnels de l'extrême droite européenne, il a désormais adopté pour slogan prioritaire et populiste visant les immigrés :

« Geen vuiligheig maar veiligheid ! »
(« Pas la saleté, la sécurité ! »)

Vlaamskiljonisme

Intraduisible en français courant, le terme VLAAMSKILJO-NISME est présenté comme l'équivalent flamand du *franskiljonisme*.

Voet, Willy

WILLY VOET est le personnage clé, sinon la clé de voûte de « l'affaire Festina », à partir duquel le peloton de tête du cyclisme chuta en chaîne comme aux dominos. Soigneur de Richard Virenque, dont le nom s'énonce au choix « Virinque » ou « Viranque », Willy Voet a payé cher son franc-parler et sa bonne foi, aggravée par son imprononçable nom. Dans un article du journal *Le Monde* titré « Salade belge », Luc Rosenzweig rapporte avoir entendu : *Veute*, *Voète*, *Feut*, *Voute* et, par allitération, *Villi Veute*. Or, « à Bruges, *v* se prononce *f*, *oe* se dit *ou* et *w* comme dans "ouate" ». Prononciation exacte donc : « Ouili Foute ». Traduction littérale en bon français : « Guillaume Pied » !

Voetbal

VOETBAL Magazine (146 pages) est l'égal néerlandophone de *Football Magazine* (136 pages), hebdomadaire bruxellois, parfaitement bilingue, du football en Belgique, qui compte 2026 clubs et 455 173 licenciés, scindés en deux camps, où l'équipe nationale est menée par un duo, coach francophone, adjoint néerlandophone, sinon l'inverse, où il y a deux médecins, un Flamand et un Wallon, et, bien entendu, deux procédures de contrôle antidopage, mais un seul ballon par match.

Vœu

Rastignac belge, qui conserva sa nationalité et couvrit le toit de sa maison suisse par des tuiles importées de Belgique, Georges Simenon, qui n'a jamais oublié ni renié sa ville natale dont il garda tout au long de sa vie l'accent aussi traînant que la Meuse, pouvait tout se payer car il était milliardaire, mais il avait comme VŒU le plus cher : « Manger des frites saucées à Liège et des moules-frites rue des Bouchers, à Bruxelles. »

Voisins

Sans réciprocité, les Français appellent volontiers nos VOISINS belges, nos amis belges, les petits Belges, nos cousins belges ou nos cousins du Nord, les Belges en général. Bien qu'empruntes d'affection, ces appellations amicales sanctionnent sans appel un écart. Et signalent, sous un rapport bienveillant, d'abord bienséant, une mise à distance. Solde ou reliquat du passé, ces expressions toutes faites, formules désuètes si souvent de mise, qu'on relève à la pelle dans la presse hexagonale, révèlent en réalité un colonialisme de proximité, un paternalisme de supériorité, un familialisme d'autorité, un impérialisme de parenté.

Voltaire

« Cette vie douce ressemble si fort à l'ennui qu'on s'y méprend aisément », disait VOLTAIRE lors d'un voyage en Belgique qu'il déplorait être celui de l'ignorance. Pour rompre son ennui mortel, le 28 juin 1769 au matin, deux ouvriers qui achevaient le nettoyage de la façade de l'hôtel de Bournonville, sis au coin de la rue de la Grosse-Tour, actuellement rue du Grand-Cerf, et de la rue aux Laines, près de l'actuelle place Louise, s'écrasèrent aux pieds de l'écrivain polémiste qui y avait donné maintes fêtes. Cela gâcha sur-le-champ le séjour de celui qui avait écrit que « Bruxelles est l'éteignoir de l'imagination ».

W

WAGELER

Le verbe bruxellois WAGELER qu'incarne le wageleer qui wagèle en wagelant tel un wattman dans un wagon veut dire : ballotter.

WALLINGANT

Le WALLINGANT n'est pas un Wallon de Gand ni même un Wallon élégant qui met des gants, mais un séparatiste qui comme un flamingant indépendantiste veut l'autonomie de la Wallonie.

WALLO-BRUXELLOIS

L'État belge WALLO-BRUXELLOIS sera le nom de l'ancienne Belgique dès lors que se fondera le nouvel État flandro-flamand.

WALLONICISME

À l'instar du flamandicisme pour le Flamand, le WALLONICISME est au Wallon ce que le belgicisme est au Belge d'antan.

WALLONISME

Malgré de grands poètes comme Achille Chavée, Jean-Pierre Verheggen, Eugène Savitzkaya ou Jean Louvet, auteur de *Conversation en Wallonie*, le WALLONISME désigne l'effort que fait le patois wallon pour être admis comme une langue, sans l'aspect violemment offensif de son pendant flamand : le flandrisme ou flamandisme.

WATERZOOI ET CARBONNADES FLAMANDES

Pas plus que le coq au vin, le lapin au cidre ou la bouillabaisse, je n'apprécie le WATERZOOI, eau chaude, ou *waterzoei*, spécialité gantoise composée de poulet mijoté dans une soupe de légumes, dont Charles Quint, natif de Gand, qui en était autant friand que de mets et ragoûts gras, dit dans ma pièce *Vésale* qu'ils « giclent en selles gluantes et abondantes ». Ce qui sied aussi aux CARBONNADES FLAMANDES, blanquette de bœuf bouilli à la bière, flanquée de lardons, de carottes, d'échalotes, de pommes cuites, de gelée de groseille et de pain d'épice, où la viande étuvée nage dans une sauce brunâtre tel un étron fumant. Ce régal culinaire pour le Flamand équivaut aux anguilles au vert du Brabançon, tous les Belges, y compris le Wallon, raffolant de *fricadelles*, boulettes de viande au saindoux, baignant dans une épaisse sauce tomate.

WERGIFOSSE, JACQUES

À la question « Quelles sont les choses que vous souhaitez le plus ? », JACQUES WERGIFOSSE répondit :
– Le désir.

Wiertz, Antoine Joseph

J'AIME WIERTZ !
poème symphonique

D'Antoine-Joseph Wiertz,
né en février 1806, à Dinant où trône sa statue,
on blâme la grandiloquence, l'allant de psychopathe,
l'excès sans entrave et les idées délirantes, d'un lyrisme
navrant, d'un pathos accablant,
et vlan !

Mais qu'importe, j'aime Wiertz !

Snobant les nabots de trois pouces,
Wiertz, le géant, s'échine sur ses gigantesqueries creuses,
démentes et turbulentes, qu'exhale à dix-huit pieds de haut
Un grand de la terre où le balèze Polyphème croque
à belles dents les compagnons d'Ulysse,
oh hisse !

Mais qu'importe, j'aime Wiertz !

Pochant des portraits « pour la soupe »,
grisé par de malabars desseins, Wiertz, que J.-K. Huysmans
taxa de « toqué belge », barbouilla pour la gloire
des scènes d'épouvante, extravagantes, furibardes
et fort surhumaines, véhémentement redondantes,
quelle engeance !

Mais qu'importe, j'aime Wiertz !

Ainsi de sa toile *Les Géants* ou *La Révolte des Enfers*,
vouée à la cathédrale d'Anvers, plus tard intitulée
La Chute des Anges rebelles, de 11,53 m de haut sur
7,99 m de large, sur une échelle torchonnée pour hausser
sa pensée, en trois coups de cuiller à pot,
quel culot !

Mais qu'importe, j'aime Wiertz!

Et de même, porté par un esprit déraisonnant,
aussi proche de Delacroix que du radeau de Géricault, il
brossa vertigineusement, par bravade, à l'étrille, perché sur
un échafaudage, le *Triomphe du Christ*, aussi dénué de
grâce que *Le Soufflet d'une dame belge*,
quel pet!

Mais qu'importe, j'aime Wiertz!

Ancêtre matiériste, à la plume pensante,
celui qu'on sobriquette « le philosophe aux pinceaux »
accoucha aussi de toiles tartignoles, qu'on rigole!,
telle que *L'Inhumation précipitée* jadis guignée
par un châs percé dans un caveau mimant le tombeau,
c'est du beau!

Mais qu'importe, j'aime Wiertz!

Et dans le foyer famélique de *Faim, Folie, Crime*, près de
l'âtre poissé de pâtes brunâtres, une *fébosse* aux yeux
brouillés fait bouillir la marmite avec ses mignons,
planqués dans le giron, jetés dans le chaudron, rôtis par
la cuisson, foulant au pied la note des contributions,
malédiction!

Mais qu'importe, j'aime Wiertz!

Par ses « ardentes inspirations » poussé, las de ses
pompeuses tâches, hardiesses surannées, celui qu'on traite
d'illuminé, de voyant allumé, bariola en sus des croûtes à
titre biscornu telles que *Une carotte au patientiotype*,
Le Phare du Golgotha et *Don Quiblague*,
non, sans blague!

Mais qu'importe, j'aime Wiertz !

De cette œuvre pachydermique et ringarde, où le peintre flambard impétueusement s'égare, seul survit comme emblème *La Belle Rosine* ou *Deux Jeunes Filles*, jouvencelle dodue, callipyge pucelle, tenant tête au squelette que chacun aime...

Mais qu'importe, j'aime Wiertz !

Devant l'imagerie libidineuse, choyée en des nus crus et belgicaux par ce barbouilleur hyperbolique, qui pompait à la fois Homère, Michel-Ange et Rubens, le nigaud ébaubi défaille sous une bordée de chair rose, marée de ventres, grappe d'orteils et de pétards charnus,
plutôt cuculs.

Mais qu'importe, j'aime Wiertz !

Fi des brillances glacées de la peinture à l'huile !
Le chantre des jobardes épopées mit au point pour badigeonner ses himalayens navets un truc dernier cri, à base de térébenthine, qui moisit, tara, flétrit la trame écrue.
Bravo pour la « peinture mate »,
quelle épate !

Mais qu'importe, j'aime Wiertz !

Mort en 1865, au seuil de l'aberrance, où le héla l'exultation, sa fièvre d'orgie, le génial visionnaire fit don à l'État de ses turbins colossaux, de titanique dimension, pourvu que l'atelier, d'une taille égale à leurs formats monumentaux, fût érigé après en musée.
Belle idée !

**Et voilà pourquoi
j'aime Wiertz !**

⇒ *Voir aussi* **Cœur**, **Musée Wiertz** *et* **Phagocytose**.

WILLINK, KAREL

Je ne prise guère l'emphase, le pseudo-fantastique, le lyrisme, le formalisme froid et l'académisme guindé de KAREL WILLINK, tenant du réalisme magique hollandais, proche par bien des côtés du monde figé de Paul Delvaux, dont je vis il y a longtemps une rétrospective au Rijksmuseum d'Amsterdam. Mais j'aime certaines vues qu'il a données de sa ville comme dans *Le Zeppelin* où quatre humains de dos saluent un ballon dirigeable survolant la cité. Et il me plaît d'imaginer le trajet qu'a suivi à travers les siècles cette missive anonyme passant de main en main, sautant de celles de *La Liseuse* (1657) de Vermeer à la *Femme lisant une lettre* (1664) de Pieter De Hooch, puis à la *Femme sur un sofa* (portrait présumé de Mme Boucher ; 1743), assise à côté d'un billet, qui transite en Italie et devient *La Lettre* (vers 1757) de Pietro Longhi, revient en France pour être la *Jeune femme écrivant une lettre* de Jean-Honoré Fragonard, et saute d'un bond dans le temps pour échoir dans les paumes de la *Femme assise lisant* (1899) de Picasso, qui se mue en celle que consulte, effrayée, *La Lectrice soumise* (1928) de Magritte, avant de se retrouver au bout des doigts de la porteuse de *La Lettre* (1932) de Willink, qui traverse la rue en courant, sous un ciel orageux, pour la tendre à un quidam chapeauté et costumé qui lit entre les lignes et, par principe, ne prend rien à la lettre.

WIRTZ, JACQUES

Ironie du sort, c'est le presque homonyme d'Antoine Wiertz, l'Anversois JACQUES WIRTZ, sans *e*, architecte de jardins, qui fut chargé en 1990 de réaménager ceux du Carrousel et des Tuileries à Paris, ainsi que de ceux du Palais de l'Élysée.

WISKE

Suske en WISKE est en flamand le nom de Bob et Bobette de Willy Vandersteen, auteur de *Tijl Uilenspiegel* (1951), qui vivent depuis 1945 de trépidantes aventures avec Lambic, le balèze petit Jérôme et leur indémontable tante Sidonie.

Wouters, Rik

Merveilleux anonymat que celui de Rik Wouters, artiste local, qui vécut à Watermael-Boitsfort mais qui me paraît être un peintre de second rang, mort à 34 ans en juillet 1916, tout à la fois cézanniste, fauviste expressionniste, coloriste brabançon, réaliste intimiste, néo-naturaliste, belgo-impressionniste, ainsi que luministe, pleinairiste modernoiste autant qu'aquarelliste illusionniste et sculpteur rodiniste, qualifié pour finir de « francophone de la peinture », totalement inconnu ou presque à l'étranger, dont il est dit dans la préface du catalogue de la rétrospective qui s'est tenue voici peu à Bruxelles* qu'il est « tellement reconnu dans son pays que celui-ci n'a jamais cru devoir le faire reconnaître hors de ses frontières ».

---

* Palais des Beaux-Arts de Bruxelles, du 23 février au 26 mai 2002.

X

XL

XL est l'abréviation de Ixelles, commune résidentielle de l'agglomération bruxelloise où j'ai passé toute ma jeunesse. D'abord, place Georges-Brugmann, où je n'ai aucun souvenir. Ensuite, 37 rue Mignot-Delstanche, où s'écoulèrent les années les plus heureuses. Puis, 116 avenue Louis Lepoutre, où j'ai eu conscience de grandir. Et 2 rue Jules-Lejeune, où tout s'est gâté.

– À Ixelles, il y a l'abbaye de la Cambre et la fameuse école d'art fondée par Henry Van de Velde.
– À Ixelles sont nés Michel de Ghelderode, Camille Lemonnier, Hendrik Conscience, Jacques Feyder et Paul Nougé.
– À Ixelles vécut Henri Michaux avant de partir en France, et le sculpteur Constantin Meunier bâtit sa demeure.
– À Ixelles, il y a le musée Wiertz, faut-il le rappeler ?
– À Ixelles, il y a le musée d'Ixelles, où l'on peut voir la dernière toile de Magritte, au ciel inachevé, si ma mémoire est bonne.
– À Ixelles, il y a les étangs d'Ixelles, où il fait bon se balader.
– À Ixelles, il y a le cimetière d'Ixelles où mon père est enterré.

Ixelles, où je suis né, je ne m'en rends compte qu'à présent, est phonétiquement l'anagramme d'exil.

Y

Le Y est une des lettres les plus rares de l'alphabet qu'on trouve dans lYrisme, sYmbolisme, sYntaxe ou pseudonYme, et qui figure dans les noms d'une kyrielle de créateurs belges tels Alechinsky, Ayguesparse, Cyriel Buysse, Bury, Beyen, Crommelynck, Dachy, De Taeye, Delvoye, Feyder, Giysbrechts, Kaliksy, Kervyn de Marche ten Driessche, Julian Key, Lambersy, Landuyt, Leysen, Mellery, Metsys, Neuhuys, Peyo, Ray, Thiry, Tytgat, Van Rysselberghe, Van Dyck, Van Eyck, Weyergans.

YO-YO

Comme les essuie-glaces qui ont un mouvement alternatif et régulier de gauche à droite, le YO-YO est mû par une pulsion irrégulière de haut en bas qui lui confère son sens et sa beauté. Il en est de même pour la rotation conjointe du pédalier de bicyclette, du balancement du pendule, de l'aller-retour du balancier de l'horloge, mais aussi des jours, des semaines, des mois, des saisons qui défilent et refluent par intervalle au rythme du calendrier. Comme un peintre qui publie des livres et un écrivain qui expose des dessins ou encore celui qui écrit de la dextre et dessine de la senestre, ou alternativement avec les deux mains, et même avec les deux à la fois comme **Pierre Alechinsky**, gaucher contrarié, fils d'une mère graphologue amateur, c'est la complémentarité des contraires qui crée l'harmonie et engendre la richesse – ô combien paradoxale ! – de l'existence. Ainsi en est-il aussi pour la sensibilité flamande et la sensibilité francophone qu'on veut à tout prix séparer, et sans doute y est-on en effet arrivé, mais qui pourtant se complètent et s'accotent l'une l'autre comme deux jambes qui prennent chacune leur tour de relais et nous font avancer.

Ainsi, ce qui paraît opposé se parfait et s'assortit à l'instar de **Charles De Coster**, né à Munich, fils d'un père flamand, d'une mère wallonne, qui exalte l'esprit flamand, mais s'exprime en français et écrit à Ixelles. Et de même **Hendrik Conscience**, fils d'une mère flamande et d'un père français, né à Anvers en 1812, éveilleur du mouvement nationaliste flamand, écrit *De Leeuw van Vlaanderen* (*Le Lion des Flandres*) à Ixelles, commune francophone où il décède en 1883. Né dans cette même commune en 1844, **Camille Lemonnier**, de double ascendance wallonne et flamande, reçoit de ses parents une éducation française et rédige dans la langue de Voltaire son monumental ouvrage intitulé *La Belgique*, ainsi que *Contes flamands et wallons* et même *Nos Flamands*. Alors que le français est, avec le néerlandais officiel, la langue imposée par la classe dominante, **Maurice Maeterlinck**, élevé à Gand, écrit tout son œuvre en français et se sent de plus en plus inspiré et même hanté par la Flandre à mesure qu'il réside en France. Pour sa part, **Émile Verhaeren**, né au cœur des Flandres, à Saint-Amand, n'a qu'une pratique élémentaire du flamand régional et ne connaît pas assez ce « patois » pour le parler longuement, mais il confie avec ironie à son traducteur comprendre assez le hollandais. « Flamandisant en français », selon **Edmond Picard**, le « génial Flamand », qui a une culture exclusivement française, conçoit tout son œuvre dans cette langue et, pour démentir ceux qui croient qu'il persiste à voir dans le français la seule langue de la culture belge, affirme clairement que « le renouveau belge puise directement sa source dans une tradition rassemblant artistes flamands et wallons dans une même unité* ».

Ce credo peut sembler désormais dépassé. Mais il n'empêche pas **Max Elskamp**, natif d'Anvers en 1862, qui vit son enfance entre un père flamand, banquier et amateur d'art, et une mère wallonne, comme **Charles Van Lerberghe**, d'éprouver les tourments de la situation singulière d'un créateur de sensibilité flamande qui s'exprime en français. Ce qu'il résume d'une formule éclairante : « Je vis trop au Nord. » Non content de cela, Elskamp s'abonne au journal *La Wallonie* alors qu'il habite à Anvers et évolue au milieu de la culture flamande qu'il comprend mais dont il ne pratique pas la langue. Tout comme Elskamp se plaint de VOIR en flamand et d'ÉCRIRE en français, nombre d'écrivains d'expression française se proclament de sensibilité flamande comme **Michel de Ghelderode** pour qui Bruxelles est la « ville de Flandres » qu'il connaît le mieux et constelle sa gothique prose française de belgicismes et de flandricismes, ce qui est aussi le cas de **Georges Rodenbach**, natif de Tournai, qui passe son enfance, sa jeunesse, et effectue toute sa scolarité en Flandre. **André Baillon**, exilé à 6 ans et demi, à la mort de sa mère, de sa langue maternelle, le néerlandais, et de sa ville, Anvers, écrit en français mais observe qu'il conçoit ses livres en flamand, si bien qu'il devient lui aussi un écrivain flamand de langue française qui sait pourtant qu'il PENSE et SENT en flamand. À l'inverse, **Clément Pansaers**, qui a commencé à écrire dans un climat littéraire flamand et publie en 1912 en néerlandais une pièce *Een mysterieuse schaduw*, sous le pseudonyme de Julius Krekel, passe ensuite au français. **Henri Michaux**, né à Namur, en terre wallonne, mais élevé à 6 ans en Flandre, à Putte Grasheide, qui découvre le pouvoir de la littérature en lisant **Guido Gezelle**, si bien que de 1906 à 1910 le flamand devient pour lui aussi proche que le français, pense durant son adolescence écrire en flamand tant il se sent imprégné par cette langue, mâtinée en grande partie par l'allemand.

Né à Anvers, « de père wallon et de mère flamande, ou *vice versa* », **Marcel Mariën**, qui réside à Bruxelles, écrit en français tout comme **Guy Vaes**, natif d'Anvers, et son cousin « francophone des Flandres », **Alain Germoz**, anversois comme son père **Roger Avermaete**, auteur d'ouvrages sur **Rubens, Ensor, Permeke, Masereel** ou l'histoire de Belgique, qui écrivent tous deux en français alors qu'il demeurent au cœur de la région flamande, tandis que la poétesse **Liliane Wouters**, d'origine flamande, bien que née elle aussi à Ixelles et écrivant en français, est une excellente traductrice des auteurs flamands comme l'atteste le recueil consacré à **Guido Gezelle**. D'autres écrivains gantois ou anversois, **Marie Gevers, Paul Willems, Franz Hellens**, malgré la flamandisation galopante, continuent à s'exprimer en français, langue de la pensée, que ce soit pour évoquer la majesté de l'Escaut, vanter la beauté de la Campine, rêver la vie dans *Les Miroirs d'Ostende*, réfléchir sur **Gérard Terborch**, **James Ensor** ou **Xavier Mellery**, ou fonder en 1936 les « Écrits du Nord », ce qui n'empêche pas **Marie Gevers** de traduire plusieurs ouvrages du néerlandais comme *Les Oiseaux gris* du Hollandais A. Van Schendel. **Jacques Brel**, quant à lui, se DIT et se SENT flamand, mais il chante « Les Flamandes », « Amsterdam » ou Bruxelles en français, et quand il enregistre « Le Plat Pays » en flamand, les Flamands lui reprochent de chanter sans accent, ou plutôt avec l'accent néerlandais des Hollandais ! À l'inverse, **Arno**, né à Ostende, PENSE en flamand, mais chante et compose en français, en soignant avec art son truculent accent des Flandres et ses roulements de *r* atypiques qui plaisent tant aux Français. Marin flamand d'Anvers, le **capitaine Haddock** s'exprime et JURE en français ; écrivant uniquement en flamand, **Herman Teirlinck**, qui exerça notamment la fonction de précepteur de néerlandais du futur roi Baudouin, vit de longues années à Linkebeek et à Beersel, dans le Brabant wallon ; et **Jef Lambeaux**, sculpteur néo-baroque d'Anvers, auteur de la fontaine Brabo dans sa ville natale, vient s'établir à Saint-Gilles, commune francophone de l'agglomération bruxelloise dont **Fernand Khnopff**, natif de Grimbergen, commune de la région flamande, réalise en 1904 le plafond de la salle des mariages de l'hôtel de ville qu'il n'achève qu'en 1916. Ce même Khnopff, qui vécut dans sa prime jeunesse à Bruges où son père est magistrat, séjourne en été dans les Ardennes, dans la propriété familiale de Fosset, près de Marche, où il réalise plusieurs paysages (1890) avant de se fixer à Ixelles où **Antoine Wiertz**, dinantais d'origine, vient s'établir et fait construire en 1849, aux frais de l'État, l'atelier gigantesque qui allait devenir son incroyable musée.

De même, **Léon Spilliaert**, né à Ostende, qui l'inspire tant dans ses fantomatiques visions nocturnes et ses stupéfiants autoportraits somnambuliques, peint avec austérité les paysages des Fagnes, de 1937 à 1940, fasciné par les forêts et les arbres. Il accomplit ainsi le voyage inverse de celui de **Félicien Rops**, né à Namur d'un père d'origine flamande et d'une mère hongroise, qui retrouve à Knokke, dont il peint les dunes sur un mode réaliste, l'écho de ses ancêtres flamands. Et de même peint-il la digue de Blankenberge sous la pluie et la plage de Heyst en 1886 dont il est épris autant que des bords de la Meuse, des roches des Ardennes ou de sa terre wallonne qu'il quitte pourtant pour la France tout en revenant régulièrement dans le Namurois, à Thozée. Rops rend d'ailleurs visite à Ostende à **James Ensor** qu'il admire, qui ne parle pratiquement jamais le flamand, bien que **Verhaeren** eût déclaré qu'il appartenait à « l'admirable race des Pays-Bas », et qui, dans les dernières années de sa vie, n'arrête pas de chantonner des chansons flamandes apprises durant son enfance dont il se rappelle parfaitement toutes les paroles. **Ensor** vante Ostende qu'il n'a quasiment jamais quittée, sur tous les tons, en termes macaroniques, mais c'est au Théâtre Royal de Liège qu'il fait créer son ballet *La Gamme d'amour*, le 22 mars 1927, et il appelle Liège « ma ville aimée ».

« Ô fumets de la Meuse ! Ô fumets de l'Escaut ! »

Bien qu'établi en Flandre, à Ostende, à Laethem-Saint-Martin, à Anvers, et enfin à Jabbeke, **Constant Permeke** fait de constantes excursions à travers les Ardennes et, à l'inverse, **Léonard Misonne**, natif de Gilly, près de Charleroi, qu'il ne quitte pratiquement jamais, photographie la mer du Nord à marée basse aussi bien que l'hiver sur la Meuse ou les sous-bois des alentours de son domicile. **René Magritte**, né à Lessines, dans le Hainaut, en Wallonie, passe fréquemment ses vacances sur la côte belge, de préférence à Knokke où on le voit entre autres faire du *cuistax* et se livrer à diverses facéties, en maillot de bain sur la plage. **Paul Delvaux**, né à Antheit, près de Huy, dans la province de Liège, en Wallonie, commence par subir l'influence des expressionnistes flamands **Gustave De Smet**, **Karel Van de Woestijne**, **Permeke** et **Ensor**, ce qu'il résume d'une phrase : « J'ai vu les Flamands. » Il réside en permanence à Bruxelles, notamment rue des Campanules, à Watermael-Boistfort, dont l'inspire la désormais célèbre petite gare, qu'il quitte pour Furnes, et c'est finalement à Saint-Idesbald qu'il veille de son vivant à ce que soit érigé son propre musée. Né à Douai, **Félix Labisse** passe toute sa vie une partie de l'année sur la côte flamande, d'abord à Ostende où il fait un célèbre portrait de son ami **Ensor**, et ensuite à Knokke-le-Zoute où il a une maison très étroite. Né à Boussu, dans le Hainaut, **Marcel Moreau** confesse qu'il « éprouve pour l'art flamand une indéfectible ferveur » et ajoute : « Je suis entré par Bruegel et suis sorti par Bosch en ayant l'impression d'avoir traversé un seul pays de connaissance**. »

Natif d'Audenarde, vivant à Ostende et en Auvergne, **Thierry De Cordier** écrit en 1988 sur le mur de la galerie « De lege ruimte », à Bruges, « Moi, Thierry De Cordier, né en Flandre, 1954... », mais en tant que Flamand, il utilise dans son œuvre la langue de sa mère : le français. Et **Wim Delvoye**, plasticien originaire de Wervik, travaillant à Gand, revendique clairement sa place dans la tradition historique de l'art belge en se réclamant de **Magritte**, **Rops** et **Broodthaers**. De même que le mot « flamand » fut longtemps synonyme pour l'Europe de « belge » en matière de peinture, y compris pour les artistes francophones comme **Magritte** et **Delvaux**, **Verhaeren** et **Maeterlinck** ont affirmé leur identité flamande en français, ce que firent aussi **Crommelynck** et **Ghelderode** et, à sa manière, **Jacques Brel**. Ce qui contredit par ces hauts et ces bas entre les deux communautés, ces perpétuels et fructifiants allers et retours d'une région à l'autre, l'affirmation péremptoire assénée par **Jules Destrée**, né à Marcinelle, homme politique, député, ministre et homme de lettres raffiné, fondateur de l'Académie royale de langue et de littérature françaises de Belgique (1920), mais aussi avocat de renom et tribun redouté, et bien souvent reconnu à ce titre comme le père du fédéralisme, dans sa *Lettre au roi*, publiée en 1911 :

« Sire, il y a en Belgique des Wallons et des Flamands ; il n'y a pas de Belges. »

---

* Jacques Marx, *Verhaeren, biographie d'une œuvre*, Bruxelles, Académie royale de langue et de littérature françaises, 1996, p. 35. — ** Marcel Moreau, *Le Charme et l'Épouvante*, Paris, La Différence, 1992, p. 65-66.

Ypérite

L'ypérite est le nom du « gaz moutarde » utilisé pour la première fois sous forme d'obus toxiques par les Allemands, en 1917, devant la ville d'Ypres, dans la région de laquelle on trouve une variété de peuplier blanc très répandue appelée ypréau.

Yser

Je me souviens qu'on rebaptisa « boules de l'Yser » les succulents beignets à la crème, à la compote de pommes ou aux fraises, qu'on vendait à la criée, dans des paniers, sur les plages et qu'on appelait avant la guerre des « boules de Berlin », comme à Duinbergen la « rue Allemande » devint la « rue des Patriotes ».

Z

Zaffelare

À Zaffelare, près de Gant, a lieu chaque année en août un tournoi d'archers où les concurrents visent des cages pleines de rats suspendues à des mâts de 27 m de haut. Dans le Hainaut, en Flandre et en Basse-Meuse, on décapite avec un bâton ou une faucille une oie suspendue par le cou ou par les pattes. Dans la région d'Anvers, à la mi-carême, ce sont des cavaliers qui se livrent à cet exercice, l'oie étant remplacée par un coq dont les combats sont surtout fréquents dans la Hesbaye et le pays liégeois. Dans le triangle Liège-Verviers-Herve, on lâche des pigeons à des dizaines de kilomètres de leur colombier, et le vainqueur est l'oiseau le plus rapide, compte tenu de la distance parcourue. Ailleurs, on parie sur le nombre exact de chants que fera tel rossignol ou colibri en une heure. Mais le Belge, qui est comme un rat dans son fromage, a une voix de rossignol, saute du coq à l'âne, n'aime pas qu'on le dise bête comme une oie ni qu'on lui donne des noms d'oiseaux.

De zage zingezangt

Jardinier à Bruges, installé ensuite à Courtrai, suspecté pour ses mœurs, chantre du nationalisme littéraire flamand, le prêtre-poète Guido Gezelle écrit dans un dialecte west-flandrien épuré et déploie une langue lyrique et musicale, truffée d'archaïsmes et de néologismes, d'onomatopées et de contre-assonances, qui le rend quasi intraduisible en français. Comment traduire, en effet, la zézayante musicalité de ce vers où l'on retrouve quatre fois le *z* et à trois reprises le *g* de son nom et de son prénom ?

Hij zucht ! De zage zingezangt !

Zaïre

L'État indépendant du Congo étant devenu colonie belge en 1908, **Joseph Kasavubu** devint président de l'ancienne République démocratique du Congo, dite Congo-Kinshasa, après les émeutes sanglantes de 1959 à Léopoldville, et il prit pour Premier ministre **Patrice Lumumba**, son rival, qui fut destitué par **Kasawubu**, arrêté le 2 décembre 1960 par les troupes du colonel **Mobutu**, qui le transféra au Katanga où il fut assassiné le 17 janvier 1961. Mais, entre-temps, l'indépendance du Katanga, la région la plus riche du pays, avait été proclamée le 11 juillet 1960 par le sécessionniste **Moïse Tshombé**, peu après que l'indépendance de la République congolaise eut été prononcée le 30 juin 1960. Enlevé, mis en résidence surveillée, puis « victime d'une crise cardiaque durant son sommeil », l'ex-Premier ministre congolais **Moïse Tshombé** rendit les armes le 29 juin 1969, à 49 ans, suivant ainsi de peu **Joseph Kasawubu**, ancien président de la République congolaise, qui rendit les siennes le 24 mars 1969, à l'âge de 56 ans. Et le chef de l'armée congolaise, depuis l'indépendance nationale en 1960, qui s'était à son tour emparé du pouvoir en novembre 1965 en renversant par un second coup d'État le président **Kasawubu**, le commandant en chef, le général **Joseph Désiré Mobutu**, promu maréchal en 1982, éleva **Patrice Lumumba** au rang de héros national après avoir été élu en 1971 président de la République du Zaïre, ancien Congo-Kinshasa, puis Congo belge, qui reprit enfin son nom de Congo à la chute de **Joseph Désiré Mobutu** en 1997. Succédant à **Mobutu Sese Seko**, qui périt d'un cancer en exil au Maroc, **Laurent Désiré Kabila**, porté au pouvoir par les forces alliées de plusieurs pays voisins, entra dans Kinshasa, et fut à son tour assassiné en janvier 2001.

Zat

Être ou rester paf veut dire être K.-O., sur le cul, dans les choux, en Belgique. Mais paf voulant dire soûl, ivre, beurré, rond, en France, le Belge innove et crée tout à trac *poum paf* qui veut dire enivré, givré, bourré, pompette, ivre mort, qui se dit aussi ZAT. Au premier degré, car au second, très ivre, parti, défoncé, schlass, rétamé, bituré ou pété se dit *krimineil zat*, le mot *krimineil* voulant dire « terriblement » en néerlandais. Et même *strontzat*, *stront* voulant dire « merde » en néerlandais, et, comble du comble, *stront krimineil zat*. Du mot *zat* naît le substantif *zattecul*, prononcez le *l* final, qui signifie soûlard, ivrogne, pochard, bibard, cuitard, soiffard, poivrot, pochetron, qui s'écrit aussi *zattekul* ou, mieux, *zattekluët*, ce qui est plus grivois, *kluët* voulant dire « couilles » en marollien. Le fin du fin, et donc le plus éloquent, étant de dire : « *Och*, ce *zattekluët* était *stront krimineil zat*. »

Zieverdera ou zieverderâ

Typiquement bruxellois, affreux à prononcer, ZIEVERDERA ou ZIEVERDERÂ signifie baliverne, calembredaine, faribole ou coquecigrue qu'énonce un *zievereer*, *zievereire* ou *zievereir*, qui dit n'importe quoi dans un baragouin que nul ne comprend.

Zifferer, Paul

Comme j'aurais aimé connaître PAUL ZIFFERER pour le seul plaisir de pouvoir lui écrire une lettre en débutant ainsi ma missive :

Mon cher Zifferer,

Mais il me faut déchanter. Paul Zifferer est un journaliste autrichien qui occupa le poste d'attaché culturel à Paris.

C'est lui qui fit se rencontrer Lugné-Poe, directeur du théâtre de l'Œuvre, et Fernand Crommelynck, lequel lui fit cadeau, en souvenir de cette soirée mémorable, décisive pour la suite de sa carrière, du manuscrit du *Cocu magnifique*, acquis depuis janvier 1973 par la Bibliothèque Royale de Belgique.

ZINNEKE

Un ZINNEKE est un chien perdu sans collier, qui ne paye pas de mine, n'est pas de race ni de chasse, mais bien de rue, secoué par les puces, qui n'aboie plus, crache ses chiquots, claudique sur trois pattes, et qui devient malgré tout le toutou, le chienchien à sa mémère ou sa mémé. Carlin bâtard, corniaud bigleux, clébard menaut, amoure et vairon, sans pedigree, le zinneke était juste bon à jeter dans la Senne, qui se disait alors Zinne, d'où le surnom de *zinne-ke*.

ZOLA

Émile ZOLA eut assez peu de rapports avec la Belgique dont il appréciait pourtant la franchise, l'engagement politique et le populisme de gauche assez proche du naturalisme de sa littérature. Il assista à la représentation d'une de ses pièces au théâtre de la Monnaie et, comme pour semer la confusion entre les deux capitales, il périt asphyxié rue de Bruxelles à Paris.

ZONZON PÉPETTE

ZONZON PÉPETTE, héroïne du roman éponyme d'André Baillon, paru à Paris en 1923, se traduit en néerlandais Jojo Pingping.

ZOT

Un ZOT est la traduction zézayante ou zozotante du sot.

⇒ *Voir aussi Zozo.*

ZOUTE

Zut aux Zoutois, Zouteux zaisés, zoutards zombis, zoutiers zans zêne, et zieutant zaoûtiens zézayant, zouaves zébrés, zozos zoisifs, zigs à zizi zusé, *zottes* zappant le zéphir du Zwin en zigzag, zèbres zozotant du Zaïre ou Zanzibar, zazous zinzins du ZOUTE, zizaneurs, *zwanzeurs*, zievereirs à zinneke, pedzouilles de Selzaete ou de Zweinhaarde zau teint de *lammeken zoet**.

---

* Hareng saur de type doux.

ZOZO

Un ZOZO est un sot, un *zot*, un zigoto, un zigue zézayant ou zig zinzin qui exzibe sans zêne son zeb, son zob, son zizi, son zigouigoui, sa zigounette, en faizant des zigouzis ou zig-zig à sa Zézette qui zèbe et zieute ou zyeute son zigomar comme au zoo.

ZWANZE

Mot bruxellois, la ZWANZE, qui veut dire facétie, pitrerie, plaisanterie, raillerie, typiquement belge, équivalente à la gauloiserie gaillarde, est appelée « belgianisme » par le *Robert*. Trouver un mot ayant deux *z* et un *w* est assez rare pour qu'il soit dans ce livre et serve ainsi aux mordus du Scrabble et des mots croisés. La zwanze étant l'art de la blague, le blagueur qui fait des zwanzes est appelé par blague un *zwanzeur*.

Zweig, Stefan

> L'admiration et l'amour sont les forces
> les plus puissantes du monde.
>
> Stefan ZWEIG

STEFAN ZWEIG rencontre pour la première fois Émile Verhaeren en 1902, lors de vacances d'été, dans l'atelier du sculpteur Charles Van der Stappen, qui achève son buste. Il s'est rendu à Bruxelles uniquement pour faire sa connaissance, alors qu'il n'a que 21 ans. Dans *Le Monde d'hier*, il raconte en détail, avec saveur, sur quatre pages, dans quelles conditions s'est passé ce choc primal avec le poète belge dont il étudie pendant deux heures, en son absence, la figure posée sur son socle, le « haut front déjà labouré », les « cheveux bouclés couleur rouille », « la moustache pendante à la Vercingétorix ».

Dès lors se noue entre les deux écrivains, malgré leur différence d'âge de vingt-six ans, une amitié exceptionnelle, à quoi concourt leur humanisme et leur universalisme communs, dont on ne trouve d'exemple analogue que dans la relation entre Goethe et Schiller, Kafka et Max Brod, Freud et Fliess, Wagner et Louis II de Bavière, Picasso et Braque, dans leur corps à corps magnifique, lors de l'invention du cubisme, et, dans un autre registre, Mozart et Salieri. Né à Vienne en 1881, Zweig connaît l'œuvre de Khnopff, Rops, Minne, Maeterlinck, Lemonnier dont il loue les vertus et traduit un roman, ainsi qu'un drame de Charles Van Lerberghe, disciple de Maeterlinck au collège Sainte-Barbe de Gand, et, bien sûr, Verhaeren qui le fascine.

Verhaeren est « le plus grand poète d'aujourd'hui ». Il est d'abord un homme de son temps. Le « Mistral flamand », qu'il traduit dès l'âge de 18 ans, le séduit par son extraordinaire vitalité qu'il relie à la « race belge », qu'il perçoit non seulement comme l'une des plus fortes, mais comme « l'une des plus capables qui soient en Europe ». Nation adolescente, presque aussi jeune que l'Amérique, la Belgique est alors « le pays le plus riche de l'Europe ». Certes, elle est comme l'Autriche une nation qui a souffert de l'hégémonie culturelle et politique des grands voisins dominateurs que sont l'Allemagne et la France. Il relève d'ailleurs que le qualificatif « belge » fut longtemps synonyme de « provincial » et de « gueux » pour Paris et l'Europe. Et qu'aucun Français n'est capable de prononcer correctement le nom de Verhaeren, Maeterlinck, Van Lerberghe.

Mais, à la fin du siècle, comme cela adviendra bientôt à Vienne, le petit royaume a pris « un essor artistique extraordinaire ». « En Belgique, la vitalité est magnifique ! » s'écrie-t-il. Et il ajoute : « Tout ce pays déborde de vie. » Lancé dans un dithyrambe lyrique, un hymne encenseur et laudateur, une apologie sans réserve pour cette terre de vivacité dont il vante tour à tour l'éclat des couleurs et le charme des paysages, il salue « les ouvriers musclés et vigoureux comme les bronzes de Constantin Meunier ». Il parle d'*Ulenspiegel* de Charles De Coster comme de « l'évangile des lettres nouvelles », le dépeint telle « une véritable épopée nationale ».

Célébrant le faible des indigènes pour « la bonne bière belge », il observe qu'une maison sur deux est un « cabaret » ou un « estaminet » et que les brasseurs sont les plus riches industriels du pays, et aime la nature rustaude de ce peuple qui se vautre dans les « beuveries » et « mangeries » des « kermesses ». Mais il encense aussi le charme silencieux des béguinages, dévoile une Belgique des y : mystique, anonyme et mystérieuse. Ainsi évoque-t-il Sainte-Barbe, « le couvent des Jésuites aux murs gris », relève dans l'art de Rubens, « prodigue et jouisseur », la chair de la Flandre car il est aussi sensible à la « culture flamande » qu'à « l'âme belge » qui alors ne font qu'une. Verhaeren en est à l'évidence la magistrale incarnation. Même s'il en ignore presque complètement la langue. « En vrai Flamand, l'excès le tente plus que la mesure », écrit Zweig. Cela se sent par tous les pores de son écriture, à « son tempérament, qui le porte entièrement vers la surabondance, son talent, qui ne se possède vraiment que dans l'exaltation ». Comme chez tout vrai Flamand, il pointe en lui sa « haine du doux, du mièvre, de l'arrondi, du paisible ». Il apprécie son goût de la « brutalité, de la rudesse, de l'âpreté ». Il note son penchant pour « l'anguleux, l'éclatant et l'intense », son adoration pour « le sonore et le bruyant ».

Lyrique, épique, Zweig voit dans Verhaeren « un vrai rebelle », « un vrai barbare », « un véritable sauvage de Germanie ». S'il repère dans son œuvre la trace des origines allemandes, et tente de l'annexer ainsi à la culture germanique, « le plus grand poète d'aujourd'hui » n'est bien sûr pas que flamand. La Flandre est pour Verhaeren le cœur de l'Europe, selon Zweig. Car la Belgique est bel et bien le carrefour de l'Europe. Et sans doute s'avance-t-il un brin lorsqu'il assure que l'idée de patrie « embrasse toutes les nations voisines », que les Belges sont « compatriotes et cosmopolites à la fois », salue le « sentiment vraiment européen » qui les honore tous.

Zweig admire aussi beaucoup chez Verhaeren, qui est à la fois « l'enfant des grandes villes et l'habitant de la glèbe natale », son optimisme, sa confiance dans l'avenir et son apologie – utopique ? – du modernisme, du machinisme, du progrès, de la technique, des usines industrielles qui lui « communiquent leur fièvre », et va jusqu'à l'éloge de la foule, « écho du halètement de nos villes géantes » qui sourd des cités tentaculaires…

> « … les Babels enfin réalisées
> Et les peuples fondus et la cité commune
> Et les langues se dissolvant en une. »

Sans réclamer l'once d'une réciprocité, Zweig anime ainsi une relation qui semble démesurée et prend d'emblée cette résolution proprement stupéfiante, admirable par son abnégation même : « servir cet homme et son œuvre ». Il va s'y livrer sans retenue toute sa vie durant.

> « Quand on est seul à aimer quelqu'un,
> on l'aime toujours doublement. »

Prodiguant une inlassable admiration pour ce premier maître dont il est le zélateur infaillible, Zweig se dépense avec une ardeur sans égale pour faire connaître Verhaeren en Allemagne où on le confond avec Verlaine tout comme on prend l'un pour l'autre Romain Rolland et Edmond Rostand. Il consacre deux années exclusivement à la traduction de ses poèmes et à la biographie titrée simplement *Émile Verhaeren* qui paraît en France et en Allemagne en 1910, et dont maintes citations livrées ici sont tirées. Non content de le faire reconnaître dans son pays, Zweig surveille aussi les autres traductions et s'occupe même de l'envoi des droits d'auteur, traduit les textes sur Rubens (1912) et Rembrandt (1913), ainsi que son théâtre qu'il s'évertue à faire jouer, bien qu'il ne le considère pas comme un grand dramaturge, gagnant à sa cause les meilleurs acteurs et intercédant auprès des critiques.

Il organise une tournée de conférences qu'il accompagne à travers toute l'Allemagne en 1912, du 28 février au 17 mars, et dont il règle minutieusement les questions pratiques, si bien qu'elles reçoivent un accueil qui dépasse toutes ses espérances. Il va jusqu'à renoncer à ses droits pour sa biographie afin qu'elle soit publiée en Angleterre dans la traduction de son choix.

> « Votre œuvre se répandra maintenant en des milliers
> et des milliers d'exemplaires, le plus pauvre étudiant
> aura moyen d'avoir Verhaeren dans sa mansarde »,
> écrit-il fièrement.

Où trouver d'aussi grandes preuves d'amitié ? Zweig œuvre sans compter, « dans un esprit de sacrifice total ». Sans contrepartie. Sans souci de réciprocité. Propagandiste actif et dévoué, exhaltant la « vitalité flamande » qui coule dans ses veines, il décrit aussi avec une compassion saisissante, une générosité inouïe, une fraternité hors norme, les tourments où Verhaeren sombra lors de sa dépression, notant « qu'il exalte sa douleur et sa neurasthénie jusqu'au merveilleux, jusqu'à l'ardent, jusqu'à l'immense ». Lui-même flamboyant, il se confond littérairement à son être. Il décortique poétiquement le rythme de sa phrase, de ses vers : « Le lyrisme de Verhaeren, c'est une exaltation qui se propage non pas comme une confidence d'homme à homme mais comme un feu dévorant qui enflammerait une foule. » Décelant la mentalité germanique sous le vernis français, il analyse avec finesse la syntaxe et la prosodie, le poids des syllabes, la rythmique, l'élan, l'ardeur, la musique innée de sa versification, relève les néologismes (*plumes majuscules*, *soir tourbillonnaire*, *cœur myriadaire*, *gloires médusaires*), coche l'accent guttural, étranger au français, de son idole littéraire, le décrète « artiste du point de vue de la langue », égrenne ses audaces verbales (*enturquoiser*, *rauquer*, *béquiller*, *se mesquiniser*, *larmer*, *vacarmer*) ; les épithètes, les exclamations, les cris, l'intensité des images, quelquefois excessives, sont passés en revue. Le poème verhaerenien passe à la moulinette zweiguienne. « Les bruits nouveaux de l'industrie sont ici transformés en musique et en poésie. » Il envie son amour de la mer « nue et pure, comme une idée ». Enthousiasmé par son propre enthousiasme, porté par l'exaltation et sa dévotion sans bornes, Zweig analyse ses « drames qui brûlent d'une flamme intérieure et passionnée » et va jusqu'à titrer l'avant-dernier chapitre de sa biographie : « La vie de Verhaeren comme œuvre d'art ».

Zweig a aimé, de son propre aveu, toute sa vie cet homme auquel l'unit une confraternité spirituelle, une identification quasi fusionnelle, une amitié fort fraternelle. Il le visite l'hiver à Saint-Cloud et, bien sûr, au Caillou-qui-Bique, « petit hameau wallon », qui n'est presque plus en Belgique, où l'on se sent en exil tout en demeurant au sein des frontières, si bien qu'on l'appelle parfois « la petite Suisse ». Verhaeren y vaque l'été et l'automne au milieu des poules, des coqs, des vaches, stimulé par la forêt, loin du chemin de fer meurtrier, et loin des hommes autant que de la ville. Zweig passe cinq étés dans sa maisonnette de campagne. Il marche à ses côtés à travers champs, parle aux paysans. Et va jusqu'à étudier, comme jadis sa neurasthénie, l'asthme de son ami, chassé par la fièvre des foins au printemps. Et surtout, il traduit ses vers « la main dans la main ».

De même qu'il se plaît dans cette « petite maison », « en un point de Belgique où n'arrive pas le chemin de fer », Zweig sillonne cette contrée minuscule, séjourne à Roisin, ainsi qu'à Heyst, Ostende, Bruxelles, Blankenberghe et Bruges, en 1904. Il aime la Belgique où il a ses habitudes. Il s'octroie quinze jours de vacances estivales au Coq-sur-Mer, comme nombre de ses compatriotes, et se rend en tramway électrique à Ostende, où il devise avec Crommelynck au café, et passe l'après-midi chez Ensor, « le plus grand peintre moderne de la Belgique », « bien plus fier des mauvaises petites polkas qu'il composait pour des fanfares militaires que de ses peintures fantastiques esquissées dans des tons éclatants », « génial Harpagon » qui l'égaye par ses « bizarres lubies ». Il s'effraie de l'insouciance des autochtones, dans l'ignorance du conflit si proche, lorsqu'il voit poindre sur la plage des mitrailleuses traînées par des chiens sur de petites voitures, qui devancent l'invasion par les troupes allemandes.

Ainsi va l'amitié de ces deux apôtres du culte de l'enthousiasme, hérauts d'une sympathie mutuelle, d'une osmose rare, au rayonnement bientôt similaire, de deux hommes d'exception qui sont chacun de grands humanistes à l'esprit universel. Adepte des professions de foi verhaereniennes, le chantre du chantre de l'Europe déchante pourtant en 1914 après la parution de *La Belgique sanglante*, publiée par Verhaeren alors réfugié en Angleterre, qu'il dénonce comme « la chose la plus stupide et la plus odieuse qu'on puisse imaginer ». Condamnant ces « épanchements odieux », Zweig veut rompre mais l'accident tragique à Rouen, où il avait accompagné son ami deux ans auparavant lorsqu'il donnait une conférence, admirant de nuit la cathédrale à ses côtés, remet tout en place.

Après la disparition de Verhaeren, Zweig écrit à Marthe, puis à Romain Rolland, son second maître, toujours aussi exalté : « Verhaeren m'a montré que l'on doit faire de l'amitié le fondement de sa vie. » Celle qu'il noue avec Masereel est sans commune mesure. Il revient encore en Belgique mais ce pays lui est devenu presque insupportable après l'horrible trépas de son ami dont il revoit la veuve à Saint-Cloud, avec Crommelynck. La Belgique qui compta tant pour lui dans sa jeunesse lui paraît désormais « aussi loin de l'Europe et de ses idées que le Sénégal », confie-t-il le 2 décembre 1925 à Romain Rolland.

Devenu une célébrité mondiale, ami de Freud, admirateur de Rodin qui oublie sa présence quand il crée, l'auteur « le plus traduit du monde entier », collecteur d'autographes et de manuscrits dont un roman de Balzac en épreuves d'imprimerie, avec mille ratures – champ de bataille de l'écriture –, qui croise Joyce qu'il n'a jamais vu rire et découvre un beau jour le chalet de Hitler en face de son propre domicile à Salzbourg, revient encore, après de longues hésitations, pour une tournée de conférences, en Belgique et en Hollande.

Puis encore en mars 1929 et même en juillet 1936, à Ostende, mais l'éternel voyageur increvable, mû par le don de l'amitié, qui voyait jadis en ce pays « la volonté insatiable propre à la race belge, la race européenne », fustige désormais ce « Verdun de la bêtise » et, atterré, écrit le 23 mars 1929, avec autant de dureté lucide qu'il s'exténua au service de son ami, auquel il donna tout sans rien exiger en retour, avec une abnégation dont la littérature offre peu d'exemples : « Comme ce pays est en retard ! Il est tellement grisé de haine et de victoire qu'il souffre et dort pour des années encore. »

Zwin

Le Zwin est l'endroit où finit la Belgique. On peut y aller à pied, en vélo, en *cuistax*, en joggant ou en voiture jusqu'à certains points. Le paysage déserté, composé de dunes, de sable, de prés salés, de marais, de vase, de bois et d'eau, est vaste sous le ciel qui s'étend partout. On y voit des flamants roses, des canards, des pluviers, des huîtriers, des bécasses, des hérons, des cigognes, des grues, des oies rieuses, des goélands, des mouettes, des alouettes, des avocettes, des moineaux, et mille autres oiseaux qui émigrent, coïtent, couvent et nichent dans cette réserve naturelle et protégée, jonchée de joncs, de terriers et d'herbes folles. Avant l'ensablement de son estuaire, cette aire rase, fertile et désolée, venteuse et aérée, au charme tonique, était un bras de mer qui charriait à l'intérieur des terres l'eau qui s'écoulait jusqu'à Bruges. Tour à tour appelé Zwin, Zwyn ou Zwiyn, ce coin perdu a eu tous les noms qu'un territoire peut porter. En traversant le Zwin à pied, ce que je fis, on arrive en Hollande, épinglée par une bicoque hardiment piquée dans les dunes, où l'on peut siffler du Bols ou siroter un *advokaat*, mais d'où l'on ne revient pas car la marée montante prescrit tout retour. C'est donc dans le Zwin que la Belgique finit, s'en va, se dissout, s'envase, s'enlise, s'éteint, s'essouffle, s'endort, s'épuise, se noie, s'envole dans le ciel sépulcral et, peut-être un jour, mais quand ?, de ses cendres, de ses ruines, de ses décombres, de son néant, de ses mauvais rêves, de son passé... renaîtra !

Zwizwazworiumonzejanstadirstivenstarc !

> J'aime parler, écrire, ainsi, un langage propre au peintre amoureux des images
>
> James Ensor

« James Ensor dessine avec des mots », écrivait Franz Hellens en préface des écrits de l'illustre peintre ostendais,

prosateur hors pair qui déploie avec une verve ébouriffante, une fantaisie élucubrante, une audace cinglante, croustillante, esbroufante, éclaboussante, foudroyante, flamboyante, mirobolante, pirouettante, truculente, tintinnabulante et très réjouissante, une langue avant tout picturale.
Trouveur de mots inexistants, œuvrant sans méthode ni plan, sans queue ni tête en apparence, alors qu'il ignore tout de l'écriture, il s'exprime enfantinement à coups de bigarrures, de rutilantes tiquetures, de fulgurantes giclures, d'éructations imprévisibes et, usant du langage en pleine pâte, fait gicler de sa palette des vocables inouïs, prestement mâchouillés et hauts en couleur, barbouillés vertement à coups de crayon et de pinceau, bombardés, crachés, débagoulés, excrétés à traits vigoureux, goûteux, fastueux et ouistititouilleux.
Lui-même le confie : « Il faut écrire comme on parle. »
Et mieux : « On peut écrire comme on peint. »
C'est bel et bien ce qu'il fait.

Distillant les tons en lignes torrentielles, en vagues déferlantes de phrases funambulesques qui s'évaporent et s'entortillent comme des plantes grimpantes ou le fumet des cigares, il jongle avec les sons comme des rubans de confiserie, dépliassant une prose arlequiniste, tissu de gigotantes pétarades, d'envolées goguenardieuses, de gargouillistes élans et de déboulés bouilliquescents flandrophylement adjectivés.
James Ensor enfante une langue originale.
Il use de sa plume comme d'une arme.
Étudiant ses écrits, Verhaeren, qui le taxait de « peintre littéraire », qualifie sa phrase de « superlificoquentieuse » et il loue la cataractante, myriadaire et pétillante, surabondifiante, écumeuse et cocassière phraséologie de sa prose « contournée, fantasque, chimérique ».
Et, de fait, James Ensor ne s'inscrit pas dans la littérature. Mais dans la langue qu'il tire par la queue en lui faisant des pieds de nez, des crocs-en-jambe, assénant des coups

de pied, fracassant bec et mâchoire,
lui flanquant une déculottée.
Lui-même dit parler, écrire, ouïr en langue « verte ».
Il confie avoir raté sa vocation en pensant qu'il aurait dû
s'ingénier à écrire, mais que diable fait-il donc d'autre
lorsqu'il tonne tel un volcan en érection, sans syntaxe,
en toute effronterie, débordant de vitalité, de fantaisie,
d'absence de préjugés, avec des audaces insensées, d'une
stupéfiante originalité, et qu'il lâche sans frein son verbe
boulimique, quasi automatique, désarticulant l'alphabet,
retimbrant les phrases hystériquement dégrafées, peinturlurées en une brassée de sons carillonnés, de perles saccadées comme des notes de musique sur une portée désaccordée, toupillant en cascades pyramidales sous l'assaut
de sa verve de logolâtre scribomane ?

> « Je ne sais pas pourquoi mes idées et
> mes œuvres paraissent bizarres. Croyez bien que
> mes idées arrivent sans effort... »

Démâtinée de grammairisme, la langue drolatique et sarcastique d'Ensor s'émaille d'épithètes cornucopiques, d'affiquets cacophoniques, eurythmiques – les sons débordant
les sens –, combinés avec art par un génial coloriste sonore.
« Ce ne sont pas des tableaux, ce sont des symphonies »,
confiait humblement Ensor au roi Léopold II.
Par ce style détraqué, livré à l'emporte-pièce, aussi
ubuesque qu'arborescentesque, Ensor laisse picturalement
discourir une langue épurée « des lavasses impures revomies par les veaux vautrés de la littérature ».
Quitte à « enguirlander le pion ankylosé », il vise à causer
neuf :

> « Rafraîchissons notre langue. »

Sa prose est un grand tintamarre :

> « Ah ! ce pauvre français... pourri, gangrené, dissolu,
> disloqué, fourmillant de règles et d'exceptions,
> de folles contradictions. »

ZWIZWAZWORIUMONZEJANSTADIRSTIVENSTARC !

Il rêve d'une langue moderne « dégorgée, désinfectée, débarrassée des pustules parasitaires, des chancres dévorants » car ainsi « elle sonnera net et clair telle musique cadencée où l'harmonie domine ».

Oui, je tiens James Ensor pour le plus grand auteur, créateur et glorieux inventeur de langue belge du XXe siècle. Il est sans conteste, avec Michaux, le plus original, le plus inventif et novateur écrivain moderne, et beaucoup plus érudit qu'on ne l'a cru. Lui-même se dit « néologiste à la fortune du mot » dans son adresse à Emma Lambotte qui le trouvait le plus bel homme d'Ostende.
Est-ce parce qu'il s'adonne à son tempérament d'Anglo-Belge, ou qu'il gribouille en pur Anglais, qu'il est dans ses toasts, speechs assassins, sermons vengeurs, pamphlets canularesques, logorrhées poilantes, épîtres farfelues, notes rossardes, salamalecs obséquieux, laïus brindezingues, exordes déments, chapelets d'invectives, règlements de comptes et riposte restante, autolouanges, le hardi trouvailleur de saillies claironnées, d'entrelacs verbeux, de ruades rocambolesques, de pétards borborygmés, de pets huîtreux, de cabrioles triboulivesques, de hardiesses culottistes, et de hoquets radieux qui sont le fondement et l'assise moirée de ses espiègleries babéliformes, belgicisées de rabelaiseries ostendisées, d'injures calembourrées et de vérités macaroniquement tancées ?
À côté de cela, à quoi donc ressemblent les tire-lignes belgitudineux, plumassiers styloniformes, plumitifs suintants et suisseux ?
Place donc à la harangue délirante, sarabande bandante et galopinante, au panégyrique pantagruélique, au bagou spitant, à la jargonaphasie et à la coprolalie du verbomane argotisant qui affranchit la littérature des règles de l'écriture, pitre logocentrique au style pléthorique et fanfaresque, tarabiscoté, alambiqué, c'est-à-dire gorgé d'alambic, et non pas dégraissé.

ZWIZWAZWORIUMONZEJANSTADIRSTIVENSTARC !

Jugez-en vous-mêmes, amis lecteurs.
Régalez-vous. Mettez-vous-en plein la panse.
Finissons en beauté.
Place à celui qui se disait lui-même Hengzor, adjectiveur.
Oyez ce logorrhéique bouquet de tirades scripturales.
Je rends les armes et lui cède la parole.

*«To ho, bini, ia, gaga, gat, tse; ia, gaga, gat, tse. Bit, scie,
hi, hi, hi, piou, nis ti you, bi, bi, ni, ia gaga gat, tse, hiha
gaga gat, tse, tso, tse, tsa, tsu, tsi, tsi, tsi, ri kiki!»*
barbote-t-il en préambule.
Suivi de cotes saumâtres et de noms d'oiseaux blagui-
formes aux doctrinaires avariés, criticules rassis et
badernes en gésine :
*«... cylindristes tourneboulants, terministes engourdis, tri-
angulistes asservis, arc-boutistes stalagmitaires, faux
pahouins élémentaires.»*
Et encore : *«... gagasgagos de gogogaga.»*
Et Hue ! Hue ! Hue !... Hardi ! Hardi !! Hardi !!!
Et voici comment l'égocentrique verbiageur logomachique
épingle ses zigues porte-pipes et peintureurs sous-fifres :
*«... Augustes colorieurs bernardés, ... broermanisés de
monochromisme... Ingristes grisonnants... Tiepolos fes-
tonnés... avaleurs de cubes pierreux et autres secs-secs...
ou lignistes fermés à la grande couleur... croque-puce
rechignant... arrivistes mal assiettés... fienteurs
d'oseille... palabreurs marmottants... héliophages
recettés... étriqués jérémiants...»*
Sur Khnopff l'apophtegme : *«cornemusier séraphique».*
À d'autres le titre infect d'*«égoutier typhique surmené».*
Quant aux *«mouchetures de bousiers cantharidés»* de
Théo Van Rysselberghe, égales aux *«photozébrures
piestriées»* d'Émile Claus, elles lui valent l'en-tête
d'*«opticien cécitable».*
Constantin Meunier : *«tout casserolé d'un arsenal
enclumeux».*

ZWIZWAZWORIUMONZEJANSTADIRSTIVENSTARC !

«Engsor né sé pas faire tozours lé mêmes chosses.»

La belgifération s'emballe donc de plus belle :
«... iriseur d'assiettes... plongeur sec, ensorisé... plumeoisons onctueux... céphalopodes très encreux... pile-facier sans revers... centaures gingembrenés... potaches emmiellés... appas couenneux... bedaines en voie de crevaison... artichauts ognoformes, carottiers tuberculeux, sylvains étroniformes.»

L'ire argotiste de l'autiste logolâtre sévit itou sur les opisthographes ou marinistes à l'écriture boustrophédone :
«... gogorigos au bec d'azur... scaphandriers désossés... gobeurs de merlans-volants collodionnés... dénigreurs méduséens... mousquetaires revomis... démolisseurs à suçoirs, poulpolâtres rampant... arachnéides moustachus... diplomates à trois dents... confitureries bichonnées... vitupérations glaireuses... couleur groseillière et pistachue... critiques hyénales, vampirioques.»

Gratteculinesquement, la verbigération frappe les aquarellistes :
«... bergamote douteuse, huile de sardine rance, pissat de colibris, fiel filandreux de limaces hydrophobes, pleurs de liserons, larmes de nénuphars, sueurs de cancrelats... matrone gargamellée... huîtres surmoulées... mijaurées de Frise aux abattis cartonneux... cadres hérissés de trognons, de choux-cabus, contrebassés de nerfs d'iroquois, glandés-frangés de fanfreluches, pigeonpigeonnés... polycarpés d'arrêtes piquantes, poudrés- chattemités, perlimpimpinés de zinzoline... licornés de malfaison... et, ô honte !...désenkhnopffés...»

Nulle école, aucune mode ne trouve grâce à ses yeux :
«... cernistes-découpistes, querellistes, par-dessus les jambistes, éphéméristes, arabesquieux de la Mecque, égyptiatiques, agglutinistes, crocodilistes, cocotistes, putipharistes, caramélistes, rachistes, cancristes, franco-spontanéistes.»

ZWIZWAZWORIUMONZEJANSTADIRSTIVENSTARC !

Et qu'en bégaye l'orthophoniste jargouinant ?!?!?!?
«*Quisquis, coin, couin, couac, coui, et couic couac.*»
Et les Belgouillards, Belgouilleux du pays de Maboulie ?
«*... flandrophyles ou déroulédéens exaspérés... sémites crochu-crasseux... philistins machoirdés... gouailleurs sacrispanés... gratte-pétards déroutés... croque-marrons fieffés... vessards borborygmés... gobe-sous sevrés... scorpions tarentulés... limaçons à sonnettes, microbes débandés... holophernés divaguant... sarigues boxeuses pochées sur plat... censeurs chiquenaudés... provincieux snobolâtres... flandrophyliseurs intempestifs... siffleurs déclaqués... alarmistes frontiérisés.*»
Et encore le bêche-de-mer ou bichlamar vernaculaire attrape de plein fouet les phonologues autochtones d'Ostende.
«*... fessues glapissantes... mâche-crottes déguenillés... merlans caméléoneux, homards pustuleux, cancres acariâtres... syphonnier pignoufard... baigneurs cantharidés... discussion spongieuse de batracien encornichonné coassant... grossissement anormal de cucurbitacés triomphants...*»
Et, suprême insulte, nul hapax n'étant assez louf :

«*PSCHYKORIAXI
MINIKROLOBRÉDIBÉRASCIPIPIPI !*»

Comment réagir à ce babil «*croupionnesque de mâche-crotte à toupet*» ? Par la surenchère du discours de kermesse, pardi !
«*... porte-rondache poilue, épinardée... guerrier épatrouillard... veuve inconsolée de Fritofase... gras ichtyophage... zwanzeur insuffisant... Pissotin de foie salé... porc saigné... géant Trombonnas le Cyclophage... les trois Sixtinois pétomanes. Sous-Papus du Vésinet... Sifflotas le Baveur de Malmédy.*»
Phraseur, babillard, louant les «*orateurs à la voix empourceaugniacquée, au cœur ognoforme et tout croustillonné de fine chapelure ou de poudre insecticide*»,

ZWIZWAZWORIUMONZEJANSTADIRSTIVENSTARC !

Ensor, avec un débit célinien, joycien, poundien, avant la lettre, s'adonne au dévidage oral automatique, processus d'émancipation compensatoire, que pallie à peine la jargonaphasie par le débord de noms bâtis de toutes parts, aussi loufoques que «*Zéphyrin de Bonne-Brise, Murmuramis de Purluvesse, Cent Suisses de Gras Moisi, Le roi Scandaule, Bulckem dit Georginet, dit l'orateur au bec d'azur. Ce cavalcadour moustachu descend de Boulbouloque. Chalu Longue Corne.* Mais aussi *Marie-veau. Georges Sand-du-Devant-sans dos, de pis-rond, de ce cas rond, d'Anna Crayon*». Et encore *Avocats de perroquetie. Podagres greffés de Babouanie. Professeurs de pourceaunie. Farocrates choesellés de Bruxellie.*
Et la musique dans tout ça ? Voici ses airs à succès :
Le mousse quêteur au couvent. Voici le sabre de mon père. Si j'étais bois. J'ai un pied qui remue. La flûte tant chantée. Ô mes roustons. Ugènie en olive. Mite Pippekop.
Au lit gaga.
Et les allitérations ? babelgillalation ? parolalittératurisation ?
«*Houyouyou, Houyouyou, Houyouyouyouyouyou.* »
Serait-ce là de la zizique ? En avant, tûûût !
Où sont «*les couics-couacs ou couins-couins des cornistes*» ?
«*... fa-la-do-mi... rigolboches et ut, zut, flûte, ut-zut-flûte...*»
Dansez, dansez, diseurs dix heures d'homéliques fariboles !
«*... ducs des dodoudoux, des ducasses coquasses, de cocardasses, sauteurs en rond mirlitonnés... Hé! Hé! Hé!!! Ha! Ha! Ha!!! Ho! Ho! Ho!!!... Aïe! Aïe! Aïe!!!... Hi! Hi! Hi!!!... Hu! Hu! Hu!... Hein! Hein! Hein!!!... Pouffamatus... Trans-mouf... Dzitss et Hihahox.* »
Ces *oui-ia-non-neen*, serait-ce du flamand ?
De quel idiolecte se délecte l'orthophoniste barjo épris du zinzin zoo grandvillesque qui coquerique la clique des «*crustacés pince-sans-rire, crottes carrées de baudets rachitiques, petits lapins tambourinants, champignons moustachus* et autres *êtres surcubistes aux chicots de*

ZWIZWAZWORIUMONZEJANSTADIRSTIVENSTARC !

Bouddhas gras, molaires de phacochères, pifs de tapirs, élebot fleuri, escargot voltigeur, sansonnet hirsute à ramage d'hippocampe, cricri minuscule, rasta miaulant, sociot bleuté, Siamois triplex, dodinard musqué, poil pêche, pleurs sauterelles, salamis criquet» ?

La jargonomimie à la Jarry – *Ubu-Roi* est créé en 1896 à Paris – croque de plein fouet «*les croque-puces dépourvus d'occiput, les Dunophobes fiéleux, mâche-briques imprévoyants, démolisseurs à suçoir pétaradant, niveleurs étriqués, architectes frigides, Érostrates délirants, ruineurs de sites*» qui veulent «*saccager, brancher, sapiner, aulner, hérisser, remuer, asperger, clôturer, masquer, rapetisser, arroser, fumer, embourgeoiser, détériorer, dépuceler, niveler, astiquer, enfécaler, empuantir les sites commandant le respect*».
Fini de rire ! Discoureur brifaud, fabricoteur d'adjectifs, l'infantile Ensor est las de sa bavette de rabâcheur soliloquant :

«Hélas ! Le Belge n'est guère sensible. Destructeur de sites, tortionnaire de plantes, tourmenteur d'animaux, casseur d'arbustes, vandale à tout crin.»

Le voici même qui se mue en anglomane écolo-prévoyant :

«Royaume des maussades, des ingénieurs des Ponts et des Chaussées, des niveleurs étriqués, architectes frigides…
la Belgique étalera bientôt une large monotonie horizonnée de platitudes. Plus d'arbres, plus de rochers, plus de dunes, plus de saillies pittoresques, messieurs les ingénieurs sauront tout raser.»

Il faut soigner ce scribouillomane baragouineur qui radote :
«… *musettes débouclées aux poils ras-ras-rasimus-rasibusette, ris-rasse tradériderasse, mais chut ! chahut !…*»

ZWIZWAZWORIUMONZEJANSTADIRSTIVENSTARC !

Déluge antédiluvien de la parlassomanie verbigérante :
« ... *nerfs de papier mâché... gousses d'Olibrius, fécule de trois rognons, eau de Zwitonbec, râble de polisson, rameau d'olivier, poudre de pin perlimpinpin... suc de marmiton... museau de carme... crème d'anachorète, tartre de cénobite... Esculapes clystérisés... Narcisses tisannés de chiendent... haricotiers fabuleux... boyaux perforés, troués, rapiécés, agrafés, sanglés... tripatouillés à la mode de Caen... dégraissés, échaudés, raclés... momifiés, pommadés, crottinés, sardinés, huilés, mercurisés, fricassés, glacés... embrochés, désentraillés... écorchés, rissolés, frits, écaillés, cuisinés, passés au bleu, vidés et morts.* »

Des mots ! Des mots ! Des mots ! Des mots ! Des mots ! Des mots !
MA QUALITÉ FAVORITE :
L'illusion du grand.
MON HÉROÏNE DANS LA VIE RÉELLE :
Parysatis l'écorcheuse d'eunuques.
L'ANIMAL QUE JE PRÉFÈRE :
Le plithofritocinocampophotobarbeaumussidextrospiliomekostinko.
Et le mot de la fin ? Enfin ! C'est celui de cet article. Le voici *une fois.*

ZWIZWAZWORIUMONZEJANSTADIRSTIVENSTARC !.

Toutes les citations sont extraites de James Ensor, *Mes Écrits*, Liège, Éditions nationales, 1974.

⇒ *Voir aussi* **Deuil** *et* **Ostende**.

Liste des entrées

A

A-belge
Abts
Accent
À la flamande
À la mer
Alexandre
Alost
Alstablief
Amnésie
Ancienne Belgique
Angleterre
Anguille au vert
Annegarn, Dick
Annexion *(André Baillon)*
Anonymat *(Paul Nougé)*
Antibelge *(Michel de ghelderode)*
Antipode *(Wim Delvoye)*
Antwerpen
Anvers
Aphorisme
À quoi bon
Architecte, architeck, architek
Ardennes
Arelerland
Arno
Astérix
Aventures *(Tintin)*
Auteure
Awel

B

B
Babeleer, babeleir ou babelaar
Babelutte
Bachelard
Baillon, André, voir Tragique
Baise
Baleine
Bardaf !
Baron
Baudelaire, Charles
Baudouin Ier
Belgavox *(Eddy Merckx)*
Belgianisme
Belgicain
Belgicanisation
Belgicanisme
Belgiciser
Belgicisme
Belgique

LISTE DES ENTRÉES

Belgique binationale
Belgitude
Belgo-flamande
Belgophile
Belgophobie
Benelux
Berlaymonstre
Berlin belge
Beulemans
Bière
Bilinguisme
Billard
Blavier, André
Blouch ou bloech
Boentje, bountje ou bountche
Bols
Borinage
Botanique
Bouchée à la reine
Bouf
Boules
Boustring
Brabançonne
Jouer la brabançonne
Brel, Jacques
Brel, Pierre
Brique dans le ventre
Brol ou broll
Broodthaers, Marcel
Bruegel, Pierre
Bruges *(Fernand Khnopff)*
Brusselaars
Bruxelleir, Brusseleer, Bruxellaire, Brusselaire
Bruxelles
Bruxellien
Bruxelliser
Bruxellitude
Bruxellomanie
Bruxellose
Bulletin

C

Caberdouche, kaberdouche, kabberdoesjke
Cabillaud
Cabinet
Café
Cannibale
Caprice
Carbonnades flamandes
Caricole
Catastrophe *(Henri Michaux)*
Catholique
Céline, Louis-Ferdinand
Censure *(Louis Scutenaire)*
Cerveau *(Guido Gezelle)*
Chaîne sans fin
Chambre
Philippe de Champaigne ou Champagne
Chapeau melon
Chaussures
Chauvins *(Eddy Merckx)*
Chevaux brabançons
Chicon
Cinéma
Civilisation
Claus, Hugo
Clope ou cloppe
Cochon
Cœur *(Antoine Wiertz)*
Concours
Confédéralisme
Congo belge

LISTE DES ENTRÉES

Conscience, Hendrik
Contradictions
Conventions
La côte belge
Cramique
Crème fraîche
Crevette
Crisette
Crolle
Crollekop
Crom, krom ou krum
Crommelynck, Fernand, voir Quiproquo
Crotte
Cru
Cuberdon

D

Dali et Lacan
Dardenne, les frères
David, Jacques-Louis
Déchet
De Coster, Charles
Descartes, René
Déflamandisation *(Michel de Ghelderode)*
Defrance, Léonard
Degeyter, Pierre
Degouve de Nuncques, William
Delvoye, Wim
Déni
Dentelles
Deuil *(James Ensor)*
Dieu
Directeur
Discussion-discutante
Distinction

Doef ou douf
Doigt
Drache
Drapeau
Dubois
Dubuffet, Jean
Dupondt

E

École
Eeklo
Élisabeth
Élisabethifier
En
Endurance
Ensor, James, voir Deuil ; Zwizwaz-woriumonzejanstadirstivenstarc !
Envers
Éperons-d'Or, bataille des
Éphémérides
Esprit belge
Étranger
Eurométropole
Eusemikwie *(André Baillon)*
Excentrique
Excès
Excréments
Expatrié

F

Fabre, Jan
Façade klache ou façade clash
Façadisme

LISTE DES ENTRÉES

Fanfare
Fantasque
Faulkner, William
Faux
Fédéralisme
Féminisation
Fête
Feyder, Jacques
Flamandicisme
Flamandisation
Flamandiser
Flamant rose
Flamingant
Flandre débelgicisée
Flandre française
Flandrien
Flandrin
Flandrisme ou flamandisme
Flandrocrate
Flotje
FN
Foire du Midi
Folon, Jean-Michel
Fonctionnaires
Fons
Football
Francisant *(Michel Seuphor)*
Franco-belge
Franconie
Francophile
Francophonie
Fransquillon, franskillon ou fransquillion
Franskiljon
Frédéric, Léon
Fromage
Frontière linguistique
Führer wallon

Fume, c'est du belge ! *(René Magritte)*
Fusillé *(Roland Topor)*

G

Gai
Galerie de la Reine
Genval
Gezelle, Guido, voir Cerveau
Ghelderode, Michel de
Gille de Binche
Godin, Noël
Godverdom !
Gotferdoem
Grammaire
Grandgagnage, Charles
Grand-Place

H

Haddock
Haine
Half-en-half
Herve
Homard
Hugo, Victor
Hypothèses

I

Identique
Identité
Impossible *(Georges Rodenbach)*
Impôt

LISTE DES ENTRÉES

Impressif *(Fernand Crommelynck)*
Inattendu
Incapables *(André Baillon)*
Incendie
Inexplicables *(Léon Spilliaert)*
Innovation *(Thomas Bernhard)*
Insomnie *(Léon Spilliaert)*
Intellectuel
Inventions et découvertes
Invitations *(Michel Seuphor)*

J

Jacques de Decker
Jargon
Jo et Zette
Johnny *(Halliday)*
Joyce, James

K

Kermesse
Kessels, Willy
Ket, Dick
Ketjes
Khnopff, Fernand, voir Bruges
Kim Clijsters
Kip kap
Klacher, clacher ou clasher
Klachkop
Klet, klett ou klette
Koekebak
Kot
Krains, Hubert
Krins, Georges
Kuku *(Mobutu)*
Kurieuzeneus

L

Laermans, Eugène
Lambot, Firmin
La Panne
Laponie *(Christian Dotremont)*
Lecomte, Marcel, voir Manteau
Lettre *(Pierre Mertens)*
Lion
Liste noire
Littérature
Lointain
Lovenjoel
Lubies *(Arthur Rimbaud)*

M

Maatjes
Macaroni
Maeterlinck, Maurice, voir Nobel
Maft
Magritte, René
Maison *(René Magritte)*
Maison du Peuple
Mal du pays *(René Magritte)*
Manneken-Pis
Manteau *(Marcel Lecomte)*
Marche blanche
Marché commun
Marche-les-Dames
Marchetti, Jean

LISTE DES ENTRÉES

Marollien
Martha et Omer
Martyrs, place des
Masochistes
Massepain
Mathilde
Maurane
Mauvaises expressions
Max, Oscar
Mayonnaise
Mégret, Bruno
Meï, mei, mey ou meye
Melon *(René Magritte)*
Mer
Merde *(Wim Delvoye)*
Métaphore
Métonymie
Michaux, Henri
Michemache
1929
Mirbeau, Octave
Misonne, Léonard
Mockel, Albert
Moens, Roger
Moreau, Marcel
Morris
Mot pour mot
Mots croisés
Moules et frites *(Marcel Broodthaers)*
Muno, Jean
Musée Wiertz
Mygale

N

Nadar, barrières
Nationaliser
Nationalité
Navetteur
Né
Neederlande
Néerlandais, traduit du
Neutre
Nieuwsblad
Nobel *(Maurice Maeterlinck)*
Nom propre
Nonobstant
Nordicité
Nougé, Paul, voir Anonymat

O

Occupation
Och èrme !
Œsophage
Œufs *(Marcel Broodthaers)*
Oreille
Originaux *(André Blavier)*
Os *(Marcel Broodthaers)*
Ostende
Ostéologue *(Charles De Coster)*
Ostracisme
Otan
Oui, sans doute
Outre-Quiévrain

P

Panamarenko
Paradoxe *(André Blavier)*
Parianisé
Paris
Passeport
Patins à roulettes

LISTE DES ENTRÉES

Patrie *(Tintin)*
Patriote
Paul et René *(Delvaux, Magritte)*
Pays
Pays voisin
Pei, pey ou peye
Peintre *(Patrick Corillon, Magritte)*
Pékèt
Pêle-mêle
Perfection *(Paul Joostens)*
Personne
Pesanteur *(Pol Bury)*
Petit Belge
Petit pays
Pétomane *(Jean-Pierre Verheggen)*
Phagocytose
Photographie
Photographie belge
Picasso, Pablo
Pinnemouche ou pinnemoech
Pipe *(René Magritte)*
Pirenne, Maurice
Pistolet
Plafond *(Jan Fabre)*
Plaque *(Henri Michaux)*
Plat pays
Plein
Plisnier, Charles
Plouie
Pluie
Poeske Scherens
Point d'exclamation *(Jean-Pierre Verheggen)*
Poirot, Hercule
Policier
Pomme de terre
Pompiers
Pornokratès *(Félicien Rops)*
Portrait de groupe
Pot belge
Pour du bon
Praline
Prédictions
Préjugés
Prémonition
Près
Promoteurs
Pseudonyme *(Michel de Ghelderode)*
Pyjama

Q

Qu qu qu qu qu qu *(Louis Scutenaire)*
Question royale
Queue de cerise *(Tintin)*
Quiproquo *(Fernand Crommelynck)*
Quotas

R

Raison
Rapsasa
Rassenfosse, Armand
Ratatouille
Rattachisme
Régionalisme
Reine
Petite reine
Reiser, Jean-Marc
Relativité

LISTE DES ENTRÉES

République
République des Flandres
Résiduelle, Belgique
Rik
Roegiers
Roi
Roi des Flamands
Rombaut, Marc
Rops, Félicien, voir Pornokratès
Rops, Paul
Rossel, prix
En rote
Rouleau
Rousseau, Jean-Jacques
Rubens

S

Sabena
Sabéniens
Saint Babolin ou Babolein
Sainte-Beuve
Saint-Gilles *(Paul Delvaux)*
Saint Nicolas
Salon du livre
Savitzkaya, Eugène
Scholzen, Madeleine
Scout et Scut
Scutenaire, Louis
Séparatisme
Sifflet
Sigle
Simenon
Sites
Skutteneer *(Louis Scutenaire)*
Slache ou slach
Slaptitude
Slip *(Jan Bucquoy)*

Smeerlap ou smeirlap
Snul
Sobriquets
Sœur Sourire
Sommeil
SOS
Sosie
Spa
Spépieux
Spilliaert, Léon, voir Insomnie
Spitant
Spitzner, musée
Sportifs
Squelette
Staaif
Sternberg, Jacques
Stink
Stoeffer ou stouffer
Stoemeling, stoemelings, stoemelinks
Stoemp ou stoump
Strotje
Stuët, stut ou stuut
Suicide
Surréaliste

T

Tartapulte
Tarte au riz
Tatouille
Territoire
Tête pressée
Thalys
Thiry, Georges
Thyl Ulenspiegel
Tiercé
Timbre
Tintin

LISTE DES ENTRÉES

Titanic
Titre
Tof ou toffe
Toots Thielemans
Toponymie
Topor, Roland
Torchon
Touper
Tour de France
Tour d'enfance
Tourisme
Tournesol
Tours
Tragique *(André Baillon)*
Train
Tram
Travers *(Félicien Rops)*
Trépas
Trivier, Marc
Trou de balle *(Jean-Pierre Verheggen)*
Tytgat, Edgard

U

Ubac, Raoul
Ubrucudubrukélvicoojugoïstik!
  (Marcel Moreau)
Une fois
Uniforme *(René Magritte)*
Unionisme
Urbanisme

V

Vache *(René Magritte)*
Anti-vache *(Marc. Eemans)*

Valeur
Van
Vandamme, Jean-Claude
Van het Groenewoud, Raymond
Varenne, Luc
Veeweyde
Vélo
Velpeau *(Marcel Mariën)*
Verhaeren, Émile
Verheggen, Jean-Pierre, voir Point d'exclamation ; Trou de balle
Vérités premières
Verlaine, Paul
Verlaine II (le retour)
Versailles *(Maurice Maeterlinck)*
Viande *(René Magritte)*
Vide
Vieux Marché
Visible *(Fernand Khnopff)*
Vlaams Blok
Vlaamskiljonisme
Voet, Willy
Voetbal
Vœu *(Georges Simenon)*
Voisins
Voltaire

W

Wageler
Wallingant
Wallo-bruxellois
Wallonicisme
Wallonisme
Waterzooi et carbonnades flamandes
Wergifosse, Jacques

LISTE DES ENTRÉES

Wiertz, Antoine Joseph
Willink, Karel
Wirtz, Jacques
Wiske
Wouters, Rik

X

X. L.

Y

Y
Yo-yo
Ypérite
Yser

Z

Zaffelare
De zage zingezangt *(Guido Gezelle)*
Zaïre
Zat
Zieverdera ou zieverderâ
Zifferer, Paul
Zinneke
Zola
Zonzon Pépette
Zot
Zoute
Zozo
Zwanze
Zweig, Stefan
Zwin
Zwizwazworiumonzejanstadirstivenstarc ! *(James Ensor)*

DU MÊME AUTEUR

Romans

Beau Regard
*Seuil, « Fiction & Cie », 1990
et « Points », n° P766*

L'Horloge universelle
Seuil, « Fiction & Cie », 1992

Hémisphère nord
*prix Rossell
Seuil, « Fiction & Cie », 1995
et « Points », n° P1034*

L'Artiste, la Servante et le Savant
Deux monologues
Seuil, « Fiction & Cie », 1997

La Géométrie des sentiments
*Seuil, « Fiction & Cie », 1998
et « Points », n° P1413*

L'Oculiste noyé
Seuil, « Fiction & Cie », 2001

Tripp
Seuil, « Fiction & Cie », 2002

Le Cousin de Fragonard
*Grand Prix du roman de la SGDL
prix Verdickt-Riybans
Seuil, « Fiction & Cie », 2006
et « Points », n° P2049*

Essais

Le visage regardé ou Lewis Carroll,
dessinateur et photographe
*Créatis, 1982
réédition Complexe, 2003*

Diane Arbus ou le rêve du naufrage
Chêne, 1985
réédition Perrin, 2006

Bill Brandt
Belfond / Paris Audiovisuel, « Les grands photographes », 1990

Jacques-Henri Lartigue
Les tourments du funambule
La Différence, 2003

Magritte et la photographie
(versions anglaise et américaine)
Ludion, 2005

Ouvrages illustrés

Le Théâtre des réalités
Contrejour / Metz pour la photographie, 1985

L'Écart constant
Didascalies, 1986

François Kollar
Philippe Sers, « Avant-garde et Art », 1989

René-Jacques
Mission du Patrimoine photographique
La Manufacture, « Donations », 1991

Robert Doisneau, portrait de Saint-Denis
Calmann-Lévy, 1991

Denise Colomb
Mission du Patrimoine photographique
La Manufacture, « Donations », 1992

Double Vie, Double Vue
Actes Sud / Fondation Cartier pour l'art contemporain, 1996

Topor rit encore
Maison européenne de la Photographie, 1999

Herb Ritts
Actes Sud / Fondation Cartier pour l'art contemporain, 1999

New York, USA
(photographies de Dolorès Marat)
Marval, 2002

François-Marie Banier
photographies
Gallimard, 2003

L'Œil de Simenon
Galerie nationale du Jeu de Paume / Omnibus, 2004

La Belgique
Le roman d'un pays
Gallimard, « Découvertes », 2005

Jan Fabre
Le temps emprunté
Actes Sud, 2007

Les Relations de Monsieur Wiertz
Wiertz-Witkin, un tête-à-tête criant
Somogy, éditions d'Art, 2008

Recueils de textes

L'Œil vivant
Cinquante-deux critiques parues dans *Le Monde*
Les « Cahiers de la Photographie », n° 21, 1988

L'Œil multiple
170 entretiens, portraits et critiques photographiques
parus dans *Le Monde*
La Manufacture, 1992

L'Œil complice
25 préfaces sur la photographie de 1983 à 1993
Marval, 1994

L'Œil ouvert
Un parcours photographique 1983-1998
Nathan, 1998

Entretiens

écoutez Voir
Neuf entretiens avec des photographes
Paris-Audiovisuel, 1989

Façons de voir
Douze entretiens sur le regard
Le Castor astral, 1992

Divers

Le Journal d'Aurore
extraits
La Pierre d'Alun, 1994

Roland Topor, une vie de papier
La Pierre d'Alun, 1998

Le Regard continu
La Petite Pierre, 2005

Poèmes
(pour rire)

La Belgique envers et contre tout
Poèmes macaroniques
Luce Wilquin, 2003

Le Cri de la Muette
Poème symphonique
Luce Wilquin, 2006

Le Journal d'Aurore
récit
Maelström, 2008

Autres

La Spectaculaire Histoire des rois des Belges
roman-feuilleton
Perrin, 2007

Essai littéraire par Alain Goldschmidt
Patrick Roegiers ou les anamorphoses d'Orphée
Luce Wilquin, 2006

*
* *

PROJETS

Éditions

La spectaculaire histoire des rois des Belges,
ManteauStandaard, juin 2008
Nouveau roman, septembre 2009

Théâtre

La Servante de Dürer, juin 2008.
Le Journal d'Aurore
Lecture avec Aurore Roegiers et Patrick Roegiers
au festival de Spa les 10 et 11 août,
et le 15 août, à Seneffe.
Il était une fois la Belgique
création mondiale à la Comédie Volter, Bruxelles, avril 2009

COMPOSITION : PAO ÉDITIONS DU SEUIL

Cet ouvrage a été imprimé en France par
CPI Bussière
à Saint-Amand-Montrond (Cher)
en novembre 2009.
N° d'édition : 78751-3. - N° d'impression : 91747.
Dépôt légal : janvier 2005.

Collection Points

DERNIERS TITRES PARUS

P1867. Floraison sauvage, *Aharon Appelfeld*
P1868. Et il y eut un matin, *Sayed Kashua*
P1869. 1 000 mots d'esprit, *Claude Gagnière*
P1870. Le Petit Grozda. Les merveilles oubliées du Littré
       Denis Grozdanovitch
P1871. Romancero gitan, *Federico García Lorca*
P1872. La Vitesse foudroyante du passé, *Raymond Carver*
P1873. Ferrements et autres poèmes, *Aimé Césaire*
P1874. La Force qui nous manque, *Eva Joly*
P1875. Enfants des morts, *Elfriede Jelinek*
P1876. À poèmes ouverts, *Anthologie Printemps des poètes*
P1877. Le Peintre de batailles, *Arturo Pérez-Reverte*
P1878. La Fille du Cannibale, *Rosa Montero*
P1879. Blue Angel, *Francine Prose*
P1880. L'Armée du salut, *Abdellah Taïa*
P1881. Grille de parole, *Paul Celan*
P1882. Nouveaux poèmes *suivi de* Requiem, *Rainer Maria Rilke*
P1883. Dissimulation de preuves, *Donna Leon*
P1884. Une erreur judiciaire, *Anne Holt*
P1885. Honteuse, *Karin Alvtegen*
P1886. La Mort du privé, *Michael Koryta*
P1887. Tea-Bag, *Henning Mankell*
P1888. Le Royaume des ombres, *Alan Furst*
P1889. Fenêtres de Manhattan, *Antonio Muñoz Molina*
P1890. Tu chercheras mon visage, *John Updike*
P1891. Fonds de tiroir, *Pierre Desproges*
P1892. Desproges est vivant, *Pierre Desproges*
P1893. Les Vaisseaux de l'ouest. Les Monarchies divines V
       Paul Kearney
P1894. Le Quadrille des assassins. La Trilogie Morgenstern I
       Hervé Jubert
P1895. Un tango du diable. La Trilogie Morgenstern II
       Hervé Jubert
P1896. La Ligue des héros. Le Cycle de Kraven I
       Xavier Mauméjean
P1897. Train perdu, wagon mort, *Jean-Bernard Pouy*
P1898. Cantique des gisants, *Laurent Martin*
P1899. La Nuit de l'abîme, *Juris Jurjevics*
P1900. Tango, *Elsa Osorio*
P1901. Julien, *Gore Vidal*
P1902. La Belle Vie, *Jay McInerney*

P1903. La Baïne, *Eric Holder*
P1904. Livre des chroniques III, *António Lobo Antunes*
P1905. Ce que je sais (Mémoires 1), *Charles Pasqua*
P1906. La Moitié de l'âme, *Carme Riera*
P1907. Drama city, *George P. Pelecanos*
P1908. Le Marin de Dublin, *Hugo Hamilton*
P1909. La Mère des chagrins, *Richard McCann*
P1910. Des louves, *Fabienne Jacob*
P1911. La Maîtresse en maillot de bain. Quatre récits d'enfance
*Yasmina Khadra, Paul Fournel,
Dominique Sylvain et Marc Villard*
P1912. Un si gentil petit garçon, *Jean-Loup Chiflet*
P1913. Saveurs assassines. Les Enquêtes de Miss Lalli
Kalpana Swaminathan
P1914. La Quatrième Plaie, *Patrick Bard*
P1915. Mon sang retombera sur vous, *Aldo Moro*
P1916. On ne naît pas Noir, on le devient
Jean-Louis Sagot-Duvauroux
P1917. La Religieuse de Madrigal, *Michel del Castillo*
P1918. Les Princes de Francalanza, *Federico de Roberto*
P1919. Le Conte du ventriloque, *Pauline Melville*
P1920. Nouvelles chroniques au fil de l'actualité.
Encore des mots à découvrir, *Alain Rey*
P1921. Le mot qui fait mouche. Dictionnaire amusant
et instructif des phrases les plus célèbres de l'histoire
Gilles Henry
P1922. Les Pierres sauvages, *Fernand Pouillon*
P1923. Ce monde est mon partage et celui du démon
Dylan Thomas
P1924. Bright Lights, Big City, *Jay McInerney*
P1925. À la merci d'un courant violent, *Henry Roth*
P1926. Un rocher sur l'Hudson, *Henry Roth*
P1927. L'amour fait mal, *William Boyd*
P1928. Anthologie de poésie érotique, *Jean-Paul Goujon (dir.)*
P1929. Hommes entre eux, *Jean-Paul Dubois*
P1930. Ouest, *François Vallejo*
P1931. La Vie secrète de E. Robert Pendleton, *Michael Collins*
P1932. Dara, *Patrick Besson*
P1933. Le Livre pour enfants, *Christophe Honoré*
P1934. La Méthode Schopenhauer, *Irvin D. Yalom*
P1935. Echo Park, *Michael Connelly*
P1936. Les Rescapés du Styx, *Jane Urquhart*
P1937. L'Immense Obscurité de la mort, *Massimo Carlotto*
P1938. Hackman blues, *Ken Bruen*
P1939. De soie et de sang, *Qiu Xiaolong*
P1940. Les Thermes, *Manuel Vázquez Montalbán*

P1941. Femme qui tombe du ciel, *Kirk Mitchell*
P1942. Passé parfait, *Leonardo Padura*
P1943. Contes barbares, *Craig Russell*
P1944. La Mort à nu, *Simon Beckett*
P1945. La Nuit de l'infamie, *Michael Cox*
P1946. Les Dames de nage, *Bernard Giraudeau*
P1947. Les Aventures de Minette Accentiévitch
Vladan Matijeviç
P1948. Jours de juin, *Julia Glass*
P1949. Les Petits Hommes verts, *Christopher Buckley*
P1950. Dictionnaire des destins brisés du rock
Bruno de Stabenrath
P1951. L'Ère des dragons. Le Cycle de Kraven II
Xavier Mauméjean
P1952. Sabbat Samba. La Trilogie Morgenstern III
Hervé Jubert
P1953. Pour le meilleur et pour l'empire, *James Hawes*
P1954. Doctor Mukti, *Will Self*
P1955. Comme un père, *Laurence Tardieu*
P1956. Sa petite chérie, *Colombe Schneck*
P1957. Tigres et tigresses. Histoire intime des couples
présidentiels sous la Ve République, *Christine Clerc*
P1958. Le Nouvel Hollywood, *Peter Biskind*
P1959. Le Tueur en pantoufles, *Frédéric Dard*
P1960. On demande un cadavre, *Frédéric Dard*
P1961. La Grande Friture, *Frédéric Dard*
P1962. Carnets de naufrage, *Guillaume Vigneault*
P1963. Jack l'éventreur démasqué, *Sophie Herfort*
P1964. Chicago banlieue sud, *Sara Paretsky*
P1965. L'Illusion du péché, *Alexandra Marinina*
P1966. Viscéral, *Rachid Djaïdani*
P1967. La Petite Arabe, *Alicia Erian*
P1968. Pampa, *Pierre Kalfon*
P1969. Les Cathares. Brève histoire d'un mythe vivant
Henri Gougaud
P1970. Le Garçon et la Mer, *Kirsty Gunn*
P1971. L'Heure verte, *Frederic Tuten*
P1972. Le Chant des sables, *Brigitte Aubert*
P1973. La Statue du commandeur, *Patrick Besson*
P1974. Mais qui est cette personne allongée
dans le lit à côté de moi?, *Alec Steiner*
P1975. À l'abri de rien, *Olivier Adam*
P1976. Le Cimetière des poupées, *Mazarine Pingeot*
P1977. Le Dernier Frère, *Nathacha Appanah*
P1978. La Robe, *Robert Alexis*
P1979. Le Goût de la mère, *Edward St Aubyn*

P1980. Arlington Park, *Rachel Cusk*
P1981. Un acte d'amour, *James Meek*
P1982. Karoo boy, *Troy Blacklaws*
P1983. Toutes ces vies qu'on abandonne, *Virginie Ollagnier*
P1984. Un peu d'espoir. La trilogie Patrick Melrose
  Edward St Aubyn
P1985. Ces femmes qui nous gouvernent, *Christine Ockrent*
P1986. Shakespeare, la biographie, *Peter Ackroyd*
P1987. La Double Vie de Virginia Woolf
  Geneviève Brisac, Agnès Desarthe
P1988. Double homicide, *Faye et Jonathan Kellerman*
P1989. La Couleur du deuil, *Ravi Shankar Etteth*
P1990. Le Mur du silence, *Hakan Nesser*
P1991. Mason & Dixon, *Thomas Pynchon*
P1992. Allumer le chat, *Barbara Constantine*
P1993. La Stratégie des antilopes, *Jean Hatzfeld*
P1994. Mauricio ou les Élections sentimentales
  Eduardo Mendoza
P1995. La Zone d'inconfort. Une histoire personnelle
  Jonathan Franzen
P1996. Un goût de rouille et d'os, *Craig Davidson*
P1997. La Porte des larmes. Retour vers l'Abyssinie
  Jean-Claude Guillebaud, Raymond Depardon
P1998. Le Baiser d'Isabelle.
  L'aventure de la première greffe du visage, *Noëlle Châtelet*
P1999. Poésies libres, *Guillaume Apollinaire*
P2000. Ma grand-mère avait les mêmes.
  Les dessous affriolants des petites phrases
  Philippe Delerm
P2001. Le Français dans tous les sens, *Henriette Walter*
P2002. Bonobo, gazelle & Cie, *Henriette Walter, Pierre Avenas*
P2003. Noir corbeau, *Joel Rose*
P2004. Coupable, *Davis Hosp*
P2005. Une canne à pêche pour mon grand-père, *Gao Xingjian*
P2006. Le Clocher de Kaliazine, Études et miniatures
  Alexandre Soljenitsyne
P2007. Rêveurs, *Knut Hamsun*
P2008. Pelures d'oignon, *Günter Grass*
P2009. De l'aube au crépuscule, *Rabindranath Tagore*
P2010. Les Sept Solitudes de Lorsa Lopez, *Sony Labou Tansi*
P2011. La Première Femme, *Nedim Gürsel*
P2012. Le Tour du monde en 14 jours, 7 escales, 1 visa
  Raymond Depardon
P2013. L'Aïeul, *Aris Fakinos*
P2014. Les Exagérés, *Jean-François Vilar*
P2015. Le Pic du Diable, *Deon Meyer*

P2016. Le Temps de la sorcière, *Arni Thorarinsson*
P2017. Écrivain en 10 leçons, *Philippe Ségur*
P2018. L'Assassinat de Jesse James par le lâche Robert Ford
Ron Hansen
P2019. Tu crois que c'est à moi de rappeler ?
Transports parisiens 2, *Alec Steiner*
P2020. À la recherche de Klingsor, *Jorge Volpi*
P2021. Une saison ardente, *Richard Ford*
P2022. Un sport et un passe-temps, *James Salter*
P2023. Eux, *Joyce Carol Oates*
P2024. Mère disparue, *Joyce Carol Oates*
P2025. La Mélopée de l'ail paradisiaque, *Mo Yan*
P2026. Un bonheur parfait, *James Salter*
P2027. Le Blues du tueur à gages, *Lawrence Block*
P2028. Le Chant de la mission, *John le Carré*
P2029. L'Ombre de l'oiseau-lyre, *Andres Ibañez*
P2030. Les Arnaqueurs aussi, *Laurent Chalumeau*
P2031. Hello Goodbye, *Moshé Gaash*
P2032. Le Sable et l'Écume et autres poèmes, *Khalil Gibran*
P2033. La Rose et autres poèmes, *William Butler Yeats*
P2034. La Méridienne, *Denis Guedj*
P2035. Une vie avec Karol, *Stanislao Dziwisz*
P2036. Les Expressions de nos grands-mères, *Marianne Tillier*
P2037. *Sky my husband!* The integrale / Ciel mon mari !
L'intégrale, *Dictionary of running english/
Dictionnaire de l'anglais courant, Jean-Loup Chiflet*
P2038. Dynamite road, *Andrew Klavan*
P2039. Classe à part, *Joanne Harris*
P2040. La Dame de cœur, *Carmen Posadas*
P2041. Ultimatum (En retard pour la guerre), *Valérie Zénatti*
P2042. 5 octobre, 23 h 33, *Donald Harstad*
P2043. La Griffe du chien, *Don Wislow*
P2044. Les Nouvelles Enquêtes du juge Ti, vol. 6
Mort d'un cuisinier chinois, *Frédéric Lenormand*
P2045. Divisadero, *Michael Ondaatje*
P2046. L'Arbre du dieu pendu, *Alejandro Jodorowsky*
P2047. Découpé en tranches, *Zep*
P2048. La Pension Eva, *Andrea Camilleri*
P2049. Le Cousin de Fragonard, *Patrick Roegiers*
P2050. Pimp, *Iceberg Slim*
P2051. Graine de violence, *Evan Hunter (alias Ed McBain)*
P2052. Les Rêves de mon père. Un héritage en noir et blanc
Barack Obama
P2053. Le Centaure, *John Updike*
P2054. Jusque-là tout allait bien en Amérique.
Chroniques de la vie américaine 2, *Jean-Paul Dubois*

P2055. Les juins ont tous la même peau. Rapport sur Boris Vian
Chloé Delaume
P2056. De sang et d'ébène, *Donna Leon*
P2057. Passage du Désir, *Dominique Sylvain*
P2058. L'Absence de l'ogre, *Dominique Sylvain*
P2059. Le Labyrinthe grec, *Manuel Vázquez Montalbán*
P2060. Vents de carême, *Leonardo Padura*
P2061. Cela n'arrive jamais, *Anne Holt*
P2062. Un sur deux, *Steve Mosby*
P2063. Monstrueux, *Natsuo Kirino*
P2064. Reflets de sang, *Brigitte Aubert*
P2065. Commis d'office, *Hannelore Cayre*
P2066. American Gangster, *Max Allan Collins*
P2067. Le Cadavre dans la voiture rouge
Ólafur Haukur Símonarson
P2068. Profondeurs, *Henning Mankell*
P2069. Néfertiti dans un champ de canne à sucre
Philippe Jaenada
P2070. Les Brutes, *Philippe Jaenada*
P2071. Milagrosa, *Mercedes Deambrosis*
P2072. Lettre à Jimmy, *Alain Mabanckou*
P2073. Volupté singulière, *A.L. Kennedy*
P2074. Poèmes d'amour de l'Andalousie à la mer Rouge.
Poésie amoureuse hébraïque, *Anthologie*
P2075. Quand j'écris je t'aime
suivi de Le Prolifique et Le Dévoreur, *W.H. Auden*
P2076. Comment éviter l'amour et le mariage
Dan Greenburg, Suzanne O'Malley
P2077. Le Fouet, *Martine Rofinella*
P2078. Cons, *Juan Manuel Prada*
P2079. Légendes de Catherine M., *Jacques Henric*
P2080. Le Beau Sexe des hommes, *Florence Ehnuel*
P2081. G., *John Berger*
P2082. Sombre comme la tombe où repose mon ami
Malcolm Lowry
P2083. Le Pressentiment, *Emmanuel Bove*
P2084. L'Art du roman, *Virginia Woolf*
P2085. Le Clos Lothar, *Stéphane Héaume*
P2086. Mémoires de nègre, *Abdelkader Djemaï*
P2087. Le Passé, *Alan Pauls*
P2088. Bonsoir les choses d'ici-bas, *António Lobo Antunes*
P2089. Les Intermittences de la mort, *José Saramago*
P2090. Même le mal se fait bien, *Michel Folco*
P2091. Samba Triste, *Jean-Paul Delfino*
P2092. La Baie d'Alger, *Louis Gardel*
P2093. Retour au noir, *Patrick Raynal*

P2094. L'Escadron Guillotine, *Guillermo Arriaga*
P2095. Le Temps des cendres, *Jorge Volpi*
P2096. Frida Khalo par Frida Khalo. Lettres 1922-1954
Frida Khalo
P2097. Anthologie de la poésie mexicaine, *Claude Beausoleil*
P2098. Les Yeux du dragon, petits poèmes chinois, *Anthologie*
P2099. Seul dans la splendeur, *John Keats*
P2100. Beaux Présents, Belles Absentes, *Georges Perec*
P2101. Les Plus Belles Lettres du professeur Rollin.
Ou comment écrire au roi d'Espagne
pour lui demander la recette du gaspacho
François Rollin
P2102. Répertoire des délicatesses du français contemporain
Renaud Camus
P2103. Un lien étroit, *Christine Jordis*
P2104. Les Pays lointains, *Julien Green*
P2105. L'Amérique m'inquiète.
Chroniques de la vie américaine 1
Jean-Paul Dubois
P2106. Moi je viens d'où ? suivi de *C'est quoi l'intelligence ?
et de* E = CM2, *Albert Jacquard, Marie-José Auderset*
P2107. Moi et les autres, initiation à la génétique
Albert Jacquard
P2108. Quand est-ce qu'on arrive ?, *Howard Buten*
P2109. Tendre est la mer, *Philip Plisson, Yann Queffélec*
P2110. Tabarly, *Yann Queffélec*
P2111. Les Hommes à terre, *Bernard Giraudeau*
P2112. Le Phare appelle à lui la tempête et autres poèmes
Malcolm Lowry
P2113. L'Invention des Désirades et autres poèmes
Daniel Maximin
P2114. Antartida, *Francisco Coloane*
P2115. Brefs Aperçus sur l'éternel féminin, *Deniṣ Grozdanovitch*
P2116. Le Vol de la mésange, *François Maspero*
P2117. Tordu, *Jonathan Kellerman*
P2118. Flic à Hollywood, *Joseph Wambaugh*
P2119. Ténébreuses, *Karin Alvtegen*
P2120. La Chanson du jardinier. Les Enquêtes de Miss Lalli
Kalpana Swaminathan
P2121. Portrait de l'écrivain en animal domestique
Lydie Salvayre
P2122. In memoriam, *Linda Lê*
P2123. Les Rois écarlates, *Tim Willocks*
P2124. Arrivederci amore, *Massimo Carlotto*
P2125. Les Carnets de monsieur Manatane
Benoît Poelvoorde, Pascal Lebrun

P2126. Guillon aggrave son cas, *Stéphane Guillon*
P2127. Le Manuel du parfait petit masochiste
Dan Greenburg, Marcia Jacobs
P2128. Shakespeare et moi, *Woody Allen*
P2129. Pour en finir une bonne fois pour toutes avec la culture
Woody Allen
P2130. Porno, *Irvine Welsh*
P2131. Jubilee, *Margaret Walker*
P2132. Michael Tolliver est vivant, *Armistead Maupin*
P2133. Le Saule, *Hubert Selby Jr*
P2134. Les Européens, *Henry James*
P2135. Comédie new-yorkaise, *David Schickler*
P2136. Professeur d'abstinence, *Tom Perrotta*
P2137. Haut vol : histoire d'amour, *Peter Carey*
P2139. La Danseuse de Mao, *Qiu Xiaolong*
P2140. L'Homme délaissé, *C.J. Box*
P2141. Les Jardins de la mort, *George P. Pelecanos*
P2142. Avril rouge, *Santiago Roncagliolo*
P2143. Ma mère, *Richard Ford*
P2144. Comme une mère, *Karine Reysset*
P2145. Titus d'Enfer. La Trilogie de Gormenghast, 1
Mervyn Peake
P2146. Gormenghast. La Trilogie de Gormenghast, 2
Mervyn Peake
P2147. Au monde.
Ce qu'accoucher veut dire : une sage-femme raconte...
Chantal Birman
P2148. Du plaisir à la dépendance.
Nouvelles thérapies, nouvelles addictions
Michel Lejoyeux
P2149. Carnets d'une longue marche.
Nouvelle marche d'Istanbul à Xi'an
Bernard Ollivier, François Dermaut
P2150. Treize Lunes, *Charles Frazier*
P2151. L'Amour du français.
Contre les puristes et autres censeurs de la langue
Alain Rey
P2152. Le Bout du rouleau, *Richard Ford*
P2153. Belle-sœur, *Patrick Besson*
P2154. Après, Fred Chichin est mort, *Pascale Clark*
P2155. La Leçon du maître et autres nouvelles, *Henry James*
P2156. La Route, *Cormac McCarthy*
P2157. À genoux, *Michael Connelly*
P2158. Baka !, *Dominique Sylvain*
P2159. Toujours L.A., *Bruce Wagner*
P2160. C'est la vie, *Ron Hansen*

P2161. Groom, *François Vallejo*
P2162. Les Démons de Dexter, *Jeff Lindsay*
P2163. Journal 1942-1944, *Hélène Berr*
P2164. Journal 1942-1944 (édition scolaire), *Hélène Berr*
P2165. Pura vida. Vie et Mort de William Walker, *Patrick Deville*
P2166. Terroriste, *John Updike*
P2167. Le Chien de Dieu, *Patrick Bard*
P2168. La Trace, *Richard Collasse*
P2169. L'Homme du lac, *Arnaldur Indridason*
P2170. Et que justice soit faite, *Michael Koryta*
P2171. Le Dernier des Weynfeldt, *Martin Suter*
P2172. Le Noir qui marche à pied, *Louis-Ferdinand Despreez*
P2173. Abysses, *Frank Schätzing*
P2174. L'Audace d'espérer. Un nouveau rêve américain
       Barack Obama
P2175. Une Mercedes blanche avec des ailerons, *James Hawes*
P2176. La Fin des mystères, *Scarlett Thomas*
P2177. La Mémoire neuve, *Jérôme Lambert*
P2178. Méli-vélo. Abécédaire amoureux du vélo, *Paul Fournel*
P2179. Le Prince des braqueurs, *Chuck Hogan*
P2180. Corsaires du Levant, *Arturo Pérez-Reverte*
P2181. Mort sur liste d'attente, *Veit Heinichen*
P2182. Héros et Tombes, *Ernesto Sabato*
P2183. Teresa l'après-midi, *Juan Marsé*
P2184. Titus errant. La Trilogie de Gormenghast, 3
       Mervyn Peake
P2185. Julie & Julia. Sexe, blog et bœuf bourguignon
       Julie Powell
P2186. Le Violon d'Hitler, *Igal Shamir*
P2187. La mère qui voulait être femme, *Maryse Wolinski*
P2188. Le Maître d'amour, *Maryse Wolinski*
P2189. Les Oiseaux de Bangkok, *Manuel Vázquez Montalbán*
P2190. Intérieur Sud, *Bertrand Visage*
P2191. L'homme qui voulait voir Mahona, *Henri Gougaud*
P2192. Écorces de sang, *Tana French*
P2193. Café Lovely, *Rattawut Lapcharoensap*
P2194. Vous ne me connaissez pas, *Joyce Carol Oates*
P2195. La Fortune de l'homme et autres nouvelles, *Anne Brochet*
P2196. L'Été le plus chaud, *Zsuzsa Bánk*
P2197. Ce que je sais… Un magnifique désastre 1988-1995.
       Mémoires 2, *Charles Pasqua*
P2198. Ambre, vol. 1, *Kathleen Winsor*
P2199. Ambre, vol. 2, *Kathleen Winsor*
P2200. Mauvaises Nouvelles des étoiles, *Serge Gainsbourg*
P2201. Jour de souffrance, *Catherine Millet*
P2202. Le Marché des amants, *Christine Angot*

P2203. L'État des lieux, *Richard Ford*
P2204. Le Roi de Kahel, *Tierno Monénembo*
P2205. Fugitives, *Alice Munro*
P2206. La Beauté du monde, *Michel Le Bris*
P2207. La Traversée du Mozambique par temps calme
Patrice Pluyette
P2208. Ailleurs, *Julia Leigh*
P2209. Un diamant brut, *Yvette Szczupak-Thomas*
P2210. Trans, *Pavel Hak*
P2211. Peut-être une histoire d'amour, *Martin Page*
P2212. Peuls, *Tierno Monénembo*
P2214. Le Cas Sonderberg, *Élie Wiesel*
P2215. Fureur assassine, *Jonathan Kellerman*
P2216. Misterioso, *Arne Dahl*
P2217. Shotgun Alley, *Andrew Klavan*
P2218. Déjanté, *Hugo Hamilton*
P2219. La Récup, *Jean-Bernard Pouy*
P2221. Les Accommodements raisonnables, *Jean-Paul Dubois*
P2222. Les Confessions de Max Tivoli, *Andrew Sean Greer*
P2223. Le pays qui vient de loin, *André Bucher*
P2224. Le Supplice du santal, *Mo Yan*
P2225. La Véranda, *Robert Alexis*
P2226. Je ne sais rien… mais je dirai (presque) tout
Yves Bertrand
P2227. Un homme très recherché, *John le Carré*
P2228. Le Correspondant étranger, *Alan Furst*
P2229. Brandebourg, *Henry Porter*
P2230. J'ai vécu 1 000 ans, *Mariolina Venezia*
P2231. La Conquistadora, *Eduardo Manet*
P2232. La Sagesse des fous, *Einar Karason*
P2233. Un chasseur de lions, *Olivier Rolin*
P2234. Poésie des troubadours. Anthologie, *Henri Gougaud (dir.)*
P2235. Chacun vient avec son silence. Anthologie
Jean Cayrol
P2236. Badenheim 1939, *Aharon Appelfeld*
P2237. Le Goût sucré des pommes sauvages, *Wallace Stegner*
P2238. Un mot pour un autre, *Rémi Bertrand*
P2239. Le Bêtisier de la langue française, *Claude Gagnière*
P2240. Esclavage et Colonies, *G. J. Danton et L. P. Dufay,
L. Sédar Senghor, C. Taubira*
P2241. Race et Nation, *M. L. King, E. Renan*
P2242. Face à la crise, *B. Obama, F. D. Roosevelt*
P2243. Face à la guerre, *W. Churchill, général de Gaulle*
P2244. La Non-Violence, *Mahatma Gandhi, Dalaï Lama*
P2245. La Peine de mort, *R. Badinter, M. Barrès*
P2246. Avortement et Contraception, *S. Veil, L. Neuwirth*

P2247. Les Casseurs et l'Insécurité
F. Mitterrand et M. Rocard, N. Sarkozy
P2248. La Mère de ma mère, *Vanessa Schneider*
P2249. De la vie dans son art, de l'art dans sa vie
Anny Duperey et Nina Vidrovitch
P2250. Desproges en petits morceaux. Les meilleures citations
Pierre Desproges
P2251. Dexter I, II, III, *Jeff Lindsay*
P2252. God's pocket, *Pete Dexter*
P2253. En effeuillant Baudelaire, *Ken Bruen*
P2254. Meurtres en bleu marine, *C.J. Box*
P2255. Le Dresseur d'insectes, *Arni Thorarinsson*
P2256. La Saison des massacres, *Giancarlo de Cataldo*
P2257. Évitez le divan
Petit guide à l'usage de ceux qui tiennent à leurs symptômes
Philippe Grimbert
P2258. La Chambre de Mariana, *Aharon Appelfeld*
P2259. La Montagne en sucre, *Wallace Stegner*
P2260. Un jour de colère, *Arturo Pérez-Reverte*
P2261. Le Roi transparent, *Rosa Montero*
P2262. Le Syndrome d'Ulysse, *Santiago Gamboa*
P2263. Catholique anonyme, *Thierry Bizot*
P2264. Le Jour et l'Heure, *Guy Bedos*
P2265. Le Parlement des fées
I. L'Orée des bois, *John Crowley*
P2266. Le Parlement des fées
II. L'Art de la mémoire, *John Crowley*
P2267. Best-of Sarko, *Plantu*
P2268. Cent Mots et Expressions à foutre à la poubelle
Jean-Loup Chiflet
P2269. Le Baleinié, *Christine Murillo, Jean-Claude Leguay, Grégoire Œstermann*
P2270. Couverture dangereuse, *Philippe Le Roy*
P2271. Quatre Jours avant Noël, *Donald Harstad*
P2272. Petite Bombe noire, *Christopher Brookmyre*
P2273. Journal d'une année noire, *J.M. Coetzee*
P2274. Faites vous-même votre malheur, *Paul Watzlawick*
P2275. Paysans, *Raymond Depardon*
P2276. Homicide special, *Miles Corwin*
P2277. Mort d'un Chinois à La Havane, *Leonardo Padura*
P2278. Le Radeau de pierre, *José Saramago*
P2279. Contre-jour, *Thomas Pynchon*
P2280. Trick Baby, *Iceberg Slim*
P2281. Perdre est une question de méthode
Santiago Gamboa
P2282. Le Rocher de Montmartre, *Joanne Harris*

P2283. L'Enfant du Jeudi noir, *Alejandro Jodorowsky*
P2284. Lui, *Patrick Besson*
P2285. Tarabas, *Joseph Roth*
P2286. Le Cycliste de San Cristobal, *Antonio Skármeta*
P2287. Récit des temps perdus, *Aris Fakinos*
P2288. L'Art délicat du deuil
Les nouvelles enquêtes du juge Ti (vol. 7)
Frédéric Lenormand
P2289. Ceux qu'on aime, *Steve Mosby*
P2290. Lemmer, l'invisible, *Deon Meyer*
P2291. Requiem pour une cité de verre, *Donna Leon*
P2292. La Fille du Samouraï, *Dominique Sylvain*
P2293. Le Bal des débris, *Thierry Jonquet*
P2294. Beltenebros, *Antonio Muñoz Molina*
P2295. Le Bison de la nuit, *Guillermo Arriaga*
P2296. Le Livre noir des serial killers, *Stéphane Bourgoin*
P2297. Une tombe accueillante, *Michael Koryta*
P2298. Roldán, ni mort ni vif, *Manuel Vásquez Montalbán*
P2299. Le Petit Frère, *Manuel Vásquez Montalbán*
P2300. Poussière d'os, *Simon Beckett*
P2301. Le Cerveau de Kennedy, *Henning Mankell*
P2302. Jusque-là tout allait bien, *Stéphane Guillon*
P2303. Une parfaite journée parfaite, *Martin Page*
P2304. Corps volatils, *Jakuta Alikavazovic*
P2305. De l'art de prendre la balle au bond
Précis de mécanique gestuelle et spirituelle
Denis Grozdanovitch
P2306. Regarde la vague, *François Emmanuel*
P2307. Des vents contraires, *Olivier Adam*
P2308. Le Septième Voile, *Juan Manuel de Prada*
P2309. Mots d'amour secrets.
100 lettres à décoder pour amants polissons
Jacques Perry-Salkow, Frédéric Schmitter
P2310. Carnets d'un vieil amoureux, *Marcel Mathiot*
P2311. L'Enfer de Matignon, *Raphaëlle Bacqué*
P2312. Un État dans l'État. Le contre-pouvoir maçonnique
Sophie Coignard
P2313. Les Femelles, *Joyce Carol Oates*
P2314. Ce que je suis en réalité demeure inconnu
Virginia Woolf
P2316. Le Voyage des grands hommes, *François Vallejo*
P2329. L'Invité, *Hwang Sok-Yong*
P2330. Petit Abécédaire de culture générale
40 mots-clés passés au microscope, *Albert Jacquard*
P2331. La Grande Histoire des codes secrets, *Laurent Joffrin*
P2332. La Fin de la folie, *Jorge Volpi*